FONTBRUNE

Brigitte Le Varlet est issue d'une vieille famille périgourdine, dont une branche est établie depuis le XVIIe siècle dans la région de Sarlat. Elle a séjourné pendant sa jeunesse en Egypte et en Angleterre. Fonctionnaire dans une organisation internationale, elle a travaillé à New York puis à Paris et a voyagé dans de nombreux pays. Mais c'est dans sa région natale qu'elle a situé le cadre de son premier roman.

Adeline Gontier naît en 1806. Orpheline à l'âge de trois ans, elle sera élevée par sa grand-mère et son oncle Elie, à Fontbrune, au fond du Périgord noir. En grandissant, ayant compris qu'elle était pauvre, Adeline s'inquiète de son avenir. Bien à tort, car son énergie, son solide bon sens, sa santé aussi et... son tempérament de feu vont lui servir largement de dot.
Entre semailles, moissons, vendanges, dans une odeur de champignons et de bruyères, au pays des sorciers et des ripailles, où règnent la patience, la ruse et le secret, mais où on a la langue leste et le rire large, Adeline éveillera et connaîtra des amours passionnées et tumultueuses, mais aussi d'une tendresse rare.
Fontbrune, un grand roman historique qui, à travers sa belle héroïne, sa foule de personnages, brosse un tableau passionnant et contrasté de la France provinciale au lendemain de l'épopée napoléonienne.

Paru dans Le Livre de Poche :

PUYNÈGRE.

BRIGITTE LE VARLET

Fontbrune

ROMAN

ALBIN MICHEL

Les états d'âme ne m'intéressent pas,
à commencer par les miens.

1

Je suis née au Bugue, chef-lieu de canton de l'arrondissement de Sarlat, le 30 septembre 1806. Mon arrivée s'étant fait attendre plus d'une semaine, mon père était allé à la chasse pendant que ma mère mourait en me mettant au monde. Il revint d'ailleurs bredouille, son chien ayant l'art d'épouvanter les lièvres plus que de les retrouver.

Etant le plus jeune des fils Gontier, il avait reçu en se mariant sa part d'héritage. Il mit peu de temps à la perdre en l'investissant dans de prétendues cargaisons que des navires bordelais devaient transporter aux îles. On lui annonça bientôt qu'un des navires avait sombré corps et biens, puis que la compagnie avait fait faillite. Son associé disparut rapidement. Un accident de chasse évita à mon père de connaître l'étendue de sa ruine et d'apprendre de cruelles vérités sur le commerce, ses lois et les fripouilles qu'on y rencontre.

Dans cette branche de la famille, on est plus doué pour la chicane que pour le négoce. On le sait, les maures se ruinent en noces, les juifs en pâques, les chrétiens en procès. Nous sommes de ces chrétiens-là.

Je restai orpheline à l'âge de trois ans, avec pour héritage de beaux cheveux noirs, un petit bois de châtaigniers et une métairie hypothéquée, *La Meyrolie*, située au-dessus du bourg de Mauzens et en bordure des terres de Fontbrune.

C'est à Fontbrune, au fond du Périgord noir, que je fus recueillie par ma grand-mère et mon oncle Elie, le frère aîné de mon père. Grâce à l'aimable nonchalance qui régnait dans cette famille, je connus une enfance sans intérêt. Cela m'évita la nostalgie et les chagrins qui accompagnent jusque dans l'âge adulte ceux qui ne peuvent se détacher d'une enfance trop heureuse. Je ne perdis donc pas de temps en mélancolie.

Je n'eus guère d'éducation. Les seules obligations étaient de parler un bon français, de respecter la bienséance et d'accomplir ses devoirs religieux. Mon oncle Elie ne tolérait ni un participe passé malsonnant, ni une fourchette tenue de travers, ni du gras dans la soupe les jours maigres. Ma grand-mère interrompait toute conversation qui devenait un peu hardie, c'est-à-dire instructive. L'ignorance tenant lieu aux jeunes filles de toutes les vertus, j'étais ignorante.

Pour être juste, le peu de science que j'avais alors, je le tirais des cuisines et des écuries, que je fréquentais assidûment et dont je continue à penser que ce sont des lieux où l'on est fort bien informé.

A l'époque, Fontbrune était habité par ma grand-mère Gontier, mon oncle Elie, ma tante Charlotte, et leur fils, mon cousin Antoine, d'un an plus âgé que moi – lou pitit moussu – et moi, Adeline Gontier – lou pito doumeïzello.

Un peu avant le bourg de Mauzens, à dix lieues au sud de Périgueux, Fontbrune est situé sur un coteau qui n'appartient qu'à lui, au milieu des prés et des bois. Dès l'arrivée, le portail avertit le visiteur : on y lit dans un cartouche « 1785 PPPP », c'est-à-dire « Pauvres Plaideurs, Prenez Patience ».

En 1688, une étude de notaire fut créée à Fontbrune par ordonnance royale pour le cinquième fils d'une branche cadette des Gontier, le premier à s'être éloigné de Bergerac et de sa région.

Depuis le XIVe siècle, la famille a fourni des notables aux diverses administrations du Périgord – des gens de robe, avant tout. Les branches aînées ajoutèrent des noms de terre à leur patronyme et, anoblies, devinrent Gontier du Soulas et Gontier de Biran. Celui de nos cousins qui prit le nom de Maine de Biran était une personnalité connue de toute la Dordogne au début du siècle et aussi, dit-on, un philosophe de quelque renom.

L'argent nécessaire pour se faire anoblir manqua à mon aïeul. Voilà comment il faillit être Joseph Gontier, sieur de Fontbrune, des Granges, des Fondals, du Grand Picadis, du Brungidou, des Brousses, de la Durantie, de la Mélonie, de Grandfont, du Vieux Cimetière, du Castel Donzel, des Salvajoux, des Peyrières, de la Fontaine du Mas, de Fressines, des Nouëlles, de Taillebourg et de la Cleppe. Peu importe que certaines de ces terres soient grandes comme deux fois votre mouchoir, cela aurait sonné joliment.

Il s'en consola d'autant mieux que la Révolution arriva peu après. Seul de la commune, avec le curé, à savoir lire sans être compromis par des richesses suspectes ou des liaisons avec les grands, il devint le premier maire de Mauzens jusqu'à sa mort, en 1805. Mon oncle Elie lui succéda dans ce poste jusqu'au retour des Bourbons, en 1814.

La nuit, Fontbrune est une forteresse où tout est barré de fer : portails cloutés, porte piétonnière, grille du potager, volets. Dans la journée, c'est un caravansérail où se mêlent les habitants de la maison et des étables, les métayers, les visiteurs, les administrés, les plaignants, les attelages, les chiens, les moutons, les poules.

Ma grand-mère était soucieuse d'ordre et de piété. Elle tenait les comptes, décidait des achats et des ventes, des changements de métayers. Ces questions devaient toutefois être réglées officiellement entre hommes et il fallait d'abord convaincre mon oncle Elie d'agir. D'un naturel aimable et soucieux avant tout de sa tranquillité, il abominait les conflits. Sa tactique était la résistance passive. Il préférait se faire gruger plutôt que de provoquer explication ou rupture. Quand il était acculé, il souffrait mille morts. « Mon pauvre Elie, tu blettiras, mais tu ne mûriras jamais », lui disait ma grand-mère.

Il ne changeait ses habitudes pour personne. En ce temps-là, on déjeunait – ou plutôt, à Fontbrune, on aurait voulu déjeuner – à midi. Or, malgré les coups frappés à sa porte et les supplications, il ne sortait de son cabinet de toilette que vers une heure, joyeux, parfumé, plein d'appétit, sourd aux plaintes de sa mère et de sa femme.

Cette particularité était connue au Bugue autant qu'à Mauzens. Le bureau d'enregistrement restait ouvert jusqu'à onze heures du soir le mardi, jour du marché, pour recevoir ses actes.

L'étude voyait défiler des intérêts, des haines et des rancunes que la bonhomie de mon oncle ne parvenait à apaiser qu'en apparence. Le portail franchi, j'avais vu des chapeaux enfoncés d'un coup de poing, des serments proférés dans un souffle, des bâtons ferrés tracer une croix dans un crachat au milieu du chemin. La malédiction qui se murmure avec ferveur, comme une prière, est pire que les clameurs. Le diable saura l'entendre et faire son œuvre. Quand les visiteurs repartaient silencieux, les uns derrière les autres, en baissant le nez sur les pierres de l'avenue, il ne fallait pas croire les querelles étouffées. Cela aussi pouvait être de mauvais augure.

Ma tante Charlotte, rondelette et bonne personne, veillait avec placidité sur la cuisine, les conserves et les armoires à linge. Mon cousin Antoine était blond, bouclé et joli comme un ange.

A la cuisine régnait Pichille, la cuisinière, qui boitait : noir le mouchoir de tête, noire la robe, noir l'œil, noire la peau, noirs les propos. Elle n'avait pas entendu parler de la Charte ou des Chambres, ni du pouvoir constitutionnel et s'en tenait à la monarchie absolue.

Tout lui était soumis, à commencer par Henri, le valet. Très grand, la démarche hésitante, un œil mort – arraché dans un colletage de retour de foire –, il parlait peu, travaillait d'arrache-pied certains jours, disparaissait quand la lune le lui soufflait, revenait de même, griffé, hirsute, l'air sombre.

Un soir, ramenant mon oncle Elie du Bugue, en voiture, il arrêta le cheval dans la côte des quatre routes et brandit son couteau :

« Vous voyez, notre monsieur, si on vous attaque, je vous défendrai!

– Oui, oui, mon bon Henri. Quand je suis avec toi, je ne m'inquiète pas, personne n'oserait nous attaquer. »

Batistou, le domestique des terres, cultivait la réserve[1]. Il n'entrait que dans la cuisine et uniquement pour les repas. Un grondement indiquait parfois qu'il avait l'intention de parler. L'œil sévère de Pichille l'en dissuadait. Il faisait son chabrol et sortait.

Une jeune chambrière de douze ou treize ans, qui changeait plus souvent, complétait le tableau.

Seul le dimanche était jour de repos. Personne, ce jour-là, n'aurait osé lier ses bœufs et, la Restauration venue, bien peu de gens avaient le courage de manquer la messe.

Exploit renouvelé chaque dimanche : mon oncle Elie, fort pieux, était à sa place quand sonnaient les trois coups brefs indiquant le début de l'office.

---

1. Terres dont le propriétaire se réserve l'exploitation.

Nous occupions deux travées du côté de l'Evangile, un peu plus bas que la chaire. Les deux bancs situés sous la chaire avaient appartenu jusqu'à la Révolution au baron, puis marquis de Miremont. Il n'était pas revenu d'émigration et son ancien intendant, M. de Menou, avait occupé ces deux bancs sans que personne lui en conteste le droit.

Jusqu'où ne va pas la gueuserie de ces petits nobles, aurait pensé la marquise, qui avait de la hauteur et estimait que son banc et son prie-Dieu auraient dû être brûlés plutôt que d'accueillir d'autres séants et d'autres genoux.

Les sabots claquaient sur le pavé de bois qui revêtait l'allée centrale. M. le curé paraissait enfin, envoyant des bourrades aux enfants de chœur. A l'heure de la messe, il était généralement sobre; à vêpres, n'en parlons pas. Même à dix heures, ils avançait souvent d'un pas hésitant, attendait longuement au pied de l'autel, montait enfin les trois marches.

Les dimanches ordinaires, cela pouvait se passer sans incident. Les jours de fêtes chantées, cela finissait toujours mal. On arrivait bien au kyrie, puis au gloria. Les glapissements des chanteuses, la pédale de l'harmonium grinçant sous le fort coup de semelle de Mlle Lachaud sauvaient la situation. Tanguant des épaules, haussant le col, encourageant, précédant ou suivant son troupeau, elle essayait de guider les débordements des chanteuses qui emplissaient l'église de leurs cris aigus. L'assistance, noire et prosternée, ne soufflait mot, habituée à laisser passer les bourrasques.

Le curé, de plus en plus lentement, marmonnait l'épître, puis l'évangile. Il fallait bien alors arriver jusqu'à la chaire et prêcher. Il oscillait sur la première marche, puis se hissait au-dessus de nos têtes, cramponné à la rampe.

Parfois, l'inspiration venait malgré l'abus du vin. Il aimait surtout parler de l'enfer, il essayait d'épouvanter les filles qui allaient au bal, se penchait sur le bord de la chaire, tapait du poing, puis s'interrompait, insultant de loin les enfants de chœur qui se donnaient des coups de pied sous leur banc, et revenait à son homélie. Les dos penchés ne bronchaient pas. Pendant qu'il parlait flammes et damnation, ces têtes dures pensaient dot, moisson, héritage, pieds de vigne, récolte de noix, vente de moutons.

Le curé n'était pas méchant homme et la paroisse supportait ses faiblesses sans impatience. Il aidait volontiers, prêtant sa mule ou envoyant sa servante là où elles faisaient besoin. L'évêché était indulgent avec lui car il n'avait pas prêté serment pendant la Révolution et s'était caché, vivant dans la misère pendant de longs mois. Quand j'y repense, je ne lui en veux pas de ses balancements d'ivrogne, mais de l'inutilité de ses imprécations.

D'habitude, le dimanche, le curé de Mauzens était invité à déjeuner à Fontbrune, mais ma grand-mère y renonça le jour où celui-ci ne finit même pas le bénédicité et s'effondra lourdement dans sa soupe.

Peu après, des rumeurs plus embarrassantes circulèrent. M. le curé fréquentait les Farge. Le père et les deux fils vivaient de travaux saisonniers, de braconnage et de piquette acide, dans une maison isolée, au bout d'un chemin bordé par le ruisseau de La Loulie.

Les trois hommes, édentés avant l'âge, portaient des vêtements luisants de crasse, remâchés, et leurs cheveux sortaient en touffes raides de sous leur bonnet. La fougère de leurs sabots était si gâtée, leur cou, leurs chevilles, leurs poignets si couverts d'ecchymoses, de terre, de saleté mêlées, qu'on les aurait cru logeant dans un roncier. Leur seule richesse était un fusil qu'ils partageaient.

Les chiens et la poulaille ressemblaient à leurs maîtres, efflanqués, pelés, éplumés, farouches, sachant que tout marchait à coups de pied et de bâton, qu'il convenait d'attraper au vol de quoi survivre – de préférence chez les voisins – et d'échapper aux flambées de colère des trois Farge.

La Maurille, qui était un peu simple, venait faire la cuisine et soigner les bêtes. De ménage, pas question, aucun n'ayant dû en entendre parler. Le père ne pensait pas à se remarier ni les fils à s'établir, ils n'en avaient pas les moyens. Ils avaient trouvé commode que la Maurille satisfasse aux divers besoins de la maison, y compris le lit et le couvert.

On ajoutait en s'esclaffant que les Farge partageaient de bon cœur avec M. le curé tout ce qu'offrait la maison, pourvu qu'il porte à boire, et le marché ainsi conclu semblait convenir à tout le monde.

Cependant, à Fontbrune, ces rumeurs causaient la consternation. L'oncle Elie écrivit à l'évêché, qui à l'époque était encore à Angoulême, fit intervenir un lointain cousin qui était inspecteur des contributions dans cette ville. Enfin le scandale était proche.

On fut soulagé d'apprendre un matin qu'on avait trouvé M. le curé noyé dans le ruisseau de La Loulie, près de chez les Farge. Les gendarmes de Rouffignac vinrent faire une enquête. Le curé semblait n'avoir subi aucune violence. On en conclut qu'après avoir riboté un peu plus que d'habitude la veille, il s'était trompé de direction en voulant rentrer chez lui à la nuit et il était tombé dans le ruisseau. Il fut enterré discrètement.

Disons quelques mots de notre éducation, qui n'en mérite pas plus. Elle se fit pour l'essentiel en suivant les habitants de Fontbrune dans leurs occupations.

Nous allions à la forge de La Loulie quand on ferrait les bœufs, au moulin du Brungidou quand on y déposait des sacs de blé, mais sans conteste notre expédition préférée était d'aller à Grandfont.

Traversant les terres de Fontbrune, l'ancienne voie romaine encore en partie dallée qui mène à Grandfont est un des chemins les plus fréquentés de la commune.

Au pied de la vieille vigne, il s'enfonce dans le silence et l'épaisseur des bois. Au fur et à mesure que l'on descend, le taillis se fait plus touffu, les halliers plus sombres, les fougères plus hautes, éclairées seulement du rose pâle et du pourpre de la bruyère. La fraîcheur des fonds tombe sur les épaules. Le seul sentier de traverse que l'on rencontre, étroit, serré entre les ajoncs et les ronciers, va vers des profondeurs tout aussi obscures. Ce sont des lieux où, la nuit, on risque une mauvaise rencontre plus qu'une apparition de l'enchanteur Merlin.

Enfin, contre toute vraisemblance, on débouche dans une large combe bordée d'une profusion d'arbres, d'une végétation foisonnante. Là, entre deux escarpements de rochers où s'accrochent de petits chênes et de jeunes charmes, coule d'un jet gros comme le bras la source de Grandfont.

Elle se déverse dans le lavoir, puis disparaît dans une grotte à moitié éboulée, tapissée de mousse, d'humidité et de plantes folles, envahie de lentilles d'eau et de scolopendres, où les plus audacieux ne se risqueraient pas.

On dit que sur ses bords, le roi Henri IV fit arrêter son carrosse lors d'un voyage. Mais on raconte surtout avec respect, tant la source et la grotte sont profondes, qu'une charrette et les bœufs qui la menaient s'y sont un jour enfoncés tout entiers, sans qu'il en reste trace. Rien, pas un cri, pas un remous, ne trahit l'attelage englouti.

Par une belle journée, Grandfont est incomparable. Cela arrive souvent lors de la dernière lessive de l'année, à la fin du mois d'octobre, quand les femmes de Mauzens se retrouvent autour du lavoir. Personne n'oserait attirer le malheur en lavant en novembre, mois des morts.

Je me revois avec mon cousin Antoine, alors que nous étions tout enfants, à la fin d'un somptueux après-midi d'automne, pendant que les femmes battaient les derniers draps.

Le grand Henri, taciturne, attendait qu'elles aient fini pour charger les paniers de linge humide sur la charrette.

Le brun des feuilles chavirait à l'or et au roux, les pas s'enfonçaient dans la moiteur épaisse du sous-bois, l'odeur de champignons, de bruyère, de terre qui fume sous le dernier soleil de la saison, montait à la tête. La fin de la journée avait ralenti l'échange de quolibets et de ragots.

Sans qu'on l'ait entendu venir, un grand gaillard au chapeau rabattu sur les yeux déboucha du chemin.

« Tiens, voilà ce vaurien de Pasquet », lança notre Joséphine, lingère à Fontbrune.

Il salua à la ronde, sans s'émouvoir. Une des filles lui lança un coup d'œil furtif, auquel je ne pus voir s'il répondait.

Il posa son bâton et sa besace près de lui et s'étendit commodément par terre, soulevé sur un coude, appuyé à une souche. Il fit signe à son chien de s'asseoir à ses pieds.

Antoine et moi regardions avec intérêt ce personnage dont nous avions entendu parler sans aménité et que je n'ai pas revu depuis. Je ne remarquai guère ses traits, mais je me souviens de ses gestes comme si cela datait d'hier.

Un coulis de soleil lui glissait sur la figure, au-dessous de la frontière d'ombre que dessinait le chapeau. Nonchalant, il sortit des noisettes de sa poche et commença à les croquer. Il avait la peau noire de soleil et de larges dents d'un blanc éclatant. Il crachait la coquille après l'avoir fait éclater et épluchait ses noisettes.

Moins j'osais le regarder, plus il me fascinait. Un vaurien était-il aussi dangereux qu'un bagnard? Ces subtilités de morale et de vocabulaire m'échappaient à l'époque. Il dut sentir notre curiosité. Se tournant vers nous, il nous offrit des noisettes et nous demanda :

« Et comment vont ces messieurs de Fontbrune?

– Ils vont bien parce qu'il savent se conduire. Et toi tu irais mieux si tu braconnais moins, gronda Joséphine.

– Il est facile d'être honnête quand on est riche », admit paisiblement Pasquet, en s'allongeant, les mains derrière la tête.

Son chapeau lui tombait au ras des sourcils et là-dessous, dans l'ombre, je voyais ses yeux rissoler, croustiller, crépiter. C'était une vraie mitraille qu'il envoyait en silence dans le dos de la fille qui, tout à l'heure, l'avait regardé à la dérobée. Parfois, elle semblait le sentir, s'ébrouait, secouait un peu les épaules, se retournait à demi. D'un revers de main, elle renvoyait ses cheveux en arrière, sous le mouchoir de tête qui glissait.

Renversé dans une trouée de soleil, étalé dans la fougère, Pasquet croquait ses noisettes. On dit que la nature est marâtre, et pourtant elle déployait ce jour-là des splendeurs de courtisane pour auréoler ce vaurien aux yeux chauds qui ignorait superbement ses largesses.

Enfin, aussi silencieusement qu'il était apparu, Pasquet se leva, appela son chien d'un imperceptible sifflement qui glissait entre ses dents sans qu'il parût même remuer les lèvres.

« Adieu! Eh bien, la Joséphine, puisque vous avez de l'amitié pour moi, soyez contente, vous me verrez ce soir à la veillée du Castel Donzel », railla Pasquet avant de reprendre son chemin.

Un coup d'œil en biais lui montra qu'il avait été compris et que la fille viendrait à la veillée.

Comment s'étonner que nous ayons préféré ces leçons à celles apprises à une table ou à un pupitre? Peut-être est-ce de là que me vient cette insatiable curiosité pour les replis cachés de la nature humaine.

Quant au reste de notre éducation, il fut confié à Mlle Lachaud. Il faut la louer d'avoir accepté cette tâche profane, alors que sa vocation l'appelait aux œuvres pieuses : tenir l'harmonium, confectionner les bouquets de l'église, broder des étoles pour M. le curé et des pantoufles pour un chanoine de ses oncles, fabriquer bonnets et brassières pour les enfants pauvres.

Elle nous apprit les quatre points cardinaux, la table de multiplication, les quatre opérations, un peu de géographie et les parties recommandables de l'histoire de France et de l'histoire sainte. Cela comprenait le baptême de Clovis, la défense de Paris par sainte Geneviève, Saint Louis et les croisades, la conversion d'Henri IV. De l'Ancien Testament, elle avait retenu seulement les scènes pastorales, les exemples de piété filiale et quelques châtiments de mauvais sujets, comme Caïn et Esaü.

Ces leçons furent complétées, alors que j'avais environ neuf ans et Antoine dix, par les cours de latin du curé Jardel, qui avait remplacé à Mauzens le curé ivrogne. Ces heures d'étude se passaient tout autant à apprendre par cœur le Dies irae, le Stabat Mater, le Miserere et le Magnificat qu'à aider la servante du curé à sortir la grande échelle, à chasser les poules de ses semis, à cueillir les groseilles et à courir après le chien qui lui avait volé un morceau de lard.

Malheureusement, un soupçon vint à mon oncle Elie. Il nous interrogea sur les déclinaisons, le génitif, l'accusatif. Notre air ahuri nous trahit et les leçons furent interrompues.

Antoine devait entrer au collège de Périgueux quelques mois plus tard et y entreprendre enfin des études sérieuses, et l'on jugea que pour moi le latin n'était guère approprié.

Le carnaval et la Saint-Martin réunissaient à Fontbrune une partie de la famille, qui y venait déjeuner. Cela représentait le plus souvent une vingtaine de personnes, qui habitaient dans un rayon de trois à quatre lieues.

Tout ce monde arrivait en voiture, à cheval ou à dos de mulet. Etant donné l'état des chemins, il fallait avoir les reins solides et ne pas craindre de mâcher la poussière pour se déplacer.

Les enfants déjeunaient à part.

Pour les aînés, les plats succédaient aux plats. Le rouge montait aux visages et ma grand-mère ne pouvait pas contrôler tous les propos des hommes. Les deux frères Cossac, encore célibataires alors qu'ils approchaient de la trentaine, étaient plus grands et plus lourds que tous, tenaient la place de quatre, faisaient craquer les chaises, l'un peu bavard, l'autre gaudriolant, attrapaient les os de poulet en relevant les manches de leur habit. Tout disparaissait entre leurs mâchoires, jusqu'aux cartilages, seuls demeuraient les os, qu'ils lançaient par la fenêtre à leurs chiens, à moins qu'ils ne les appellent à table pour finir les restes. Mon cousin Pierre de Cahaut était du même acabit, mais plus râblé et court sur pattes.

Les rires et les esclaffades incitaient ma grand-mère à l'indulgence. Mon oncle Elie ne voulait pas intervenir, ma tante Charlotte veillait au service des plats et des vins. Le capharnaüm régnait quand on se mettait à parler politique. Il y avait là toutes les opinions : des royalistes, des bonapartistes, des républicains, et plus tard des libéraux, des ultras, des justes-milieux, des légitimistes, des orléanistes.

On ne se calmait qu'en se dispersant au sortir de table. C'était le moment où nous paraissions, couverts de terre ocre, suants, dépenaillés. L'indulgence et la lassitude qui suivent les festins atténuaient les cris des mères, surtout si aucune catastrophe n'était survenue.

La femme de Pierre, ma cousine Louise, était la plus raffinée. Mince, les cheveux châtains encadrant son joli visage de longues boucles et noués sur la nuque en un haut chignon, elle s'habillait avec discrétion et bon goût. Un jour où un de ses fils, encore tout enfant, était revenu dans la salle à manger couvert de boue malodorante, à ne pas prendre avec des pincettes, après être tombé dans la mare sur le chemin du Vieux Cimetière, elle avait cherché la chambrière chargée de nous surveiller.

Ne la trouvant pas, elle avait appelé de plus en plus vivement, devant la maison, puis derrière la grange et l'écurie, du côté des vignes, où se trouvaient le bûcher et une remise. Enfin, elle avait vu la fille sortir du bûcher, le bonnet de travers, secouant la mousse et les brindilles accrochées à sa jupe et à son tablier, disant qu'elle s'était endormie. Mais, benêt, le petit valet avec lequel elle devait être en conversation sortit à son tour du bûcher sans avoir attendu que les deux femmes aient tourné le coin du mur. Suffoquée, Louise, qui était aussi pieuse que pudibonde, lâcha le bras de la fille comme si elle tenait le diable et revint précipitamment prendre sa place à table.

Bientôt, elle ne put contenir son indignation. Elle voulait que son mari renvoie la chambrière à l'instant, que le coupable soit étrillé d'importance. L'oncle Elie, le nez dans son eau de noix, les papilles occupées, le séant alourdi, hocha la tête d'un air de réprobation et poussa les exclamations de commande. Mais la conviction y manquait.

Pierre, conciliant, promit : « Je la sermonnerai, ma chère amie, je la sermonnerai de bonne manière, croyez-moi ! » Mais il ne paraissait pas plus farouche que l'oncle Elie. Large d'épaules, d'encolure, de reins, d'enjambée, il paraissait plus court qu'il n'était. Il avait la réputation d'être fort comme un bœuf et un jour, à la foire de la Saint-Mémoire, à Périgueux, il avait jeté bas un marchand forain que l'on tenait pour un colosse et dont la verve lui avait déplu. Les cheveux bouclés bas et serrés sur le front, il était assis, les cuisses largement écartées, la redingote ouverte et ouvert le gilet de piqué.

Ma grand-mère aimait tout particulièrement Pierre et Louise de Cahaut. Ma cousine, parce qu'elle faisait honneur à la famille par son élégance; Pierre, parce qu'il était solide et jovial. On faisait semblant de ne pas voir que Louise était exaspérée par les manières de son époux.

Dans l'après-midi, après le café, les cigares et les liqueurs, ma grand-mère demandait souvent à Pierre de chanter. La tante Marthe de La Gélie apportait toujours sa musique. Elle se mettait au piano. Je me souviens d'un jour de la Saint-Martin, où il faisait déjà frais. Un feu brûlait dans le salon, ma tante jouait une romance italienne à la mode. Je revois Pierre, appuyé sur le piano : il lui sortait du gosier et de la poitrine un tel ouragan de voix, si pleine, si aisée, si chaleureuse que j'en restai bouche bée. Il joignait le geste à la parole. De ses épaules, qui faisaient presque éclater son habit, partait un ample geste du bras. Ma grand-mère n'osait reculer le vase de fleurs qui était sur le piano, à portée de sa main. La voix s'enflait, éclatante, sonore, impatiente d'être contenue entre quatre murs si étroits. Je regardais si le plâtre du plafond allait s'écailler. Plus tard, on m'apprit que Pierre avait une voix de baryton.

Louise paraissait impatiente au plus haut point. Entre deux couplets, dans un moment de silence, elle fit remarquer froidement :

« Doit-on ouvrir la fenêtre? Il semble que vous souhaitiez ameuter les coteaux. »

L'atmosphère s'en ressentit et la chanson fut écourtée. Ensuite, Louise écouta avec ravissement un air fade et langoureux chanté par une de mes tantes.

Cela n'empêchait pas l'un ou l'autre des oncles de s'endormir dans son fauteuil. Finalement, on sortait les tables de jeu. La bête hombrée était à la mode en ce temps-là. On ne s'y ruinait pas, mais on y faisait grand bruit.

Ceux que n'amusaient pas les cartes allaient se promener ou poussaient jusqu'au champ de foire, où se tenait la frairie[1] de la Saint-Martin. Mais, à Font-

---

1. Fête.

brune, on peut selon le temps et l'humeur suivre dix chemins différents, à travers bois ou prés. Aucune clôture ne vous arrête, il suffit de savoir qu'on ne peut faire dix pas sans grimper ou descendre.

En dehors de nos occupations quotidiennes, les distractions ne nous manquaient pas. En ce domaine, rien ne valait le marché du Bugue, le mardi, et la foire de la Saint-Louis, à la fin du mois d'août.

Notre enfance prit fin le jour où Antoine partit au collège et où l'on décida de m'envoyer moi aussi en pension à Périgueux, chez les Visitandines.

L'abus de prières, de claquoir, de règlement me jeta dans le désespoir. Sans l'avoir cherché, je perdis la parole, le sommeil, le boire et le manger. Mon oncle Elie fut délégué par ma grand-mère auprès des religieuses et chargé de lui rendre compte. Il était tout ému et empêtré en me quittant, au parloir.

« Fillette, il ne faut pas t'inquiéter. Bois, dors, mange et, ajouta-t-il avec un clin d'œil, fais tes génuflexions en attendant. »

Lui, si pieux, fallait-il qu'il soit troublé par ma piteuse mine.

Le mercredi suivant, on m'appela au parloir. Louise de Cahaut était là, élégante comme toujours, accompagnée de Rosa, sa chambrière – la même, ronde et joyeuse, qui s'était égarée dans le bûcher de Fontbrune un jour de frairie. Heureusement, Louise l'ayant connue enfant n'avait pas eu le cœur de la renvoyer.

Louise annonça qu'elle avait pour mission de me ramener à Fontbrune. Elle déclara qu'elle irait seule chez sa modiste et sa couturière et que Rosa me ramènerait chez son père, M. de La Gardelle, où elle descendait lors de ses visites à Périgueux.

La cohue, les cris, les rires, les bousculades, les étalages me parurent admirables. Rosa m'emmena chez un sien cousin, marchand de vins derrière Saint-Front, où elle avait à faire. Jamais je n'étais grimpée dans ces ruelles en pente, entassées les unes au-dessus des autres, où les ordures, les chats, les décombres de toute sorte s'amoncelaient à chaque coin de mur et de porte. Il y faisait froid et humide en toute saison, l'odeur était insupportable. Mais j'étais ivre de ma liberté retrouvée, cette rue nauséabonde me sembla un paradis.

En rentrant par les allées de Tourny, larges, ombragées, nous musions toutes deux, le nez au vent, tournant comme des totons, regardant les marronniers en fleur, riant de tout et de chacun. Un cavalier nous dépassa et, trottant au bord du ruisseau, nous envoya une volée de boue. Rosa me dit vivement :

« Regardez, pito doumeïzello, ce joli cheval éclabousseur !

– Ce n'est pas le cheval, Rosa, c'est le monsieur qui nous éclabousse! »

Nous n'aurions pas cru qu'il nous entendrait, car il passait d'un trot vif et d'un air fort haut, ne semblant pas se soucier de ce qui se disait au ras du pavé. Pourtant, il s'arrêta net et revint en arrière. Nous remarquâmes qu'il était très jeune et que son cheval était aussi joli que sa tournure. Arrivant à notre hauteur, il nous salua :

« Je suis désolé que vous ayez à vous plaindre de mon cheval, mesdemoiselles.

– Ce n'est pas votre cheval! m'écriai-je dans mon ignorance du monde. Si vous le menez au bord du ruisseau, il faut bien qu'il envoie de la boue sur les passants. »

Il était moins pincé que je n'avais cru, car à cela il rit de bon cœur.

« Mademoiselle, acceptez mes excuses. Je suis prêt à vous demander des leçons de logique, et peut-être aussi de philosophie... disons dans quatre ou cinq ans, si vous le voulez bien.

– Eh! s'exclama Rosa, comment apprendriez-vous ces belles choses, si vous n'avez jusqu'ici même pas appris les bonnes manières? »

Il riait toujours, ni vexé ni impatient, semblant même s'amuser beaucoup :

« Dans quel guêpier suis-je tombé! »

Il se tourna vers Rosa :

« Toi, drôlette – et, se penchant, il lui tapait doucement l'épaule du manche de sa cravache –, si tu veux dès maintenant me donner des leçons, j'en serai très heureux. Je demeure à l'hôtel de Reignac, cour des Princes. En sonnant à la petite porte, ce soir avant la nuit, tu trouveras mon domestique qui t'ouvrira.

– Monsieur, répondit-elle en faisant la révérence, il ne serait pas convenable que j'y vienne sans que madame votre mère me l'ait commandé.

– Viens toujours, nous arrangerons l'invitation ensuite! »

Il me sembla bien qu'il plaisantait, mais il y avait pourtant un air entendu entre lui et Rosa. Il souriait en la regardant et il enleva son cheval après un silence.

« Tu connais ce monsieur, Rosa?

– Moi? Bonne Vierge! Lui aurais-je parlé si rondement si je le connaissais! »

Il se passait là quelque chose qui m'intéressait. Je n'avait jamais rencontré ce genre d'homme, désinvolte, élégant, riche. Pourtant, il ne m'éblouit pas. Rosa avait la parole vive et je n'avais pas eu le sentiment que nous étions des campagnardes embarrassées par le badinage d'un citadin.

Le lendemain, j'étais à Fontbrune.

Pendant mon absence, notre pauvre Mlle Lachaud était morte. Sa maison des Nouëlles était revenue à son cousin, le docteur Manet, installé au Bugue. Petit, roux, solidement planté sur de courtes cuisses, habillé de façon négligée, il ne soignait guère son apparence et avait la réputation d'être un original. Il ne fréquentait l'église que les jours de fête, mais il soignait les pauvres gratuitement. Ma grand-mère l'avait décrété homme de cœur et adopté d'emblée.

Il était né à Savignac-du-Bugue. Enfant, le curé avait remarqué son intelligence et l'avait fait entrer au séminaire de Sarlat. La Révolution était arrivée, le séminaire avait fermé ses portes, et François Manet, encore adolescent, avait travaillé dans l'officine du barbier-chirurgien qui était installé au Bugue dans le quartier du Temple. Il avait été admis en apprentissage sur la recommandation de son oncle, le docteur Lachaud.

Martial Fabre, l'un des anciens condisciples de François Manet, qui avait quitté le séminaire dès les débuts de la Révolution et s'était engagé en 1792, à l'âge de quinze ans – il avait pu faire croire qu'il en avait seize grâce à sa haute taille et à sa forte carrure – lui avait fait savoir à la fin de 1793 qu'on cherchait des officiers de santé, médecins, chirurgiens, pharmaciens, pour l'armée du Rhin. Manet abandonna le rasoir et la lancette et rejoignit Strasbourg. Il savait le latin, un peu de rhétorique, il possédait des notions de pharmacie, on n'avait ni le temps ni les moyens de chercher mieux – les écoles de médecine venaient de fermer –, il savait faire une saignée et un lavement, on l'engagea comme sous-aide-major.

Voilà comment Manet avait suivi les armées de la République, puis du Directoire, du Consulat et enfin la Grande Armée, à travers l'Europe, sans y gagner gloire ni fortune, seulement le grade de chirurgien en chef. Après la retraite de Russie, il avait été licencié comme l'était une partie des officiers de santé à la fin de chaque campagne. Lassé de courir, les arriérés de ses appointements ne lui ayant pas été versés, dégoûté du peu d'économies qu'il avait accumulé, il était rentré au Bugue pour y retrouver sa seule famille : le vieil oncle Lachaud et sa cousine, déjà d'un âge respectable, qui était aussi sa marraine.

Pendant ce temps, Fabre avait fait carrière dans l'artillerie : capitaine à dix-neuf ans, il avait de l'autorité, des dorures, de beaux chevaux, malgré une certaine sévérité qu'il avait gardée de ses années de séminaire. Il était devenu colonel et baron de l'Empire en 1808, général de brigade en 1812 à trente-six ans, général de division à son retour de Russie, en 1813.

Lors d'un congé de convalescence, à la suite d'une blessure, en 1809, il avait rendu visite à Manet, qui menait alors au Bugue une vie morose entre deux campagnes. Sur son conseil, Fabre avait acheté une belle propriété qui était en vente sur la route de Limeuil. L'affaire avait été bonne, Puynègre possédait certaines des meilleures terres de la vallée de la Vézère, juste au-dessus de son confluent avec la Dordogne.

Fabre était venu s'y installer après la chute de l'Empereur. En 1813, il s'était marié avec la fille unique du propriétaire de Forge-Neuve, située sur la commune de Mauzens, et alors en pleine prospérité. Il était devenu par son mariage un des hommes les plus riches du canton.

Ses dix années de pratique valurent à Manet l'autorisation d'exercer la médecine. Peu à peu, il reprit la clientèle de son oncle, qui se retira avant de mourir, pauvre et obscur.

François Manet passait pour brusque et un peu étrange, mais il se jura de ne pas connaître le sort de son oncle et la chance le servit. Il sut soigner et guérir sans le rendre boiteux le fils du marquis de Campagne qui s'était fracturé le pied, un jour où, ses chevaux s'étant emballés, son tilbury avait versé à l'entrée du Bugue.

Il montra de la discrétion et même de la froideur à l'égard de son patient. On lui en montra de la reconnaissance. Il garda ses distances et réclama des honoraires élevés. Malgré sa redingote fripée, ses favoris roux en désordre et ses revers maculés de tabac, en un mois sa réputation était faite, notables et gens nés ne jurèrent que par lui.

Il y eut diverses interprétations quand il conserva à

son service la servante qu'avait recueillie Mlle Lachaud. Elle s'appelait Marie, avait eu un enfant à l'âge de seize ans, ses parents l'avaient chassée et Mlle Lachaud l'avait sauvée du désespoir et de la misère. Elle avait fière allure et avait gardé de son malheur une habitude de réserve et de dignité.

Je surpris un jour à son propos des bribes de conversation entre Pichille et Joséphine – qui venait à Fontbrune une fois par semaine en plus des jours de lessive.

« Pôvre, tu crois peut-être que la Marie dort dans la souillarde avec sa fille! s'exclamait Joséphine.

– Et toi, tu n'as peut-être dormi que dans le lit de ton Jacquou, de son vivant? Ce n'est pas ce qu'on dit! »

A Fontbrune, Pichille et la chambrière dormaient tra la traque, c'est-à-dire derrière la cheminée de la cuisine, dans une petite chambre obscure. Henri et Batistou partageaient un réduit situé à l'arrière de la maison. Que voulait dire Joséphine en annonçant fièrement que Marie ne dormait pas avec sa fille? Je n'osai pas poser la question.

L'habitude se prit d'inviter le docteur Manet à déjeuner à Fontbrune le dimanche, en même temps que le curé Jardel. Il humait d'un air gourmand son verre de puy-charmant et c'est en connaisseur qu'il félicitait ma grand-mère et ma tante Charlotte sur les plats qu'il trouvait savoureux. En même temps, il plaisantait :

« Pourtant, mesdames, j'ai un estomac à toute épreuve, seul point par lequel je ressemble à Alexandre, César ou Napoléon. Dix ans de campagne vous habituent à manger trop ou pas assez, froid ou brûlé, vert ou pourri, trop clair ou trop pâteux. »

La première fois qu'on sortit devant lui les tables de jeu, une commotion secoua Fontbrune. Quand il battit et distribua les cartes à l'une des tables, encadré par le curé et par Pierre de Cahaut, un silence se fit. Ses courtes mains y mettaient une agilité inconnue à Mauzens. Les jetons cliquetaient dans une atmosphère lourde d'attente. Le curé dut secouer sa somnolence, il se redressa et tint ses cartes d'une main plus ferme. Le cigare de Pierre dégagea des volutes de fumée inhabituelles. Le docteur finit par compter les points avant tout le monde. Il gagna la première partie, les jetons s'accumulèrent devant lui. Déjà, il rassemblait les cartes avec la même célérité. Ma grand-mère s'émut :

« Docteur, si vous allez de ce train, M. le curé finira par dépenser l'argent des troncs et de la quête et mon neveu Pierre y perdra sa récolte de l'année. »

Mais ce prestigieux adversaire avait électrisé les joueurs. On se récria. Ma grand-mère put obtenir qu'on jouerait tout petit jeu, mais un vent de tripot souffla soudain sur Fontbrune.

Ni ma grand-mère ni ma tante ne surent d'où le docteur tenait ce talent. Devant les hommes de la famille, par contre, il parlait volontiers. Les cousins s'esclaffaient :

« Convenez que vous étiez de rudes gaillards!

– Mais non! Les officiers de santé étaient de pauvres diables. Aux militaires la croix, la gloire, les uniformes, les titres, les donations. A nous la misère, le manque de matériel, les installations sordides! »

Mais les cousins réclamaient autre chose que des scènes d'horreur. Quand les voix se baissaient et que seuls les rires fusaient parfois dans un coin du salon, je savais qu'ils avaient obtenu satisfaction.

Ils partageaient une autre passion avec le docteur Manet : la chasse. Par extraordinaire, mon oncle Elie n'était pas chasseur et avait autorisé le docteur Manet à chasser sur les terres de Fontbrune. A la saison, le dimanche, il passait à la pique du jour en bas du Castel Donzel, et remontait vers la Mélonie, son chien sur les talons, l'œil et l'oreille à l'affût, enveloppé dans sa grosse veste de velours, portant une de ces casquettes à oreillettes que l'on dit anglaises. Le fusil au creux du bras, il disparaissait dans les sous-bois, traversait les friches, les coins de feuillards, les halliers, les fonds humides, les fougères encore trempées de rosée battant ses guêtres et lui arrivant parfois jusqu'aux épaules. Il savait où nichait tel lièvre, il avait surpris au hasard de ses courses à pied ou à cheval la trace d'une hase, le pied d'un sanglier, un couple de perdrix ou un renard, et rien ne l'aurait détourné de leur poursuite.

Avec l'arrivée du docteur Manet, une autre vie commença pour moi. Il m'encouragea à lire une partie des livres que contenait la bibliothèque de Fontbrune, puis il m'en prêta d'autres. Je lui avais déclaré que les classiques m'ennuyaient. Les nobles phrases et les beaux sentiments me laissaient de glace.

« Je vois, énonça-t-il gravement, il faudra vous proposer des barbares, des empires conquis ct détruits, un peu de férocité et de décadence, des fastes et des horreurs. Commençons pourtant par les Grecs, cela paraîtra sérieux. »

Il me mit dans les mains *La Vie des hommes illustres* de Plutarque, les tragiques grecs, Hérodote, *L'Iliade* et *L'Odyssée*. Comme il ne faisait rien avec méthode, mais en suivant son inspiration et au hasard de ses visites à Mauzens, il m'entretint pêle-mêle de tout ce qui lui était cher : la cité grecque, les pharaons et les dieux égyptiens, la Mésopotamie, les Phéniciens, Darius, Samarcande, et même l'Inde et la Chine par lambeaux. La tête me tournait entre les crues du Nil, les débuts de l'écriture, la destruction du temple de Jérusalem. J'étais étourdie par ses récits où se mêlaient faucons, épices, parfums, chars, flambeaux, esclaves, processions, chevaux, éléphants.

Il avait ses héros favoris : Cyrus, Alexandre, Ulysse. Il étalait des cartes où je ne reconnaissais pas le nord du sud. Il traçait les frontières, enjambait les fleuves, philosophait à propos des conquérants : « ils sont

tous les mêmes, avides comme des crocheteurs »,
disait-il, englobant d'un même geste les Scythes, les
Romains, les Normands, les Mongols.

Je lui demandai un jour si Napoléon avait fait partie
de cette confrérie. Il soupira, souffla, consulta ses pieds
qu'il fixa longuement d'un regard douloureux, puis
marmonna :

« Hélas! hélas! Buvons quelque chose, sinon je vais
me sentir d'humeur chagrine toute la journée. »

Il mêlait à ces récits des souvenirs de ses campagnes :

« En Espagne, aïe! quelles mouches, grosses comme
des œufs de pigeon, et un vrombissement, des piqûres!
Les Egyptiens avaient inventé la moustiquaire du
temps des pharaons, mais ce luxe n'a pas encore
atteint l'Europe. »

Manet m'apprit à observer, réfléchir, porter un
jugement sur tout ce que je voyais et entendais.

« Ne vous contentez jamais de ce qu'on vous raconte! La version officielle qui court de chaque événement, quelle farce! Tenez, on vous dit que nos canons
et notre héroïsme ont vaincu à Valmy et pas que
l'armée prussienne était ravagée par la dysenterie!
Derrière ce que l'on daigne vous raconter grouille la
masse des faits inavouables et malodorants. Ne vous
lassez jamais de fouiller tant que vous ne les avez pas
déterrés! »

Les années passaient. J'avais seize ans. Ma cousine
Louise m'avait un peu appris à danser, bien que je ne
me sente nulle envie d'aller dans le monde. Je ne
tenais pas à y paraître gauche, habituée que j'étais à
courir à grands pas les chemins de Fontbrune.

Je percevais alors une différence radicale entre la vie
ordinaire, celle des pauvres gens et des réalités crûment exprimées par les hommes ou les domestiques, et
la vie des gens bien élevés, la seule que semblaient
connaître les femmes de mon milieu.

Un jour, Pichille tournait autour du déjeuner qui était prêt, alors que mon oncle Elie ne l'était naturellement pas. Les hommes, ayant fini leur repas, étaient repartis à leurs occupations. Les femmes plaisantaient comme toujours en compagnie de Joséphine, à la langue aussi drue que le battoir. J'étais dans la cour, contre la porte de la cuisine, à enlever les mauvaises herbes d'une bordure de fleurs. On ne m'avait pas vue.

« Les demoiselles se marient toujours si elles le veulent, ce n'est pas bien difficile, disait Marguerite, la chambrière.

– Si elles ont du bien, sans doute, rétorquait Joséphine d'un ton de personne informée.

– Hé! elles pourraient bien trouver un monsieur qui serait fier d'entrer dans une famille respectable.

– Mais alors ce serait la famille respectable qui ne voudrait pas de ton monsieur le miséreux.

– Il ne serait pas miséreux! Il aurait pu gagner quelque bien par son industrie et son travail.

– Ma fille, tu es folle! Est-ce qu'on veut de cette industrie-là dans les familles de par ici, s'exclama Joséphine, et de grosses mains et des souliers de paysan, et un rustre qui ne saurait pas trois mots de latin et qui aurait un chapeau rond?

– Mais, protesta Marguerite, s'il s'est enrichi, il pourra s'habiller comme un monsieur. Et cela vaudrait mieux pour une demoiselle que de rester seule et sans dot.

– Ma fille, on croirait que tu n'es jamais sortie de derrière tes moutons. Sache qu'il vaut mieux rester demoiselle que d'épouser un malotru.

– Et Mlle Adeline alors? On dit qu'elle n'a quasiment pas de dot, vaut-il mieux qu'elle ne se marie pas? »

Joséphine dut lever les yeux au ciel, chagrinée de devoir dire une dure vérité :

« La pôvre demoiselle, pas assez de dot et trop de fierté, voilà qui en fera un parti bien difficile.

– Pourtant, une demoiselle peut trouver un veuf ou un monsieur plus âgé qui ne regarde pas à la dot.

– Mais alors il faut être gracieuse, et faire de petites mines, et joindre les mains, et s'exclamer, et sautiller, et pépier comme une boîte à musique. Ou alors être une belle et bonne ménagère...

– Joséphine, arrête tes sottises, ou je t'envoie raccommoder ton linge dans l'écurie », gronda Pichille, qui ne supportait aucune critique à l'égard de ces messieurs de Fontbrune.

Le soir, après le dîner, je posai la question à ma grand-mère :

« Quelle dot doit avoir une jeune fille?

– Cela peut aller d'une paire de draps et de chemises à une paire de bœufs, et d'un petit sac d'écus à vingt mille livres de rente, répondit-elle.

– Est-ce que j'aurai une paire de draps et de chemises?

– Un peu plus, mais tu n'auras pas vingt mille livres de rente.

– Est-ce que je suis pauvre?

– Ma foi, nous paraissons riches aux yeux du bourg. Pour les familles les plus prospères de la région, nous sommes seulement des gens aisés. Pour les gens riches et élégants, de Bordeaux ou de Limoges, nous sommes des provinciaux ignorants et crottés.

– Croyez-vous que je pourrai me marier avec quelqu'un de par ici?

– Hé! fillette, s'amusa ma grand-mère, si tu le veux, tu le pourras. Si tu ne le veux pas, personne ne pourra se marier à ta place. »

Cette conversation me mit l'esprit en effervescence. Autant j'aimais Fontbrune, autant y passer ma vie entière, sans autre horizon, m'inquiétait. Je ne pouvais parler de cette question qu'au docteur Manet.

Le dimanche suivant, quand il vint déjeuner à Fontbrune, il était tout occupé de sa vigne, menacée par le temps froid de ce mois de mars. Il la surveillait, y allait tôt le matin, venant exprès de Bugue, tard le soir, à nouveau le lendemain matin à l'aube avant de repartir. Il observait le ciel clair, espérait des nuages, du vent, de la pluie. Il avait gelé à Saint-Félix, il pouvait geler à Mauzens. Il ne fallait rien lui demander.

Le beau temps revenu, sa vigne sauvée du gel avant de donner quelques mois plus tard un médiocre verjus, il était de fort bonne humeur. J'attendis qu'il ait fini sa partie de cartes avec M. le curé et Pierre de Cahaut. Comme toujours, le jeu traînait en longueur. Assise avec un livre, je tendis l'oreille quand on se mit à parler bas.

« La pauvre fille a été vue au petit matin près de l'étang de Forge-Neuve, et on y a découvert le corps du nouveau-né peu après, disait M. le curé.

— Savait-on qu'elle était grosse? demandait Pierre.

— Voit-on jamais ces familles de charbonniers, qui vivent cachées toute l'année dans les bois! soupira M. le curé. Elle venait à La Loulie chercher du tabac pour son père. Mais il ne la laissait guère s'éloigner. Les gendarmes sont venus la chercher hier matin. »

Le docteur ne disait rien, regardant ses cartes. Pierre se mit à rire :

« Allez enfermer les filles, voilà ce qui leur arrive!

— Savez-vous qui était le père de cet enfant? demanda le docteur.

— Ma foi, non, dit M. le curé. On le racontera un jour ou l'autre. Mais qu'allait-elle courir les coteaux au lieu de s'occuper de son père! »

Ramassant les jetons — comme d'habitude, il gagnait, malgré les points de retard qu'on lui attribuait d'office au début de chaque partie — le docteur tapota la table :

« Je vous conseille de chercher d'abord à savoir qui lui a fait cet enfant.

— Le sauriez-vous? demanda Pierre.

– On ne m'a rien dit », conclut énigmatiquement le docteur.

Enfin la partie se termina et ils se levèrent. Je raccompagnai le docteur aux Nouëlles. En chemin, après avoir parlé de choses et d'autres, en traversant le petit bois de chênes et la cour du Castel Donzel, j'en arrivai à ce qui m'intéressait :

« Docteur, je n'ai pas de fortune, n'est-ce pas? »

Prudent, il observa :

« Qui en a, dans nos régions?

– Vous comprenez ce que je veux dire : je n'ai pas de dot.

– Vous avez *La Meyrolie* et le petit bois qui est derrière, c'est plus que n'en ont la majorité des gens dans ce département.

– Oui, mais les bâtiments sont en mauvais état, le peu de bois et de terre ne rapporte guère.

– Dans ce cas, bien peu de gens se marieraient par ici, sacrebleu!

– Vous savez bien que dans nos familles il faut avoir une dot pour se marier.

– Vos cousines de La Gélie n'en ont guère et l'aînée vient pourtant de se fiancer. »

Cela confirmait mes craintes. Honorine épousait un greffier de Saint-Cyprien aux ongles et aux dents jaunes, au cheveu rare.

« Je ne veux pas épouser un de ces hommes à peine plus instruit et plus riche que ses métayers, qui n'a rien vu et n'a réfléchi à rien.

– Ma chère enfant, il ne sert à rien de vous désoler. Peut-être pourriez-vous aller chez des parents à Périgueux passer quelques mois. Vous y verriez d'autres visages, vous seriez introduite dans un monde plus large.

– Je n'y avais pas pensé. En parleriez-vous à ma grand-mère? »

Il promit de le faire lors de sa prochaine visite à Fontbrune. J'avais confiance dans la solidité de son esprit : toute proposition venant de lui serait raisonnable et aurait de bonnes chances d'être acceptée par ma grand-mère et mon oncle Elie.

Je voulais enfin lui poser une dernière question. Nous étions arrivés aux Nouëlles, en haut du chemin qui monte raide. J'étais avec lui dans son bureau, où se trouvaient ses livres, ses revues, ses bocaux, ses préparations de pharmacie. Marie cousait dans la cuisine, la porte ouverte pour profiter du soleil de cette fin d'après-midi qui réchauffait la cour; sa fille à côté d'elle tricotait.

« Docteur, pourquoi la fille du charbonnier a-t-elle été emmenée par les gendarmes?

– Ah! vous nous avez entendus!

– Eh bien?

– On a découvert qu'elle venait d'avoir un enfant et l'avait noyé dans l'étang de Forge-Neuve.

– Ne pouvait-elle se marier?

– Qui aurait-elle épousé? Elle vivait en sauvage dans la forêt, avec son père. »

Je répétai la question que j'avais entendu poser et qui semblait avoir de l'importance.

« Qui était le père?

– On ne le sait pas.

– Vous avez pourtant une opinion là-dessus?

– Ce ne sont pas les opinions qui comptent dans une affaire de ce genre, mais les preuves.

– Docteur, je veux savoir. Comment pouvez-vous me recommander constamment de regarder la vérité en face, de chercher la cause de chaque événement, et refuser de me répondre quand je vous questionne?

– La réponse ne m'appartient pas. »

Il se passa la main sur le visage. Ce geste lui était habituel quand il était las ou perplexe.

« Si au moins la malheureuse avait pu déposer l'enfant à l'hospice de Périgueux », dit-il d'une voix sombre.

Exaspérée de mon ignorance, je tournai les talons, prête à sortir de la pièce.

« Ne vous fâchez pas, me dit affectueusement le docteur. Oubliez cela, vous êtes trop jeune.

– Vraiment? Cette fille avait pourtant mon âge, n'est-ce pas?

– En effet. »

Il se dirigea vers un angle de la pièce. Il revint et me tendit un fouet de cuir noir, au manche tressé.

« Tenez, vous en aurez besoin.

– A quoi cela me servira-t-il?

– A faire avancer la bête.

– Que voulez-vous dire?

– Je parle de la bête qui est en chacun de nous, bornée, inquiète, qui veut dormir dans la paille et ne rien savoir, et qu'il faut faire avancer : à coups de fouet, à coups de botte, n'importe comment. A nous de garder le dernier mot et à la bête d'avancer. »

Là encore, je ne compris pas, mais je pris le fouet. J'allai dans la cuisine m'asseoir auprès de Marie et de sa fille, dans la lumière de la porte ouverte, regardant le fond du coteau, le Castel Donzel sur la pente d'en face, et tout autour les prés, les bois et l'avenue de Fontbrune. La maison était cachée derrière les arbres.

En rentrant, je m'arrêtai dans la cour du Castel Donzel, où les femmes s'occupaient des bêtes. Je finis par grimper le raidillon qui traverse le bois de chênes – où aller dans ce pays sans passer par des raidillons? – et choisis de rêver à un futur séjour à Périgueux. Chez qui pourrais-je aller? Le père de Louise de Cahaut était âgé et veuf, d'autres cousins étaient plus éloignés. Nous verrions.

Louise venait d'avoir un troisième enfant. Quelques semaines plus tard, très fatiguée, mal remise de ses couches, elle fit demander à ma grand-mère si je pourrais venir quelque temps à Fumerolles pour l'aider à prendre soin de la maison et des aînés de ses enfants, alors âgés de sept et de huit ans. Ce n'était pas un changement, je partais à trois lieues de Fontbrune, j'y verrais les mêmes membres de la famille, les mêmes amis. Ma grand-mère, ma tante Charlotte et mon oncle Elie estimaient qu'on ne pouvait refuser cette aide à une cousine très aimée. Il s'agissait d'un bref séjour qui ne me déplaisait pas. Je serais de retour à temps pour que s'arrange mon départ à Périgueux avant l'automne. Toutes les familles, parentes ou amies, allaient bientôt venir passer les mois d'été dans leurs terres. Je ne regrettais pas la perspective de ce séjour chez les Cahaut.

A la fin du mois d'avril, un matin, la carriole de Fumerolles vint me chercher. Une malle d'osier suffisait à tenir le peu d'affaires que j'emportais.

En route, Guillaume, le domestique, s'arrêta à la forge de La Loulie où un voisin lui avait demandé de prendre une roue qu'il avait donnée à réparer. Je restai dans la voiture. A l'auberge, près de la forge, je vis par terre un long paquet sous une toile. Des hommes sortirent de l'auberge, où ils venaient de boire apparemment. Ils crachèrent dans leurs mains, se baissèrent, soulevèrent les brancards, chacun à un coin de la caisse.

En passant près de moi, ils me saluèrent et je leur rendis leur salut, un peu étonnée qu'ils ne fassent aucune conversation. Guillaume leur demanda :

« Hé! qui portez-vous là? »

Il avait deviné que la caisse était celle qu'on utilisait dans le bourg pour transporter les pauvres qui n'avaient pas les moyens de se payer un cercueil et un enterrement.

« Cest le charbonnier des Bories, celui dont la drôle est en prison. Il s'est pendu.

– Il n'aura pàs su se passer de la petite, expliqua un autre.

– Je crois bien! commenta le premier. Dès qu'elle a eu dix ans, elle lui a servi de fille et de bonne amie à la fois. C'était lui le père du petit. Il aura eu honte. »

Il avait parlé bas, en détournant la tête pour que je n'entende pas.

Ils avaient déjà fait un quart de lieue dans les bois et il leur restait une demi-lieue jusqu'à l'église. On refuserait une sépulture chrétienne au charbonnier, puisqu'il s'était suicidé. Le corps serait porté directement de la caisse dans un trou à l'écart, au fond du cimetière, sans prière, sans bénédiction.

Guillaume repartit, faisant monter lentement à la jument la route en lacets qui, à travers bois, arrive à Rouffignac. Pas une habitation pendant une lieue et demie. On laisse à gauche le chemin qui va à Forge-Neuve, à droite celui de la Chapelle. En grimpant le premier coteau, sec et dénudé, on arrive à hauteur du château de Miremont, dont la ruine se dresse de l'autre côté de la vallée, dominant Saint-Félix-de-Reilhac. On continue à monter et à tourner, dans d'épaisses châtaigneraies, aux troncs noueux et tordus. Quand le soleil joue à travers les feuilles, les bois sont magnifiques, mais la nuit ou l'hiver, l'endroit est sinistre. On ne s'y aventure pas sans être armé de pistolets ou d'un gros bâton ferré. Les loups restent à distance quand on claque des sabots dans leur direction, mais les bandits ne sont pas si faciles à convaincre et la forêt n'en manque pas.

2

J'ARRIVAI à Fumerolles juste avant le déjeuner. Je montai tout de suite voir Louise dans sa chambre. Les volets étaient tirés, car la lumière la fatiguait, disait-elle. Elle me parut très pâle, mais comment ne l'aurait-elle pas été, ne sortant pas, même sur la terrasse ou dans le jardin, depuis trois ou quatre mois.

Son déjeuner, posé sur un plateau d'argent recouvert d'un napperon, se composait d'un bouillon de légumes, d'un blanc de poulet et d'une poire cuite. Après l'avoir embrassée, je m'exclamai :

« Louise, jamais tu ne te remettras si tu ne manges rien. »

Elle repoussa languissamment la dentelle de son oreiller :

« Vois-tu, je n'ai pas faim.

— Naturellement. Tu ne peux pas avoir d'appétit en restant enfermée pendant des semaines.

— Je suis trop faible pour sortir, soupira-t-elle.

— Il faudrait au moins t'asseoir dans un fauteuil, au soleil, sur la terrasse. Tu vas dépérir si tu continues à te cloîtrer ainsi. »

Rosa, que j'avais vue dans le vestibule en arrivant, m'avait paru préoccupée, me disant que ma cousine ne bougeait pas, mangeait à peine, et ne prenait même pas plaisir à voir sa petite fille, pour laquelle on avait dû quérir une nourrice de Plazac. Elle n'avait d'yeux que pour ses fils, qu'elle faisait venir plusieurs fois par jour dans sa chambre et couvrait de baisers et de sucreries.

Je redescendis pour le déjeuner, que je pris seule avec les enfants, leur père étant parti voir un marchand de bois à Ladouze et ne devant rentrer que le soir. Armand était placide, rond et silencieux. Adrien, le plus jeune, me parut fort agité. Peut-être étaient-ils trop livrés à eux-mêmes depuis un certain temps.

Que faire? Comment aider Louise? Par où commencer? Je n'avais aucune expérience dans l'ordonnancement d'une maison ou dans l'éducation des enfants. Tout était aux mains de la cuisinière, Léa, et de Rosa, la chambrière favorite de Louise.

Je n'étais pas faite pour vivre confinée et je ne comptais pas passer mon temps au chevet de Louise. Après le déjeuner, en guise de promenade, je conduisis les enfants à Tourtel chez notre oncle et notre tante Roger. Pendant qu'ils jouaient, j'accompagnai ma tante dans le jardin où elle soignait ses fleurs. Une fois de plus, j'admirai les arbres de Tourtel : je n'en ai jamais vu d'aussi beaux; les cèdres en particulier sont imposants.

A notre retour à Fumerolles, Louise me parla joyeusement des petits faits de la maison et de la famille, fit venir le bébé porté par sa nourrice. Cette petite Emma était énergique et vigoureuse, avec sa face ronde encadrée d'un bonnet. Je n'osai dire qu'elle me paraissait ressembler à Pierre, car il pouvait difficilement passer pour un modèle de beauté, surtout reproduit au féminin. Louise avait dû faire la même réflexion car elle soupira :

« Voilà bien la fille de Pierre : elle dort à poings fermés et ne se réveille que pour crier et demander son repas. »

La nourrice, qui sentait encore quelque peu la vache et ne parlait que le patois, ne comprit pas ce discours, tenu en français, mais regarda fièrement la jeune Emma. A son avis, on ne pouvait souhaiter plus beau poupon. Comment aurait-elle imaginé que Louise aurait préféré une enfant plus fragile peut-être, mais plus mince et aux traits plus délicats? Placide, elle attendait qu'on lui rende l'enfant. Peut-être était-ce une période bénie de repos, dans sa vie de paysanne pauvre, que ces semaines où le vivre et le couvert ainsi que de modestes gages lui étaient assurés. Elle avait également été autorisée à garder avec elle son fils, un peu plus âgé qu'Emma.

Louise avait des goûts de luxe. Elle avait été élevée à Périgueux, dans les débris de ce qui avait été une assez jolie fortune. Son père, M. de La Gardelle, veuf depuis quelques années, lui passait tous ses caprices, payait sa couturière, sa modiste et toutes les factures qu'elle lui faisait envoyer. Elle était habituée à une argenterie, de la vaisselle, du linge, des meubles plus élégants que ceux dont se contentaient les autres membres de la famille. Elle avait transformé Fumerolles en y arrivant après son mariage. Ce « noble repaire », selon une appellation courante dans le pays, est situé entre Fleurac et Rouffignac, dans un endroit sauvage et isolé, en haut d'un coteau d'où il jouit d'une vue admirable. Le salon ouvre sur une terrasse d'où, par trois marches, on descend dans le jardin, que Louise aurait voulu mieux entretenu. Il était composé de quelques parterres de fleurs et d'allées où elle avait fait répandre des cailloux de la Vézère. Trouver un jardinier était une trop haute ambition. Guillaume remplissait cet office, en même temps que celui de cocher et d'homme de peine. Mais seuls certains travaux lui semblaient dignes de son attention : greffer, tailler les arbres, les buis et les haies, apporter du fumier, couvrir de paille les plates-bandes pendant l'hiver, il ne touchait pas aux fleurs, c'était un travail de femme.

Fumerolles est composé d'un corps de bâtiment long et bas, couvert de petites tuiles plates, flanqué d'une tour ronde et trapue, entouré des dépendances habituelles. Louise avait tout de suite trouvé démodés les vastes cheminées et l'escalier de pierre. Pierre avait refusé tout net qu'on y apporte le moindre changement. Il lui avait accordé de faire dans sa chambre les travaux qu'elle souhaitait. Elle avait fait recouvrir d'un manteau de bois la cheminée, dont elle avait ainsi rétréci la contenance de telle manière qu'elle tirait très mal. Elle avait aussi habillé de boiseries les murs de sa chambre et ceux du salon. Heureusement l'argent avait manqué à Louise – ou plutôt à M. de La Gardelle – au moment où elle allait se lancer dans des réformes plus audacieuses. Elle avait également fait retapisser tous les meubles : cela, Pierre s'en moquait.

Toute la vie de la maison, quand j'arrivai, était concentrée dans la cuisine. Les enfants y jouaient. Rosa et Aline, l'autre chambrière, s'y retrouvaient chaque fois que leur ouvrage le leur permettait. Léa, au-dessus de l'âtre, plongeait une louche dans le pot fumant. Guillaume, qu'on avait chassé en attendant que le dîner soit prêt, attendait sur les marches en taillant un manche d'outil. La nourrice, assise dans un coin sombre, finissait de donner le sein à Emma et la berçait en attendant de nourrir son fils qui braillait dans son panier de châtaignier.

On se mit à table à six heures, Louise m'ayant dit qu'il ne fallait pas attendre Pierre, dont on ne savait jamais à quelle heure il rentrait. Je me demandais comment obtenir des enfants qu'ils se tiennent convenablement. Avec l'indulgente Rosa, ils avaient pris l'habitude de se tortiller sur leurs chaises, de mettre leurs coudes sur la table, de parler la bouche pleine, de boire et de manger en même temps, de renverser leur soupe, de se servir avec les doigts. Pour ce premier jour, je jugeai plus sage de ne pas faire de réflexions, attendant de m'assurer qu'elles seraient obéies.

Après le dîner, on les mena dire bonsoir à leur mère. Rosa les conduisit dans leur chambre, les déshabilla, leur fit faire un signe de croix et une rapide prière en patois. On les embrassa et je retournai chez Louise.

« Alors, me dit-elle en souriant faiblement, que penses-tu de cette première journée?

– Il me semble que Léa sait très bien s'occuper de la

cuisine, mais que Rosa et Aline ne tiennent pas la maison aussi propre qu'elles devraient, et que les enfants n'en font qu'à leur tête. Cependant, je ne veux rien dire qui ne vienne de Pierre ou de toi.

– Ne va pas brusquer les enfants, ils sont si sensibles! Et Rosa en fait toujours à sa guise, ne la réprimande pas, tu n'arriverais à rien. Il faut la flatter.

– Je ne veux rien diriger. Laisse-moi seulement transmettre tes ordres. »

Louise eut un geste vague.

« Fais ce que tu juges bon, je t'approuverai.

– Veux-tu que je te fasse la lecture?

– Les livres m'ennuient. Ils racontent tous des histoires tristes.

– Je peux aller voir dans la bibliothèque si je trouve quelque chose de plus gai. »

À ce moment-là, on entendit le pas d'un cheval dans la cour, puis la voix de Pierre. Sans ôter ses bottes, il monta l'escalier qui sonna sous son pas. Il ouvrit largement la porte de la chambre de Louise.

« Eh bien, ma chère, comment vous sentez-vous ce soir? claironna-t-il joyeusement. Et voilà notre petite cousine! »

Il m'embrassa, puis se pencha, un genou sur le bord du lit de sa femme qui lui tendait le front. La voix de Louise se fit plus languissante et ses gestes plus las qu'ils n'étaient avec moi la minute précédente.

« Je suis bien fatiguée, mon ami. Mais Adeline va m'aider à me remettre. »

Elle tira sur le drap du lit qu'il froissait.

« Faites attention, mon ami.

– Vous avez dîné, je pense? dit Pierre en se relevant. Adeline, me tiendras-tu compagnie?

– C'est cela, va, Adeline, me dit Louise avec un certain soulagement. Je vais me reposer. Reste avec Pierre pendant qu'il dîne. »

Il alla embrasser les enfants, qui dormaient déjà. Je descendis avec lui. Il paraissait tout content de me voir. En entrant dans la salle à manger, il clama de manière à être entendu de la cuisine :

« Rosa, vingt dieux, qu'attends-tu pour m'apporter la soupe? J'ai faim. »

Rosa parut avec la soupière à demi-pleine, d'où montait un fumet de lard, de haricots et de chou. Après en avoir pris deux pleines assiettées, Pierre fit chabrol, et continua son repas avec un morceau de salé, finissant par un morceau de fromage, le tout arrosé d'une bouteille de vin. Il pesta contre les marchands de bois, tous des canailles, disait-il, mais il ne devait pas être mécontent de l'affaire qu'il avait traitée, car il était de bonne humeur. Quand Rosa vint desservir, il me dit, parlant à dessein devant elle, je crois :

« Tu as vu quelle pétaudière est devenue cette maison? Guillaume et Léa n'en ont jamais fait qu'à leur tête; et maintenant les chambrières sont insolentes – ne fais pas semblant de ne pas entendre, Rosa, tu sais bien ce que je veux dire – et les enfants ignorants et gâtés. Tâche de faire peur à tout ce monde-là, il en a besoin. Ne te laisse pas attendrir par les mines douce-reuses. Hein, Rosa, cela te connaît, les petits airs hypocrites? »

Il dit cela en patois, la suivant d'un regard appuyé.

Elle ne répondit rien et continua de rassembler couverts et assiettes.

« Tu vois cette effrontée? commenta Pierre en se tournant vers moi. Elle ne répond même pas quand je m'adresse à elle.

– Monsieur, je réponds quand on me parle honnê-tement », se fâcha Rosa.

Il semblait y avoir là une rancune dont je ne connaissais pas l'origine.

Après le dîner, Pierre demanda son cheval et m'an-nonça qu'il allait jouer aux cartes chez M. de Rap-nouil, au château du Cheylard, à la sortie de Rouffi-gnac, sur la route de Saint-Cernin. On ne fréquentait pas M. de Rapnouil et on en parlait à peine dans la famille. Authentique gentilhomme, de bonne et ancienne lignée, il avait été épargné par la Révolution, car il n'avait pas quitté ses terres et avait fait face avec autant de ruse que d'opiniâtreté, tenant tête aux perquisitionneurs et aux patriotes les plus soupçonneux. Sa femme s'était réfugiée en Belgique avec leurs enfants, chez des cousins, et conquise par les charmes de Bruxelles, qui lui avait paru d'une suprême distinction en comparaison de Périgueux, s'y était installée. La séparation avait été réglée par les hommes de loi. M. de Rapnouil avait seulement, d'une voix claironnante, souhaité bien du plaisir à qui voudrait devenir l'amant de sa femme, lui-même n'ayant pour ses péchés rempli le rôle de mari que trop longtemps. Il avait maintenant la réputation de vivre dans le plus grand désordre avec ses servantes et s'était brouillé avec les châteaux à force de dire sans ménagement ce qu'il pensait. C'est chez lui que Pierre passait la plupart de ses soirées avec quelques autres mauvais sujets du voisinage, à jouer et à boire.

Ce qu'on pouvait y faire d'autre se chuchotait avec de telles précautions que je ne l'avais pas encore saisi.

A mon arrivée, j'avais remarqué que Pierre occupait au fond du couloir la pièce qui servait autrefois de chambre d'amis. La grande chambre en haut de l'escalier était celle de Louise. Entre les deux se trouvait la chambre que je partageais avec les enfants, flanquée de chaque côté d'une garde-robe.

Je n'entendis pas Pierre rentrer et je ne posai pas de questions les jours suivants. A Fontbrune, les heures tardives de mon oncle Elie étaient connues de tous et ne m'étonnaient pas. Le silence qui entourait les sorties de Pierre était différent.

Le lendemain matin, le jour pointant à peine, je fus réveillée par une bordée de jurons qui résonnait dans le vestibule. Pierre, debout avant le reste de la famille, réveilla tout le monde. Il prenait habituellement son déjeuner très tôt, avalant à la cuisine une assiette de soupe et un morceau de fromage. En descendant à sept heures avec les enfants, je compris la raison de ses cris.

A la cuisine, où on faisait chauffer leur lait, Léa, Rosa et Aline avaient toutes trois la mine sombre. La Sainte-Croix, le dernier des saints de glace, avait amené cette nuit-là une brusque gelée, que l'on n'attendait plus à cette saison, dans les tout derniers jours d'avril. Les trois chevaliers semaient l'inquiétude chaque année : saint Georges, saint Marc, et le dernier, le redoutable saint Eutrope, qui brûlent arbres, vignes et récoltes. A la Sainte-Croix, quelques jours plus tard, chacun espère bien être à l'abri des gelées.

Quand Pierre revint déjeuner, il embrassa à peine les enfants. J'étais avec Louise quand il vint la saluer. Elle sembla contrariée rien qu'à le voir entrer. Elle le savait furieux.

« Eh bien, ma chère, voilà ce que nous apportent toutes vos prières! A quoi bon, je vous le demande, consulter si souvent Dieu et votre curé s'ils ne vous rendent pas de meilleurs services?

– Pierre, je vous en prie, ne soyez pas grossier!

– Hein, toutes ces oraisons, cette eau bénite! Sans compter les poulets gras que vous faites porter chaque semaine au presbytère, les saucisses, le grain, les fruits, les pâtés! Et on s'étonne que le curé arrive à peine à monter en chaire tant il est essoufflé. Il mange trop et ne prie pas assez, si vous voulez mon avis!

– Mon ami, vous ne pouvez pas dire de telles horreurs, je vous en prie.

– C'est bon, je m'en vais. »

Il redescendit et déversa toute son humeur sur les enfants, sur moi, et sur Rosa, qui servait.

« Tous les noyers sont gelés et presque toutes les vignes, à la Grande-Combe, au Coderc, au Breuil, à la Ginou. Maudite Sainte-Croix! Toute une récolte perdue! Pas d'huile de toute l'année, rien à vendre! Vingt dieux, même le grand-père Mérilhou n'a jamais vu cela. »

Cette fois, Rosa acceptait sa colère et ses brusqueries humblement. Tout le pays était frappé et l'année serait rude. Pierre battait sa cuillère contre son assiette, en avalant de grandes lampées de soupe et les épais morceaux de pain qui y trempaient. Il ne décolérait pas. Que pouvais-je dire pour le calmer?

D'ailleurs, je le voyais peu. Aussitôt les repas finis, quand il les prenait à Fumerolles, il faisait seller son cheval et repartait. Jusqu'à l'entrée de l'hiver, les travaux des champs laisseraient peu de répit et il était naturel qu'il s'en préoccupe.

L'après-midi, j'emmenai les enfants en promenade, et quand je revins je vis à l'entrée de l'écurie un cheval bai plus fin et plus nerveux que celui de Pierre. Aline, qui frottait avec du sable une tourtière, près de la porte de la cuisine, me dit que M. de Laguionie était venu prendre des nouvelles de Louise. Elle m'expliqua qu'il était conseiller à la préfecture, à Périgueux, et cousin éloigné de Louise. Il venait fréquemment dans sa terre de La Gimondie, à Saint-Cernin, et rendait chaque fois visite à Louise depuis sa maladie.

Je restai dans le jardin avec les enfants. Plus tard, de loin je vis partir M. de Laguionie. Il était mince et vêtu bien élégamment pour une promenade dans un endroit aussi retiré que Fumerolles. Il avait un chapeau haut de forme, qui m'impressionna, car mon oncle et les hommes du voisinage portaient plutôt des feutres souples, plus commodes à la campagne, qui abritent à la fois du soleil et de la pluie. Sinon, ils portaient des chapeaux plus larges et plus bas que celui-là.

La vie à Fumerolles était paisible. Pierre n'y participait guère. Louise régnait sur son clan : Rosa, Aline, les enfants et moi. Elle faisait aux chambrières de menus cadeaux, un ruban, des épingles pour leur corsage des dimanches ou leur mouchoir de tête, un vêtement qu'elle ne mettait plus. Léa et Guillaume avaient été au service des parents de Pierre et étaient de son côté, quoi qu'il dise ou quoi qu'il fasse. Mais le couple était silencieux, renfermé, sauvage. Pas de critique, pas de plainte. Cependant, Louise était habile et ménageait chacun.

Il ne se passait pas de jour sans que Louise reçoive de visite. Le médecin de Rouffignac passait la voir au moins deux ou trois fois par semaine. Il recommandait des bouillons de poule, du repos et des nourritures reconstituantes. Il n'abusait pas des saignées depuis le jour où Pierre lui avait fait de vertes remontrances à ce sujet.

« Je dois vous payer pour faire prendre à ma femme des nourritures reconstituantes, et vous payer à nouveau quand vous venez l'affaiblir par des saignées. Vous voilà sûr que le traitement durera dix ans! »

Conscient de l'argent qu'il pouvait tirer d'une maladie de longue durée chez Louise, le médecin avait décidé d'être prudent... et de venir aux heures où il était sûr de ne pas rencontrer Pierre.

M. le curé venait encore plus souvent. Mes tantes Roger et La Clergerie et la cousine Eléonore étaient aussi parmi les visiteurs habituels.

Un soir, la pluie commença à tomber à verse. De grandes rafales de vent faisaient grincer les ferrures des volets, claquer les portes mal jointes. Contre la maison, les branches des arbres se balançaient en une large houle, se calmant un instant pour déferler l'instant suivant dans un rideau de pluie. Chacun était allé se coucher tôt. J'étais restée dans le salon pour lire. Louise avait introduit dans la maison des romans à la mode qui m'amusaient, tant ils étaient différents de mes lectures précédentes.

Il devait être près de onze heures. J'entendis des appels, des coups à la porte. Des pas – ceux de Guillaume sans doute – traversèrent la cour, on ouvrit.

48

La voix de Pierre se plaignit de la lenteur du vieil homme.

J'entendis s'ouvrir la porte d'entrée, une bouffée de pluie et de vent arriva jusqu'à moi. Un pas lent et lourd sonna sur le dallage, on marmonna, la porte se referma, on tourna la clef, on mit la barre de fer, et à nouveau dehors tourbillonna l'averse, harcelée par le vent.

C'était Pierre, rentrant à son habitude bien après la nuit tombée. Il sembla tâtonner dans le vestibule, se heurta au porte-cannes. J'attendais qu'il monte pour aller me coucher. Il trébucha, jura, grommela, et finit par appeler dans un marmonnement indistinct :

« Rosa, Rosa, bon sang! Où est cette fille? Toujours à dormir! Rosa, apporte-moi de la lumière! »

Comment imaginer que de la souillarde où elle dormait Rosa l'entendrait dans le vacarme de l'averse? Il haussa le ton :

« Rosa, vingt dieux, tu vas sortir de ton lit, oui ou non? »

Je m'avançai juste assez près de la porte pour voir sans être vue. Rosa parut enfin. Une tresse dans le dos, en chemise, portant une bougie.

« Enfin! Toujours à paresser et à faire la dame. Tu ne peux même pas rester debout en attendant mon retour, hein? »

Rosa ne répondit rien.

« Allons, tu vois bien que je suis trempé. »

Et il lui tendit son manteau, qu'elle accrocha.

« Tire mes bottes. »

Les bras ballants, Rosa le regardait. Il s'assit sur une des dernières marches de l'escalier, les jambes étalées devant lui. Il était crotté de la tête aux pieds. Il secoua vigoureusement ses cheveux qui envoyèrent des gouttes de pluie jusque sur la chemise de Rosa.

« Alors, tu me tires mes bottes?

— Monsieur, laissez-moi passer un tablier, je vais me salir. »

Il souffla, dans ce qu'il devait croire un chuchotement et qui était une sorte de rugissement étouffé – je me rendis alors compte qu'il était ivre.

« Tu n'es pas si difficile à convaincre quand il faut enlever les chausses de ton amoureux ? Allez, tire mes bottes, je te dis. »

Rosa, dont la forte charpente se dessinait sous sa chemise, avança en hésitant. Pierre était couché dans l'escalier, s'appuyant à la rampe.

« C'est qu'elle m'embête, cette fille, avec ses délicatesses ! Enlève ta chemise, si tu as peur de la salir.

— Monsieur, ne dites pas de sottises. En plus, vous allez réveiller tout le monde. »

Cramponné à cette idée d'homme ivre, Pierre insistait, les mains en avant, essayant d'attraper la chemise de Rosa, trop peu assuré sur ses jambes pour se lever.

« Si tu ne veux pas, va chercher Aline.

— Monsieur, elle a besoin de dormir, elle a tout juste quatorze ans.

— Et alors ? C'est un bon âge pour apprendre à tirer ses bottes à un homme. »

Rosa, bien réveillée cette fois et ayant repris ses esprits, attrapa une vieille couverture qui était posée sur un siège, la noua autour de sa taille. Pierre tenait le pied en l'air. Elle retira une botte. Il tendit l'autre pied. Elle le déchaussa. Elle avait les mains pleines de boue.

« Va te laver les mains et reviens, j'ai encore besoin de toi.

— Monsieur, je ne peux pas, Léa va se réveiller.

— Qu'elle se réveille et qu'elle se tienne tranquille ! Reviens, ou j'irai te sortir du lit par les cheveux. »

Rosa partit dans la cuisine. Elle revint, les mains et les bras humides. D'une voix ferme et apaisante, elle tenta de raisonner Pierre.

« Monsieur, il est tard, il faut monter vous coucher.

— Aide-moi, crénom ! Je n'ai jamais vu une chambrière ayant aussi mauvaise tête. »

Rosa voulut le prendre sous le bras pour l'aider à monter. Elle avait posé la bougie sur le buffet pour avoir les mains libres.

« Monsieur, il faudrait faire sécher votre veste, elle est toute mouillée. Donnez-la-moi, je vais la pendre dans la cuisine.

– Ote-la-moi. D'ailleurs, ma chemise aussi est mouillée, et mon pantalon, ôte-moi tout ça!

– Monsieur, ne plaisantez pas. Donnez-moi votre veste et je vais vous aider à monter. »

Il grogna, s'embrouilla dans ses protestations, enfin laissa tomber sa veste au pied de l'escalier et passa un bras sur les épaules de Rosa. Elle était robuste, mais il se laissait traîner et elle peina en montant. Dans l'obscurité de l'escalier, je distinguais mal leurs deux formes courbées. La voix de Rosa chuchota :

« Monsieur, arrêtez. »

Elle le traîna une ou deux marches plus haut.

« Monsieur, si vous n'arrêtez pas, je vous laisse choir. »

Et brusquement, un cri étouffé :

« Monsieur, vous me faites mal!

– Dieu, que cette fille est nigourde! Tu es comme ta maîtresse, tu fais la délicate, tu n'aimes pas qu'on te fasse des amitiés. Pourtant, tu t'en laisses bien faire d'autres par ton amoureux.

– Monsieur, je suis une honnête fille, vous le savez bien. »

Tout cela était entrecoupé de trébuchements, d'arrêts, de frottements de pieds, de lourdes retombées. A entendre Rosa, il me semblait qu'elle était maîtresse de la situation, Pierre étant trop ivre et ensommeillé pour exiger grand-chose. Pourtant, à mi-hauteur dans l'escalier un bruit sourd de chute se fit entendre. Pierre était tombé sur Rosa et il la maintenait renversée sur les marches, lui ayant attrapé les poignets. La chemise de Rosa s'était relevée; entre ses larges cuisses, le genou de Pierre s'avançait. Tous deux luttaient, silencieux, soufflant, des coups étouffés heurtant l'escalier.

J'étais contre la bibliothèque, au pied des Buffon, pétrifiée. Pierre avait une de ses mains dans la chemise ouverte de Rosa, puis il y enfonça la tête. Elle réussit à se dégager et lui tira les cheveux de toute sa force. Il eut un grognement furieux, je sentis qu'il allait la frapper. D'un effort, elle lui échappa, l'enjamba, les mains de Pierre attrapèrent le vide. Hoquetant, les cheveux défaits, essuyant ses larmes, Rosa descendit l'escalier, partit vers la cuisine, dont elle ferma la porte.

« Putasse! foutue salope! Tu joues les bégueules, mais je t'aurai, va! lui cria Pierre. Si tu crois me braver, il t'en cuira! »

Il resta longtemps affalé dans l'escalier. Enfin, il se mit à grimper lentement, son pas traîna dans le couloir, il fut long à ouvrir puis à refermer la porte de sa chambre. J'attendis encore un bon moment avant de monter, pour être sûre qu'il serait endormi et ne m'entendrait pas.

A cette époque, même des gens qui se moquaient de l'opinion publique, comme Pierre et M. de Rapnouil, ne se souciaient pas de la braver au point de négliger leurs devoirs religieux. En revanche, il était entendu que les multiples célébrations attiraient les femmes et les enfants plus que les hommes.

Louise, au moment de la naissance de sa fille, était restée plusieurs semaines sans sortir. M. le curé venait la confesser et lui apporter la communion, conduit et ramené par Guillaume dans la carriole. L'enfant de chœur, un rouquin déjà grand, espérait sans doute que les pieux conciliabules entre l'abbé et sa pénitente se prolongeraient, car pendant ce temps il allait à la cuisine et engouffrait tout ce qu'on lui offrait. Rosa, qu'il observait avec convoitise, le méprisait cordialement et m'apprit un jour qu'il terrorisait les autres enfants de chœur, plus jeunes que lui, et avait établi à coups de poing la supériorité qui lui permettait de venir manger à Fumerolles quelques tartines de grillons hebdomadaires.

M. le curé, en plus de la confession de Louise, devait recevoir ses confidences, car ces entretiens duraient longtemps. Pierre lui lançait des regards noirs quand il le rencontrait, car il le jugeait glouton et donneur de mauvais conseils.

« Qu'il se mêle de ce qu'il connaît, qu'il prêche la charité et le pardon des offenses, ce bougre de curé. Mais qu'il ne nous rebatte pas les oreilles de ses discours sur la continence. S'il regrette ses vœux, je n'y peux rien. »

Louise savait que toute réplique amènerait des remarques encore plus vertes de la part de son époux, elle supportait donc en silence ces commentaires impies. Le dimanche, M. le curé venait souvent déjeuner.

« Pardi, s'exclamait Pierre, la table est plus abondante à Fumerolles qu'à La Gimondie ou chez vos pieuses commères du bourg. Et quand il ne vient pas ici, il est invité à Tourtel! »

Après le déjeuner, Pierre trouvait une raison de remettre culotte et veste de coutil ou de velours, bottes, et de repartir sans tarder.

A la demande de Louise, tôt par un beau matin frais du mois de mai, j'accompagnai les enfants à la procession du premier jour des Rogations. J'aimais marcher dans les chemins, un bâton à la main, écartant les herbes qui se balançaient, humides encore, et trempaient le bas de ma robe. Les genêts étalaient leurs touffes jaunes en bordure des bois. Il faisait encore froid à cette heure, un fond de brume traînait dans les combes. Les enfants se piquaient les mollets à un chardon ou à un ajonc.

A l'église, après qu'on eut récité les litanies des saints, la procession se mit en marche. En tête, le sacristain portant la croix, suivi du curé, ayant à ses côtés l'enfant de chœur rouquin portant l'eau bénite. Ensuite venaient les enfants du catéchisme et quelques vieilles. A cette heure, les femmes plus jeunes étaient occupées dans les fermes et les hommes aux champs.

Lentement, on traversa le bourg. Au croisement des chemins menant d'un côté à Fleurac, de l'autre à Mauzens, on arriva au pied de la croix, décorée de feuillage. Le curé, se tournant vers les quatre points cardinaux, bénit les champs de froment, de seigle, de blé d'Espagne, de pommes de terre, la luzerne et le sainfoin. Je vis autant d'eau bénite aller en direction des épines, des orties, des coquelicots, des carottes sauvages. Que toute créature de Dieu prospère, pensai-je. Sans doute les mulots eux-mêmes préfèrent une année de bon grain.

Vers la fin du mois de mai, Louise, comme ressuscitée, commença à se lever. Elle ne se contentait pas de se reposer sur la terrasse, mais elle faisait quelques pas dans le jardin. Chaque année, à cette époque, elle allait passer plusieurs jours chez son père à Périgueux, pour ne pas manquer la célèbre foire de la Saint-Mémoire. M. de La Gardelle tenait table ouverte pendant les trois jours que durait la foire.

Un matin, son phaéton et son cocher arrivèrent à Fumerolles pour nous chercher. Et nous voilà grimpés en voiture, Louise, Rosa, les enfants et moi, calés entre les inévitables paniers contenant poulets, pâtés, conserves de fruits, confit, destinés au vieux M. de La Gardelle. Jamais je n'avais voyagé dans une voiture si élégante. Elle était antique certes, ainsi que le cocher, mais avait une allure de bonne maison et les gens manifestèrent dûment leur respect sur notre passage. Moi, pauvrette, que savais-je de l'admiration des gens, la voiture de Fontbrune n'aurait pas tiré un regard au moindre miséreux.

On traversa le faubourg des Barris, le Pont Vieux, puis en longeant le bord de l'eau et ses vieilles maisons, on laissa Saint-Front à gauche, et on arriva à la rue du Plantier, où habitait M. de La Gardelle. La rue était si étroite que la voiture ne semblait pas devoir y passer. Heureusement, le portail s'ouvrait à un angle de rues. La voiture entra dans la cour. M. de La Gardelle habitait une partie de l'hôtel, l'autre partie étant occupée par l'une de ses nièces.

Jamais je n'avais vu autant d'agitation dans Périgueux, des voitures arrivaient dans tous les sens, bloquant le passage, les conducteurs se criant des insultes, bêtes et gens mêlés allant tous vers le centre de la ville.

Après le déjeuner, les enfants et moi voulions aller voir les marchands et les baraques foraines, les lutteurs, charlatans, montreurs d'animaux, place du Triangle et place de la Saint-Mémoire. Nous voulions acheter des cerises, regarder par les portes ouvertes des auberges la foule animée des hommes en blouse, écouter les boniments des camelots, voir danser. Rosa était de la partie. Louise nous recommanda de ne pas acheter trop de sucreries et de tortillons aux enfants et me remit les quelques sous qui devaient nous permettre ces modestes agapes.

Oh! la liberté de mouvement et de langage qui règne dans les foires, la bousculade, les mots vifs, la bonne et la mauvaise humeur, les beuveries, les protestations de ceux qui se croient escroqués, les moqueries des passants devant la maladresse ou la naïveté de certains badauds, tout ce mélange me paraît mille fois plus délectable que les bals de la préfecture. L'un des enfants s'attardait et il fallait le retrouver sous un étal où il avait suivi un chiot, on rattrapait l'autre par une main poisseuse de sucre d'orge, tous deux voulaient s'arrêter devant les animaux, alors que Rosa et moi étions éberluées devant un faux hussard à la voix tonitruante qui vantait les tours d'une danseuse cachée derrière un rideau pelé, chacun tirait à hue et à dia.

Il fallut, hélas! quitter ces splendeurs pour rentrer à l'heure prescrite. Les repas chez M. de La Gardelle étaient une affaire. Il y paraissait chaque fois un ou plusieurs hôtes différents, la famille étant de toute façon largement représentée.

Louise avait insisté pour me prêter une de ses robes.

J'avais choisi la plus sobre, blanche à fins pois noirs. Elle avait fait la moue, trouvant qu'il s'agissait tout juste d'une toilette de jardin, comme elle disait. Mais la douceur de l'étoffe m'avait plu, sa fine collerette et ses manches gonflées me convenaient. Rosa fut chargée d'arranger mes cheveux. Je portais des souliers de satin, noués par de longs rubans croisés sur la jambe et sur des bas de coton blanc, le tout également prêté par Louise. J'étais plus grande et j'avais la taille moins fine qu'elle, mais en ajustant un peu les coutures et l'ourlet, la robe avait pu me convenir.

« Heureusement, ma chère, m'avait-elle dit d'un ton péremptoire, tu as des chevilles, des mains et des poignets déliés, sinon on te croirait une paysanne. »

Pour la première fois, je me contemplai dans la glace avec un œil critique. Effectivement, j'étais peu apprêtée.

« Tes cheveux sont beaux, concéda Louise. Demain, je te prêterai une de mes capelines, ce sera plus joli que ton chapeau de paille. Et tu prendras une de mes ombrelles. »

Elle comptait que pour le dîner je serais anxieuse de briller. Mais je ne voulais mettre aucune de ces robes aux épaules dénudées et à la taille étranglée qu'elle désirait me prêter et dans lesquelles j'aurais dû me sangler à étouffer. Je mis une robe de percale à manches ballonnées, ornée d'un fichu de mousseline, qui la jeta dans le désespoir. Il s'agissait d'une tenue d'après-midi. Je la laissai dire et consentis seulement à ce qu'on relève mes cheveux.

Me voilà à mon premier dîner dans le monde. Il y a autant de domestiques que de chandeliers, dirait-on. C'est qu'on a rassemblé ceux qui servent des deux côtés de la cour : chez M. de La Gardelle et chez sa nièce. Nous ne sommes pas à Fontbrune : pas d'entrées et de sorties désordonnées, de rires étouffés, de plats heurtés contre le bord de la table, de plaisanteries entre les convives et les domestiques. Leur marche est réglée comme un ballet, dans un silence inquiétant.

Tout obéit au moindre chuchotement, au plus faible signe de doigt ou de menton de Louise, qui préside en face de son père.

Je ne mange guère : comment se servir quand on vous passe un plat avec l'onctuosité d'un sacristain donnant à bénir le pain du dimanche? Je me sers si modérément que je peux observer à mon aise.

A la gauche de Louise, M. de Laguionie, qui semble un familier de la maison, et avec qui elle déploie toute son élégance et son charme – et elle n'en manque pas. Je remarque surtout sa cravate, un joli flot de dentelles débordant de son gilet brodé, où ne s'égare pas la moindre miette de pain. A sa droite, un gros monsieur rouge, si court qu'il a presque les joues dans son assiette et que sa serviette recouvre d'une seule envolée son col, son buste et le bord de la table. Il parle moins que M. de Laguionie, car il mange plus. Pierre, arrivé le soir même, assis à côté de moi, me dit qu'il est conseiller général et président du tribunal de Sarlat.

A droite de M. de La Gardelle, une vieille dame fort vive, avec une coiffe de dentelle et une ample robe verte brodée de bouquets de fleurs, qui semble sortie tout droit de l'Ancien Régime. Elle me paraît moins empruntée que le reste des convives, qui ont pour seule caractéristique d'être vieux et gros à des degrés divers. Seuls Louise, Pierre et M. de Laguionie me paraissent jeunes. Autour de ces coiffures, de ces cols, de ces manches ballonnées, circulent les vins et les plats. M. de La Gardelle ne reçoit que des gens bien-pensants, pieux et convenables.

« Mâtin, ma jolie, me glisse Pierre, tu es arrangée comme pour les comices. »

Saisie, je me tourne vers lui.

« Je suis ridicule?

– Mais non! Seulement tu as tout d'un coup un air de demoiselle à marier. Malheureusement, je ne vois ici que toupets dégarnis et jambes grêles. Tout cela est mûr pour la tisane et le sinapisme. Il te faudra chercher un mari ailleurs.

– Je ne cherche pas de mari.

– Qui sait? Voilà que tu relèves tes cheveux.

– Tu le remarques sans doute parce que tes cheveux ne font jamais ce que tu leur commandes. »

Il avait une forêt de cheveux noirs et bouclés, qui étaient un défi permanent à la brosse et au fer. Il se pencha, avec dans l'œil une lueur indéfinie :

« Tu peux essayer de me coiffer, si l'entreprise te tente. »

Puis, il reprit son ton de voix normal :

« Que penses-tu de M. de Laguionie?

– Je ne le vois guère, il est caché derrière sa cravate. »

Abruptement, il continua :

« Tu vois, ce qu'il aimerait et ce qui plairait sans doute à Louise, c'est que je le provoque en duel et qu'il m'étale d'un coup d'épée ou de pistolet, dans un champ de trèfle, au petit matin. Mais je ne suis pas de leur espèce. Je lui flanquerai un jour une bonne décharge de petit plomb au bas des fesses, au détour d'un chemin, sans qu'il sache d'où cela vient. Il serait trop content de briller aux yeux de Louise avec un duel!

– A mon avis, il est pâle et transparent comme de la gelée, il ne vaut ni un duel ni un coup de fusil. Ne t'en occupe pas.

– J'aimerais pourtant le voir un peu empêché, qu'il tende la jambe avec un peu moins d'aisance et d'affectation, par exemple.

– Ignore-le.

– Tu ne sais pas de quoi je parle.

– De toute façon, ce monsieur ne mérite pas ton attention.

– Louise le juge pourtant plein d'intérêt.

– Elle ne fait que se distraire. Il doit lui raconter de petites histoires sur les gens qu'elle connaît, et les derniers potins de Périgueux.

– Tu as raison, dit Pierre avec ironie, elle ne

cherche pas un amant mais un admirateur... aussi longtemps qu'il consentira à être platonique. »

Puis, il se tourna vers sa voisine de droite et se jeta dans une conversation animée.

Quand vint le moment de rentrer à Fumerolles, j'étais abasourdie de mouvement, de paroles, de visites.

Dès notre arrivée à Fumerolles, Louise se trouva de nouveau faible et reprit son rythme de malade. Elle refusa même de sortir sans voilette car une fois, au moment des foins, elle avait attrapé un terrible coryza, et pour une femme aussi coquette les reniflements et les éternuements étaient une intolérable humiliation.

Les journées étaient longues, le temps superbe. Pierre paraissait à peine pour les repas. S'il était toute la journée dans les champs, il fréquentait aussi l'auberge du Rameau d'Or, à Plazac. Il ne sortait jamais sans ses pistolets, à la nuit tombée, mais Guillaume disait tristement : « Il lui arrivera quelque mauvais coup, à force de courir les chemins à ces heures. » L'auberge était tenue par deux sœurs, dont on ne disait pas le bien qu'il est convenu de dire des demoiselles. On estime volontiers que, pour se consoler de leur état, elles mènent une vie pieuse et charitable, ou à défaut qu'elles sont dures à l'ouvrage et économes. Sur les demoiselles du Rameau d'Or, des rires entendus tenaient lieu de tout commentaire.

Annado de fe, annado de re, dit-on – année de foin, année de rien. Pourtant j'aime l'époque des foins quand l'herbe abonde. Ces journées sont rudes pour les hommes, qui fauchent de quatre heures du matin à sept heures du soir. La fenaison est moins dure et c'est l'affaire des femmes. Mais je ne suis pas sûre que je pourrais remuer les foins en plein soleil pendant des heures. Ensuite, on les met en meules, et, si par malheur il pleut, il faut les remuer à nouveau l'orage ou l'averse passé.

J'arrivais avec les enfants en même temps que les femmes qui apportaient la collation de onze heures. Rosa portait au bras le panier de notre déjeuner. On l'étalait sur une serviette et on s'asseyait autour.

Parfois paraissait lou Feignant. Jamais, au grand jamais, m'expliquait Rosa, on ne l'avait vu travailler. En revanche, il avait l'air de s'intéresser fort aux travaux des autres. Il ne portait pas de bissac, c'était un fardeau inutile. Un bâton à la main, il devait se protéger des chiens qui accueillent rarement bien les miséreux, qu'ils flairent sans pitié. Cet homme si indolent, si ménager de ses forces, faisait des lieues pour ramasser quelques sous et quelques morceaux de pain dont il bourrait ses poches. Parfois, couché dans le fossé, à l'ombre reposante d'un gros arbre, il regardait béatement les faucheurs ou les moissonneurs qui peinaient, maniant la faux sous un ciel de feu.

Pendant le déjeuner, il obtenait généralement un bout de pain et d'omelette ou des grillons, qu'on lui lançait, assaisonnés d'injures et de quolibets. On se passait les bouteilles de vin avec de grands rires, ne lui en donnant un verre qu'après l'avoir bien fait attendre. Insensible à ces moqueries, il s'installait commodément pour faire une sieste qu'il n'avait guère méritée, pendant que les travailleurs faisaient un somme avant de reprendre leur ouvrage. Il ne se remettait en route que lorsque le soleil était moins ardent. Il touchait son chapeau poliment et disait : « Bravo teimpo per trabala, adicias » – beau temps pour travailler, adieu.

Louise n'avait pas prévu que j'entraînerais les enfants dans des promenades dont ils revenaient rouges, les jambes griffées, ayant perdu leur chapeau de paille ou le ruban de leur col.

En passant dans les chemins que je connaissais mal, derrière une ferme, souvent un chien aboyait à notre approche. Je suivais le conseil du docteur Manet : si un chien est menaçant, ne jamais le quitter des yeux, s'il tourne, tourner aussi.

En général, je savais suffisamment m'orienter pour

retrouver la lisière d'un bois ou d'un champ et de là repartir dans la bonne direction. Mais il est arrivé que je me perde et qu'après deux ou trois heures de marche je rentre avec les enfants en larmes, déchirés et décoiffés, après avoir parcouru des sous-bois, traversé des ruisseaux, enjambé des fossés, être revenus sur nos pas et avoir tourné en rond. Cela nous menait à Fumerolles plus tard que prévu. Et autant Louise ne se souciait pas de sa fille autant elle connaissait pour ses fils des inquiétudes mortelles.

La petite restait avec sa nourrice èt dormait avec elle dans une petite chambre sombre du rez-de-chaussée. Dans la journée, elle jouait sous les tilleuls, dans le jardin, à côté de la cuisine. J'allais souvent m'asseoir près de la nourrice. Emma était pleine de vigueur et d'une heureuse nature : elle riait toujours. Quand je le disais à Louise, dont l'indifférence à son égard commençait à m'irriter, elle me répondait seulement :

« Crois-tu? Elle a des allures bien pataudes.

– Dieu! Cette enfant a quelques mois à peine. Voudrais-tu qu'elle danse la polka? »

Louise prenait pour une de mes fantaisies rustiques l'affection que je manifestais à Emma. Comme, par ailleurs, je ne me rebellais en rien, ne soufflais mot des visites de M. de Laguionie et menais fermement les enfants sans qu'elle les entendît se plaindre, elle fermait les yeux sur mes bizarreries.

Un soir, au moment des foins, Pierre rentra congestionné de fureur.

« Guillaume! hurla-t-il. Guillaume! vingt dieux, qui a fauché le bord du talus, au Breuil? »

Guillaume sortit lentement du bûcher où on entendait le bruit de sa hache fendant du bois.

« Je ne saurais dire, notre monsieur. Le talus n'était pas fauché il y a quelques jours, quand je suis passé par là.

– Alors, c'est ce maudit curé. Il a fait faucher son

pré et prétendu en même temps que le talus était à lui. Je vais lui dire ce que j'en pense. »

A peine avait-il mis pied à terre qu'il remonta en selle et partit en direction de Rouffignac. Une heure plus tard, il revint, rouge, ruisselant de sueur, précédant l'âne du presbytère mené par le fils du marguillier, attelé à un charretou de foin. Guillaume, silencieux, parut sur le seuil de la grange. Rosa et Aline, curieuses, se tenaient sur les marches de la cuisine. Je jouais aux osselets avec les enfants sur un des bancs de la cour.

« Guillaume, viens monter ce foin », cria Pierre.

Il arriva lentement, une fourche à la main.

Pendant le souper, triomphant, Pierre expliqua :

« C'était bien ce diable de curé qui, malgré tous ses prêches, ne s'était pas gêné pour croire que le talus appartenait au pré de l'église. Quand je suis arrivé au presbytère, le foin était tout juste rentré, l'échelle encore en place, et le marguillier et son fils venaient de partir. »

« Eh bien, curé, avait tonné Pierre, je vois que la récolte est bonne cette année. »

Les mains croisées sur le ventre d'un air qu'il voulait débonnaire, le curé avait répondu :

« Ma foi, monsieur de Cahaut, pas mauvaise.

– Elle est encore meilleure quand vous venez chercher mon foin en plus du vôtre, ne croyez-vous pas ? »

Le curé avait fait l'effaré, comme si la bourrique lui avait lâché un pet à la face.

« Allons, curé, ne faites pas semblant de ne pas comprendre. Qui vous a permis de faucher mon talus ?

– Monsieur de Cahaut, le talus a toujours appartenu à la cure.

– Toujours ? Et quand donc vous a-t-on appris cela ? Pendant la Révolution quand vous étiez soi-disant terré dans la paille du grenier des Beysse et bien plutôt terré dans le lit de leur fille ? Hein ? on en apprend des choses pendant les révolutions? » beugla Pierre, bien décidé à épouvanter le curé.

La servante tenait son tablier à deux mains, n'osant intervenir. Pierre continua à hurler quelques minutes, afin d'ébranler un peu le voisinage. Enfin, il consentit à se calmer :

« Maintenant, curé, faisons la paix promptement, je ne suis pas méchant diable. Montez me chercher ce foin et faites-le porter tout de suite à Fumerolles. »

Le curé, abasourdi, restait sans bouger. Pierre l'avait attrapé par le col de sa soutane et traîné jusqu'à l'échelle, lui mettant dans les mains la fourche qui reposait encore contre le mur.

« Allons, curé, que l'on descende ce foin rapidement. Vous n'êtes pas né gentilhomme, que je sache, vous pouvez monter à l'échelle. »

Le bonhomme, immobile, tenait la fourche.

« Ah! mais, curé, je vais m'impatienter ou vous hausser jusqu'au grenier à coups de botte. »

A ce moment, la servante reprit ses sens. Elle comprit qu'il ne fallait pas discuter. Elle prit l'outil des mains du curé, monta dans le grenier et jeta par la porte ouverte deux ou trois fourchées de foin. Froidement, Pierre observait :

« Toi, la Bertille, si tu lésines, je monte vider tout le foin du grenier. Alors, fais bonne mesure. »

Enfin, satisfait, il avait fait appeler le marguillier, qui était accouru avec son fils en entendant des éclats de voix. Ils avaient chargé le charretou et c'est à la tête de ce cortège que Pierre avait fait son entrée à Fumerolles.

Juin ramena la Fête-Dieu et sa procession, la Saint-Jean et ses feux. Puis arriva l'été. La belle saison venue, on n'a guère le temps d'être mélancolique ou malade. Seule Louise paressait encore et ne semblait pas vouloir se remettre.

Les après-midi, Fumerolles s'assoupissait derrière

ses persiennes, on ne les entrebâillait qu'à la fin de la journée. Traverser la cour était une expédition que l'on évitait autant que possible. Les poules, les chats, les chiens disparaissaient dans la moindre flaque d'ombre et rien ne pouvait les en chasser. Seules les cigales, éperdues, criquetaient à tue-tête pour on ne sait quelle célébration. Car enfin, tout homme civilisé, à moins d'y être forcé par la moisson, se doit de dormir par une chaleur pareille.

Le soir, Louise consentait parfois à rester avec moi sur la terrasse, quand il faisait trop chaud dans sa chambre. Les papillons de nuit et les chauves-souris tournaient autour de nous. J'avais une grande affection pour elle, mais ses préoccupations m'étaient étrangères : elle commentait à perte de vue une alliance disproportionnée, une robe démodée, une invitation flatteuse. Ce qui l'enthousiasmait me faisait bâiller. Elle mettait mon ennui poli sur le compte d'un caractère enfantin. Cela m'évitait d'avoir à fournir des explications.

La moisson avait été bonne. Jusqu'à la fin, on avait craint un orage, mais celui-ci n'était pas venu.

C'étaient des journées d'agitation intense pour toute la maison. Les moissonneurs partaient avant l'aube et Pierre était dans les champs en même temps qu'eux. Le soir, les charrettes lourdement chargées rentraient au pas lent des bœufs, suivies des moissonneurs, nu-pieds ou en sabots, coiffés de chapeaux de paille défoncés, en pantalons de droguet, chemises effrangées et sales, les femmes en jupes courtes, les jambes griffées par les épis, le mouchoir de tête à carreaux retenant leurs mèches collées par la sueur et la poussière. Le bouvier devant guide l'attelage. On ne parle guère.

Là aussi, je venais avec les enfants au moment du déjeuner. On se mettait à l'ombre – mais pas sous un noyer, on sait que son ombre est néfaste, surtout si l'on s'y assoupit. Les moissonneurs s'endormaient brièvement dans la chaleur de midi, à plat ventre, les reins au soleil pour éviter un refroidissement et des rhumatismes.

La moisson terminée, on dépiquait au fléau. Hommes et femmes, pliés et redressés pour manier le lourd instrument, travaillaient en silence. Les coups cadencés faisaient voler le grain. Louise m'avait demandé de ne pas emmener les enfants à Cachemiche, la métairie la plus proche, à cause de la poussière suffocante qui règne autour de l'aire de dépiquage.

Ensuite, on partageait le blé. A Fontbrune, pour les partages, on faisait dans la grange du Castel Donzel, du Vieux Cimetière ou de la Mélonie deux tas égaux. Mon oncle Elie choisissait le sien et faisait emporter sa part à Fontbrune.

On avait apporté à Fumerolles les sacs de blé représentant la part de Pierre. Le fils Mérilhou les montait dans la grange, pendant que son père les portait de la charrette au pied de l'échelle. A un moment un sac glissa sur le dos du garçon.

« Eh bien, tu ne peux même pas porter un sac! plaisanta lourdement Pierre.

– Si j'étais aussi bien nourri que ces messieurs, je pourrais sûrement en porter deux à la fois! répondit le garçon.

– Tu as raison, regarde. »

Pierre allant à la charrette prit un sac sur une épaule puis, lentement, en prit un deuxième, glissa, tituba, finit par se redresser juste assez pour marcher et avança jusqu'au pied de l'échelle. Le fils Mérilhou ne se hâta pas pour autant. Il attrapa l'un des sacs et le monta jusqu'au grenier, puis revint prendre le deuxième que Pierre avait toujours sur le dos. Pierre se redressa, content de lui, et partit d'un énorme rire. Les bœufs attendaient patiemment, le mouchail sur les yeux.

Je crois qu'on ne lui en voulait pas de ses bravacheries. Il les faisait rondement et ne cherchait pas à humilier les gens. Il avait la victoire facile : il était le maître, et s'il surveillait les travaux dès l'aube, ce n'était pas lui qui maniait la faux, la houe ou le fléau.

Dans ce pays, on se moque des puissants qui sont hors d'atteinte, mais on maudit rarement le riche qui vit dans le manoir voisin. Il a besoin de vous et vous avez besoin de lui. Il faut qu'il ait abusé odieusement de son pouvoir pour qu'on se révolte ou qu'on le haïsse.

L'intérêt règle tout. Or qui est enrichi par la révolte? Et qui se révolterait pour améliorer le sort commun? On a trop de méfiance pour être généreux ou reconnaissant : un bienfaiteur est soupçonné de calculs secrets. Si l'on peut tricher d'un sou un débiteur ou un propriétaire, on cherchera la fois suivante à le voler de deux sous. On maudira ou on accablera de sa rancune celui qui a su profiter d'un avantage qu'on a soi-même laissé échapper. L'affaire sera longuement remâchée dans des têtes frustes, il pourra en sortir une brouille qui couvrira trois générations entre deux voisins, deux familles, deux frères. On se haïra pour une poêle que l'un a dissimulée lors d'un partage, pour une poule égarée derrière une clôture, pour un piquet enfoncé au-delà d'une limite. On fera venir un arpenteur, on en appellera aux hommes de loi, on s'épuisera en procès, dix personnes s'agenouilleront au pied d'une borne pour assurer qu'elle a été posée anciennement ou pas, on produira des témoins, on convaincra un partisan de l'adversaire de faux témoignages, et enfin, plusieurs mois ou plusieurs années plus tard, devant les quelques mottes de terre reconquises, le vainqueur triomphera. Pendant cinquante ou cent ans, les deux partis ne s'adresseront plus la parole, ni eux, ni leurs familles, ni leurs domestiques, même quand leurs ânes se trouveront nez à nez dans un étroit chemin. J'ai vu ainsi deux charrettes rester immobiles jusqu'à la tombée de la nuit et un tiers de bonne volonté intervenir et mesurer les pas délimitant le recul de chacun, à égale distance du point de rencontre, afin que personne ne perde la face. Les vengeances obscures sont légion. Il suffit à l'offenseur que l'offensé ait compris d'où venait le coup sans pouvoir le prouver. La sagesse commande de se taire. Le coup a porté, cela suffit.

La moisson terminée, le blé rentré, vient la fête de la gerbo baudo, ou la belle gerbe. Ces soirs-là, traditionnellement, mon oncle Elie dînait au Castel Donzel, la plus importante des métairies de Fontbrune. Il y allait sans nous, sous prétexte de l'heure tardive du dîner, en réalité parce qu'il avait la réputation d'être abondamment arrosé.

A Fumerolles, Pierre annonça qu'il dînerait le soir à Cachemiche et trouva les enfants assez grands pour l'accompagner. Il fut entendu que Rosa et moi veillerions sur eux. Je ne regrettais pas l'absence de Louise. Elle n'aimait pas ce genre de réjouissances et s'était contentée de nous faire de multiples recommandations :

« Veillez à ce que les enfants ne mangent pas trop, et surtout ne leur donnez pas de vin, Pierre, même pour vous amuser. Adeline et Rosa, vous les ramènerez s'ils ont sommeil, n'est-ce pas? »

Nous avions tout promis, trop heureuses de cette escapade, Rosa et moi. Et nous voilà partis, les enfants excités se pendant à nos mains, descendant dans la combe, remontant le chemin caillouteux qui mène à Cachemiche. Nous avions emporté des châles au cas où la fraîcheur tomberait dans la soirée.

De larges planches posées sur des tréteaux étaient recouvertes de toile rêche. Des bancs le long de ces tables improvisées. Au milieu, des bouteilles de vin. D'un bout à l'autre, des assiettes à soupe flanquées d'une cuillère et d'une fourchette. Les hommes ont tous leur couteau dans leur poche. On en apporta seulement pour Rosa et moi. J'insistai aussi pour avoir de l'eau.

Les femmes s'activaient dans la cuisine autour de la cheminée, rouges d'un feu d'enfer qui marchait depuis le matin. Tous ceux et toutes celles qui ont aidé à la moisson sont là. Les femmes servent et mangent debout à la cuisine.

Nous sommes assis à la file, Mérilhou, le métayer, Pierre, moi, les deux enfants et Rosa. Prudente, elle s'est installée à la place la plus éloignée de Pierre.

Je ne connais pas tous les métayers, journaliers, voisins, mais ils ressemblent aux gens de Mauzens. Bientôt, je plaisante avec mes vis-à-vis, un vieux édenté au chapeau qui lui tombe presque en bas du nez et son petit-fils, un fiérot à l'œil vif, qui ce soir-là se sent pour une fois sur un pied d'égalité avec les gens de Fumerolles, dirait-on. Il a dans l'œil de l'audace à revendre.

A côté de moi, Adrien est trop énervé pour manger. Voulant l'amuser, le vieux tresse un oiseau avec des brins de paille entortillés. Ses cheveux blonds lui tombant dans les yeux, Adrien se met à genoux sur le banc pour attraper l'oiseau de paille de l'autre côté de la table, puis il finit par passer sous la table et aller s'asseoir à côté du vieux.

« Hé! Jacquou, apprends-lui un peu à boire, à ce gamin », s'exclame Pierre.

J'interviens vivement :

« Pierre, voyons, Louise nous a bien recommandé de ne pas donner de vin aux enfants. »

Pierre et le vieux rient de plus belle. Un morceau de pain trempé dans du vin est offert à Adrien, qui fait la grimace, mais se voyant le centre de l'attention géné-rale, le mange. C'est alors le tour d'Armand, mais il commence déjà à avoir sommeil et se pelotonne contre Rosa. Je vois alors qu'elle parle de très près au garçon à belle mine qui est assis près d'elle et qui lui répond dans le cou plutôt qu'à l'oreille. Pierre aussi l'a remarqué. Il fait un clin d'œil à Rosa.

« Tu voulais me cacher ton bon ami, hein? » plaisante-t-il en se penchant derrière mon dos.

Rosa rit et ne répond pas. Mais le garçon s'appuie contre son épaule pour écouter ce que dit Pierre et si les deux hommes rient ensemble, j'ai l'impression qu'ils se mesurent du regard.

« Fine mouche, tu as su choisir, murmure Pierre, l'attirant par le bras de manière à ce que le garçon n'entende pas. Il attend un héritage qui ne te déplairait pas?

– Voudriez-vous que je pleure misère toute ma vie? » répond Rosa.

Pierre rit franchement :

« Finaude, va! Je savais bien que tu étais une rusée. »

Plus haut, il interpelle le garçon, jovial :

« Méfie-toi, c'est une rusée, notre Rosa.

– Il le faut bien, quand on sert chez les messieurs », répond le garçon, regardant Pierre en face.

Pierre ne se vexe pas, il rit aux éclats. Ce soir, l'audace lui plaît.

Le bouillon de vermicelle a été servi pour commencer. Les hommes ont fait chabrol, mais pas Rosa ni moi. Avec Louise, elle a pris l'habitude de manières moins campagnardes et elle tient aussi, je crois, à montrer à son amoureux qu'elle est un peu une dame. Mais toutes deux nous savons faire honneur à un bon repas.

Les femmes, en servant, glissent dans l'oreille de Rosa des plaisanteries qui doivent être gaillardes à en juger par ses renversements dans de grands éclats de rire. Celle qui continue le tour de la table, tenant sa toupine à deux mains et lançant à la volée d'un peu plus loin quelque réplique dont la verdeur m'échappe parfois, mais que les hommes ne laissent pas passer. L'amoureux de Rosa la tient maintenant serrée de près, et elle ne fait rien pour lui échapper. Elle doit être fière d'avoir pour promis un des garçons un peu nantis de la région et de le faire savoir à Pierre.

En face de moi, le petit vieux, le bec ouvert dans un rire ininterrompu montre son unique dent noire. Son fils est un peu plus loin, un gros homme qui a beaucoup bu, mais qu'il en faut plus pour ébranler. Le petit-fils amuse Adrien avec des bouts de bois qu'il taille avec son couteau pour en faire des bonshommes. Il m'observe du coin de l'œil. Je le trouve plus bel homme que M. de Laguionie, il a le cou solidement planté sur les épaules, des cheveux drus, la chemise largement ouverte, et il est habile de ses doigts.

Quand vient la daube, la tablée a déjà été largement arrosée. En passant, les femmes reçoivent des claques amicales sur la croupe. Les plus âgées rient à en perdre le souffle, une telle aubaine ne se présentant plus pour elles que dans ces circonstances où le vin amène à l'indulgence et à la plaisanterie. Les plus jeunes, malignes, savent faire un détour quand elles ne veulent pas que tel ou tel leur mette la main au cotillon, et, par contre, se penchent pour servir longuement celui dont elles accueillent les amitiés sans déplaisir.

Armand dort sur les genoux de Rosa et elle ne s'en occupe guère, car les mains de son amoureux ne chôment pas et retiennent davantage son attention.

A ma gauche, Pierre plaisante et rit bruyamment, il n'est pas le dernier à étendre la main vers une des filles qui passent. Il est habile, ne la regarde pas s'approcher, faisant celui qui est absorbé par la conversation. La fille, ne se méfiant pas trop, arrive pour le servir, et alors, il l'attrape d'une main large qui ne se gêne pas pour palper ce qu'on n'a pas le temps de protéger. La fille rougit, flattée et troublée. La tablée s'étrangle de rire. Pierre lève son verre et boit au promis de la fille ou à sa vertu, avec toutes les plaisanteries d'usage.

Jambes largement écartées – l'a-t-on jamais vu s'asseoir élégamment? –, il est tout entier appuyé contre moi. Dans le feu du repas, je n'y ai pas fait attention. J'en ai soudain pris conscience quand il s'est retourné vers moi et m'a regardée comme il a regardé Rosa tout à l'heure. Alors je sens la chaleur de sa cuisse, pesante contre la mienne. Je pourrais me lever, trouver un prétexte. Je ne bouge pas et je continue à parler comme si de rien n'était.

Cette fois, Adrien épuisé s'est allongé sur le banc, la tête sur mes genoux. Pierre le voit, s'exclame :

« Ce n'est pas encore tout à fait un homme. Pas de vin, pas de veillée, mais il dort déjà dans les bras d'une femme, ce n'est pas si mal. »

Et les voisins de s'esclaffer. Cela ne me gêne pas plus que la chaleur montante des propos, la plupart à double sens et qui m'échappent. Pierre, tourné vers moi, caresse la tête de son fils, ses épaules, son dos, le secoue affectueusement sans que l'enfant se réveille. Puis il se penche et s'amuse à embrasser la tête posée sur mes genoux, musant, s'y attardant, plaisantant. Sa tête est là, contre moi, ses cheveux bouclés, son cou, presque sous ma main. Comme par plaisanterie, il s'appuie contre moi. Je suis figée, je n'ose même pas respirer. Sans hâte, sans faire attention à moi en apparence, il se redresse. Sa cuisse revient contre la mienne, je reste immobile.

La nuit est chaude, j'ai mis mon châle, car un petit vent doux s'est levé. Le repas se terminait, on avait enlevé une quantité incroyable de bouteilles et servi le café, puis l'eau-de-vie. Je m'en étais tenue à l'eau, non par vertu, mais parce que je n'aime pas le goût du vin. J'ai la main ferme sur la table, à côté de mon assiette.

Rosa, les mains sous le gilet de son amoureux, ne s'intéresse plus aux plaisirs de la table.

Puis un des hommes se lève et va chercher son violon. Grands applaudissements. Chacun réclame des chansons. On n'arrive pas à décider l'amoureux de Rosa, qui est connu pour sa belle voix. Il prétend avoir affaire ailleurs et quitte la table avec elle sous une pluie de quolibets. Elle a posé la tête d'Armand sur les genoux de son plus proche voisin de table. Je commence à avoir sommeil. On chante. Pierre se lève à son tour. Il a moins bu que je ne craignais et tient debout sans difficulté. Soudain, je me sens seule sur le banc, sans sa chaleur proche de la mienne. Il chante de sa voix éclatante, et dans ces régions rudes où la vigueur est admirée, il provoque des acclamations bruyantes. J'ai toujours trouvé sa voix superbe.

Puis il se rassied contre moi. Alors, sa main vient longuement me caresser, s'attarde au creux du genou, descend le long de la jambe, remonte, ferme, rassurante. C'est comme s'il me disait : « Mais non, je ne m'en vais pas, tu vois bien, me voilà. » Mes bras se sont depuis longtemps refermés sur Adrien.

« Pierre, je crois qu'il faut rentrer, les enfants seront trop fatigués demain », dis-je enfin.

Il ne m'écoute pas tout de suite. Il se lève, va derrière un arbre, traîne à la cuisine, bavarde avec les femmes. Enfin, il revient.

« Eh bien, puique ce sont les femmes qui commandent, allons-nous-en. »

Il ne cherche pas à savoir où est Rosa et je ne pose pas de questions. Après bien des bonsoirs, des félicitations, des remerciements, des touchers de main, Pierre attrape les deux enfants, un sur chaque épaule, je marche devant avec la lanterne, et nous repartons vers Fumerolles. Je serre mon châle sur mes épaules, et pourtant je n'ai pas froid. Silencieux, nous descendons le chemin, évitant de faire rouler des cailloux, puis, plus lentement, nous remontons le raidillon qui va vers Fumerolles. Les cigales crissent, la nuit est fraîche et belle. Je pense à la voie lactée qui traverse la cour de Fontbrune. Pierre a l'habitude de marcher la nuit dans les bois, mais pas moi. Je fais attention à ne pas tomber, ni accrocher ma jupe ou mon châle dans les buissons.

Il faut réveiller Guillaume pour qu'il nous ouvre la porte. Il le fait presque en somnambule, marmonnant un salut, refermant derrière nous et se rendormant aussitôt, dirait-on. Quand nous arrivons dans le vestibule, la pendule indique une heure du matin. Pierre, précautionneusement, monte les enfants. Je le suis dans leur chambre. Nous ne parlons pas. Il s'assied sur mon lit et me regarde les déshabiller. Ils se réveillent à peine, se plaignent vaguement et aussitôt sous les couvertures se rendorment.

Pierre, brusquement, s'étale de tout son long sur mon lit.

« Enlève-moi mes chaussures, je meurs de sommeil », dit-il paresseusement, étendant le bras dans ma direction.

Il est vrai qu'il est debout depuis quatre heures du matin. A tâtons, sans réfléchir, je les lui enlève.

« Allons, viens là, il est temps de dormir, me dit-il à voix basse.

— Pierre, il faut aller te coucher. Tu ne peux pas dormir ici.

— Tu ne vas pas me faire de discours à cette heure! Viens donc. »

Je m'approche. Cela lui suffit. Il se pousse pour me faire place. Le lit est étroit, je suis contre lui. Je ne bouge pas, il me semble qu'il va s'endormir. J'étais peut-être d'une grande simplesse à cet âge, mais j'avais assez de détermination pour dire non à ce que je refusais. Or je ne dis pas non.

Un instant plus tard, il se tourne vers moi, semble se réveiller, me prend à pleins bras. Fougueusement, il commence à m'embrasser le cou, la naissance des épaules, sous le châle.

« Pierre, il faut dormir. »

Pas de réponse. Il s'abat de tout son poids sur moi. Sa bouche envahit la mienne. Soudain, il se redresse.

« Enlève-moi tout ça, dit-il avec impatience, cherchant à dégrafer ma robe.

— Qu'est-ce que tu fais? »

Il est trop tard pour être inquiète. Déjà dans le noir il se déshabille, ouvre le lit, y entre. J'enlève mes vêtements, sauf ma chemise. Il m'empoigne comme une botte de foin, sans un mot jette ma chemise par terre. J'ai à peine le temps d'être surprise par ce corps nu, lourd, velu, massif. Sa bouche, sa langue, ses dents, ses mains sont partout sur moi à la fois. C'est effrayant, je voudrais qu'il parle, qu'il m'explique. Son genou s'enfonce dans les miens. Je cherche mon souffle sous cette masse impatiente. Que veut-il? Que fait-il? Cette fois, j'essaie de me dégager, de le repousser.

« Pierre, tu es fou. Arrête. Non, Pierre, pas ça. Ne fais pas ça, lâche-moi. Qu'est-ce que tu fais? Tu es fou, lâche-moi! Non, non, non, pas ça. »

Je répète cette litanie alors même que supplications ou fureur ont perdu tout objet et qu'il n'y a plus rien à défendre. Pendant un temps interminable, ses coups de boutoir m'envoient donner de la tête contre le bois du lit. Il s'en aperçoit, me ramène au milieu du lit, ayant à peine ralenti son mouvement et modéré ses ahanements. Je me cramponne au matelas, aux montants du lit, il m'en arrache, me soulève, m'enfonce sous lui comme s'il voulait me faire passer au travers du sommier. Je suis certaine que le lit va s'écrouler. Je ne sais même pas s'il me fait mal tant je suis épouvantée. C'est clair, il est fou. A chaque instant, je crois qu'il va m'emporter d'un coup de mâchoire un morceau de l'épaule ou du menton, mais sa fureur s'arrête à temps. Il reprend souffle, je crois qu'il s'interrompt, mais d'une brassée il me reprend, ses coups de reins me traversent, il mugit, grogne comme un fauve, draps et couvertures sont par terre depuis longtemps. Enfin, les mains soudées à mes hanches, dans un râle de bête à l'agonie, il s'abat sur moi.

Le choc me laisse hagarde. Je dégage mes cheveux, je pleure. Il m'embrasse, me caresse affectueusement, essuie mes larmes du revers de la main, me serre contre lui.

« Dors, maintenant, il est tard.

— Va-t'en, tu es fou, je ne veux pas que tu restes. J'ai peur de toi, je ne veux pas de toi ici.

— Mais non, c'est fini. Dors, voyons.

— Je ne veux pas dormir si tu restes ici. »

Nous chuchotons, ma voix est saccadée. Il ne répond pas, s'installe plus confortablement dans le lit, après avoir repêché à tâtons draps et couvertures.

J'insiste, le secoue pour le réveiller, sentant qu'il s'endort.

« Pierre, si les enfants se réveillent, il ne faut pas qu'ils te trouvent là. »

La voix traînante, il répond :

« Je me lèverai avant vous.

– Je t'en supplie, Pierre, va-t'en. Je n'arriverai pas à dormir si tu restes.

– Il faudra bien t'y habituer. C'est comme cela, les hommes. »

Et dans l'odeur de tanière qui a envahi la chambre, d'une pièce il s'endort.

Il me semble que je reste éveillée toute la nuit. Je dois pourtant avoir sommeillé, car soudain il me réveille en s'affalant sur moi à nouveau, acharné, silencieux, m'écrasant, avant de s'effondrer dans un mugissement étouffé.

A l'aube, je ne l'entends pas se lever. Jc sens confusément que le lit est vide. Je m'y étends, et enfin je dors vraiment.

Le lendemain, personne ne s'étonna que les enfants et moi ne soyons debout qu'à neuf heures. Je suis hébétée de fatigue. On met cela sur le compte de la soirée. Quand, enfin, les enfants ayant bu leur lait, nous allons dire bonjour à Louise, elle est toujours couchée, les rideaux tirés, une chaleur lourde régnant dans sa chambre.

« Comment était cette gerbo baudo? demande-t-elle.

– Très gaie. Les enfants se sont endormis assez vite. Pierre a plaisanté avec tout le monde. Je n'ai rien bu, mais j'ai fait honneur au repas.

– Vous êtes revenus bien tard, il me semble?

– Je n'osais pas demander à Pierre de rentrer, cela aurait été désobligeant pour les Mérilhou.

– Peut-être. Enfin, si tout le monde est content...,

soupira-t-elle. Tu aimes bien ces réjouissances paysannes, croirait-on?

– A Fontbrune, nous allons toujours aux fêtes de
Mauzens et du Bugue. Dans un salon, je ne respire pas
librement.

– Je t'apprendrai à aimer les salons, tu verras, cela
est beaucoup plus amusant que tes fêtes. »

C'était le jour où venait la couturière. Dès qu'elle
parut, Louise reprit vie. Je dus ouvrir son armoire, lui
montrer ses robes, tenter d'en choisir une qui me
convienne et qu'on mettrait à ma taille. Rosa s'était
jointe à nous, laissant les enfants avec Léa. Elle ne
montrait pas d'émotion de son escapade de la veille.
Toutes deux, nous nous mîmes à fouiller dans le
taffetas, la mousseline, la dentelle. Cela était ravissant,
mais fait pour Louise et pas pour moi. La couturière
prenait l'air d'une personne habituée à la soie et au
velours : elle avait servi pendant des années dans une
noble maison de Limoges et tenait à le faire savoir.

J'étais si réticente que Louise finit par sortir des
tissus de sa garde-robe et décida que la couturière me
ferait une robe selon mon goût. Hélas! le tissu qui me
plaisait devait servir à des rideaux. Je finis par arracher
l'accord de ma cousine pour une cotonnade fleurie
aussi discrète que possible. Rosa se fit mon alliée et
j'obtins que l'on s'arrête sur un modèle simple, qui
amena des airs pincés chez la couturière familière des
grands.

« Décidément, tu ressembles à Rosa, me dit Louise,
mi-amusée, mi-agacée, tu veux toujours être à l'aise
dans tes robes pour courir les chemins. Pourtant, une
femme doit être élégante pour plaire aux hommes. Il
faut apprendre tout cela, Adeline. Il faut te coiffer, te
décolleter, changer de toilettes, porter des chapeaux
seyants. Je te guiderai, tu verras, nous nous amuserons
beaucoup. »

J'aurai aimé avoir une robe neuve, mais je ne
voulais pas d'un vrai décolleté ou d'un amas de

boucles entassées en un fragile échafaudage. Tout attirail qui bridait ma liberté me déplaisait d'avance.

Plaire aux hommes! Je restais perplexe. Car enfin, que faisait Louise pour plaire à l'homme qui vivait à ses côtés et qui courait les coteaux? Elle lui tendait distraitement une joue pâle et ne faisait pas un geste pour le retenir dans sa chambre.

J'aurais pu être bouleversée au souvenir de ce qui s'était passé la nuit précédente, mais j'étais surtout intriguée. Je décidai finalement, pour me libérer l'esprit, que je me mettrais à l'avenir soigneusement en garde contre cette aberration, cette extravagance de Pierre un soir d'ivresse. De grand matin, il était parti à Montignac et on ne l'attendait pas avant le soir. J'avais la journée pour me rassurer moi-même, et je ne manquais pas d'arguments apaisants. Personne ne nous avait vus. Il suffisait de ne rien dire et d'ignorer ce qui s'était passé. Je me sentais dans un état second, mais l'attribuais au manque de sommeil, auquel je n'étais pas habituée.

En début d'après-midi, je conduisis les enfants à Tourtel. Quand on revint, M. de Laguionie était avec Louise, sur la terrasse où elle avait consenti à s'asseoir à l'ombre. Par quel miraculeux hasard avait-elle jugé réunies toutes les conditions d'une sortie au grand air : il fallait que le soleil ne soit pas trop vif, l'ombre pas trop fraîche, qu'il n'y ait pas de vent, pas de poussière, pas de mouches, pas de pucerons. M. de Laguionie fit semblant de s'intéresser aux enfants et complimenta Louise sur leur joliesse et leur bonne mine dont il se moquait de toute évidence. Elle se déclara charmée de ses aimables paroles. La tête penchée, à la fois tout sourire et toute langueur, elle jouait nonchalamment avec son écharpe. M. de Laguionie était habillé avec recherche d'un habit bleu à revers de couleur crème, d'un pantalon collant jaune moutarde. Ses gants, son chapeau et sa canne étaient posés sur la table. Il se balançait dans un fauteuil d'osier, une jambe gracieusement repliée, l'autre allongée, dégageant une botte fine. Le pli de ses cheveux était parfait. Tout cela est bien joli, pensai-je, mais que fait-il si dans le chemin son cheval rencontre une flaque ou si une branche accroche son chapeau? L'ennui de ces toilettes est que le moindre désordre les déshonore et les rend ridicules. Et comment faisait-il dans les rues de Périgueux pour enjamber les ordures et les ruisseaux débordants? Il ne se déplaçait pas en chaise à porteurs, que je sache.

Après l'avoir salué, je m'étais assise à quelque distance avec un ouvrage auquel je travaillais sans ardeur. Louise se penchait pour parler au visiteur, posait familièrement son éventail sur son bras, se renversait en arrière sur le dossier de son fauteuil, reprenait un peu de couleurs. C'était cela plaire aux hommes?

Rosa servit du sirop de cassis et des biscuits. Soudain, la pensée me vint que peut-être je devrais m'éloigner. Je me levai et rentrai dans la maison. On ne me retint pas. Je rejoignis les enfants dans la cour où en quelques instants ils avaient rempli deux pots à fleurs de la boue épaisse mêlée de fange qu'on trouvait au bord de la mare où s'abreuvaient les animaux de la métairie. Avec Rosa, grondeuse, je les fis asseoir sur les marches de la cuisine. Elle apporta une cruche d'eau et on entreprit de les nettoyer. La boue collait à leurs chaussures et à leurs vêtements, compacte et fétide.

Finalement, on décida de les déshabiller. Il y eut force tortillements, gigotements et éclaboussures malgré nos précautions, mais je préférais cela aux conversations de ma cousine.

Enfin Louise parut sur le seuil de la maison. M. de Laguionie se pencha sur sa main, qu'il tint longuement pendant qu'ils échangeaient encore quelques phrases. Elle ne me parut pas si faible qu'elle le prétendait. Pourtant dès qu'il eut disparu au bout de l'allée, elle se déclara à nouveau épuisée, et annonça qu'elle remontait dans sa chambre.

Elle me demanda de l'aider à se décoiffer. Elle voulait plutôt bavarder avec moi.

« M. de Laguionie est bien aimable de venir si souvent prendre de mes nouvelles.

– Ses visites semblent te faire plus de bien que celles du médecin.

– Vraiment? En effet, c'est un homme délicat et charmant. »

Je restai silencieuse. Louise reprit :

« Bien sûr, tu es habituée aux gentilshommes campagnards, tu ne peux pas juger. Il est vraiment temps que tu rencontres des jeunes gens plus raffinés que ceux d'ici.

– A quoi bon, je n'ai pas de dot. »

Elle sembla prise de court par le prosaïsme de ma réponse.

« Mais voyons, cela n'a aucune importance. Il suffit que tu sois ma cousine pour être reçue partout.

– Etre reçue n'est pas être épousée.

– L'essentiel est d'être reçue », dit Louise sèchement.

Et elle renonça à me parler plus avant de M. de Laguionie. Rosa était obligée à plus de complaisance et de compliments, je suppose.

Je redescendis pour dîner avec les enfants. A peine les avais-je couchés que j'entendis le cheval de Pierre entrer dans la cour. Je me mis à la fenêtre du salon, qui était ouverte, car il faisait encore grand jour. Il me salua joyeusement :

« Bonsoir, cousine. Tu vois, je fais toilette. »

Il avait demandé un seau d'eau à Rosa – je remarquais qu'elle évitait de laisser Aline s'occuper de lui. Elle le posa sur les marches. Il avait enlevé sa chemise et s'aspergea abondamment en se donnant des claques vigoureuses sur les épaules, puis finit par plonger la tête tout entière dans le seau. Il se redressa, se secouant.

« Tiens, envoie-moi le reste d'eau dans le dos », dit-il à Rosa.

Elle lui en lança un peu.

« Plus fort, niguedouille! Ce n'est pas de l'eau bénite. Envoie ce qui reste dans le seau. »

A la volée, elle lui jeta un paquet d'eau, qui ruissela sur le pantalon de Pierre.

« Ah! madrée commère! Tu en as rajouté, me voilà inondé! »

Rosa avait posé le seau et tenait une serviette. Pierre, clignant des yeux, s'ébrouant, tendit son large dos, attendant qu'elle l'essuie.

« Frotte donc, niguedouille! Frotte plus fort! »

Rosa s'y mit de tous ses bras. Content, il paonnait.

« Bon, sers-moi à dîner. »

Je pris prétexte d'un raccommodage à faire à un vêtement pour ne pas m'asseoir en face de lui pendant son repas. Après le dîner, il monta directement dans sa chambre, mais en redescendit aussitôt, les bras chargés de dossiers dans le salon où je cousais.

« J'ai des comptes à faire, déclara-t-il. Je suis sûr que tu fais très bien les additions, tu vas m'aider. »

Il avait l'air sobre et jovial – fraternel en somme. Je ne rêvais que d'aller me coucher et de dormir, je bâillais déjà. Comme je voulais oublier la manière dont s'était terminée notre soirée de la veille, je jugeai préférable de faire la paix avec lui et d'éviter les airs boudeurs. Il sortit de grandes feuilles, les étala sur la table du salon qu'il avait débarrassée de ses boîtes, ses vases, ses menus objets. Il ne garda qu'une bougie, la nuit tombant maintenant. Il prit divers papiers, se concentra, me demanda de faire des calculs dont l'utilité me parut douteuse. Quand j'entendis sonner neuf heures, je lui signifiai que j'allais me coucher.

« Va, va, dit-il conciliant. Je finirai bien seul. D'ailleurs, je n'en ai plus pour longtemps. »

Il m'embrassa sur la joue, familier et paisible. Je pris ma bougie et montai. Quelle ivresse d'entrer dans un lit aux draps frais, de s'y étaler, de pouvoir y tomber de sommeil sans qu'un bruit vous dérange. J'eus à peine le temps de songer qu'à Fontbrune les draps étaient en toile plus rêche, qu'on les coupait en deux et en rajustait les bouts quand ils commençaient à s'user, qu'on y ajoutait des pièces, qu'on les reprisait, enfin qu'on finissait par en faire des serviettes et des torchons. Puis, je sombrai.

Combien de temps après, je ne sais, en plein milieu de la nuit me sembla-t-il, je fus réveillée par Pierre qui était entré dans mon lit et me prenait dans ses bras. J'étais furieuse, à en pleurer de rage. Je l'accueillis par de violents coups de pied et de poing.

« Lâche-moi, je veux dormir.

– Dors, dors, ne t'occupe pas de moi », murmura-t-il gentiment.

Ne pas m'occuper de lui, quand il prenait toute la largeur du lit ! Belle ambition ! Il était le plus fort, je pouvais seulement espérer le lasser de ma mauvaise humeur et de mes réticences.

Il écarta ma chemise avec des lenteurs de chat, commença à me caresser doucement, longuement, veillant à me rassurer. Ses mains chaudes et carrées se promenaient sur moi, sachant se faire légères ou fermes selon mes réactions qu'il épiait. J'étais pourtant immobile et silencieuse. Mais il était rusé, il savait attendre s'il le fallait, se ruer le moment venu. Je voulais me rendormir. Mais il veillait. Sans hâte, insistant, habile, il arriva à vaincre ma résistance. Il était intelligent de tout son corps.

C'est moi qui finis par me rapprocher de lui, me prêter à sa main, creuser le dos. Il se mit à m'embrasser, sa langue, sa salive m'emplissant la bouche, son menton, ses lèvres, ses joues mal rasées me raclant la peau. Enfin, il déferla, enraciné en moi, sans ménagement. Je ne le repoussai pas, seulement inquiète que les enfants ne se réveillent. Confusément, il m'embrassa ensuite au bord du sommeil.

« Dors », marmonna-t-il, ce qui lui tenait lieu de tous les discours tendres.

Mais j'étais réveillée. Un univers s'ouvrait devant

moi. Je n'avais même pas protesté, je n'étais déjà plus révoltée comme la veille. Etais-je une paysanne, comme Rosa? J'étais persuadée que jamais les personnes élégantes rassemblées dans le salon de M. de La Pradelle ne se livraient à de tels ébats. Faisait-on allusion à ces débordements quand on parlait avec un certain dégoût de la grossièreté de Pierre? Je serais donc de la même espèce que lui? Seuls sans doute les domestiques, les paysans et les gens inférieurs se laissaient aller à ce genre d'ébats nocturnes.

Je finis par m'endormir. A son habitude, Pierre se leva avant l'aube.

Alors commença une étrange période de ma vie. Dans la journée je voyais à peine Pierre, même s'il allait comme nous au marché du Bugue, ou si nous déjeunions tous ensemble à Fontbrune, à Tourtel, ou à La Gélie. Je veillais à rester du côté des femmes ou des enfants. De quoi parlait-on? De la confiture de prunes, des conserves de poires, de la lessive, des dents que perçaient les nourrissons, des armoires à ranger, et interminablement des petits événements survenus à chacun des membres de la famille. Il suffisait de demander des nouvelles de tous, petits et grands, de chaque côté, et voilà l'après-midi rempli, avec le furoncle de l'oncle Adolphe, la première communion d'Adrien, l'anniversaire d'Emeline, les rhumatismes, de Louis, la recette des cerises à l'eau-de-vie de Malvina, les coliques du petit Alexandre, la maladie des dindons chez les voisins, l'achat d'une perruche pour les enfants, les dentelles du bonnet de tante Adèle, les diverses utilisations de la cendre, la manière la plus économique de faire des chandelles, les remèdes contre les engelures.

J'aime bien ces conversations, car on peut y participer de loin, tout en laissant vagabonder son esprit.

Les hommes de leur côté jouaient aux cartes et s'enflammaient autour de la politique ou comparaient les résultats de la récolte et les prix du marché. Ces conversations m'auraient intéressée, mais je m'y mêlais rarement, car ils préféraient, je crois, garder la liberté de langage qu'autorisait l'absence de femmes.

J'aimais aussi rester avec les enfants et leurs bonnes. Je préférais parler avec Rosa plutôt qu'avec Louise. Elle me racontait des histoires sur sa famille, le hameau où elle était née et tenait des propos très vifs sur le comportement des uns et des autres.

Nous recevions assez souvent la visite de la tante Eléonore, cousine de mon oncle Elie, qui habitait Plazac. Une petite bossue paraissait dans la cour, tenant d'une main une baguette de noisetier et de l'autre la bride du cheval qu'elle précédait. Tout en maniant la gaule pour chasser les mouches qui faisaient saigner le poitrail du cheval, la petite bonne demandait une chaise et de l'aide pour faire mettre pied à terre à sa doumeïzello.

De dessus la selle à dossier de velours rouge frappé se levait une lourde masse, des pieds énormes battaient l'air à la recherche d'un support, étaient guidés vers la chaise qui gémissait, calée par deux personnes. Alors se redressait dans toute son ampleur un personnage vêtu de satin et couronné de fleurs ou de fruits, selon la mode et la saison. C'était la tante Eléonore. Ajoutons qu'elle avait la curieuse particularité d'égrener par accès des volées de petits pets que n'étouffaient complètement ni l'épaisseur de ses jupes ni sa voix claironnante.

Elle tirait sur les plis de sa robe comme pour rappeler à l'ordre la partie de son individu qui se permettait d'émettre ces vents malencontreux.

La même conversation se répétait, à quelques variantes près, car Eléonore ne se résignait pas à trouver Louise éternellement inactive.

« Enfin, ma toute belle, te voilà encore étendue! s'exclama Eléonore, un jour que j'écoutais d'une oreille distraite.

– Ah! ma tante, je suis toujours fatiguée, répondit

Louise, qui se reposait sur la terrasse, dans une chaise longue en osier, quand le temps le permettait. Mais asseyez-vous, je vous en prie.

– M'asseoir! Je ne peux pas passer la journée assise. Je viens de me dandiner au pas de ma jument depuis une heure, ce n'est pas pour m'asseoir dès que j'arrive.

– Que voulez-vous donc faire, ma tante?

– Montre-moi le jardin. As-tu fait replanter mon hortensia? Il fallait le mettre au nord, tu t'en souvenais?

– Bien sûr! Guillaume l'a planté contre le mur, de l'autre côté de la maison.

– Allons voir cela!

– Je laisse Adeline vous y conduire, je ne me sens pas assez forte pour une promenade.

– Ce n'est pas une promenade, c'est un saut de puce. Tu me désoles, ma chère enfant. Si tu ne décides pas de te lever et de reprendre une vie normale, tu finiras par devenir phtisique.

– Peut-être le suis-je déjà, soupira Louise.

– Mon Dieu! quelles sottises peut-on inventer quand on le veut! Où est ce poupon, dis-moi? »

On fit venir Emma et sa nourrice.

« Démaillottez-moi la pauvre créature, s'exclama Eléonore. Par cette chaleur, lui laisser des langes aussi serrés! Il faut ne pas être dans son bon sens. »

Eléonore n'avait jamais élevé d'enfants, mais cela ne l'empêchait pas d'avoir des idées péremptoires sur leur éducation. Comme j'étais de son avis, Louise s'avoua vaincue et nous forçâmes la nourrice à déshabiller la petite et à la laisser jouer dans son berceau à l'ombre des tilleuls.

« Voilà une superbe enfant, déclara Eléonore.

– Elle est bien ronde pour son âge, regretta Louise.

– Que voudrais-tu? Qu'elle soit décharnée?

– Elle pourrait être plus fine.

– Elle n'a pas besoin de l'être à son âge. Nous verrons plus tard. Cela lui évitera peut-être les maladies de langueur comme la tienne.

– Ma tante, que vous êtes brusque!

– Pas du tout, je suis seulement avisée. Je vais voir ces hortensias et je reviens. »

Eléonore aimait tout voir, de la cuisine à l'écurie, soulever le couvercle du pot, regarder les lanternes de la voiture, la litière des chevaux. Elle ne s'attardait pas, mais elle aimait que tout marche et que les maisons soient menées rondement. Elle en semblait toute ragaillardie. Elle bousculait sa servante, qui jouait à la fois le rôle de cuisinière, chambrière, cocher, valet de chambre et commissionnaire.

Dans la journée, j'observais maintenant d'un œil nouveau toutes ces femmes qui vaquaient à des travaux ou à des occupations diverses, sans avoir l'air de partager ce qui me paraissait être le monde secret des hommes. Car enfin j'avais ramené à cela toutes les allusions que l'on entendait dans les cuisines, les foires, les jabotteries de villages. Les paysannes ou les domestiques plumaient des volailles, farcissaient des canards, découpaient des jambons, trempaient la soupe, réveillaient le feu sous la cendre, allaient chercher l'eau, pétrissaient le pain, grondaient les enfants, maniaient le balai contre la poussière, les chats et les poules égarées, reprisaient le linge, récuraient les pots, battaient les matelas. Patientes, obstinées, elle rudoyaient les hommes, se moquaient d'eux, mais ne paraissaient pas se poser de questions à propos de leurs appétits.

Quand les filles parlaient de leur novi[1], elles vantaient ses espérances, son courage au travail, les protections dont lui ou sa famille bénéficiait, l'emploi qu'on lui avait promis ou qu'il venait d'obtenir. Celui qui était riche avait toujours assez belle tournure. On échangeait bien des rires et des clins d'œil pour vanter l'ardeur avec laquelle il faisait sa cour, mais cela était un sujet de plaisanterie plus que d'émotion.

La plupart des hommes, quant à eux, faisaient les

1. Fiancé.

coqs, avaient la main prête à un geste galant, sans dents ni cheveux, la peau fripée, la bedaine tombante, dans les foires, les noces, les repas de famille, ils redressaient la crête et toutes leurs allusions évoquaient les satisfactions que peuvent apporter les femmes. Dans ce domaine, d'après le peu que j'avais pu observer, les hommes se ressemblaient sans distinction de rang. On y mettait plus de délicatesse chez les gens mieux nés, mais pas toujours.

Par contre, les femmes de nos familles me paraissaient entièrement étrangères à cet univers. Soit elles affichaient un mépris évident pour toute rudesse, comme Louise. Soit, rondes, enveloppées de satin, allant avec sérénité de la maison au potager, du jardin au clapier, elles donnaient des ordres et veillaient à la bonne marche du ménage.

Louise et une ou deux jeunes femmes que j'avais rencontrées épisodiquement semblaient se croire d'essence supérieure. Elles avaient à leur disposition une variété infinie de soupirs, de palpitations, de rougeurs, se perdaient en conciliabules infinis pour interpréter le regard ou le serrement de main d'un homme, ne voyant qu'un débouché possible à de telles avances : un amour brûlant et une éternelle fidélité.

J'ai déjà dit que Louise m'avait conseillé de lire certains des romans à la mode qu'elle se faisait envoyer. Elle avait cru me faire plaisir en me prêtant *René, Werther* et *Adolphe*. Nous avons la rage de vouloir faire partager nos goûts à ceux qui sont le moins susceptibles de les adopter. La naïveté, la sensibilité maladive des deux premiers de ces héros paraissaient remarquablement touchantes à Louise. Je n'y vis que des tourments insensés qui me laissèrent froide, mais je n'en dis rien, mettant cette incompréhension sur le compte de mon ignorance. Chateaubriand et Goethe eux-mêmes, ennuyés de ces désastreux personnages, se sont vus obligés de les faire mourir dans la fleur de l'âge, nous n'aurions pas supporté cent pages de plus le délire de ces jeunes gens. Quant à l'insigne faiblesse d'Adolphe, elle m'ébaubissait.

Revenons aux conversations féminines dont seules me parvenaient des bribes. De ces débats sur l'entourage ou la condition de ces dames ne sortaient aucun éclaircissement, aucune proposition. Les aspects de chaque situation étaient retournés en tout sens, mais sans qu'on remonte à la cause ou qu'on s'interroge sur les remèdes à apporter. Ce n'étaient que confidences destinées à tromper l'ennui et à déverser le trop-plein d'émotion de ces âmes timorées. Il aurait suffi d'un coup d'œil lucide pour embrasser tous les menus faits qui avaient été éparpillés sans ordre et sans suite. On se séparait enfin avec des soupirs d'une résignation que l'on qualifiait de chrétienne pour plus de commodité.

Pendant ce temps, le monde courait son train et le mari entrait dans le salon, tirant sa montre ou sa tabatière des profondeurs de sa poche, demandant à sa tendre moitié de bien vouloir le suivre pour lui appliquer son embrocation, car ses douleurs l'avaient repris.

Si ma curiosité m'amenait à guetter avec intérêt le comportement des gens qui m'entouraient, rien ne comptait à cette époque que mes nuits avec Pierre. Il me submergeait de son impudeur et de son insatiable appétit. Je n'avais qu'une crainte : qu'une nuit quelqu'un le trouvât dans mon lit. Dès que l'un des enfants se plaignait ou se réveillait, je m'arrêtais de respirer. J'essayais aussitôt de le calmer. S'il le fallait, je me levais dans le noir, le conduisais dans la garde-robe vers le seau de toilette qu'il réclamait, ou tentais d'apaiser la frayeur d'un cauchemar. Par chance, mon lit était tourné de telle manière que le haut cadre de bois me dissimulait à leur vue. Louise aussi aurait pu surgir dans la chambre. Mais elle s'arrangeait pour ne pas comprendre ce qui pouvait la déranger.

Pierre se moquait de mes craintes. Une fois ou deux pourtant, il dut disparaître sous l'édredon de plume que je gardais au pied du lit en prévision de semblables alertes. Cela sembla plutôt l'amuser, il en sortit rouge, congestionné, et faisant tout pour m'arracher quelque cri ou quelque protestation alors que les enfants étaient à peine rendormis.

Je m'étais habituée à lui. Dans la journée, je n'avais pas besoin qu'il s'occupe de moi, je ne souhaitais aucun signe particulier d'affection. Tout au plus obtenais-je à l'occasion une pression de la main sur l'épaule, un baiser un peu près de l'oreille quand il rentrait. Je préférais qu'il m'ignorât. Obscurément, il me semblait que c'était une garantie : rien ne se remarquait, rien ne pouvait assombrir ces semaines.

Je vécus ces journées le corps douleureux et en liesse, les pieds dans les pâquerettes, le nez dans les étoiles. Pierre ne me ménageait ni ses assauts ni ses caresses. Souvent, je l'implorais de me laisser dormir. « Tu dormiras quand tu seras vieille », répondait-il en riant. Quand il me quittait, à l'aube, je m'étalais dans son odeur, harassée et heureuse.

L'automne était superbe, comme souvent dans la région. On rêve de printemps parce qu'il a été chanté par des poètes qui ont à peine dû regarder une hirondelle par leur fenêtre. Au printemps, on peut surtout attendre de la pluie.

Septembre s'écoula, passa la Saint-Michel. Pierre fut absorbé par le changement de métayer au Breuil. J'atteignis mes dix-sept ans. Puis vinrent les vendanges. Mais j'avais la tête tournée d'un autre vin.

J'emmenai les enfants dans les vignes, ils se gavèrent de raisin et eurent la colique. Je tenais leur goûter dans un panier. Pierre venait s'asseoir près de nous, complétant cette image familiale et paisible que nous devions offrir. Son chien, langue pendante, jetait un œil vague autour de lui, indifférent aux nuages et aux mouches, auxquelles il accordait un coup de museau de temps en temps.

Je devais faire attention car Pierre cherchait prétexte à s'appuyer contre mes jambes, à attraper un morceau de pain ou un fruit par-dessus mon épaule. Je m'écartais ou me levais. Je me sentais son aînée à bien des égards, par la prudence dont je faisais preuve, alors qu'il se laissait maintenant aller à une certaine insouciance.

Ensuite, vint la saison des champignons. Aux belles journées chaudes avait succédé la pluie. On surveillait les chemins. La terre fleurissait. Puis un beau matin, avant le lever du soleil, Léa et Guillaume disparaissaient. On les revoyait vers huit heures, un bâton à la main, au bras leur panier plus ou moins plein. Ils ne s'étaient pas dit deux mots depuis qu'ils avaient quitté la maison quelques heures plus tôt. Chercher les champignons est un bonheur solitaire. On ne peut en même temps jaser ou s'occuper des autres. Il faut aller dans les coins de bois que l'on connaît, soulever de son bâton les fougères fanées et roussies, les feuilles, les bogues de châtaigniers, flairer, deviner où se cachent les girolles ou les oronges convoitées.

Je connaissais bien les bois de Fontbrune, mais pas ceux de Fumerolles. De toute façon, même à Fontbrune quand nous allions chercher des champignons nous avions immanquablement été précédés par Pichille ou Henri et ne trouvions que ce qui leur avait échappé, ou alors nous devions nous contenter d'aller dans les bois et les chemins qu'ils avaient dédaignés.

Je m'inquiétais pendant ces semaines d'automne de voir peu à peu Pierre changer ses habitudes. Il rentrait souvent pour dîner avec les enfants et moi, et ressortait plus rarement le soir. Louise ne modifiait pas son mode de vie et faisait mine de ne s'apercevoir de rien. Je conviens d'ailleurs que nous étions discrets.

Souvent, je passais donc la soirée au salon avec Pierre. Nos dialogues étaient ordinaires et se limitaient généralement à commenter les événements du jour. Son chien était aplati devant le feu. Il savait se faire oublier, profitant de ces heures bienheureuses où son maître, d'humeur sereine, le laissait se chauffer avant de le renvoyer passer la nuit dans la paille de l'écurie. Il savait qu'il faut endurer les ardeurs de la flamme avant de savourer la chaleur pénétrante des braises. Je m'inquiétais parfois :

« Pierre, ne crois-tu pas que Louise soupçonne quelque chose?

– Elle veut ignorer ce qui se passe sous son toit et dont elle ne pourrait pas parler à son curé.

– Un jour ou l'autre, elle viendra dans la chambre des enfants et t'y trouvera.

– Il y a des mois qu'elle ferme à clef la porte de sa chambre sur le couloir. Elle aurait mauvaise grâce à se plaindre que je porte ailleurs mes hommages.

– Il faudrait que tu fasses attention, que tu sortes plus souvent, comme tu le faisais quand je suis arrivée.

– Tu veux que j'aille m'enivrer au Rameau d'Or ou au Cheylard? »

Il se leva. Un mot de plus et il était capable de réveiller Guillaume, de faire seller son cheval et de partir pour Rouffignac.

« Non, je ne dis pas cela. Mais il ne faudrait pas que nous ayons l'air de vivre toi et moi à Fumerolles comme un vieux ménage paisible, Louise devenant une étrangère dans sa propre maison.

– Vieux ménage paisible? »

Je reconnais que le mot était imprudent. Pierre s'installait déjà dans la bergère où je brodais. La chandelle fut renversée, faillit mettre le feu, l'aiguille manqua de s'enfoncer dans ma paume, un coussin creva et cracha ses plumes, j'éternuai, je cherchai le duvet dans mes cheveux, furieuse de ses enfantillages. Il s'amusait beaucoup de mes précautions et mettait un malin plaisir à être indiscret et bruyant.

Il m'arrivait alors de penser que mon sort n'était pas très différent sur ce point de celui d'une chambrière. Je ne pouvais pas lui échapper quand il avait décidé que je devais lui céder. J'aurais pu ruser, mais je n'aimais pas l'idée de le traiter comme un enfant. Satisfait quand il avait triomphé, il me disait parfois :

« Si tu voulais, tu pourrais me faire danser comme un ours au bout d'un bâton.

– Merci, je ne tiens pas à être montreur de fauves. »

Avant de monter, il ramenait son chien à l'écurie. Il restait debout longuement devant la porte à humer l'air de la nuit, tournant la tête, cherchant le vent, les nuages, la lune, les étoiles, faisant quelque prédiction sur le temps du lendemain.

A la messe, il lui arrivait de pousser impudemment de côté l'un des enfants pour se mettre à côté de moi. Je devais peu à peu repousser ma chaise jusqu'à l'allée centrale. Je calais mon ombrelle entre sa chaise et la mienne, il la faisait tomber en se levant ou en s'agenouillant derechef. Il me marmonnait des avertissements. Je ne répondais pas. La tête dans les mains, je jouissais de ces minutes de calme. Je ne sais si je croyais ou ne croyais pas. L'Eglise ne semblait pas avoir prévu des réactions comme les miennes, je n'en attendais donc pas d'indications sur la conduite à tenir. Je me confessais sans embarras, répétant la liste de manquements que j'avais mise au point depuis des années et qui ne variait guère, je communiais, enfin je pratiquais comme j'étais censée le faire.

J'écoutais avec étonnement les inévitables prêches du curé contre la danse, les fêtes, les promenades avec les garçons, discours qu'il adressait aux jeunes filles, les espérant plus dociles et sachant les risques qu'elles couraient. J'aurais été sensible à des mises en garde raisonnables et fondées, ces déchaînements me paraissaient ridicules. On ne se mêle pas de déclarer trop salé un potage auquel on ne peut goûter. Combien d'hommes et de femmes trop faibles ces sermons ont-ils épouvantés! Que de regards furtifs, de tortures inutiles, d'heures sans sommeil, de tremblements, de repentirs ont-ils amenés, là où le simple bon sens commandait de faire ce que l'on jugeait bon et de se taire. Ah! cette redoutable habitude qu'ont les femmes de demander conseil aux gens les moins qualifiés pour en donner, au lieu d'exercer leur propre jugement.

Dans ces dialogues d'après-souper avec moi, Pierre était adroit et prudent. Je me souviens de lui avoir demandé un jour :

« Pierre, il faut être marié, n'est-ce pas, pour avoir des enfants ?

— Naturellement, répondit-il avec assurance.

— Pourtant la fille du charbonnier, à Mauzens, a eu un enfant sans être mariée. Elle était si désespérée qu'elle l'a noyé.

— Elle était forcément mariée.

— Non, je sais qu'elle ne l'était pas. M. le curé nous l'a dit et elle n'a pas non plus été voir M. de Menou pour les papiers.

— Eh bien, elle a dû se marier secrètement dans une autre paroisse, expliqua-t-il avec un calme souverain.

— Quelle différence y a-t-il entre ce que font les gens mariés et ce que nous faisons ?

— Ce n'est pas à moi de t'en parler, tu demanderas cela à ton mari. »

Mon ignorance m'était insupportable, mais elle était pour l'instant sans remède. Rosa et le docteur étaient les deux seules personnes à qui j'aurais pu poser des questions. Or, je ne voulais parler à personne de mon entourage de cette liaison, tant que je pouvais l'éviter.

Une autre question me tourmentait, dont je parlai un jour à Pierre.

« Je ne me marierai pas, je n'ai pas de dot. *La Meyrolie* ne vaut pas grand-chose, mon père a vendu presque toutes les terres et la maison est en mauvais état. Il y faudrait de gros travaux, dit mon oncle Elie. »

Pierre me regarda, l'œil rétréci, en maquignon, et railla :

« Tu as mieux à offrir qu'une métairie.

– Ne plaisante pas. »

Il rit :

« Tu as un tempérament du feu de Dieu, cela vaut de l'or! »

Je pris le mot « tempérament » comme voulant dire « caractère ».

« Cela ne se vend pas.

– Tout se vend. »

J'étais outrée, non pas de son cynisme, mais de la légèreté avec laquelle il avait l'air de traiter une question sérieuse. J'en avais les larmes aux yeux.

« Tu veux dire que je me conduis comme une servante ou une fille d'auberge. Et tu crois qu'un monsieur acceptera de m'épouser!

– Oui, il faut que tu cherches un homme d'âge mûr, dont la fortune est faite, et que tu le rendes amoureux, que tu le rendes fou, tu m'entends? Tu as ce qu'il faut pour cela. »

Il s'était approché et me tenait aux épaules. Il parlait maintenant entre ses dents serrées :

« Vingt dieux, oui, tu sauras comment t'y prendre! Tu es un morceau de roi, ma jolie. Et pour l'instant, tu es à moi. Plus tard... nous n'y sommes pas et nous n'y serons pas de sitôt, crois-moi. »

Pierre disait où il allait en partant le matin, mais pas à quelle heure il reviendrait. Au lieu de disparaître des journées entières ou plusieurs jours de suite – surtout à cette saison où il allait chasser chez les Cossac, ou avec M. de Rapnouil, ou avec mon oncle Labatut –, il revenait plus régulièrement à Fumerolles, où il aimait me surprendre, je crois.

Un dimanche d'octobre, où j'allais à pied par les bois avec Rosa entendre les vêpres à Rouffignac, nous vîmes soudain le chien de Pierre surgir devant nous dans le chemin, suivi de son maître, le fusil sous le bras.

« Eh bien, Rosa, tu as rendez-vous aux vêpres avec ton galant?

– Ce n'est pas mon galant, c'est mon promis.

– Cela arrange tout le monde et permet de prendre une avance sur ce qu'autorise le mariage, n'est-ce pas?

– Pourtant notre monsieur s'est toujours plaint que je sois trop honnête, se moqua Rosa.

– Je te connais, tu es devenue honnête par intérêt, non par vertu.

– C'est que l'intérêt est plus nécessaire que la vertu, monsieur.

– Quelle raisonneuse! Allons, je ne veux pas te retarder, va retrouver ton galant. Mlle Adeline te rejoindra.

– M. le curé s'étonnerait de ne pas nous voir au début des vêpres, nous n'avons pas le temps de nous arrêter en route », dis-je.

Il eut un petit rire entendu :

« Ne vous attardez donc pas, et ne revenez pas trop tard non plus : méfiez-vous des mauvaises rencontres. »

A la sortie des vêpres, Rosa retrouva son promis et me demanda la permission de se promener un peu avec lui. Je rentrai donc seule par le même chemin. L'automne était superbe, le soleil jouait à travers les feuilles dans le sentier qui bruissait d'insectes, d'oiseaux. Les bruyères et les fougères sentaient bon. Dans une trouée entre les arbres, on voyait le coteau d'en face où, au milieu de la forêt, montait la fumée d'une métairie. Avant d'arriver à Fumerolles, dans un rond de châtaigniers qu'on appelle le rond des fées, Pierre se tenait appuyé à un arbre, comme s'il m'attendait. Son chien était couché à ses pieds, soufflant, fatigué par un après-midi de chasse dans ces dernières chaleurs d'automne. Pierre était maussade.

« Rentrerais-tu déjà, m'étonnai-je.

– Depuis tout à l'heure, j'ai poursuivi un maudit lièvre qui a des ruses d'Alcibiade. Il m'a fait courir tous les coteaux. Il fait trop sec, sinon, je le tiendrais. Mon chien l'a perdu près d'ici, impossible de trouver la voie. J'ai retourné chaque touffe d'herbe, chaque motte de terre. Pourtant, je le connais, le bougre. Il gîte au bas de Cachemiche, c'est là que je l'ai levé. Depuis, il a couru comme un damné, il a sauté, tourné, virevolté une danse auvergnate de sa façon. Je l'ai cajolé, insulté, il n'a pas bronché. Je jurerais qu'il est terré à deux pas d'ici, nous écoutant. Il m'a épuisé et Miraut en a presque rendu l'âme. »

Il soupira, sembla peser une alternative.

« Assieds-toi là, me dit-il, désignant une souche. Il finira bien par paraître, ce lièvre. »

Il posa son fusil contre un arbre.

« Je dois rentrer, Louise m'attend.

— Je ne t'ai pas dit de rester là jusqu'à minuit, mais de t'asseoir un instant. »

Je restai debout. Il ne me lâchait pas des yeux.

« Tu vas me donner des idées, avec tes craintes.

— Ne t'échauffe pas, je dois seulement rentrer.

— Tiens donc ? Tu n'as pas toujours une telle hâte de me quitter. »

Il s'approcha.

« Ordonne-moi de m'éloigner, puisque tu es tellement pressée de partir. »

Il posa ses mains sur mes hanches.

« Ordonne-moi de te lâcher ! Et veux-tu un sceptre pour mieux régner ? »

Il coupa une branche de noisetier qu'il me tendit. La colère me montait au nez.

« Je n'ai pas le temps de plaisanter. Louise va s'inquiéter.

— Tu ne te soucies pas autant des inquiétudes de Louise, habituellement.

— Pierre, je t'en prie, laisse-moi passer.

— Passez, madame, je vous en supplie. Le chemin est libre. »

Il salua, s'écarta. J'hésitai, descendis de la souche, fis quelques pas. D'un geste vif, il me rattrapa.

« Tu apprendras qu'à la guerre comme à la chasse il faut éventer les ruses de l'adversaire.

— Tu sembles pourtant n'avoir pas prévu celles de ton lièvre.

— Ma jolie, voilà un mot de trop. Tu ne seras décidément pas à Fumerolles aussi tôt que tu le voulais.

— Tu n'es ni mon père, ni mon mari, ni mon tuteur. Souviens-toi que tu n'as aucune autorité sur moi, même si tu t'amuses à me rudoyer.

— Toi aussi, tu te prends pour une princesse! Et la seule manière dont les femmes choisissent de prouver leur puissance est de se refuser. »

Il m'avait saisie, poussée contre un arbre, sa main remontait ma robe. Cela me paraissait ridicule, j'essayais de me dégager, mais il était furieux, et ne me lâchait pas. Il se mit à ouvrir sa veste, à défaire ses vêtements. Exaspéré de sentir une résistance imprévue dans mes dessous dont il ne trouvait pas les cordons, il jura :

« Sang Dieu! Défais ces cordons ou je les arrache!

— Faut-il vraiment que pour te venger d'un lièvre tu me trousses comme une Jeanneton? »

Il était sur le point d'y réussir, quand il s'arrêta net.

« Fichtre! » jura-t-il à mi-voix.

La chemise pendante, l'habit ouvert, il regardait par-dessus mon épaule.

« Le voilà! Et il essayait de me couillonner! Je le tiens cette fois! »

Il s'était rajusté en un clin d'œil, avait tendu le bras pour attraper son fusil. Le lièvre bondit, le chien le suivit en traversant un fourré, il aboyait comme un forcené. Le coup partit.

« Ça y est, il a son compte! »

Le maître et l'animal partirent droit devant eux. Ils revinrent triomphants. Pierre tenait le lièvre par les oreilles, laissant le chien flairer le sang qui tombait d'une blessure derrière la tête.

« Hein! dit-il fièrement, n'est-il pas beau? C'est un vieux bouquin, il sera dur sous la dent. N'importe, je veux le voir dans mon assiette, avec des petits lardons et de beaux croûtons; après tout le mal qu'il m'a donné. Je peux encore prendre la peine de le mâcher le temps qu'il faudra. Hein, est-il beau? »

Je m'étais éloignée en direction du chemin. Il le remarqua et en rit, tout à fait de bonne humeur maintenant.

« Sauve-toi, va, comme mon lièvre. Je saurai où te trouver. »

Devenu indulgent, il riait à gorge déployée.

Vers la fin d'octobre, le temps était encore superbe. Guillaume devait transporter du grain à Saint-Pierre-de-Chignac. Aline demanda la permission à Louise d'en profiter pour aller voir sa marraine, qui y habitait.

Je ne sais pour quelle raison, j'eus envie de rencontrer une certaine Nanne Caron, qui était au service de mes parents au Bugue juste après leur mariage. J'avais entendu prononcer son nom à Fontbrune et savais qu'elle habitait Saint-Pierre-de-Chignac. J'avais demandé si cette femme était encore en vie. On me fit répondre qu'elle était très âgée et logeait chez son fils, un bourrelier, installé près de l'église.

Que voulais-je lui demander? Je n'étais pas tourmentée par le besoin d'entendre parler de mes parents. J'aurais simplement aimé qu'on me dît comment ils étaient réellement, au lieu de dissimuler sous des phrases pleines de bonnes intentions et vides de sens. Ma mère était née à Thenon où son père, petit propriétaire, était honorablement connu. Mais sa famille n'était pas de la région et y était venue depuis peu de temps. Elle n'y avait donc pas d'alliance. Cela aurait été acceptable si mon grand-père maternel avait fait fortune, or il s'était ruiné dans un obscur procès, dont mon père, jeune marié, avait même fini de payer les frais.

Mes grands-parents Gontier n'avaient pas interdit ce mariage, mais ils n'en avaient pas été satisfaits. Mon père demanda sa part d'héritage, s'en servit pour payer une partie des dettes de son beau-père, puis, comme je l'ai dit, eut le malheur d'investir le reste dans de douteuses affaires de fret.

D'après le peu que j'avais appris dans les cuisines et par ma grand-mère, je crois que ma mère était courageuse et digne, mais sensible au point d'avoir été bouleversée de la réserve que les Gontier lui avaient manifestée au moment de son mariage. Quant à mon père, on a pu juger par sa carrière qu'il avait sans doute un aimable naturel mais n'était guère avisé en affaires. Je ne ressemblais ni à l'un ni à l'autre de mes parents, c'est tout ce que je pouvais déduire de ces brèves informations. J'étais orpheline et pauvre, mais pas désarmée.

Je dus avouer à Louise la raison de ma visite à Saint-Pierre-de-Chignac. Elle s'en étonna, mais ne s'y opposa pas. Nous devions partir en voiture de grand matin et rentrer le soir à Fumerolles. Pierre déclara qu'il avait une affaire à traiter à Saint-Pierre-de-Chignac et nous accompagnerait.

Guillaume devait passer à l'Herm, pour déposer un barricou de vin chez un dénommé Serre. Nous voilà donc partis dans la forêt Barade, prenant la route de Thenon à la sortie de Rouffignac et tournant bientôt à gauche. L'épaisseur des bois se referma sur nous. De la brume traînait aux branches des arbres qui, au passage, dans le chemin étroit, fouettaient la voiture. Des toiles d'araignées avaient retenu la rosée de la nuit, on sentait une odeur de feuilles mortes, de mousse, de bruyère, de fougère.

J'ai entendu parler de belles futaies de chênes ou de hêtres : elles doivent être impressionnantes, mais elles sont inconnues en Périgord noir. J'ai vu de beaux chênes isolés, mais plutôt des chênaies rabougries et malingres comme les affectionnent les truffes. Pour moi, rien ne vaut un bois de châtaigniers, j'en reconnaîtrais l'odeur les yeux fermés.

La voiture avançait lentement, cahotant dans les ornières. Le fusil de Pierre était sous le siège, à portée de main. Aline tenait un panier devant ses pieds où, noués dans un linge, se trouvaient la bouteille d'eau-de-vie et le pâté de foie destinés à la vieille Nanne. Derrière, le barricou était calé entre les sacs de grain.

Pierre était à cheval. Il avait commencé par nous suivre, puis s'ennuyant du train de notre marche, il avait pris les devants et nous attendit avant l'Herm. Nous n'avions rencontré aucune charrette, il n'aurait pas été possible dc se croiser et il aurait fallu reculer jusqu'à un embranchement, une trouée dans la forêt, ou un abaissement du fossé.

On s'arrêta chez ce Serre et on y déposa le barricou. On se salua, la femme sortit, on échangea des nouvelles d'ici et de là-bas; si courte que soit la distance, on pouvait avoir eu un orage ici et pas là, ou de la gelée blanche. On nous offrit à boire. Pendant que Pierre et Guillaume parlaient, j'annonçai que j'allais jusqu'au château de l'Herm.

J'ai toujours la même émotion en revoyant l'Herm. Quel endroit et quelle famille... Les histoires que l'on invente ne valent pas, et de très loin, les histoires vraies, c'est pourquoi je n'ai jamais pu me résigner à préférer la fiction à la réalité.

Après le pont qui enjambe les douves – le pont-levis ayant disparu depuis longtemps –, à droite on trouve un puits, puis on arrive en haut du tertre, au pied du château. Il n'en reste qu'une masse compacte, composée de deux grosses tours rondes, d'un corps de logis massif, d'une tour carrée : en bas de celle-ci s'ouvre la porte d'un gothique orné qui donne accès au seul escalier du château, un de ces escaliers à vis que l'on pouvait monter à cheval. En gravissant les marches, on voit à chaque étage les salles principales, au pavement à moitié détruit, aux poutres qui s'effondrent. Seule la pierre résiste dans cette débâcle.

Alors que l'Herm est déserté depuis 1652, la toiture crevée, les murs battus par les vents et les pluies restent debout et les superbes cheminées des grandes salles portant les armes des Calvimont sont intactes. Elles figurent également tout en haut de l'escalier, sur la clef de voûte. Quelques marches raides mènent à la chambre au trésor. Deux fenêtres ouvrent, l'une à l'est, l'autre à l'ouest, chacune vers la masse noire de la forêt Barade. Aline m'a suivie. Elle tremble et je ne suis pas rassurée. Les habitants des quelques maisons qui forment le hameau sont habitués à cette solitude où l'hiver hurlent les loups. En bas, de l'autre côté des douves, une petite fille garde ses dindons. Mais les chênes et les ormeaux aussi hauts que le château, qui l'enserrent étroitement, accentuent son atmosphère farouche.

Antoine et moi avons entendu raconter l'histoire de l'Herm par notre grand-mère depuis que nous sommes enfants. Personne dans le pays ne l'ignore. Dès le XIVᵉ siècle, les seigneurs de L'Herm sont de puissants personnages. Au XVIᵉ siècle, la famille Calvimont, qui possède les terres et le château, compte à la fois des ambassadeurs d'Albret et de France, des présidents du parlement de Bordeaux et rend hommage au roi de Navarre, comte de Périgord.

S'être hissés au premier rang des nobles de la province ne leur suffira pas. De meurtres en procès, de testaments brûlés ou falsifiés en embuscades, ils finiront par faire du château un endroit maudit, une ruine qui pourtant ne veut pas mourir et reste dressée, superbe et sinistre témoin de tant de crimes.

L'Herm appartiendra surtout à deux femmes alliées aux Calvimont sans être elles-mêmes des Calvimont : Anne d'Abzac de Ladouze et Marie d'Hautefort. La première voit son mari tué en 1586 et se remarie promptement avec Foucaud d'Aubusson. Pour plus de commodité, elle marie sa fille Marguerite, encore toute enfant, au fils de Foucaud, François d'Aubusson. Quand elle atteint l'âge de dix-huit ans, son mari s'en est lassé et a une maîtresse du même âge : Marie d'Hautefort. Il fait étrangler Marguerite avec la complicité de sa mère, Anne d'Abzac. Ils pourront ainsi se partager l'Herm. Mais un testament de Jean de Calvimont, père de Marguerite, décidait de rendre l'Herm à la branche cadette au cas où Marguerite décéderait sans enfants. Par chance, quelqu'un a fait disparaître le testament. François d'Aubusson se remarie avec Marie d'Hautefort, qui à son tour ne barguignera pas sur les moyens de conserver l'Herm.

Au cours d'un guet-apens, en 1615, elle fait assassiner par ses gens les cousins Calvimont de la branche cadette. Cela ne l'empêche pas de négocier avec les héritiers un partage intéressant. Entre-temps, ceux-ci ont réussi à faire jeter en prison François d'Aubusson. En 1618, il y meurt de mort naturelle – ne vous avais-je pas dit que tout arrivait? Devenue veuve, Marie veut trop gagner dans ses tractations avec les héritiers Calvimont. Un procès s'ensuit.

Veuve, elle se remarie à un sieur Raphaël de Baudet, dont en même temps elle voudrait faire épouser le fils à sa propre fille, Françoise. Elle a le sens de la famille. Malheureusement, un prétendant est déjà sur les rangs, Godefroy de La Roche-Aymon, qui tue en duel le fils Baudet et épouse Françoise, laquelle meurt promptement en couches. Le même Godefroy tue au passage un Calvimont de la branche cadette – décidément prolifique –, pour bien montrer qu'il épouse les querelles de sa nouvelle famille.

On chasse beaucoup chez les seigneurs, et un coup d'arquebuse est vite perdu. Raphaël de Baudet et ses hommes tirent sur un sieur de La Farge, qui chasse avec un bâtard du marquis d'Hautefort, beau-père de Raphaël. Puis Raphaël est tué par le bâtard d'Hautefort. Testament, procès, chicane. Mais contre vents et marées, Marie d'Hautefort se maintint à l'Herm jusqu'à sa mort en 1652.

L'histoire vous paraît tortueuse? Vous n'en avez pourtant entendu là qu'une version édulcorée. Le reste est plus classique.

A-t-on jamais vu manquer les héritiers quand une terre est à prendre? Le château est abandonné, gardé seulement par quelques hommes d'armes, pendant que les procédures vont bon train. Mais l'usure se fait sentir, l'âpreté des propriétaires précédents a disparu. On se bat, mais par hommes de loi interposés, on ne s'assassine plus. Lassée, la branche cadette des Calvimont accepte un règlement en argent, au moment où l'Herm est vendu par adjudication en 1679.

L'acquéreur est une seconde Marie d'Hautefort, duchesse de Schomberg, qui en 1682 prend possession de la seigneurie, avec droit de haute, basse et moyenne justice, et de ses terres de Rouffignac, Milhac d'Auberoche, Plazac, Fanlac, Thonac, Bars, Fossemagne, Lamonzie-Montastruc, Saint-Georges et Siorac. Mais l'Herm demeurera vide désormais.

Nous faisons le tour du château. Par les gros barreaux des fenêtres basses, on voit les cuisines. Plus bas, sous la grosse tour, étaient les oubliettes.

Une enfant vient nous prévenir qu'il faut repartir. Je peux facilement me hisser sur le marchepied de la voiture, mais Pierre me prend par la taille et me hisse sur le siège étroit à dossier raide.

La matinée s'avance, la brume se lève. Nous poursuivons notre route, et nous arrivons à Saint-Pierre-de-Chignac quand le marché bat son plein. On s'arrête à l'auberge, où l'on dépose la voiture et les chevaux. Aline part d'un côté, à la recherche de sa marraine, Guillaume d'un autre, car il a un cousin à voir. Pierre m'accompagne chez Nanne Caron.

On nous indique l'échoppe du bourrelier, près de l'église. La porte est ouverte et il travaille sur le seuil, assis sur un tabouret, s'adressant à l'intérieur à quelqu'un qu'il bouscule, sans doute son apprenti. Contre le mur sont appuyés des harnachements; des courroies et des ceintures pendent à des clous. Devant sont arrêtés plusieurs hommes, qui regardent, soupèsent, questionnent, en nous observant furtivement.

Nous saluons, et l'on s'écarte dès que Pierre prend le bourrelier à part. Il lui explique qui je suis et demande si la vieille Nanne est à la maison. L'homme est perplexe devant cette question à bout portant à laquelle il va devoir répondre sans consulter sa femme. Le front baissé, il ne dit rien tout d'abord. Qu'apportons-nous, des ennuis ou peut-être un bénéfice? Il nous propose d'entrer, n'ayant pu se résoudre à dire si sa mère était là ou pas. Cela gagne quelques instants.

Dans la cuisine noircie de fumée, il répète l'histoire à sa femme. Une vieille est au coin du feu, tassée dans le cantou. Elle jette sur moi un regard vide. Je suis venue trop tard, cette femme est complètement rassotie.

Nous déposons sur la table noire de mouches le pâté et la bouteille que j'ai apportés. Cela semble accroître l'inquiétude du mari, qui se communique à la femme, à travers le bref regard qu'ils échangent. Pourquoi venir après tant d'années? Qu'est-ce que je veux? Y aurait-il procès? Voudrais-je tirer quelques renseignements ou même faire témoigner la vieille mère? L'homme et la femme se rongent les sangs, je le vois. Pierre étouffe déjà de se voir enfermé avec ces trois êtres primitifs. Je n'obtiendrai rien de cette vieille dont la tête tremble dans son mouchoir de tête, dont le menton ne peut même plus se relever, dont les mains ridées sont agitées de saccades et serrent un bas auquel elle ne peut sans doute guère travailler. La bru essaie de lui expliquer :

« Maman, crie-t-elle, en se penchant, Mlle Gontier vient du château de Fontbrune. C'est la demoiselle Gontier. Vous vous souvenez de ces messieurs Gontier chez qui vous avez travaillé au Bugue, autrefois?

– Ah? » fait la vieille, qui n'a ni entendu ni compris.

On nous a avancé deux chaises, l'une d'où on chasse

le chat. La vieille reprend de sa voix aigre et haut perchée :

« Qui est la demoiselle? »

La bru répète, en simplifiant :

« C'est la demoiselle Gontier. Ces messieurs viennent de Fontbrune, vous savez bien. Les parents de la demoiselle sont décédés au Bugue il y a longtemps, quand ils étaient bien jeunes encore.

– Qui est décédé? » piaille la vieille, qui retrouve son intérêt.

Je ne veux pas rester. J'abrège ma visite. Pierre est sorti et m'attend dehors. Bientôt, je me lève à mon tour. La bru essaie de dire quelque chose qui me fasse plaisir :

« Autrefois, la vieille maman nous racontait combien ces messieurs Gontier étaient bons. Ah! quelle tristesse qu'ils soient partis si vite tous les deux! »

Elle m'entoure, parle au hasard. Elle a l'impression que si la vieille avait su me raconter quelque chose, elle aurait reçu de moi mieux qu'une bouteille et un pâté. Peut-être même songea-t-elle un instant à une rente. Maintenant, la bru bouscule la vieille, lui en voulant par son gâtisme d'avoir fait perdre à la famille un bénéfice, aussi modeste soit-il. Elle me suit sur le seuil, consternée de cette affaire manquée.

Dans la cohue du marché, je me retrouve à côté de Pierre. Il a acheté une courroie, après l'avoir mesurée, ployée, avoir examiné le grain du cuir, en la comparant à toutes celles qui étaient pendues devant la boutique. Cela du moins a paru normal et a peut-être rassuré le bourrelier.

Pierre cherche un certain Tellier, marchand de bestiaux. Il pense le trouver à l'auberge à cette heure, car il est presque midi. J'avais pensé que nous déjeunerions chez le bourrelier et pas à l'auberge, ce qui ne m'était jamais arrivé. Cela me semblait un mauvais lieu où se côtoient marchands en ripaille, voyageurs aux buts incertains et servantes peu farouches. Sur le seuil, nous voyons la profondeur de la pièce sombre et enfumée, débordant de monde et de bruit. Une fille s'avance, tenant une soupière levée haut à bout de bras.

« Mets-nous au bout de la table, dans le coin, près de la cheminée, dit Pierre à la fille en lui montrant une pièce qu'il laisse glisser, en manière de plaisanterie entre ses seins tenus par un vigoureux corset. Si quelqu'un d'autre l'y prend, tant pis pour toi, déclare-t-il en riant.

– Monsieur, vous plaisantez! Comment pourrais-je vous asseoir? On ne logerait pas une épingle. Voyez toute la pratique que nous avons.

– Ne fais pas la bête, installe-nous où tu voudras, mais je ne veux pas attendre.

– Ah! monsieur, c'est joli de payer, encore faut-il être raisonnable. »

Elle pose sa soupière sur une table voisine, où tous les convives sont assis le long des bancs. Pierre lui parle entre le cou et l'oreille, lui pince amicalement le bras et la chasse d'une petite tape dans le gras du dos. Au passage, il salue deux hommes. Nous restons debout dans le brouhaha, les bouteilles de vin qu'on se passe – celles, vides, qu'on fait enlever, celles, pleines qu'on rapporte –, les louchées de soupe, les chabrols, le pain qu'on taille. Enfin, la servante revient.

« On pourrait bien vous mettre à cette petite table, près de la porte, mais vous serez dérangés et il y a juste de la place pour deux tabourets, si cela vous convient.

– Apporte toujours les tabourets. »

Une autre servante, plus grande et plus sèche, apporte une pile d'assiettes à la table voisine, mais ne paraît pas aussi bonne fille que la première. La femme de l'aubergiste vient voir si nous ne manquons de rien. Dans cette société d'hommes aux gilets déboutonnés et aux rots bruyants, je dois détonner.

La petite rondelette apporte les sièges par-dessus sa tête et parvient à les glisser derrière la porte. Puis arrive la soupière, et je me laisse servir largement, car j'ai très faim.

« Tu vois que les auberges ne sont pas toutes des lieux de perdition, dit Pierre. Tu te croyais à l'Auberge des Adrets, sans doute ?

– Quelle auberge ?

– C'est une pièce qui se joue à Paris avec le plus grand succès, paraît-il. Cela te ferait frissonner. Mais nous ne sommes qu'à Saint-Pierre-de-Chignac. Mange donc sans t'inquiéter.

– Tu vois, je n'ai pas perdu l'appétit. De plus, personne ne me connaît ici.

– Mais plusieurs personnes me connaissent, moi.

– Voilà qui est excellent pour ta réputation. On ne dira pas que tu fréquentes en cachette des dames peu recommandables, mais que tu viens au marché en carriole avec ta cousine et ton vieux domestique. Quoi de plus respectable ? »

Il avait commandé du vin de Cahors, dont il me servit un verre.

« Tu sais que je ne bois pas de vin...

– ... Et que tu ne vas pas dans les auberges, dit-il en reposant la bouteille sans s'émouvoir. Puis, abruptement, il reprit : Tu as sans doute l'esprit hardi, mais aussi la tête solide. Ne te crois pas différente de nous. Nous ne sommes pas des gens qui changent le cours des choses. Mais, Révolution ou pas, nous sommes chez nous dans ce pays. Si l'un de ces maudits sans-culottes avait prétendu m'en chasser, je lui aurais écrasé la tête. J'aurais mieux aimé mourir d'un coup de fourche en défendant mes terres que de combattre dans l'armée des princes ou de laisser ma tête sur l'échafaud. »

Pierre était né en 1792, personne n'avait menacé son père à coups de fourche ou n'avait demandé sa tête.

« Je sais, ce n'est pas ma tête qu'ils voudront obtenir, ces fils de crotteux, ces parvenus, ce sont mes terres qu'ils essaieront d'acheter. Je les attends », conclut-il en renversant la tête en arrière pour vider son verre.

Après la soupe, vint le pâté, puis le confit, la daube, le fromage, et enfin une tarte.

« Fais attention, dis-je à Pierre, les temps ont changé. Tu ne peux pas te conduire entièrement à ta fantaisie, tu te retrouverais un jour en prison.

– Ma foi, cela se pourrait bien, admit-il paisiblement. J'y ai pensé. Mais je ne m'y laisserais pas enfermer. Je me cacherais, je partirais quelque temps, ils ne me prendraient pas. »

Après le repas, Pierre trouva son marchand de bestiaux. Guillaume nous rejoignit à l'auberge. On remonta dans la carriole. Pierre nous rattrapa sur le chemin et l'on rentra doucement à Fumerolles, comme une honnête famille qui revient du marché. Et c'est bien ce que nous étions, n'est-il pas vrai?

Les comptes de la Saint-Michel terminés, la vendange rentrée, labours et semailles d'automne, récolte des noix, ramassage des châtaignes occupent tous les bras. Pour d'autres, cependant, une seule passion emplit cette saison : la chasse. Il s'agit des propriétaires, car le métayer ou le paysan qui ne possède pas de terres n'a pas le droit de chasse. Mais, officiellement ou non, chaque homme dans ce pays est né chasseur. Seul mon oncle Elie y mettait une remarquable nonchalance.

Pierre chassait à courre avec M. de Rapnouil, qui avait une meute, ou chez d'autres voisins plus fortunés que lui. Il était souvent invité à des parties de chasse qui duraient jusqu'à une semaine. Quand il restait à Fumerolles, il ne quittait guère ses gros souliers, ses guêtres, son costume de bure, sa casquette de peau de lièvre qu'il rabattait sur ses oreilles les jours de grand froid.

Les frères Cossac l'accompagnaient parfois, ou le docteur Manet, mais il allait souvent seul. Il partait de grand matin, son chien sur les talons, tous deux oublieux du monde entier, heureux je crois. La moindre trace aperçue la veille, l'herbe tassée au détour d'un chemin, les fougères couchées autour d'une mare, les gîtes de l'année précédente, des châtaignes rongées, la terre fraîchement remuée au pied d'un arbuste, et l'espoir de tuer un lièvre l'auraient fait courir toute une journée. Il se fait patient, silencieux, immobile dès qu'il a aperçu l'animal. Il peut être aplati dans une jachère, terré entre deux sillons, tassé dans un creux de bruyères, disparaître dans la rousseur des feuilles, le flair du chien, l'œil du maître ont aperçu la grosse boule de poils aux aguets, prête à bondir, ne sachant encore s'il vaut mieux se faire invisible ou détaler. Il est déjà trop tard. Le chien l'a débusqué, Pierre a épaulé. Il est content s'il a atteint l'animal de manière à ne pas le gâter. La peau servira aussi bien que la chair.

Il aime chasser pour chasser. Je l'ai trop souvent entendu raconter ses exploits pour en douter : il aime tuer. Après avoir solidement déjeuné, il part au lever du soleil, avec dans sa poche un morceau de pain et de pâté qui lui serviront de repas au milieu de la journée.

Quand il n'a pas pu rapporter un lièvre ou un couple de perdrix, il se contente d'un renard, d'une fouine ou d'une belette. Et enfin, quand il a manqué un beau coup, ou a fait buisson creux, il revient dans une telle ivresse de fureur qu'il vaut mieux éviter de lui adresser la parole. Il est alors prêt à tirer sur tout ce qui bouge. Les pigeons de la métairie sont des victimes faciles. Rosa me dit qu'il avait même tiré un jour sur le chat des Mérilhou qui avait eu le malheur de se promener autour de Fumerolles un soir où Pierre rentrait bredouille.

Dans ces cas-là, il tonnait contre les braconniers. Tous les hommes qui ne possédaient pas de terres étaient inclus dans cette catégorie : des bandits, des voleurs, qui ne rêvaient que rapine dès l'enfance et de courir les bois en posant des setous[1]. Il n'était pas

1. Collets.

étonnant qu'on ne trouve plus de gibier. Quand elles ont un fusil, ces fripouilles le cachent dans un tronc de châtaignier, dans une ancienne cabane de charbonnier ou de feuillardier. Ces derniers sont les pires de tous, quasiment braconniers de profession. Pierre hurlait, parlait de potence et de galères, mais son naturel paysan l'empêchait de faire appel aux gendarmes. Ceux-ci étaient parfois venus s'embusquer dans les bois de la région, mais personne n'avait accusé Pierre de les avoir fait venir. Il préférait s'embusquer, surprendre le coupable, son havresac caché sous sa blouse, dissimulant un lièvre pris au collet, ou tué d'un rapide coup de bâton sur la nuque, et se faire justice lui-même, en lui envoyant une décharge de petits plombs dans les mollets. Hélas! il était capable de n'importe quoi quand sa passion de la chasse était en jeu.

Quand l'hiver était rude et la nourriture rare ce n'était pourtant pas un luxe pour une famille pauvre de recevoir les vingt-cinq sous que payait un aubergiste pour le lièvre qu'on lui apportait discrètement.

Au cœur de l'hiver, Pierre chassait le sanglier ou le loup avec les frères Cossac. Il mettait à son chien un de ces colliers armés de grosses pointes de fer. Il était fier que la bête n'ait pas peur des loups. Un soir, j'ai vu les trois hommes, après avoir soupé, aller dormir quelques heures. Ils partaient au milieu de la nuit, pour surprendre le loup après sa sortie nocturne, au retour dans son liteau. Pendant le repas, Pierre ne parlait qu'aux frères Cossac. Il décrivait le bois où gîtait l'animal, le parcours qu'il suivait habituellement, sa taille, son âge, le comparait aux loups tués les années précédentes. Il rappelait aux cousins les accidents de terrain, l'épaisseur des taillis, ils sortaient deux ou trois fois pour sentir d'où venait le vent. Depuis plusieurs jours, Pierre n'était pas allé se promener de ce côté-là, pour ne pas rendre la bête méfiante. Il n'avait parlé à personne de l'expédition, il ne fallait pas que l'un de ces braconniers qu'il maudissait surprît le loup avant lui et le tuât pour porter sa tête à la préfecture, à Périgueux, afin de toucher les quinze francs que valait cette capture.

L'hiver n'était pas encore assez avancé cette année-là pour qu'on parlât de loups ou de sangliers, mais j'avais entendu Pierre à Fontbrune raconter si passionnément chaque circonstance de ces chasses que je pouvais les imaginer sans difficulté. Ses tantes, ses cousines ou ma grand-mère ne s'intéressaient guère à ses exploits cynégétiques et ne faisaient semblant de l'écouter que par gentillesse.

Quel que soit le public, Pierre ne pouvait s'empêcher de décrire avec feu chaque saute de vent, chaque bruissement de feuilles, chaque branche qui s'était trouvée sous ses pieds au moment où il allait tirer, chaque pluie qui l'avait forcé à rentrer plus tôt que prévu ou qui avait mouillé l'amorce et empêché le coup de partir. Il décrivait la perdrix abattue en plein vol, alors qu'elle était difficile à tirer, au ras des broussailles, dans le soleil, le bouquin manqué un jour et attrapé la semaine suivante.

En novembre, la nuit tombe tôt. Quand Pierre rentrait à temps pour dîner avec nous, il allait d'abord saluer Louise, mais ne restait guère auprès d'elle. Après que j'eus couché les enfants, nous passions de longues soirées ensemble, dans le salon, au coin du feu.

Les précautions ennuyaient Pierre, et il préférait maintenant que je vinsse dormir dans sa chambre. Nous laissions entrouvertes les deux portes de communication qui donnaient en enfilade, la première sur la garde-robe, la seconde sur la chambre des enfants. Cette dernière ouvrait près de mon lit et était dissimulée derrière un rideau. L'imprudence était la même, Pierre avait seulement choisi de l'ignorer. J'aurais aimé qu'il n'éludât pas toujours mes questions. Je ne souhaitais pas qu'éclate un drame et je ne connaissais pas assez les convenances en la matière pour estimer les dangers de notre situation.

« Pierre, même les domestiques vont s'apercevoir que nous passons nos nuits ensemble.

– Ils le savent depuis longtemps. Les prendrais-tu pour des sots? »

Cela me rendit songeuse. Il ne m'était pas indifférent que des rumeurs de ce genre atteignent Fontbrune. Je n'avais pas de remords – à qui faisais-je du tort? Je n'étais pas jalouse – de qui l'aurais-je été? De Louise, qui était si peu ma rivale? Disons tout de suite, bien que je n'aime pas anticiper, que remords et jalousie sont étrangers à mon caractère. On y verra, peut-être avec raison, une bizarre difformité du sentiment. En effet, j'ai l'incapacité de convoiter ce qui est hors d'atteinte ou ce qui m'échappe. Je ne parviens même pas à m'y intéresser.

Par contre, là où je peux gagner, on ne me verra ni hésiter ni reculer, quelle que soit la difficulté de l'entreprise. Etudier une situation, connaître à fond sa position et celle de l'adversaire, décider de vaincre et donner l'assaut en n'acceptant d'en revenir que mort ou victorieux, voilà qui suffit presque à emporter la place. Je suis étonnée de voir combien peu de gens osent être vainqueurs, comme ils sont prompts à se replier, alors que la volonté et la détermination suffisent souvent à faire reculer l'adversaire. Quel est l'homme de guerre qui a dit : « Une bataille perdue est une bataille que l'on croit perdue »?

Vivre m'a tellement occupée – que dis-je : absorbée, fascinée – que je n'ai pas eu de temps pour des élans romanesques et des rêves dorés. Comment, avec de si beaux principes et me vantant volontiers de mes succès, ne me suis-je pas taillé un royaume? Ma foi, si j'avais été un homme et si j'avais vécu en temps de guerre ou de révolution, j'aurais été capable de tout. Femme, il ne me restait que la ressource d'atteindre au pouvoir et à l'argent à travers un mari. Piètre brouet.

Pierre poursuivait :

« Les domestiques savent que j'allais chercher dans

des auberges ce que Louise ne m'accordait que chichement. Dès que j'ai passé trois soirées de suite à Fumerolles, ils en ont conclu que j'avais trouvé mieux chez moi que dans les auberges. Ils me connaissent, ma jolie, ils savent que je n'aime que les servantes ou les femmes du monde, pas les honnêtes commerçantes ou les bonnes bourgeoises ou les veuves nanties.

– Je ne suis pas une femme du monde.

– Avec un peu d'usages, tu en serais une de redoutable espèce.

– Je ne crois pas, je n'aime ni dominer ni être dominée.

– Bah! Cela ne t'a pas empêchée de me réduire en esclavage. »

A moitié ironique, il se balançait sur ses talons, devant le feu.

« T'ai-je demandé quoi que ce soit?

– J'aurais préféré que tu exiges beaucoup. »

Il semblait triste. Je laissai tomber mon ouvrage, saisie.

« Que veux-tu dire?

– N'en parlons plus, montons. »

Il écarta les bûches, couvrit les braises de cendres, prit sa bougie et me tendit la mienne.

Peu après, Pierre partit chasser trois jours près de Sainte-Alvère, chez nos cousins La Robertie. Je compris alors combien il me manquait quand il ne dormait pas avec moi. Quand je l'entendis, le soir de son retour, ouvrir la porte du vestibule et monter, le cœur me battit dans les dents. Il avait laissé Guillaume rentrer son cheval. Tout de suite, il vint dans la chambre des enfants, avant même de retirer ses bottes. Il m'embrassait, m'étouffant, m'arrachant les joues avec sa barbe mal rasée.

Il m'emporta dans sa chambre, jeta ses vêtements au travers de la pièce, se plaignit de suffoquer dans cette atmosphère close, ouvrit la fenêtre, rejeta l'édredon. Et fougueux, planté jusqu'à la garde, éteignant à peine ses grondements dans les oreillers, longuement il me retint, me bouscula, me berça.

« Je te donnerai la peau du prochain loup que je tuerai », me dit-il dans l'oreille, avant de s'endormir, chaud comme une marmite.

Je souhaitais aller seule à Fontbrune un jour et y rencontrer le docteur Manet. Le moment arrivait où je sentais que je devrais quitter Fumerolles et je voulais lui en parler.

J'en fus empêchée par Louise, qui reçut une lettre de son père, apportée par M. de Laguionie, la priant de l'accompagner à une grande soirée donnée par le préfet, M. le comte de Cintré. Louise déclara qu'elle voulait m'emmener à cette soirée. M. de Laguionie, pour qui chaque vœu de Louise était une occasion de manifester son zèle, s'était empressé de m'obtenir une invitation.

Louise m'appela. Dans le salon, non plus avec Pierre et les grosses bourrades qu'il donnait aux bûches, mais avec le délicat jeu de pincettes de M. de Laguionie, on parla de cette soirée. La troupe du grand théâtre de Bordeaux devait venir chanter un opéra, tout ce qui compte à Périgueux et dans le département serait là. Cela suffisait à me faire refuser net. Mais Louise s'était mis en tête de me marier et il était plus simple de la suivre à la soirée de M. de Cintré que de lui faire comprendre mes réticences.

Passons sur la triste question de toilette, qui fut l'objet de nouvelles batailles, Louise et la couturière s'étant liguées contre moi en voulant me faire ressembler à une des gravures représentant la dernière mode parisienne. Chacune finit par transiger et je laissai l'affaire entre leurs mains. La couturière était aussi pincée que si elle avait fréquenté toute sa vie les grands de ce monde, alors qu'elle était née dans une métairie du côté de Montignac. Nous étions tombées d'accord sur un tissu blanc à fleurs roses et vertes et sur un modèle de manches raisonnablement bouffantes. Je voulus bien avoir des souliers, des gants, une écharpe d'un ton de vert assorti. Tout cela se trouva dans les tiroirs de Louise. Je laissai alors ces dames comploter des détails de boutonnières, de galons, de broderies.

La berline de M. de La Gardelle vint nous chercher. Pierre, la veille, m'avait scrutée d'un œil aigu comme si j'étais sur le point de le trahir. Il m'observait parfois avec une telle indiscrétion, au beau milieu d'un repas ou devant des tiers, que j'en étais embarrassée.

Trois jours plus tard, nous revenions, moi rompue de toutes ces réceptions, Louise les abandonnant à regret. Qu'avions-nous vu?

Nous étions arrivés, M. de La Gardelle, Louise, M. de Laguionie et moi. Les arbres du jardin balançaient leurs hautes têtes autour de la préfecture, qui brillait de tous ses feux. On me fit donner le bras à M. de Laguionie, et les sottes gens en conclurent sans doute que mon cœur battait pour cet homme aux longues mains pâles et aux mollets gracieusement moulés dans des bas de soie.

Aussitôt que nous eûmes laissé nos pelisses à l'entrée, il fallut passer par un goulet d'étranglement, c'est-à-dire les doubles portes qui menaient aux salons et devant lesquelles se tenaient le préfet et son épouse. Déjà, dans ce piétinement, je trouvais la chaleur étouffante. Que serait-ce dans les salons, hermétiquement clos, rideaux tirés, entre des chandeliers ruisselants de bougies et une foule étroitement tassée. La glace tintait dans les verres de sirop, je surveillais les plateaux qui planaient au bout de bras galonnés et de gants blancs, au-dessus des épaules nues, des habits noirs et des uniformes, car il y avait aussi tout ce que la garnison de Périgueux comptait d'officiers. C'était à périr. Où fuir? Y avait-il une terrasse? Comment perdre M. de Laguionie? Régulièrement, le flot nous poussait plus avant au cœur des dorures et des lumières. Enfin, il apparut que la soirée débuterait par le spectacle. Aucune échappatoire n'était possible dans l'immédiat. Je me laissai conduire à une chaise dorée par M. de Laguionie qui me donnait le bras avec héroïsme, comme s'il avait dû charger à la tête de son régiment sur un cheval de labour.

Tout le monde finit par prendre place, quelques messieurs restant debout au fond de la salle et sur les côtés, pour mieux observer le public et bavarder entre eux, devais-je bientôt comprendre.

Quant à la représentation elle-même, je n'en suivis la trame que de fort loin. C'était un opéra bouffe italien, dont je ne connaissais ni l'auteur ni le thème.

Louise était assise entre M. de La Gardelle et M. de Laguionie et j'étais entre ce dernier et une douairière dont les boucles me fascinèrent. Etaient-elles vraies ou fausses? Comment une telle masse de cheveux pouvait-elle exister sur une aussi vieille tête et tenir en un ordre aussi ambitieux?

L'orchestre attaqua l'ouverture. Il était dirigé par un personnage aux allures de corbeau en équilibre sur une branche, dont je craignais à chaque instant que la fougue ne le précipite au bas de son perchoir. Il plongeait en avant avec des gestes vifs du poignet, avec des glissements de la main puis de petites secousses comme s'il agitait une houpette. Un violoniste profitait de chaque instant de répit pour retirer le petit linge qu'il tenait entre son épaule et son instrument, et s'en éponger avant de le remettre en place. Au fond, un jeune homme sans doute peu vaillant tenait un triangle dont il ne jouait que rarement. Son voisin, à la harpe, n'avait pas non plus gros travail à fournir mais enlaçait son instrument avec tant d'amoureuse ardeur que je lui pardonnais volontiers.

Le rideau se leva sur un décor d'arbres en carton que de ma place je trouvais fort minces. Une grotte et un pavillon s'ouvraient à droite, près d'une toile peinte qui représentait une pièce d'eau.

Un berger parut en mignon costume, d'une teinte si délicate, ainsi que ses souliers, que je lui souhaitais de n'avoir jamais approché un mouton. Quand il chanta, je vis que c'était une bergère, mais on persista à la traiter en berger tout au long de la soirée.

Puis parut une forte dame dont les jupes rouges semblaient ne pas finir de sortir des coulisses tant elles étaient longues et volumineuses. D'un ferme coup de talon, elle ramena le tout à ses pieds, de l'air de quelqu'un qui aime à être obéi. Puis, elle entama une conversation avec le faux berger, qui lui tournait autour en chantant d'une voix suppliante. Suivit un air où, humant son mouchoir à petites bouffées, la dame sembla désespérée. Cependant, elle paraissait d'un tempérament robuste et peu sujette à ce genre de faiblesse.

Jaillit alors de derrière un des arbres en carton, qui vacilla, un monsieur qui me parut lui arriver à l'aisselle. J'eus à peine le temps de m'en assurer car il se jeta incontinent à genoux sur les marches du pavillon. Lui aussi paraissait bien malheureux. Mais c'était un courageux petit homme, car il se haussa bientôt sur la pointe de ses bottines vernies et chanta de tout son cœur ce qui ressemblait à des reproches à l'adresse de la dame. Il termina son air en se levant, faisant quelques bonds de lapin dans la luzerne, avant de disparaître, la main sur le cœur.

La chaleur devenait insupportable. Je comprenais mal de qui se composait cette famille. Un vieux berger parut, aussi propre que le premier, sans la moindre odeur de crottin, et les cheveux gracieusement noués d'un ruban. Il me parut être le père de la dame en rouge, qui maintenant se tordait les mains. Tout cela fut interrompu par l'irruption de villageois et villageoises droit sortis d'un coffret à bonbons, bouquets de fleurs à la main pour les demoiselles, bâtons enrubannés pour les jeunes gens. Evidemment, tout ce monde-là habitait Bordeaux et n'avait sans doute jamais vu un village comme Mauzens. Ils chantèrent un petit air joyeux qui me plut beaucoup.

Soudain bondit sur la scène, le front bas, le cou

116

large, les cheveux drus, râblé, un homme vaste et roux qui sembla semer la terreur. Villageois et villageoises se retirèrent précipitamment, les autres disparurent par enchantement, et la grosse dame se retrouva seule face à ce robuste personnage. Ils me semblaient parfaitement assortis. Au lieu d'être satisfaite, elle parut désespérée, cherchant à fuir, mais retenue dans ses mouvements par le volume de ses jupes. Lui, plus déterminé, se précipitait au-devant d'elle dès qu'elle cherchait une issue, et elle semblait se pâmer d'horreur à le voir si proche. Il chantait d'une voix tonitruante. Je regardai Louise : elle prenait l'air méprisant, comme si Pierre avait tout d'un coup fait irruption sur la scène. Par contre, ce barbare me paraissait le plus aimable de toute cette foule.

Je ne suivis pas toutes les péripéties de la représentation. Le petit héros qui me faisait pitié sortit bravement de derrière la grotte et se jeta devant les jupes de sa bien-aimée pour la soustraire au brutal. Mais il disparut tout entier dans l'épaisseur du satin et je doutai du succès de son entreprise.

Je finis par perdre tout intérêt pour le spectacle quand il fut clair que tout se liguait contre le méchant et conspirait en faveur de la grosse dame et du petit tremblant. Je ne palpitais à nouveau que quand paraissait le méchant. Naturellement, il finit par être banni du pays et dut s'éloigner des arbres en carton, bissac à l'épaule. Tous les autres, dans leurs vêtements propres, confortés dans leurs jolis sentiments, chantèrent en chœur avant le baisser du rideau ce qui devait être un hymne aux vertus rurales.

On applaudit avec distinction, puis chacun partit vers les salons où trônaient les buffets, la préoccupation essentielle dans ces sortes d'affaires étant le boire et le manger. On servit un souper froid.

Enfin, je pus échapper à M. de Laguionie, qui devait ardemment le souhaiter. J'avais vu une fenêtre dont le rideau était ouvert, contre un des buffets. Sans doute laissait-on les bouteilles à rafraîchir sur quelque balcon. Les domestiques avaient l'air aussi peu avenants que la couturière de Rouffignac, et la morgue de ceux qui fréquentent les demeures prospères était peinte sur leur visage. D'un coup d'œil, je regardai si un brin de conversation était possible. Mais non. La tête haute, j'écartai le rideau et sortis.

Je me trouvai sur un large terre-plein entouré d'arbustes, balayé par le vent qui soufflait de la rivière. Je restai près de la fenêtre, car le froid était vif. Je vis alors, un peu plus loin, un homme de haute taille, à côté d'une petite vieille dame, les épaules couvertes d'une pelisse. Celle-ci m'interpella :

« Mon enfant, vous allez prendre froid.

– Je ne crois pas, madame, répondis-je en la saluant.

– Mademoiselle, dit alors le monsieur d'une voix grave, si j'étais chargé de vous, je vous gronderais de sortir dans ce froid sans manteau.

– Tenez, mon enfant, prenez mon châle, et mettez-vous dans ce coin de la terrasse, qui est un peu abrité. »

La vieille dame me tendit un vaste châle de cachemire qu'elle tenait sur le bras. Je protestai, mais sur son assurance qu'elle n'en avait aucun besoin pour l'instant, je l'acceptai et le monsieur m'aida à m'en envelopper. La petite dame ne put résister à la curiosité et me demanda avec qui j'étais venue. Je nommai Louise et M. de La Gardelle, oubliant intentionnellement M. de Laguionie, expliquant qui j'étais. La vieille dame poussa une suite d'exclamations, pendant que le monsieur souriait. Elle déclara connaître tout à fait bien M. de la Gardelle et avoir rencontré plusieurs fois ma cousine. Puis, elle m'apprit qu'elle était Mme de La Pautardie et que le monsieur, son neveu, était le général baron Fabre.

Je retrouvai vie et couleur, j'étais en terrain familier. Je m'exclamai :

« Général, vous êtes donc l'ami de notre cher docteur Manet!

– En effet, mademoiselle. Mais je vois que ma tante souhaite vous garder un moment auprès d'elle, si vous y consentez. Permettez-moi d'aller rassurer Mme de Cahaut sur votre absence et l'assurer que nous veillons sur vous. »

Je le regardai : droit, presque raide, il avait une large carrure, des cheveux très noirs, un grand nez busqué, l'air sévère, des yeux profondément enfoncés, une bouche ferme, et des manières autoritaires, malgré sa courtoisie. Il ne semblait pas sentir le froid vif de la nuit, dans son habit de soirée. Il s'inclina et s'éloigna.

Mme de La Pautardie était menue, vive, pétillante, et m'amusa aussitôt. Elle voulut savoir si j'avais aimé l'opéra. J'avouai mon ignorance en matière de musique, et sur son insistance, je finis par lui raconter à peu près ce que j'ai dit plus haut. Elle fut prise d'un tel éclat de gaieté que je ne contraignis pas ma verve. Elle m'encourageait à poursuivre, et je ne m'en privai pas. Le général devait nous écouter depuis quelques instants quand je m'aperçus de sa présence.

« Allons, dit-il avec amusement, n'attendez pas que dans un salon on parle de véritables bergers ou de véritables moutons. Nous serions peut-être amenés à parler aussi de paille et de crottin. Tous ceux qui sont ici en vivent, moi le premier, mais se croiraient déshonorés de tenir des conversations aussi malodorantes.

– Pardonnez-moi, je vous en prie, madame, de vous avoir parlé avec si peu de retenue, dis-je, sentant l'incongruité de mon langage. J'ai appris le franc-parler en écoutant les leçons du docteur Manet plutôt que celles de Mlle Lachaud.

– Je le soupçonne de vous avoir également appris les campagnes de tous les grands capitaines.

– S'il avait pu être vraiment mon professeur, j'en aurais été tellement heureuse. J'aurais voulu tout apprendre!

– Diable! dit le général avec le plus grand sérieux :

le grec, le latin, la botanique, la médecine, les mathématiques, l'histoire ancienne et un peu de philosophie – bien qu'il ait depuis trahi un tant soit peu les philosophes ses maîtres?

– Ne vous moquez pas, monsieur. Je ne sais presque rien et je le regrette. Je suis dans ce salon par accident, je n'aurai guère l'occasion d'y revenir. Dans le fond de nos bois, mon manque de réserve et de modestie se remarque moins. »

Courtoisement, comme si j'avais parlé d'aller prendre les eaux à Luchon, le général s'enquit :

« Songez-vous à vous retirer dans une grotte de la vallée de la Vézère et à y vivre en ermite? »

Ah! il se moquait, il voulait me faire perdre contenance? Il ne savait pas que l'odeur de la poudre réveillait immanquablement mon humeur belliqueuse. Je sentis qu'il fallait me faire une alliée de Mme de La Pautardie pour échapper aux sarcasmes de son neveu. Je me tournai vers elle en riant.

« Madame, je vous en supplie, acceptez d'être mon juge. Je vous promets de souscrire à vos décisions. Dois-je me vêtir de haillons, chausser des sandales, me couvrir la tête de poussière et partir dans le désert, le bâton à la main? »

Elle rit à son tour, me prit affectueusement la main.

« Pas ce soir, mon enfant, cela peut attendre! Et vous savez ce que dit le proverbe : Jeune ermite, vieux diable. »

Le général, toujours aussi poli, mais l'œil ironique, ajouta :

« Je ne voudrais pas vous détourner d'une voie qui vous attirerait certainement de grands mérites. Mais souvenez-vous du commentaire de Montesquieu sur le monachisme, né dans les pays d'Orient, où l'on est moins porté à l'action qu'à la spéculation. Si vous le permettez, je vous conseillerais plutôt le *peregrinatio pro Christo,* le monachisme itinérant, qui conviendrait peut-être mieux à votre caractère. »

La conversation se poursuivit quelque temps, joyeuse et décousue, entre Mme de La Pautardie et moi, le général n'intervenant pas et semblant se divertir plutôt à nous écouter. Enfin, il s'inclina devant la vieille dame.

« Je crois qu'il serait sage, ma tante, de rentrer dans le salon. Mme de Cahaut pourrait s'inquiéter et Mlle Adeline risque d'attraper une fluxion, enveloppée de ce simple châle. »

Mme de La Pautardie me tenait encore la main.

« Mon enfant, vous me plaisez tout à fait. Quant au général, homme de principes rudes et austères – il ne parut pas ému d'être ainsi qualifié –, il devrait préférer votre franchise aux badinages qu'on enseigne habituellement aux demoiselles, n'est-il pas vrai, mon neveu? »

Il acquiesça d'un sourire, et on revint dans le salon. Louise semblait trop occupée pour avoir remarqué mon absence. Elle était assise sur un sofa et animait la conversation, au centre d'un petit cercle attentif. Quand le général et Mme de La Pautardie s'approchèrent pour la saluer, elle fut tout sourire à l'égard de la vieille dame et toute réserve à l'égard du général. Je m'étonnai qu'elle ne lui adressât aucune coquetterie. Elle ne devait pas aimer cet œil vigilant au fond de cette profonde arcade sourcilière.

De retour à Fumerolles, je racontai notre expédition à Pierre, sans mentionner ma conversation sur la terrasse. Mon amusement et le peu d'attrait que j'avais pour les séductions de la vie mondaine semblèrent le rassurer.

Une semaine plus tard, on alla déjeuner à Fontbrune. J'étais heureuse de retrouver l'aimable nonchalance qui y régnait, Henri et son humeur taciturne, les brusqueries de Pichille, les discours moralisateurs de monsieur le curé, les rires féminins, les interminables retards de l'oncle Elie, l'humeur placide de tante

Charlotte, les principes de ma grand-mère et l'esprit caustique du docteur Manet, avec qui je souhaitais parler. Je retrouvai aussi Antoine, que je n'avais pas vu depuis de longs mois. Excellent élève au collège de Périgueux, il était aussi soigné, gentil, affectueux que dans son enfance. L'aurais-je traité avec un certain dédain et jugé insignifiant parce qu'il était doux et aimable? Je m'étonnais d'avoir été aussi peu perspicace. Il me semblait que j'avais beaucoup vieilli en quelques mois.

Un feu flambait dans chaque cheminée, celle de la salle à manger et celle du salon. C'était l'époque de l'année où Henri était occupé inlassablement à couper du bois, et où Pichille réclamait des bûches de la taille voulue pour chaque usage.

Une douce torpeur régnait après le déjeuner. On sortit les tables de jeu. Pierre s'installa avec mon oncle Labatut et le docteur Manet. Une autre table réunit monsieur le curé, mon oncle Elie et Antoine. J'étais assise sur une chaise basse, près de ma grand-mère, au milieu d'un groupe qui réunissait également Louise, ma tante Labatut et ma tante Charlotte. Les enfants de Louise jouaient dans la salle à manger, surveillés par Rosa.

Pour la première fois, dans un lieu différent je regardais Pierre d'un œil différent. Je le voyais, à côté de la bibliothèque, son large dos tourné presque entièrement vers moi, ses cheveux bouclés serrés sur sa nuque. Je lui avais à peine adressé la parole, je ne l'avais guère observé de la journée, et j'étais liée à lui plus étroitement que Louise ne l'avait jamais été. D'après les conversations que j'avais surprises à Périgueux ou à Fumerolles entre Louise et certaines de ses amies, je ne comprenais pas le charme qu'elles trouvaient à leurs jeux mi-mondains mi-amoureux, où l'on se rencontrait, se provoquait, s'évitait, s'effleurait, se fuyait, cédait le bout des doigts pour mieux refuser la main, promettait une entrevue et soulevait tous les obstacles à un tête-à-tête, où la moindre faveur accordée récompensait des semaines ou des mois d'une mortelle assiduité. Je crois que la plupart de ces femmes, élevées à jouer de l'aiguille, du mépris, des soupirs, en récitant des vers et en chantant des romances, aimaient le fumet du rôti plus que le rôti lui-même.

Enfin, on compta les jetons et le docteur Manet se leva.

« Docteur, lui dis-je, puis-je faire avec vous le chemin jusqu'aux Nouëlles?

– Bien volontiers. Passons par le lac[1] de la Bergère, nous aurons le temps de parler plus longuement. »

J'avais de gros souliers, je m'enveloppai d'une mante. Il faisait un beau froid clair et sec, le soleil n'avait pas pénétré dans les bois et les branches gelées craquaient sous nos pas. Le docteur avait son gros bâton ferré à la main.

« Docteur, je ne veux plus rester à Fumerolles. Ma présence encourage Louise à se conduire en malade. Le moment est venu pour moi de rentrer à Font-brune. »

Je n'ajoutai pas que je doutais de pouvoir reprendre la vie paisible de Fontbrune. Cela viendrait en son temps.

« Ma chère Adeline, je voulais justement vous en parler. Dans la semaine, j'ai déjeuné avec mon vieil ami le général Fabre. Il m'a appris que vous aviez beaucoup plu à Mme de La Pautardie. Comme vous le savez, le général est veuf depuis un peu plus de deux ans. Vous l'avez rencontré à une de ses premières sorties dans le monde depuis son deuil. Mme de La Pautardie tient le château de Puynègre depuis la mort de sa nièce. Or elle se trouve un peu âgée pour assurer à la fois la marche de la maison et l'éducation des deux jeunes enfants du général. Elle m'a fait demander si vous accepteriez de l'assister dans cette tâche. Vous seriez considérée comme l'enfant de la famille. J'ai

1. Mare.

pour mission d'en parler à votre oncle et à votre grand-mère. Et puis, enfin, ne vous fâchez pas de cette dernière remarque, si cet arrangement vous convenait et se révélait durable, ce que souhaite vivement Mme de La Pautardie, elle vous constituerait une dot qui vous permettrait de vous marier honorablement. J'ai tenu à vous en parler avant d'aborder la question avec votre oncle et votre grand-mère. »

Je m'insurgeai contre l'idée d'une dot :

« Je ne veux pas être payée comme une domestique, dis-je avec emportement.

— Ma chère Adeline, soyez raisonnable, puisque vous prétendez être moins naïve que les jeunes filles de votre entourage. Un ministre reçoit des appointements et ne les renvoie pas à son souverain en se déclarant insulté. Si vous voulez demeurer à Fontbrune, Mme de La Pautardie en sera très chagrinée. Mais surtout j'ai pensé que dans cette maison vous auriez une chance de rencontrer un grand nombre de gens, souvent fort intéressants. Le général reçoit beaucoup et brillamment. Vous seriez dans une famille unie, où règnent les meilleures habitudes et un grand sérieux, on vous y aimerait comme une jeune cousine. Je crois que vous y seriez heureuse. »

Avec son réalisme habituel, le docteur avait probablement raison.

« C'est bien, docteur, puisque vous me le conseillez, j'accepte.

— Ne vous précipitez pas , mon enfant. Vous pouvez souhaiter réfléchir à cette proposition.

— Je ne me précipite pas, ma décision est prise.

— Dans ce cas, je vais retourner à Fontbrune avec vous et j'en parlerai dès maintenant à votre oncle et à votre grand-mère. »

Nous nous dirigeâmes lentement vers Fontbrune, reprenant le chemin qui, du lac de la Bergère, passe en bas de la vieille vigne, contre le bois de chênes du Castel Donzel. Dans la laurière, des merles se poursuivaient, ayant déjeuné sans doute des restes que leur avait jetés Pichille par la porte de la cuisine. L'hiver, toute la vie se réfugie autour des maisons, de la chaleur des écuries, des granges, des cuisines, des poulaillers, des étables; les chiens se recroquevillent dans la paille, les chats restent blottis près du cantou. Le soir, à Fontbrune, les gens du Castel Donzel, de la Mélonie et du Vieux Cimetière venaient énoiser, en racontant des histoires à faire dresser les cheveux sur la tête. Pourtant, à la fin de la soirée, chaque famille reprenait vaillamment son falot et repartait à travers bois. Même si la distance était brève, chacun se hâtait.

Dès notre retour à Fontbrune, le docteur Manet parla à ma grand-mère, sachant qu'il fallait la convaincre d'abord, que l'accord de mon oncle Elic ne serait pas difficile à obtenir ensuite. Cette dot qu'on devait me constituer me rendait furieuse, on me marchandait comme sur un champ de foire. Et je soupçonnais le docteur de ne pas m'avoir indiqué la somme proposée – le montant de mes appointements, disons-le tout net – alors qu'il en parlait sûrement à ma grand-mère. Si je m'étais mariée, on aurait évoqué les questions d'argent encore plus crûment. Je résolus d'ignorer pour l'instant cet aspect du marché, quitte à y penser plus tard. Mon oncle Elie s'était maintenant joint à la conversation.

Enfin, on m'appela. Je posai à peine de questions, j'avais décidé d'accepter. Ma grand-mère en parla tout de suite à Louise. Celle-ci comprit l'intérêt pour moi et pour ma famille de cette proposition et accepta de bonne grâce de me laisser partir quelques jours plus tard.

Je ne savais que penser de son inconscience ou de son indifférence au sort de Pierre, de ses enfants, d'elle-même. Par mépris, par rancune à l'égard de Pierre, par vengeance peut-être, sa brutalité lui semblant une insulte permanente, elle le laisserait aller à la dérive sans rien faire pour le sauver. Qu'en disait son confesseur, si prompt à recommander la charité et les œuvres pieuses? Rien, puisqu'il considérait lui aussi Pierre comme un monstre de lubricité. Il recommanderait à Louise la prière et l'indulgence pour les égarements de son époux.

En rentrant à Fumerolles, dans la voiture, serrée entre Louise et les enfants, je songeais. Pierre nous suivait à cheval et ne savait rien encore. Louise n'avait pas jugé bon de lui demander son avis et j'avais préféré ne pas avoir à m'expliquer devant lui publiquement, n'étant pas sûre – ou plutôt étant trop sûre – de sa réaction.

J'aurais pu prendre la haute main sur la maison. Louise voulait tout ignorer, les enfants et les domestiques s'étaient habitués à ma présence et à mon autorité, Pierre subissait mon ascendant. Mais je ne voulais pas être ravalée au rôle de servante-maîtresse.

Louise était une de ces femmes qui languissent de sofa en chaise longue et parviennent à un âge avancé à force de s'être ménagées là où d'autres se sont épuisées. Je pensais que Pierre reviendrait un jour à ses habitudes, qu'il avait un goût du tripot, de la débauche et du vulgaire que rien ne corrigerait. Je débordais de tendresse pour lui, il me la rendait, mais c'était tout ce qu'il pouvait m'offrir. J'étais déchirée à la pensée de le quitter, mais certaine d'avoir pris la décision qui s'imposait.

Le soir, dans le salon, après que Louise fut montée se coucher, je lui parlai de mon prochain départ. Il ne voulut pas me croire. Il s'acharna à essayer de me faire avouer quelque histoire insensée, une rencontre cachée, une passion soudaine. Je finis par lui répondre fermement :

« Pierre, ta femme – comme il se doit – règne dans cette maison, même si elle n'y gouverne pas. Je ne convoite ni sa place ni ses privilèges. Et détenir le pouvoir clandestinement n'est pas dans mes goûts.

– Et que feras-tu de mieux à Puynègre? Tu seras gouvernante ou dame de compagnie, assise au bas bout de la table, n'ayant que le droit de te taire pendant que péroreront quelques vieux beaux qui ont eu des grades et des titres sous l'Empire. Quelle position enviable!

– Je n'y resterai que si j'y suis heureuse.

– Et où irais-tu, sans argent, sans protection?

– Qu'importe? Je trouverai bien une place de lectrice dans une autre famille, à Paris ou à l'étranger.

– En monnayant les seuls biens dont tu disposes, ta jeunesse et ton ardeur?

– Tout se vend, m'as-tu dit. »

Pierre ne se contenait plus. Il se leva, me tint serrée aux épaules, à me faire mal, m'accusa de calcul, d'ambition, de sourdes manœuvres. Il ne contrôlait plus ses éclats de voix, il arpentait la pièce, heurtait les meubles qui se trouvaient sur son passage. Il finit par m'insulter grossièrement. J'aurais voulu quitter le salon, mais il m'aurait poursuivie de ses cris et je ne voulais pas qu'il ameutât la maison.

Alors que je ne savais à quel parti me résoudre, la porte s'ouvrit et Louise parut. Elle était en tenue de nuit, serrant autour d'elle un léger peignoir. A la lueur de sa bougie, pâle, amaigrie, sans apprêt, à moins de trente ans, elle avait l'aspect d'une vieille femme. J'en fus stupéfaite. Pierre se tut brusquement.

« Que se passe-t-il? demanda Louise. J'entends la voix de Pierre jusque dans ma chambre.

– Conformément à vos vœux, c'est une maison où il ne se passe rien, répondit Pierre avec mépris. Remontez dans votre chambre. »

Louise, qui n'était pas habituée à ce ton de la part de son mari, sembla prendre peur.

En me forçant à prendre une voix posée, j'expliquai :

« Pierre estime que mon départ nuira aux enfants et qu'ils vont se retrouver livrés à eux-mêmes. »

Cette femme était pitoyable, elle n'avait ni le courage de regarder la vérité en face ni celui de provoquer un drame. Je ne crains pas les affrontements, mais j'aurais refusé le drame s'il s'était présenté. Il est souvent le refuge de ceux qui n'osent rien résoudre et

127

s'en remettent aux dieux pour trancher les questions qui les effraient. En portant ainsi à l'excès leurs griefs et leurs craintes, ils débordent les limites de la bienséance et espèrent que ce grand remous amènera un changement dans une situation qu'ils déplorent, mais à laquelle ils sont incapables de porter remède.

Louise n'en était pas là. Livide, accablée, elle se tenait au dossier d'une chaise. Pourquoi était-elle descendue? Me croyait-elle menacée par la violence de Pierre? A peine rassurée, elle avait perdu tout intérêt pour l'objet de la dispute. J'avais méprisé tous ses conseils, elle n'en avait pas d'autres à me donner. Mon départ l'arrangeait peut-être. Je pouvais être un témoin embarrassant de son naufrage.

Elle balbutia quelques paroles vagues et sortit. Aussitôt, Pierre me harcela à nouveau de ses questions :

« Sais-tu quels sont ces gens que tu vas rencontrer à Puynègre? Des roués, qui profiteront de toi sans aucune gêne et te compromettront sans t'épouser.

– En ce cas, ils ne seront pas les premiers. »

Cette explication brutale fut suivie d'une nuit orageuse. Epuisée, je m'assoupis après que Pierre m'eut quittée.

Quand je descendis avec les enfants, plus tard qu'à l'ordinaire, j'appris par Léa qu'il était parti pour plusieurs jours chasser avec les Cossac. Je ne savais pas si je le reverrais avant mon départ. Ce furent des journées tristes.

La veille du jour où je devais rentrer à Fontbrune, en revenant seule de Tourtel à pied, je vis venir à ma rencontre un cavalier qui se tenait au beau milieu du chemin. Je me rangeai pour le laisser passer, mais il s'arrêta à ma hauteur. C'était M. de Rapnouil, qui devait sortir d'un repas abondamment arrosé, car il était très rouge et peu affermi sur sa selle.

« Je vous salue, chère mademoiselle, et suis fort honoré de vous rencontrer. »

Je répondis poliment pour ne pas donner prétexte à une conversation, mais il reprit :

« On vous dit aussi avisée que charmante.

– Avisée, peut-être; charmante, certainement pas.

– Et je vois avec plaisir que vous avez la langue vive.

– C'est une illusion, monsieur.

– Je n'en suis pas sûr, il faudrait y voir de plus près. »

Il se penchait du haut de son cheval.

« Vous n'apprendrez rien de plus, monsieur.

– C'est qu'elle m'enchante, cette jeune oiselle! » s'exclama M. de Rapnouil, pour qui toute occasion de badinage était bonne dans l'état où il était.

Je me sentais de taille à le maintenir dans les limites du respect. De plus, il ne devait pas tenir plus fermement sur ses jambes que sur sa selle.

« Je ne saurais vous dire si je suis une oiselle ou non, je gage que vous connaissez mieux que moi les mœurs de basse-cour.

– Que j'aimerais avoir une cousine avec autant de repartie! dit M. de Rapnouil avec une grâce un peu pâteuse, en maintenant son cheval qui s'impatientait.

– Je vous souhaite le bonsoir, monsieur », dis-je alors prestement en passant dans le fossé et poursuivant mon chemin.

Comme je le pensais, il n'osa pas me suivre. Il devait se dire qu'il aurait d'autres occasions de me rencontrer. Je me trouvais confirmée dans ma décision de quitter Fumerolles. Je ne voulais pas me sentir en butte à ce genre de familiarité grosse de sous-entendus.

Je dormais, le soir, quand Pierre vint m'enlever de mon lit pour m'emporter dans le sien. Il ne dit pas un mot. Muet, inlassable, il parcourut la moindre parcelle de ma peau, il retint en arrière mes cheveux noués, dégageant mon visage qu'il enserra dans ses fortes mains, ses pouces suivant la courbe de mes lèvres.

Dans la demi-obscurité, il me scrutait comme s'il voulait me fixer tout entière dans sa mémoire.

Farouche, désespéré, il m'embrassa, m'assaillit de tout son poids. Enfin, sa tête s'abattit dans mon épaule et y resta enfoncée. Il me serrait contre lui. Je le tenais comme un enfant, caressant les épais cheveux bouclés, l'embrassant doucement, tentant de l'apaiser. Mais à quoi servait tout cela ? Mes larmes coulaient sur ses mains, pendant que je répétais des paroles apaisantes. Chacun de ses gestes familiers me déchirait. Enfin, il s'endormit, me tenant si étroitement que je ne pouvais pas m'écarter de lui. Au moindre de mes mouvements, dans son sommeil il me ramenait contre lui.

Il se leva comme d'habitude avant l'aube. Il avait un visage fermé. Après s'être habillé, une dernière fois il m'embrassa, je le retins, me pressai contre lui. Il sortit, toujours sans avoir dit un mot.

Je restai immobile, silencieuse. Je geignais à petits coups dans ses oreillers, dans ses draps, où je me rassasiais une dernière fois de son odeur, de sa chaleur, de son souvenir. J'eus le vertige : supporterais-je cet arrachement ? Comment vivre sans lui ? Comment le laisser retomber dans sa solitude meublée de beuveries et de servantes d'auberge ? J'avais en partie sacrifié aux conventions en le quittant : étais-je maintenant capable de les respecter, de suivre les mêmes règles que les femmes de mon milieu avec lesquelles j'avais si peu en commun ? Me passer de Pierre, je l'avais voulu. Le pourrais-je ? Les amours ne meurent pas quand on le leur commande.

Je compris ce que voulait dire le docteur Manet en me donnant son fouet. Je l'avais laissé à Fontbrune, il faudrait que je l'emporte à Puynègre. Oui, il fallait faire avancer la bête.

J'eus beau me dire que je n'étais pas faite pour les remâchements des amours contrariées, j'étais ivre de larmes quand je regagnai mon lit dans la chambre des enfants.

Voyant mon désespoir, à leur réveil, ils se mirent à

130

sangloter. Ce fut un triste déjeuner. Je leur dis adieu, en tâchant de les distraire, leur expliquant que je viendrais les voir souvent. Puis, ils partirent pour Tourtel avec Aline. La seule personne avec qui je souhaitais rester seule était Rosa. Elle me proposa de m'aider à ranger mes affaires et j'acceptai. Alors que j'avais essayé de me contraindre devant les enfants, je me mis à nouveau à pleurer librement. Je ne pouvais me laisser aller que devant elle et devant le docteur Manet : tous deux étaient dépourvus du sens moral étroit qui régnait dans cette société et jugeaient les gens et les choses sur le fond et non sur la forme. La tête dans mes mains, assise sur mon lit, je pleurai sans bruit. Rosa ne me demanda rien, elle m'entoura de son bras solide et me prit sur son épaule, comme quelqu'un qui connaît la fatalité du malheur. Enfin, elle me parla :

« Allons, remettez-vous, demoiselle, tout ira bien, vous verrez.

— Rosa, tu veilleras sur les enfants et sur mon cousin, n'est-ce pas?

— Vous savez bien que j'ai toujours veillé sur eux, les pauvrets, depuis la maladie de Madame. Il le faut bien.

— Crois-tu qu'elle va se remettre? Peut-être ne le veut-elle pas?

— Elle ne le veut pas trop, soupira Rosa. Mais il le faudra bien, sinon il arrivera du malheur. Monsieur pourrait faire quelque sottise, un jour.

— Parle à ma cousine, elle a confiance en toi.

— Elle m'écoute moins que M. le curé, et du moment qu'elle dit ses prières et fait ses dévotions, M. le curé la complimente sur ses bons sentiments. »

Nous n'en pensions pas moins, l'une et l'autre. Je savais également que Rosa se marierait dès qu'elle aurait mis de côté assez d'argent. Qu'adviendrait-il alors de Fumerolles?

Quand j'allai dire au revoir à Louise, elle parut sincèrement triste de mon départ. Pensait-elle simplement que Pierre recommencerait à mener la vie désordonnée qu'il avait en partie abandonnée depuis mon arrivée ? Je lui fis remarquer qu'il était de son devoir de veiller sur les enfants, dont elle était responsable devant Dieu, y compris sur sa fille. C'était peut-être la seule chose qui pouvait la toucher.

Heureusement, je ne savais pas alors que pendant des mois je répéterais le nom de Pierre, avec rage, en implorant, avec lassitude, en cherchant sans succès à endormir ce qu'il avait éveillé en moi. Je n'avais ni but ni espoir, je me contentais de faire avancer la bête.

Quand j'arrivai à Fontbrune, j'appris que Mme de La Pautardie et le général avaient rendu visite à ma grand-mère, à ma tante Charlotte et à mon oncle Elie quelques jours plus tôt. L'entretien avait été gai et bon enfant. Ma famille ne vit dans ce nouveau départ qu'une autre villégiature quasi familiale.

3

Le mardi suivant, je vins au Bugue avec ma tante Charlotte dans la voiture conduite par Henri. A son habitude, mon oncle Elie nous rejoindrait dans la soirée, chargé des papiers qu'il devait déposer à l'enregistrement.

Nous descendions toujours chez mon oncle et ma tante Labatut, dont la maison était le meilleur poste d'observation de toute la ville. Elle longeait la grand-rue que l'on pouvait contempler à la fois du balcon qui courait sur toute la façade et du jardin, dont la séparait une grille. L'angle de la maison donnait sur la place des Sabots et la rue qui monte vers les hauteurs du Bugue, et en face débouchait la ruelle qui descend vers la Vézère.

Je donnerais Samarcande et Trébizonde pour les mardis du Bugue. Plus beau encore était le spectacle de la Saint-Louis, à la fin du mois d'août. Le premier jour se tient la foire aux moutons, le second la foire aux bœufs, et couronnant le tout vient le dimanche de la frairie. Tout se mêlait sous nos yeux : les singes pelés, les serpents endormis, les poules catarrheuses à qui l'on faisait accomplir des exploits, dans le roulement des tambours, le beuglement des trompettes, la sueur et la poussière, les robes neuves piétinées, les bonbons ou les pièces d'un sou roulant sous les pieds et poursuivis par un enfant braillard, les chapeaux qui perdaient l'équilibre, les ombrelles qui s'accrochaient à l'auvent des baraques. On vendait avec un même entrain une poudre contre les vers à ceux qui n'en souffraient pas, des chansons à ceux qui ne savaient pas lire, des images pieuses ou des potions magiques dont l'avantage était de couvrir tout l'éventail des maux. On vous assénait par mégarde un coup de perche, on vous écrasait les orteils, les marmots geignaient parce qu'ils avaient perdu leur mère et les maris n'étaient heureux qu'après avoir semé leur femme pour rejoindre au champ de foire le clan des hommes. Les femmes n'y viennent que pour participer à la vente des cochons. Comme elles les soignent, elles peuvent intervenir ou dire leur mot dans le marché traité par les hommes. Mais le jour de la foire aux bœufs, elles ne sont là que pour cuisiner et servir sous les tentes.

Odeurs mêlées, hommes et bêtes occupent les lieux. La mangeaille, la buvaille, la satisfaction des affaires réglées desserrent les ventres; les ruses et les plaisanteries unissent vendeurs, acheteurs et accordeurs autour du vinage, une fois claquées les mains qui attestent qu'un marché est conclu.

Les femmes sont cantonnées sur la place de l'église, le long de la Vézère, où elles vendent œufs, lapins, poulets, dindons, oies, canards. Les hommes n'y mettent pas les pieds, ils croiraient déchoir.

La maison des Labatut ne désemplit pas pendant ces trois jours. On s'acquitte aussi à cette occasion d'anciennes et vagues redevances. La cuisinière offre force verres de vin, découvre des terrines d'anchaud et de grillons. Tout cela est accepté après des politesses, des refus, des cérémonies et des remerciements sans fin. Qui offrait? Qui rendait? Comment le savoir? Cela représentait – ou avait représenté à la génération précédente – un droit de passage, de cueillette, de pacage, d'eau, de ramassage de la bruyère ou de la fougère dans un sous-bois, un droit d'échelle, que sais-je?

Le comble était quand la foire se terminait par un

orage, ce qui était fréquent en cette fin d'été. C'était prétexte à rester une dernière fois dîner chez les Labatut avant de rentrer à Fontbrune. Aux premières grosses gouttes de pluie, les hommes avaient beau aiguillonner leurs bœufs, ils n'en allaient pas plus vite. Les blouses neuves se trempaient, les larges chapeaux de feutre faisaient gouttière, les jeunes gens profitaient de l'aubaine pour s'abriter avec les filles sous les balcons ou dans les encoignures de portes, serrés sous une jupe relevée. Les ânes, comme toujours en cas de conflit, choisissaient de s'arrêter net, mettant en travers de la rue le charretou auquel ils étaient attelés. Il y avait des accrochages, des clameurs et, dans la chaleur des insultes, l'honorabilité des familles était furieusement mise en doute. Puis les roues des voitures se dégageaient et chacun se hâtait de repartir dans la bonne direction en ignorant les atteintes à sa respectabilité.

Une partie de la famille se retrouvait chez les Labatut chaque mardi, soit pour déjeuner, soit après le marché, dans l'après-midi.

Quand chacun arrivait, ayant terminé ses achats et autres démarches, ma tante faisait servir bière, sirop d'orgeat, limonade, citronnade et biscuits, car aux habitués se joignaient régulièrement quelques visiteurs occasionnels. On laissait dans l'entrée manteaux, cannes et chapeaux, on s'ébrouait, on s'approchait du feu, on annonçait qu'on ne pouvait rester que quelques instants. A la nuit tombée, tout le monde était encore là.

Ce jour-là, il avait été convenu que, vers trois heures, quand l'agitation du marché serait calmée, Mme de La Pautardie viendrait me chercher. J'avais déjà vu la calèche de Puynègre traverser le Bugue, attelée de grands chevaux anglais, surmontée d'un cocher aussi fier qu'un gendarme. C'était un ancien sergent, qui vivait misérablement à Domme quand le général Fabre l'avait rencontré et pris à son service.

Mme de La Pautardie parut à trois heures précises. La voiture attendait dehors, sur la place des Sabots, où elle n'encombrait pas la rue. Elle était accompagnée des deux enfants du général, si bien mis et si bien élevés qu'ils n'osaient quasiment pas ouvrir la bouche ou remuer la tête. Jérôme, l'aîné, avait huit ans, et sa sœur Pauline sept ans. La chambrière des Labatut passa et repassa dans le salon avec son plateau de rafraîchissements tant elle était saisie de voir ces enfants, beaux comme des anges, assis sur le sofa, les mains sur les genoux, balançant à peine leurs pieds ornés de souliers vernis.

« Jésus! s'exclama-t-elle dès qu'elle eut passé la porte et avant même d'arriver dans la cuisine, Janille, va voir les enfants du général. Ils ont l'air de descendre d'un vitrail. »

Janille parut peu après portant une assiette de crêpes toutes chaudes et annonçant à ma tante Labatut :

« Madame, il est l'heure pour ces chérubins de faire collation. »

Elle s'aperçut qu'il faudrait assiettes et fourchettes là où Antoine et moi nous contentions de nos doigts, semant du sucre sur les sièges et allant nous essuyer les mains ensuite à un torchon, dans la cuisine. On installa les enfants sur une table basse, avec des serviettes, et Mme de La Pautardie se mit à côté d'eux pour veiller à ce que ce petit repas se déroule proprement. Cela ne l'empêchait pas de parler en même temps avec une vivacité et un naturel qui amusaient tout le monde. Déjà ma famille était sur un pied de familiarité avec elle.

Une des grandes malles de Fontbrune, en bois, couverte de peau de sanglier, avait été montée derrière la voiture. Quand on se leva pour partir, Mme de La Pautardie promit joyeusement :

« Adeline viendra aussi souvent qu'elle le voudra au

Bugue et à Fontbrune, et vous nous ferez, j'espère, le plaisir de venir souvent la voir à Puynègre. »

Dès qu'on fut en voiture, les enfants s'animèrent. Le petit garçon était assis près de moi, poussant sa sœur, apparemment plus timide, à côté de Mme de La Pautardie. Avec grand sérieux, mais vivement, il m'expliqua les humeurs de la Vézère, qu'on dominait de la terrasse, à l'arrière du château, et la manière dont elle avait débordé au début de l'hiver. Pauline m'observait sous ses boucles bien lissées et les bords de sa capeline.

« Jérôme, mon enfant, tu vas assourdir Mlle Adeline », dit benoîtement Mme de La Pautardie qui, seule avec les enfants, paraissait plus indulgente.

Il termina sans reprendre souffle la phrase qu'il avait commencée, sur une des vaches de Curboursil, une des métairies, qui avait été emportée par la montée brutale des eaux. Puis il se tut, l'air angélique.

« Cela suffit maintenant, conclut Mme de La Pautardie. Garde pour plus tard la liste de ce qu'a emporté l'inondation. »

Puynègre était à environ une demi-lieue du Bugue, mais faisait partie de la paroisse de Limeuil, située pourtant à une plus grande distance. La propriété était donc dans le bergeracois, une direction où nous n'allions que rarement, car personne de notre proche parenté n'y demeurait. La vallée de la Vézère est une région riche, et nous nous cantonnions sur les sombres coteaux du Périgord noir.

Dès la sortie du Bugue, en allant vers Bergerac, la route monte, on passe le roc de l'Agranel et, suivant un coude de la rivière, on continue à monter, laissant à droite la route de Bergerac. Bientôt, on longea les murs de Puynègre, puis on arriva à la grille, qui était ouverte. De là, une longue allée droite bordée d'ifs aboutissait au château. Jérôme m'expliqua que le général avait fait faire cette nouvelle allée. L'ancien accès au château était un chemin tortueux, qui partait de plus loin et serpentait entre un pré et un petit bois.

Ce chemin n'était plus qu'un lieu de promenade enclos dans les murs.

Puynègre est un de ces robustes manoirs comme le pays en connaît tant. Je fus impressionnée par la manière dont la propriété était entretenue. Le sol de l'allée était recouvert de gravier, l'alignement des arbres était impeccable, pas un brin d'herbe ne dépassait des bordures. La voiture décrivit une courbe élégante autour du large espace qui s'ouvrait au bout de l'allée et avec une précision toute militaire vint s'arrêter au bas du perron. J'avais aperçu un puits sur la droite, Jérôme me désigna à côté les écuries, la remise, la sellerie, et de l'autre côté de la cour, le chenil, le cellier, les resserres, le fruitier.

Deux mâtins s'étaient dressés à notre arrivée et aboyaient furieusement au bout de leur chaîne. Un chien de chasse, blanc et noir, accourut à longues enjambées et sauta autour de nous.

Dans le pays on citait des chiffres fabuleux qui représentaient, disait-on, le coût des travaux réalisés par le général baron Fabre après qu'il eut acheté Puynègre. Il avait été jusqu'à faire venir de Paris un architecte et un botaniste qu'il consulta sur la disposition des bâtiments et du parc à l'anglaise. Celui-ci était une curiosité dans la région, par la richesse et la variété des espèces qui y poussaient, et si les arbres n'avaient pas encore atteint leur plein développement à cette époque, leurs noms exotiques suffisaient à susciter l'admiration.

Le corps de bâtiment, d'apparence massive, comportait un étage principal et la haute toiture abritait un second étage mansardé. A droite, une grosse tour ronde était accolée au logis. Au rez-de-chaussée, les fenêtres ouvraient à bonne distance du sol. Sur la façade, elles avaient conservé leurs meneaux.

Mme de La Pautardie m'avait annoncé que le général avait dû se rendre à Périgueux pour deux jours et regrettait de ne pouvoir m'accueillir lui-même à Puynègre. J'en fus soulagée. Je préférais m'habituer aux lieux en la seule présence des femmes et des enfants, avec qui je n'aurais pas à me contraindre si étroitement. D'ailleurs, je n'étais pas sûre de souhaiter rester dans cette demeure. Tout semblait y être réglé et calculé. Cet ordre et cette sévère élégance m'accablèrent.

En haut du perron, la porte ouvrait sur un vestibule dallé. Les murs étaient ornés de trophées de chasse : hure de sanglier, pattes de loup, têtes et bois de cerf. En face de la porte, une table à gibier au dessus de marbre, flanquée de deux fauteuils de cuir de style espagnol. Au mur, un porte-cannes soutenait, accrochées horizontalement, des cannes trop précieuses pour être utilisées. Partout, aux murs, des gravures et des tableaux représentant des scènes de chasse.

Jérôme s'empressa de reprendre ses explications :

« Mon papa a acheté Puynègre à Mlle de Bars, une très vieille demoiselle qui n'était pas mariée...

– C'est en général ce qui distingue les demoiselles », fit remarquer Mme de La Pautardie.

Jérôme confus, reprit sa phrase :

« Mlle de Bars n'avait pas d'héritier. Elle vendit à mon papa le château et tout ce qu'il contenait. Puis elle distribua cet argent à M. le curé pour ses pauvres et à l'hospice de Périgueux, et...

– Jérôme, tu ne vas pas nous faire l'historique de Puynègre en remontant aux croisades! » coupa Mme de La Pautardie, qui ne fut obéie qu'à moitié car le petit garçon continua à me faire des commentaires sur les points qui lui paraissaient remarquables.

Entre-temps, était apparue une chambrière qui devait plutôt être femme de chambre, car elle portait une toilette fort soignée, surmontée d'un petit bonnet à fleurs tuyauté et amidonné, avec un tablier assorti. Elle me fit une révérence.

« Bertille, voici Mlle Adeline, dont vous vous occuperez désormais, annonça Mme de La Pautardie. Puis elle se tourna vers moi : Bertille s'occupe du linge et des vêtements des enfants, elle prendra également soin de vos affaires, si vous le voulez bien.

– Je vous remercie, madame. »

Je souris à cette Bertille et ne pus résister à l'envie de lui demander d'où elle était.

« Je suis de Sainte-Alvère, demoiselle.

– Vous devez y connaître mon oncle La Robertie, le notaire?

– Ma cousine a servi chez ces messieurs.

– A la bonne heure! » dis-je allégrement.

En plus de l'accueil bienveillant de Mme de La Pautardie, je voulais me trouver rapidement des alliés dans cette place étrangère. Cette fille me rassurait, malgré la coquetterie de sa tenue.

Deux portes basses donnaient de chaque côté des fauteuils. Elle en ouvrit une : c'était un cabinet où l'on apercevait dans un ordre rigoureux, sur des tablettes, des brosses, des cornes à chaussures, des polissoirs et un tire-bottes.

Bertille fit asseoir les enfants sur les fauteuils, retira leurs souliers et leur mit de légères chaussures d'intérieur qu'elle prit dans ce placard. Mme de La Pautardie surveillait l'opération. Elle me dit que je pourrais par la suite laisser moi aussi une paire de chaussures avec celles des enfants, si je le souhaitais. C'était plus qu'une invite : elle m'indiquait que c'était la règle à suivre, à laquelle peut-être elle échappait seule en raison de son âge.

De ce vestibule partait un bel escalier de pierre.

« Où est Malvina? demanda Mme de La Pautardie. A ses dévotions ou à préparer ma tisane?

– Elle est allée à Curboursil, madame, comme vous le lui aviez commandé, porter cette courtepointe aux métayers.

– Elle aura fait le détour par Saint-Martin. Décidément, elle croit que le Seigneur ne peut se passer une heure de ses prières. Envoyez-la-moi dès qu'elle arrive, je vous prie, Bertille.

– Bien, madame », dit celle-ci en emportant sur un

bras le chapeau et la mante de Mme de La Pautardie, et dans l'autre main les souliers des enfants.

Tous deux furent chargés de m'accompagner dans ma chambre, où l'on avait déjà monté mon bagage. Je visiterais ensuite le reste de la maison. Dans la galerie qui s'ouvrait au premier étage, en haut de l'escalier, Jérôme d'un geste du bras m'expliqua la division des lieux. L'aile gauche appartenait au général : sa chambre était située au bout, précédée de celle qui avait été réservée à son épouse, maintenant inoccupée. On se dirigea tout de suite à droite, passant devant une chambre sans destination particulière, puis devant celle de Mme de La Pautardie, pour arriver à celle des enfants, que je partagerais.

C'était une vaste pièce carrée, s'étendant sur toute la largeur de la maison dont elle occupait l'angle. Trois lits tenaient facilement dans cet espace, et on aurait pu sans mal en mettre cinq. Au fond une porte menait à une grande chambre logée dans la tour, et à un réduit où dormait Bertille. La chambre de la tour servait aux enfants de salle de jeu et de cabinet de toilette.

Bertille me demanda la permission de déballer mes affaires et je la lui donnai.

On descendit alors dans le salon, qui occupait tout le centre du rez-de-chaussée. Une fenêtre ouvrait sur la cour, une autre ainsi qu'une porte-fenêtre, ouverte récemment sans doute, donnaient sur une terrasse dominant le jardin.

« Au printemps, on sort les caisses d'orangers qui entourent la terrasse, expliqua Jérôme. En cette saison, elles sont dans la serre. »

Il me la montrait, plus loin, sous un cèdre.

A gauche, une allée serpentait en surplombant la Vézère. A droite, le jardin s'étendait largement sur le coteau. On me dit qu'on me montrerait tous les arbres : des saules pleureurs, des pommiers du Japon, des chênes rouges d'Amérique, un catalpa, un magnolia et des cèdres. Un pré descendait en pente abrupte jusqu'à la rivière, couvrant tout le flanc du coteau. En bas, une rangée de peupliers bordait l'eau de chaque côté, avec une trouée sur la droite, où la Vézère faisait un coude et abritait une île.

Du seuil de la terrasse, où nous nous trouvions, nous rentrâmes dans le salon. Une belle cheminée de pierre l'ornait à un bout, encadrée de deux portraits : d'un côté, le général en grand uniforme et cordon de la Légion d'honneur, de dix ans plus jeune, – mais le regard et le pli de la bouche aussi sévères qu'aujourd'hui; de l'autre côté, une jeune femme à l'air doux.

« Cette dame est ma maman », murmura la petite fille, parlant pour la première fois.

Je regardai attentivement le portrait.

« Elle est bien jolie et vous lui ressemblez. Elle devait être très sensible.

– Oui, ma nièce avait un goût très délicat, dit Mme de La Pautardie. Elle dessinait et jouait du piano de façon charmante. Pauline suit ses traces. Je lui donne des leçons et elle est très bonne élève. »

En effet, un piano à queue se trouvait le long du mur qui bordait la terrasse.

Pauline eut un sourire heureux et confiant et sa main se détendit dans la mienne.

Mon Dieu, pensai-je avec inquiétude, saurai-je m'adresser à une enfant aussi sensible? J'avais maintenant conscience d'avoir été brusque et injuste à l'égard de mon cousin Antoine. Ferais-je mieux à quelques années de distance avec cette douce petite fille? Je décidai d'en parler ouvertement à Mme de La Pautardie à la première occasion, car je voyais que sa décision de faire appel à quelqu'un d'aussi peu qualifié que moi pour s'occuper des deux enfants était le résultat d'une soudaine fantaisie. Elle-même pourrait le regretter ensuite.

Aux murs, du côté de la cour et à l'autre extrémité de la pièce, deux panoplies brillantes comme des soleils. L'une contenait des armes françaises et des souvenirs de l'Empire : un sabre d'honneur donné au

142

général par l'Empereur, que me désigna Jérôme, avec son fourreau somptueusement travaillé, accroché séparément, des épées, d'autres sabres, des pistolets, des éperons, des épaulettes, des hausse-cols, un shako, une sabretache, des étriers, l'aigle d'un régiment. L'autre panoplie contenait des armes étrangères à l'aspect curieux, un grand cimeterre courbe, une très longue épée et son fourreau de bois sculpté, des épées du XVIIIe siècle étrangement élégantes auprès des autres armes d'aspect rude et ancien, une hache, un pic, encore des pistolets.

L'ameublement sévère dénotait plus le cabinet de travail d'un homme que le salon d'une demeure familiale : des fauteuils et une table Louis XIII, deux coffres, lourdement sculptés et aux pieds tourmentés. Aux murs, deux grands tableaux représentant des scènes de bataille. Pourtant, ce n'était pas le bureau du général. Celui-là ouvrait derrière une tapisserie, et se trouvait placé en dessous de la chambre des enfants. On m'expliqua qu'on n'y pénétrait qu'avec sa permission expresse ou quand on y était appelé. Je n'avais vu dans le salon qu'un petit meuble abritant des livres. Mme de La Pautardie me dit que le bureau du général contenait la bibliothèque, composée en partie des livres de la famille Bars, achetés en même temps que Puynègre, et en partie des livres du général – elle eut de la main un geste qui les balayait tous au rayon des étrangetés – : il ne lit que les anciens et des ouvrages d'histoire militaire.

« Et ses journaux », ajouta Jérôme.

Le geste engloba les journaux dans la même catégorie.

« Seul Joseph a le droit de pénétrer librement dans le bureau. C'est lui qui surveille Miette, la chambrière, quand elle fait le ménage, et elle ne peut rien toucher ou déplacer de sa propre initiative. Lui seul a le privilège de ranger les affaires du général et sait où se trouvent les clefs de sa caisse d'argenterie. »

J'allais demander s'il fallait un billet de sortie pour

quitter une pièce et le mot de passe pour y entrer. Mme de La Pautardie poursuivait :

« Joseph est le valet de chambre-régisseur du général. C'est un ancien militaire, comme Faye, et Petit, le jardinier. Il a été tambour, puis prévôt d'un régiment, et mon neveu l'a rencontré dans une salle d'armes où il exerçait son métier, peu après l'abdication de l'Empereur. Il l'a engagé sur-le-champ. Mon neveu lui fait confiance en tout et Joseph a envers lui un dévouement absolu. (La vieille dame chuchota en me prenant légèrement à l'écart.) Ma pauvre nièce n'a jamais eu de son vivant le tiers du pouvoir qu'a Joseph dans cette maison. Les métayers et les fournisseurs préfèrent traiter avec le général plutôt qu'avec Joseph. Celui-ci prend tellement à cœur les intérêts de Puynègre qu'on ne peut le faire céder sur rien. Heureusement, mon neveu supervise tout lui-même et amène de l'indulgence là où Joseph s'est montré trop sévère.

— Joseph a eu huit blessures! clama Jérôme. Il a eu la jambe déchirée par un biscaïen, il me l'a montrée!

— On ne parle pas des jambes du valet de chambre devant les dames », interrompit Mme de La Pautardie, alors que j'avais une forte envie de rire.

On retraversa le salon pour aller dans la salle à manger. Les murs étaient décorés de plats et d'assiettes de faïence et de porcelaine de diverses origines. Une longue table occupait la majeure partie de la pièce, avec une haute desserte du côté jardin. Une fenêtre donnait à l'est et l'autre à l'ouest, comme dans le salon.

Je m'étonnai du nombre de cabinets qui semblaient desservir chaque pièce. Dans certains on rangeait le bois de chauffage, dans d'autres tous les ustensiles que demandaient les soins de la maison. On ne voyait traîner aucun objet. Il n'y avait non plus ni chaise bancale, ni clous qui dépassent, ni porte de travers sur ses gonds, ni lustre constellé de crottes de mouches, comme à Fontbrune. On devait astiquer, frotter, vérifier chaque semaine le moindre bibelot, le moindre meuble et le moindre recoin. Tout reluisait, sans doute aussi le dessous des chaises, le haut des buffets et le fond des armoires.

« C'est Joseph qui remonte les pendules! » me dit Jérôme comme cinq heures tintaient.

Il n'y avait guère trace de douceur féminine dans cette maison, tout y paraissait hautain, sobre et luxueux à la fois.

De là, on passa dans une office où des buffets alignés contenaient la vaisselle, les plats, l'argenterie ordinaire, les verres. Une chambrière frottait des couteaux à manche d'argent sur une planche recouverte d'une fine poudre noire.

« Mon enfant, voici notre Miette, dit Mme de La Pautardie. Elle aide Antonia à la cuisine. »

Miette me fit une révérence. Elle n'était ni jeune ni jolie, mais mettait à son travail une ardeur que j'admirais. On rentra dans la cuisine, où je rencontrai Antonia. De toute la maison, c'est elle qui avait le plus l'air périgourdin. Elle était large comme une barrique et semblait d'humeur brusque, mais cela ne me fit pas peur.

Un étroit escalier montait de la cuisine directement au deuxième étage de la maison où se trouvaient les chambres d'une partie des domestiques.

En retraversant la salle à manger, on ouvrit la porte d'une pièce dallée où l'on ne me fit pas entrer, et qui donnait directement sur la cour. C'est là que se trouvaient les affaires de chasse du général. J'aperçus à un râtelier des fusils, des cartouchières, des couteaux de chasse, des dagues, et sur une tablette des cornes à poudre, des sacs à plomb. Un cercle magique semblait entourer cette antichambre, tout comme le bureau du général. On me confirma que femmes et enfants ne devaient y pénétrer qu'exceptionnellement. On l'appelait la petite salle.

Plus la visite avançait et plus je m'amusais de ces innombrables détails qui montraient que la maison était peignée comme un régiment un jour de revue. J'étais curieuse de voir si le général était aussi scrupuleusement obéi qu'on me le laissait croire.

On revint s'asseoir dans le salon. Peu après parut Malvina, la chambrière de Mme de La Pautardie, ronde, rouge et lisse comme une pomme, bien qu'elle ne fût pas jeune.

« Ah! ma fille, te voilà enfin, s'exclama sa maîtresse. Peux-tu me dire où tu as passé la journée?

— Madame m'avait commandé d'aller porter cette courtepointe aux gens de Curboursil.

— Sans doute, mais Curboursil est à un quart de lieue.

— J'en ai profité pour aller porter un petit panier de noix au marguillier, comme Madame m'y avait autorisée l'autre jour.

— Nous en avions parlé il y a deux lustres et je n'avais rien autorisé. Enfin... Et je ne peux pas te reprocher naturellement d'avoir fait en même temps tes dévotions.

— Madame, fallait-il longer la chapelle sans y entrer?

— Non, sans doute. Mais j'ai craint que tu ne restes jusqu'à la nuit pour cueillir au clair de lune dans le cimetière certaines de tes herbes de sorcière.

— Madame sait bien que ce n'est pas la saison! Nous sommes à la lune descendante et il faut que ce soit à la lune montante.

— Il n'y a de saison ni pour Dieu ni pour le diable, puisque tu les invoques tous les deux.

— Madame ne peut pas dire de telles choses, cela nous portera malheur. »

Il y avait dans sa voix une sincère détresse.

« Enfin, il faudrait que tu finisses par choisir : veux-tu suivre les préceptes de l'Eglise ou t'adonner à tes pratiques impies? »

Malvina leva les bras au ciel.

« Madame sait bien que les saints sont très occupés,

ils ne peuvent veiller à tout. Doit-on pour cela laisser les choses suivre leur cours?

– Ma fille, je t'ai déjà dit que je ne veux pas de tes poudres de perlimpinpin dans ma tisane.

– Je n'ai mis que de très bonnes herbes dans le tilleul de Madame, quand cela m'est arrivé.

– Je te demande bien pardon. Au moment où tu voulais que je me remarie avec le juge de paix de Montignac, tu mettais des graines à pleines poignées jusque dans ma soupe.

– Madame se moque! J'en ai mis une fois et à peine.

– Je sais ce que je dis. Naturellement, tu aurais voulu que nous nous installions à Montignac pour y retrouver ta famille.

– Cela aurait été un bel établissement pour Madame.

– Merci bien! Après avoir enragé pendant dix ans auprès de M. de La Pautardie qui mollissait comme une pomme cuite, tu aurais voulu me pousser au bras d'un autre vieillard?

– C'est que Madame n'était déjà plus d'âge à trouver un jeune homme, si elle me permet. Et une dame doit être mariée.

– Crois-moi, on est plus heureuse en étant veuve et en disposant de sa fortune. »

Il y eut un silence.

« Madame veut-elle sa chaufferette? demanda finalement Malvina, après avoir médité sur cette dernière phrase de sa maîtresse.

– Pas maintenant, il ne fait pas encore froid. Tu me l'apporteras après le dîner. Et mets-y moins de braise qu'hier. J'ai failli faire flamber mes jupes.

– Et quand je n'en mets pas assez, Madame se plaint d'avoir froid aux pieds.

– Eh bien, fais comme tu voudras, puisque tu ne te soucies pas de ruiner ma santé. »

Protestations et contre-protestations suivirent sur le même ton. Le souper, annoncé à six heures exactement, les interrompit. Pendant ce temps, les enfants n'avaient pas levé les yeux des livres d'images qu'ils regardaient.

A huit heures, ils dirent bonsoir à leur tante et je les accompagnais dans leur chambre. Bertille nous y attendait : elle avait monté un grand pot d'eau chaude et avait mis dans chacun des lits une brique chauffée dans les cendres du feu de la cuisine et entourée d'un épais bas de laine, le tout noué dans un torchon.

Chacune des chambres avait son cabinet de toilette, et je remarquai avec étonnement qu'on s'y lavait avec une fréquence inhabituelle. Les enfants faisaient leur toilette chaque soir avant de se coucher, allant jusqu'à se rincer la bouche avec du bicarbonate de soude. J'étais émerveillée et un peu inquiète de tant de soins. Bertille le sentit et m'expliqua que le général était très méticuleux en ce qui concernait la propreté et que toute la maison devait se soumettre à cette règle. Je ne posai pas de questions, mais je compris que je devais également m'y plier. En quoi, me demandai-je, le général n'est-il pas méticuleux, et quel domaine échappe à ses règlements? Anna me dit qu'elle me monterait chaque soir une cruche d'eau chaude à neuf heures et demie.

Je redescendis au salon où Mme de La Pautardie restait fort tard, ayant un mauvais sommeil.

« Le général me répète que je dors mal à cause des miasmes de ma chambre surchauffée. Or il y fait tout juste assez bon pour que l'eau en hiver ne gèle pas dans mon pot de toilette. Ma pauvre nièce et moi avions dû protester et pousser de hauts cris pour obtenir qu'un feu brûle régulièrement dans le salon et la salle à manger en plein hiver et que les fenêtres y demeurent fermées. Quant au général, il vivrait en plein vent, hiver comme été. Heureusement, seul Joseph doit pénétrer dans sa chambre et dans son bureau. Il y règne ce que mon neveu appelle une fraîcheur salutaire, c'est-à-dire qu'on y gèle. Enfin... Savez-vous jouer au jacquet, mon enfant?

– Je ne connais guère de jeux et je crains d'y être fort médiocre.

– Cela suffira. Il s'agit seulement de faire ma partie chaque soir. Cela ennuie le général et il sera bien aise que vous me serviez de partenaire. Pour ce soir, je vous en fais grâce, nous verrons cela demain. »

Quand la demie de neuf heures sonna, je me levai.

« Bonsoir, mon enfant, dit Mme de La Pautardie. Ah! ça, vous n'allez pas me faire des révérences tout au long de l'année. Venez que je vous embrasse et n'en parlons plus. »

Les enfants dormaient déjà quand j'entrai dans leur chambre. L'air était frais, les draps fins, le lit vaste et moelleux, bien chauffé par la brique. Je dormis d'un trait.

Le lendemain, Bertille nous réveilla en apportant à sept heures du chocolat chaud et des petits pains. En même temps, elle alluma le feu. Il apparut que le général jugeait le chocolat au lait une saine nourriture pour commencer la journée. Ce luxe me convenait et je devais par la suite en profiter chaque jour sans me lasser.

Ensuite, on alla saluer Mme de La Pautardie, encore en papillottes, qui restait dans sa chambre jusqu'à dix heures. Toutes ces nouveautés m'amusaient. Je me serais rapidement sentie à l'aise dans cette société de femmes et d'enfants. J'espérais que notre vie serait tout à fait à part de celle du général, car je craignais que tout ne doive se figer en sa présence.

Après ce premier déjeuner, on convint que je visiterais le jardin et le reste de Puynègre avec les enfants, avant de leur donner une leçon de lecture et d'écriture. Ils m'emmenèrent d'abord dans la partie des communs située à droite du château. Dieu! je pensais bien que l'ordre y régnait, mais comment imaginer cette sellerie aux harnachements de cuir si brillants, pendus au mur, aux cuivres reluisants, sans un brin de paille ou de poussière.

Dans la remise, un cabriolet, la calèche, un char à bancs et une berline étaient rangés. Faye, le cocher, jetait sur le sol de l'eau à pleins baquets. Ce gaspillage me donna un haut-le-corps. J'étais habituée à Fontbrune à ce qu'on soit économe de l'eau, si rare et qu'il fallait aller chercher loin. A Puynègre, une tonne fixée sur une charrette et tirée par des bœufs descendait chercher de l'eau à la Vézère tous les deux ou trois jours. On se servait du puits pour l'eau à boire.

Les écuries, dont les portes hautes étaient seules ouvertes, semblaient elles aussi nettoyées chaque matin. Jérôme désigna les deux chevaux anglais qui étaient venus nous chercher au Bugue la veille, puis la jument qu'utilisait le général pour aller dans les terres – plus robuste et moins élégante que le cheval avec lequel il était allé à Périgueux. Deux petits chevaux tarbais appartenaient aux enfants, mais ils ne les montaient qu'en compagnie de leur père ou de Joseph.

Quand on revint dans la cour, Miette la traversait, deux paniers à la main. Elle nous montra que dans l'un elle avait mis les pommes qu'on servirait à table et dans l'autre celles qui commençaient à se gâter et dont on ferait des tartes ou des compotes.

Puynègre ne comprenait pas de bâtiments de ferme, ou du moins leur destination avait été changée. On n'y voyait entrer ni charrettes de foin, ni moutons, il ne s'y promenait pas de volailles. On ne jetait pas aux chiens les restes du déjeuner par la fenêtre de la cuisine. Ricou – dont les fonctions étaient à peu près les mêmes que celles de notre Henri à Fontbrune – leur apportait matin et soir leur pâtée dans le chenil. Ils étaient brossés et soignés tout autant que les chevaux.

A quoi bon tout énumérer, puisque tout était aligné et frotté aussi soigneusement que les bocaux sur les rayons d'un apothicaire. Même les vitres de la serre étincelaient.

On rentra, et je donnai aux enfants une leçon. Nous

étions installés sur la table de notre chambre où nous avions déjeuné le matin. Le général se réservait de donner à Jérôme des leçons de latin, d'histoire, de mathématiques, d'escrime et d'équitation. Mme de La Pautardie enseignait à Pauline le dessin et la musique. Il me restait à leur apprendre l'orthographe, la langue et la littérature française, et ce que je savais de géographie ou de sciences naturelles, c'est-à-dire fort peu. Mme de La Pautardie m'avait remis des volumes des *Fables* de la Fontaine, et deux ouvrages de Mme de Genlis, *Adèle et Théodore* et *Les Veillées du Château*. Je voulais me tenir à l'écart de tout domaine que s'était réservé le général.

Jérôme devait entrer au collège de Périgueux l'année suivante et son père n'attendait pas que je lui fasse faire d'ici là de grands progrès. J'étais donc libre de leur apprendre ce qui me convenait. Sans m'en rendre compte, j'utilisais la méthode qui m'avait fascinée chez le docteur Manet : je soulevais beaucoup de questions à propos de chaque lecture, sans trop me soucier du désordre qu'entraînaient ces échanges. Pauline n'osait rien dire et souriait timidement, toute surprise de ce type d'enseignement.

Dans les *Fables* de La Fontaine, je ne risquais guère de perdre la facc. Et nous voilà cn train dc débattre à propos du « Renard et les Raisins ». Jérôme avait l'esprit si vif que le feu roulant de ses questions commença par me prendre de court. Il se lança alors avec feu dans la description d'un piège à renard, que Ricou avait confectionné devant lui. Je me rendis compte que je négligeais sa sœur.

« Et vous, Pauline, que pensez-vous de ce renard? »

Elle tourna entre ses doigts la plume avec laquelle elle avait copié la fable et répondit si bas que je n'entendis pas. Je me penchai vers elle et elle répéta :

« Les renards sont de vilaines bêtes. Il en est venu un à la métairie qui a mangé ma poule Blanchette.

– Nous avions chacun une poule au Coderc, dit

Jérôme. La mienne est devenue toute grosse. Mais celle de Pauline a été mangée l'année dernière par un renard et Pauline a pleuré pendant trois jours et n'a pas voulu avoir une autre poule. »

A ce souvenir, Pauline avait les larmes aux yeux, mais elle déclara bravement :

« J'ai pleuré pendant deux jours seulement.

– Vous voudrez bien me conduire au Coderc cet après-midi? Et, ajoutai-je à l'intention de Pauline, nous verrons si vous n'aimeriez pas adopter une petite poule bien vive, qui échappe au renard.

– Elle ne pourra pas être plus maligne que le renard.

– Qu'importe! Il faudra veiller à ce qu'elle soit enfermée dès la nuit tombée. Et il y a sûrement des chiens à la métairie pour protéger les bêtes? La poule de Pauline devait avoir l'âme aventureuse et s'être trouvée à quelque distance du Coderc à la nuit tombée », expliquai-je.

L'après-midi, j'allai à la métairie avec les enfants. La vie y était moins réglée qu'à Puynègre, mais plus que dans toute autre métairie de ma connaissance. Les lieux étaient en meilleur état et les habitants mieux vêtus et mieux nourris qu'ailleurs. On ne vit que des poules aux airs de matrones affairées, je conseillai donc à Pauline d'attendre que naisse une couvée et de choisir un poussin à ce moment-là.

Puis on revint par l'allée de Madame, qui domine la Vézère. On passa au pied de la terrasse, continuant vers la droite par l'allée de Monseigneur. La première doit son nom à ce qu'elle a été la promenade favorite de la baronne Fabre; la seconde à ce que l'évêque d'Angoulême rendant un jour visite à Mlle de Bars avait daigné trouver ses ombrages favorables à la méditation. Cette allée se divisait en deux branches : l'une en haut du coteau, suivait le tracé de l'ancien chemin d'accès à Puynègre, l'autre descendait en serpentant jusqu'à la rivière.

Il faisait froid, les chemins étaient secs. De chaque

côté de l'eau, une rangée de peupliers dressait ses maigres plumets. On s'arrêta là où le pré arrivait en bordure de la rivière, moins profonde à cet endroit. Au milieu du courant, se trouvait l'île. Les enfants me dirent que l'été on pouvait y mener paître les bêtes, en traversant le gué à pied. Puis on continua en direction de Limeuil, en passant devant le château de la Vitrolle, qui appartenait à la comtesse d'Arlot. Veuve, elle vivait fort retirée, au milieu de ses livres pieux, estimant qu'elle pouvait mourir heureuse puisqu'elle avait vu les Bourbons revenir sur le trône de France. Le but de la promenade était la chapelle Saint-Martin, où les enfants voulaient me conduire sur la tombe de leur mère, où ils venaient souvent prier.

Le lendemain, on attendit le retour du général, avec une certaine appréhension en ce qui me concernait. J'avais espéré prendre mes repas séparément, avec les enfants, mais Mme de La Pautardie m'apprit qu'à partir de sept ans, ils étaient admis à table. Il n'y avait donc point de retraite possible de ce côté-là.

Dans l'après-midi, ils me menèrent jusqu'au confluent de la Vézère et de la Dordogne, sur le port de Limeuil, dont le mouvement les enchantait. Au retour, Jérôme bondit : « Voilà mon papa! »

Du bout de l'allée, deux cavaliers arrivaient au petit trot, droits en selle. Le premier et le plus grand des deux était le général. Je restai avec Pauline au pied du perron, elle ne disait rien, mais était toute rose d'émotion. Jérôme s'était précipité à la rencontre de son père. Celui-ci mit pied à terre, confia son cheval à Faye qui attendait sur le seuil de l'écurie.

Le général embrassa Jérôme. Comme je m'étais avancée avec Pauline, il s'inclina et me salua, puis souleva sa fille et l'embrassa, la gardant dans ses bras.

« Je suis heureux de vous voir à Puynègre, mademoiselle. Une affaire m'appelait à Périgueux et j'ai dû laisser à Mme de La Pautardie le soin de vous accueillir.

– Mme de La Pautardie m'a reçue avec autant de générosité que d'indulgence, monsieur. »

Il leva un sourcil.

« Indulgence? Vous m'étonnez. »

Je le regardai en face. J'avais peut-être peur de lui, mais je refusais de me laisser intimider.

« Je suis habituée à une vie plus campagnarde que celle de Puynègre, dis-je simplement.

– Je l'espère bien! Ces enfants ont besoin de courir les chemins et de vivre au grand air. Puissiez-vous leur faire partager vos habitudes campagnardes, c'est là tout mon souhait. »

J'avais compris, d'après ce que disait Mme de La Pautardie, que la baronne Fabre, de santé délicate, avait cherché à protéger ses enfants des habitudes de vie plus rude que souhaitait leur donner le général.

L'homme qui l'accompagnait s'étant approché pour prendre le manteau que le général lui tendait, celui-ci se tourna vers moi.

« Mademoiselle, il vous faut connaître mon fidèle Joseph. Il veille sur Puynègre avec un soin plus jaloux encore que moi-même. »

Raide comme une baïonnette, l'homme s'inclina pourtant. Il avait une face de loup, dévorée par des cheveux noirs et des yeux de feu, barrée d'une cicatrice qui traversait le front, la tempe et s'arrêtait à hauteur de l'oreille. Il semblait sorti droit des steppes. Comment les enfants pouvaient-ils se précipiter si affectueusement sur un homme à l'air aussi redoutable? Il fallait qu'il leur soit aveuglément dévoué, pensai-je.

Un vent froid tourbillonnait dans la cour, alors que le jour baissait. Ciel, pensai-je, gardez-moi de rencontrer trop souvent ces deux hommes. La courtoisie et la belle allure du général adoucissaient un peu sa physionomie sévère, mais le voyant flanqué de Joseph, je trouvais une forte ressemblance entre ces deux êtres. Joseph paraissait maigre parce que son visage était

154

étroit et raviné, mais il devait être aussi robuste que son maître. Il était moins grand, se tenait respectueusement en arrière, attendant ses ordres, mais il me paraissait capable de couper la gorge d'un adversaire sans hésitation si l'occasion le demandait. Je le saluai comme il convenait.

Dans l'entrée, le général s'assit. Joseph lui ôta ses bottes et prit dans un des placards une paire de bottes courtes en cuir de Russie, souples comme des gants.

« Me voilà à l'aise », dit le général après les avoir enfilées.

Puis il passa dans le salon, toujours entouré des enfants, pour saluer Mme de La Pautardie. Je me tenais imperceptiblement à l'écart, bien qu'il me fît participer à la conversation. Je ne tenais pas à approcher cet homme, qui n'était qu'œil froid, jugement vif et ironie.

Heureusement, les multiples occupations du général l'appelaient le plus souvent à l'extérieur. Il se levait à l'aube et faisait des armes avec Joseph dans la pièce de la tour située derrière son bureau, ou bien il s'exerçait à tirer au pistolet derrière les écuries. Vers huit heures, il donnait selon les jours une ou deux heures de leçon à Jérôme, y compris une leçon d'escrime. Il l'emmenait avec lui quand il allait à cheval surveiller les travaux effectués sur les terres de Puynègre.

Pour lui, l'oisiveté était le pire des maux. Je l'entendis un jour dire à Jérôme : « Il y a deux manières d'accomplir une tâche : vite et bien, ou bien et vite. »

Il veillait à ce que chez lui chacun ait de l'ouvrage en toute saison, et aussi à ce que les gens ne manquent ni de nourriture, ni de bois pour se chauffer, ni de fourrage pour les bêtes, aussi dur que soit l'hiver et autant qu'il se prolonge. Les femmes filaient et tricotaient, les hommes fabriquaient des paniers, des cages pour les volailles ou les lapins, des attelles pour les bœufs, des pièges à taupe, des manches de pioche, des fléaux. Quand le temps le permettait, on taillait les arbres fruitiers, on nettoyait les fossés, on réparait les chemins. Dans le potager, situé derrière les bâtiments, à droite, on couvrait les artichauts, l'oseille, on finissait de buter le céleri avec du fumier, de la feuille ou de la bruyère, on enfouissait dans le sable les amandes ou les noyaux que l'on voulait planter en février; on fumait les terres, on semait les pois et les fèves, et par temps humide on nettoyait la mousse des arbres.

Le soin qu'on prenait de chaque chose dans cette maison dépassait tout ce que j'aurais pu imaginer. Et on ne se contentait pas d'entretenir, on fabriquait : aussi bien de la chandelle que des cordes, des cires à frotter les meubles, différentes selon la qualité du bois, des enduits. On nettoyait les marbres à l'alcali avec une fine éponge ou un tampon de charpie, le cuivre avec du sel d'oseille, avant de le frotter avec du tripoli et du blanc d'Espagne, on ponçait, on fourbissait; on faisait venir le tapissier du Bugue pour vérifier les sangles et le crin des sièges dès qu'ils semblaient s'affaisser; une pendule qui retardait ou avançait de manière inconsidérée était aussitôt confiée à l'horloger. La mise à l'écart était la plus sévère des sanctions pour un objet dont la qualité était devenue médiocre. Non seulement on cirait les souliers et les bottes, mais on nettoyait la semelle avec une éponge. Avant d'être utilisée, toute paire neuve recevait une pâte qui l'empêchait de prendre l'eau. Il fallait faire fondre une pinte d'huile sans goût, deux onces de cire jaune, deux onces de térébenthine et une demi-once de poix grasse de Bourgogne. Cette opération devait être faite avec une brosse douce, au soleil ou près d'un feu, et recommencée aussi longtemps que le cuir absorbait ce mélange.

Les journées d'hiver étaient donc moins longues à Puynègre que dans d'autres maisons moins actives. A la cuisine, les veillées étaient les mêmes qu'ailleurs, cependant : on y venait énoiser et raconter des histoires. Janvier était l'époque où on portait les cerneaux au pressoir pour faire l'huile de noix. On tuait le cochon dans chaque métairie l'une après l'autre, de façon à ce que tous puissent venir aider à tour de rôle. La tradition veut que conserves, saucisses et pâtés soient prêts au plus tard pour le Carnaval.

Cet hiver-là, il neigea à peine. Je sortais tous les jours avec les enfants pour une longue promenade. Une de leurs excursions favorites nous menait sur le port de Limeuil, et nous nous arrêtions au passage pour prier sur la tombe de leur mère. Je commençais à connaître les chemins et n'hésitais pas à les emmener à une certaine distance quand ils ne paraissaient pas fatigués. Assez souvent aussi, nous allions au Bugue et au-delà, vers Campagne, Savignac ou Journiac. Nous partions par une petite porte qui ouvrait dans le mur, au bout de l'allée de Madame, et rejoignions le sentier qui surplombait la Vézère. Nous passions par le cingle, en haut du rocher de l'Agranel, et suivions le chemin qui s'éloignait ou se rapprochait de la rivière. Nous nous arrêtions chez mon oncle et ma tante Labatut, où nous étions accueillis avec une chaleur bon enfant, et où des gaufres et des crêpes semblaient toujours nous attendre.

Jérôme et Pauline aimaient ces expéditions. Penchés sur la balustrade du jardin, ils regardaient la rue inlassablement.

D'un côté, la maison avait vue sur la place des Sabots. En semaine, le sabotier et son fils travaillaient sur le pas de leur porte, entourés d'un tas de copeaux. De temps en temps, une charrette amenait un noyer, que l'on déchargeait. La ruelle était si étroite pour arriver à la place qu'il fallait manœuvrer les bœufs avec lenteur et adresse, reculer, avancer, dégager le chemin de tout ce qui l'encombrait. Les hommes entraient alors dans la maison pour boire un verre de vin. Ensuite, le sabotier et son fils sciaient les grosses branches, puis fendaient des morceaux dont chacun formerait un sabot. Le mardi était jour de vente, non de fabrication.

Que de temps il fallait pour essayer, que de finasseries, de marchandages pour un sou, d'hésitations, de conciliabules avec l'ami ou le parent qui avait accompagné l'acheteur! Le sabotier était un sage, il savait bien que les sabots étaient indispensables. Il laissait les conversations suivre leur cours sans les abréger et le marché finissait par se conclure.

Les enfants étaient ravis de cette agitation, de ces bousculades. En repartant, on allait voir le bac, les gens et les bêtes qui l'attendaient pour traverser. La maison du docteur Manet était toute proche, mais nous n'y allions guère : autant Marie, aux Nouëlles, était aimable, autant la vieillarde qui au Bugue lui tenait lieu de servante était revêche.

Quand nous arrivions à Puynègre, Antonia avait souvent fait des crêpes et on nous les servait avec une tisane, s'il n'était pas trop tard et si nous n'avions pas déjà goûté au Bugue chez ma tante Labatut. C'était l'heure où Mme de La Pautardie racontait volontiers des histoires aux enfants. Ils réclamaient toujours les mêmes, qu'ils connaissaient par cœur et dont ils ne souffraient pas qu'elle oublie ou atténue le moindre détail.

Le romanesque n'intéressait pas Mme de La Pautardie, sauf s'il menait à la tragédie. L'horreur était son domaine favori. Elle avait le génie d'évoquer les galopades dans la nuit, les brigands, les meurtres, les coups du pistolet ou de poignard qui faisaient tomber la victime sans un soupir et les coups d'épée qui fendaient de haut en bas un homme et son armure. La vraisemblance n'était pas nécessaire du moment que l'auditoire était tenu en haleine. Moi-même je ne me lassais pas des histoires de la forêt Barade ou de la Révolution, qui constituaient l'essentiel de son répertoire.

Elle décrivait de façon macabre le sort des bandits – ou des honnêtes gens – qui disparaissaient jetés dans le gouffre de Proumeyssac. Je me souviens aussi de l'histoire de la main de cire de la châtelaine de l'Herm, qui me touchait particulièrement, moi qui aimais tant le château.

« A l'époque féodale, un vieux seigneur résidait à l'Herm avec sa seule fille, Jeanne, qui était l'objet de sa dévotion. Il aurait tout fait pour distraire cette enfant de quatorze ans, dans ce château perdu au milieu des bois. Un groupe de pages l'entourait de chansons et de jeux. Parmi eux, le moins bon sujet, le plus déluré, le plus fanfaron était Gontran de Bour-deilles. Le vieux seigneur surveillait-il à chaque instant sa charmante fille et son fripon de page? grondait Mme de La Pautardie, aussi fort que le lui permet-taient ses poumons. Non! Il allait à la chasse, il galopait le pays, brandissant ses armes à la poursuite des sangliers et des loups.

« Un soir d'hiver, ce Gontran qui était joli comme une fleur, joli comme une tourterelle – pour Mme de La Pautardie, l'élégance masculine devait être adoles-cente et imberbe –, ce Gontran tomba aux pieds de Jeanne et lui avoua sa flamme. (De la main, la vieille dame eut un geste dévastateur qui peignait l'incendie.) Et que fit Jeanne? (La voix caverneuse étirait la phrase en un redoutable trémolo. On attendait le pire.) ... Elle lui tendit la main », dit enfin Mme de La Pautardie, la voix chargée de fatalité, avant de laisser tomber un long silence annonciateur du drame.

« A ce moment-là, Gontran se précipita, d'un mou-vement trop vif heurta une hache d'armes accrochée au manteau de la cheminée. La hache tomba et trancha la main de Jeanne. Gontran, épouvanté, s'en-fuit.

« Un savant médecin fabriqua pour la jeune fille une main de cire qui imitait parfaitement la réalité. Jeanne avait non seulement pardonné à Gontran de Bourdeilles, mais elle ne voulait épouser que lui. Le vieux seigneur finit par céder. Et Gontran, le soir de son mariage, à genoux aux pieds de Jeanne, jura qu'il lui accorderait tout ce qu'elle lui demanderait en levant sa main de cire.

« Puis, ma foi, glissa Mme de La Pautardie, cette passion devint ce que deviennent les passions : elle faiblit. (La vieille dame traitait la passion comme un rhume des foins – destiné à durer fort peu – mais qui, de plus, amenait un état momentané de folie.) Ce Gontran était toujours parti avec ses amis et de joyeuses dames.

– Il jouait aux cartes, soupirait Pauline, frémissant de penser à ces turpitudes.

– Et il tuait des manants, espérait Jérôme.

– Enfin, il courait les chemins, ventre à terre, faisait rôtir dans les fermes des oies et des cuissots de chevreuil, festoyait pendant des nuits entières dans les châteaux où il s'arrêtait avec ses amis et forçait les servantes à apporter du vin jusqu'à l'aube.

« Un jour, un jeune troubadour, Aymar de Milhac, passa à l'Herm pour réciter des poèmes et chanter des chansons, avec sa viole. La pauvre Jeanne était seule. Et le petit troubadour revint pour la distraire par ses contes. Un soir, Jeanne écoutait Aymar, le vieux seigneur dormait au coin de la cheminée, quand... »

Mme de La Pautardie fit mine de s'évanouir tout à fait dans son fauteuil, pâmée, tombée en arrière, bras ballants, devant tant d'horreur. Les enfants observaient ces bras décharnés, cette tête où le rouge et la poudre ne masquaient pas les rides, où les maigres cheveux ramenés en boucles ne couvraient pas le front. Les lenteurs de l'histoire en faisaient le charme et il ne fallait pas hâter son déroulement.

« ... Quand, reprit Mme de La Pautardie, bondissant dans son fauteuil, l'épée à la main, arriva Gontran, dans un vacarme effroyable, suivi de chevaliers ivres et de dames jupes au vent... »

Pauline en resta bouche bée, sentant l'affreux dérèglement que révélaient ces envolées de jupes. Jérôme savourait les bruits de sabots des chevaux dans la cour et de bottes sur le dallage de la salle.

« ... Le vieux seigneur en mourut de honte au coin de la cheminée. Aymar, voulant éviter à Jeanne cette cavalcade d'enivrés, la porta jusque dans sa chambre, tout en haut de la grande tour. Peut-être qu'il lui tapota les joues d'un mouchoir trempé dans l'eau fraîche, car elle s'était évanouie. Mais voilà qu'une énorme silhouette apparaît à la porte. Ce petit Gontran si joli était devenu gigantesque et terrifiant, sa hache d'armes à la main. Jeanne revint de son évanouissement et comprit que la mort venait d'entrer dans sa chambre. »

Voilà, semblait dire Mme de La Pautardie avec dégoût, jeune, mince et léger, ce Gontran était charmant. Mais il est devenu grand, large, bruyant et paillard, pouah!

« Jeanne leva sa main de cire. Alors, le sire de Bourdeilles, la hache haute, laissa Aymar s'enfuir. Mais par-dessus les cris et les rires de la joyeuse compagnie, en bas, retentit un effroyable cri.

« On ne revit plus jamais la jolie dame de l'Herm et sa main de cire. »

Le silence se répandait dans le salon à la fin de chaque histoire. J'avais la conviction que celle-là était vraie. L'Herm avait vu pire. J'aimais ces soirées d'hiver au coin du feu. Après le dîner, il fallait monter, traverser escalier et couloirs glacés, pour faire faire aux enfants l'inévitable toilette, contre laquelle je pestais en cette saison.

Les habitudes de propreté du général auraient paru extravagantes aux gens les plus méticuleux. Mais je m'étais fait une règle de ne pas parler de ce qui se passait à Puynègre, sauf en ce qui concernait les choses anodines.

Après le dîner, le général se retirait pour lire dans son bureau ou restait avec nous dans le salon. Je faisais une partie de jacquet avec Mme de La Pautardie, qui ne supportait de rester ni seule ni muette. Elle parlait abondamment de sa jeunesse, de sa famille, de ses toilettes, de ses admirateurs, qu'elle avait tous traités avec la même fermeté dédaigneuse.

« Quand j'étais jeune, disait-elle avec hauteur, j'avais une taille, un port de tête, une physionomie qui attiraient les regards. Les autres jeunes filles se repliaient frileusement derrière leur mère, alors que je tenais avec aisance des conversations tout à fait au-dessus de mon âge. »

Les critères de beauté étaient un des éléments favoris de ses conversations avec Malvina et les enfants.

« Voilà ce qu'on appelle un nez, disait Mme de La Pautardie, pointant vers l'organe qui ornait hardiment son visage. Qu'en sauriez-vous, mes pauvres enfants, vous qui n'avez que deux trous pour vous moucher! »

Malvina venait à leur secours :

« Mais Madame a de petits yeux.

— Sache, ma fille, qu'il est bon pour les vaches d'avoir de gros yeux. Et n'as-tu pas vu que j'ai des yeux mordorés, ce qui est des plus rares?

— Qu'est-ce que c'est que cette chose-là?

— Cela veut dire un ton doré.

— En effet, Madame aurait bien les yeux un peu jaunes, ou avec des points jaunes, si on veut.

— Tu es une sotte, retourne dans ton office, tu as sûrement du linge à raccommoder. »

Malvina se défendait vigoureusement :

« Le jaune est une belle couleur. Que Madame ne me fasse pas dire des choses que je n'ai pas dites!

— Oui vraiment! Sais-tu à quoi cela me fait penser? A la bannière des Aubusson de La Feuillade, que j'ai vue flotter sur le château de Miremont, avant la Révolution : d'or à la croix ancrée de gueules.

— Madame, je n'ai jamais dit de pareilles grossièretés!

— C'est bien, c'est bien, n'en parlons plus. »

Bref, quelle que soit la discussion, elle tournait au vinaigre du côté de Mme de La Pautardie et causait de perpétuelles alarmes à Malvina.

Pendant plusieurs jours, la nouveauté des lieux et des gens requit mon attention à chaque instant, et je me couchais trop fatiguée pour penser. Mais je m'étais habituée à Pierre et bientôt il me parut insupportable de me passer de lui. Dans la journée, j'étais heureuse entre Mme de La Pautardie, les enfants et les servantes, le général et les domestiques hommes demeurant à la périphérie de ce monde féminin. Mais à la différence de ce qui se passait dans ma famille — où ma grand-mère avait la réalité sinon les apparences du pouvoir —, à Puynègre tout était aux mains des hommes : du général, et après lui de Joseph. Ce rapport de puissance clairement établi ne me gênait pas. Je préférais cela à une situation où rien n'est sûr.

Mais le soir, la sagesse des draps bien tirés et de ma chemise étalée m'incitaient à de sombres fureurs. Je les gardais pour moi, soucieuse de ne rien laisser paraître de ces transports inassouvis. A aucun moment je ne fus désespérée ou même n'en perdis le sommeil. Je n'étais pas prête à renoncer brutalement à Pierre, quoi que j'en aie décidé, voilà tout. L'avenir lointain ne me préoccupait pas. Sans faire de plans, j'avais la certitude que je ne connaîtrais pas la vie rangée et monotone à laquelle je paraissais promise. La difficulté serait d'échapper à une situation de dépendance, étant donné la modestie de ma position dans le monde. Je me réservais d'y songer plus tard.

Dans l'immédiat, l'exemple du général représentait pour moi une précieuse leçon. Il ne parlait pas de ses projets, il les exécutait. Ses décisions mûries en silence, la rapidité avec laquelle il agissait prenait chacun de court et levait habituellement les obstacles. La méthode était bonne.

Fumerolles et Puynègre étaient inconciliables. Choisissant l'un, je devrais renoncer à l'autre. Pour l'instant, puisque je n'avais pas la force d'âme — ... d'âme! quelle ironie — que je m'étais crue, je voulais revoir

Pierre de temps à autre, en évitant d'éveiller les soupçons. Nous étions en février. Il me faudrait attendre les jours gras pour me rendre à Fumerolles, avant que toute la famille se réunisse à La Gélie pour les fiançailles de ma cousine Marie avec Jacques de Cossac, puis à Fontbrune pour le Carnaval.

Le docteur Manet venait régulièrement à Puynègre quand il était au Bugue. C'est avec joie que je voyais paraître dans la cour sa robuste jument. Il était un familier de la maison, les enfants lui faisaient fête, Mme de La Pautardie se permettait à son égard les réflexions les plus saugrenues sans qu'il s'en formalise. Il était la seule personne, avec le général, à se montrer familier avec Joseph, dont j'appris incidemment que le nom de baptême était Jean, et Joseph le nom de famille.

Un jour, je les regardais par la fenêtre du salon, avant qu'on ne serve le déjeuner. Chaque membre du trio avait une allure caractéristique : Joseph raide et muet, le docteur petit et râblé, le général dominant la scène de sa haute taille. Son chien lui sautait dans les jambes. Les deux hommes se dirigèrent lentement vers le perron, où, en haut des marches attendait Joseph. Pour la première fois, je voyais au général une attitude de parfaite familiarité, qu'il n'adoptait même pas avec les enfants. Le docteur s'adressa à Joseph, ils regardèrent le ciel, semblèrent évaluer les chances de gel, car le froid était vif. Mais le vent les rassura : on aurait plutôt de la pluie. Le docteur tapa ses bottes contre le grattoir.

Dans le salon, je l'accueillis avec d'autant d'effusion que les enfants. Mme de La Pautardie l'entreprit aussitôt :

« Eh bien, docteur, de quoi meurt-on cet hiver? Dites-moi à quelle sauce je vais être accommodée.

— Ma foi, madame, je crois qu'il faudra attendre la mode d'une autre année, car vous me semblez vive comme une caille. Mais les pauvres gens trouvent l'hiver long, croyez-moi. On grelotte, on tousse, on a la fièvre et on a faim au fond des bois ou sur les coteaux.

– Décidément, vous réussissez à m'émouvoir encore mieux que notre curé. Il me reste un peu de mouture de mon moulin de Freysse, je vous en ferai porter pour vos malades.

– Je vous remercie pour eux, madame, bien que je n'aime pas demander la charité.

– Docteur, il ne faut pas être trop délicat quand on côtoie la misère. Et j'espère que le marquis de Campagne est généreux pour vos malades. N'oubliez pas qu'il paie les impôts les plus élevés de tout le canton.

– Vous savez que l'on donne au curé avant de donner au médecin, madame.

– On a raison. Mais vous avez la parole facile, vous devriez attendrir vos riches pratiques.

– Si j'avais la parole aussi facile que vous le dites, je paierais plus de mille francs de contributions et je me serais fait élire député.

– Non, tu te serais fait battre par Beaupuy de Génis, commenta le général, tout comme Fournier lui-même s'est fait battre. Mais, continua-t-il en se tournant vers moi, votre cousin, M. Maine de Biran, a su résister mieux que tous nos grands hommes aux changements de régime. Il a été réélu député presque sans interruption de l'an V jusqu'à nos jours, sous-préfet de Bergerac, conseiller d'Etat, philosophe, voilà une sage et belle carrière.

– Et fondateur de la Société médicale du Périgord, ne l'oublions pas », compléta le docteur.

J'avouai que je n'avais jamais rencontré mon célèbre parent, et que nous n'avions pas gardé de liens étroits avec la branche principale de la famille.

« Il a également joué un rôle remarquable dans le développement de l'éducation, dit le docteur. Bah! ne vaut-il pas mieux composer avec les gouvernements en place et être utile à son pays que de partir en guerre contre tout ce qui n'est pas de votre opinion et devoir se barricader chaque soir chez soi, armé jusqu'aux dents?

– Ne crois pas, Manet, que les nobles du département nous acceptent comme étant des leurs. A l'égal de nos métayers, ils respectent notre argent, mais nous considèrent comme des parvenus. Je ne leur ferai donc pas le plaisir de me présenter aux élections pour y être battu. Je laisse ce privilège à ceux de nos camarades qui sont d'ici, et surtout qui sont mieux nés ou plus ambitieux : Fournier, Subervie, Sainte-Foy. D'ailleurs, je n'aime pas prêter serment trop souvent. Et peut-être ai-je simplement perdu le goût des honneurs. Je n'ai même pas voulu être maire de Limeuil, seul poste que l'on m'ait encouragé à briguer.

– Ne nous raconte pas de sornettes! La vérité est que tu as toujours eu l'échine trop raide. Quant à la mairie de Limeuil, je connais la raison de ton refus. La secrétaire de mairie est laide à faire peur. Tu te souviens qu'elle était novice chez les Ursulines pendant que nous faisions nos classes au séminaire. Nous avons mieux profité que la pauvre fille des accidents de l'histoire!

– Et M. Sirey, ancien curé de Doissat, a lui aussi changé de carrière avec succès : il est devenu juriste et ses savants traités l'ont rendu célèbre. »

Après le déjeuner, le docteur Manet entraîna le général à l'autre bout du salon, et même avec son oreille fine et sa curiosité, Mme de La Pautardie renonça à écouter. A la réflexion du général quand ils revinrent vers nous, je pensai qu'ils avaient dû parler de certains de leurs camarades. Ils avaient tous deux conservé des rapports avec d'anciens militaires qui habitaient la région, mais ils restaient discrets sur ce sujet.

« Mon sabre est très joliment accroché à cette panoplie que tu vois là, dit le général, et je ne l'en descendrai que si la France a un jour besoin de mes

166

services, pas pour suivre quelques rêveurs dans une expédition de fortune.

– Et qu'étions-nous en 1791, je te prie?

– Nous étions des curaillons échappés par miracle de leur séminaire et prêts à tout pour n'y pas retourner. Ne crois pas que je pensais trouver la gloire et la richesse. Cela me permet du moins de te faire boire du vin de Bordeaux que tu ne méprises pas.

– Tout me plaît dans cette maison, tout me plaît », répondit galamment le docteur, avec une courbette en direction de Mme de La Pautardie.

La présence du docteur mettait une agréable rondeur dans la conversation. Mme de La Pautardie n'était certes pas compassée, mais elle tenait souvent des propos inconsidérés et pour prévenir toute indiscrétion de sa part le général manifestait à son égard autant de réserve que de courtoisie.

A table, les enfants ne parlaient que si on les interrogeait, et le docteur ne s'en faisait pas faute. Jérôme en était enchanté, mais cela était un supplice pour Pauline, car si elle répondait d'une voix trop basse, son père lui en faisait la remarque :

« Parle plus fort, Pauline, nous ne t'avons pas entendue. »

Eperdue mais obéissante, ses boucles sagement alignées sur ses joues minces, elle fixait des yeux de biche craintive sur son père et répétait imperceptiblement plus haut ce qu'elle venait de dire.

Parfois, Jérôme la battait de vitesse et répétait promptement à sa place ce qu'elle avait murmuré. Mais le général ne capitulait pas :

« Mon cher ami, c'est à ta sœur de décider de ce qu'elle veut dire, laisse-la parler. »

Patiemment, sans bousculer Pauline, il attendait sa réponse.

Mais entre le docteur Manet et le général, les propos tournaient le plus souvent autour de la politique, des événements qui concernaient le département ou que racontaient les journaux.

Souvent les deux hommes partaient ensemble chasser dans les bois de Puynègre. Il leur arrivait aussi de trouver du gibier d'eau autour de l'île. Depuis qu'il s'était installé en Dordogne, le général avait imposé de nouvelles méthodes de culture à ses métayers, malgré de farouches résistances. Il estimait, en outre, qu'il favorisait ainsi le gibier. Afin d'éviter autant que possible le braconnage sur ses terres, il avait donné l'autorisation à ses gens de chasser un dimanche par mois, jour où il s'abstenait lui-même d'aller dans les bois. On ne l'accusait pas de sévir contre les braconniers, mais Joseph – ou Faye en son absence – était plus redouté qu'un garde-chasse. Il réglait lui-même ses démêlés avec les coupables, disait-on, et n'y montrait guère d'indulgence, surtout s'ils se trouvaient être de communes avoisinantes. Les gens de Limeuil ou du Bugue, il savait où les trouver et comment prendre sa revanche. Il traquait sa proie jusqu'au cœur des buissons d'épines. Il pouvait rester immobile et silencieux contre un tronc d'arbre, tout comme eux, il avait le même flair, le même instinct de toute présence étrangère, les uns et les autres connaissaient chaque pouce carré du terrain, l'éboulis qui vous abrite, l'épaisseur d'un fourré où disparaître, se méfiant du gel qui fait craquer les pas, de la boue où se conservent les empreintes, des étendues de sous-bois dénudés l'hiver, où l'on reste à découvert. Une fois, me promenant avec les enfants, je le vis avec saisissement se dresser devant nous au milieu du chemin. Son attitude était respectueuse, mais son regard et son visage en lame de couteau me firent tressaillir. Il portait une vieille veste de chasse, de gros souliers, des guêtres montant jusqu'aux genoux, une casquette rabattue sur le front, cachant en partie sa cicatrice.

Le soir, quand le général et son vieil ami rentraient, on entendait s'animer la petite pièce dallée où ils se déchaussaient et se changeaient. Joseph était avec eux. Ils y restaient longuement, commentaient les coups de feu tirés ou manqués. Joseph avait déjà apporté le gibier à la cuisine et mis de côté le lièvre ou les perdrix qu'emporterait le docteur. Puis il nettoyait les fusils.

Quand ils nous avaient rejoints, le général et le docteur reprenaient sans se lasser les mêmes histoires, que Jérôme écoutait avec ivresse. Quant à moi, j'aimais cet univers masculin et j'écoutais avec plaisir les deux hommes, jambes au feu, mêler exploits cynégétiques et citations latines. Ces récits épuisés, on demandait volontiers à Mme de La Pautardie de se mettre au piano, ce qu'elle faisait avec joie : quel plus doux bonheur pour une femme que de bercer les rêves des héros ?

On m'attendait à Fumerolles le samedi gras. J'avais compté les jours en me consumant d'impatience. Je partis de grand matin avec le receveur des contributions du Bugue, vieil ami de mon oncle Labatut, qui avait à faire à Thenon et me déposerait à Fumerolles, qui se trouvait sur sa route.

Quand j'arrivai à Fumerolles, les enfants étaient debout, mais Louise n'était pas encore levée. J'allai dans sa chambre. Elle me parut moins fatiguée, ou plutôt elle n'affectait pas cette langueur qu'elle avait continuellement du temps de mon séjour. Elle me parla des enfants, dont elle semblait s'occuper avec plus d'attention. Elle fit apporter la petite Emma, qui resta à jouer sur le tapis, aux pieds de sa nourrice qui, ne comprenant pas notre conversation en français, n'y faisait pas attention. Elle allait bientôt repartir dans son village. C'était sa fille aînée, âgée de douze ans, qui avait tenu la maison depuis plusieurs mois, faisant la cuisine, donnant à manger aux bêtes, veillant sur son père et ses plus jeunes frères et sœurs. Léa m'apprit cela plus tard, quand j'allai la voir à la cuisine.

J'étais heureuse aussi de revoir Rosa, pour qui j'avais une tendresse particulière. Solide, rusée, sans illusions sur ce monde, elle voulait avant tout se constituer une dot. Louise m'apprit qu'elle allait se marier après Pâques. Elle avait dû longtemps rêver du jour où elle pourrait s'établir avec ce promis qu'elle avait soigneusement choisi. Elle irait habiter Fleurac, où les parents du futur avaient une petite ferme. Louise était persuadée que Rosa nourrissait à son égard un dévouement aveugle. Je crois plutôt qu'elle se résignait à être au service de Louise en attendant d'être maîtresse chez elle, ce qu'elle finirait par obtenir à force d'habileté, de patience et d'âpre obstination. Elle avait économisé sou à sou sur ses gages et les étrennes que lui donnait Louise à Noël et deux ou trois fois par an. C'est alors seulement que les parents du jeune homme avaient consenti au mariage. Il avait été convenu qu'avec cet argent les jeunes époux achèteraient un lopin de terre mitoyen à la ferme des parents. Et l'affaire avait été conclue.

Avant le déjeuner arriva tante Eléonore, emmitouflée dans un large manteau bordé de fourrure. Elle entra noblement dans la cour, précédée de sa petite boiteuse qui menait la jument. Elle descendit, soutenue par Guillaume. Puis elle se débarrassa de son énorme vêtement à brandebourgs, tapa vigoureusement des pieds pour en faire tomber la terre, et entra dans le salon. Carrée dans un fauteuil, en face du feu, elle voulut derechef tout savoir sur Puynègre. Je la laissai parler plutôt que de répondre, ne voulant pas être indiscrète.

« Mme de La Pautardie est tante au cinquième degré de ma nièce Malavigne, j'espère que tu le sais, Adeline?

– Je crois bien qu'elle en a parlé, ma tante. »

Pendant que les deux femmes dévidaient l'écheveau des générations et des alliances, Pierre entra sans qu'on l'ait entendu arriver.

Il embrassa la tante Eléonore, puis se tourna vers moi.

« Et toi, cousine, viens sur mon cœur! »

Il força la note joviale, me serrant contre lui comme par plaisanterie. Il m'embrassa longuement, sans aucune gêne, sur les joues, puis dans le cou. Etant donné qu'il dissimulait si peu sa satisfaction, on mit cela sur le compte de son exubérance naturelle.

Il échangea avec nous les propos d'usage sur le temps, la santé des uns et des autres, les travaux et les affaires en cours. L'atmosphère était joyeuse. J'aimais décidément cet aimable mélange d'insouciance et de mondanités surannées, car les saluts, les compliments, la galanterie ne manquaient pas dans ce monde pourtant si proche de la terre. Les récits familiaux sur les mariages, les généalogies, les honneurs et les démérites de chaque branche connue ou alliée, m'amusent et j'avais oublié qu'ils formaient la base des conversations féminines à Fontbrune, à La Gélie, à Fumerolles et au Bugue.

Après le déjeuner, Pierre nous dit :

« Il faut que je montre à Adeline la peau du renard que j'ai tué près des Ricards. Tante Eléonore, nous accompagnez-vous ?

— Merci bien ! J'ai vu assez de peaux de renard dans ma vie ! »

Il savait qu'elle ne se dérangeait pas pour si peu.

« Eh bien, cousine, seras-tu plus curieuse que notre tante ?

— Sans doute, et j'irai ensuite à Tourtel avec les enfants. »

Armand et Adrien nous suivirent dans le vestibule.

« Rosa ! cria Pierre, emmène les enfants à Tourtel, Mlle Adeline vous rejoint.

— Non, je les accompagnerai dès que j'aurai vu ta peau de renard.

— Rosa, je t'ai dit d'emmener les enfants ! » décréta Pierre, alors que Rosa attendait sans savoir quels ordres suivre.

On décide de bien des choses mais on ne peut pas tout gouverner. J'avais attendu avec une brûlante impatience le moment de me retrouver seule avec Pierre, mais je n'avais ce jour-là aucun goût pour le genre d'étreinte furtive à laquelle on se livre sans même avoir le temps de délacer ses bottines. Je voulais me promener pendant qu'il y avait un grand soleil. Une fois de plus, pour éviter un éclat, je préférai ne pas m'opposer à Pierre.

« Où est cette peau de renard?

– Dans ma chambre, ma jolie. Croyais-tu que j'allais te conduire dans l'écurie? »

Je le suivis. Ô exaspérante présence des honnêtes familles, des femmes qui cousent derrière la porte du salon et qui échangent des recettes de prunes à l'eau-de-vie, à portée de voix, alors que j'aurais voulu dire brusquement à Pierre que je n'étais pas d'humeur à l'aimer. Dans sa chambre, les peaux étendues par terre répandaient une forte odeur. Je me résignai à l'inévitable scène de séduction, étonnée de ma propre indifférence. A vrai dire, ce n'était pas exactement cela. J'aurais voulu avoir le temps d'être seule avec lui, de lui parler sans guetter les bruits de la maison, les pas dans le vestibule ou dans l'escalier. La porte à peine fermée, il posa les mains sur mes hanches, puis les remonta autour de ma taille, qu'il serra étroitement, désirant me faire protester sans doute. Peut-être voulait-il aussi me questionner, mais il n'en avait pas le temps. Il alla droit à l'essentiel qui, comme on le sait, peut être entamé, mené et conclu au pas de charge, pourvu que cela convienne au monsieur qui daigne nous honorer de ses hommages.

Tante Eléonore voulut venir avec moi à Tourtel et parla tout au long du chemin, ne s'étonnant pas de mon laconisme. Je songeais. Les caprices du destin et de la nature humaine m'inspiraient de la perplexité, que j'en suis réduite à exprimer en ces termes sommaires, faute de pouvoir le faire dans une ode d'une belle venue. J'étais mécontente de moi-même, ou plutôt de mes incertitudes.

L'après-midi fut très gai, et personne n'eut à s'étonner de mon agitation intérieure : j'ai assez d'empire sur moi pour faire bonne figure quand il le faut.

Le soir, je me couchai en même temps que les enfants, dans leur chambre où mon lit m'attendait. Je m'étais levée tôt et j'avais sommeil. Pierre n'était pas encore rentré. J'étais à peine endormie, me sembla-t-il, quand je le sentis penché sur moi. Je n'avais pas envie de me réveiller. Je le suivis pourtant dans sa chambre. Il prit un ton de plaisanterie que sa physionomie démentait.

« Tu es d'humeur bien songeuse?

— Non, ensommeillée seulement.

— Ne me raconte pas de fadaises. Tu es soucieuse.

— Je suis lasse de me cacher pour te voir.

— Ne te leurre pas. Tu aimerais continuer à me voir, même s'il fallait dissimuler pour cela. Mais tu ne veux pas que ces messieurs de Puynègre risquent de l'apprendre. »

Il avait raison. Je craignais que quelqu'un de Fumerolles, par inadvertance ou par malice, parle de mes liens avec Pierre. Les enfants pouvaient innocemment faire une remarque révélatrice. Rosa, Léa, Guillaume étaient avertis, farouches, durs à la peine. S'ils avaient décidé de se taire, on ne leur tirerait pas un mot. Ils feraient semblant de ne pas comprendre, prendraient l'air buté, mèneraient le questionneur sur une fausse piste. Mais si, pour se venger d'une offense venant de Pierre, de Louise, ou de moi – qui sait? – ils laissaient échapper la moindre allusion, la chose pouvait se retrouver sous forme de plaisanterie sur un champ de foire ou autour du lavoir le lendemain. Et Aline, le médecin, le curé, les métayers? Que savaient-ils?

« Je ne cherche pas à plaire aux gens de Puynègre, dis-je enfin.

— Mais tu ne voudrais pas les quitter non plus? Et peut-être quelqu'un là-bas a-t-il remarqué tes airs hautains et ton œil de bohémienne?

— Je ne vois que Mme de La Pautardie, les enfants et les servantes.

— Trêve de sottises! Tu ne veux pas compromettre

ta réputation. Et l'effort en vaut la peine pour un veuf qui a quarante mille francs de revenu.

– Je ne connais pas de veuf.

– Vingt dieux! Te voilà devenue sournoise! Rassure-toi, si le général prend aujourd'hui un air austère, il a dû en voir de raides du temps de l'Empereur. Les jeunes officiers en ce temps-là n'étaient pas des enfants de chœur.

– Ce temps-là est passé. Il est très rigoureux en ce qui concerne la tenue de la maison et l'éducation de ses enfants.

– Alors, tu ne nies plus? Et si le général baron Fabre se révélait une prise trop difficile pour toi, il saurait te faire rencontrer un de ces anciens militaires devenu bien ventru, bien essoufflé, bien goutteux, qui ne regarderait pas si la brebis a été tondue un printemps plus tôt. »

J'étais prête à me lever et à sortir. Il le sentit et changea abruptement de ton :

« Et dire que j'ai failli tuer Rosa à cause de toi! » murmura-t-il.

J'étais interdite.

« Comment cela, tuer Rosa?

– Après ton départ, je n'ai pas dessoûlé pendant trois jours. Un soir, en rentrant, j'ai poursuivi avec un pieu le chat qui m'avait sauté dans les jambes. Au moment où je lui ai lancé un coup, j'ai manqué d'atteindre Rosa qui s'était rencognée derrière la porte de l'écurie. »

J'étais assise sur mon lit, les mains sur les genoux, ni amusée ni en colère, simplement morne. Je me tus. Pierre n'aimait pas les discours ni les humeurs. Il se dirigea vers la porte du couloir et j'eus peur de ce qu'il allait faire.

« Où vas-tu?

– Chercher Aline.

– Que lui veux-tu à cette heure?

– Si tu ne le sais pas, elle le saura. »

J'hésitais à comprendre.

« Elle n'a que quinze ans.

– Eh bien? Un peu plus tôt, un peu plus tard... »

Je me levai et retins sa main sur la poignée de la porte. J'étais lasse, je n'avais pas envie de me battre avec lui.

« Je te demande de ne pas y aller.

– Tu es sublime. Te sacrifierais-tu pour sauver l'honneur de cette fille? Dans ce cas, je vais être galant, je te laisse le choix : c'est toi ou elle. (Il était tout près de moi maintenant.) Ma parole! tes yeux brillent. Tu es charmante quand tu es en colère. Moins je te plais, et plus tu me tentes. Tu vois, l'habitude des filles d'auberge m'a rendu facile, je me satisfais de ce qu'on m'offre, même s'il y entre du dégoût. »

Il me guettait. Je ne pus m'empêcher de lui envoyer en plein visage la mufflade qu'il attendait. Il me saisit les mains, sans colère. Il me prit contre lui avec emportement, relevant mes cheveux pour mieux dégager mon cou, écartant ma robe, éperdu de tendresse, trop emporté par son élan pour se soucier de mes réticences.

« Tu me plais, Dieu que tu me plais! » murmura-t-il.

Que répondre? Il savait m'émouvoir. Il grogna longuement, avec un frisson de plaisir presque douloureux quand je mis mes mains dans ses cheveux et lui rendis ses baisers. Il fut tendre et avide, comme s'il ne pouvait se rassasier de moi. Je n'avais ni le pouvoir ni la volonté de résister, il me mena où il voulut.

Le lendemain, j'étais ivre de fatigue et heureuse. A Fumerolles, puis à Fontbrune, on me trouva l'air serein et rêveur et on chuchota que je devais être éprise. Or je venais de conclure que je ne l'étais pas. Je démentis et on n'en tint pas compte, ce qui m'était indifférent.

Les fiançailles de Marie de La Gélie et de Jacques de Cossac furent très gaies, alors même que mon oncle La Gélie était englué dans un procès qui, après dix ans de procédure, achevait de le ruiner.

Le temps était froid et désagréable. Il tombait de la neige fondue. Un après-dîner, Mme de La Pautardie était en grande discussion avec Malvina et, comme les enfants, je n'écoutais plus guère leurs échanges, sauf quand ils me paraissaient prendre un tour cocasse. Ce jour-là, je ne sais comment la conversation en vint à certaines couennes qu'Antonia avait mises dans la soupe des chiens, sans en réserver à Misette, la chatte de Mme de La Pautardie – qui était plutôt celle de Malvina.

« Que n'as-tu servi Misette toi-même!

– Ah! Madame, cela ne se peut, nous sommes en carême. Il aurait fallu mettre les couennes de côté pour plus tard.

– C'est carême pour les chrétiens, pas pour les chats.

– Madame ne voudrait pas que sa Misette vive comme une sauvagesse ou comme une huguenote? Tant qu'il dépendra de moi, elle fera maigre avec nous.

– Ma fille, tu es folle. Demande à M. le curé ce qu'il en pense.

– Madame, si je lui demandais son avis en tout, j'aurais du mal à me conduire.

– Et tu comptes régler en tout la conduite de Misette?

– Madame, elle court déjà avec tous les matous du voisinage, qu'au moins elle fasse maigre.

– Et l'envoies-tu à confesse?

– Que Madame ne plaisante pas, je sais bien ce qui ne doit pas se faire dans une maison chrétienne.

– Aucune maison n'est assez chrétienne pour toi, ma pauvre Malvina. Où qu'on aille, il se commet des péchés à longueur de journée. »

Malvina sortit dignement sans répondre et dut se signer une fois la porte franchie. Elle revint dans la pièce quelques instants plus tard :

« Deux messieurs sont dans la cour et demandent à être reçus. Ce sont des cousins de Mlle Adeline.

– Fais-les entrer, voyons », commanda Mme de La Pautardie, enchantée de cette visite.

Je reconnus dans le vestibule la voix de Pierre. Il perdait la tête? Que venait-il faire ici? C'est bien lui qui entra, boueux mais pas embarrassé, suivi de Cyprien de Cossac, muet à son ordinaire. Ils saluèrent, m'embrassèrent. Pierre se chargea des introductions :

« Madame, nous pardonnerez-vous de nous présenter ainsi? Nous revenons de Saint-Alvère où nous avons chassé avec nos cousins La Robertie, et nous avons pris la liberté de venir vous présenter nos devoirs et embrasser Adeline, malgré notre piteuse apparence.

– Messieurs, comme vous voilà équipés! s'écria Mme de La Pautardie, voyant leurs vêtements et leurs bottes maculés et humides.

– Nos chevaux sont crottés jusqu'à la sous-ventrière, et nous avons laissé à l'écurie nos tabliers de peau de chèvre, sinon vous nous auriez pris pour des bandits de grand chemin.

– Ma foi, comment pourriez-vous être au sec alors que tout est détrempé depuis des jours entiers?

– J'ai également apporté à ma cousine une peau de loup que je lui avais promise. Je l'ai laissée dans le vestibule. »

Pierre pérorait, fort à son aise, et savourant, je crois, mon impatience.

« Tout d'abord, messieurs, vous devriez vous sécher », dit Mme de La Pautardie.

Les deux hommes s'approchèrent du feu, et, debout, présentèrent l'une après l'autre à la flamme leurs semelles qui fumaient. Pierre répondait de bonne grâce au feu roulant de questions de Mme de La Pautardie, mêlant habilement rondeur et courtoisie. Je me tenais en retrait, ne prenant pas directement part à la conversation, redoutant l'arrivée du général, dont je n'aurais voulu à aucun prix qu'il rencontre Pierre ici.

Mme de La Pautardie, trop heureuse d'avoir un nouvel interlocuteur, ne s'en apercevait pas ou prenait mon silence pour de la modestie. Pierre faisait semblant de ne pas le remarquer. Il plaisanta sur l'usure de leurs vêtements de chasse, expliquant que pour courir les chemins ils préféraient avoir l'air de pauvres diables pour ne pas attirer l'œil des brigands.

« Comme vous avez raison! s'exclama Mme de La Pautardie. D'ailleurs, je fais des recommandations semblables aux enfants.

– En effet, interrompit Jérôme, trop heureux de pouvoir placer un mot. Notre tante nous dit qu'il faut toujours avoir un sou dans notre poche pour faire la charité si nous rencontrons un pauvre, mais jamais deux car le tintement des pièces attirerait les voleurs.

– Voilà de la sagesse! » déclara Pierre, qui commençait à s'amuser ferme.

Cyprien se contentait de sourire et de se chauffer. Emportée par l'élan de la conversation, Mme de La Pautardie se mit à parler avec conviction de ce qu'elle ne connaissait pas, à la grande satisfaction de Pierre. Il eut l'adresse de l'approuver suffisamment pour qu'elle se lance avec volubilité dans des développements d'autant plus hardis que le sujet lui échappait plus complètement. Pierre abondait de manière éhontée dans son sens, quand il sentait que l'intérêt faiblissait.

« Enfin, monsieur, comment peut-on se laisser envahir par les sauterelles quand on sait qu'il suffit de répandre de la suie ou de la cendre sur les plantes que l'on veut protéger?

– C'est que, madame, si cela peut se faire dans un petit jardin, peu de gens ont assez de cendre, ou assez d'ouvriers, pour les répandre dans les champs.

– Ne pourrait-on y employer tous ces malheureux qui aimeraient gagner quelques sous?

– Encore faudrait-il demander aux sauterelles de

retarder leur arrivée, car elles passent vite et sans envoyer d'avertissement.

– Un sénateur de mes amis a lu dans le *Bulletin de la Dordogne* que les sauterelles pouvaient répandre la peste.

– Ne l'aurait-il pas lu dans l'Ancien Testament plutôt que dans les journaux, madame?

– Monsieur, vous avez tort de plaisanter! Comme nous avons beaucoup de sauterelles à Puynègre, depuis que j'y suis j'ai fait imprégner mon linge de vinaigre des Quatre Voleurs. Je suis donc protégée, mais le général ne prend pas au sérieux mes avertissements et ces malheureux enfants sont peut-être menacés de la peste chaque été. J'avais demandé à Bertille de les frictionner de ce vinaigre, mais le général en a déclaré l'odeur insupportable et l'usage inutile. Voyez-vous, monsieur, il raille mes craintes, en disant qu'il boit du vin et que César protégea ainsi ses armées quand la peste commença de les ravager, en Thessalie. (Elle soupira.) Mais ces pauvres enfants ne sont pas à l'abri du danger, et je dois garder pour moi mes inquiétudes, dont rit mon neveu. »

Pierre était si content de cette conversation incongrue qu'il ne faisait pas mine de s'en aller. Cyprien attendait placidement. Mon irritation croissait. Comme je le pressentais, le général parut bientôt. Il fit preuve d'une parfaite cordialité, se déclara enchanté de voir mes cousins et les convia à une partie de chasse qu'il voulait organiser quelques jours plus tard. Pierre lui demanda de pardonner l'inélégance de leur tenue, expliquant que les sentiers étaient aussi détrempés que les sous-bois et qu'ils avaient chevauché depuis Sainte-Alvère dans des fondrières où le chemin se reconnaissait à peine, sous une bruine glacée et pénétrante.

« Monsieur, répondit aimablement le général, j'ai été soldat et je suis chasseur. Tout homme dont le costume est maculé a pris part à l'action, et je serai le dernier à m'en offusquer. »

On m'avait invitée à approcher ma chaise et à me

mêler à la conversation, mais j'étais sur des charbons ardents et ne disais rien. On put croire que la présence du général m'incitait à la réserve, comme cela était habituellement le cas. Pour peu qu'on sache donner le change, la société est volontiers crédule. Elle ne vous tient que si on se livre. Elle pardonne même les grands éclats pourvu qu'on les accomplisse avec assez d'aplomb. Mais elle s'abat sans pitié sur celui – et plus encore celle – qui, après avoir agi, a la sottise de se reconnaître coupable, alors qu'il a seulement contrevenu à des règles qui méritaient tout juste d'être ignorées. Il suffit de voir qu'à un demi-siècle de distance, ces mêmes règles sont souvent tournées en dérision.

Si j'étais incapable à l'époque de formuler ces principes, déjà ils me guidaient.

Il allait faire nuit. Le général insista pour que mes cousins restent jusqu'au lendemain. Mais ils étaient attendus au Bugue chez mon oncle et ma tante Labatut. La course n'était que d'un quart de lieue et ils étaient armés. Avant de partir, Pierre demanda à voir un fusil dont lui avait parlé le docteur Manet et que le général avait fait venir d'Angleterre. Ce dernier s'exécuta de bonne grâce. En passant dans le vestibule, je l'entendis féliciter Pierre sur la belle peau de loup qu'il m'avait apportée.

Quand enfin mes deux cousins firent leurs adieux, la nuit était tombée. Leur visite avait duré deux bonnes heures. La bonne humeur générale avait atténué mon irritation. Pierre et Cyprien étaient de ces petits hobereaux habitués à côtoyer journellement leurs métayers et ne vivant parfois guère mieux qu'eux. Mais aussi, selon les hasards de la fortune, ils peuvent se hausser jusqu'à l'aristocratie – à laquelle appartient souvent l'une ou l'autre des branches de leur famille –, ou se laisser aller à épouser leur cuisinière, si l'isolement ou la pauvreté les ramènent tout à fait à des habitudes paysannes.

Devant la porte de l'écurie, où je les avais accompagnés, le général parlait avec Faye qui vérifiait la sangle du cheval de Cyprien. Pierre resta dans l'ombre avec moi et me donna un baiser aussi bref que profond. J'en fus remuée. J'aime cet instinct animal qui fait agir promptement quand l'instant est propice.

Pierre était vêtu d'une vaste limousine à collet, il avait accroché ses jambières en peau de chèvre pour se protéger de la pluie, enfoncé sur sa tête son bonnet en peau de blaireau. Cyprien, pareillement accoutré vint m'embrasser. Ils se mirent en selle. Si j'avais été malandrin, je n'aurais pas aimé être sur leur chemin. Ricou les suivit pour fermer la grille, au bout de l'allée, comme on le faisait chaque soir. Plus tard, en allant se coucher, il lâcherait les chiens.

Le général s'attardant à l'écurie, je rentrai rapidement. Dans le vestibule, Bertille et Jérôme étaient penchés sur la peau de loup jetée par terre.

« Voulez-vous que je la monte dans votre chambre, demoiselle? me demanda Bertille.

– Je crois que l'odeur serait trop forte. Nous pourrions la laisser dans la tour.

– Ce serait dommage! se récria Jérôme. Elle ferait bel effet dans notre chambre, et peu à peu l'odeur disparaîtra.

– Il faudrait demander l'autorisation de votre père. »

Le petit garçon s'élança dehors et revint hors d'haleine.

« Mon papa le permet! »

Quand je montai avec les enfants, après le souper, alors que je faisais leur toilette, Jérôme me posa des questions sans fin sur mes cousins, sur leur nom, leurs talents de chasseurs, notre degré de parenté, l'étendue de ma famille, ce qu'elle était devenue pendant la Révolution et sous l'Empire. Il s'inquiéta de savoir si nous aimions l'Empereur. Je dus lui répondre que les opinions à ce sujet étaient fort divisées au sein de la famille. Quant à moi, je ne savais guère si j'aimais l'Empereur. A travers les discours du docteur Manet, qui se voulaient froids, j'avais senti l'admiration qu'il vouait au grand homme.

« Vous verrez, conclut Jérôme avec animation, mon papa vous parlera de ses batailles et de l'Empereur. Et vous l'aimerez. »

Puis il me posa des questions sur mes neveux Cahaut, car il savait que je m'étais occupée d'eux pendant quelques mois avant de venir à Puynègre. Quand j'évoquai la maladie de Louise, il resta silencieux, pensant peut-être à la mort brutale de sa mère. Je me hâtai de dissiper son inquiétude :

« Je ne crois pas que sa maladie soit grave, mais elle a maintenant pris l'habitude de mener une vie languissante.

– C'est ce que papa voudrait nous éviter, n'est-ce pas, Pauline? » s'empressa-t-il de répondre.

Elle hocha gravement la tête. Elle lui donnait raison à peu près dans tout ce qu'il disait.

« Mais vous n'êtes pas guettés par une maladie de langueur, ajoutai-je en plaisantant, pour le rassurer tout à fait.

– Non, reprit-il avec vivacité. Mais mon papa trouvait que notre maman nous faisait mener une vie trop délicate. Notre tante Ponse – il s'agissait de Mme de La Pautardie – n'aime se déplacer qu'en voiture. Mon papa vous a demandé de venir à Puynègre pour que nous menions avec vous une vie plus active. Cela est surtout nécessaire pour Pauline, qui a peur de tout – n'est-ce pas, Pauline? Tu as peur des souris, des araignées, et même des lézards?...

– Seulement quand ils sautent devant moi et que je ne les ai pas vus arriver, protesta sa sœur doucement.

– ... Et des chauves-souris, des chouettes, des guêpes et des couleuvres.

– Savez-vous reconnaître les guêpes des abeilles et les couleuvres des vipères? demandai-je, me souvenant à point des leçons du docteur Manet.

– On nous l'a appris, mais je me sauve avant d'avoir bien regardé », admit Jérôme.

Je ne suis pas sûre que mon explication aurait satisfait un docteur en Sorbonne, mais elle convint aux enfants.

Peu de temps après, Pierre, les deux frères Cossac et le docteur Manet se retrouvèrent à Puynègre pour chasser avec le général. On les vit rentrer à la nuit tombante, alors qu'ils étaient partis au lever du jour, suivis de Joseph et du fils des métayers du Coderc.

Les chiens arrivèrent dans la cour en avant-garde. Joseph et le fils Lalot, à l'arrière du groupe, portaient les besaces. J'aimais le remue-ménage des retours de chasse. Aussitôt, la maison s'animait. On entendait monter de la petite salle la lointaine rumeur des voix, le bruit sourd des souliers qui tombaient, les derniers jappements des chiens. Jérôme, admis parmi les hommes, se précipitait pour voir le gibier. Bertille servit aussitôt le souper, qui fut plus abondant que d'ordinaire. On avait tout d'abord apporté un vin chaud qui réchauffa tout le monde et mit l'assemblée de belle humeur. Pâté, omelettes aux cèpes, confit, furent servis en abondance et arrosés de vin de Brantôme.

Le docteur Manet commenta chaque détour du lièvre qu'il avait tué. C'était un jeunot, qui avait jailli comme un fou d'un taillis clairsemé et, comme ivre, avait tourné en rond pour revenir sur ses traces, d'une lisière du bois des Grèzes au fond de Curboursil. Le docteur Manet y avait perdu un coup de feu. Mécontent, piqué au jeu, il avait maudit ce naïf qui ne savait ni s'échapper ni se faire tuer. Tétanisé de peur, l'animal avait pourtant bondi au-dessus d'un fossé, piqué de la tête sous un buisson d'épines où on l'avait perdu. Le chien de Pierre avait tourné en rond, reniflant le sol mou, faisant des virevoltes furieuses devant son impuissance. Et ce maudit petit lièvre de quatre sous avait soudain reparu au ras d'un layon, où enfin le docteur l'avait tué.

« Brave petit! soupira-t-il. Il m'a donné une bonne suée. »

Pierre engouffrait le pâté de foie, palpait le vin d'une langue gourmande, jetait un coup d'œil vif aux rondeurs de Bertille, amusait Jérôme en mimant la promenade d'un écureuil qui se croit seul dans un bois, le nez au vent, flairant les noisettes, dédaignant les gros geais qui s'envolent lourdement vers les labours.

Les frères Cossac n'étaient des bavards ni l'un ni l'autre, et à plus forte raison quand ils se trouvaient en territoire étranger.

Après le dîner, exceptionnellement, les enfants furent autorisés à rester dans le salon jusqu'à neuf heures. Le général avait fait asseoir Pauline près de lui, sur un tabouret bas. Elle était plus attentive à la main affectueuse de son père posée sur son épaule qu'aux propos tenus à la ronde.

Le général semblait s'amuser cordialement de la verve déployée à la fois par son ami Manet et par mon cousin Pierre. En compagnie masculine, il était plus détendu qu'en notre seule présence. Sous les apparences de la familiarité, on sentait en lui une vigilance et un goût de l'autorité qu'il était vain d'espérer endormir. Il avait décidément un tempérament et une apparence militaires. Son nez fort, ses lèvres pleines, sa large carrure, accentuaient la fermeté de son expression. Sans affectation et sans effort, ce fils de palefrenier limousin avait une allure de grand seigneur.

« Mon cher Manet, dit soudain Mme de La Pautardie de sa voix haut perchée, vous vous occupez soit de vos terres, soit de la chasse, cela ne vous laisse guère de temps pour vos malades.

– Hélas! madame, les miséreux n'appellent le médecin que quand il est trop tard. A ce moment-là, le remède ne chasse pas le mal et le fait seulement oublier un instant. Et les riches savent toujours où me faire chercher, de sorte que je n'ai pas besoin de courir après la pratique.

– Hé! docteur, vous voilà bien désenchanté.

« – C'est, dit en souriant le général, que notre ami Manet n'a guère confiance dans l'au-delà et guère d'estime pour l'ici-bas. Il ne sait que conseiller à ses malades : vivre ou mourir. Les deux solutions lui semblent également mauvaises.

– Si je pouvais aider les pauvres gens à bien vivre ici-bas, alors je serais heureux de les guérir.

– En somme, tu bois du bon vin et manges de bonnes poulardes pour oublier que les autres sont malheureux?

– Parfaitement. A propos, sers-moi donc encore un peu de ce vin chaud, et dis-moi en plus comment il est fait, cet arôme est un régal à lui seul. »

Mme de La Pautardie expliqua qu'il contenait du miel, du poivre, du safran, du caramel, des aromates, des baies de genévrier. Tout au long de cette énumération, le docteur, les narines palpitantes, flairait le verre où il se chauffait les doigts.

Les Cossac savouraient, Pierre roulait le liquide autour de son verre, allongé autant que le permettait la raideur du fauteuil Louis XIII. Bertille était venue ranimer le feu et y remettre une grosse bûche, aidée de Pierre, qui en avait profité pour lui serrer la taille en manière de plaisanterie. Il le fit habilement, avec un grand rire dont on ne put s'offusquer. Il tenait à montrer qu'il était de ce pays, en connaissait les mœurs et ne renonçait pas à ses privilèges de petit gentilhomme pour satisfaire aux règles de la nouvelle société, hypocrite et marchande à ses yeux.

C'est presque au moment des adieux qu'on évoqua le prochain mariage de ma cousine Ermondine de La Clergerie avec un M. Lespinasse, qui avait trente-cinq ans de plus qu'elle. Magistrat connu, président du tribunal de Sarlat, il avait hérité par sa mère de métairies et de moulins situés entre Fleurac et Manaurie, et jouxtant en plusieurs endroits les terres de Lortal.

La cinquantaine venue, il s'était trouvé veuf, sans enfants, et s'était inquiété de contracter une alliance qui lui permettrait d'avoir un héritier à qui léguer ses biens.

« Ermondine souhaitait entrer en religion, expliqua Pierre. Il vaut mieux qu'elle se consacre à faire le bonheur d'un homme rassis et paisible plutôt que d'être confrontée aux transports de la passion. »

Mme de La Pautardie ignora la réflexion et l'hilarité qu'elle avait provoquée chez les hommes. Elle brûlait de compléter ses informations sur les revenus, les alliances familiales, la position du fiancé quinquagénaire. Les trois cousins ne lui étaient dans ce domaine que d'un piètre secours.

Quand M. Lespinasse avait demandé la main d'Ermondine, qu'il connaissait depuis l'enfance, en bon voisin de campagne, il avait plongé les parents dans un cruel dilemme. Ma tante s'en ouvrit à son frère, chanoine à Saint-Front de Périgueux. Ermondine était bien jeune, pouvait-on considérer sa vocation comme irréversible? Etait-ce le fruit d'un choix profond ou plutôt une exaltation de jeune fille? Celle-ci eut des entretiens avec sa mère, son confesseur, son oncle, et accepta de suivre la voie que lui traçait le Seigneur en se consacrant à la sainte carrière du mariage.

« M. Lespinasse a des neveux qui auraient donné cher pour que la vocation religieuse d'Ermondine soit inébranlable, s'esclaffa Pierre. Ils risquent fort d'y perdre un bel et bon héritage. »

Le général avait vécu pendant deux ans dans une retraite quasi absolue. Il recommençait maintenant à sortir et à recevoir.

Il s'était d'ailleurs constamment tenu au courant des événements du pays et du département à travers les journaux et ses proches amis. Il lisait *Le Constitutionnel,* le *Bulletin du Département de la Dordogne,* les *Annales de la Société d'Agriculture* fondées par le préfet, M. le comte Huché de Cintré, sur les conseils du marquis de Fayolle. Ce dernier était le meilleur chasseur de loups de la région, en même temps qu'un esprit novateur et audacieux dans ses méthodes de culture.

Le général fréquentait surtout d'anciens compagnons d'armes ou des personnalités qui s'étaient consacrées à l'avancement de l'agriculture, les premiers et les seconds se confondant parfois : ainsi du colonel Bugeaud à Lanouaille et du colonel de La Bardèche, à Montpazier. Le général Noguès, qui commandait à Périgueux la 1re subdivision de la 20e division militaire, était aussi un habitué de Puynègre, ainsi que M. Lansade, ancien colonel de dragons, devenu un industriel prospère et possédant à Périgueux une papeterie. Quant au brigadier de gendarmerie Pichon, qui demeurait au Bugue, il consultait Fabre sur la moindre de ses affaires.

En dehors de ces rencontres amicales avec des compagnons que réunissaient le goût de la chasse et celui de l'agriculture, le général sortait surtout pour ses affaires. Il surveillait de près la gestion de Forge-Neuve, à Miremont, qui faisait partie de l'héritage de la baronne Fabre. Il avait confié la forge à l'ancien maître forgeron, qui était ainsi devenu régisseur et avait vu sa fortune faite par cette soudaine promotion. Un des principes du général était : « Qui s'enrichit a intérêt à enrichir à son tour ceux qui le servent. »

Il se rendait régulièrement à Périgueux, où il fréquentait les milieux du commerce et de l'industrie, aussi bien pour les affaires concernant Puynègre que pour celles de Forge-Neuve. Il voyait également M. Dupont, à la fois journaliste, imprimeur, inventeur et pépiniériste, qu'il avait rencontré en lui demandant conseil sur des arbres fruitiers et dont il avait appris à estimer la culture et l'indépendance d'esprit.

Cet hiver-là, on n'invita à Puynègre que pour des parties de chasse, le plus souvent sans formalités. Une fois pourtant, Joseph reçut ordre de sortir la caisse d'argenterie enfermée à clef dans le bureau du général. J'avais maintenant conscience de ses goûts de luxe en matière de chevaux, de voitures, d'armes, de vaisselle, mais je fus ébaubie par le spectacle de cette argenterie. La caisse d'acajou à ses armes renfermait, enchâssés sur trois étages dans la feutrine rouge, des légumiers, des plats à viande, à entremets, un huilier, une multitude de salières, deux cafetières, un sucrier, un pot à lait, des couverts. Seul Joseph était autorisé à sortir les pièces nécessaires et à les ranger ensuite.

Dans ces repas d'hommes, on parlait surtout politique, affaires, agriculture. Le général tenait pourtant à ce que Mme de La Pautardie et moi-même soyons chaque fois présentes.

« Mon neveu estime que les repas d'hommes finissent toujours dans les histoires grasses et les beuveries », me confia Mme de La Pautardie.

Mais elle n'hésitait pas à assaillir ses voisins de table de ses habituelles questions indiscrètes.

« En somme, monsieur, dit-elle un jour à un respectable magistrat, vous voilà veuf depuis bien des années et vous ne nous annoncez toujours pas votre remariage?

— Madame, me reprocheriez-vous de conserver cette liberté à laquelle vous-même tenez depuis si longtemps? répondit malicieusement le vieux monsieur, qui connaissait son interlocutrice.

— Sans doute, mais un homme serait un grand fardeau pour une femme de mon âge : il serait probablement impotent, je devrais le soigner et y manger mon bien, ou alors il surveillerait mes dépenses. Non, voyez-vous, pour moi cela serait une mauvaise affaire. Mais une jeune femme serait heureuse de vous épouser, vous avez encore fort bonne mine et de belles dents. On dit aussi que vous avez dix mille livres de rente.

— Que ne dit-on pas! On raconte bien que vous en avez le double, madame, répliqua finement le monsieur.

— Ah! vous savez pourtant que je suis ruinée! » dit la pauvre dame, tout alarmée.

De l'autre côté de la table, une conversation fit dresser l'oreille au voisin de Mme de La Pautardie.

« On a vu des chiens courants poursuivre un renard pendant trente heures. Il y a deux ans, dans une chasse au daim, chez M. le comte de Derby, en Angleterre, l'animal fut poursuivi par les chiens pendant l'espace de soixante milles anglais – soit vingt-deux à vingt-quatre lieues. Vingt chevaux périrent de fatigue. L'histoire m'a été racontée par M. le marquis d'Abzac, dont un neveu participait à cette chasse.

– J'admire le renard », déclara Mme de La Pautardie.

Cette société d'hommes et de chasseurs laissa passer sa réflexion avec une indulgence souriante tempérée de quelques remarques courtoises. J'observais souvent que pendant ces repas les convives menaient entre eux des conversations intéressantes jusqu'au moment où l'un ou l'autre se croyait obligé de se tourner vers Mme de La Pautardie ou vers moi et de tenir des propos frivoles, généralement ennuyeux.

Dès qu'ils avaient rempli leur devoir de politesse à l'égard des dames, les hommes reprenaient leur conversation sur le cours de la rente ou sur le comice agricole organisé dans le département par le colonel Bugeaud, et surtout débattaient avec passion de toutes les questions de politique locale.

Mme de La Pautardie tortillait avec distraction le ruban de sa manche en apprenant que les quatre piles du pont de Bergerac venaient d'être élevées de un mètre soixante à deux mètres au-dessus de l'étiage. Elle avait du mal à ne pas bâiller. Si on parlait du tracé de la nouvelle route de Périgueux à Cahors, qui passerait par Ladouze et le Bugue, elle soupirait :

« Oui, Louise de La Robertie m'a dit que cela couperait en deux la grande prairie qui s'étend au bout de leur verger. »

Parle-t-on de Marsaneix et de son charbon, elle en vante les poires cuites, de Campagne et de ses débris de haches celtiques, elle se souvient que sa nièce y avait trouvé vingt ans plus tôt une cuisinière qui paraissait une honnête matrone. Or elle avait aussitôt débauché l'orphelin qui cultivait le jardin de monsieur le curé.

Mme de La Pautardie se souvenait d'avoir effectué par la diligence le trajet de Périgueux à Bordeaux, qui durait vingt heures. Il fallait prendre la voiture venant de Paris, qui s'arrêtait à neuf heures du soir au bureau des Messageries, cour des Princes, à Périgueux. C'était en plein hiver, elle en gardait un souvenir affreux. Elle s'était trouvée dans le coupé à côté d'un gros monsieur qui prisait et lui éternuait aux oreilles entre de grandes reniflades. Les étapes ne lui avaient pas convenu, les auberges où l'on avait relayé ne cherchaient qu'à vous soutirer de l'argent, pensant qu'en voyage on est résigné à la dépense. Heureusement, elle avait caché son argent dans son corset, mais avait dû rester sans boire et sans manger pendant tout le trajet. Les postillons étaient des gaillards obscènes, qui racontaient des galanteries aux servantes. Et puis ils en prenaient à leur aise. A chaque relais on leur confiait lettres ou paquets qu'ils devaient remettre en main propre à leurs destinataires qui viendraient les chercher au bord de la route. Ou bien au débouché d'un chemin une connaissance leur faisait signe, tendait un poulet ou un panier ou les chargeait d'une commission.

Ces messieurs écoutèrent avec amusement les tribulations de Mme de La Pautardie et poursuivirent leur conversation. Ils en étaient maintenant à l'étude de canalisation de la Vézère ordonnée par M. le directeur général des ponts et chaussées et des mines, en 1822. Un mémoire venait d'être rédigé et allait être déposé.

« Bah! dit le général, ensuite, on demandera des avis sur ce mémoire, puis on nommera une commission qui sera chargée de rédiger le projet définitif et de le présenter aux Chambres à leur prochaine session... Or le projet remonte à Henri IV, et Sa Majesté le roi Louis XVIII l'a approuvé en 1777 alors qu'il était comte de Provence. Allons, la chose se fera peut-être d'ici la fin du siècle. »

Si je restais le plus souvent muette, je n'étais pas sourde et ces repas contribuèrent à mon éducation autant que les renseignements du docteur Manet. Je continuais donc à m'instruire au hasard. Les leçons que le général donnait à Jérôme devaient être tout aussi intéressantes, mais il s'agissait là d'un univers auquel Mme de La Pautardie, Pauline et moi n'avions pas accès.

Un jour, un certain colonel Pélissier, qui avait servi sous les ordres du général et était en disponibilité depuis 1815, s'arrêta à Puynègre en allant rendre visite à des parents du côté de Cahors. Sa femme et lui différaient sensiblement des hôtes que recevait habituellement Puynègre. L'âge et l'embonpoint avaient fait du colonel un gros homme gourmand et joyeux.

Les enfants avaient déjeuné séparément, sur ordre de leur père, mais ils vinrent saluer les invités. Je les vis partagés entre l'admiration et la surprise à la vue des larges étendues de drap, de galons, de ganses, qui ornaient la tenue de voyage de la dame, de ses gants aussi flamboyants que son chapeau, de la traînée de parfum qui s'enroulait autour d'elle. Mme de La Pautardie marqua une légère hésitation. Seul le général ne manifesta pas d'étonnement. D'ailleurs, la dame avait belle allure et était chaleureuse de ton et de manières.

Elle exprima bruyamment son admiration pour la maison, sa décoration – pourtant sévère –, la vaisselle, l'argenterie. Le colonel demeura en arrêt devant les deux panoplies du salon, sur lesquelles furent échangés de longs commentaires.

Au moment de se mettre à table parut le docteur Manet, revenant de voir un malade à Limeuil.

Le déjeuner était bon et les vins choisis avec soin, mais rien ne fut présenté avec excès. La dame, assise à la droite du général, lui parlait avec une familiarité que seul se permettait le docteur Manet. Des yeux, des mains, des épaules, elle appuyait chacune de ses phrases, se penchant vers lui. Elle mangeait de bon cœur et surtout buvait avec enthousiasme. Sous le rouge de son fard parut peu à peu le violet de la congestion. Elle riait de plus en plus haut. Imperturbable, le général menait la conversation. Elle répondait pour l'essentiel par des cris stridents suivis de rires à pleine gorge. Le colonel, rappelait à l'ordre sa moitié :

« Angèle, ma chère, modère un peu tes élans!

– Pélissier, tu m'embêtes », répondait gaillardement Angèle.

Le docteur Manet semblait s'amuser ferme. Cependant, assis entre Angèle et Mme de La Pautardie, il lançait des coups d'œil inquiets à cette dernière : dans son monde, elle disait rondement ce qu'elle avait à dire, mais elle en était fort peu sortie et était tout à fait abasourdie des envolées de la visiteuse.

Au fur et à mesure que le repas avançait, la dame se permit des interruptions plus fréquentes et plus bruyantes. On était passé des gestes légers de doigts et des ailes de poulet délicatement maniées aux renversements de tout le dos sur la chaise, au verre empoigné et levé haut. Le général prenait l'air de ne rien remarquer. Les mâchoires, le menton, le grand nez et le regard noir restaient fermes, le jabot de sa cravate éclairait sa redingote et, aux manches, la blancheur de sa chemise encadrait ses mains carrées.

La dame se penchait vers lui affectueusement, mais devant tant de réserve, entre le rôti et le dessert, elle se tourna vers le docteur Manet. Mon impression était qu'il se serait mille fois plus amusé si Mme de La Pautardie et moi-même n'avions pas été présentes. Avec des paroles cajolantes, le sentant moins rebelle à ses charmes, la dame lui posa la main sur le bras. Soudain, je la vis descendre sa main jusqu'à la cuisse du docteur, et ma foi, j'imagine peut-être, mais au haut-le-corps et au recul que je lui vis, il me sembla qu'elle avait dû le saisir tout uniment au vif de sa personne.

Miette, penchée vers la dame, lui présentait le dessert et dut attendre un bon moment avant qu'elle n'y prête attention. Terminant le tour de la table dans l'ordre protocolaire, elle arriva au général, qui lui dit quelques mots à voix basse. Interdite, Miette répéta ce qu'il venait de lui dire. D'un hochement de tête, il confirma ses paroles. Miette s'en fut à l'office où elle posa le dessert, puis revint et n'osant regarder les convives, se dirigea vers la fenêtre du jardin, qu'elle ouvrit toute grande. Puis elle ouvrit de même la fenêtre sur la cour. On était au début du mois de mars. Un large courant d'air glacé envahit la salle à manger, figea le sirop du dessert dans les assiettes, agita la nappe de remous. Le feu et le repas nous avaient doucement échauffés et ces grandes goulées d'air prirent chacun à la gorge. Il y eut un silence. Paisiblement, le général commenta :

« Après les repas, il est bon de s'aérer un peu », comme si une telle fantaisie était habituelle à Puynègre.

Habitués à se soumettre sans broncher à son autorité, les habitants de la maison ne sourcillèrent pas. Manet regarda le colonel avec un peu d'inquiétude. Galant, le général offrit son bras à la dame, saisie, et la mena droit à la fenêtre de la cour, où la cueillit une giclée de vent aigre qui la fit frissonner.

« Voyez, madame, comme nous nous sentons tout de suite mieux. »

Elle avait perdu son entrain.

« C'est qu'il fait diablement froid, général, gémit-elle.

– Allons, madame, vous qui avez une belle santé, un peu de fraîcheur ne peut pas vous inquiéter. Regardez ma tante : elle n'aime rien tant qu'une promenade d'après-dîner par ce temps. »

Mme de La Pautardie, à qui le colonel donnait le

bras, prouva qu'on peut sortir d'un petit manoir délabré du Périgord noir et être stoïque. Elle ne frémit pas dans la bourrasque.

Le colonel comprit la plaisanterie et n'en montra rien, comme le voulait le respect dû à un supérieur. Sans la différence de grade, quinze ans plus tôt les sabres auraient été tirés avant que soit ouverte la deuxième fenêtre. Mais son gilet tendu sur son ventre était aujourd'hui barré d'une chaîne de montre et non d'un baudrier, la vie civile avait tempéré ses ardeurs, et cette grosse personne un peu fanée ne valait guère un duel, à tout prendre.

Cordialement, le général se tourna vers lui.

« Allons donc au salon, puisque les dames le réclament. »

Le docteur Manet sembla regretter l'effet sur sa digestion de cette aération intempestive. Mme de La Pautardie, qui avait un certain sens théâtral, ne s'approcha même pas du feu et bibelota dans la pièce, affairée comme si elle devait remettre en place chaque objet. Puis elle s'assit à côté de la dame et me fit signe de m'asseoir de l'autre côté, pendant que les hommes s'éloignaient avec leurs cigares.

La dame retrouva alors sa gaieté et parla d'abondance. Elle avait vécu en Autriche et en Italie, disait-elle. Ses occupations dans ces deux pays n'étaient pas claires. Naïvement, j'avais pensé qu'elle avait été mariée à un militaire que sa carrière avait entraîné à l'étranger, mais il ne fut pas question de ce mari-là. Elle nous vit si intéressées, Mme de La Pautardie et moi, par sa description de Vienne et de Naples occupées par les troupes françaises, qu'elle retrouva sa volubilité. Maligne, elle avait compris qu'il valait mieux parler à mi-voix pour ne pas alerter son hôte. Celui-ci jetait de temps à autre un coup d'œil dans notre direction, et, rassuré par l'air composé de Mme de La Pautardie, en conclut sans doute que la conversation suivait un cours paisible.

Or, de fil en aiguille, elle en était venue à parler de

la Grande Armée avec un enthousiasme où l'émotion le disputait à la crudité. Nous l'écoutions, également fascinées, Mme de La Pautardie et moi. Celle-ci avait dû songer que m'éloigner de la conversation éveillerait les soupçons du général et qu'elle y perdrait le récit de piquantes aventures.

Entre autres, la dame nous raconta fièrement qu'après avoir mangé toute sa solde au jeu, un beau jour, et perdu une paire d'éperons d'un très joli travail, Pélissier, ivre et de fort méchante humeur, s'était rendu chez elle pour y chercher les consolations que demandait son état. Nous n'étions pas encore ensemble, à ce moment-là, précisa la dame. Par malchance, elle était justement en train de prodiguer ces mêmes consolations à un hussard de sa connaissance, au moment où Pélissier se présenta. Une amie bienveillante, qui partageait son logement, fit ce qu'elle put pour retarder Pélissier, dans le couloir. Ses cris avertirent les amants, mais Pélissier, fou de colère, était déjà au pied du lit. On avait convenu d'un duel.

Mais quelques heures plus tard, son régiment quittait la ville. On dut hisser en selle Pélissier, plus ivre encore que la veille au soir. Il finit par retrouver le hussard et ils vidèrent leur querelle. Angèle, fascinée par une si ardente colère, attacha dès lors sa destinée à celle de l'illustre Pélissier. Il commença par la battre comme plâtre, mais elle le raconta sans amertume, en le suivant à travers la pièce d'un regard langoureux et en soupirant :

« Ah! quel homme, Pélissier! »

C'est seulement quand les hommes se rapprochèrent de notre groupe, un long moment plus tard, que la conversation revint à des sujets convenables. Mais nous avions suivi une grande partie de la carrière du colonel Pélissier, depuis l'époque où elle l'avait rencontré chef d'escadron jusqu'à celle où elle l'avait épousé, après les Cent Jours.

En fin de journée, Faye reconduisit au Bugue le couple qui devait prendre la voiture pour Cahors.

Mme de La Pautardie ne pipa mot sur la conversation que nous avions eue avec Mme Pélissier. Mais, étourdie comme elle était, elle demanda au général :

« Je n'ai pas bien compris où le colonel et Mme Pélissier s'étaient rencontrés.

– Dans un lit, ma tante », répondit laconiquement le général.

Je n'entendis cette remarque que parce que je venais de rentrer dans le salon où j'avais oublié mon châle.

Ma grand-mère ne quittant pas volontiers Fontbrune, surtout en hiver, il avait été convenu que ma famille viendrait déjeuner à Puynègre dès les premiers beaux jours. Vers la fin du mois de mars, le temps se réchauffa et on prit date.

Cette journée, que j'appréhendais, se passa le plus gaiement du monde. J'avais oublié l'aisance et la bonhomie de ma grand-mère et de mon oncle Elie. Antoine en avait hérité. Quant à ma tante Charlotte, elle était égale à elle-même, sans éclat et sans aspérités. Après le déjeuner, le soleil se montra et on se tint sur la terrasse. Mme de La Pautardie et ma grand-mère rivalisèrent d'esprit en racontant sur le canton certaines des histoires dont chacune avait une inépuisable réserve.

Jérôme suivait maintenant le groupe des hommes chaque fois que son père l'y autorisait. Pauline resta à mes côtés.

Depuis deux ou trois ans, j'avais surtout appris en quoi je différais de ma famille. Après cette séparation, je vis ce qui nous réunissait. Les principes qu'on soutenait à Fontbrune se conformaient étroitement aux préceptes de l'église et de la société, mais la discrétion et le cœur amenaient ma famille à fermer les yeux sur bien des fautes. Pourvu que les gens eussent « un bon fond », on ne leur tenait pas rigueur de leurs faiblesses, que l'on choisissait tout bonnement d'ignorer.

Je m'étais habituée à la vie à Puynègre. Par hasard, un matin, je me réveillai très tôt. Par la fenêtre entrouverte, je vis une brume humide couvrir les arbres. J'eus envie de me promener, de respirer l'air froid de l'aube avant que Bertille et les enfants ne se réveillent. Je m'habillai sans bruit, pris une mante et descendis.

Il faisait jour, la porte d'entrée avait déjà été ouverte par Joseph au moment où il avait monté au général son café et l'eau chaude de sa toilette.

Dans le pré descendant en pente rapide vers la Vézère enfoncée dans la brume, j'obliquai pour me trouver sous le couvert des arbres et ne pas être vue. J'avais en me levant entendu le vacarme des oiseaux au lever du soleil. Ils pépiaient comme des fous sous les branches, et s'étaient calmés avec la venue du jour.

J'entendis le sifflement léger, presque imperceptible, qui s'interrompait, puis reprenait. Je m'étais arrêtée. Je me retournai et levait la tête. A la fenêtre de sa chambre, grande ouverte, et à laquelle était accrochée une glace, le général se rasait, tranquille comme un homme qui se sait seul. J'aperçus l'ampleur de sa chemise. Il avait des chemises de toile fine comme des chemises de mariée. Une large ceinture lui tenait la taille et les reins, serrés dans les pantalons étroits de l'époque. Il sifflait doucement, sans hâte, le bras levé tenant le rasoir. Et brusquement je me mis à flamber comme une torche à la Saint-Jean. Sans avertissement, sans transition, j'eus envie des mains de cet homme sur moi. Il me sembla que si j'avançais il entendrait le bruit de mes pas. Je finis par reprendre mon chemin en direction des arbres de l'ancienne allée. Le sifflement s'interrompit. Un instant, je me retournai. A la fenêtre, le général me regardait. Je le vis à peine, car je repris mon chemin, mais je le devinais. Il me sembla que j'avançais avec ses yeux posés sur mes hanches. Je tenais mon manteau serré, je marchais d'un pas égal, et cela ne faisait rien à l'affaire. Toute cette rosée et cette brume froide trempaient le bas de ma robe, mes chaussures, jusqu'à mes cheveux. Je ne pensais à rien, je ne voyais pas le chemin, je descendais vers la Vézère. Je m'assis sur un tronc d'arbre qui servait de banc aux lavandières. Que faire pour éteindre cet incendie? Rien, il flambait sans me demander mon avis.

Je me relevai et marchai le long de la Vézère, qui commençait à s'animer. De l'autre côté, on y menait boire les animaux. Sur le chemin de halage, des bœufs tiraient une gabare qui remontait vers Le Bugue. Je revins enfin par l'ancienne avenue. Tout d'un coup, je ne pus retenir un cri. Devant un boqueteau se tenait le général, suivi de Joseph tenant ses pistolets. Je savais qu'il s'exerçait au tir à une certaine distance de la maison, derrière le potager. Mais je restai sur place, interdite, sans même pouvoir le saluer. Il me dit bonjour le premier, puis Joseph, avant que je puisse répondre.

« Pardonnez-moi, vous m'avez surprise », expliquai-je.

Le général me regardait aimablement, m'appelait « mon enfant », rien n'avait changé. Il s'était seulement amusé à me voir courir les chemins de si grand matin, échappant à toute surveillance. Et ce Joseph, que voyait-il? que savait-il? Il accomplissait méticuleusement son service, on n'aurait pu le prendre en défaut, mais il avait une place à part à Puynègre. Les autres domestiques l'appelaient « Moussu Joseph » et le vouvoyaient. Il observait la paire de pistolets, qu'il entretenait comme les autres armes, brillants à s'y mirer.

Les deux hommes étaient aussi tannés l'un que l'autre, la vie de château ne pouvant affaiblir la forte couleur gagnée dans les années de campagne sous des climats divers. Chez le général, l'élégance des vêtements, quelle que soit l'heure ou la circonstance, atténuait la rudesse de l'allure, sinon celle des traits. Chez Joseph, taciturne, cheveux raides, structure maigre et osseuse, cicatrice sur le front, tout était sombre.

« Ne manquez pas de bien vous couvrir quand vous sortez de si grand matin, mon enfant, me dit aimablement le général. La fraîcheur de l'aube est pénétrante. »

Je serrai autour de moi les plis de la mante, espérant qu'ils engloutiraient la fièvre qui me ravageait. Je balbutiai une réponse et remontai lentement vers la maison.

A Puynègre plus qu'à Fontbrune ou à Fumerolles, je ressentais le fait que le monde des hommes était à part, impénétrable aux femmes. Par nécessité, par courtoisie, ils les y admettaient aux moments et dans les limites qu'ils jugeaient convenables. C'étaient les hommes qui avaient le choix, les femmes qui attendaient. La seule manière pour une femme d'exercer quelque pouvoir était d'être riche et maîtresse de sa fortune.

Une étrange période commença alors à Puynègre. Le général était aussi courtois et distant avec moi qu'il l'avait toujours été, mais il m'observait. Je ne le voyais pas, je le sentais. Je passais mon temps en occupations paisibles entre les enfants, Mme de La Pautardie et Bertille. Quand une porte s'ouvrait, je savais aussitôt si c'était lui. Son pas était facile à reconnaître, régulier, ferme. Je ne tournais pas la tête. Il venait à notre hauteur, dans le jardin dans le salon, dans la cour, au bord de la rivière, il s'adressait affectueusement aux enfants et à moi. Tout d'un coup, je revivais comme sous un brusque soleil d'hiver qu'on n'attend pas et qui vous réchauffe jusqu'à la moelle. Je le laissais parler aux enfants en me mêlant le moins possible à la conversation. Je savourais jalousement cette ivresse. Dans ce mois d'avril grincheux, aucune pluie, aucun froid n'aurait pu l'éteindre.

Sa présence, sa voix suffisaient à m'embraser l'échine. Je ne sais si ma tête ou mon cœur y étaient pour quelque chose. Il me semble qu'ils suivaient le mouvement plutôt qu'ils ne le dirigeaient, mais je ne prétends pas tout comprendre de moi-même ou des autres. Des moments de fureur me saisissaient : que faisais-je dans cet univers policé, où ce général surveillait froidement mes émois sans daigner s'y attarder?

J'étais certaine que je ne fabulais pas. Là encore, ce n'était pas moi qui avais choisi, c'était lui qui me menait à sa guise. Son attention m'avait surprise à un moment où je ressentais profondément l'absence de Pierre. Pluie, froid, vent d'avril peut-être, mais printemps quand même, qui me réveillait de manière inattendue alors que je me croyais sagement revenue à ma vie d'antan.

J'étais partagée entre l'intensité secrète de cette vie sous son regard et l'impatience que je ressentais à en être le jouet. Cela était superbe ou exaspérant selon les moments. Je ne songeais pourtant jamais à m'y dérober et à quitter Puynègre.

Je me revois avec les enfants, dans le potager, derrière la serre, dont on avait la veille sorti les caisses d'orangers, pour les remettre à leur place autour de la terrasse. Jérôme voulait des vers de terre pour pêcher à la ligne. Il avait apporté un petit panier d'osier à couvercle, et essayait de convaincre Pauline, que les vers dégoûtaient, de lui en chercher avec sa pelle.

« Je te paierai un sou pour trois vers, insistait-il.

– Tu as déjà dépensé ton argent de la semaine, disait Pauline.

– Je te paierai en deux ou trois fois, s'il le faut.

– Cela ne m'intéresse pas, répondait sa sœur avec une douce obstination.

– Comment! tu pourrais acheter du tissu au Bugue chez Mme Louprou et demander à Bertille de t'aider à faire une robe pour ta poupée Adrienne.

– Alors je voudrais un sou pour deux vers.

– Mais je ne pourrai pas te payer avant longtemps,

200

je dois déjà de l'argent à Mme Juge pour les bonbons que je lui ai achetés mardi.

– Si je reçois seulement un sou à la fois, je ne pourrai pas acheter de tissu.

– Commence par bêcher, nous verrons si tu trouves des vers.

– Mais il faut que je sache le prix avant. »

Enfin le marché fut conclu sur promesse par Jérôme de payer un sou pour trois vers et de prêter ses soldats de plomb pour un mariage de poupées prévu par Pauline et auquel nous étions conviés le lendemain. La conversation m'amusait, je ne voulais pas intervenir. Je n'étais pas seule de cet avis.

Le général était à quelques pas de nous, avec le jardinier. Il allait voir les espaliers et s'était arrêté, diverti par la conversation des enfants, sans doute, car il souriait. Il nous engloba d'un même regard, que je sentis couler sur mes épaules, dans mon dos. Je gardais la tête baissée vers les mottes de terre. Son regard me tenait aussi fortement que s'il s'agissait de ses mains. J'avais de gros souliers enfoncés dans la terre humide, les bras ballants, je laissais parler les enfants, je n'écoutais pas ce qu'il leur répondait, je ne le regardais pas. Je voyais seulement ses bottes solidement plantées à côté des bottines menues de Pauline. Il était excellent cavalier, des genoux, des cuisses, il accompagnait son cheval. J'avais souvent observé ses gestes quand il montait en selle ou quand il remontait l'avenue au petit trot, son manteau gonflé autour de lui, qu'il mettait pied à terre et confiait son cheval à Faye ou à Joseph.

« Et que dit Mlle Adeline de ce marché de vers de terre ? »

La question me parvint à travers la vivacité de l'image des genoux du général serrant les flancs de son cheval. Je répondis pourtant :

« Je n'ai pas voulu l'interrompre. Le commerce est une des plus anciennes activités du monde, n'est-ce pas, général ?

– Hum... on le dit surtout d'un de ses aspects les moins recommandables. »

Cette fois, il me regardait bel et bien. Le jardinier était penché vers Jérôme et Pauline, candide, s'était remise à creuser. Entre un carré de choux et une rangée de groseilliers, je restai la tête levée vers lui, sans me dérober et sans céder non plus. Il m'observait, attentif, concentré, non pas comme un homme qui s'amuse à se mesurer avec une femme, mais comme quelqu'un qui soupèse une possibilité.

« Je vois que vous êtes raisonnable, me dit-il enfin. Vous observez à loisir avant d'intervenir.

– J'ai été l'élève du docteur Manet et c'est une des choses qu'il m'a apprises.

– Je ne l'oublie pas. »

En fait, il ne faisait peut-être que manifester de la curiosité à l'égard de ma tournure d'esprit, qui était assez différente de celle des jeunes personnes de mon âge et de mon milieu.

De toute façon, me disais-je, cela ne pouvait pas durer. J'avais tort, cela dura.

Plus étrange encore, Jérôme sembla réagir à mon intensité secrète. Il m'observait d'un œil rendu d'autant plus aigu que personne ne se méfiait de lui en raison de son jeune âge. Si l'on m'avait dit qu'un enfant de huit ans pouvait être soupçonneux, empressé, jaloux comme un amoureux, je ne l'aurais pas cru. Je dus cependant le constater. Heureusement, Mme de La Pautardie et Bertille mirent cette agitation sur le compte d'une humeur passagère. Il devait entrer au collège de Périgueux à l'automne suivant et en était fier. Sans doute une tutelle féminine lui pesait-elle, admit-on.

J'adoptai cette explication, qui évitait toute remarque embarrassante. Comment la maisonnée ne s'apercevait-elle pas que je me consumais entre les attentions lointaines du père et les attentions passionnées du fils? Le train familier n'en était pas troublé. Je redoutais l'œil du docteur Manet et en sa présence bouclais sans pitié la porte à l'imagination qui m'enflammait. Car enfin le reste du temps il faut bien convenir que je m'y laissais aller sans retenue.

Les enfants allaient chaque jour dans le potager voir si les graines et les noyaux qu'ils avaient plantés quelques semaines plus tôt poussaient. Ils se consolaient des lenteurs de la nature en arrachant les mauvaises herbes.

Je devais paraître plus réservée que d'habitude. J'écoutais les exercices de Pauline au piano, Jérôme prenait sa leçon d'escrime avec son père, ou en l'absence de celui-ci, avec Joseph. Les deux enfants allaient se promener à cheval avec le général, Mme de La Pautardie tenait ses habituelles conversations avec Malvina et contait des histoires les jours de pluie. J'écoutais d'une oreille distraite, tenant une tapisserie dont le dessin ne demandait pas une grande attention.

Un jour, je levai la tête de mon ouvrage en entendant Malvina, tremblante d'émotion, déclarer à Mme de La Pautardie :

« Madame, si la terre était ronde, cela se saurait! »

Parmi les légendes que racontait Mme de La Pautardie revenait souvent celle du roc de l'Agranel. Au bout du cingle, sur le chemin qui va au Bugue, deux énormes blocs de rocher surplombent la Vézère. On raconte qu'un grand seigneur des environs était parti à la croisade, revint et trouva sa fille éprise d'un beau jeune homme d'origine modeste. Il fit tout ce qui était en son pouvoir pour détacher la demoiselle de son amoureux. Enfin, il décida de les soumettre à une terrible épreuve. Le jeune homme, monté sur un cheval fougueux, ayant la demoiselle en croupe, s'élancerait au grand galop sur la crête du rocher. S'ils en revenaient, le seigneur s'engageait à ne plus faire obstacle à leur amour.

La première fois qu'elle entendit l'histoire, Pauline fut très émue, me dit-on.

« Ils auraient pu tomber sur les lavandières!

– Mais non, le cheval se serait cassé les pattes sur les rochers, c'est bien plus dangereux », expliqua Jérôme.

Mme de La Pautardie se renversait sur les coussins de la bergère, les rênes imaginaires à hauteur des yeux.

« Eh bien, le jeune homme réussit à faire tourner bride à son cheval et ramena la demoiselle. Mais les empreintes des deux fers de derrière du cheval restèrent dans le rocher. »

Chaque fois que nous allions au Bugue par le cingle, les enfants discutaient longuement et, à quatre pattes, inspectaient le rocher, pour savoir si telle trace ou tel creux pouvait représenter l'une des fameuses empreintes.

« Et ils se marièrent? » demandait toujours Pauline à la fin de l'histoire.

Les histoires qui finissaient bien n'amusaient pas Mme de La Pautardie. Elle abrégeait donc les conclusions heureuses et ne déployait toute la gamme de ses talents oratoires que pour les fins dramatiques. Elle qui depuis vingt ans ne s'aventurait guère au-delà du Bugue et de Limeuil, ne trouvait aucune histoire assez sordide ou assez sanglante pour la rebuter.

Je préférais l'histoire du château de Sallegourde, d'où un chevalier emporté par son cheval du haut du rocher encore appelé le Saut du Chevalier sauta tout armé dans la rivière.

Le mariage d'Ermondine de La Clergerie et de M. Lespinasse eut lieu au début du mois de mai et fut splendide. Comme il était de tradition dans la famille, mon oncle Elie fut parmi les témoins à la signature du contrat. Souvent il était même témoin aux mariages célébrés dans les branches plus éloignées de la famille, chez les Gontier de Biran ou les Gontier du Soulas, dans le Bergeracois, alors que nous ne les voyions guère.

Un grand souper de quatre-vingts personnes suivit et illumina Lortal, qui brillait de tous ses lustres et ses candélabres. L'assemblée était fort élégante et dépassait de loin le cercle familial habituel.

Le lendemain eut lieu la cérémonie religieuse, dans la chapelle de Lortal. Une profusion de fleurs et de feuillages, en guirlandes, en arcs-de-triomphe, en jonchée, ornaient les chemins menant au château et à la chapelle, ainsi que les portes et les piliers.

Tout Manaurie avait été invité à un vin d'honneur et dansa ensuite dans le grand pré qui sépare Lortal du ruisseau et de la route qui mène à Tayac, pendant que nous dansions dans les salons.

Le marié n'avait pas mauvaise figure pour un homme de son âge. De vingt ans plus jeune, il ne m'aurait, de toute façon, pas plu. C'était un homme d'étude, de dossiers, de paperasse, un homme à pantoufles et besicles, qui a peur d'un rhume et aux premiers frimas se couvre le chef d'une calotte en feutre. Enfin, c'était un homme d'humeur pot-au-feu, et si j'aime le pot-au-feu dans mon assiette, je n'en veux pas dans mon lit.

Ermondine était la plus jolie de mes cousines, tout comme elle était la plus riche et celle qui avait reçu la meilleure éducation : elle avait suivi depuis son enfance des cours de dessin, de musique, de chant, de danse. Mais elle était également pieuse et soumise et son mode de vie avait toujours été très différent du mien. C'est peut-être cela tout autant que la différence de nos caractères qui nous avait séparées.

Je voyais fréquemment aussi mes cousines de La Gélie. Les aînées avaient respectivement cinq, trois et deux ans de plus que moi et Ysoline, la plus jeune, deux ans de moins que moi. Pourtant, toutes quatre me paraissaient également enfants et leur naïvcté m'irritait.

Pierre s'aperçut que j'évitais les occasions d'être seule avec lui et me lança quelques réflexions sournoises sur les menées secrètes et ambitieuses dont il me savait capable. Je répondis de manière prosaïque, parlant sans réticence de Puynègre. Je tenais au moins provisoirement à éteindre ses soupçons, car il pouvait devenir odieux et imprudent à la fois quand il était en colère.

Les ragots allèrent bon train du côté féminin. Ma tante Charlotte s'y mêla avec délices. A Fontbrune, l'atmosphère n'était pas propice à ces épanchements où se mêlent le vrai, le demi-faux et l'extravagant. Dans ces réunions plus vastes, ma tante trouvait les nourritures piquantes auxquelles son palais n'était plus habitué, et jusque dans la voiture du retour, agitée de réminiscences, elle laissait échapper des soupirs et des frémissements. Elle était toutefois obligée de contenir ses émotions, ni ma grand-mère ni mon oncle Elie ne tolérant les débordements d'imagination ou de langage.

Dans le courant du mois de mai, on commença à avoir des orages. Souvent, ils éclataient la nuit. Bertille se levait, allumait un cierge et se mettait en prière. Malvina faisait la même chose de son côté, dans le cabinet qu'elle occupait contre la chambre de sa maîtresse. Mme de La Pautardie elle-même était d'une extrême nervosité jusqu'à ce que cessent les éclairs et le tonnerre.

Le général avait fait installer des paratonnerres à Puynègre, par une entreprise spécialement venue de Paris. Une sorte de pique en fer était fichée aux points les plus élevés de chaque bâtiment et communiquait au sol par une suite d'autres barres, dont la dernière était profondément enfouie en terre.

Cette merveilleuse installation avait commencé à faire aussi peur que l'orage. Puis, une des métayères avait eu l'idée de planter une petite croix ornée de buis bénit à l'endroit où ces mystérieuses barres de fer s'enfonçaient dans le sol. On l'imita dans les autres métairies, et ces deux protections combinées ramenèrent un peu de sérénité dans les esprits. Cela n'empêchait ni les veillées de prière ni les cierges les soirs d'orage.

Seuls Joseph et le général demeuraient froids, quelle que soit la violence de la tourmente.

Quand un orage commençait à gronder, les enfants venaient se réfugier dans mon lit. Nous ne dormions pas tant qu'il n'était pas éloigné, mais nous nous rassurions à nous sentir proches les uns des autres. Les orages sont sournois, tournent, grondent dans le lointain, on croit qu'ils ont éclaté ailleurs et vont vous épargner. Et ils finissent par se rapprocher et éclater avec d'autant plus de brutalité qu'on ne s'y attendait plus.

Ce début d'été eut son lot habituel d'orages. Un soir, je me réveillai, sentant Jérôme dans mon lit, et pas sa sœur.

« Hé! que faites-vous là? demandai-je.

– J'ai peur. Il tonne.

– Comment, il tonne, et Pauline et Bertille ne l'auraient pas entendu?

– Il a tonné au loin », s'obstina-t-il.

J'en doutais. Pauline et Bertille étaient terrifiées par l'orage et toutes deux se réveillaient au plus faible grondement, au moindre souffle de vent annonciateur. Or, elles dormaient comme des bienheureuses.

« Ma parole, vous avez rêvé. Retournez dans votre lit, il faut dormir, intimai-je à Jérôme.

– Je vous assure qu'il a tonné. Ne me chassez pas, je resterai sans bouger. Je ne vous gênerai pas. »

Maudit galapiat! Il se pelotonnait contre moi. Et ce n'était certes pas sa petite joue chaude que je voulais contre mon épaule. Je bouillais d'impatience. Je n'étais pas d'humeur à favoriser les émois d'un enfant précoce. Pourtant, je l'aimais tendrement, je ne voulais pas le jeter hors de mon lit. Je comprenais trop bien, aussi, le besoin de se blottir contre un corps solide. Rusé, il faisait déjà semblant de dormir.

« Ecoutez-moi bien! Je ne vous chasse pas aujourd'hui, mais ne le faites plus, ou il pourra tonner à vous arracher de votre lit, que je ne vous prendrai plus jamais dans le mien. »

Il ne répondit rien, mais il m'avait entendue car il se serra contre moi, s'endormant vraiment cette fois, pendant que moi, réveillée, furieuse, je me consumais brutalement en songeant au père et non au fils.

Les jours passaient. Bertille, épaisse, Pauline, diaphane, ne s'apercevaient de rien. Jérôme était un feu follet, tournant autour de moi, faisant toutes les folies pour attirer mon attention, me prenant la main pour m'emmener voir ce qu'il avait construit ou découvert. Il trouvait moyen de se pencher tout contre moi, il piaffait, faisait le beau, innocent, malin, inlassable. Mme de La Pautardie ne voyait là que turbulence d'enfant. Jérôme faisait attention devant son père, Joseph ou le docteur Manet, dont l'œil était plus averti.

Quand il faisait beau, nous descendions au bord de la Vézère, où le va-et-vient des gens et des animaux traversant le petit bras d'eau qui menait dans l'île, le passage des gabares au rythme lent des bœufs, sur la rive opposée, l'agitation des jours de lessive, maintenaient une animation constante.

Le général jugeait bon que Jérôme soit habitué à l'eau froide et il avait appris à nager sous la surveillance de Joseph, qui devait être présent lors de ces baignades pour éviter tout accident. Un jour qu'il sortait de l'eau, grelottant, et que je le frottais dans une grande serviette, il me dit en manière de plaisanterie :

« Plus tard, je pourrai vous épouser, n'est-ce pas?

– C'est une idée qui vous paraît bonne aujourd'hui et qui se révélera détestable le moment venu.

– Pourquoi? »

Il était déconcerté.

« Quand vous aurez l'âge de vous marier, je serai vieille et bancroche. »

Il rit :

« Ce n'est pas vrai!

– Ce n'est pas tout à fait vrai, mais cela n'arrange rien à vos affaires. Je serai quand même trop vieille. Vous serez alors un charmant jeune homme – si vous êtes moins étourdi qu'aujourd'hui – et vous épouserez une demoiselle riche, jolie et noble.

– Et moi aussi je serai riche, joli et noble?

– Connaissez-vous la différence entre la noblesse d'Empire et la véritable noblesse, celle d'Ancien régime?

– Oui, mon papa me l'a expliquée. »

Je me souvenais d'une conversation entre le général et le docteur Manet. Et le général, après avoir cité Montesquieu, avait déclaré :

« Je me suis forgé comme eux dans la poussière, le sang et la sueur. Qu'importe s'ils ont quelques siècles d'avance sur moi, je ne suis pas pressé, nous verrons bien ce que je serai devenu dans trois cents ans. Si mes descendants sont obscurs et ruinés, tant pis pour eux, ce seront des imbéciles. »

Je frottais vigoureusement le jeune candidat à ma main. Je m'aperçus qu'il prolongeait la conversation pour détourner mon attention et que je continue à m'occuper de lui.

« Joseph, n'est-ce pas que je pourrai épouser notre Adeline plus tard?

– Ma foi, monsieur Jérôme, si vous voulez vraiment mon avis – et si Mlle Adeline pardonne ma franchise –, les dames et les demoiselles ne rêvent que trop de mariage. Il est plus sage pour un homme de ne pas prononcer le mot tant qu'il n'y est pas contraint, sauf s'il y voit son intérêt. »

Soudain, Jérôme retomba dans le clan des hommes. Il cria :

« Attendez-moi, Joseph, je remonte avec vous!

– C'est que je dois aller à Limeuil retenir des hommes pour les foins. »

L'ambition de Jérôme aurait été de suivre toujours son père ou Joseph, dont les activités lui paraissaient plus nobles que celles du reste de la maisonnée. A défaut, il suivait le cocher, le jardinier ou les métayers. Joseph était libre de n'accepter la compagnie du petit garçon que s'il ne devait pas le gêner dans l'accomplissement de ses tâches. Et il ne proposa pas d'emmener Jérôme à Limeuil.

J'aimais la vie à Puynègre, tout en regrettant de ne pas y trouver le mouvement des animaux de ferme, des charrettes, des bœufs, des départs et des retours des champs le matin et le soir, et aussi le défilé varié des habitants de Mauzens tel que je l'avais connu à Fontbrune.

Un jour, arrivèrent deux jeunes officiers, qui rejoignaient par la poste leur régiment à Toulouse. L'un d'eux était le fils du général Bigot, qui avait eu la cuisse emportée par un boulet au passage de la Bérézina. Il avait été sauvé par le chirurgien Larrey qui l'avait fait transporter dans une des rares voitures disponibles jusqu'à l'hôpital de Varsovie. Je savais peu de chose sur ce qui était arrivé au général Fabre pendant la campagne de Russie. Il avait alors la direction générale des parcs d'artillerie de la Grande Armée et avait sauvé ce qui pouvait l'être, sacrifiant tout au transport des munitions de guerre. Quand les chevaux tombaient, épuisés de fatigue et de froid, il employait ses propres chevaux, puis faisait dételer les voitures particulières des généraux. Il fit même impitoyablement abandonner des fourgons chargés d'or plutôt que de laisser en arrière des fourgons de cartouches. Il était revenu avec un pied gelé, qui lui causait de fréquentes douleurs depuis cette époque.

Le général Bigot avait quitté l'armée au retour de Russie. Marié jeune avec une voisine, originaire comme lui d'une modeste famille de tailleurs de Reims, il avait acheté des vignobles dans la région et vivait à son aise.

Les deux jeunes gens étaient gais et brillants, comme on peut l'être à cet âge, quand on arrive dans un château de province, avec l'auréole que donne l'habitude de la vie parisienne, que l'on n'a ni souci d'argent – à part de banales dettes de jeu –, ni inquiétude pour sa carrière, ni la mort à sa porte. Je les regardais avec curiosité : l'un descendait de petits-bourgeois qui n'avaient jamais quitté leur boutique, l'autre venait d'une famille aristocratique où l'ont avait servi les rois de France depuis quelques siècles sans être chiche de son sang. Ils avaient la même élégance, la même désinvolture. L'argent arrange les choses, en ce domaine comme en d'autres.

Ils racontaient des histoires qui couraient les boulevards et c'est en prévision de ces légèretés que le général avait fait déjeuner les enfants séparément.

« Savez-vous, commença le jeune comte de G., qu'un jour un monsieur entra au Café français, sur le boulevard, et jetant autour de lui un regard dédaigneux, laissa tomber à voix assez haute : « Je vois bien « que je ne trouverai pas à qui donner le moindre « coup d'épée dans cette assemblée. » Un monsieur à lunettes, qui lisait gravement son journal dans un coin, leva les yeux et répliqua : « Vous vous trompez, monsieur, donnez-moi votre carte. » Cette carte disait « Le comte de... ». Le monsieur à lunettes donna la sienne. On y lisait « Le marquis de... ». « Monsieur le « comte, déclara le marquis avec une hauteur tran- « quille, nous pourrions nous battre à l'instant. Mais « j'aimerais finir de lire mon journal sans autre inter- « ruption. Nous nous battrons donc demain à midi, « car je n'aime pas être dérangé dans mes habitudes et « je ne sors pas avant midi. » Puis il appela le garçon, lui remit la carte du comte, et deux mille francs : « Tenez, allez aux pompes funèbres commander un « enterrement de première classe pour monsieur.

« L'enterrement sera demain après-midi. Je veux que
« le comte soit enterré comme un marquis. » Le
comte fut intimidé à son tour par tant de sang-froid, et
on n'eut pas trop de mal à arranger l'affaire.

– L'on raconte aussi, reprit le jeune Bigot, qu'un
officier français dit à un officier suisse : « Je ne
« voudrais pas servir, comme vous, pour de l'argent.
« Nous, Français, servons pour l'honneur. » « Cela
« est vrai, monsieur, répliqua l'officier suisse, nous
« servons tous les deux pour ce qui nous manque. »
S'ensuivit un duel à mort.

– Il est décidément dans la nature des jeunes gens
d'être fous, sous n'importe quel régime, musa le
général. Nous n'étions pas plus raisonnables que
vous. »

Il n'aimait pas raconter ses souvenirs. Trop d'horreur s'y mêlait, trop de blessures atroces, d'amis morts
à ses côtés, de massacres, de vermine, dans la pluie, le
froid et la neige, ou au soleil brûlant de l'Espagne.

Les deux jeunes gens, encouragés par l'accueil que
recevaient leurs histoires, rivalisèrent d'imagination. Je
me sentais engourdie. Ils auraient dû me paraître
irrésistibles. Mais je n'existais pas pour eux, j'étais
comme une modeste cousine de province qui ne vaut
pas un regard, Dieu me garde des jeunes gens ambitieux, me suis-je souvent dit par la suite. Eperdument
soucieux de leur avancement dans le monde, ne sou-
haitant ni liens ni affection trop vive qui les attache, ils
ne sont occupés que d'eux-mêmes, sauf si vous faites
partie de leur trajectoire et qu'ils voient en vous une
étape sur le chemin de la gloire. Jeunes gens et
vieillards n'ont jamais eu à se garder de moi. Je les
évite. Je ne veux pas d'un adversaire qui soudain
prenne sans prévenir la première diligence, par crainte
d'être amené à s'engager plus qu'il ne le souhaite, ni
d'un amoureux qui étouffe de catarrhe sous mes
yeux.

Les visiteurs devaient rester deux jours. Le docteur
Manet était convié à déjeuner le lendemain de leur

arrivée. Il faillit être en retard, ce qui lui était pardonné d'avance, en raison de ses obligations. Il était jovial quand il nous rejoignit dans le salon. Aussitôt on passa à table. Il présenta ses excuses à Mme de La Pautardie :

« Pardonnez-moi, madame, de vous avoir fait attendre. On est venu me chercher de Savignac à cinq heures, ce matin, pour un accouchement qui vient juste de se terminer. En arrivant devant la maison, guidé par le fils aîné, un gamin de dix ans, j'ai vu le père qui m'attendait, la mine farouche, le fusil à la main. « La sage-femme est là depuis deux jours. Si ce « petit ne vient pas, je vous tue tous les deux », m'a-t-il déclaré. « Ma foi, nous allons voir », lui ai-je répondu d'un ton conciliant. La parturiente était épuisée, la sage-femme geignait dans un coin, à bout de ressources et croyant sa dernière heure venue. Je vis que l'enfant se présentait par les pieds. « Et si je vous « apprends que vous allez avoir un beau garçon, que « me direz-vous ? » annonçai-je au père. Il abaissa son fusil, mais sans le poser. « Vous le dites, mais il n'est « pas encore là. » « Il y sera bientôt. » Effectivement, tout s'est bien terminé, puisque me voilà. »

Les deux jeunes gens s'étaient tus. Cette irruption de la vie campagnarde dans sa crudité leur avait sans doute paru du plus mauvais goût. C'est exprès que le docteur Manet avait raconté l'histoire dans ses détails.

« Messieurs, vous méprisez la province, et plus encore la campagne, n'est-il pas vrai ? Pourtant, Paris ne soutiendrait pas sa réputation plus de deux ans si nous n'étions pas là pour lui apporter des troupes fraîches. Il n'est qu'à voir : seuls des provinciaux font leur chemin à Paris. Citez-moi un seul parisien qui ait réussi en province ! »

Les premiers jours chauds de l'été étaient arrivés. On gardait les volets tirés pour maintenir la maison fraîche. Bertille et Miette avaient soigneusement pourchassé les mouches avant le déjeuner. Je prétendais m'occuper de Pauline, ce qui m'évitait d'être mêlée à la conversation. Je m'étais tournée vers le bout de la table où présidait Mme de La Pautardie, pour éviter de croiser le regard du général. Etre dans la même pièce que lui suffisait à me paralyser. J'étais épuisée de cette lutte contre moi-même : ne rien dire, ne rien montrer. Cela pouvait durer aussi longtemps qu'il le voudrait. Il n'était pas homme à me renverser dans un grenier à foin, comme Pierre. Sa fermeté de caractère semblait exclure toute explosion imprévue. Je me consumais. Je me surprenais à regarder l'épaisseur de ses cheveux sur sa nuque, sa large carrure sous ses vêtements de bonne coupe, la manière dont il caressait ses chiens ou leur empoignait affectueusement la peau du cou à pleines mains.

Le déjeuner se termina. Les hommes passèrent dans son bureau, pour regarder des cartes. Je restai, pantelante, entre les enfants et Mme de La Pautardie, fatigués par la chaleur et le repas plus long qu'à l'ordinaire. On monta se reposer. Je donnai des livres aux enfants et m'étendis sur mon lit pour tâcher de dormir. J'entendis soudain la voix de Jérôme près de moi :

« Pourquoi tenez-vous l'oreiller si serré ? »

Debout, à la tête du lit, il m'observait. Je tenais mon oreiller à pleines poignées.

« Je faisais un rêve qui m'impatientait. »

On notera que c'était la stricte vérité.

« Peut-être avez-vous mangé trop vite et avez-vous mal à l'estomac ? »

Ah ! que devenir entre l'œil de ce petit espion que j'aurais envoyé au diable, et l'œil de son père que j'appelais de tous mes vœux ! Mangé trop vite ! moi qui mourais de sobriété forcée !

« Allez donc lire, je vais faire encore un petit somme », conseillai-je.

Jérôme regardait mon cou. Sous ma robe entrouverte, sous ma chemise, coulait la sueur. Il ne dit rien et finit par tourner les talons.

Le lendemain, on conduisait les jeunes officiers au

Bugue où ils reprirent la voiture pour continuer leur route.

Juillet passa. La chaleur forçait la maisonnée aux longues siestes. Jérôme ne faisait plus de réflexions sur la façon dont il m'arrivait d'empoigner mon oreiller. Par moments, je n'y tenais plus, je me disais qu'il valait mieux retourner à Fontbrune. Je ne le voulais pas, cependant. C'était à la fois un délice et un tourment de dépendre de cet homme à qui je ne pouvais pas dire un mot, dont je ne savais rien, qui ignorait ostensiblement mes émois. La moiteur de l'été écrasait tout. Aux heures plus fraîches, en fin d'après-midi, on se promenait dans les allées qui surplombent la Vézère. Sur l'autre rive, on entendait s'interpeller les moissonneurs. Les animaux restaient couchés à l'ombre des arbres, au bord de l'eau. Mon habitude de porter des robes peu ajustées me permettait au moins de respirer librement. Pour moi, l'été passa dans un brouillard : la moisson, la cueillette avec les enfants des fruits et légumes de leur jardin, les journées de lessive, de confitures, je prenais part de bonne grâce à toutes les activités, mais je cherchais, tel un geai pris au piège, comment secouer cette dépendance.

Un soir, alors que j'allais accompagner les enfants dans leur chambre, et que Mme de La Pautardie brodait dans le salon, le général me dit :

« Adeline, mon enfant, j'aimerais vous parler quand vous aurez fini de coucher les enfants, et avant que vous ne fassiez la partie de jacquet de Mme de La Pautardie. »

Je ne rougis ni ne pâlis, mais j'acquiesçai à voix basse. Avant que les enfants ne se couchent, je m'embrouillai un peu dans leurs prières, à l'étonnement de Pauline. Jérôme ajouta promptement l'acte d'espérance, que j'oubliai – serait-ce un présage? En redescendant au salon, je maudis la présence de Mme de

La Pautardie, dont les petits yeux vifs ne voyaient heureusement rien au-delà des apparences.

« Ma chère enfant, me dit affectueusement le général, asseyez-vous, je vous en prie. »

Je pris place dans le fauteuil qu'il me désignait.

« Peut-être ne souhaitez-vous pas parler de votre établissement, mais avec l'accord de votre oncle, j'ai jugé qu'il était de mon devoir de m'en soucier. »

J'aurais tordu le cou si je l'avais pu à Mme de La Pautardie, qui était ravie de cette conversation où devaient se mêler l'intérêt et le sentiment.

« Comme je vous l'avais dit, j'ai mis de côté pour vous chaque mois depuis que vous êtes à Puynègre une certaine somme. D'autre part, vous possédez, m'a dit votre oncle, le petit revenu d'une métairie. De plus, au cas où vous vous marieriez, Mme de La Pautardie et moi-même souhaiterions vous marquer notre attachement en ajoutant quelque peu à votre revenu. Vous ne seriez donc pas tout à fait aussi pauvre que vous le pensez. »

Je me taisais, attendant avec une anxiété mortelle la suite de ce discours. Le général poursuivit :

« Votre oncle Elie m'a demandé de sonder vos intentions sur la proposition suivante. Vous avez déjà rencontré M. Lacaminade. Il possède la manufacture de faïence qui se trouve sur la route de Campagne. »

Je n'eus même pas la force de faire un signe d'assentiment.

« Vous savez qu'il a amassé une assez jolie fortune, en gérant son bien avec habileté. Il vous a vue plusieurs fois au Bugue, vous a trouvée charmante et a fait savoir à votre oncle Elie qu'il serait heureux de pouvoir prétendre à votre main. Comprenez-moi bien : il ne s'agit pas encore d'une véritable demande. M. Lacaminade a souhaité que l'on vous interroge sur vos sentiments et qu'on lui fasse savoir si vous envisageriez cette union favorablement. Cette inquiétude l'honore. Votre grand-mère et votre oncle Elie ont

216

pensé que je pourrais, mieux qu'eux, vous indiquer où était votre intérêt. Je suis très touché de leur confiance, inutile de vous le dire. »

M. Lacaminade! A peine l'avais-je rencontré devant le foirail, un jour, avec mon oncle Labatut et mon oncle Elie, et peut-être à la sortie de l'église. Vif, amusant, petit, ventru, on le disait homme d'affaires. Mais l'épouser! J'étais stupéfaite, la chose me parut si insensée que j'en restai muette. C'est donc cela que mon oncle Elie avait essayé de me dire la dernière fois que j'étais allée à Fontbrune. L'explication avait été si peu claire que je n'avais pas compris en quoi le sort de M. Lacaminade intéressait ma famille, qui soudain s'entretenait gravement de son honorabilité et de ses revenus. Il était bon vivant, avait un œil gourmand, mais déjà une bedaine et la démarche d'un homme mûr.

« Eh bien, ma chère enfant, qu'en dites-vous? questionna le général.

— Je ne peux rien en dire, un tel mariage est impossible, répondis-je avec sincérité.

— Et pourquoi donc? Vous êtes raisonnable, vous savez qu'un bon établissement, avec un homme dévoué, honnête, ayant du bien, représente un avenir paisible et sûr, autant que cela peut se garantir.

— Je ne souhaite pas un avenir paisible.

— Vraiment? Qu'en savez-vous? Vous n'avez pas encore connu les remous de la vie. Ils sont souvent douloureux. Vous êtes orpheline; n'ayant pas l'appui de vos parents, il serait bon que vous soit assuré le soutien d'un bras ferme.

— Je vous demande pardon, général, si je vous parais déraisonnable. Je ferais une très mauvaise épouse pour M. Lacaminade. Je ne pourrais ni le respecter ni lui obéir. Il se ferait le plus grand tort en m'épousant.

— Tiens donc? (Le général secoua son cigare dans la cheminée.) Et croyez-vous qu'un homme de son âge ait songé à demander votre main sans savoir à quoi il

217

se destinait? Pensez-vous que les jeunes gens fassent de meilleurs maris? »

Je soupçonnais que le sort de M. Lacaminade était parfaitement indifférent au général, dont le ton révélait une nuance ironique.

« Je ne serais ni docile ni aimante, si j'épousais un homme d'habitudes aussi convenables et étriquées, insistai-je. Je suis un peu sauvage.

– Qui ne l'est dans l'extrême jeunesse? Cela ne doit pas vous décourager. Un peu de rébellion est naturelle chez les jeunes filles. Allons, il serait bon que vous preniez quelques jours de réflexion.

– Veuillez me pardonner, monsieur, il n'est pas besoin de réfléchir plus avant. M. Lacaminade souhaite sans doute par intérêt s'allier à ma famille. On a pensé que peu de partis se présenteraient et que vous sauriez me convaincre d'accepter celui-là. Je regrette la peine que je vais causer à ma famille et le souci que vous avez bien voulu avoir de mon avenir, mais je ne peux accepter cette proposition. »

Jamais je n'avais prononcé un tel discours, d'une voix claire et ferme. Mme de La Pautardie, assise en retrait, ne devait – grâce au Ciel – pas bien voir mon visage. En cet instant, elle n'existait pas. Je faisais face au général, c'est à lui que je m'adressais. Cette fois, il ne détachait pas ses yeux de moi.

« Et que souhaitez-vous? » me demanda-t-il abruptement.

J'avais peur de lui. Je ne savais pas ce qu'il attendait de moi ni où il voulait en venir. Je n'avais pas prévu cette conversation. Il me semblait que ma vie s'y jouait sans que je connaisse les enjeux et les atouts. Raide d'angoisse, je le regardais pourtant. Quel bel homme! avait dit de lui ma grand-mère. En effet, il était bel homme, mais pas du genre que l'on voit par ici. Si Mme de La Pautardie n'avait pas été présente, je lui aurais répondu : « Je souhaite rester là où vous êtes. » Au lieu de cela, je dis :

« Si vous désirez que je quitte Puynègre, je suis prête à m'en aller.

– Il n'est pas question de cela. »

Il me donnait le vertige à me regarder ainsi. Je ne lui avais jamais parlé vraiment, je n'aurais peut-être plus l'occasion de lui parler à nouveau pendant des mois.

« Je ferai ce que vous jugerez bon », lui dis-je.

Mme de La Pautardie ne pouvait-elle être aux sept cents diables! Heureusement, elle avait le bon goût de se taire et de ne pas deviner ce qui se passait à quelques pas d'elle. Si elle n'avait pas été là, jamais le général n'aurait gardé son air composé, je le jure par saint Michel! Jamais ses mains ne seraient restées fermes sur les accoudoirs de son fauteuil. Je me sentais le pouvoir de faire reculer les murs. Seule avec lui, je lui aurais dit ce que je pensais de son Raminagrobis de comptoir. Ce silence dut étonner la bonne dame en sa sainte innocence. Elle soupira :

« J'espère, mon enfant, que vous avez pris une décision que vous ne regretterez pas. »

Le charme était rompu.

« Fort bien, conclut le général. Votre famille souhaite respecter votre choix. J'irai demain à Fontbrune en faire part à votre oncle. Il pourra lui-même en entretenir M. Lacaminade. Ma tante, pardonnez-moi d'avoir retardé votre partie de jacquet, je vous rends Mlle Adeline. »

Le lendemain, le général rentra dans l'après-midi. Après le souper, il m'annonça qu'il souhaitait me rendre compte de sa conversation avec mon oncle Elie, quand les enfants seraient montés. Comme la veille, Mme de La Pautardie était maigrement assise sur la chaise basse qu'elle utilisait quand elle faisait des travaux d'aiguille. Le général parla avec la plus grande amabilité de Fontbrune et de ma famille. J'écoutais à peine. La suite m'importait peu. Je l'entendis conclure d'une voix égale :

« J'ai demandé votre main à votre oncle, qui me l'a accordée, sous réserve que vous consentiez vous-même à m'épouser. J'ai eu la présomption de croire que vous pourriez accepter aujourd'hui ce que vous avez rejeté hier avec horreur : l'idée d'épouser un homme considérablement plus âgé que vous. »

Il souriait, comme amusé de ma stupéfaction. Toutes les sainte Thérèse que l'on voit pâmées dans les églises, percées du dard divin, ne défaillent pas à moitié autant que moi quand j'entendis ces mots. A nouveau, j'aurais voulu occire Mme de La Pautardie, qui tirait sur son aiguillée. Elle leva le nez, s'étonnant de mon silence. Le général ne semblait pas impatient. La présence de la vieille dame était tout simplement indécente. Je ne pouvais m'arracher un mot de la gorge. Je me mis à trembler sans pouvoir me contrôler.

« Eh bien, mon enfant, quelle est votre réponse, cette fois? » pressa Mme de La Pautardie.

Je fis un signe d'assentiment. Aucune parole ne semblait s'appliquer à la situation. Le général n'en parut pas gêné. Il continua d'un ton aimable :

« La chose est donc entendue. Je l'annoncerai demain. Veuillez m'envoyer les enfants dans mon bureau dès qu'ils seront levés. Le mariage pourra avoir lieu en octobre, après les vendanges et avant le départ de Jérôme pour le collège. Je donnerai des instructions pour qu'on installe à votre intention la chambre rose, voisine de celle de Mme de La Pautardie. »

Je réussis enfin à parler :

« Si vous l'autorisez, monsieur, je préférerais que rien ne soit changé d'ici au mois d'octobre – je ne parvenais pas à dire : d'ici le mariage – et continuer à partager la chambre des enfants, en m'occupant d'eux comme par le passé.

– Fort bien. Mais vous aurez besoin de temps pour vous consacrer à divers préparatifs, et je tiens à ce que vous disposiez de toute l'aide et de tous les moyens nécessaires. Mme de La Pautardie y veillera. »

Si elle y veilla! Elle voulait que j'aie un trousseau aussi beau que celui de la première baronne Fabre, dont la famille était très prospère. Je me battis. A quoi bon avoir tant de draps brodés et de serviettes alors que la maison en regorgeait? C'est qu'il faut bien avoir du linge à son chiffre! me répondait-on avec indignation, alors que je me moquais de dormir sous les initiales enlacées du général et de sa première épouse, et même de dormir dans les chemises de la dame, si besoin était. On ignora mes remarques.

Devant l'immensité de la tâche, on approuva mon idée de faire appel à Louise de Cahaut pour me conseiller. Elle arriva un beau matin, accompagnée de sa couturière, chargée de modèles de robes et d'échantillons de tissus, et qui parut tout juste satisfaite du train de maison de Puynègre. On convint que la couturière du Bugue me confectionnereait des camisoles, jupons, chemises de dessus, de dessous, de jour et de nuit, déshabillés, sauts-de-lit et j'en oublie. Elle fut aussitôt engagée pour deux mois entiers. La couturière de Louise accepta également de me consacrer son temps jusqu'au mariage, après avoir fait quelques mines et laissé tomber le nom de deux ou trois nobles dames qui seraient au désespoir de la savoir occupée au loin et qu'elle avait le cœur gros de décevoir. Elle était chargée de mes robes, capes, manteaux, mantelets et autres vêtements de dessus. Les deux pauvres créatures s'usèrent les yeux à coudre, broder, surfiler quasiment jour et nuit. Tout devait être secret et superbe, c'était la devise de Mme de La Pautardie pour l'occasion. La chambre voisine de la sienne fut transformée en atelier et champ de bataille. Louise eut la joie de jouer le rôle principal dans le choix de mes vêtements.

Grâce au Ciel, le trousseau de Jérôme avait été préparé bien avant son départ pour le collège, sinon la maison aurait péri dans les fièvres de tant de préparatifs conjugués.

Toutes ces formalités me parurent un insupportable fardeau. Les gens croyaient que j'avais habilement manœuvré afin de séduire le général et que j'étais ivre de mon succès. Pierre eut à ce sujet quelques ricanements entendus. A la vérité, les choses s'étaient passées trop vite et je n'avais encore ni décidé de me faire aimer ni songer à me faire épouser.

Autre chose me tourmentait : je ne savais quasiment rien du général, je n'avais eu aucune conversation avec lui depuis cette soirée où il m'avait annoncé qu'il avait demandé ma main. J'avais tenté une fois – devant Mme de La Pautardie, comme toujours – de lui dire que je n'étais pas une dame.

« Vous le deviendrez », avait-il éludé avec un geste de la main.

Il avait fait retapisser pour moi la chambre contiguë à la sienne, qui devint ainsi la chambre bleue. La perspective de cette chambre séparée de la sienne me laissait perplexe. Devrais-je attendre poliment qu'il me rende visite les soirs où il le souhaiterait? Que savais-je des mœurs intimes de la bonne société? Rien. Ma grand-mère fut chargée de me faire un exposé sur le mariage. Elle me recommanda d'être soumise et respectueuse envers mon époux, homme de prestige, de sagesse et de bonté. J'eus pitié de son embarras et promis ce qu'elle voulut pour abréger la conversation. Si j'avais pu poser des questions à quelqu'un, ç'aurait été à Rosa. Mais elle avait quitté Fumerolles, et d'ailleurs je ne lui aurais rien demandé.

A mon étonnement, les enfants se montrèrent heureux du remariage de leur père. Pauline fut tout d'abord très inquiète. Je compris qu'elle craignait de devoir m'appeler « maman ». Après avoir pris l'avis du général, je leur demandai de continuer à m'appeler « notre Adeline », comme ils le faisaient.

Je n'avais même pas le temps de redouter le futur. L'enchaînement des événements était inéluctable. Et puis, enfin, j'ai toujours eu la certitude que ce que j'entreprenais était destiné à réussir. Ce qui n'est pas à ma mesure, je ne l'entreprends pas, et tout est dit. Pour le reste, les échecs ne m'étonnent ni ne me découragent, ils me font seulement réfléchir à la validité de la méthode employée. Je peux s'il le faut l'infléchir ou la renverser, ne mettant ni obstination ni amour-propre dans ces sortes de choses. Le Ciel se charge des catastrophes, je me contente de gérer le reste.

C'est seulement le jour de la signature du contrat que j'appris l'âge du général : il avait quarante-sept ans. Je venais d'en avoir dix-huit. Je ne fis pas très attention aux clauses du contrat qu'il avait mises au point avec son notaire et mon oncle Elie. Tout le monde considérait que je devenais riche. Ce n'était pas mon avis, puisqu'il s'agissait de son argent et pas du mien.

J'ai conservé dans le tiroir de mon bureau le menu du dîner qui réunit le soir de la signature famille et proches :

Potage
Turbot sauce mayonnaise
Poularde à la flamande
Filet de bœuf à la dauphine
Crevettes
Dinde truffée
Cèpes à la Henri IV
Asperges en branches
Pâté de foie gras Périgueux
Salade
Plum-pudding
Nougat
Meringue chantilly
Dessert

On servit plusieurs vins, et même du vin de Champagne.

Le lendemain, après la cérémonie religieuse, eut lieu un déjeuner dont je ne retrouve plus le menu.

Le soir, les invités étant tous partis et Mme de La Pautardie ayant pour une fois fait preuve de discrétion et étant montée dans sa chambre, je me retrouvai seule dans le salon avec le général. Il faisait déjà frais et un feu se consumait dans la cheminée. Je l'observai qui talonnait une bûche. Il ne m'avait presque rien dit de familier ou de personnel depuis le jour où il m'avait demandée en mariage. Il se retourna.

« Comme vous le savez, je partirai demain à l'aube avec Joseph. Je compte me rendre à la foire d'Excideuil. Puis je m'arrêterai à Lanouaille chez le colonel Bugeaud, qui doit me montrer ses plantations de mûriers. J'irai ensuite jusqu'à Pompadour, où je vous achèterai un cheval. Je ne vous demande pas de m'accompagner, bien que je souhaite vous présenter le plus rapidement possible à mes amis et connaissances. Ceci viendra ensuite. Vous voyez qu'il s'agit là de traiter d'affaires où vous n'avez pas votre place. Je reviendrai dans trois jours. Si je ne suis pas là à six heures, vous ferez servir le souper sans m'attendre. D'autre part, j'ai donné des instructions pour que, pendant mon absence, la maison et les dépendances vous soient montrées dans leurs moindres détails ainsi que leur organisation. Il convient que vous connaissiez le domaine dont vous êtes maintenant la maîtresse. Je vous ferai moi-même visiter les terres à mon retour. »

Je m'étais crue sa femme. Il me traitait comme son intendante. Je suffoquais de fureur. Je fis une brève révérence.

« Je vous obéirai, monsieur. Puis-je maintenant vous demander la permission de me retirer ? »

Il ne parut pas surpris et sonna.

« Bertille va vous accompagner. »

Le silence régna jusqu'à ce qu'elle entre dans la pièce. Il s'inclina et me baisa la main. Je sortis, précédée de Bertille tenant une chandelle.

Je me laissai déshabiller et coiffer. Je pris une résolution qui me rendit mon calme : s'il ne venait pas me présenter des excuses, demain matin, je rentrerais à Fontbrune, à pied s'il le fallait, à travers bois, afin qu'on ne me retrouve pas aussitôt. J'étais assise sur une chaise basse devant la coiffeuse, Bertille me brossait les cheveux, elle m'avait passé une chemise de nuit brodée comme le surplis d'un archevêque.

On frappa. Surprise, je ne répondis rien. On frappa de nouveau. Cette fois, je dis qu'on pouvait entrer. Le général parut sur le seuil.

« Merci, Bertille, dit-il. Vous pouvez nous laisser. Demain matin, vous voudrez bien apporter à Madame son chocolat à la même heure que d'habitude. »

Ce cérémonial me paraissait insupportable. Amis, famille, métayers, domestiques devaient-ils savoir le jour et l'heure où le général aurait le droit de me mettre dans son lit ? Cela m'a toujours semblé indécent.

Il préféra sans doute ne pas me laisser le temps de réfléchir. Je m'attendais à une conversation amicale. Au lieu de cela, il s'approcha, me prit par les épaules, me tint penchée contre lui, et m'embrassa longuement la nuque, puis le creux du dos. C'était comme s'il me versait du plomb fondu le long de l'échine. Je poussai un cri sourd, et me tournant vers lui j'enfonçai mon visage dans la soie brochée de son gilet. Les boutons d'argent me firent mal. Je mis mes bras autour de lui. Sous son gilet, la douceur de sa chemise m'affolait, la chaleur de sa peau m'épouvantait.

Il releva mon visage, me mit debout. Il ne me serait pas difficile de simuler l'ignorance, j'étais hébétée, au bord de l'évanouissement. La lumière du feu et des flambeaux me paralysait. Je n'aimais pas cette chambre.

« Permettez-moi de venir dans votre chambre, suppliai-je.

– Vous y aurez froid, la fenêtre est grande ouverte.

– Cela ne fait rien. »

Il me mit dans son lit, encore chaud d'avoir été bassiné. Pourtant, je claquais des dents. Quand il me prit dans ses bras, j'étais au bord du désespoir. Tendrement, patiemment, il me réchauffa, me parlant bas, usant des mots qu'il employait avec ses enfants, ses chevaux ou ses chiens. L'envie me venait de me battre avec lui, non de subir en silence. Seigneur, aidez-moi, empêchez-moi de crier, de m'accrocher à lui! priai-je, éperdue. Je vous en supplie... Je vous en supplie...

C'est peut-être à son intention que je balbutiai ces dernières paroles. Je ne sais s'il m'entendit. Il fit comme si je l'invitais à poursuivre et non à s'interrompre. Je le voulais, cet homme, et il le savait. J'essayai confusément de me raisonner, je m'affolai, il me sembla que je délirais. Je ne supportais plus cette chemise entre sa peau et la mienne. Il me l'enleva, puis se mit à m'embrasser, doucement d'abord, et bientôt âprement. Jusque-là, j'avais à peine osé le toucher. Soudain, je le saisis à pleins bras, je sentis une cicatrice dans son dos, puis je finis par me laisser aller, me laisser aimer, geignant de peur et d'extase. J'espère qu'il ne m'entendait pas, je lui sanglotais dans les dents, je râlais dans son épaule des « Vous me faites mourir, vous me tuez, ô Dieu, vous me faites mourir ».

Enfin, il me tint contre lui, enveloppée de draps et de couvertures pour que je ne prenne pas froid.

« Vous dormez sans chemise, comme une vraie petite gardeuse de dindons, murmura-t-il, mais il ne semblait pas fâché.

— Je vous demande pardon, si cela ne se fait pas.

— Tout se fait, dit-il d'un ton rêveur.

— Pourquoi ne m'adressiez-vous jamais la parole?

— Que vous aurais-je dit que vous ne sachiez déjà?

— Je ne vous demandais pas de me faire la cour, vous auriez pu me parler de n'importe quoi.

— C'est donc de conversation que vous étiez assoiffée? Ce n'est pas ce que j'avais cru comprendre. »

Je restai interdite, ne sachant s'il plaisantait.

« Que voulez-vous dire? Me suis-je mal conduite?

— Aux yeux du monde, vous avez été parfaite, et c'est là l'essentiel.

— Alors qu'ai-je fait de répréhensible?

– Vous m'avez lancé de ces regards à ébranler une porte de prison, à mettre le feu aux murs d'une citadelle. Il y a vingt ans, je n'aurais pas attendu que vous me lanciez deux regards semblables, je me serais très mal conduit, et sans vous promettre le mariage, croyez-moi. J'ai pris de l'âge, ce qui est heureux pour vous, car j'ai attendu pour vous juger.

– Je n'ai rien fait de tel, protestai-je hâtivement. Vous dites cela pour m'effrayer?

– Naturellement. Je tiens seulement à vous avertir qu'il serait sage de votre part de ne lancer à personne d'autre ce genre de regard. Je suis encore, avec Bugeaud et Fournier, l'un des meilleurs tireurs et sabreurs de ce département. L'objet de votre admiration n'aurait pas vingt-quatre heures à vivre.

– Je ne sais pas de quoi vous parlez. Je vous en prie, n'ironisez pas.

– Vous saurez bientôt distinguer ce qui est chez moi matière ou non à plaisanterie. »

Saisie, je ne savais que penser de ce commentaire. Il m'était arrivé de le suivre des yeux quand personne, pas même lui, ne pouvait s'en apercevoir. Il n'y avait rien là qui mérite d'être traité avec sévérité. Il s'aperçut de ma stupeur.

« Vous voilà tout à fait effrayée. Je ne pensais pas avoir été aussi terrible!

– Vous parlez de tuer le premier venu et vous me voudriez rassurée! »

Ma voix devait trahir ma détresse. En effet, je me demandais ce qu'il voulait dire, ce qu'il savait, et surtout s'il était homme à se venger du passé.

Il rit et me serra contre lui.

« J'espère que vous n'aurez jamais l'occasion de vous souvenir de ma remarque. Vous n'aurez alors pas à vous en inquiéter.

– Je ne comprends pas pourquoi vous m'avez épousée.

– L'année de mes douze ans, alors que j'étais au séminaire, je suis revenu chez mes parents à l'époque des vacances. Mon père m'a laissé monter une petite pouliche un peu farouche. Elle fumait, piaffait, encensait, mais elle était fidèle et vaillante. Je l'ai montée chaque fois qu'on me l'a permis. J'ai eu le sentiment que la terre m'appartenait, j'étais libre et comblé. Je vous ai épousée en souvenir de cette pouliche, à laquelle vous ressemblez. »

Je restai un instant silencieuse.

« Mais quand avez-vous décidé de m'épouser?

– Sur la terrasse de la préfecture, le jour où je vous ai rencontrée. »

Sa voix était apaisée et sereine.

« Mon Dieu! »

Je me tus. Tant d'inquiétude, tant de flammes, tant de tourments, alors que la partie était gagnée d'avance. De soulagement, de joie, je me jetai contre lui. Il ne demanda rien. Il me tenait étroitement serrée, bientôt il m'embrassa à nouveau. Qu'importait le reste!

4

Le lendemain, Joseph devait réveiller le général à cinq heures. Ils avaient convenu de partir à six heures. Quand on frappa, je me renfonçai sous les draps. J'entendis les deux hommes échanger les salutations habituelles et des avis sur le temps, qui s'annonçait beau. Joseph posa le broc d'eau chaude avec lequel le général devait se raser, puis alla dans le cabinet de toilette où il remplit la baignoire. Je devais apprendre plus tard que le général consacrait chaque matin entre quinze et vingt minutes à sa toilette, jamais moins, rarement plus.

Avant de sortir de la chambre, il releva les couvertures, me caressa les cheveux et, se penchant, m'embrassa légèrement.

« Dormez, il ne fait même pas jour. »

J'avais trop sommeil pour le retenir et je ne l'aurais, au mieux, retardé que de quelques minutes. Il devait encore prendre un solide déjeuner de soupe et de grillons et n'avait pas le temps de s'attarder.

A sept heures, Bertille m'apporta mon chocolat, mon petit pain et l'eau bouillante de mon bain. Elle avait allumé le feu dans la chambre bleue où je m'installai, surprise de la nouveauté de ce repas pris seule. Avoir ma propre chambre et mon cabinet de toilette me parut agréable. Mon déjeuner et mon bain pris, je m'habillai sans plus tarder, en mettant une de mes robes ordinaires, puisque le général ne devait pas être là de la journée. Puis j'allai dans la chambre des enfants, pour ne pas leur donner l'impression que je les abandonnais.

Mme de La Pautardie donna à Pauline sa leçon de piano et je lus avec Jérôme un passage de *La Guerre des Gaules* de César. Mon ignorance étant aussi grande que la sienne, nous fîmes une liste des questions que nous poserions au général à son retour.

On entreprit alors de me faire visiter la maison dans tous ses recoins. Je crus que deux heures feraient l'affaire. La journée y suffit à peine. Jérôme allait en avant-garde, Mme de La Pautardie marchait devant moi, commentant, et Pauline me donnait la main.

Dans la cuisine, pas de fenêtre. Seuls deux fenestrous et deux portes ouvraient d'un côté sur la cour, de l'autre sur le jardin. L'hiver, la lumière ne venait que du feu de la cheminée et du caleil pendu au-dessus de la table. On ouvrit les grosses armoires du noyer et les buffets. Rien n'y manquait : poêlons, toupines, tourtières, chaudrons, bassines, pots de grès. Au mur, pendus à des clous, les poêles, louches, cribles, écumoires. Dans un râtelier, les tourtes, que l'on faisait cuire une fois par semaine à la métairie.

En sortant par le jardin, on trouvait la porte de la cave, qu'on appelait la resserre et où l'on descendait par quelques marches. Dans un alignement militaire, d'où en plus étaient bannies poussières et toiles d'araignées, des jambons et des quartiers de lard pendaient au plafond. Sur des rayons, des rangées de conserves, chaque pot portant écrits son contenu et la date de sa confection : graisse, confits d'oie, de canard, de dinde, de porc, pâtés, grillons. Plus loin, des prunes et des cerises à l'eau-de-vie. Sur une étagère séparée, de l'eau de noix, du pineau. Les confitures et le miel avaient également leur place. Il y avait de quoi soutenir un siège d'un an.

Je le pensais en plaisantant, mais je sus bientôt que le général avait prévu cette éventualité. Tous les hommes de la maison maniaient le fusil. En cas de mauvais coup, chacun savait quelle arme il devait prendre au râtelier de la petite salle et à quel poste il devait se placer. Cette troupe devait comprendre les domestiques qui cultivaient la réserve et logeaient derrière les communs à une portée de fusil de la métairie. Tout le pays savait qu'il ne ferait pas bon s'attaquer à Puynègre et qu'en cas de nécessité le général ferait tirer sur les assaillants. Il répétait souvent qu'il ne craignait pas les gens de Limeuil ou du Bugue, mais que la racaille accourait de partout quand elle espérait avoir part au pillage.

On passa ensuite dans l'office. Le long d'un mur, dans des armoires montant jusqu'au plafond se trouvaient le linge de cuisine – torchons et tabliers – et le linge de table ordinaire : nappes, serviettes, molletons. Le linge utilisé les jours de réception était rangé dans une autre armoire. A l'intérieur de chaque porte, des listes donnaient non seulement le nombre exact de pièces conservées, mais leur qualité (grosse toile, toile fine, cretonne) et leur état.

J'appris que les serviettes neuves devaient avoir une aune de long, que dans la cretonne la trame était de chanvre et la chaîne de lin : cela donnait au grain une apparence inégale dont il ne fallait pas s'inquiéter. Par contre, si la lisière est mauvaise, c'est un indice que la pièce est mal fabriquée et fera peu d'usage. On trouvait de la toile de Mayenne, de la toile écrue pour la cuisine, des toiles damassées. On m'expliqua que les toiles de Hollande, de Frise et de Malines étaient les plus belles. Mais c'étaient les chemises du général qui me faisaient rêver et pas les nappes, réflexion que je tus.

Le tout était parfumé de sachets de racine d'iris. Je préférais l'odeur de l'herbe à papillons, que je trouve incomparable. Mais je n'étais pas là pour bouleverser l'ordonnance de la maison et les questions de rangement, de cuisine et de lessive ne m'ont jamais paru mériter de grands affrontements.

Sur la table de l'office, Miette, Bertille, Malvina ou

les lingères repassaient. Les fers étaient pendus au mur. On y mettait de la braise chaude prise dans la cheminée de la cuisine.

Un buffet était réservé à l'argenterie ordinaire, frottée tous les vendredis. La caisse d'argenterie du général était dans son bureau. Joseph seul avait le droit de l'ouvrir pour en sortir et y remettre les pièces utilisées lors des réceptions.

De là, on me mena dans la cour, au cellier. Le long d'un des murs, des barriques contenaient le vin récolté à Puynègre. Le long du mur opposé, s'alignaient des barriques de vins de diverses provenances, qui étaient mis en bouteilles au château : du monbazillac, du puy-charmant, du vin de Domme, de Brantôme, du goûts-rossignol, du vin de Vauxain, de Saint-Pantaly, et divers crus de Bergerac et de Bordeaux. Des bouteilles remplissaient des casiers, le tout dûment étiqueté.

A côté, on passa dans le fruitier. Des claies étaient rangées sur plusieurs étages, posées sur les châlits de bois. Par terre, des pommes de terre, des haricots, des raves. Plus haut, des pommes, des prunes. Les poires et le raisin, qui ne se gardent pas, demeuraient dans la resserre où on les servait aussitôt cueillis. Dans un coin, ce qui restait de la récolte de noix de l'année précédente.

Derrière ce bâtiment, se trouvait le logement des ouvriers qui cultivaient la réserve. Le général préférait y employer des hommes jeunes et célibataires, qui touchaient des gages plus élevés que chez les autres propriétaires de la région et en conséquence ne ménageaient pas leur peine. Quand ils avaient accumulé un peu d'argent et souhaitaient se marier, soit ils quittaient Puynègre, soit, pour les meilleurs, le général les engageait comme métayers, les conservait à son service ou les recommandait à des amis ou connaissances.

Dans le jardin, on me mena à la serre. On venait d'y rentrer les caisses contenant les orangers de la terrasse, ainsi que les plantes qui craignent la gelée. Jantou, le jardinier, ôta son bonnet et ne souffla mot pendant toute la visite. Pour le sortir de son mutisme, je lui dis qu'à Fontbrune on rentrait le cactus le jour des morts.

« Cela se peut bien », répondit-il.

On m'expliqua que je devais lui dire quelles fleurs préparer pour les bouquets de la maison. C'était un ancien pontonnier de la Grande Armée, devenu marchand ambulant après les Cent Jours. Il était venu un jour à Puynègre offrir des aiguilles, du fil, du ruban et autres articles de passementerie. Le général l'avait engagé. Il s'appelait Jean. Il devint à la fois Jantou et jardinier.

L'heure du déjeuner interrompit la visite. On la reprit ensuite, tandis que Jérôme allait à la pêche avec le fils des métayers.

Je croyais avoir presque tout vu, et nous avions en effet parcouru l'essentiel des richesses de la maison. Mais je ne connaissais pas toutes les chambres, les combles, les greniers. Je dus remarquer chaque objet : les chandeliers, les tabatières, les bonbonnières, les gravures, les lustres, les boiseries, les meubles, en connaître l'origine et l'entretien. Dans ma tête se poursuivaient en une large ronde blanc d'Espagne, cire, alcali, lessive des savonniers, sel d'oseille, esprit-de-vin, gomme laque, colle de poisson, craie, gomme arabique. Heureusement, le soin des armes et des pendules incombait à Joseph, je ne me sentais pas le courage d'écouter comment on démontait un pistolet et on s'assurait du bon équilibre d'un balancier d'horloge.

En haut, dans des malles, étaient rangés les restes de coupes de tissus, de cordons, de galons qui avaient servi à tapiser les différents sièges de la maison. Je vis l'instant où l'on m'indiquerait qu'il fallait refaire le crin des fauteuils tous les dix ans à la Saint-Jean ou à la Saint-Martin.

Antonia avait eu la bonne idée de faire des crêpes à

la confiture, dont nous fîmes collation, heureux prétexte pour mettre un terme à notre visite.

J'aurais voulu être seule ou entourée de silence. J'avais envie de penser à cet époux que je connaissais à peine. J'aurais voulu l'aimer à en être sotte. Dès le premier jour de nos fiançailles, il s'était arrangé pour que cela ne me soit pas possible. S'il était passionné, il était plus encore entêté. Je devinais qu'il avait voulu m'imposer tout de suite la discipline de cette maison pour que je ne puisse m'envoler dans des rêveries exaltées, ou dans des folies d'élégance et de mondanité dont j'aurais peut-être été capable si j'avais été désœuvrée. Qui sait ce qu'un certain luxe et une position relativement élevée auraient pu faire de moi?

Deux jours plus tard, sans en rien dire, je guettai le retour du général dès le début de l'après-midi. A six heures, on se mit à table sans lui, comme il l'avait ordonné. Pour la dernière fois, ce jour-là Mme de La Pautardie avait commandé les menus. Il était entendu qu'à partir du lendemain j'en prendrais la responsabilité, en lui demandant des conseils aussi longtemps que je le jugerais utile.

A huit heures, je montai avec les enfants. Je ne m'inquiétai pas de Jérôme, tout gonflé d'importance à la perspective de son départ au collège. Mais Pauline, silencieuse et douce, dont j'étais si peu faite pour comprendre les craintes, me semblait mériter plus particulièrement mon attention ces jours-là. Je restai longuement assise sur son lit, leur racontant une histoire de brigand jeté dans le gouffre de Proumeyssac. Je rendis l'histoire encore plus noire qu'elle n'était, et songeai trop tard qu'au lieu d'aider la petite fille à s'endormir elle avait dû la tenir éveillée plus longtemps que d'habitude. Jérôme écoutait avec grande attention et au fur et à mesure que j'y ajoutais des épisodes inédits, il me demandait des précisions que j'avais du mal à donner sans me contredire. J'appris à cette occasion que, vraie ou fausse, une histoire doit présenter avant tout une solide charpente, sur laquelle peuvent se greffer bien des épisodes, et même l'invraisemblable, pourvu qu'on revienne immanquablement au tronc original. En même temps, je tendais l'oreille, espérant à chaque instant entendre le pas des chevaux dans la cour mais rien ne s'annonça.

C'est bien après neuf heures que les chiens se mirent à aboyer comme des fous. Ricou sortit avec une lanterne. Mme de La Pautardie, déjà retombée dans la routine des jours, annonça :

« Voilà mon neveu. Il rentre bien tard. »

Je ne voulais pas aller à sa rencontre. Je restai dans le salon et, me levant à son arrivée, je reçus un baiser discret sur le front devant Mme de La Pautardie, la main du général se posant à peine sur mon épaule. Avec lui, était entré l'air frais de la nuit. Il semblait las et content. Il avait soupé à Thenon.

Mme de La Pautardie ne fit même pas le geste de se retirer pour nous laisser seuls. Courtois, il s'adressa tout d'abord à elle :

« Notre Adeline a-t-elle beaucoup appris sur le gouvernement de la maison ? Je suis sûr, ma tante, que vous n'avez rien négligé pour l'instruire.

– Je n'en sais rien. Toujours est-il que, moi, je suis épuisée. »

Il rit.

« Demain, vous pourrez vous reposer, je vous prends votre élève. Nous irons visiter les terres de Puynègre. »

Il se tourna vers moi.

« Je vous ai trouvé une petite jument limousine qui a le pied sûr et un naturel aimable. Vous en serez contente, je crois. Demain, je vous donnerai votre première leçon d'équitation.

– Je ne suis jamais montée que sur la bourrique de ma tante Eléonore.

– Nous n'irons pas loin et nous ne ferons pas de prouesses. Il convient toutefois que vous sachiez monter à cheval. Savez-vous qu'à Marengo le jeune frère du général Fournier étant sous-lieutenant et sachant tout juste tenir en selle, a dû charger attaché à deux vieux cavaliers ? »

Mme de La Pautardie s'exclama :

« Nous ne sommes pas à Marengo et notre Adeline n'a pas reçu ordre de renverser la cavalerie autrichienne. »

Le général se tourna vers moi, amusé.

« Je parie qu'avec un peu de pratique cela ne vous ferait pas peur ?

— Pour rien au monde, je ne monterais votre grand cheval anglais. Je ne veux pas être si haut perchée.

— Ne craignez rien. Jamais Joseph et moi n'avons fait passer examen aussi rigoureux à un cheval. Le marché s'est conclu par un déjeuner à douze francs, ce qui vous montre le sérieux de l'affaire. Nous sommes également passés à Lanouaille, chez Bugeaud. Il a si bien réussi dans ses cultures qu'il s'inquiète autant des débouchés que de la production dorénavant. Il a tant de betteraves qu'il voudrait s'associer à des sucriers, et il a 2 000 à 3 000 kilos de grains à vendre, que l'armée lui a retenus. Je ne suis reparti de chez lui qu'après le déjeuner, aujourd'hui. Vous verrez demain quels types de cultures j'ai essayé d'implanter ici. Une amélioration considérable est possible. Mais convaincre les gens de cultiver différemment est une entreprise redoutable. »

Mme de La Pautardie voulait entendre parler de la parenté de Mme Bugeaud, née Jouffre de Lafaye.

« On dit que Mme Bugeaud a apporté 250 000 francs de dot au colonel.

— On ne le dit en effet. Il a 1 800 journaux de terre, sans compter les bois. Puynègre est d'un bon tiers moins étendu.

— Ah ! je vous demande pardon, mon neveu. Vous possédez certaines des plus belles terres de la vallée ! protesta Mme de La Pautardie. Et vous oubliez les biens que ma nièce vous a apportés en dot : Forge-Neuve et les terres de La Chapelle. Je gage que votre train de maison et vos équipages sont de loin plus élégants que ceux du colonel Bugeaud!

– Bah! avoir de beaux attelages quand il n'y a pas de chemins où les faire galoper est bien vain! Adeline, mon enfant, je vous conseille de ne pas m'attendre. Je vais aller noter tout de suite mes comptes de ces trois jours et je vous rejoins. »

Je ne voulais pas répliquer devant Mme de La Pautardie. Je la saluai donc, pris ma chandelle et montai. J'étais heureuse de me retrouver seule. Je pris plus de temps qu'il ne fallait pour défaire mes cheveux et me déshabiller devant le feu. Je m'allongeai dans mon lit, mais je ne voulais pas dormir dans cette chambre bleue où je savais qu'il étoufferait et s'impatienterait, ne songeant qu'à retourner dans la sienne. Je pris le *Dictionnaire des ménages*, dont Mme de La Pautardie m'avait recommandé la lecture. Contrairement à ce qu'elle espérait, je ne m'arrêtai à aucun des articles concernant l'entretien de la maison, mais à ceux sur la chasse et la pêche, les plantes et les cultures, qui étaient pleins d'intérêt. Cet ouvrage devint plus tard un de mes livres de chevet.

Le général monta peu après. Il s'assit sur le bord de mon lit. Il me regardait tendrement.

« Vous allez être cruellement déçue, ma douce amie. J'aurais aimé vous faire la cour, mais je suis fourbu et ne vous dirai point de jolies phrases.

– Cela m'est égal. Entendre les chiens aboyer et savoir que vous êtes rentré me rend plus heureuse que les jolies phrases. »

Il releva la manche de ma chemise, me caressa le bras, m'embrassa le creux du poignet, du coude, la saignée du bras. Il m'intimidait, je fermai les yeux.

« Regardez-moi, dit-il. Auriez-vous fait preuve d'audace lorsque vous ne couriez aucun danger et me provoquiez en public pour ne plus me regarder maintenant que nous sommes en tête-à-tête? »

Je dus faire un effort pour regarder son visage lourd et tanné, volontaire, son grand nez, ses lèvres pleines.

Sa main était remontée vers mon épaule, mon cou, il maintenait ma tête levée vers lui et me scrutait. Je finis une fois encore par fermer les yeux et m'appuyer contre lui.

« Je ne voudrais pas dormir dans la chambre bleue, murmurai-je.

— Venez, dit-il simplement. Mettez un châle, vous allez prendre froid. »

Son lit venait d'être bassiné. L'air froid et humide d'octobre entrait par la fenêtre grande ouverte. Il n'y avait pas de lune, la flamme de la bougie, secouée par le vent, oscillait au-dessus de la table de nuit. Je pensais qu'il l'éteindrait en se couchant, mais il la laissa allumée. Je m'en inquiétai.

« Un peu de courage, madame. Ne soyez pas de ces femmes qui montrent de la hardiesse dans la conquête pour ensuite fuir le combat. »

Penché sur moi, il ajouta doucement :

« Que craignez-vous ?

— J'ai peur de vous.

— Raison de plus pour me regarder de près. Il n'y a pas d'autre remède.

— Vous savez bien que vous me faites...

— Eh bien ? pressa-t-il, comme je n'osais poursuivre.

— Vous me faites défaillir.

— De crainte ou d'horreur ? »

Je finis par lui jeter à la figure :

« Vous vous moquez de moi ! Vous m'avez observée pendant des mois, vous amusant de mon agitation. Je devenais folle, à vous en écorcher la figure. J'en avais mal jusque dans les os. J'aurais vendu mon âme pour que vous me touchiez. Je vous ai détesté !

— Et maintenant ?

— C'est pire. Je serais capable de vous haïr. »

Sans me quitter des yeux, il eut l'ombre d'un sourire.

« Ne jouez pas, suppliai-je.

« – Ma petite enfant, je vous donne ma parole que je ne joue pas, dit-il d'une voix sourde.

– Je vous aime à en crier.

– Criez, mon cœur, les murs sont épais. »

Et il m'enveloppa de ses bras, de sa force, de sa violence. Je l'aimais au-delà de toute raison et je crois bien qu'il m'aimait aussi.

Le lendemain, on me présenta Souris, la petite jument grise achetée pour moi à Pompadour. Elle me plut tout de suite. Elle venait d'être pansée et faisait la belle, de la crinière et de la queue. Elle ne m'effraya pas un instant. Le palefrenier avait préparé une selle à l'anglaise, qui avait dû appartenir à la première baronne Fabre.

Joseph s'était déjà assuré que Souris était bien sanglée. Le général vérifia lui-même. Je portais le costume d'amazone que la couturière de Louise avait fait avant mon mariage. J'avais un chapeau, un voile, des gants, une cravache, et la certitude d'être une dame. Sauf que je n'étais jamais montée que sur l'âne du Castel Donzel ou sur la mule de tante Eléonore. On me montra comment me tenir en selle, me fit faire deux ou trois fois le tour de la cour. Puis nous partîmes en procession, Jérôme en tête, le général fermant la marche, et moi entre eux deux.

Jérôme était fier de monter à cheval avec aisance alors que je ne faisais pas secret de mon ignorance. Il était également plus informé que moi des questions concernant la gestion et les cultures de Puynègre, dont son père l'entretenait souvent.

On suivit le haut du coteau, en direction de Limeuil. Nous avancions paisiblement dans la fraîcheur du sous-bois. C'était un taillis de châtaigniers, mais l'odeur du bois, avec ses bruyères, ses fougères, est incomparable. Les oiseaux piapiataient, Souris faisait des pas de demoiselle à son premier bal. Le général me surveillait de près, sans me le faire sentir, il se bornait à me donner de brefs conseils. En arrivant à la lisière du bois, on vit l'étendue de la vallée, le long de la Vézère. Les peupliers avaient presque fini de perdre leurs feuilles. Les cultures étaient belles des deux côtés de la rivière, mais au-delà de la plaine, on retrouvait les coteaux pierreux, avec leur broussaille de genêts, d'ajoncs, de chênes rabougris, de genévriers, ou les épais bois de châtaigniers. Peu de toits ou de villages à l'horizon. On apercevait les tours ou les toits des gentilhommières voisines, la fumée d'une métairie, le clocher de Saint-Martin.

On s'arrêta à une première métairie. Dans la cour, un chien se précipita en aboyant dans les jambes des chevaux. On descendit, salua les femmes – les hommes étaient dans les terres –, on s'enquit de la santé des uns et des autres, de la famille, des dernières nouvelles.

La même conversation se répéta partout où l'on s'arrêta ensuite. Les petits enfants et les vieux nous dévisageaient en silence. Les enfants plus âgés gardaient les moutons, les chèvres ou les dindons dans une lande ou une friche. Dès l'âge de douze ans, ils étaient considérés comme adultes et s'occupaient des travaux des champs ou de la maison avec le père ou la mère.

Le général me montrait la limite des terres, les jeunes plantations de bois. Il me disait combien de foin, de grain, de raisin on avait récolté cette année-là. On ramassait encore les betteraves et les pommes de terre. Bientôt commencerait la récolte des noix et des châtaignes.

Je remarquai que les bâtiments étaient en bon état, même les granges et les étables étaient crépies de frais.

« Il y a fallu bien des efforts, commenta le général. Jusqu'au jour où j'ai compris qu'il fallait d'abord nourrir les métayers avant de les convaincre de changer de méthodes de culture. J'ai dû me battre pour leur faire cultiver des pommes de terre, et pourtant c'est grâce à elles qu'ils n'ont plus faim l'hiver. Leur faire abandonner la déplorable habitude des jachères fut œuvre de longue haleine. Maintenant, ils acceptent de mauvais gré de semer des plantes fourragères – luzerne, trèfle de Hollande ou farouch – uniquement parce que je leur ai garanti que je leur avancerais de quoi se nourrir entre deux récoltes au cas où ils y perdraient. Il faudra encore plusieurs années pour qu'ils comprennent que de meilleurs fourrages permettront d'élever des animaux de bonne qualité au lieu de les faire venir du Limousin. »

Je n'y entendais rien, mais je voyais qu'il avait entrepris une œuvre considérable et s'y consacrait avec toute l'énergie dont il était capable. Après avoir visité chaque métairie, nous allions dans les terres qui en faisaient partie.

« Savez-vous ce que l'on dit de moi dans le pays? « Non seulement il cultive mal, mais encore il y gagne « de l'argent! Si encore il était bon chrétien, on « comprendrait. Mais est-ce justice, ces choses-là? » Je reprends courage en rendant visite à mes voisins membres de la Société d'agriculture. Ils ont autant de mal que moi à imposer des méthodes moins archaïques et plus rentables. Ils sont du pays, pourtant, on devrait les écouter mieux que moi. »

Dans les champs, quand ils nous voyaient arriver, mettre pied à terre et attacher les chevaux, les hommes continuaient à travailler comme s'ils ne nous avaient pas vus. C'est seulement quand on leur adressait la parole qu'ils s'arrêtaient, se redressaient et saluaient. On échangeait alors des serrements de mains, des questions sur la santé de chacun et sur les temps qui courent. Le général qui parlait le patois limousin n'avait pas eu de mal à se faire comprendre. Mais il n'était là que depuis dix ans, il était né ailleurs, il ne parlait que de changement, d'où la réserve dont on faisait preuve à son égard. Il donnait à manger aux gens qu'il employait, c'était bien. Mais cela ne suffisait pas à empêcher la méfiance. Encore fallait-il voir où il voulait en venir, se disait-on.

Il attendait de ses métayers une sorte de travail et d'organisation auxquels ils n'étaient pas habitués. La routine n'était source ni de confort ni d'abondance, loin de là, mais au moins elle ne bousculait pas. J'imaginais les commentaires. Ce maudit général – sans compter son Joseph – était là quasiment tous les jours, à regarder comment on labourait, on semait, on récoltait. Il scrutait les outils, les animaux, les charrettes, les barriques, les mangeoires. S'il avait craint d'être volé, on aurait compris. Mais non, il voulait obtenir de meilleurs rendements, par tous les temps et toutes les années. C'était défier le Ciel.

« Il faut que les bœufs soient étrillés et brossés, ils seront plus vigoureux. Quand je prêche la propreté pour les animaux, on me croit fou. Ai-je eu du mal, par exemple, à faire installer des planchers à claire-voie sur lesquels couche le bétail quand il est à l'étable! Ceci permet de recueillir les déjections dans une rigole qui va tout du long de l'étable. On les rassemble dans une fosse, d'où on tire un engrais liquide facile à répandre dans les champs.

« J'ai d'abord dû expérimenter dans la réserve tout ce que je voulais proposer, puis amener les métayers presque de force voir le fonctionnement et ensuite les résultats de chaque innovation. Quand je suis arrivé à Puynègre, du mauvais fumier de bruyère était parfois le seul engrais connu. Et je suis loin de pouvoir faire les expériences qui sont déjà tentées ailleurs en Dordogne. »

Nous étions arrivés à Saint-Martin-de-Limeuil, que j'ai toujours beaucoup aimé. Cette modeste église de campagne a été bâtie sur les ordres de Richard Cœur de Lion en expiation des péchés de son père, Henri II Plantagenêt, en particulier du meurtre de Thomas Beckett. Ses fresques sont en partie effacées, mais la plaque encastrée dans un mur qui rappelle son origine, la simplicité de son style, le calme du cimetière qui l'entoure, sont émouvants. Nous n'y passions jamais sans aller prier sur la tombe de la première épouse du général.

On entra dans la dernière des métairies situées de ce côté de la Vézère et que nous devions visiter ce matin-là. La femme nous offrit à boire, restant debout pour nous servir. Nous étions assis à une grosse table faite de deux planches, installée sous un tilleul, dans la cour. La piquette qu'on nous servit était fraîche. La femme, intimidée, ne parlait pas. Le grand-père, un peu retombé en enfance, parlait si vite en ébranlant les deux dents qui lui restaient sur le devant de la mâchoire, qu'on ne comprenait pas la moitié de ce qu'il disait. Il parlait du curé de Limeuil, qui célébrait parfois les offices à Saint-Martin, et d'un curé de Bergerac qui était venu dire la messe de Pâques.

« Il ne parle que de ce curé depuis qu'il l'a vu, s'excusa la bru.

– On dit que c'est un curé, mais qui le croirait! Il est arrivé le jeudi saint, galopant à éventrer la volaille, tout culotté sous sa soutane, un vrai Saint Georges. On dit que c'est un ami des jésuites, qu'il dîne à la sous-préfecture, et qu'il connaît ces messieurs de Paris. Et la Louise m'a dit qu'il a apporté à notre curé une bouteille de vin de Cocagne (s'agissait-il de vin de Tokay? pensai-je). Oh! il n'est pas de par ici, je crois bien qu'il est français. »

On rentra à Puynègre, toujours au pas. Jérôme fut autorisé à nous devancer. Après le déjeuner, nous continuâmes nos visites en allant dans les métairies situées de l'autre côté de la Vézère. Et on revint doucement en fin d'après-midi, le long de la rivière, en prenant le bac au Bugue.

Le soir, devant Mme de La Pautardie que le sujet ennuyait fort, je posai toutes sortes de questions au général sur Puynègre. Il m'emmena dans son bureau pour me montrer les ouvrages et les revues d'agriculture qu'il lisait régulièrement. Je pénétrais dans cette pièce pour la première fois. Elle était tapissée de livres, ornée de quelques sanguines et études représentant des chevaux. Sur un grand bureau plat, voisinaient un portefeuille de maroquin rouge au nom du général, une sonnette et un bougeoir en cuivre, une tabatière en or et émail, où une miniature de l'Empereur était surmontée d'un « N » en diamants. Deux fauteuils cannés et un large canapé de cuir complétaient l'ameublement.

Le général me montra l'image de M. le marquis de Fayolle, *Topographie agricole de la Dordogne* et la collection complète des *Annales*, revue de la Société d'agriculture fondée en 1820 à Périgueux par le préfet Huchet de Cintré, sur les conseils du marquis de Fayolle.

« Je dois beaucoup à ces lectures, dit-il. Songez que je suis arrivé à Puynègre, ne connaissant que les canons et les champs de bataille. »

Je limitai mes questions. Je me souvenais des commentaires de Mme de La Pautardie sur les questions maladroites de sa nièce, dont s'irritait le général. De plus, elle était de santé délicate et n'aimait ni le plein air ni les exercices d'adresse et d'endurance. Il avait rapidement renoncé à l'emmener dans ses promenades à cheval. Je n'étais pas plus habile cavalière, mais j'étais robuste et ne craignais pas l'effort.

« Je regrette, dis-je au général, que vous soyez dans l'obligation de m'apprendre jusqu'aux rudiments de l'équitation. De plus, il est trop tard sans doute pour que j'apprenne à bien monter.

– Il suffit que vous le fassiez sans crainte et sans gêne.

– Je me sens à mon aise avec Souris. »

Après un silence, il évoqua de lui-même la question que je n'avais osé soulever.

« La baronne Fabre, ma première épouse, ne voulut jamais monter à cheval. »

Il continua, comme se parlant à lui-même :

« Ce devait être une cruelle épreuve pour une si jeune fille, qui n'avait jamais quitté le Périgord d'épouser le soldat de trente-six ans que j'étais alors, fou d'impatience en retrouvant la vie calme des provinces. J'ai acheté à ce moment-là un étalon anglais, aussi rageur, aussi farouche que je l'étais à l'époque. Nous nous affrontions dans des courses échevelées. Il était méchant. Un jour, il mordit un palefrenier. Une autre fois, le jeune garçon qui le soignait dut grimper dans la mangeoire pour lui échapper. Un peu plus tard, il s'emporta et fit verser une charrette à l'entrée du Bugue. Je faillis me rompre les os et en fus quitte pour une blessure à la jambe. Je me résignai à le vendre. Il me sembla que j'enterrais non seulement ma jeunesse mais ma vie tout simplement. Vous voyez, je ne suis guère policé. »

Je me taisais, il continua :

« A deux jours de là, le 12 mars 1815, se répandit la nouvelle du débarquement de l'Empereur au golfe Juan. Aussitôt, tout ce qu'il y avait dans le canton de bonapartistes et d'officiers en demi-solde vint me trouver. J'enrageais de ne pouvoir monter à cheval. Je serais parti le rejoindre sur l'heure. Et, après le retour du roi, j'aurais été envoyé devant un conseil de guerre. Le destin en décida autrement. Je ne pus rejoindre l'Empereur que le 23 mars, quand le roi avait quitté le France. Ensuite, en juillet, je revins à Puynègre. Je savais que tout était fini. On me surveilla, la police envoya quelques imbéciles crotter leurs mauvaises bottes à rôder autour du Bugue et de Limeuil pour savoir qui je fréquentais. Mon mariage me valut d'être mieux traité que certains de mes camarades. »

Il se tut.

« Le docteur Manet m'a dit que les généraux de l'Empire sortis du peuple étaient vénérés par toute la population, en Dordogne plus encore qu'ailleurs.

– Le peuple nous respecte, mais l'ancienne société nous méprise. Il rit : jugez plutôt. La première fois que je parus à une soirée chez la comtesse de V... y accompagnant sans grand plaisir la baronne Fabre, qui aimait ces sorties, j'étais en conversation avec un aimable bonhomme, grand-oncle de la maîtresse de maison, je crois, et moins hautain que sa nièce. J'entendis derrière moi deux dames qui chuchotaient à l'abri de leurs éventails :

« Ma chère, il a des épaules...

« ... Et des mains...

« ... de forgeron », conclut l'une des dames avec un rire étouffé.

« Quand je me retournai, un moment plus tard, celle qui avait ri s'adressa à moi sur le ton de la plaisanterie : « On dit, général, que vous savez coudre? » Je m'inclinai : « En effet, madame. Je sais coudre des « galons et des boutons d'uniforme, les harnais de « mon cheval, et il m'est arrivé, étant enfant, de « recoudre le ventre de mon chien un jour qu'il avait « été attaqué par un dogue. Je ne crains pas non plus « d'en découdre chaque fois que l'occasion s'en pré- « sente. N'oubliez pas, mesdames, qu'Hercule lui- « même dut apprendre à filer et à tisser. Dans les « temps difficiles, tous les talents sont bons. Ils peu- « vent nous éviter des hontes plus regrettables. » La couleur avait disparu des joues de mes interlocutrices. Une partie de la famille de la jeune railleuse avait émigré et on savait qu'une de ses tantes avait été réduite aux derniers expédients pour survivre, à Londres. On renonça vite à me plaisanter. Vous voyez que je n'étais pas alors aussi raisonnable qu'aujourd'hui.

– Je vous trouve encore très sauvage, même si vous le dissimulez fort bien, dis-je, étonnée de mon audace.

– Cela vous inquiète? »

Tout bas, je répondis :

« Non, cela me grise. »

Il me prit aux épaules si fortement que j'en fus surprise. Je ne me dérobai pas. Il me regardait avec une intensité qu'il n'avait jamais exprimée en paroles.

Qu'importe! Il pouvait dire et taire ce qu'il voulait, j'aimais tout de lui et il fallait plus que ses silences pour me décourager.

246

Quelques jours plus tard, nous devions conduire Jérôme à Périgueux, où il allait entrer au collège. Nous en profiterions pour faire quelques visites. Pauline restait à la garde de tante Ponse – puisque c'est ainsi que dorénavant je devais appeler moi aussi Mme de La Pautardie – pendant les trois jours que durerait notre absence.

On attela la calèche, tôt le matin. Et nous voilà partis par la vieille route de Cendrieux, Lacropte, Atur, qui avait autant d'ornières que les chemins des bois. Si la malle-poste ne l'avait empruntée régulièrement, elle aurait été impraticable en l'espace de quelques mois. Depuis, la nouvelle route, qui traverse Ladouze, a amené le progrès jusqu'à nos portes.

Jérôme était tout impatience. Il n'était allé qu'une fois à Périgueux pour la Saint-Mémoire. Quant à moi, si je gardais un bon souvenir de la Saint-Mémoire qui avait suivi ma sortie de pension, je n'avais eu qu'une médiocre impression de la ville, de sa saleté, des odeurs nauséabondes qui s'élevaient des caniveaux, des détritus qui s'entassaient au détour de chaque mur, des eaux souillées qui coulaient au milieu des rues, dans le quartier de Saint-Front en particulier.

On arriva à l'hôtel de France, où nous descendions. Il était alors situé à son ancien emplacement et donnait sur la place du Triangle. J'avais annoncé notre arrivée à mes cousins Denoix-Campsegret, et ils nous attendaient pour déjeuner. Ils habitaient alors rue Aubergerie.

Ma famille voyait assez peu la branche Gontier du Soulas qui résidait entre Vicq, Sainte-Foy-de-Longas, Sainte-Alvère, et Grand-Castang. Mon grand-père avait été témoin au mariage de mon oncle Pierre Gontier du Soulas, qui était avocat et, depuis, était devenu membre du conseil d'arrondissement de Bergerac pour le canton de Lalinde, suppléant du juge de paix de Lalinde, et maire de Vicq. Nous le connaissions, car il venait au Bugue chaque année à la Saint-Louis et parfois à Fontbrune pour consulter mon oncle Elie sur ses affaires. En ce temps-là, les hommes étaient toujours à cheval par monts et par vaux, mais les femmes et les enfants ne se déplaçaient guère, étant donné le mauvais état des routes. Mon oncle Elie avait aussi été témoin au mariage de ma cousine Honorine Gontier du Soulas avec le docteur Denoix-Campsegret. Mais je n'avais vu ma tante et mes cousins qu'à de rares fêtes de famille, dont la dernière avait été le mariage d'Ermondine de La Clergerie, un an plus tôt.

Honorine avait douze ans de plus que moi, et son mari était proche de la cinquantaine. Docteur de la faculté de médecine de Montpellier, il était renommé à Périgueux, où il occupait divers postes : membre du conseil municipal, secrétaire général de la préfecture, membre de la commission de surveillance des prisons, directeur de la vaccine pour le département, et il était décoré de l'ordre, devenu « royal », de la Légion d'honneur.

Dans l'après-midi, le général mena Jérôme au collège. Il voulut paraître brave, mais il avait les larmes aux yeux en me quittant et m'embrassa avec fougue. J'étais moi-même assez émue pour souhaiter envoyer au diable ma pauvre cousine qui n'en pouvait mais et croyait me réconforter en prenant des airs affligés. Le général venant régulièrement à Périgueux irait voir Jérôme et s'en éloignait pour moins longtemps que moi. Mais les vacances sembleraient rares et lointaines à Jérôme comme à ceux de Puynègre. Il me paraissait cruel de l'éloigner de sa maison et de sa famille, alors qu'il avait déjà, tout enfant, eu la tristesse de perdre sa mère. Mais je sentais aussi combien à notre époque les dons ne suffisaient plus à un jeune homme pour s'assurer une carrière et qu'il fallait engager des études reconnues dans un domaine ou un autre si on ne voulait pas sombrer dans la médiocrité. Il n'est pas donné à tout homme de devenir à la force du poignet condottiere ou capitaine d'industrie. Et les temps troublés semblaient bien révolus qui avaient permis au général de s'élever si remarquablement au-dessus de sa condition d'origine, à force de bravoure et de détermination.

Il aurait aimé que Jérôme suive la carrière des armes, mais il avait conscience que, si tout est possible pour un soldat en période de bouleversement, il ne lui reste en temps de paix qu'à se contenter de la vie de garnison. Il ne croyait pas aux conquêtes en terre étrangère. Il faut verser le sang pour y prendre pied, le verser à nouveau pour s'y maintenir et le verser enfin alors qu'on s'en fait chasser.

Le docteur Denoix-Campsegret sortit pour ses affaires, et je restai seule avec ma cousine Honorine. On joua avec ses deux petites filles, qui étaient l'une au maillot et l'autre âgée de deux ou trois ans.

Puis, ma cousine me parla des familles les plus en vue dans la province, des bals, des concerts, des réceptions qui se donnaient l'hiver à Périgueux. La ville était alors le siège de la 20e division militaire, commandée par M. le lieutenant général baron d'Hennin, ayant sous ses ordres le général Noguès. Celui-ci était venu chasser plusieurs fois à Puynègre, et Fabre le voyait quand il venait à Périgueux et à des parties de chasse offertes à La Durantie par le colonel Bugeaud. Nous devions rendre visite le lendemain au général et à Mme Noguès.

Me voyant ignorante de la mode, Honorine me donna une profusion de détails sur les derniers ouvrages dont on parlait, sur les musiciens et les auteurs en renom, et sur ce qu'il était de bon ton d'avoir lu et entendu. On avait fait à Puynègre de nombreux commentaires, ironiques pour la plupart, sur l'expédition d'Espagne commandée par le maréchal Moncey. On avait parlé du troisième mariage du maréchal Macdonald avec une demoiselle guère plus âgée que moi. Je savais que le peintre Géricault, dont Fabre possédait plusieurs études de chevaux et de chiens, était mort des suites d'un accident de cheval. Je connaissais le nom de Rossini, mais je ne savais pas qu'on avait joué deux ans plus tôt au théâtre des Italiens à Paris son *Elisabetta, Regina d'Inghilterra*, je connaissais certains airs de *La Vestale* de Spontini, mais je n'avais pas entendu parler de *La Bergère châtelaine*, du *Concert à la Cour* de M. Auber, ou de son dernier opéra *La Neige ou le Nouvel Eginhard* où Mme Pradher avait charmé dans le rôle tendre et mélancolique de Louise. Je fus tout juste sauvée du déshonneur grâce au *René* de M. de Chateaubriand et au *Werther* de Goethe. Je n'osai dire que ces deux ouvrages me paraissaient insupportables d'ennui. Je n'avais lu ni M. de Lamartine, ni M. de Vigny, ni M. Hugo.

Je crois que mon ignorance enchanta ma cousine. Elle prit plaisir, sans aucune malice, à m'instruire, et surtout il lui sembla naïvement que sa vie était brillante comparée à la mienne. Cette pensée vient comme un baume dans le cœur d'une femme dont les intérêts ont si peu l'occasion de s'exprimer.

Jeux de société, soirées de musique, pièces de théâtre, cela m'aurait amusée si ce n'avait été au premier chef des occasions de rivalité et de parade. Honorine ne tarit pas de l'après-midi.

« Comment peux-tu ignorer le dernier roman de notre cousin, le vicomte d'Arlincourt? On se l'arrache. Il m'a fait pleurer deux jours entiers! Tiens, prends cet exemplaire, j'en ferai venir un autre par mon libraire. »

Je pris les deux minces volumes et lus le titre : *Le Solitaire.* Je regardai rapidement les gravures, sans demander plus d'explications à Honorine.

J'avais la tête lourde d'être restée deux grandes heures dans cette pièce trop chauffée sans mettre le pied dehors. J'avais toutefois le prétexte d'emplettes à faire, pour lesquelles elle souhaita m'accompagner, et cela me permit de respirer. Je n'aime pas marcher en ville en me gardant à chaque instant des éclaboussures et de la crotte que vous envoient les passants, mais cela vaut mieux que de rôtir au coin du feu toute une journée.

J'achetai des gants, des chapeaux, des ombrelles, je commandai chez le bottier diverses paires de souliers. Je ne le faisais pas de mon propre gré, mais sur ordre du général, qui me voulait élégante. La chambrière d'Honorine nous suivait, portant les paquets, sur lesquels je veillais du coin de l'œil, car cette aimable fille avait plus de force que d'habileté. Elle avait empoigné avec ardeur les rubans et les ficelles qui nouaient les cartons, mais je gage qu'elle avait quitté ses chèvres depuis peu et maniait plus volontiers la baguette de noisetier que les franfreluches. Je me sentais donc disposée à l'indulgence, mais ces dépenses de toilette me paraissaient si excessives que j'aurais eu le cœur fendu de les voir tomber dans le ruisseau ou recevoir le seau d'eau d'une ménagère.

Au cours du déjeuner, j'avais écouté avec intérêt la conversation du général et du docteur Denoix-Campsegret, tous deux étant également informés des affaires du département.

Le soir, pour la première fois, je pris un repas en tête-à-tête avec le général, à l'hôtel de France. Je m'attendais à de vives manifestations d'amour : il me parla travaux publics. Bravement, je décidai de me sentir fière de cette marque d'estime.

Puis il parla de l'éducation de Jérôme. Il estimait que le petit garçon avait profité trop longtemps de la vie facile de Puynègre. Depuis la mort de leur mère, les enfants étaient traités en rois par les domestiques, leurs leçons ne les absorbaient guère. Jérôme allait à la pêche, suivait Joseph ou les métayers dans leurs occupations et profitait plus que sa sœur de l'indulgence générale même si son père veillait strictement à certains aspects de ses études et au respect de la discipline et des bonnes manières. Il était temps qu'il soit confronté à d'autres esprits et à moins de complaisance.

J'étais assise en face du général, dans notre chambre

où on nous avait monté à souper. Enfin, il se rendit compte que j'étais moins attentive à ses paroles qu'à ses traits. Il continua cependant à parler du même ton posé, pendant que le domestique nous servait. Je me laissais bercer par sa voix.

« Merci, vous pouvez nous laisser », dit-il avec impatience quand l'homme s'attarda à desservir.

Dès que nous fûmes seuls, il se pencha en travers de la table.

« Savez-vous seulement de quoi je vous ai parlé tout au long du dîner.

– Je n'ai pas manqué un mot de ce que vous avez dit. »

Je disais vrai, je n'avais cessé de le regarder.

« Et vous vous êtes beaucoup ennuyée?

– Non, je vous écoutais et je rêvais.

– Puis-je savoir à quoi vous rêviez?

– Je songeais que si vous me rendez heureuse en me parlant de choses raisonnables, que n'obtiendriez-vous en me parlant d'amour.

– Je ne vous l'imposerai pas. Rien de plus ennuyeux pour une jeune femme qu'un barbon de mari qui lui dit des sottises.

– Je vous supplie de me dire des sottises. »

A travers la table, où il s'accouda, il prit mon visage dans ses mains.

« Quand cesserez-vous de m'appeler « Monsieur » ou « Général »? dit-il brusquement, au lieu des délicatesses que j'attendais.

– Comment dois-je vous appeler?

– Comme vous voudrez, mais ni l'un ni l'autre. Je vois que l'idée ne vous est pas venue de m'appeler par mon nom.

– Je n'ai pas osé le faire.

– Vous, ne pas oser? Cela est nouveau.

– C'est entendu, puisque vous y tenez, je vous appellerai « Fabre ».

– Ne suis-je pas assez de vos connaissances pour que vous utilisiez mon prénom?

– Pas encore. »

Il eut un large éclat de rire, et en guise de poème me déclara :

« Savez-vous ce que disait Chamfort : « C'est par « notre amour-propre que l'amour nous séduit. Hé! « comment résister à un sentiment qui embellit à nos « yeux ce que nous avons, nous rend ce que nous « avons perdu et nous donne ce que nous n'avons « pas? »

S'il était chiche de mots d'amour, il ne l'était pas de sa personne, cependant, et ceci vaut mieux que cela.

Le lendemain matin, il prit son café en même temps que je buvais mon chocolat, autre nouveauté que je savourai. Il avait repris ce ton amical qui me piquait parfois par son apparence de détachement.

« Vous avez trop d'énergie pour qu'un seul objet suffise à vous occuper. A Fontbrune, vous ne saviez comment la dépenser. C'est ainsi que vous vous êtes attachée à Puynègre, à ses habitants – à moi peut-être. Ma position, ma fortune, vous permettent de déployer en toute sécurité vos forces et votre imagination. En cela, vous aviez raison de dire que vous auriez été une mauvaise épouse pour M. Lacaminade, bien qu'à mon sens vous ayez toutes les qualités qu'il faut pour tenir un négoce!

– Je n'ai pas l'esprit d'économie ni le goût des chiffres.

– Cela vient de votre impatience. D'ici quelques années, je vous prédis que vous surveillerez farouchement le moindre écu.

– Vous me voyez des qualités que je n'ai pas. Je manque tout à fait d'imagination.

– Je ne parlais pas strictement d'imagination artistique ou littéraire. Vous avez celle qui vous fera trouver une issue à toute situation et en concevoir une autre si la première se révèle mauvaise.

– De plus, je suis d'une ignorance accablante. »

Je lui racontai ce qu'Honorine m'avait appris des

dernières modes romanesque et musicale venues de Paris.

« Que voulez-vous donc apprendre?

– Tout!

– Diable! Et par où commencerez-vous?

– Si vous le permettez, je voudrais lire vos journaux.

– *Le Constitutionnel*? Les *Annales* de la Société d'agriculture? Le *Bulletin du département de la Dordogne*? Peut-être vous contenterez-vous tout d'abord des pages consacrées aux arts et aux lettres?

– Cela ne suffirait pas. Il va me falloir tout lire. Accepterez-vous aussi de me prêter des livres de votre bibliothèque?

– Ma chère enfant, tout ce que je possède est à votre disposition, y compris les auteurs grecs et latins et les ouvrages de théorie militaire. »

Il était à la fois ironique et tendre.

« Rassurez-vous, je n'ai aucune mémoire, je ne retiendrai pas ce que j'ai lu. Je ne pourrai pas jouer les femmes savantes, mais seulement hocher la tête d'un air entendu.

– Disposerez-vous d'assez de temps pour cette vaste entreprise?

– J'y consacrerai une heure chaque jour après le déjeuner et deux heures le soir, si vous le permettez. Je voudrais également chercher pour Pauline des lectures moins enfantines que celles qui lui ont été proposées jusqu'à présent.

– Prévoyez-vous pour elle un programme aussi austère que celui que vous vous réservez?

– Vous devriez vous féliciter de ma décision. La plupart des maris se plaignent de devoir écouter les histoires potagères dont les accablent leurs épouses. Je vous les épargnerai. Mes occupations m'empêcheront de vous déranger. Vous pourrez faire vos comptes en paix.

– Etes-vous bien sûre que je tienne à faire mes comptes en paix? »

Il raillait et ne prenait pas au sérieux ce que je lui disais.

Ce jour-là, on déjeuna chez M. Lansade, ancien colonel des dragons, qui devait être le correspondant de Jérôme à Périgueux. Excellent homme, d'apparence peu militaire, il était en disponibilité depuis le départ de l'Empereur. Ami de Fabre, dont il était assez largement le cadet, il avait acheté une papeterie au bord de l'Isle et vivait assez bien de cette industrie.

L'après-midi, on alla rendre visite au général Noguès et à son épouse. Là encore, je remarquai que Fabre était un autre homme dès qu'il rencontrait d'anciens camarades. Il reprenait alors toute son ardeur, dissimulée habituellement sous une froideur digne. Je trouvais moi-même à ces hommes de l'Empire plus d'originalité et de caractère qu'aux gens auxquels j'étais accoutumée. Je préférais écouter leurs conversations plutôt que de me cantonner dans le coin des dames. Cela n'était guère possible que pendant les repas, car aussitôt après ces messieurs s'éloignaient sous un prétexte ou un autre, passaient dans le cabinet de leur hôte, désireux de converser librement. J'ai toujours jugé insupportable la censure des propos qu'amenait immanquablement une présence féminine.

Plus tard, nous allâmes saluer mon oncle, le chanoine Bardi de Fourtou, à l'Evêché.

Le lendemain, une dernière visite nous conduisit chez M. de La Pradelle. On alla au collège pour embrasser Jérôme avant de quitter Périgueux. La perspective de ne pas le voir pendant de longues semaines me serrait le cœur, et je me promis de demander au général la permission de l'accompagner parfois dans ses visites à Périgueux pour ne pas rester trop longtemps séparée de Jérôme.

Le soir, nous étions de retour à Puynègre. J'avais acheté des gants à la tante Ponse – qu'elle trouva d'une couleur éteinte –, une lanterne magique à Pauline, et des mouchoirs pour Antonia, Miette, Bertille et Malvina.

Le général ne put s'inquiéter dès l'abord de mes ambitions littéraires car je commençai par lire à haute voix le soir à la tante Ponse l'ouvrage du vicomte d'Arlincourt. J'ai appris depuis que M. de Sainte-Beuve en a parlé dans ses *Nouveaux Lundis*, mais je n'ai pas encore eu la curiosité de le vérifier. Je n'ai pas relu *Le Solitaire* depuis. L'histoire n'était pas plus invraisemblable que celle de beaucoup de romans historiques parus à cette époque.

L'héroïne est une certaine Elodie de Saint-Maur, dite par l'auteur « la vierge d'Underlach », orpheline, confiée à sa tante, la perfide comtesse Imberg, qui veut lui faire épouser un traître, le prince de Palzo. Les précipices, souterrains, caveaux, poignards, conspirations, gouffres, monastères, flambeaux et les machinations des deux personnages ne sont que bagatelles comparés au langage du cousin. Certaines phrases m'en sont restées en mémoire : « Morphée a versé ses pavots sur le monastère. » « De son manteau semé d'étoiles la nuit couvrait les célestes voûtes. » « L'amante de l'Erèbe et la mère des Songes avait achevé la moitié de sa course ténébreuse. » « Arrivée au milieu de son cercle, du haut de son trône d'ébène, la déité des ténèbres étend son sceptre de plomb sur la terre assoupie. »

Tante Ponse en restait l'aiguille en l'air, la narine tremblante.

La pure Elodie aime le Solitaire, appelé l'homme du Mont Sauvage – l'affaire se passe en Suisse. Ce justicier farouche surgit, casqué, armé, glaive en main, à l'instant où le prince va lâchement séduire Elodie. Au moment où Elodie et le Solitaire sont au pied des autels, sur le point de s'épouser enfin, le père Anselme, appelé pour bénir le mariage, hurle « Anathème, anathème », en reconnaissant dans l'époux

Charles le Téméraire, duc de Bourgogne, qui a autrefois tué le père d'Elodie et s'est retiré dans ces montagnes pour expier ses nombreux crimes.

La fin est banale, malheureusement : Elodie meurt foudroyée de désespoir et le Solitaire, de je ne sais quelle catastrophe venue du Ciel.

Le général avait écouté distraitement les premières pages du roman, mais finit par s'asseoir à côté de nous, fumant son cigare, paraissant trouver l'histoire distrayante. Je regrettai la sobriété de son dénouement. J'aurais volontiers imaginé que Louis XI se cachait sous les traits du père Anselme et jaillissait de son capuchon pour occire son mortel ennemi, Charles le Téméraire. Pour épicer la chose, j'aurais fait sortir d'une grotte Laurent le Magnifique venu droit d'Italie par un souterrain creusé du temps de la Ire croisade, et pour ne pas lésiner j'aurais amené le pape à dos de mule précédé de son gonfalonier pour excommunier tout ce petit monde.

Ensuite, seule avec Fabre, je pestai contre l'innocence des héroïnes qui les menait dans les pires chausse-trappes.

« On a beau jeu d'accuser les femmes! Sottes, elles sont geignardes; intelligentes, elles sont rusées.

– Et auquel de ces deux camps appartenez-vous? s'enquit aimablement Fabre, pendant que je me promenais à grands pas, en prenant à témoin les survivants de la bataille d'Eylau, sujet d'un tableau qui occupait un pan de mur entier dans sa chambre.

– A aucun, grâce au docteur Manet.

– A moins que vous n'ayez oublié le camp des Amazones... Mais au lieu de vous agiter avec les œuvres du vicomte d'Arlincourt, vous devriez lire Walter Scott. *Quentin Durward* se passe également à la cour de Louis XI et à celle de Bourgogne, et est écrit d'une plume autrement vigoureuse que celle de votre aimable cousin.

– Je croyais que vous ne lisiez pas de romans?

– Bah! Je lis ce que m'envoie le sergent Hilaire, qui

est devenu libraire, rue du Pont-Neuf. Il glisse parfois des romans dans les ouvrages que je lui commande. »

Le lendemain, le général me remit *Quentin Durward*. Je faillis bousculer tous les horaires que je m'étais fixés. Je découvrais avec transport ce qu'était un roman historique. Dans ce domaine, j'ai lu tous les auteurs, croyez-moi, et je soutiens que personne ne vaut Walter Scott. Le général fit venir pour moi *Ivanhoé* et *La Dame du lac*, en attendant de m'offrir quelques années plus tard la première édition complète parue en France des œuvres de mon héros.

Il me fit lire bien d'autres ouvrages, au hasard de mes humeurs et de ma curiosité : *L'Itinéraire de Paris à Jérusalem* et *Le Génie du christianisme*, de M. de Chateaubriand; *La Princesse de Clèves; Manon Lescaut, Corinne*, de Mme de Staël. Je m'étonnai chez les femmes de ce goût du malheur. Le peu de pouvoir qu'elles ont sur leur destinée les amène peut-être à se replier sur la seule grandeur qu'on leur laisse : celle du désespoir. Quant à moi, je refuse le mauvais sort : qu'il rentre dans sa tanière!

Pourtant, la littérature avait ses limites. Si Fabre me donnait volontiers son avis quand je le sollicitais, s'il avait l'intelligence de ne pas considérer le caractère moral ou immoral d'un ouvrage pour me le recommander ou me le déconseiller, il tournait volontiers en dérision les romans à la mode. Je lui reprochais alors de laisser nos conversations tourner court. Je protestais :

« Fabre, répondez-moi!

– C'est ce que je suis en train de faire, répondait-il, alors qu'il était de manière flagrante occupé à tout autre chose. Je remets la littérature à sa place, qui n'est pas la première. La nature en a décidé ainsi... »

Un soir, le général me posa sur ma métairie de *La Meyrolie* des questions auxquelles je ne sus répondre. Je n'en connaissais même pas les limites. Il me demanda si je savais lire une carte ou un plan.

J'avouai que je débrouillais tout juste le nord du sud.

Il demanda à Mme de La Pautardie de nous excuser et me mena dans son bureau, où je ne pénétrais que rarement et après y avoir été invitée. Dans l'armoire, il prit un rouleau de fort papier, où figurait une étiquette portant le nom de *La Meyrolie*.

« J'ai demandé ce plan à votre oncle Elie. »

Il le déroula sur sa table et le maintint étalé en posant aux quatre coins de petits boulets de canon qu'un de ses artilleurs avait montés en presse-papiers. Il pointa vers le haut de la carte, et successivement en différents endroits sans que j'y comprenne rien.

« Le nord est ici. Voilà Fontbrune, la limite du champ de foire, le bourg plus à l'ouest, *La Meyrolie* couvre ce bout de coteau qui descend vers la combe Géraud, et en remontant à l'est voici votre bois des Graules. Vous y retrouvez-vous ?

– Pas du tout », répondis-je franchement.

A nouveau, patiemment, il me montra un rectangle noir qui figurait *La Meyrolie*, puis les chemins qui en partaient. Il connaissait chacune des cultures de cette modeste terre, où il s'était promené une seule fois avec mon oncle Elie.

« Vous voyez, cette friche devrait être utilisée. C'est une terre aigre, couverte de genêts et de fougères. On pourrait y semer des pommes de terre. En mettant de l'engrais dans le pré situé derrière la grange, on pourrait y faire venir du trèfle incarnat. Cela permettrait de nourrir trois ou quatre vaches.

– En supposant que le trèfle réussisse à pousser à travers les pierres.

– Il faudra enlever les pierres. Nous pouvons employer un journalier à ce genre de travaux. »

Il examinait l'image de ces quelques cartonnées de terre avec autant d'attention qu'un plan de bataille.

« Vous ne savez sans doute pas où sont les bornes ? conclut-il enfin, sans acrimonie.

– On ne me les a jamais montrées.

– Bien. Je vais annoncer à votre oncle Elie que nous irons jeudi à Mauzens. Si nous ne trouvons pas les bornes, nous ferons appel au géomètre. Mais je suis sûr que votre oncle connaît les limites. »

J'en doutais. Je ne l'avais jamais vu arpenter ma terre en regardant les détails d'aussi près que le général.

Le jeudi suivant on passa tout un après-midi à se promener d'un bout à l'autre de ces quelques parcelles, à retourner les feuilles et à gratter le sol détrempé en bordure des chemins et des terres voisines pour y trouver les bornes. Il y eut d'âpres discussions avec le voisin; mystérieusement averti de notre visite, il était venu couper de la bruyère avec son fils en lisière d'un bois qui lui appartenait et jouxtait le mien. Un chemin avait été détourné, au-delà duquel je possédais un triangle de bois grand comme une table, pour lequel le général se battit aussi fermement que si c'eut été une province. Il fallut reconnaître qu'il avait raison et admettre que ces trois chênes rabougris, ce fourré d'ajoncs et cette souche de châtaignier m'appartenaient. Mon oncle Elie suivait pacifiquement, toujours en retard de quelques pas, écoutant la conversation distraitement.

Ensuite, on examina l'état des bâtiments. Fabre avait fait venir le maçon, le couvreur et le plâtrier. On convint des travaux les plus urgents, qui furent aussitôt commandés. Son autorité et les frais engagés – bien que modérés – attirèrent aussitôt sur lui le respect général. Un peu de cette gloire rejaillit sur moi, qui avais eu – pensait-on – l'habileté de me faire épouser par un homme riche et puissant.

Le métayer seul nous suivait dans un morne silence. Il avait compris que les suggestions de Fabre quant aux cultures étaient des ordres. Il ne pouvait refuser les charrettes de fumier et les semences qui lui seraient livrées. De plus, il était entendu que Joseph viendrait en surveiller la bonne utilisation. Du moment que le débours n'était pas pour lui, l'homme se renferma dans sa méfiance et ne répondit rien, mais une répugnance muette se lisait dans toute sa personne. Le général prétendit ne pas s'en apercevoir. A son habitude, il fut à la fois cordial et autoritaire.

Nous avions déjeuné à Fontbrune, où j'étais heureuse de retrouver ma famille, mais où je sentis avec un peu de chagrin que je n'avais plus ma place. Antoine allait achever ses études de droit et revenir à Mauzens où il aiderait son père. Il hériterait de Fontbrune, où je serais toujours la bienvenue, mais en simple visiteuse, me semblait-il.

Maintenant que je n'étais plus une enfant, j'aurais aimé parler longuement avec ma grand-mère. Mais je ne me trouvai à aucun moment seule avec elle et j'étais soumise aux mouvements de Fabre. J'annonçai donc à ma grand-mère que je reviendrais la voir un jour prochain.

Je passai un long moment dans la cuisine. Comme d'habitude, c'est là que je devais apprendre l'essentiel de ce qui était survenu à Mauzens et à Fontbrune depuis ma dernière visite. Joséphine, la lingère et couturière, était là, et les langues allaient bon train. Elle profita d'un moment où Pichille était sortie pour me dire :

« L'Aline a été chassée de Fumerolles.
— Mon Dieu! Qu'avait-elle fait?
— Elle était grosse.
— Elle qui était si enfant et si timide!
— Peut-être bien. Il faut croire que le galant n'était ni l'un ni l'autre. »

Cela me peinait. Je ne pensai même pas à demander qui l'avait rendue grosse. Mais Joséphine veillait et ne voulait pas laisser mourir ainsi une conversation intéressante.

« Est-elle repartie chez ses parents?
— Ils ont bien été forcés de la reprendre. C'est à cette condition que Mme de Cahaut a payé tous les frais et la layette. La pauvre dame! C'est bien triste pour elle. »

Voyant que je ne posais pas les questions attendues, Joséphine précisia :

« On dit que Mme de Cahaut est restée une semaine sans adresser la parole à M. de Cahaut.

– Et pourquoi cela?

– Parce qu'il avait quelque chose à voir dans cette histoire, si vous comprenez ce que je veux dire.

– C'est donc lui? Pourtant, il n'est pas méchant homme, il n'aurait pas renvoyé Aline.

– Sans doute que non, mais Mme de Cahaut n'a plus voulu de la petite. Elle disait qu'elle ne voulait pas abriter le péché dessous son toit. »

En somme, elle savait voir le péché quand il la dérangeait et l'ignorer quand il lui convenait – car je ne pouvais maintenant croire qu'elle avait ignoré à l'époque mes relations avec Pierre.

« Il est plus simple de chasser la fille que de chasser son mari », raisonna froidement Joséphine.

Je ne répondis rien. Assise à la table où elle cousait, l'épaisseur d'un drap de grosse toile nous séparant, je me taisais. Cette nouvelle m'assombrit. Je dus attendre le retour à Puynègre pour en parler au général.

« Cette époque a fait de l'hypocrisie la meilleure des vertus. Pardieu! je préférais les siècles où l'on pouvait faire des bâtards sans en rougir. »

Un soir, nous avions été invités à un souper offert au château de Campagne. Les meilleures familles des environs y étaient conviées. Je m'inquiétais pour une fois de la figure que j'y ferais, car je n'étais en somme jamais sortie de ma famille et d'un milieu de notables qui ne se mêlait pas à l'aristocratie.

Miette et Bertille conjuguèrent leurs efforts pour me coiffer, la première n'étant toutefois autorisée qu'à tenir le peigne et les épingles. Ma robe avait été faite quelques mois plus tôt, au moment de mon mariage et si depuis la mode avait changé à Paris, la nouvelle n'aurait pas encore atteint le Périgord.

Le général entra au moment où je finissais de me préparer. Il me regarda d'un œil critique et voulut bien me trouver charmante. Quant à lui, je le trouvais superbe, d'une élégance sévère. En tenue de soirée, il avait grand air.

« Vous songerez, n'est-ce pas, à mettre vos bijoux, me rappela-t-il.

– Je pensais mettre mes perles.

– Cela ne convient pas. Mettez votre parure de rubis, je vous prie. »

J'eus bonne envie de lui répondre aussi vivement : « Mettez vos décorations, je vous prie », mais j'eus la sagesse de m'abstenir. Au moment de notre mariage, il m'avait donné un collier, des bracelets et des pendants d'oreilles en perles avec des attaches de diamant que j'aimais particulièrement. Il m'avait également donné une parure de rubis plus lourde et plus solennelle que j'avais mise une seule fois. Je la portai donc ce soir-là.

Au début de la soirée, je me trouvais assez intimidée. Mais dès le dîner, bien qu'ayant à peine touché au vin qui était dans mon verre, je me sentis débordante de gaieté. Je parlai et ris beaucoup avec mes voisins de table. En particulier, une inspiration soudaine me vint en regardant la physionomie de l'un d'entre eux, le comte de Reignac. De l'air le plus sérieux, je lui déclarai tout à coup :

« Monsieur le comte, me voilà bien embarrassée de me trouver aujourd'hui à vos côtés, alors que vous m'avez un jour gravement insultée, quand je me promenais dans les allées de Tourny. »

Sa stupéfaction m'enchanta. Il me répondit par une de ces phrases convenues d'où il ressortait que s'il avait eu à la fois le bonheur de me rencontrer et le malheur de me déplaire, il en serait mort de désespoir.

« Hé! vous êtes donc souffreteux? Mais puisque je dois m'expliquer : vous m'avez dédaignée, monsieur, pour offrir une rencontre galante à la chambrière qui m'accompagnait. »

Cette fois, c'est d'embarras qu'il allait mourir. J'eus pitié de lui. Il rit avec moi, quand je précisai que j'avais alors douze ans, que je sortais du couvent et me promenais à la foire de Saint-Mémoire avec Rosa. Pour le remettre tout à fait en selle, si je puis dire, je lui fis des compliments sur le cheval et la belle mine qu'il avait alors. Naturellement, il plaisanta sur la manière d'obtenir son pardon et se perdit en considérations galantes.

« Monsieur, lui conseillai-je allégrement, j'étais alors trop jeune, je suis aujourd'hui encore trop provinciale, je crois qu'il vous faudra attendre six ans de plus, époque à laquelle je serai sans doute à vos yeux tout à fait vieille et où vous ne me reconnaîtrez pas plus qu'aujourd'hui. Allons, résignez-vous à recevoir votre pardon sans l'avoir mérité ! »

Il était très gai et je m'amusais beaucoup en sa compagnie. Nous réussîmes même à dégeler mon voisin de droite, qui était un homme mince à l'expression sensible, et d'apparence réservée. A la fin du souper, ce monsieur, dont je compris qu'il venait de Paris et séjournait au château de Campagne, tout étonné de retrouver une légèreté de collégien, se mit à faire de timides plaisanteries sur l'Université et ses maîtres. Quand par étourderie il poursuivit par une citation en grec qui sembla divertir beaucoup M. de Reignac, je répondis avec autant d'animation en patois. Peu habitué à se voir le centre de tant d'hilarité, le monsieur parut tout d'abord confus, puis la conversation se poursuivant avec la même légèreté, il se dégela, surpris et ravi lui-même de son audace. Il était un convive plein d'esprit et de culture.

« Voudriez-vous, monsieur, que je reste coite parce que je ne sais pas le grec ? Dites-moi sur quel sujet vous souhaitez que je discoure et je m'engage à prononcer cette conférence sur-le-champ. »

Je ne sais plus si je parlai de l'influence des phases

de la lune sur les gallinacés ou de vertus imaginaires de la racine de pissenlit. Mon ignorance ne m'empêcha pas de débiter avec aplomb sur le sujet choisi plus de bêtises qu'un charlatan de foire.

Quand le souper se termina, nous étions les meilleurs amis du monde. Bientôt, le général vint me chercher et me mena à Mme Linarès, la femme du notaire de Limeuil, éminent homme de loi, qui était assise à côté de la marquise douairière de Campagne et avait souhaité mieux me connaître. Ces deux dames se distinguaient par leur bonté et leur générosité. La réputation de la marquise douairière était supérieure à celle de toute autre châtelaine de la région. Je pris place à côté d'elles et m'efforçai de répondre avec modestie et intérêt à leurs questions, ce qui ne m'empêchait pas de mourir d'ennui en leur compagnie.

Peu après, M. de Reignac vint me chercher, disant que l'on me réclamait pour une charade. Les dames présentes ne voulaient pas perdre en se déguisant ou en jouant leur grâce et leur élégance. Si elles composaient un public gai et charmant, elles craignaient de sortir de leur rôle, souci qui ne m'effleurait pas. A l'aide d'un vieux châle, d'un bonnet, d'une canne, d'un bougeoir, je mimai sans embarras le personnage ou la scène que demandaient les circonstances. Faute de concurrence féminine sur ce terrain, j'obtins un succès facile.

Il me sembla qu'il était assez tôt quand le général décida de rentrer. Dans la voiture qui nous ramenait à Puynègre, il se contenta de répondre brièvement à mes remarques.

Dans ma chambre, où je commençais à me décoiffer, il me regarda froidement. Il finit par parler :

« Ma chère amie, je dois vous faire remarquer que votre conduite ce soir a manqué de la plus élémentaire modestie. »

Je restai bouche bée.

« Vos éclats de rire et ceux que vous provoquiez

chez vos voisins ont attiré l'attention de toutes parts, sans que vous daigniez même vous en apercevoir. »

J'étais stupéfaite.

« Fallait-il me taire?

– Certainement pas. Mais vous auriez dû vous souvenir que vous étiez dans le monde et pas sur le champ de foire de Mauzens. »

D'abord accablée, je sentis vite la moutarde me monter au nez.

« Monsieur, je n'ai rien dit ou fait qui mérite vos reproches.

– Le ton que vous avez employé ne convient pas à une jeune femme. Vous vous adressiez à M. Sauvel avec une désinvolture qui frisait l'inconvenance.

– Je ne connais pas de M. Sauvel.

– Il s'agit de ce jeune savant qui se trouvait à vos côtés lors du souper. »

Je me retins de dire que je n'avais pas besoin de savoir son nom car je n'avais l'intention ni de l'engager à mon service ni de le prendre pour amant. Je regardai Fabre droit dans les yeux.

« Général, je suis au désespoir de vous avoir déplu. Mais à aucun instant je n'ai manqué de respect à M. Sauvel ou à quiconque. Et il a semblé heureux que je ne prenne pas un ton solennel pour m'adresser à lui. »

Parole malheureuse. Le général était glacial. Je ne l'avais jamais vu ainsi.

« Un homme bien élevé aurait mauvaise grâce à vous faire sentir que la familiarité de votre langage est déplacée. Mais il s'en fallait de peu, je gage, qu'il ne se croie au Palais-Royal. »

Il s'inclina.

« Permettez-moi de me retirer. Si je puis vous donner un conseil, c'est de joindre à vos lectures un manuel de bienséance. »

Je ne voulais pas qu'il me quitte ainsi. J'étais échevelée, mais loin de me sentir à bout de ressources ou d'énergie.

« Monsieur, je suis d'une famille où l'on sait se conduire sans prendre l'air gourmé.

– Vous tenez sans doute à me rappeler que je suis né dans une soupente, à côté d'une écurie? En effet, et ceci m'autorise à vous dire brutalement ce que je pense de votre conduite. »

J'étais en rage.

« Qu'y puis-je si vous avez de mauvais souvenirs de filles à soldats et ne savez point faire la différence! »

Je crus qu'il allait me frapper. Il était gris, fou de colère. Il prit sa chandelle sur la cheminée, alla à la porte de sa chambre et sortit sans ajouter un mot. La porte aurait pu lui rester dans la main tant elle claqua violemment. Les gravures oscillèrent et battirent le mur.

Je m'assis sur mon lit. Le feu finissait de rougeoyer dans la cheminée. Comment avais-je pu envenimer la situation en répondant si vivement, alors qu'il était facile de l'attendrir par des regrets et des promesses! Je réfléchis longuement. Des petites choses sont capables de me jeter dans une soudaine agitation, mais je ne me suis jamais trouvée manquer de sang-froid quand j'en avais besoin. Ma première réaction est alors d'observer.

Je me levai et me dirigeai vers la chambre du général. Il ne répondit pas quand je frappai. J'entrai et je restai sur le seuil. Il allait se mettre au lit.

« Monsieur, je vous demande de me pardonner. Je ne supporte pas de vous avoir fâché.

– C'est une pensée qu'il fallait avoir plus tôt. »

Il avait repris son calme, mais on voyait qu'il se contrôlait soigneusement. Je m'obstinai :

« Je refuse que vous restiez fâché.

– Bientôt, en somme, vous voudrez même commander aux éléments. »

J'ignorai son ironie.

« Permettez-moi de rester avec vous.

– Ma chère amie, je vous conseille de dormir et de repenser à cela demain matin à tête reposée. »

Il était beau, j'aimais son air sévère, son front buté sous ses cheveux drus, sa large silhouette droite, presque raide.

« Je ne veux pas repartir dans ma chambre.

– Cette maison est la vôtre, ma chère. Vous pouvez vous installer où vous voulez.

– Très bien, décidai-je, si vous le permettez, je vais dormir dans ce fauteuil. »

J'avais mis une mante sur mes épaules pour venir dans sa chambre, où il faisait toujours si froid. J'allai vers le fauteuil Voltaire, au coin de la cheminée, et je m'y installai.

« Vous êtes mal équipée pour ce genre de bivouac, ma chère. Vous feriez mieux de retourner dans votre chambre.

– Si vous m'y autorisez, je resterai.

– Fort bien. Espérons que vous n'en viendrez pas à briser le mobilier pour vous chauffer. Je vous souhaite le bonsoir.

– Allez-vous dormir ?

– J'ai dormi avec pire danger à ma porte. Passez une bonne nuit. »

Il souffla sa chandelle.

Je me retournai longtemps avant d'arriver à m'assoupir, recroquevillée dans le fauteuil, enveloppée dans ma mante, pour avoir moins froid. Tard dans la nuit, je sursautai en croyant entendre frapper Joseph.

Enfin, au lever du jour, j'entendis Joseph frapper vraiment à la porte. Prise de court, je compris que je n'avais pas le temps de me ménager une retraite dans la dignité. Je pris le parti de prétendre dormir. J'étais suffoquée par le cynisme du général : il fit entrer Joseph et ils échangèrent quelques paroles sur le même ton – tranquille chez l'un, respectueux chez l'autre – que s'ils eussent été seuls. J'étais tellement engourdie d'avoir passé la nuit dans cette position malcommode que je pouvais la supporter quelques instants de plus. Je restai la face obstinément tournée vers la cheminée.

La toilette du général me sembla interminable, mais ce que je surprenais de ses gestes me montra qu'il l'accomplissait au rythme habituel. Il sortit sans m'avoir adressé la parole et sans que j'aie surpris son regard.

Je rentrai dans ma chambre, me déshabillai et me décoiffai tant bien que mal, avant de me mettre au lit où je tombai dans un sommeil de plomb. Bertille n'osa me réveiller quand elle arriva à huit heures avec mon chocolat. Enfin à neuf heurs passées, je l'entendis. Elle se tenait au pied de mon lit, tout embarrassée, avec son plateau. Je prétextai qu'une rentrée tardive m'avait laissé la tête lourde. En réalité dans ce maudit fauteuil où j'avais passé la nuit, raide et glacée, j'avais attrapé un soupçon de torticolis, des épaules engourdies et une cervelle embrumée. Je bus et je mangeai, en tâchant de réfléchir. Je me sentais dans mon bon droit, reconnaissant seulement que j'avais été maladroite. Heureusement, j'aurais la journée pour me reprendre, protégée par l'absence du général et les va-et-vient des habitants de Puynègre, inconscients de ces remous matrimoniaux.

La leçon de grammaire de Pauline se limita à des cas simples de participe passé et si elle s'en étonna, elle eut la délicatesse de ne pas l'exprimer. Je la laissai retrouver sans tarder Mme de La Pautardie pour sa leçon de musique. Je me souviens que c'était un de ces jours où, en guise de traitement de beauté, la vieille dame s'était fait enduire les mains par Malvina de graisse de port. Elle restait donc les doigts en l'air, largement écartés, et les agitait à titre d'avertissement à chaque fausse note ou erreur de tempo.

Le général était allé à Bergerac consulter un homme de loi pour quelque procès. La journée pouvait se passer normalement. Je décrivis la soirée à tante Ponse et à Pauline, de manière à les amuser. En l'absence de son neveu, la tante Ponse se livrait à des orgies de cancans. Ses commentaires n'étaient ralentis en rien par les exclamations horrifiées de Malvina, qui faisait de la couture dans l'office mais ne savait rester plus de dix minutes sans venir voir si sa maîtresse avait besoin d'elle.

J'appris ainsi que certaines dames des meilleures familles, ayant d'exquises manières, des habitudes religieuses et des convictions ultras, ne jugeaient pas blâmable d'accepter les hommages d'un monsieur pourvu qu'il remplît ces mêmes conditions et qu'il eût une fortune satisfaisante. Car, enfin, s'il est flatteur d'être l'idole d'un homme, qui ne se lasserait de recevoir des agenouillements comme seule marque de dévotion? Les billets parfumés et les serrements de mains furtifs sont bels et bons mais quel meilleur témoignage d'un attachement sincère qu'un bijou ou un objet précieux?

J'avais parfois surpris dans les salons de ces regards moites qui s'accrochaient l'un à l'autre comme des ventouses sur une peau fiévreuse, pendant que sur un canapé voisin d'autres dames parlaient de leur santé, décrivant pus, glaires, coliques, aigreurs d'estomac, éructations, sécrétions, sans oublier leur couleur, odeur, consistance et viscosité. Et, ma foi, les choses allaient leur train de part et d'autre du canapé.

Par contre, on chuchotait des plaisanteries outrées à propos de celle qui acceptait de déchoir et avait des faiblesses pour un joli garçon qui n'était point né et point riche. Il faut être une grande dame pour aimer au-dessous de sa condition.

Quant aux femmes des classes ordinaires, elles doivent se considérer comme favorisées de la moindre marque d'attention que daigne leur porter un homme du monde. Si les soins attentifs dont elles sont l'objet vont jusqu'à produire un enfant, l'amant se détournera en général, à son grand regret, de la mère et de l'enfant qui ont eu le mauvais goût d'oublier la modestie qui convient aux classes populaires.

Quand une alliance est envisagée entre gens honorables, tout est différent. Pas de secret, pas de discrétion. On étale au grand jour les revenus, les métairies, les bois, les terres, les bijoux, le linge, la vaisselle, les espérances d'héritage – en regardant sous le nez le vieil oncle dont le décès enrichira les futurs époux –; on rappelle sans ménagement l'épilepsie d'une tante, les dettes du frère, la syphilis du grand-père. Entre honnêtes gens, on ne saurait improviser mariage ou succession comme chez les gueux.

Les Gontier sont considérés à Mauzens comme de braves gens mais un peu simples, car les partages se sont passés jusqu'ici sans batailles rangées.

En rentrant avant le souper, le général m'embrassa comme d'habitude, et on nous aurait cru les meilleurs amis du monde. Je me retirai assez tôt et méditai tout en faisant ma toilette. Puis, je m'enveloppai de ma mante, décidée à passer une deuxième nuit dans le fauteuil Voltaire s'il refusait mes offres de paix. Je m'y installai, décidée à observer la situation avant d'engager la conversation. Il entra un moment après, posa sa chandelle près du lit.

« Ainsi vous prenez vos quartiers d'hiver dans ce fauteuil? Je peux vous faire installer de la paille sur le plancher, si vous préférez. »

Je n'y résistai pas.

« Je vous ai demandé pardon pour une faute que vous avez imaginée et que je n'ai pas commise! Vous êtes rancunier et cruel! »

Il pointa vers moi un index menaçant.

« Je suis également emporté... (Il s'avança vers moi)... autoritaire... (Il se pencha et attrapa les bras du fauteuil.)... obstiné. »

Il empoigna le fauteuil et le secoua, moi dedans, avant de poursuivre :

« Tenez-vous-le pour dit, ma jolie dame. Il fallait vous en apercevoir plus tôt. Il ne vous reste plus maintenant qu'à en prendre votre parti.

– Lâchez ce fauteuil! Il va craquer! »

Il le reposa et me planta sur mes pieds. Me tenant à longueur de bras, il finit par vider son sac :

« Vous rêvez d'être aimée par un joli jeune homme aux cheveux de fille, à la peau douce, à la voix légère, qui vous récite des poèmes et frôle votre écharpe au clair de lune. Et vous trouvez dans votre lit un monsieur au poil rêche, à la main rude, qui sent la sueur, le cheval, le tabac, que ses blessures font souffrir et qui, malgré cela, vous empêche de vous entortiller dans les couvertures de sa chambre glacée en vous assaillant de ses hommages, et qui peut-être a le malheur de ronfler en dormant. Eh bien, je ne vous plains pas, vous avez eu ce que vous vouliez!

– Qui vous dit que je me plains? lui hurlai-je dans les naseaux, mes bonnes intentions ayant fondu.

– A la bonne heure! triompha-t-il. Voilà votre vraie nature qui reprend le dessus. Je plaindrais le pauvre petit jeune homme qui aurait l'imprudence de vous aimer, il serait piétiné impitoyablement.

– Je déteste les gens qui se laissent écraser!

– Hé! ironisa le général. Le pauvre bougre! Il faudrait encore pour plaire à Madame qu'il se laisse déchiqueter après avoir opposé une digne résistance. La victime doit être palpitante. Inerte, elle ennuierait.

– Vous êtes un tyran, et vous êtes injuste avec moi! Je vois que vous ne changerez pas d'humeur, je vais dormir dans ma chambre.

– A supposer que je vous le permette. »

Avant que je sois revenue de ma surprise, il m'avait hissée sur le dessus de la commode, dont il m'empêchait de descendre.

« Personne ne me donnera mauvaise conscience quand je sais avoir bien agi! Vous ne réussirez pas là où personne n'a réussi! » vociférai-je.

Soudain, il éclata de rire.

« Je dispose peut-être d'arguments plus convaicants. »

Le voir en gaieté mit mon exaspération à son comble. Je gesticulai, essayant de me dégager. Il me maintenait fermement pour éviter les coups de pied que j'avais commencé à lui envoyer.

« Ah! tout cela n'est que comédie! A votre place, je

ne m'en vanterais pas. Il est facile d'exercer votre verve sur une oiselle de province!

– Voilà qui est divertissant. Je ne vous ai jamais connue oiselle. Ne me forcez pas, je vous prie, à en préciser les raisons. »

Je fus proprement épouvantée. Qu'avais-je eu la folie de dire!

« Félicitez-vous, je n'aime pas les oiselles, dit-il avec un demi-sourire.

– Laissez-moi partir! » articulai-je enfin, revenue de mon épouvante.

Il consentit à me descendre de mon perchoir, me serrant contre lui.

« Lâchez-moi!

– Pas encore.

– Si, tout de suite!

– Quand j'aurai achevé ce que j'ai à vous dire.

– N'ajoutez rien, je ne veux rien entendre!

– Il n'y a rien à entendre, dit-il, les mains autour de ma taille.

– Arrêtez! Je ne suis pas d'humeur à subir vos galanteries! criai-je, hors de moi de peur et de rage.

– Encore faudrait-il être en mesure de les repousser...

– Vous vous moquez de moi, je veux retourner dans ma chambre. »

En guise de réponse, il m'étreignit avec une tendresse passionnée. Je pressentais, sans le comprendre vraiment à cet âge-là, qu'il était plus épris de moi et plus jaloux qu'il ne voulait le dire, qu'il aimait mon endurance paysanne, l'habileté et l'obstination que je mettais à parvenir à mes fins ou à défendre ma cause. Je m'apercevais qu'il aimait jusqu'à mes accès de fureur. Il rit tendrement.

« Pardonnez-moi, mon cœur. Je cherche à vous mettre en colère. Je suis une brute et vous avez raison de m'en vouloir. »

D'un bras, il me tenait aux épaules, doucement son autre main ouvrait ma robe.

« Je veux... »

Je n'avais plus la voix très sûre.

« Que voulez-vous, mon cœur? »

Sa main errait à l'intérieur de ma robe, sa bouche prit le relais. Je suffoquais. J'acceptais la défaite, mais cette déroute! Il se mit à m'embrasser. Tout entière appuyée contre lui, je sombrai lentement, sa bouche dans la mienne, dans cette bataille amoureuse, humide, farouche et tendre, ma découverte des Amériques.

La chandelle finit par s'éteindre.

« Par moments, je voudrais vous tuer, murmurai-je.

– Tue-moi, mon amour. (Il guida mes doigts sur sa peau.) Tu vois, le cœur est là. »

J'aurais pu bouder, faire durer notre querelle, ranimer son animosité par des remarques acides. Mais que pèsent les satisfactions d'amour-propre face à une étreinte? En amour, je préfère le plaisir à la victoire. Avec un peu d'expérience, il est facile de savoir comment humilier. Mais un homme humilié ne fait ni un bon mari ni un bon amant.

J'allais vite comprendre l'ascendant dont je jouissais sur Fabre. Il eut le caractère assez ferme et la volonté assez constante pour ne pas se laisser dominer. Il me dit un jour avec amusement : « Jamais vous ne saurez tout de moi. Cela vous donnerait trop de pouvoir. »

Tout cela n'importait guère. J'étais heureuse. L'air froid entrait à pleines bouffées dans sa chambre, et nous reposions, tranquilles, voyant dans l'encadrement de la fenêtre les nuages défiler devant un maigre bout de lune.

« Si on m'offre le paradis, je le refuserai. Vous m'avez donné mieux.

– Voilà une sage réflexion, car je ne suis pas sûr qu'on vous offre le paradis, mon cœur. »

Jérôme vint pour la Noël. Son père avait déjà été le voir deux fois à Périgueux. Sa gaieté et sa vivacité nous manquaient et, sans que je l'avoue, peut-être aussi regrettais-je la dévotion qu'il avait pour moi.

L'hiver s'écoula. Un jour le docteur Manet, l'air sombre, nous apprit la mort de sa fidèle Marie. Elle avait attrapé une pleurésie alors qu'il se trouvait au Bugue, et n'avait pas voulu le faire avertir, de crainte de le déranger. Quand il était revenu à Mauzens, il était trop tard pour la sauver. Marinette était d'âge à faire l'ouvrage de sa mère, qu'elle partageait déjà depuis longtemps. A partir de ce jour, c'est elle qui tint le ménage du docteur aux Nouëlles.

Le général était allé chasser à Montignac, chez un M. Sauvage, lointain cousin de sa première femme, à Lanouaille chez le colonel Bugeaud, près de Monpazier chez le colonel de La Bardèche, et presque chaque semaine avec nos plus proches voisins : les Linarès, à Limeuil, les Carbonnières à Saint-Chamassy et les Maraval dans leur terre des Brujoux, à Paunat. Tous venaient également chasser à Puynègre.

Quand la distance n'était pas longue, les épouses et les filles des chasseurs venaient les rejoindre les soirs de parties de chasse, où se tenaient de grands repas très joyeux.

J'aimais aussi les soirées passées tranquillement avec le général et deux ou trois proches amis, alors que personne ne faisait d'effort pour plaire, habitués qu'ils étaient à la franchise de mes manières. Le général fréquentait des gens plus riches et plus mondains que ceux auxquels j'étais habituée dans ma famille. Pourtant, là comme ailleurs, hors de la présence des femmes, je crois que les rots et les grands jets de salive dans les landiers avaient leur place, que les bouteilles de vin disparaissaient vivement, et que l'humeur des convives était aussi leste qu'à Fumerolles ou chez les Cossac.

J'avais la sagesse de me retirer assez tôt après le

dîner, avec Mme de La Pautardie, laissant ces messieurs fumer leurs pipes et leurs cigares, se raconter à nouveau chaque coup de fusil de la journée et glisser vers les histoires salaces, sans leur imposer le frein de notre présence. D'autre part, Fabre me surveillait de trop près pour que je me laisse aller à répondre sur le même ton si l'on faisait quelque plaisanterie osée. J'étais souvent tentée de me mêler vivement à ces conversations, mais il aurait été imprudent de le faire. Je ne voulais pas qu'il prenne ombrage de ma liberté de paroles et d'allures. Il savait que je ne craignais pas de dire en temps ordinaire ce que j'avais à dire, la seule limite que je m'imposais étant de ne rien faire qui puisse sérieusement lui déplaire.

Un après-midi, j'avais été seule à cheval le rejoindre à Sainte-Alvère, où il chassait chez les La Robertie. Le souper avait été très gai et abondant, largement arrosé comme il se doit. Je m'étais trouvée sans mal une des plus animées parmi les dames présentes. Dans ces cas-là, je veillais simplement à ne pas paraître encourager les compliments des hommes jeunes. Je choisissais quelque vieillard ou brave homme de bonne humeur avec qui plaisanter en évitant de froisser le général.

Le soir, on se mit en route peu avant minuit pour rentrer à Puynègre. Fabre montait son grand cheval anglais avec lequel il chassait. Ma bonne Souris suivait sagement son train. La nuit était froide et claire, mais nous allions le plus souvent au pas, ayant pris au plus court par de mauvais chemins à travers bois. Tout était gelé. J'étais couverte d'une large veste au col et aux revers de fourrure, avec un chapeau de fourrure. Le temps était sec, je n'avais pas froid. Je veillais à ce que Souris ne glisse pas dans les ornières. Je fus saisie en entendant un cri lamentable au loin, comme celui d'un homme qu'on assassine. Souris s'ébroua, se demandant s'il fallait s'inquiéter.

« Qu'est-ce? demandai-je hâtivement.

– C'est un blaireau », me répondit Fabre.

Je ne posai plus de questions et accueillis en silence les glissements et les craquements qui venaient des bois. Quand on longeait une métairie, les chiens se mettaient à hurler, se jetant contre les murs et les portes solidement barrées. Je reconnus le cri d'un chat-huant.

A un moment, Fabre, qui allait devant moi, se retourna.

« Je crois que nous sommes suivis.

— Que voulez-vous dire ? »

De sa cravache, il désigna les bois.

« Regardez. »

Je vis des lueurs dans l'épaisseur des taillis dénudés, au-delà d'un fossé qui bordait la route.

« Ce sont des loups. Passez devant, tenez bien Souris, veillez à ne pas buter et à ne pas tomber. Ils ne nous attaqueront pas.

— Combien sont-ils ? demandai-je, assez peu fière.

— J'en vois deux. Nous sommes à une lieue de Puynègre, n'ayez pas peur.

— Allez-vous tirer un coup de pistolet ? questionnai-je.

— Je tirerai en cas de danger. Les chevaux connaissent le chemin, il n'y a rien à craindre. »

J'avais le cœur battant. Jamais je ne m'étais autant félicitée que Souris ait le pied sûr et le cœur ferme. Pourtant, je me sentis indiciblement soulagée en voyant les murs de Puynègre. Déjà on entendait les chiens aboyer, bientôt ils se jetèrent contre la grille. Il me sembla que Ricou était bien long à venir ouvrir. Enfin ses sabots raclèrent sur les cailloux, on entendit tomber les barres de fer et la grille s'ouvrit. Je tremblais quand je mis pied à terre devant l'écurie. Ricou emmena les chevaux. Il avait un jour déclaré que quatre heures de sommeil lui suffisaient. Depuis ce temps, quand quelqu'un rentrait tard le soir, lui seul était chargé d'ouvrir la porte et de s'occuper des chevaux, Fabre n'aimant pas faire veiller inutilement plusieurs domestiques.

J'enlevai mon chapeau. La sueur perlait sur mon front.

« Général Fabre, sachez que je ne suis pas faite pour une vie aventureuse.

– Vous n'êtes pas faite non plus pour pâlir sur des ouvrages de broderie.

– Si je vous laissais courir trop souvent les chemins sans moi, vous trouveriez un jour une amazone plus hardie pour vous accompagner dans vos promenades, hors des chemins autant que sur les chemins.

– Grands dieux! Même un homme de dix ans plus jeune que moi ne se soucierait pas d'avoir une amazone pour maîtresse s'il vous avait pour épouse!

– Je ne suis pas sûre que vous me fassiez là un compliment?

– A cette heure de la nuit, prenez-le comme vous voudrez, je n'en disputerai pas.

– Fabre, j'étais morte de peur à nous voir suivis par ces loups.

– Qu'importe, vous êtes restée en selle et Souris n'a pas bronché. On ne vous en demandait pas plus.

– Si, je veux que vous me rassuriez. »

Il me baisa la main.

« Vous avez été un brave petit grenadier.

– Ce n'est pas ce que je veux dire. »

Il ouvrit les portes et me fit passer devant lui.

« Sachez, madame, que je suis levé depuis quatre heures du matin et que vous devrez vous rassurer toute seule au spectacle de votre époux dormant comme une bûche à vos côtés. »

Concession à ces temps de gelée, la fenêtre de sa chambre était à moitié fermée, mais je ne voyais guère la différence. Le lit aussi était gelé, ayant été bassiné quelques heures plus tôt. Fabre daigna seulement trouver la température un peu fraîche, se coucha, bon prince, me laissa me réchauffer contre lui et, après m'avoir déposé un baiser sur l'oreille, avec pour seul discours un bonsoir amical, il s'endormit comme une masse. On ne fait pas boire un âne qui n'a pas soif.

278

Depuis que j'étais à Puynègre, il était arrivé plusieurs fois au général de ne pas quitter sa chambre, cloué au lit par ses rhumatismes ou par ses blessures qui se réveillaient.

La première fois que cela lui arriva après notre mariage, il m'interdit l'entrée de sa chambre. Seul Joseph y avait accès et lui donnait les soins nécessaires. Depuis longtemps, il s'était querellé à ce sujet avec le docteur Manet, refusant tous les remèdes, qu'il jugeait inefficaces.

On allumait pour une fois un grand feu dans sa chambre, il se faisait faire par Antonia une tisane de bourrache. Il suait à en tremper son matelas, il grognait, jurait, sacrait, ne voulait voir personne auprès de lui – même pas moi! J'en étais outrée. J'en fus réduite à dormir dans la chambre bleue et à questionner Joseph.

« Voyez-vous, madame, aujourd'hui les soldats sont au chaud dans leurs cantonnements, mais ceux qui ont fait des années de campagne n'ont pu éviter ni les blessures ni les rhumatismes. J'ai connu des lieutenants de vingt-cinq ans, fiers et hardis s'il en est, qui étaient déjà tourmentés de rhumatismes. On a trop souvent dormi dans cette mauvaise paille hachée que l'on nous donnait en Espagne, ou enroulés dans nos manteaux autour du feu, où le brouillard du petit matin vous pénètre. »

Le docteur Manet parut vers le soir. De ma chambre, j'entendis des bribes de la conversation des deux hommes.

« Sacredieu! grogna Fabre, il faut donc que tu te déranges pour voir geindre un homme que tu ne sais même pas soigner.

– Je t'ai dit depuis des années que tu devrais aller aux eaux de Dax.

– Je n'irai nulle part. Il faut bien que je me soigne tout seul, puisque les médecins sont des ânes. »

Le docteur, flegmatique, savait qu'en ces occasions il devait se laisser insulter.

Joseph frictionnait le général, changeait son linge, les draps du lit, et même le matelas qu'il fallait mettre à sécher quand Fabre avait transpiré comme un damné.

Quand ses blessures le faisaient souffrir, il disparaissait pareillement. Puis, la crise passée, il sortait de sa retraite, reprenait ses habitudes et ne voulait plus entendre parler de ses maux.

Le printemps venait peu à peu. Quel que soit le temps, je faisais avec Pauline de longues promenades, soit à pied soit à cheval, maintenant que je montais convenablement. Nous assistions à la plupart des offices religieux dans l'église de Limeuil, sauf quand je décidais d'entendre la messe au Bugue. Faye nous y conduisait en voiture, la tante Ponse prétextant son âge pour ne pas faire plus de dix pas à pied. Elle faisait apporter par Malvina un flacon de café, auquel s'ajoutait l'hiver une large rasade de cognac. Aussitôt prononcé l'*Ite missa est*, elle sortait boire son café et, réchauffée, retournait à l'église dire son action de grâces pendant que nous grelottions à l'attendre.

Le général faisait ses pâques et assistait à la messe les jours de fête. Sa pratique religieuse se bornait à ces quelques gestes, accomplis pour ne pas choquer le voisinage. Il fallait toute l'indulgence du vieux curé de Limeuil pour considérer qu'il respectait les lois de l'Eglise. « Je suis déjà un homme dont on se méfie, je ne veux pas que l'on puisse en plus me traiter de mécréant », disait-il. Toutefois, on connaissait ses sentiments à l'égard de la religion, ne serait-ce que par le silence absolu qu'il gardait sur ce sujet.

Cette froideur avec laquelle il s'était tenu à ses convictions religieuses et politiques depuis qu'il s'était installé en Dordogne avait suscité la méfiance. Mais Puynègre était connu pour sa stricte règle de vie, et par là il avait réussi à commander le respect. Dans une maison où la discipline et les horaires sont si rigoureusement observés, on n'imagine pas que les prières, le carême, les jours maigres soient négligés. Joseph, là comme en tant de choses, se conformait à la conduite du général. Mais le reste de la maisonnée suivant les prescriptions de l'Eglise, on acceptait l'attitude de Fabre comme une singularité de vieux soldat.

Le clergé et les missions étaient alors tout-puissants, et il ne faisait pas bon leur déplaire. J'ai vu achever le samedi soir à la lanterne un ouvrage qu'il n'était pas question de finir le dimanche sous peine d'encourir les foudres des autorités.

Un de ces missionnaires au prêche enflammé vint au Bugue pendant le carême, et logea au château de Campagne. J'assistai à un de ses sermons et pris derechef cet homme pour un furieux. Je pouvais prétexter que je préférais suivre les offices dans ma paroisse, et je ne m'en fis pas faute. Ce moine recommandait la prière, le jeûne, la pénitence, le repentir, décrivait l'enfer avec des envolées de bras et de salive qui le jetaient quasiment hors de la chaire, voulait qu'on envoie au feu tous les livres qui n'étaient pas des ouvrages de piété, décrivait avec une ahurissante imagination les divers déguisements que prenait le diable et les endroits où il se dissimulait. « Et dans les manches de votre surplis, donc! », avais-je envie de crier.

Je le rencontrai un jour chez le curé de Limeuil, et je sentis rapidement ses discours me monter au bonnet. Je mesurai mes paroles pour ne pas faire de tort au général :

« Vous m'étonnez, mon père. Vos menaces ne peuvent que faire naître l'effroi, et certainement pas l'espérance. Prêcheriez-vous pour le plaisir de faire trembler ou dans l'espoir de réformer? Je ne vous ai entendu parler que de l'enfer. Serait-ce de nos jours la seule issue d'une vie chrétienne? Car enfin, les gens qui viennent vous entendre sont des chrétiens, n'est-il pas vrai ?

– Madame, tous les chrétiens ont besoin des avertissements de la religion.

– Ainsi que du réconfort de la charité ?

– Les hommes ne sont que débordements et folies. Ils ne comptent que trop sur le pardon divin. Ce n'est pas ainsi qu'ils s'amenderont.

– Allons, mon père, pour que vous conserviez votre état de prêcheur, il faut bien qu'ils fassent leur métier de pêcheurs. Cela garantit de l'ouvrage pour tout le monde : eux, vous, Dieu et le diable. »

Je le saluai et pris familièrement le bras de notre curé, tout interdit et que mon calme ne rassura qu'à demi. Je regrettais que la bienséance m'empêche de dire à ce moine ce que je pensais de ses outrances.

J'avais pris l'habitude de rendre viste aux familles des métayers et des bordiers de Puynègre. J'avais commencé par apporter des langes pour un nouveau-né, du poulet ou du bouillon pour un malade. Connaissant maintenant tous les membres de ces familles et leur condition, je passais aussi simplement prendre de leurs nouvelles et voir si je pouvais leur apporter de l'aide. Je ne le faisais pas par charité, mais parce que l'ignorance et la misère provoquent chez moi une grande impatience. Au lieu de consoler avec douceur, combien de fois ne rudoyais-je pas une mère qui donnait des aliments lourds à un enfant fiévreux, laissait un vieillard dans des draps gris de crasse, ou voyait avec indifférence le chien, après avoir fouillé dans les ordures, venir lécher un nouveau-né. Je répétais les recommandations que j'avais entendu le docteur Manet formuler devant moi. J'apportais du savon, je faisais faire par Ricou une barrière basse à mettre à la porte des maisons pour empêcher les bêtes d'y entrer. On suivait parfois mes conseils pour me faire plaisir, mais sans y croire. Rien de plus borné, têtu, méfiant, sournois, rancunier, intéressé qu'un paysan.

A ma demande, le général accepta de faire acheter une tonne où l'on pouvait conserver une réserve d'eau, dans les fermes qui n'avaient ni puits ni accès direct à la rivière.

Le curé de Limeuil me demanda aussi d'aider certains de ses paroissiens les plus pauvres, à qui j'étendis dès lors mes visites. Là aussi je connaissais des déboires.

Un jour, je finis par convaincre une femme de faire prendre un bain d'eau tiède dans un baquet de bois à un petit enfant qui avait une forte fièvre. Je la croyais sinon convaincue du moins résignée à appliquer ce remède. Elle avait fait chauffer l'eau, dont j'avais mesuré la température. Au moment où j'allais y plonger le nourrisson, elle se mit à pousser des hurlements d'écorchée, à tel point que le mari, qui travaillait dans une vigne à peu de distance, accourut sa houe à la main et me l'aurait lancée en travers du corps s'il ne m'avait reconnue. Il fallut toute mon autorité pour calmer les parents, protéger le poupon hurlant et amener enfin la mère à lui donner ce bain salutaire.

Je faisais venir le docteur Manet chaque fois qu'une maladie paraissait sérieuse. Je lui payais ces visites sur la somme que m'allouait le général pour mes dépenses personnelles, dont je n'avais pas à lui rendre compte. Par sa générosité, il espérait me rendre coquette. Il me donna seulement le sens de l'économie.

Il approuvait tous les soutiens que j'apportais aux gens qui dépendaient de Puynègre. Lui-même les traitait comme s'il s'agissait de ses troupes : il leur accordait une protection sans faille, en échange de laquelle il attendait une obéissance et un dévouement absolus. Il pardonnait une faute qu'on lui avouait, mais s'il découvrait chez un de ses serviteurs ou de ses métayers une malhonnêteté ou de l'ivrognerie, il s'en séparait immédiatement. Pas moins de cinq jardiniers avaient été renvoyés pour avoir négligé leur travail en lui préférant la bouteille, avant que ne se présente Jantou.

Joseph était chargé d'appliquer cette rude justice et y mettait une fermeté que ne tempérait point la pitié. Il n'était pas aimé, le savait et ne paraissait pas s'en soucier. Je demandai plusieurs fois au général de modérer des décisions prises par Joseph, mais il n'y consentit jamais.

Assez vite, les gens comprirent que je pouvais arranger un certain nombre de choses s'ils m'en avertissaient et si j'en parlais au général avant que Joseph ait eu le temps d'intervenir. Je m'acquittais de cette tâche avec assez d'adresse pour faire admettre parfois au général qu'il s'agissait d'affaires de peu d'importance où il pouvait faire preuve d'indulgence. Avec le temps, mes interventions se firent assez judicieusement pour que j'obtienne presque toujours gain de cause là où je plaidais. Le succès m'importait plus que la gloire que j'aurais pu en tirer. Je veillais à ne pas me poser en rivale de Joseph dans la confiance du général et je le tenais au courant de mes entreprises dès qu'elles avaient pris une tournure favorable. Il n'était pas dupe, mais avait eu la sagesse de ne pas prendre ombrage du nouveau rôle que je jouais, là où son avis seul auparavant était sollicité. Je respectais soigneusement ses autres prérogatives et le traitais avec la considération dont il avait toujours joui à Puynègre.

Je fis aménager une pièce qui n'était pas utilisée, à côté du fruitier, et y fis venir les enfants des métayers pour leur apprendre le catéchisme, la lecture et l'écriture, quand leurs parents n'avaient pas besoin d'eux pour les travaux de la maison ou des champs. Cela n'était généralement possible que pendant l'hiver, ou les jours de pluie. Ils vinrent plus régulièrement quand on apprit que je leur faisais servir avant chaque leçon une assiette de soupe et un morceau de pain. Ils arrivaient même accompagnés d'un marmot, frère ou sœur plus jeune, qui se traînait à quatre pattes mais mangeait dans l'écuelle de l'aîné et suçait ensuite un croûton. Mes élèves se réchauffaient près du feu en finissant de mâcher lentement leur pain.

J'essayais de leur apprendre des bribes de ma science, mais sans grand succès. J'étais impatiente et seuls les plus éveillés de ces galopins saisissaient une partie de ce que je leur disais. Par hasard, Pauline me remplaça un jour. Sérieuse et appliquée, malgré son jeune âge, elle se révéla meilleur professeur que moi et désormais je lui confiai régulièrement cette petite classe disparate, dont elle sut se faire aimer. Sans illusions sur les maigres progrès accomplis par nos élèves, je me contentais de les voir savourer ces instants de bien-être qu'ils passaient au chaud et le ventre plein.

On voyait aussi paraître régulièrement quelques miséreux habitués de la maison. Ils arrivaient par la métairie et le petit bois et se présentaient à la porte de la cuisine. Ils étaient annoncés par les aboiements furieux des chiens qui se déchaînaient devant les vêtements misérables. Je fis ainsi la connaissance de divers vagabonds, estropiés, simples d'esprit – hommes ou femmes – à qui l'on donnait du pain, des restes, un fond de soupe. Ils étaient souvent si sales, si couverts de croûtes, de plaies, de vieux linges entortillés, de vermine, qu'on les faisait asseoir à l'orée du petit bois, sur une bûche. Ils ne s'en formalisaient pas. Antonia, après les avoir servis, se faisait menaçante :

« Et si je te revois cette semaine, c'est un coup de tisonnier sur la tête que tu recevras et pas des restes de poulet. »

La règle, en effet, était qu'il ne fallait pas se présenter plus d'une fois par semaine. Allez savoir pourquoi! C'est ainsi que l'on faisait du temps de la première baronne Fabre, et l'on continuait.

Pauline dut faire un grand effort sur elle-même pour m'accompagner dans mes visites. Je n'insistais pas pour qu'elle le fasse chaque fois, mais je m'inquiétais de la voir si effarouchée par la vie quotidienne et ses réalités. Le général m'approuvait quand je lui expliquais mes efforts pour l'enhardir. Je ne voulais pas la brusquer, d'autant plus que j'étais trop différente d'elle pour bien la comprendre. Elle dessinait avec talent, avait une voix ravissante, jouait du piano avec beaucoup de sensibilité. Mais elle n'était pas faite pour voir la cruauté, la laideur et la souffrance dont est fait le monde.

Je ne suis pas modeste – avez-vous déjà vu la modestie servir à quelque chose? Pourtant, dès que j'étais fière d'un progrès accompli, la réalité me rappelait sur terre.

Un jour que je me trouvais aux Bories – une des métairies de Puynègre – à parler avec sa mère et sa grand-mère, un gamin arriva hors d'haleine, annonçant qu'on ramenait le père du bois où il débitait une souche. La hache avait glissé et lui avait à moitié emporté le pied. Le fils aîné était parti chercher le docteur Manet.

La grand-mère se mit à pleurer dans son tablier, et la femme à pousser les terribles clameurs de gorge d'une bête à l'agonie. Je ne pouvais pas me sauver, mais j'espérais de toutes mes forces que le docteur arriverait à temps et m'éviterait de voir le blessé de près. La femme s'élança en direction du bois et je la suivis. On vit le groupe d'hommes portant le blessé sur une charrette à bras. Je me sentis devenir livide, je ressentais une incontrôlable répugnance à la pensée de voir cette plaie, ce sang, d'entendre cet homme geindre à petits coups.

On transporta le blessé dans la maison. La femme vit tout ce sang qui allait salir le lit. Elle fit allonger son mari en travers du matelas, le pied posé sur un tabouret hâtivement recouvert d'un bout de toile cirée. Je conseillai de tenir la jambe surélevée, supposant que cela éviterait à l'homme de perdre trop de sang.

J'étais appuyée à la porte. Enfin je vis arriver le docteur Manet au galop de sa grosse jument. On avait eu la chance de le trouver sur la route d'Audrix, sinon il aurait fallu aller quérir son confrère du Bugue qui, perclus de goutte, se déplaçait difficilement.

« Aidez-moi, je vous prie, me dit-il brièvement, en se lavant les mains à l'évier.

– Je ne peux pas », balbutiai-je.

Je suis la seule à avoir les mains propres, pensai-je, c'est pour cela qu'il fait appel à moi. Il avait posé sa boîte d'instruments sur une chaise, enlevé sa veste et relevé le bas de ses manches.

« Tenez cela », me dit-il sans faire attention à ma remarque, en me tendant un objet que je ne voulais pas voir. Je ne bougeai pas.

« Eh bien, prenez », me dit-il, coupant.

Je voulais bien jouer les châtelaines compatissantes face à des maladies pas trop laides, mais je gardais les yeux obstinément baissés pour ne pas voir cette scène. Le docteur taillait le bas du pantalon, découvrait une cheville et un pied où le sang inondait la crasse. Embarrassés, les hommes s'étaient reculés et regardaient en silence. Je me sentais les jambes flageolantes, pour la première fois je compris comment on pouvait s'évanouir. Il aurait suffi que je ferme les yeux, et je serais tombée. Quelle manière simple d'échapper à ce qui vous effraie ! Avec tout autre que le docteur Manet, je l'aurais fait. Mais je ne pouvais pas encourir son mépris.

Dehors, on entendit un galop, puis la voix de Joseph. Dès qu'il entra, le docteur m'ignora et se tourna vers lui :

« Tenez-le, dit-il aux deux hommes les plus proches, qui maintinrent fortement le blessé aux épaules. Joseph, passez-moi... »

Je n'en entendis pas davantage. Je sortis, j'avais un brouillard devant les yeux. Je traversai la cour et m'appuyai à un pilier du portail. Le chien, effaré, était terré sous la charrette abandonnée, les poules tassées sous le tilleul de la cour ne remuaient même pas. C'est dans ce silence que j'entendis soudain hurler l'homme.

Je mis mes mains sur mes oreilles. Le hurlement rauque fut à peine assourdi, puis il finit par se dissoudre en hoquets, en long râle, en plainte. Je voulus à mon tour crier : laissez-le se vider de son sang s'il le faut, mais ne le faites pas hurler ainsi!

Je remarquai enfin devant moi le plus jeune fils, qui tenait une chaise. On ne voulait pas me laisser debout. Je n'avais qu'une envie, fuir, rentrer en courant à Puynègre. Ce hurlement m'emplissait encore les oreilles. Je m'écroulai sur la chaise, les coudes aux genoux, la tête dans les mains, le gamin me regardant avec curiosité, la bouche ouverte.

« A-t-on pu sauver son pied? demandai-je enfin.

– Le docteur y a mis le tisonnier. »

Je ne voulais pas de détails.

« A-t-il fini le pansement?

– Je n'ai pas vu. »

Au bout d'un moment, je me levai, estimant que ce devait être terminé. Le petit me suivit, la chaise à la main. Les hommes qui avaient apporté le blessé se tenaient sur le seuil. L'un d'entre eux alla vers sa charrette, descendit la hache qui avait causé l'accident et la mena à la grange. La femme sortit pour les remercier en pleurant. Près de l'âtre, la grand-mère tenait son tablier sur sa figure. Déjà, reprenant confiance, les poules se rapprochaient. J'entrai dans la maison. L'homme était couché sur le lit, respirant fortement, les yeux clos, le pied emmailloté.

« Avez-vous pu sauver son pied? demandai-je au docteur, qui rangeait sa trousse.

– Si l'infection ne s'y met pas, cela devrait aller. »

Ayant retrouvé ses esprits, la femme retenait par la manche les hommes qui allaient partir.

« Vous boirez bien un petit verre de piquette. Vous n'allez pas vous en retourner le ventre vide! »

Elle sortit des verres et des gobelets. Il n'y avait pas assez de sièges. Elle insista pour que je m'attable avec le docteur Manet et Joseph. Les hommes restèrent debout près de la porte. Je pus à peine avaler deux gorgées, que je ne méritais d'ailleurs pas.

Je voulais rentrer seule à pied. Le grand air m'aurait rendu mon calme. Le docteur ne voulut rien entendre.

Après l'échange de salutations et de remerciements, il avait demandé à la femme de ne pas toucher au pansement, et annoncé qu'il reviendrait le lendemain matin. Elle le suivit dans la cour, et au moment où il se mettait en selle, embarrassée, elle lui demanda :

« S'il ne faut pas toucher à sa jambe, on ne peut pas le bouger, monsieur le docteur, c'est bien cela?

– Oui, c'est cela.

– Et il va rester longtemps comme ça?

– C'est selon. Je vous le dirai dans quelques jours.

– C'est que, monsieur le docteur, il va falloir que je dorme par terre avec la grand-mère, si on ne peut pas se mettre dans le lit comme d'habitude.

– Je vous ferai porter deux paillasses avant ce soir, dis-je.

– Je vous raccompagne, Adeline, me dit péremptoirement le docteur. Montez en croupe. »

Il n'y avait pas de pierre montoir. Aussi froid et correct qu'à l'ordinaire, Joseph me tendit sa main sur laquelle je pris appui.

« Docteur, je ne supporte pas la vue du sang, me crus-je obligée d'expliquer.

– Il en est de cela comme du reste. On s'habitue. »

J'aurais voulu répondre : je refuse de m'y habituer. Mais Joseph nous suivait et je ne voulais pas me montrer devant lui plus effrayée que je ne l'avais été. Il n'avait presque rien dit depuis qu'il était arrivé, mais il avait aussitôt eu les gestes qui aidaient le docteur.

« Savez-vous, reprit ce dernier, que sur le champ de bataille, le docteur Larrey effectuait l'amputation d'une épaule ou d'une cuissc, pansement compris, en moins de deux minutes? Le plus remarquable, c'est qu'il épargnait ainsi beaucoup de souffrances aux soldats. »

Joseph et lui, allant au pas, continuèrent à parler. Le docteur, voulant rentrer au Bugue avant la nuit, nous quitta aussitôt qu'il m'eut déposée devant le perron. Je me tournai vers Joseph et le remerciai.

« La guerre doit être une horrible chose, s'il faut voir autour de soi tant de souffrance et tant de morts. Je ne crois pas que j'aurais jamais pu m'y faire. »

Le visage de loup se détendit.

« N'ayez crainte, madame, aucun de nous n'est aguerri la première fois qu'il va au feu et qu'il voit le sang. Je ne l'étais pas non plus à Eylau quand j'ai dû enjamber les corps et continuer à battre du tambour sous la mitraille.

– Vous étiez bien jeune alors, n'est-ce pas?

– Le soir, je l'étais moins, madame. »

Je savais par le général qu'il avait continué à battre la charge, de la neige à hauteur du ventre, jusqu'au soir. La sincérité du ton m'étonna, mais il n'y avait aucune familiarité dans son attitude.

« Il ne faut pas avoir peur, madame. Le général vous le dira : il n'y a pas de honte à trembler quand on voit souffrir.

– Merci de me dire cela. Bonsoir, Joseph.

– Bonsoir, madame. »

Fabre rentra peu après. Je lui fis le récit de l'accident, au milieu des petits cris de la tante Ponse et en veillant à ne pas bouleverser Pauline. Il parut soucieux. Il allait falloir envoyer de l'aide pour faire les labours et les semailles des Bories.

Il sonna et demanda à Miette de nous apporter une bouteille d'eau-de-vie de prune et des verres. Il servit Mme de La Pautardie, qui ne refusa pas, me versa un plein verre, malgré mes protestations, et se servit. Pauline eut droit à une cuillère de cassonade trempée dans le verre de son père.

« Buvez, cela vous remettra, me commanda le général,

290

– Je vais avoir la tête tournée.

– Je vous soutiendrai et tante Ponse voudra bien excuser votre faiblesse.

– Laissez-moi seulement y goûter.

– Non, cul sec. »

Il tenait son verre à hauteur de son visage et l'avala d'une lampée. Il le reposa sur la cheminée.

« Eh bien? » me demanda-t-il, alors que j'hésitais.

Je commençai lentement à boire. Il se pencha et me dit tout bas :

« Pas de ces mines de vieille dame, ma douce enfant. Allez-y franchement! »

Je n'argumentais jamais avec lui en public. Je finis mon verre. La pendule sonnait six heures.

« A la bonne heure, dit-il. Maintenant, allons souper. »

J'aurais voulu dîner seule avec lui, mais cela ne nous était arrivé qu'une fois depuis notre mariage – pendant les quelques jours passés à Périgueux. Après que Pauline fut montée se coucher, il fallait soutenir de longues conversations avec Mme de La Pautardie, ou lui faire la lecture ou lui servir de partenaire dans sa partie de jaquet. Ce rythme immuable de nos soirées me pesait. Quand vinrent les beaux jours et qu'il fit encore clair après le dîner, il me proposa souvent des promenades le long de la Vézère.

Nous parlions longuement. Les femmes le jugeaient trop taciturne, trop robuste et trop direct pour être vraiment séduisant. Je préférais ses qualités à d'autres qui étaient plus à la mode. Au début de notre mariage, c'est toujours moi qui lui demandais son avis, attendais ses conseils. Je ne l'interrogeais pas sur ses affaires. Peu à peu, voyant que ces questions m'intéressaient, il se mit à m'en entretenir.

Avec le printemps, le brave curé de Limeuil comme chaque année fit tout ce qui était en son pouvoir pour contenir les ravages du renouveau et de la belle saison parmi ses ouailles. Cependant, aucune menace de punition dans ce monde ou dans l'autre n'intimidait suffisamment les jeunes gens auxquels il s'adressait, au mieux les amenaient-elles à se cacher plus soigneusement. On en rencontrait au retour des marchés, à la sortie de la messe ou des vêpres le dimanche, en dehors du Bugue et de Limeuil, dans les sentiers écartés, le long de la Vézère, à l'abri des murs. Les alentours de la chapelle et du cimetière de Saint-Martin, lieu écarté et aux délicieux ombrages, étaient alors fréquentés par des pèlerins qui n'embrassaient pas seulement le manteau de la Vierge et des saints. Le curé de Rouffignac, bien plus redoutable, tonnait lui aussi contre les bals du dimanche sous les ormeaux et les promenades à la tombée du jour, puis la messe dite, garçons et filles savaient se retrouver, convenir de rendez-vous, tromper les parents, les dames bien-pensantes, se dissimuler en riant dans un fossé ou derrière un buisson quand passait un gêneur.

Seul le docteur Manet tempêtait :

« C'est moi que les filles viennent voir quand elles sont grosses. Vos remèdes à vous, curé, ne sont pas trop utiles, il faut bien le dire. Qui doit courir après le garçon, le convaincre de ne pas abandonner la fille, adoucir les parents, négocier la dot? Moi, bien entendu. J'en ai assez de ce métier d'accordeur! Je m'en moque, moi, que le pays soit plein de bâtards. Heureux encore quand vos semblables n'en augmentent pas le nombre. Je vous demande pardon, monsieur le curé, ce que je dis là n'est pas pour vous, mais vous savez ce que j'en pense. C'est pour vous que je travaille, curé! J'espère que vous ne m'oubliez pas dans vos prières. »

Il était impossible de fâcher ce curé-là.

« Ah! Je sais que vous faites le bien, à défaut de respecter les commandements, monsieur le docteur. Vous m'aidez à secourir ces pauvres gens.

– Faire l'amour est le seul plaisir qui ne coûte rien

et l'Eglise voudrait le leur ôter. Ils seraient bien bêtes de l'écouter. Laissez-les donc s'aimer! »

Le curé hochait la tête. Il n'osait pas dire qu'il l'aurait bien voulu et qu'il n'y voyait pas tant de mal. Il était de Paunat et connaissait les gens de la campagne. Mais il fallait bien prêcher contre l'amour pour ne pas être mal vu de l'Evêché.

De nombreux visiteurs reparurent à Puynègre avec les beaux jours. Ma famille y venait facilement du Bugue. D'anciens soldats ou des officiers en demi-solde savaient qu'ils y trouveraient un accueil généreux, bien que Fabre soit demeuré très discret sur l'aide qu'il leur accordait. Ceux qui avaient une réputation douteuse ne se hasardaient pas jusqu'à Puynègre. Des cuirassiers, des pontonniers, des hussards, des artilleurs étaient devenus rouliers, cabaretiers, rétameurs, huissiers, commis voyageurs, marchands. Beaucoup avaient connu des heures de misère, certains avaient sombré dans la boisson, d'autres avaient eu des démêlés avec la justice pour menées subversives, un bon nombre étaient devenus d'honnêtes petits-bourgeois, quelques-uns enfin avaient fait de bonnes affaires.

Mais une nouvelle classe de notables montait et c'était plutôt elle que fréquentait Fabre, ou ceux qui étaient mêlés aux affaires publiques : avocats, juges de paix, conseillers généraux, ingénieurs chargés des travaux du département – des ponts et chaussées, des mines, de la navigation, des forêts.

Il voyait naturellement les gens du Bugue : M. de Guilhen, le notaire, M. Burrette, le juge de paix, et M. Lessalles de Cumond, son suppléant, M. Vigier de Gaston, receveur de l'enregistrement, M. Archambaud, premier adjoint au maire, et M. le curé La Porte.

Nous entretenions avec l'aristocratie des relations courtoises mais plutôt distantes. Formée le plus souvent d'anciens émigrés et d'ultras, elle régnait à nouveau et n'était pas prête à accueillir les fortunes nouvellement acquises. Certaines de ces familles, vivant à Périgueux, à Bordeaux, à Limoges ou même à Paris pendant l'hiver et ne revenant à la campagne que pendant les mois d'été, n'avaient aucune conscience des changements profonds de mentalités qu'avaient apportés la Révolution et l'Empire. Pourtant, les plus avisés de ses membres savaient ménager les puissances nées du précédent régime; en prévision du jour où une alliance avec elles pourrait devenir désirable.

Les biens des émigrés et les biens d'Eglise qui avaient été vendus comme biens nationaux causaient encore bien des remous. L'abbaye du Bugue, autrefois si riche, avait été démantelée, ses bois, ses vignes, dispersés en de multiples parcelles. Indirectement, c'est ainsi qu'avait été acquise une partie des terres de Puynègre, le docteur Manet ayant conseillé au général de ne pas en acheter une trop grande quantité pour éviter qu'on lui en fît ensuite le reproche.

Je m'intéressais particulièrement aux récits des gens qui avaient voyagé. Je les interrogeais sans me lasser et j'appris beaucoup à les écouter.

Les jours de fête, le dimanche, ou le soir, on conversait, on jouait aux cartes, les hommes faisaient une partie de billard, on jouait de la musique et on chantait. Les romances langoureuses étaient à la mode et rien ne m'ennuie plus que ces confidences de la fiancée trahie ou de l'amoureux délaissé. Par contre, je raffolais de la musique italienne, et je m'engouai des airs de Rossini. Mme de Carbonnières avait une voix de rêve et recevait de Paris toute la musique à la mode. Grâce à elle, je découvris *L'Italienne à Alger, Elisabeth, reine d'Angleterre, La Cenerentola.* Elle chantait des duos avec le fils de M. Burrette, jeune homme à jolie voix, trop légère à mon goût. Quand un morceau convenait au talent plus robuste de mon cousin Pierre, il l'apprenait volontiers et participait à nos séances musicales, à Fontbrune ou à Puynègre. Il rendait superbement certains airs du *Moïse*. M. Auber était la coqueluche du jour, bien que je lui trouve moins de verve.

L'été arriva. Jérôme revint pour les vacances, aussi vif et animé qu'avant. Il aurait été un des élèves les mieux notés du collège, déclara au général M. Grancher, le principal, s'il n'avait fait preuve d'un manque d'application confinant à la désinvolture dans les matières qui ne l'intéressaient pas, c'est-à-dire tout ce qui touchait aux mathématiques. On lui reconnaissait, pour un enfant de son âge, d'excellentes connaissances en histoire et de rares dispositions pour les lettres anciennes et modernes. Il récitait, écrivait, traduisait, déclamait avec une aisance supérieure à celle de ses camarades. Mais il lui arrivait de faire preuve d'impertinence dans ses questions, ce que ses professeurs jugeaient sévèrement. On l'avait également surpris à faire des caricatures de certains élèves (grâce au Ciel, pensai-je, il a été assez habile pour cacher celles qu'il n'a pas manqué de faire de ses professeurs!). En somme, on se plaignait de ce que son excellente mémoire et la facilité avec laquelle il apprenait le dispensent de faire des efforts et lui permettent, malgré ses négligences, d'être rarement pris en défaut.

Son père lui fit de vigoureux reproches :

« Si tu veux te contenter de briller dans les salons et dans les cafés, les dons que tu as reçus, une jolie tournure et un bon tailleur te suffiront. Si tu souhaites faire une carrière et avoir un jour part aux affaires, il est grand temps que tu fasses preuve de fermeté et de discipline. »

Le matin, il tirait l'épée avec Jérôme. Ensuite, il lui donnait une leçon de mathématiques. Il l'emmenait également dans ses courses à travers les terres. La promenade enchantait Jérôme, mais les questions d'agriculture et de gestion ne le séduisaient guère. Il était assez adroit pour retenir les explications qu'il recevait, mais son père ne s'y trompait pas.

Pauline elle-même, toujours admirative à l'égard de son frère, n'en était pas dupe. Elle cédait à tous ses caprices, mais en lui faisant doucement des remontrances, auxquelles il répondait par un débordement d'affection.

Vis-à-vis de moi, aussi jeune qu'il soit, il avait toujours agi comme un homme qui cherche à séduire une femme et pas comme un enfant qui espère obtenir l'approbation d'un adulte. Il trouvait immanquablement quelque nouvelle prouesse à me faire admirer. Un jour, je le vis lancer son cheval au moment où il m'aperçut et sauter un arbre tombé en travers du chemin. Je lui dis d'un ton colère :

« Ne croyez pas que je vous plaindrai si vous vous rompez le cou, je vous trouverai un vrai petit sot! »

Il sauta à bas de son cheval et s'approcha de moi, enjôleur.

« Pardonnez-moi! Je vous promets que je ne le ferai plus.

– Pardi! la promesse est facile. Aujourd'hui ou demain on enlèvera cet arbre et vous n'aurez plus l'occasion de le sauter. »

Il rit de se voir deviné.

« Alors, il faut me pardonner deux fois : pour avoir sauté et pour vous avoir fait une promesse qui n'en était pas une! »

A dix ans, il usait de son charme de façon éhontée. Cela promettait!

Au moment des fêtes de la Saint-Louis, alors que tout le monde était au Bugue, j'étais restée à Puynègre un après-midi, car je voulais aller à Curboursil : les métayers avaient perdu deux enfants quelques mois auparavant, et leur fils aîné, un solide petit garçon, venait de mourir d'une fièvre maligne. La mère était au désespoir, car elle avait reporté tous ses espoirs sur cet enfant.

Comme je revenais à pied, suivant le sentier qui

longe la Vézère, un peu plus bas que l'île, à un coude qu forme la rivière et d'où l'on n'est pas vu de Puynègre, je vis un homme debout, nu, entrer dans l'eau. Il regarda autour de lui pour s'assurer que personne ne l'observait. Avec stupéfaction, je reconnus Joseph. J'étais près d'un bosquet qui me dissimulait, n'osant ni avancer ni reculer. Il se jeta à l'eau et nagea dans le courant, s'ébrouant, sûr d'être seul, caché par les arbres de la rive. Le gué était un peu plus haut, avant l'île, et des gamins s'y baignaient souvent. Mais à Puynègre, quand il surveillait les baignades de Jérôme, je n'avais jamais entendu Joseph dire qu'il aimait nager. Je ne savais que résoudre : en suivant le sentier, je serais bientôt à découvert. En restant immobile, j'étais dans la position ridicule de celui qui épie.

Joseph revint tranquillement vers l'île, abordant du côté où il ne pouvait être vu de Puynègre. J'étais stupéfaite de voir ce corps d'homme jeune, au torse solide, aux reins fermement plantés sur des cuisses et des jambes vigoureuses. Pour moi, Joseph, avec son visage tanné et maigre de loup aux aguets et sa marque de sabre, n'avait pas d'âge. Si je n'avais pas été embarrassée, j'aurais eu bonne envie de rire. Il avait disparu à l'intérieur du petit bois qui couvrait l'île. L'été, quand l'eau était basse, la Janou, des Peyrières, venait y faire paître ses moutons. Mais en ce jour de fête, les moutons étaient à l'étable.

Je remontai et Faye me conduisit au Bugue où je devais rejoindre le général et les enfants chez les Labatut. Je dus attendre le soir pour lui raconter l'histoire, ne voulant pas en parler devant le reste de la maisonnée.

Fabre rit beaucoup après m'avoir écoutée.

« Quel âge a donc Joseph? demandai-je, piquée.

– Il a trente-trois ans. »

Je restai ébaubie.

« Je lui en donnais quarante-cinq ou cinquante!

– Ma chère amie, ironisa le général, vous l'aviez

mal regardé. Il était tambour à Eylau en 1807, et avait alors quinze ans. Calculez vous-même.

– Pourquoi ne se marie-t-il pas?

– Je crois qu'il mène une vie tout à fait galante et qu'on compte ses exploits jusqu'à Bergerac. Il doit être satisfait de sa liberté. »

Ma surprise amusa tellement Fabre qu'il raconta l'histoire au docteur Manet à la première occasion, alors que nous nous promenions dans les allées, un jour, après le déjeuner, la tante Ponse ne nous ayant pas suivis à cause de la chaleur. Et les deux hommes de s'esclaffer devant ma naïveté.

« Adeline, voyons, vous êtes la seule entre Le Bugue et Limeuil à ne pas connaître les bonnes fortunes de Joseph! s'exclama le docteur Manet.

– J'espère qu'il ne crée pas d'ennuis à ces pauvres filles!

– Ah! ah! vous êtes moralisatrice, bien que vous vous en défendiez. Rassurez-vous, je crois que tout le monde trouve son avantage à ces... transactions...

– Dans le cas de la Janou, précisa Fabre, je pense que sa mère savait à quoi s'attendre en l'envoyant, toute jeune, garder ses moutons dans l'île. Elle compte bien obtenir quelque compensation en échange de l'innocence de la petite. Pourtant je n'ai jamais vu Joseph fermer les yeux sur une mesure de blé ou sur un fagot. La mère y perdra. Ou il faudra que la fille soit diablement adroite. »

Il humait tranquillement son cigare. J'étais scandalisée.

« Mais ne devriez-vous pas intervenir?

– Dans des histoires de jupons? Vous plaisantez? Que Joseph s'en arrange comme il veut.

– A dire la vérité, finit par ajouter le docteur, je crois qu'on le craint quelque peu, et qu'un ou deux maris de par ici lui gardent un chien de leur chienne en réserve pour un jour où il sera distrait. »

Nous avions atteint le cingle. A cet endroit, la Vézère coule large et tranquille en bas du rocher. Rien ne semblait pouvoir troubler la sérénité des deux hommes. En rentrant vers Puynègre, le général, voyant mon silence, railla :

« Allons, si un excès de galanterie suffit à faire d'un homme un coquin, Joseph n'est pas le seul coquin de notre connaissance, n'est-ce pas, Manet? »

Le docteur soupira :

« Qu'as-tu raconté à notre Adeline?

— Rien du tout. Je t'en laisse le soin. »

Le docteur fuma en silence, puis finit par reprendre :

« Puisqu'il faut le confesser, Adeline, sachez que la Mariette attend un petit.

— La Mariette, aux Nouëlles?

— Hé! oui!

— Et sait-on...?

— On sait, on sait, admit-il.

— Et que va-t-elle faire? »

J'étais inquiète.

« Que voulez-vous qu'elle fasse? Elle l'élèvera! »

Je n'osais poser la question, dont la réponse devenait claire.

« Mais docteur... vous le...

— Hé! foutre, je l'ai fait, bien sûr que je l'ai fait! Cette gamine me regardait comme le Bon Dieu et prenait chacune de mes paroles pour l'Evangile. Elle a constaté que j'appliquais à ma manière le neuvième commandement, mais s'est mise à m'adorer au lieu de me maudire. Qu'y puis-je?

— Pourquoi ne serais-je pas marraine de cet enfant? » demandai-je soudain.

Les deux hommes se regardèrent. Fabre se mit à rire.

« Seriez-vous un meilleur professeur de morale que notre ami Manet? »

Le docteur se taisait. Il dut songer que j'étais jeune, qu'il ne l'était plus, que Mariette qui avait tout juste seize ans serait bien seule pour élever l'enfant si lui-même venait à disparaître. Il écarta les mains d'un geste embarrassé.

« Ma chère amie, avez-vous réfléchi à ce que vous me proposez là?

– Non. Mais je maintiens mon offre.

– Manet, je te conseille d'accepter, conclut le général, dont on attendait l'avis. Je ne t'apprendrai pas qu'Adeline s'acquitte avec acharnement des engagements qu'elle prend. Tant pis pour cet enfant, la chose me semble décidée. »

Le docteur nous remercia en plaisantant pour cacher son émotion. Après son départ, je demandai au général pourquoi il ne s'était pas marié.

« En quittant l'armée, en 1813, sans un sou en poche, il revint au Bugue, et s'installa chez son oncle. Celui-ci n'était qu'un modeste officier de santé, dont le père avait été perruquier et chirurgien. Il ne demandait pour ses visites que de maigres honoraires, que souvent on ne lui payait même pas. Comme il se doit, les gens riches vont chez des médecins qui se font payer cher. Notre ami Manet s'éprit follement de la fille du juge de paix de Lalinde. Les parents mirent promptement un terme à l'affaire en mariant la demoiselle. Son mari l'a emmenée habiter Sarlat et Manet ne l'a plus revue. Mais il s'est juré de faire payer cher ses visites aux riches familles qui le consulteraient.

– Va-t-il épouser Mariette?

– Il n'en a pas parlé.

– Il le fera pour l'enfant.

– Un jour ou l'autre, peut-être. »

Pour la Saint-Martin, le 11 novembre, jour de la frairie de Mauzens, Fabre, Pauline et moi devions nous rendre à Fontbrune où une grande partie de la famille serait réunie, comme chaque année. La pluie était tombée depuis plusieurs jours et il s'en fallut de peu que la voiture ne s'embourbât.

J'ai toujours aimé l'atmosphère d'aimable désordre

qui règne à Fontbrune. Les jours de fête, cela passait tout. On ne savait plus où étaient les chevaux, les chiens, les enfants, les domestiques des uns et des autres. Parmi ces derniers, certains en profitaient pour rendre visite à des parents qui habitaient la commune ou une commune voisine. Henri n'en finissait pas de charrier du bois et de l'eau vers la cuisine. En plus, Pichille le tenait pour responsable de toutes les frasques commises dans son domaine, c'est-à-dire dans la grande cour, la petite cour, et les bâtiments qui en dépendaient. Un coup de pied de cheval, un domestique ivre, un chien voleur, toute faute lui était sévèrement reprochée. Il aurait dû veiller au bon ordre général.

Après le déjeuner, on sortit les tables de jeu. L'une d'elles réunit Fabre, le docteur Manet et mon oncle Roger. Aucun des trois hommes n'était d'humeur à s'en laisser conter par les deux autres. Les autres tables terminèrent leur partie, alors que celle-là se poursuivait, dans un silence auquel nous n'étions pas habitués. Nous entendions généralement les remarques débonnaires de mon oncle Elie ou de monsieur le curé, qui ramenaient au calme Pierre ou les frères Cossac, tous également mauvais perdants. On se réunit autour de ces acharnés, qui seuls de toute l'assemblée n'avaient pas l'air émus. La chance favorisa le général, et il gagna. Quand on eut fini les comptes, Pierre s'exclama :

« Non seulement ce baron-là est plus riche que nous tous réunis, mais encore il s'entendrait fort bien à nous plumer si nous jouions avec lui !

– Mon cher, si j'avais été ménager de mes adversaires, je ne serais ni général ni baron. Peut-être en serais-je réduit à venir, en soutane crottée, dîner à votre table, convié par charité. »

Heureusement, monsieur le curé s'était éloigné et n'entendit pas cette piteuse appréciation.

L'émotion causée par le jeu évita qu'on ne se lance dans la politique. A peu près toutes les tendances étaient représentées dans la famille. S'y ajoutait maintenant, en la personne du général, un élément peu décidé au compromis si d'aventure on venait à prononcer le nom de l'Empereur. Celui qui se permettait non pas une critique mais une réserve s'attirait une réplique cinglante. Je comprenais le souci de ma grand-mère d'éviter ce genre de conversation.

Comme elle était un peu fatiguée, elle nous laissa partir à la frairie. Louise resta pour lui tenir compagnie. Les enfants étaient partis après le déjeuner, escortés de deux chambrières. Une certaine Julia veillait sur Armand et Adrien de Cahaut. Elle avait dû être choisie par Louise. Aussi large que haute, elle paraissait dépourvue de grâce autant que d'intelligence. Etait-ce une garantie de vertu? Je ne sais.

Je revis tous les gens de Mauzens. Les hommes buvaient, assis aux longues tables qui étaient montées sous deux tentes dressées en bordure du champ de foire. De là, je regardai fièrement le toit de grange de *La Meyrolie* refait à neuf. C'est dans cette direction que Fabre entraîna mon oncle Elie, pour une inspection – qui était plus dans son caractère qu'une simple promenade.

Je restai avec mes cousins. Antoine était si discret et plein d'attentions pour tous que j'eus soudain la pensée qu'il aurait pu entrer dans les ordres. Son désintéressement ne semblait pas le destiner à se frayer un chemin dans le monde. Cyprien de Cossac était encore plus taciturne après un bon repas. Son frère Jacques devenait cramoisi et bruyant. Pierre se faisait querelleur. Depuis mon mariage, je m'étais fait une règle de ne pas me trouver seule avec lui, et de le traiter aussi affectueusement que je l'avais toujours fait. Il s'en accommodait en attendant des jours meilleurs.

Mon oncle Roger parlait affaires avec un fermier de Saint-Cernin, mes oncles Labatut et La Gélie étaient restés en arrière à discuter du funeste procès que traînait ce dernier. Ma cousine Marie, dans son sixième mois de grossesse, était assise sous un acacia, entourée de ses sœurs, qui se quittaient rarement.

Mes tantes avaient suivi lentement le chemin et nous rejoignaient à peine.

Je tenais la main de Pauline. Elle n'avait pas, comme moi, été élevée au milieu de l'agitation de ces foires et elle s'en effrayait facilement. Elle redoutait l'odeur, les meuglements des animaux, les piétinements, la bousculade. Je veillais à ce qu'elle porte des toilettes simples et commodes. Je lui faisais mettre des bottines plus souvent que des chaussures en tissu, afin qu'elle puisse sans gêne accomplir les longues promenades dans lesquelles je l'entraînais.

En fin de journée, ma grand-mère eut un malaise. Le docteur Manet la fit porter dans sa chambre. Voyant qu'elle était au plus mal, il en avertit mon oncle Elie. On envoya Henri chercher M. le curé. Il était en contemplation devant ses asperges qui venaient d'être sarclées et fumées par sa servante. Il n'avait qu'à traverser la rue pour arriver à la sacristie et se préparer. Le fils du marguillier étant introuvable, il fallut se contenter comme enfant de chœur d'un des garnements Leblanc, qui revêtit un surplis, et hirsute, morveux, attrapa la sonnette et s'élança en avant du prêtre et des saintes huiles, tout réjoui à l'idée d'attraper à Fontbrune une frotte d'ail ou un reste de soupe. Le curé hâtait péniblement le pas, son étole se balançant de droite et de gauche.

Quand il arriva, toute la maisonnée était réunie dans le vestibule. On le conduisit au pied du lit où ma grand-mère n'avait pas repris connaissance. Il ne put ni la confesser ni la faire communier. Ses gros souliers étaient encore garnis de fumier, car il avait repris sa tenue ordinaire en redescendant de Fontbrune après le déjeuner. Ses mains rouges administraient les bénédictions, l'enfant de chœur reniflait et s'essuyait le nez dans sa manche. Pour la première fois, je voyais pleurer Pichille, les chambrières pleuraient aussi, plutôt par sentiment ou par effroi à l'approche de la mort.

Henri était sans couvre-chef et je remarquai que ses cheveux étaient encore plus raides que son chapeau.

A la fin de la cérémonie, le gamin Leblanc resta près de Pichille, sachant qu'elle déciderait de ce qu'on lui donnerait à manger.

« Viens par ici, maudite canaille, lui lança Pichille en se signant. Tu as encore braconné l'autre jour à Freyssines, je le sais. Tu as la méchanceté dans le corps. »

Il songea sans doute qu'un morceau de pain valait bien quelques outrages de la boiteuse.

J'appartenais à ce monde-là plus qu'à celui, policé, de Puynègre. Le hasard, mon caractère, m'avaient conduite de l'un à l'autre, et je m'étais facilement adaptée à la prospérité, mais je continuais à voir la réalité sans fard, telle qu'elle m'était apparue depuis mon enfance, ce qui n'aurait pas été possible si j'avais été élevée dans le luxe.

Mais Puynègre était devenu ma maison et c'est le cœur serré que je vis repartir sans moi Pauline et le général, conduits par Faye.

Après le souper, qui fut vite pris, mon oncle Elie insista pour que le docteur Manet rentre aux Nouëlles et prenne un peu de repos. Le soir venu, ma tante Charlotte annonça qu'elle passerait la nuit auprès de ma grand-mère. Sur l'insistance de Pichille, on finit par convenir qu'elle remplacerait ma tante au milieu de la nuit. Je dormis par intermittence et, me levant avant l'aube, je rejoignis Pichille dans la chambre de ma grand-mère. A ce moment, elle devint livide, sembla suffoquer, s'agita convulsivement. Pichille cessa brusquement de réciter son rosaire, et s'approchant essaya de la soulager, en soulevant les oreillers, en lui parlant doucement en patois, en lui tenant la main. Les gestes saccadés, les plaintes de ma grand-mère étaient impressionnants. Sa respiration sifflait, elle semblait s'arrêter, puis repartir, rauque, déchirant la poitrine.

« Madame Adeline, je vous prie, demandez à Henri d'aller chercher M. le docteur », me dit Pichille.

Dans le noir et le froid du petit matin, j'allai frapper à la porte de la pièce où logeaient Henri et Batistou. Henri parut aussitôt.

« Je dois aller quérir le docteur?

– Oui, s'il te plaît, c'est Pichille qui le demande. »

Je réveillai ensuite mon oncle et ma tante. Peu après, ma grand-mère se calma. Le docteur Manet arriva. Il n'y avait plus rien à faire, ma grand-mère mourut au moment où sonnait l'angélus.

Bientôt, c'est le glas qui se mit à sonner. Athanase, le menuisier, vint prendre les mesures pour le cercueil. Henri partit à cheval prévenir les membres de la famille. Ceux qui étaient la veille à Fontbrune attendaient de toute façon qu'on leur fasse parvenir des nouvelles. Dans le bourg et les maisons écartées, selon la coutume, on envoya des voisins prévenir que l'enterrement aurait lieu le surlendemain.

Bientôt, les gens de Mauzens commencèrent à arriver à Fontbrune. On les recevait dans la salle à manger, où chacun nous saluait, grave, parlant à voix basse de la défunte, de la rapidité de sa fin. Je m'aperçus alors qu'elle était très aimée. Un autre sujet de conversation n'eût pas été convenable. Puis, les visiteurs allaient saluer le corps qui reposait dans la chambre la plus proche de la cuisine. Les gens étaient embarrassés de s'avancer dans ce qu'ils appelaient « les appartements ». Ils s'approchaient du lit, prenaient le brin de buis posé sur la table de nuit, le trempaient dans la coupe d'eau bénite avant de faire un signe de croix maladroit au-dessus du corps.

Ce vieux corps, rond et déformé de son vivant, avait pris une vraie noblesse dans la mort. Le visage, cireux, renversé en arrière, les mains jointes sur un crucifix, avaient une grande dignité. Tout le monde vint, les enfants emmenés par leurs parents, les vieux les plus invalides, traînant les pieds, s'arrêtant et soufflant. Je regardai avec émotion arriver le vieux Longueserre, autrefois tailleur. Sa mâchoire était mal rasée à cause de crevasses qui ne se refermaient plus; il s'arrêtait à chaque pas et s'appuyait sur sa canne de ses deux mains couvertes de plaques violâtres, il tremblait, raclait de ses sabots le pavé de l'entrée, tenu sous le bras par sa belle-fille qui, depuis des années, rongeait son impatience en accompagnant le vieux aux enterrements de tous les gens de Mauzens qui étaient ses cadets, au lieu de le suivre, lui, cloué dans sa caisse de bois, jusqu'au cimetière et ne plus le ramener à la maison où il souillait sa paillasse, ne pouvait même plus essuyer la goutte qui glissait de son nez dans sa soupe, brisait à coups de canne tout ce qu'il pouvait atteindre et dans son mauvais acharnement de vieillard en voulait même au chat qui s'approchait de sa chaise. La belle-fille était solide, c'est elle qui le levait, le couchait, lui faisait faire ses besoins quand il n'avait pas déjà fait dans sa culotte. Elle enrageait d'autant plus qu'elle le soupçonnait de préférer sa fille cadette qui, pourtant, ne faisait rien pour lui, et de lui avoir indiqué une cachette où il gardait quelques pièces d'or, sur lesquelles elle pourrait mettre la main dès la mort du vieux sans prévenir personne.

Le général arriva avant le déjeuner, m'apportant des vêtements de deuil. Selon la coutume, ma tante Charlotte en fit confectionner pour les domestiques.

Je rentrai le soir à Puynègre, voulant me trouver seule avec Fabre et lui parler tranquillement, préférant la fatigue d'un nouvel aller et retour, plutôt que de rester sans lui une nuit encore à Fontbrune.

Le lendemain avait lieu l'enterrement. La pluie avait cessé le matin même. Après un début de matinée brumeux, le soleil parut au moment où l'on quittait la cour. Le char à bœufs du Castel Donzel, décoré de feuillages était venu chercher le cercueil. Nous suivions tous, je donnais le bras à Fabre, qui de l'autre côté tenait la main de Pauline.

Je ne savais pas encore que ma grand-mère me manquerait. Elle avait une discrétion et une bonhomie qui m'avaient paru peu remarquables. Je ne devais en comprendre le prix que plus tard. Mon impatience de vivre, mon appétit de sensations neuves, me rendirent longtemps incapable d'apprécier les êtres à leur juste valeur quand ils manquaient d'éclat. Pourtant, de ce jour, la seule bague que je ne quittai plus fut l'agate musquée de ma grand-mère, dont me fit cadeau mon oncle Elie. Douce et oblongue, finement cerclée d'or, c'est elle que je porte encore au doigt aujourd'hui. Les autres bagues me gênent dans les travaux de la maison ou du jardin. L'autre bijou dont je ne me sépare pas est une montre en or et en émail, avec sa châtelaine, que m'a donnée le général.

Le cortège avançait au pas des bœufs, je m'appuyais contre lui, non parce que la tristesse m'accablait mais parce que j'exultais de bonheur à me sentir vivante, à aimer et être aimée. On suivait l'avenue en descendant vers le bourg. J'aimais ma famille, avec ses petitesses et ses désaccords, j'aimais ces liens qu'on ne peut défaire, qui amènent la jalousie, les rancunes, les mesquineries, ces sentiments qui ont leur poids de chair et de sang. Avoir marché les uns derrière les autres à des mariages, à des enterrements, à des processions, avoir fixé devant soi une nuque à bourrelets que l'on déteste ou un chignon tassé sous un triste chapeau, se dire que ceux-là sont les vôtres et qu'on en est solidaire quoi qu'on fasse, voilà ce qui fait la famille. Je n'aime pas les sentiments exaltés, ils sont éphémères. Ils ne sont rien devant la pesante acceptation d'une incompatibilité qui vous mène cependant côte à côte jusqu'à la tombe avec des gens dont on n'aurait voulu être ni l'ami ni l'associé, si on avait eu le choix.

J'aurais pu raisonner ainsi dans l'euphorie des premières années d'un mariage heureux. Mais mon opinion sur la famille n'a pas varié et je la soutiens encore aujourd'hui.

Les cahots du chemin, le voile noir qui m'enveloppait, le chagrin m'autorisaient à me serrer contre le général. La mode n'était pas alors aux robes absurdement larges, armées de crin, qu'elle connut plus tard. Je pouvais sans que cela se remarque m'appuyer contre lui de toute ma hanche. Droit, digne, il était superbe, comme en toutes les occasions où il fallait faire bonne figure.

Devant la tombe, au cimetière, me crut-il accablée, fut-ce machinal? en serrant mon bras, il tenait ma main dans la sienne. Puis ses doigts glissés sous mon gant, il me caressa doucement l'intérieur du poignet. Une vague de plaisir m'envahit. Je fermai les yeux, protégée derrière mon voile, je n'osai bouger. Dans cette foule éparpillée entre les tombes, têtes baissées, chuchotant des remarques sur la mine de Germaine ou sur le teint congestionné de Paul, j'étais seule avec Fabre. Un soleil léger tombait sur mes épaules, je me faisais lourde contre lui. Derrière le mur du cimetière, derrière l'allée de noyers, le coteau montait en pente douce jusqu'à Fontbrune. Que pouvais-je souhaiter de mieux? J'étais vivante et heureuse. Je regardais fraternellement les pierres tombales dressées autour de moi.

Vous, les morts, pensais-je, ne croyez pas me faire peur. Si demain je dois être parmi vous c'est que le sort en a voulu ainsi. Mais d'ici là, personne ne m'empêchera de vivre. Je paierai le prix, quel qu'il soit. J'arriverai dans ce cimetière en lambeaux, le cœur, le corps et l'âme déchiquetés, mais croyez-moi je ne le regretterai pas. Le vrai malheur serait de les avoir mis sous le boisseau. Et je ne veux pas ressusciter. Personne ne me prendra ce que j'ai vécu, mais on ne me le rendra pas non plus. Je ne veux pas d'une autre vie, je ne veux pas être un corps glorieux.

On se mit en marche, en ordre dispersé, pour remonter à Fontbrune. On avait fait appel pour préparer le déjeuner à une parente de Pichille, qui était aidée de la chambrière des Cahaut et de celle des Labatut – venue exceptionnellement pour la circonstance –, afin de permettre à toute la maison d'assister aux funérailles.

Si mes oncles et tantes étaient sérieux, mes cousins et cousines, et à plus forte raison les enfants, finirent par se conduire comme à un déjeuner de famille, et, sans oser rire trop ouvertement, par profiter de cette réunion imprévue. Je vis avec plaisir que Pauline paraissait contente en compagnie des enfants Roger et Cahaut.

L'après-midi, j'emmenai le général se promener avec moi sur le chemin de Grandfont. Jamais il ne me manifestait ouvertement son affection en public. Je me contentais de marcher près de lui. La pluie avait fait ressortir les odeurs du sous-bois, ce parfum égal à nul autre, ce mélange de terre, de bruyère, de feuilles, de fougères, de champignons, cette odeur qui met les chiens en folie, les fait bondir en chantant sur la voie des lièvres, cette mollesse juteuse du sol où l'on enfonce, où l'on est forcé de sentir son poids de chair, où l'humidité des branches vous balafre les joues, où la moiteur de l'air décompose lentement ce qui reste de feuillage vivant, où la richesse du printemps naîtra de cette pourriture embaumée. Le soleil par endroits faisait doucement fumer la terre.

Nous arrivâmes à Grandfont. Je n'ai jamais rien vu de plus beau que cette splendeur rousse qui se pâmait dans ce chemin et ce creux de vallon. Je m'adossai à l'un des grands arbres qui surplombent la source. Fabre appuya ses deux mains de chaque côté de mon visage, les rapprocha tout contre ma tête. Nous nous regardions. Je sentais des bouts d'écorce, des brindilles entrer dans mon cou, dans mes cheveux. Je le dévisageais.

« Vous ai-je déjà dit que je vous aimais?

— Oui, dans des moments où vous n'aviez peut-être pas tout votre sang-froid, me répondit-il en souriant.

— Vous en parlez comme si j'étais ivre en vous disant que je vous aime.

— Tu ne l'es pas? Pourtant, moi, je le suis bien.

– Ivre?

– Ivre de toi, mon cœur. Tu le sais très bien, ne prends pas des airs de chaisière effarouchée. »

Comme nous revenions à pas lents vers Fontbrune, il garda mes doigts étroitement mêlés aux siens. En arrivant dans la cour, il me dit simplement :

« Il se fait tard, rentrons à Puynègre. »

La route du retour fut belle. Faye nous menait d'un train vif. Pauline, fatiguée, dormait à moitié. Les chevaux traversaient allègrement les fondrières, envoyant des jets de boue. Je me laissais secouer et tombai un peu plus contre l'épaule du général, qui ne s'en plaignit pas. Je comprends que les hommes se fatiguent des femmes amoureuses : impossible de s'en défaire!

« Avez-vous vu ce lapin qui est passé sous la haie, près du gros orme, comme nous remontions à Fontbrune? Manet a tressailli, tout étonné de ne pas avoir son fusil sous le bras. »

La vie poursuivait son cours.

Un jour – non, un soir comme il se doit – j'annonçai au général :

« J'aimerais vous questionner.

– Diable, et où est dressé le bûcher?

– Je ne parle pas de vous condamner!

– C'est ce qu'annoncent les tyrans quand ils espèrent encore amener un rebelle à composition. »

J'ignorais sa remarque.

« Avant de vous installer en Périgord, n'avez-vous jamais souhaité vous marier?

– Ma foi, je m'étais... hum... marié assez souvent, figurez-vous.

– Je parle sérieusement! »

Il finit par répondre :

« Beaucoup d'entre nous se mariaient entre deux campagnes. Certains étaient suivis ou rejoints par leur femme ou leur maîtresse. La fréquentation de la mort

310

amenait un échauffement, des coups de sang, de folie, auxquels aucun d'entre nous n'a échappé. Et aussi vertueuse que soit une femme, je crois que cet appétit d'un homme éperonné par le danger l'excite au-delà de toute raison. Ce n'était pas notre charme qui agissait, c'était le fait que nous allions chaque jour à la mort, insouciants, fous, et plus chamarrés que des évêques. Quelle petite bourgeoise n'y aurait cédé! Même les grandes dames, qui avaient l'habitude des duels et des folles entreprises des hommes de ce temps, se laissaient pourtant séduire. Il était facile d'aimer une heure, un jour, une semaine, rarement plus, déjà sonnait le boute-selle. Et nous ne nous sommes pas privés d'aimer. »

Je ne l'interrompis pas, il semblait vouloir ajouter quelque chose. Il reprit après un long silence :

« Sait-on toujours ce qu'on appelle aimer? On peut être ému, ou simplement séduit, ou s'attacher, l'espace de quelques jours. A ce propos, il m'est arrivé une étrange histoire.

« Cela se passait au printemps de 1811, pendant cette désastreuse retraite du Portugal. J'étais alors colonel. Masséna, qui commandait en chef, était à cinquante-deux ans prématurément vieilli, ridiculisé aux yeux de la troupe par sa passion pour sa maîtresse qu'il emmenait à sa suite, déguisée en aide de camp. Les mouvements de l'armée dépendaient des humeurs et des fatigues de cette dame.

« L'imprévision, l'incurie, les désaccords entre nos chefs entraînaient ordres et contrordres. Les pluies nous harcelaient, tout autant que les miliciens portugais. Dans des chemins atroces de montagne, nous tentions de sauver les débris de l'artillerie. Nous nous embourbions, les avant-trains et les caissons de munition se brisaient. Depuis six mois, les hommes supportaient des privations. On se battait pour une livre de pain, pour un sac de pommes de terre. Certains désertaient. Les blessés étaient morts par milliers faute de soins ou massacrés par les miliciens. Si le maréchal

Ney n'avait héroïquement veillé sur l'arrière-garde, cette retraite se serait transformée en désastre.

« Un après-midi, la colonne que je commandais arriva dans un village où nous devions faire halte. Je sentais la haine contre nous épaisse comme les murs. Un peu à l'écart, sur une hauteur, se trouvait un couvent, aux environs duquel nous pourrions bivouaquer plus en sécurité que dans le village. J'avais envoyé un détachement reconnaître les lieux. Un homme vint vers nous au grand galop comme nous approchions du village pour m'annoncer que tout était désert mais qu'on s'y était battu sauvagement le jour même, un petit groupe des nôtres – qui s'était sans doute éloigné de son corps – ayant dû être surpris par des miliciens. Quand nous nous approchâmes, un grand silence régnait. Il semblait que l'endroit avait été abandonné depuis longtemps, au cours de combats qui nous avaient précédés. En entrant dans la cour... »

Fabre me regarda, comme s'il se souvenait brusquement que j'étais son interlocutrice, et il s'interrompit.

« Pardonnez-moi, je me suis oublié. Cette histoire n'est pas pour les oreilles d'une femme.

– Poursuivez, je peux l'entendre, mais épargnez-moi les détails. »

Il chercha ses mots, puis termina sa phrase :

« ... Au fond de la cour, à la porte de la chapelle, était cloué le corps d'un sergent. Il avait dû agoniser là depuis le matin. A part cela, la cour était vide. On poussa la porte de la chapelle. Un carnage y avait eu lieu. Les nôtres avaient dû se défendre farouchement, avant de succomber sous le nombre. L'ennemi avait emporté ses morts et ses blessés, laissant sur place les nôtres après les avoir achevés. Il y avait là cinq corps, horriblement mutilés, au pied des autels et des statues. Le couvent avait dû être pillé, car aucun objet de valeur ne semblait y demeurer. Pas trace non plus des religieuses qui l'habitaient. Plus tard, en voulant tirer de l'eau, on en découvrit deux, dont les cadavres, dans un état lamentable, avaient été jetés dans le puits. Je fis ensevelir les restes des nôtres et de ces malheureuses.

« Les bâtiments avaient été explorés de fond en comble avant notre arrivée, mais quelques hommes s'obstinaient, espérant découvrir de la nourriture plutôt qu'un improbable ennemi. Soudain, mon artilleur crut entendre un bruit venant d'une étable, située de l'autre côté de la cour, où on était déjà passé et repassé. Il y retourna pour ne découvrir que râteliers vides et dévastés. Même la paille et le fourrage avaient été enlevés.

« – Je vous assure, mon colonel, que j'ai entendu
« du bruit, répéta mon artilleur.

« – Si c'est quelque poule échappée au massacre, je
« te la paie un louis, car je dînerais volontiers. »

« On fit silence. On n'entendait que le cliquetis des gourmettes et le piétinement des chevaux. Rien. Tout semblait bel et bien désert. Mon artilleur sacra :

« – Foutre! J'en aurai le cœur net. Il y a du monde
« là-dedans! »

« Entêté, il revint vers la petite étable. Il en frappa les murs, secoua la mangeoire, déplaça quelques planches qu'on avait déjà remuées. Il poussa un cri de triomphe. Une trappe grossière s'ouvrait sous la mangeoire. On l'ouvrit. Une échelle descendait vers un soupirail peu profond.

« – Voilà nos oiseaux! » dit-il.

« On distinguait deux formes, l'une allongée, l'autre accroupie. Deux hommes descendirent. Un soldat français, grièvement blessé, était étendu par terre sur une couverture. A côté de lui, immobile, assise dans ses robes en désordre, une jeune religieuse, presque une enfant, les yeux rendus fixes par la terreur. On transporta le blessé à l'ambulance, mais sans espoir de le sauver tant il était mal en point. La jeune religieuse nous suivit sans résister, comme hébétée de douleur et d'épuisement. Elle ne répondait à aucune question, peut-être ne comprenait-elle pas le français. Je donnai ordre qu'on la restaure et qu'on la laisse prendre un peu de repos avant que je ne l'interroge. Je pensais la renvoyer ensuite au village.

« Deux heures plus tard, quand je la fis venir, elle avait suffisamment recouvré ses esprits pour me dire ce que je voulais savoir de l'affaire. Il apparut qu'elle devait être d'excellente famille : non seulement elle entendait le français mais elle le parlait avec une grande élégance.

« Un détachement était passé à l'aube. Ces soldats s'en étaient écartés dans l'espoir de trouver des vivres. Le couvent avait été pris et repris lors d'un combat précédent, et il était abandonné, sauf pour deux sœurs tourières chargées de veiller sur les bâtiments et les quelques biens qui y restaient, ainsi que cette jeune novice, malade lors de l'évacuation du couvent, et qui devait regagner Salamanque sous leur garde dans quelques jours. L'une des sœurs était allée chercher une troupe de guérilleros réfugiée un peu plus haut dans la montagne, pendant que sa compagne et la jeune novice, sur son ordre, retenaient les soldats français en leur servant à boire et à manger.

« Quand ils s'étaient vus dénoncés et surpris, exaspérés, les nôtres avaient massacré les deux religieuses et jeté leurs corps dans le puits où nous les avions trouvés. Sans doute réservaient-ils un autre sort à la novice. Un jeune soldat l'avait aidée à se cacher. Quand plus tard elle l'avait vu blessé, elle lui avait sauvé la vie en le traînant dans ce soupirail. Des deux côtés, on se battit avec rage. Après cette fureur de bruit et de sang, tout retomba dans le silence. Depuis elle n'avait pas osé sortir, sauf pour aller dans l'étable chercher une cruche d'eau et faire boire le blessé.

« Cette jeune fille avait un visage rond et lisse d'enfant, sur lequel se lisait déjà un autre souci, émouvant, qu'elle ne savait comment maîtriser. Avait-elle été émue pendant quelques heures par ce jeune soldat qui avait pris un bref déjeuner à ses côtés, l'avait protégée, et depuis avait agonisé sous ses yeux ? Elle ne sut parler que de pitié et de charité chrétienne, quand elle s'enquit anxieusement des soins qu'on lui avait donnés et demanda la permission de lui rendre visite. Mais ses larmes et son trouble me laissaient croire qu'un émoi autre que chrétien avait pu se glisser dans son âme. Il mourut dans la nuit.

« Je lui annonçai que le lendemain, quand nous quitterions le village, je la remettrais aux mains de l'alcade, qui prendrait soin d'elle. Mais elle me supplia, avec de vrais signes de détresse, de la laisser nous accompagner jusqu'à Salamanque, où elle souhaitait retrouver sa famille. Je n'aime pas que les femmes suivent les armées. Pourtant, je la confiai à notre vivandière qui s'engagea à veiller sur elle.

« Au début du mois d'avril, nous arrivâmes à Salamanque, qui parut à beaucoup un paradis, après les privations et l'inconfort dont ils avaient souffert pendant plusieurs mois. Sous les ordres du général Thiébault, cette place était aussi calme et prospère que ses monuments étaient beaux. J'étais sombre, cependant. Je ne pouvais oublier l'incurie et les erreurs qui avaient dévasté tout un corps d'armée et, malgré des efforts désespérés, nous avaient forcés à abandonner, hors d'usage, une partie du matériel dans des fossés et des chemins de montagne. Les premiers jours, je veillai à faire remettre en état ce qui avait été sauvé et ne me souciai guère des plaisirs que pouvait offrir la ville. Mais je ne pus m'y soustraire longtemps et rester confiné dans mes travaux et mes lectures.

« La duchesse d'Abrantès tenait alors à Salamanque un salon fort élégant où régnait le meilleur ton. Je connaissais assez bien l'une des dames qui faisaient partie de son entourage. Je fus invité. Dans cette atmosphère, je le confesse, j'oubliai la jeune novice.

« Un soir, j'avais invité à souper plusieurs officiers de mon régiment et de l'état-major du prince Masséna. Nous avions vidé un grand nombre de bouteilles de ce vin âpre que je n'aimais pas beaucoup mais auquel il fallait bien se faire si on voulait boire dans ce pays.

315

Mes convives étaient tout à fait joyeux et il était déjà tard quand nous en arrivâmes aux liqueurs et aux cigares. C'est alors que mon domestique s'avança et m'annonça discrètement qu'une dame me demandait.

« – Ma foi, je ne connais pas de dame qui puisse me « chercher ici. A-t-elle dit ce qu'elle voulait?

« – Non, mon colonel. Elle ne veut parler qu'à « vous. »

« Par la porte ouverte, j'aperçus une femme qui restait en deçà du seuil et n'osait se montrer. Elle avait la tournure d'une personne très jeune et très timide, le voile de son chapeau était baissé et dissimulait son visage. L'odeur du vin, la fumée, les rires devaient l'effrayer. Elle ne levait pas les yeux et n'avançait pas.

« Je demandai que l'on m'excusât, me levai et en m'approchant d'elle je la reconnus, c'était la jeune novice, mais elle avait quitté l'habit religieux et en civil ressemblait à une jeune fille bien élevée et craintive – sinon que l'heure à laquelle elle se présentait ne répondait pas à cet état. A notre arrivée à Salamanque, j'avais veillé à ce qu'elle soit remise à sa famille, conformément à son vœu. Depuis, je ne savais rien d'elle. Je la saluai :

« – Bonsoir, ma... mademoiselle. »

« Après lui avoir demandé comment elle se portait, je m'inclinai et lui demandai en quoi je pouvais la servir. Elle balbutia :

« – Je ne savais pas que vous étiez en compagnie. Je « ne voulais pas vous déranger. Votre soldat a bien « voulu me laisser attendre.

« – Il a eu tort, et je lui en ferai la remontrance. Il « ne convient pas de faire attendre une dame.

« – Ne lui dites rien, je vous en prie. Je l'ai supplié « de ne pas vous interrompre au milieu de votre « souper. Je voulais seulement vous parler... »

« Elle paraissait de plus en plus confuse.

« – Il faut pourtant que la question soit bien grave

« ou bien urgente pour que vous sortiez de chez vous
« à cette heure de la nuit. » (Je ne dis pas, pour ne pas
augmenter sa confusion : pour que vous vous présen-
tiez chez moi à cette heure de la nuit.)

« Je fermai la porte de la salle à manger, qui était
restée ouverte et par laquelle on m'observait avec une
curiosité amusée.

« – Je vous écoute », annonçai-je en désignant une
banquette sur laquelle nous pouvions nous asseoir.

« Mais elle ne voulut pas parler dans cette antichambre qui, pour l'occasion, servait également d'office, où les assiettes, les plats et les verres s'entassaient
sur une console, et où allaient et venaient mon
domestique et un de ses camarades qui l'avait aidé à
assurer le service. Je la menai donc jusqu'au jardin. Le
seul endroit où nous pouvions nous asseoir était un
banc placé sous une charmille. Ce cadre et cette
situation romantiques ne correspondaient en rien à ma
disposition du moment. Soudain, elle joignit les mains
et me supplia :

« – Monsieur l'officier, emmenez-moi! Je vous en
« supplie, ne me laissez pas ici. Je suis portugaise, ma
« famille ne m'aime pas et m'a fait entrer dans les
« ordres contre ma volonté. On me croit sans doute
« morte depuis l'attaque de notre couvent. Je suis ici
« réfugiée chez de vieux serviteurs qui me sont
« dévoués, mais chez qui je ne peux rester plus
« longtemps. Je ne veux pas retourner dans ce cou-
« vent, je ne peux pas rester dans cette ville au risque
« d'être découverte, ni rejoindre ma famille qui me
« rejettera. Emmenez-moi avec vous à Paris. »

« J'étais ému et terriblement embarrassé. Vous
savez combien j'ai horreur des larmes, des émotions et
des scènes attendrissantes.

« – Ma chère enfant, d'une part je ne rentre pas à
« Paris, d'autre part, je n'ai moi-même pas de famille
« à qui je puisse vous confier.

« – Je ferai ce que vous voudrez, insista-t-elle, je
« vous suivrai, si vous l'acceptez, ou si vous voulez

« me renvoyer en France, j'y tiendrai votre maison,
« car il faut bien que vous en ayez une! »

« Pouvait-on être à ce point innocente? Ou était-elle assez désespérée pour se jeter à la tête d'un soldat de passage? N'importe lequel de mes camarades se serait lancé avec fougue dans cette aventure qui s'offrait avec une inconnue. J'ai horreur d'abuser de la candeur : ce n'est pas générosité de ma part, mais dégoût des engagements inconsidérés auxquels je me sentirais amené pour compenser un premier manque de scrupule.

« – Je ne peux moi-même, hélas! rien faire pour
« vous, dis-je enfin. Pourtant, je verrai si d'une
« manière ou d'une autre je suis en mesure de vous
« assurer une protection. » (Je pensai alors que je pourrais demander à cette dame qui accompagnait la duchesse d'Abrantès de veiller sur la jeune fille et peut-être de lui assurer une position.)

« – Revenez me voir dans deux jours. »

« Puis, je la saluai et donnai ordre à mon artilleur de la raccompagner jusqu'à son domicile. Aucune ville occupée n'est un séjour recommandable à cette heure de la nuit.

« Quand je rentrai dans la salle à manger, je coupai court aux suppositions et aux murmures flatteurs en racontant brièvement à ceux qui ne la connaissaient pas l'affaire du couvent de C., et la manière dont j'avais rencontré la jeune novice, indiquant seulement qu'elle avait été rendue à sa famille et me demandait d'intervenir pour une question qui concernait un de ses proches parents. La meilleure manière d'éteindre les rumeurs est de leur ôter leur mystère. Mes camarades connaissaient l'espèce de hauteur que je manifestais et mon peu d'inclination pour les émotions à fleur de peau. On renonça donc à ironiser.

« Mon artilleur reparut quelques minutes plus tard et me dit qu'il n'avait pu ramener la jeune fille à son logis, car elle avait disparu pendant les quelques minutes où il était allé mettre de l'ordre dans sa tenue, avant de sortir. Il avait parcouru la rue dans tous les sens sans pouvoir la retrouver. Je mis cette bizarrerie sur le compte de la discrétion dont elle voulait s'entourer, mais en m'irritant de son imprudence.

« Tard dans la nuit, je remontai dans ma chambre. J'occupais, ce qui était fort commode et assurait mon indépendance, une partie écartée du logis d'une famille aux mœurs si austères que le père, la mère et une fille célibataire d'âge mûr sortaient à peine. Personne ne pouvait se mettre en peine de mes habitudes, de mes sorties ou de mes rentrées tardives, ni de ma lampe qui brûlait parfois une partie de la nuit quand j'étais occupé à lire.

« Vous comprenez maintenant pourquoi je me contente de peu de sommeil. Pendant des années, nous avons vécu en volant des heures de repos au hasard des mouvements de l'armée, quand nous étions en campagne, et en dormant douze heures d'une traite les jours où nous le pouvions. Je n'ai jamais pu me réhabituer à des heures de sommeil normales.

« Je rentrai donc dans ma chambre, et que vis-je, assise sur une chaise : la jeune fille. Elle ne suppliait plus, elle avait un air grave et déterminé. L'étonnement me fit jurer :

« – Comment, bougre, êtes-vous rentrée ici? Et que
« voulez-vous cette fois, chère mademoiselle?

« – Je suis montée pendant que votre soldat était
« occupé à la cuisine. La porte n'était pas fermée. J'ai
« reconnu votre uniforme sur une chaise et je suis
« entrée. Ne me chassez pas! »

Fabre parlait très bas, comme pour lui-même. Il se tut, puis reprit :

« Le sort de cette enfant avait commencé à me préoccuper depuis notre entrevue de la soirée. Et maintenant elle était là, le visage levé vers moi. Cette douceur, cette avidité, ce désespoir étaient déchirants. Elle était venue me voir comme on se jette à l'eau. Elle semblait avoir renoncé à tout, elle était offerte comme une terre de printemps étalée sous une lourde pluie.

C'était plus que de la sensualité, je n'avais jamais rien éprouvé d'aussi étrange. Elle voulait que je la prenne et que je prenne tout d'elle.

« Il y a du soudard en tout homme, et tout homme est imbécile à ses heures. Je n'avais pas prévu sa détermination. M'aurait-elle d'ailleurs supplié maintenant de la laisser partir, rien ne m'aurait amené à rouvrir cette porte que je venais de fermer.

« Des jours passèrent pendant lesquels elle vint chez moi chaque soir. De grandes dames m'avaient laissé froid avec leurs habiles manœuvres, alors que j'étais bouleversé par cette enfant qui se donnait sans calcul et sans réticence.

« Pendant une semaine, je n'eus la tête à rien. On était habitué à mes humeurs sévères et on ne s'étonna pas que je reste enfermé chez moi dès que mon service me le permettait. Je ne sais si on apprit le motif de ma réclusion, et si on se permit des remarques ce fut avec assez de discrétion pour que la rumeur ne m'en parvînt pas.

« Un matin, on me porta de la part du général un ordre qui venait d'arriver par courrier de Paris et m'ordonnait de me présenter six jours plus tard au ministère de la Guerre. Je maudis l'incompréhensible légèreté qui m'avait empêché de demander précisément à cette enfant où elle habitait. Quelle folie avait pu me faire croire que j'avais l'éternité devant moi ? Je passai la journée en préparatifs de départ, envoyant mon artilleur s'enquérir d'elle dans la partie de la ville où elle m'avait dit demeurer chez ces anciens domestiques de sa famille. De plus, je savais son nom véritable, mais elle devait se cacher sous un nom d'emprunt.

« Je laissai un billet pour elle ainsi que de l'argent à un ami en qui j'avais toute confiance. Je lui disais où m'écrire et l'assurais que je veillerais sur elle. Je donnai de l'argent au portier de la famille chez qui j'avais logé, en lui recommandant, si cette dame venait me demander, de l'adresser au colonel R. Enfin, je pris le risque de mécontenter cette dame proche de la duchesse d'Abrantès en lui laissant une lettre où je lui demandais, si cette jeune fille se présentait à elle de ma part, de bien vouloir lui faire bon accueil et lui indiquer le moyen de m'écrire.

« Enfin, je passai la journée en démarches que la simple prévoyance aurait dû rendre inutiles. Je partis à cinq heures de l'après-midi.

« Le colonel R. fut tué le 5 mai à Fuentes de Oñoro. Je ne sus jamais s'il avait pu délivrer le billet et l'argent que je lui avais remis. Je soupçonne le portier de mes logeurs, aussi violent que ses maîtres dans sa piété et son patriotisme, de n'avoir rien dit à la pauvre enfant si elle s'était adressée à lui. Mme B. ne me cacha point que, se voyant délaissée elle n'avait pas cru devoir pousser le zèle jusqu'à s'enquérir d'une rivale qui ne s'était d'ailleurs pas présentée chez elle. Elle mit à sa lettre une tournure piquante, laissant entendre qu'il dépendait de moi d'obtenir mon pardon. Je répondis avec une politesse qu'elle prit pour de la froideur. Je ne la détrompai pas, et nous en restâmes là.

« Ce brusque rappel me désespérait. Pourtant, quelques semaines plus tôt, je souhaitais ardemment quitter cette terre où la religion et le patriotisme étaient poussés à un point si extrême qu'ils avaient embrasé tout un peuple, l'amenant à se soulever contre nous avec une férocité inouïe. Nos troupes, de leur côté, en étaient venues à d'inqualifiables excès de cruauté et de brigandage. Le dicton qui courait l'armée ne mentait pas : « Espagne, fortune des généraux, ruine des officiers, mort du soldat. » Par fourgons entiers, des tapisseries, des tableaux, des œuvres d'art étaient partis pour la France où ils allaient décorer les hôtels particuliers de certains maréchaux et généraux, à commencer par Soult et Fournier.

« A pcinc arrivé à Paris, je fus introduit chez le duc de Feltre, qui m'avait convoqué pour me charger d'une mission. Puis, je fus nommé directeur de l'artillerie à Anvers. En février 1812, j'étais nommé général et appelé à la direction générale des parcs d'artillerie de la Grande Armée. A la fin de l'année, je partis pour la campagne de Russie. Je ne retournai pas en Espagne. »

Après un long silence, je dis seulement, ce qui était vrai :

« J'ai le cœur navré pour cette enfant. »

Mais je songeais : si elle avait eu de l'audace jusqu'au bout, Fabre l'aurait sans doute épousée. A sa place, j'aurais couru la poste, culbuté l'octroi, renversé les barrières, gagné Paris et les frontières, assiégé les états-majors, le ministère, la chancellerie, le palais des Tuileries, je serais passée sur le corps de ceux qui auraient voulu m'éconduire, j'aurais appris où il avait été nommé, je l'aurais rejoint.

Je me sentais l'impatience que j'ai toujours quand je vois quelqu'un renoncer dans une entreprise où il était possible de réussir. Je n'osais espérer qu'un autre homme ait aimé et épousé cette enfant après le départ de Fabre. Les chances en étaient minces. Dans les familles honorables, on n'apprend aux femmes que la prière, les larmes et la résignation. En renonçant, en acceptant d'être vaincues, elles croient alors obéir aux préceptes de l'Eglise. C'est merveille, dans ces conditions, qu'elles sachent parfois accueillir les coups du destin autrement que prosternées.

Un après-midi, je surpris Malvina sortant de ma chambre, où elle n'avait pas à entrer, Bertille s'occupant de mes affaires.

« Qu'y a-t-il, Malvina? » demandai-je.

Elle marmonna quelque chose hâtivement.

« Que dites-vous?

– Bertille est retenue à la métairie et m'a demandé de venir faire votre couverture. »

J'étais étonnée. Mais en entrant, je vis en effet qu'elle avait préparé mon lit. J'y couchais rarement, mais on le préparait chaque soir comme si je devais y dormir.

Je sortis, n'ayant rien remarqué. Le soir, quand je montai et entrai dans la chambre de Fabre, je remarquai par terre, près du lit, un brin de millepertuis. Je le ramassai. Prise d'une inspiration soudaine, je levai les draps : rien. Je tâtai sous le matelas. J'y trouvai un étrange bouquet réunissant des poils de chèvre, des herbes, de la corne. Troublée, je le regardai sans vraiment comprendre. Je ne voulais pas causer d'ennuis à Malvina en en parlant à Fabre quand il me rejoindrait. Mais je ne lui cachais pas grand-chose. Je le lui montrai.

« Voyez ce que j'ai trouvé.

– Qu'est-ce que c'est? »

Il le regarda attentivement.

« Une sorte de bouquet.

– Où l'avez-vous trouvé?

– Ici.

– Mais à quel endroit? »

Embarrassée, je le lui expliquai, ainsi que la présence inusitée de Malvina devant la porte de ma chambre.

« C'est un rite de fertilité, je suppose », dit-il.

J'en rougis jusqu'aux cheveux.

« Allons, ne vous en formalisez pas, me dit Fabre. A la campagne, ces choses ne sont pas étonnantes.

– Mais de quel droit...

– Aucun. Vous n'empêcherez pas les paysans de penser que la fécondité est la vraie richesse et le vrai but du mariage. »

En un éclair, je sentis qu'ils avaient raison. Je le pensais aussi. J'avais évité jusque-là de me poser ouvertement la question, tout entière absorbée par mon amour pour Fabre. Je ne disais rien, mais de surprise et de chagrin, j'avais les larmes aux yeux. Il me prit contre lui.

« Ne soyez pas triste. Malvina n'a pas voulu vous faire de peine. Elle pense naïvement que le seul bonheur d'un mariage est d'avoir des enfants. Le pensez-vous aussi? »

Il scrutait mon visage.

« Répondez, insista-t-il doucement.

— Jusqu'à présent, je n'ai pu penser à rien et à personne d'autre qu'à vous. Quand vous êtes là, j'attends le moment d'être seule avec vous. Quand vous êtes absent, je vaque à mes occupations, je lis, je couds en attendant votre retour, on me croit absorbée par un travail alors que je guette le pas de votre cheval ou la voix de Joseph ou de Faye qui vous accueille ou les chiens qui aboient. Je me dis que mon émoi passera avec le temps.

— Le souhaitez-vous?

— Non. Et vous?

— Comment pourrais-je le souhaiter!

— Regrettez-vous que je ne vous aie pas encore donné d'enfant?

— Laissez-moi d'abord goûter de vous à satiété. Quand vous aurez un enfant, vous ne serez plus à moi.

— Jamais je ne vous en aimerai moins.

— Vous le croyez. Mais vous sortirez de mes bras pour vous précipiter vers lui au moindre de ses cris. Vous serez penchée sur ses pas, chaque mouvement de ses entrailles vous effraiera. Il percera ses dents et hurlera, il tombera et vous le dorloterez. C'est lui, ce sauvage, ce cannibale, qui s'accrochera à vos épaules, qui geindra dans votre cou, qui se prélassera dans vos caresses, qui vous rira dans les cheveux! Eh bien, qu'il attende son tour, ce dévoreur! Je vous veux à moi d'abord, entendez-vous! Combien en ai-je vu de ces femmes jetant un regard distrait sur leur mari et penchées avec adoration sur un bambin à quatre pattes, le couvrant de baisers, repoussant les mains du mari qui les dérangent et les décoiffent. Hein, que de migraines dans le lit conjugal et d'extases au-dessus d'un lit d'enfant!

– Vous me ferez quand même un enfant? lui demandai-je dans l'oreille.

– Je ferai ce que tu veux. »

Le soir, quand le docteur Manet était là, il jouait aux échecs avec Fabre. Sinon, celui-ci servait de partenaire à la tante Ponse pour sa partie de jacquet. Mon manque d'intérêt pour toute forme de jeu paraissait une étonnante fantaisie à cette époque où il faisait fureur.

« Mon neveu, vous gagnez toujours, pépiait la dame en gagnant sa place, mais enfin je ne vous en veux pas. »

En effet, il la laissait rarement gagner. Elle mettait tant de flamme à jouer, tant de dépit à perdre, que Malvina osait à peine lui apporter sa tisane. Elle restait debout près de la petite table, attendant de savoir où poser le pot à tilleul, que Mme de La Pautardie voulait avoir à portée de la main, mais risquait à chaque instant de balayer d'un geste brusque.

« Voyons, Malvina, ne m'empêche pas de jouer. Pose cela n'importe où. »

Un soir, elle se leva de sa chaise après une de ces défaites, rajustant son bonnet.

« Ah! mon neveu, vous me mettez en palpitations. Proposez plutôt une partie à Adeline.

– Vous savez que je n'aime guère jouer, ma tante, protestai-je.

– Voyons cela, dit Fabre.

– Je serai distraite et cela ne vous amusera pas! »

Il n'écoutait pas mes protestations. Il avait déjà remis le jeu en place et l'apportait, le posant sur ma table à ouvrage, où il tenait à peine. Il me tapota la main d'un geste amical d'encouragement, et la partie commença. Je lui faisais face, au travers de la table étroite enjuponnée d'un châle des Indes. Mes genoux étaient contre les siens. Bientôt, ils furent entre les siens. Il jouait d'une main tranquille. La tante Ponse, à quelque distance de là, brodait sur des roses un papillon qui demandait heureusement de la minutie. Un moment plus tard, un de mes genoux était fermement maintenu entre les siens. Je commençai à me troubler, et chuchotai :

« Arrêtez, vous m'empêchez de jouer. »

Du même ton, il répliqua :

« Comédie! »

Il secouait le cornet, lançait les dés, avançait les pions. Sa main libre se posa sur celui de mes genoux qu'il n'avait pas emprisonné. Lentement, il releva ma robe, mon jupon, trouva la peau.

« Vous jouez de façon tout à fait malhonnête! dis-je à voix basse, en lançant un coup d'œil significatif du côté de Mme de La Pautardie, rivée à son coléoptère.

– Mon neveu, interrompit la vieille dame sans même nous regarder, n'écrasez pas notre Adeline. Elle n'a pas l'habitude de jouer.

– Détrompez-vous, ma tante, répondit Fabre courtoisement, elle se défend avec vigueur. »

Sa main remontait progressivement. De l'autre, il tenait son cigare et jouait comme un homme qui n'est pas pressé. Les tisons craquaient. Une braise sauta, arriva au bord du socle en pierre de la cheminée, à trois pouces du tapis. Personne ne bougea. Je voulus me lever. Sa main me serra impérieusement.

« Vous me faites mal », articulai-je en me penchant au-dessus de la table.

Il me fit signe de me taire, ébauchant un regard en direction de Mme de La Pautardie. J'étais irritée de son impudence.

« Finissez, voyons! Que faites-vous?

– Dois-je vraiment le dire? »

J'étais appuyée contre la petite table, dont le rebord m'entrait dans l'estomac. Sa main explorait la moiteur de ma peau. La table oscillait, les pions glissaient. Il les remettait en place et m'invitait à poursuivre. J'avais le coude appuyé sur la table et la main devant les yeux, dans une attitude de méditation, pour éviter que Mme de La Pautardie, si elle était un moment distraite de son papillon, ne me vît au bord de la pâmoison.

« Je ne jouerai plus avec vous, dis-je d'une voix étranglée.

– Arrêtez donc de secouer la table, mon cœur, me dit-il doucement.

– Mon neveu, je vois que vous ne ménagez pas notre Adeline, minauda Mme de La Pautardie, qui tirait l'aiguille, son bonnet de dentelle penché sur l'oreille, sans rien remarquer.

– Ma tante, si vous m'en croyez, ne plaignez pas Adeline. Elle emploie des méthodes de guérilla qui ont fait leurs preuves. Elle se dérobe quand l'ennemi est en force et gagne des points en attaquant par surprise à la première occasion. »

La plaisanterie me parut amère, car je ne voyais pas comment venir jamais à bout d'une aussi rude obstination que la sienne.

« Je ne comprends rien à vos considérations tactiques.

– Adeline me comprend, soyez-en sûre, ma tante. »
Toute honte bue, en feu, je ne bougeais plus.

« Arrêtons-nous, vous avez gagné, concédai-je.

– Bientôt, mais pas encore. »
Je secouais les dés au hasard, ne regardais pas les points, il comptait pour moi et me faisait avancer mes pions. Dans ma distraction, je faillis me brûler à son cigare. Il fut assez vigilant pour retenir ma main au vol. Enfin, la partie se termina. Doucement, sa main redescendit mes jupes, reparut sur la table, il m'en caressa la joue avec tendresse. L'odeur de ma peau y demeurait mêlée à la sienne.

Plus épuisée qu'après une course de trois heures, pantelante, moulue, je me levai comme une somnambule. La tante Ponse sembla remarquer mon air défait et voulut me rassurer d'une voix guillerette.

« Moi aussi, le jeu me bouleverse. Ces émotions me brisent. »

Voulant trouver une explication, je dis :

« Je crois que j'ai une crampe dans la jambe. J'ai dû rester immobile trop longtemps.

– Appelons Bertille, elle ne sera pas encore couchée et pourra vous préparer des compresses chaudes », proposa la vieille dame.

Je la remerciai et l'assurai que dans quelques instants, il n'y paraîtrait plus.

« Venez faire quelques pas dehors, cela vous remettra », proposa Fabre avec une tendre sollicitude qui finit de m'exaspérer.

Il n'était pas de jour où il ne se déclarât mon esclave et, en paroles, ne se mît à mes pieds. Pourtant, rien ne le détournait de ce qu'il avait décidé d'accomplir, souvent sans se soucier de mes réticences ou de mon opposition. Puynègre eût été à feu et à sang à longueur d'année si j'avais eu le goût des batailles domestiques – car qui douterait que j'en aurais eu le talent si je l'avais voulu ?

Je ne lui rendais pas la victoire facile, il faut l'avouer. Mais avec moi il n'hésitait pas sur les moyens. Tous étaient bons : la rudesse, la patience, l'ironie, la douceur, la brutalité, le charme, la tendresse. Je capitulais au moment où aucun des adversaires n'avait perdu la face. Cela lui permettait de déployer des trésors de délicatesse pour m'apaiser. Il faut dire qu'il était un bel adversaire, jamais à court d'une réplique ni d'une parade.

Il avait rouvert les volets donnant sur la terrasse. Il soufflait un de ces grands vents d'ouest doux et humides comme on en connaît parfois la fin de l'été. Mme de La Pautardie se recula, comme soufflée par un boulet de canon. Le bruit fit accourir les chiens qui étaient déjà lâchés. Après les avoir calmés, Fabre prit mon bras et se dirigea vers l'allée de Monseigneur. Le vent plaquait mes jupes contre moi, puis les envoyait dans ses jambes. Le long de la Vézère, les peupliers, arbres si compassés, se tordaient sans retenue, traversés par le vent qui venait battre contre les murs de Puynègre, s'enroulait autour du hêtre pourpre, du magnolia, du catalpa, du pin bleu, qui avaient vu d'autres coups de vent et ne se croyaient pas déshonorés pour si peu. Les feuilles tombées se collaient à nos chevilles, j'avais des mèches de cheveux en travers du visage, il faisait sombre dans l'allée, je butais contre des cailloux. Dès qu'on se fut un peu éloigné de la maison, il me tint en face de lui et me regarda.

« Vous êtes fou! Comment pouvez-vous être aussi impudent sous les yeux de la tante Ponse?

– Elle n'a rien vu. Elle ignore tout de ces choses. »

Doucement, il se mit à m'embrasser. Dans ce vent tiède où je me laissais bousculer et bercer à la fois, il m'embrassait interminablement, et je savourais ce baiser profond et chaud, cet avant-goût de lui dont je ne me lassais pas.

Si nous ne nous étions pas autant aimés, nous nous serions battus comme des portefaix. Souvent aussi, nos affrontements prenaient la forme de la plaisanterie. Je me souviens d'un jour où je déclarai à Fabre :

« Méfiez-vous de ne pas me pousser à bout!

– Personne plus que moi ne se méfie de vous. Je pèse mes paroles et mes actes avec autant de soin qu'un apothicaire met à doser ses poudres.

– Dites plutôt un sorcier qui prépare ses philtres. Pourtant, je saurai me défendre, s'il le faut. J'irai jusqu'à me retrancher dans la serre et à faire le coup de feu de derrière les bégonias.

– Ma douce enfant, en adversaire loyal, je me permets de vous donner un conseil : il serait sage de vous retirer dans un lieu abrité par des fossés profonds et des murailles épaisses, à l'intérieur duquel se trouvent un point d'eau et des réserves de nourriture.

Sinon, vous seriez amenée à vous rendre quand vous auriez fini de manger les oignons de tulipe.

– Ah! ah! vous prévoyez donc un siège de longue durée?

– Vous aviez l'air d'opter pour une guerre de positions. Sinon, il vous reste la ressource de fuir. Mais vous iriez sans doute chercher refuge à Fontbrune ou aux Nouëlles? Car vous n'avez pas d'alliés, que je sache, en territoire plus lointain.

– Vous avez raison. Il faudrait en somme que je m'assure d'un protecteur riche et puissant, habitant un château fortement défendu.

– Il conviendrait également qu'il ait l'esprit chevaleresque. Ceci est rare de nos jours. Un homme accepte de dépenser quelque argent pour une dame quand il est sûr d'être payé de retour, mais quant à être dérangé dans ses habitudes, et mieux encore faire le sacrifice de sa vie... je vous conseillerais de n'y pas compter.

– Bien, en somme vous me recommanderiez de choisir une meilleure retraite que la serre? Je veillerai donc à faire fortifier *La Meyrolie.* »

Mais revenons à ce soir-là. Je soupirai :

« Je ne sais comment les femmes trouvent la force d'avoir des amants. »

Fabre s'esclaffa.

« Beaucoup d'entre elles n'accordent que très parcimonieusement leurs grâces à leurs maris.

– Et beaucoup de maris portent leurs attentions ailleurs. Peut-être devrais-je dormir dans ma chambre? Vous viendriez me présenter vos hommages de temps à autre, cela nous éviterait nombre de discussions.

– Je suis à vos ordres.

– Sans compter que je pourrais attraper la mort avec le froid qui règne dans votre chambre, si j'étais faible de la poitrine.

– Vous, faible de la poitrine? Ha! ha! Voilà une découverte! »

Il était secoué de rire.

« Cela se pourrait, repris-je dignement.

– Je me moque de ce que tu n'es pas, c'est ce que tu es qui m'intéresse. »

Quand nous rentrâmes dans sa chambre, le vent y dansait une vraie sarabande. La chandelle s'éteignit aussitôt la porte ouverte. Il fallut la rallumer en veillant à l'abriter. L'ameublement monacal ne risquait rien. De rideaux, point. Les fenêtres avaient des volets de bois intérieurs. Le vent ronflait dans la cheminée, nous envoyait au visage des paquets d'air frais et humide. Par intervalles, des traînées de lune entraient dans la pièce quand l'effilochement des nuages la laissait paraître. On se serait cru en pleine mer.

Avoir connu les bras de cet homme dans les claquements du vent et la plainte des chouettes, en émerger éblouie, pâmée, triomphante, meurtrie, courbattue, harassée, défaite et comblée, que pouvais-je vouloir de mieux ? Le Ciel ne me devait rien d'autre. Je me promis de ne jamais me plaindre de mon sort, quoi qu'il m'advienne par la suite. J'ai tenu parole.

Je devais soigneusement veiller à ne pas m'attirer les foudres de sa jalousie. Il surprenait la moindre marque d'intérêt dont je faisais l'objet, et je devais dépenser énergie, vigilance et habileté pour qu'il n'en prenne pas ombrage. Naturellement, il s'exagérait mes succès.

« Eh, mon Dieu, qui à part vous serait assez fou pour vouloir m'épouser ! dis-je une fois étourdiment, en voulant le rassurer.

– Je n'ai jamais prétendu qu'aucun de ces messieurs souhaite vous épouser. »

Heureusement, il ne semblait pas s'apercevoir que de tous les regards posés sur moi, celui de Jérôme était le plus fervent. Il le considérait encore comme un enfant.

Un jour d'été, nous étions allés pique-niquer chez

les Carbonnières, à Saint-Chamassy. Fabre conduisait le cabriolet où nous avions pris place avec Pauline. Jérôme nous suivait à cheval. La journée était superbe. On retrouva les Labatut et les Linarès. On déjeuna sur l'herbe, petits et grands mêlés, les grands-parents seuls étant assis sur des chaises autour des tables de jardin. Les chiens, fatigués par la chaleur, restaient couchés à l'ombre et se disputaient à peine les restes. On se promena après le déjeuner, puis on joua au volant et certains des hommes rentrèrent faire une partie de billard.

Seule différence avec les autres après-midi familiaux du même genre : il y avait là un cousin des Carbonnières, venu de Paris, jeune ingénieur sorti récemment de Polytechnique. Sa moustache blonde et fournie couvrait une bouche pleine et avide. Après les premières joyeuses salutations à la ronde, j'évitai le jeune homme. Je ne me trouvai à aucun moment près de lui, je ne lui parlai pas. Fabre ne semblait pas y prêter attention, absorbé dans une conversation avec son ami Linarès.

Après le déjeuner, je restai dans un groupe paisible, composé des dames présentes et de mon oncle Labatut. Je m'amusai beaucoup, racontai pas mal de sottises. Pendant ce temps, les demoiselles Carbonnières, leur cousin et les jeunes Linarès se promenaient à quelque distance. Quand on fit collation, au milieu de l'après-midi, les jeunes gens se joignirent à nous, pour s'éloigner à nouveau dès que la politesse le permit. Je n'approchai pas de ce cousin à moins de dix pas. Pouvait-on faire mieux ? Non, me disais-je, gonflée de satisfaction, couchée dans l'herbe, les bras sous la tête, mon ombrelle plantée comme un arbuste pour protéger mon visage, qui était toujours plus hâlé qu'il ne l'aurait dû. De petites araignées se balançaient, des sauterelles se frottaient la tête dans les pattes comme si elles avaient un rhume des foins, des fourmis passaient avec des airs affairés, contre les murs les rapiettes dormaient. Un coq suivi de ses poules picorait les grains restés dans le champ voisin après la moisson, et il chantait bravement pour les rassurer contre notre dangereuse horde.

La journée fut délicieuse. Jérôme ne quittait pas son père. Pauline tressait des couronnes de marguerites avec une élégance que chacun admira. Elle avait un goût parfait et pour tous les travaux d'adresse une habileté que je ne possédais pas du tout. A vrai dire, je manquais de patience et d'intérêt pour ce genre de tâches.

Le soir, on rentra comme on était venu. Les grillons et lcs crapauds s'égosillaient dans les fossés. Je riais avec les enfants. Nous étions heureux. Eh! qu'avais-je pensé là! Quand je fus seule avec Fabre, il me fit remarquer comme en passant :

« Ce petit monsieur blond ne vous a pas quittée des yeux.

– Comment le saurais-je? Je ne l'ai même pas regardé.

– Il prenait l'air absorbé par les enfantillages des demoiselles Carbonnières et il tortillait sa moustache avec une mine avantageuse, mais son regard qui semblait posé au hasard tombait chaque fois précisément sur vous.

– Ah! ah! le pauvre jeune homme ne se savait pas si bien surveillé!

– Il n'était pas besoin d'une grande perspicacité pour remarquer ses airs allumés à chacun de vos rires. De plus, vous étiez étendue dans l'herbe, aussi à l'aise que dans votre boudoir, mâchonnant des herbes, des pâquerettes plantées dans vos cheveux.

– Vous n'aimez pas les pâquerettes? » fis-je d'un ton enjôleur.

Il poursuivit :

« Vos épingles à cheveux étaient à moitié défaites, les manches de votre robe relevées, et vous prétendiez observer les fourmis.

– Parfaitement. Je peux vous décrire toutes leurs occupations de l'après-midi.

– Savez-vous que cela est tout à fait indécent?

– De regarder les fourmis?

– Vous feriez damner saint Antoine.

– Bah! Vous le pensez parce que vous me trouvez séduisante. Vous êtes le seul à me porter une telle attention.

– Ce petit jeune homme ne perdait pas une miette de vos mimiques et de vos éclats de rire.

– Croyez-vous qu'une moustache suffise à me tourner la tête?

– En dessous de la moustache, il y avait des dents acérées et au-dessus des yeux luisants.

– Ajoutez-y le bonnet de la grand-mère et nous avons le loup du Petit Chaperon rouge. »

Fabre pestait contre le jeune homme.

« Un petit béjaune, la farine encore au bec, qui croit pouvoir regarder toutes les femmes avec insolence! Il me rappelle ces petits officiers de l'armée d'Italie qui se croyaient irrésistibles. »

Lui, bien sûr, avait été de l'armée du Rhin, fière de sa rigueur et de sa discipline. Je bâillai.

« Hé! J'ai donc eu tort de ne pas observer ce cousin. D'ailleurs, vous savez bien que je ne suis pas assez élégante pour ces messieurs. Je n'ai pas la peau assez blanche, la taille assez fine. Je ressemble à ces paysannes italiennes dessinées par votre camarade – n'était-il pas à l'armée d'Italie justement? – dans cette gravure qui est accrochée au-dessus de votre bureau.

– C'est bien pour cela que je vous surveille! Et ne me racontez pas de sornettes. Je sais reconnaître le regard de la convoitise quand je le vois, et elle peut mener un homme à n'importe quoi.

– Que vous importe si ce n'est pas sur mon visage qu'elle vous apparaît quand je regarde un autre homme?

– Ah! Qu'ils m'exaspèrent, ces petits jeunes gens vaniteux, qui n'ont rien vécu et qui arrivent avec leur taille avantageuse et leur appétit tout frais! Je connais leurs ruses, je les ai toutes employées. Je sais mieux que personne la manière dont on se fait comprendre d'une dame tout en rassurant le mari. Quand je serai impotent ou à six pieds sous terre, je devrai bien accepter que vous me trompiez. Mais, par Dieu, d'ici là...

– Voulez-vous m'enfermer?

– Un écrivain a dit : « Les femmes s'attachent « comme des draperies, avec des clous et un mar- « teau. »

– Si ce sont les seules armes dont vous dispo- siez... », dis-je suavement.

Je lui dénouai mes cheveux dans les yeux. Il était de ces hommes qui deviennent beaux quand on les défie. Je le trouvais magnifique avec son œil noir mauvais et ses mâchoires serrées. Il était prêt à me prouver ce que je voulais et plus encore.

Je reculai rapidement pour lui échapper.

« Fabre, sachez-le bien, si je voulais vous tromper, personne ne m'en empêcherait. Oui, j'ai vu le manège de votre petit monsieur! Mais il ne me plaît ni ne me plaira! Et il faudrait plus que de la fantaisie pour que j'en vienne à prendre un amant. Ce ne sont pas des phrases badines et des jeux de paupières qui sauraient m'émouvoir. Vous avez de la chance, car c'est vous qui me plaisez et qui savez me faire vivre et mourir. Essayez, je vous prie, de vous lasser de moi ou de me lasser de vous! Et croyez-vous, enfin, que je sois assez sotte pour vous ridiculiser publiquement en répondant aux avances du premier freluquet venu? »

Je ne sais pas s'il m'écoutait. Je faisais à reculons le tour de la pièce, ponctuant mes paroles de coups de tisonnier sur le plancher. J'aurais pu encore lui dire quelques vérités, mais en m'attrapant il interrompit mon discours.

« Fabre, répondez-moi!

– C'est ce que je suis en train de faire », murmura- t-il, les mains enfoncées dans mes cheveux.

Puis, aveugle et sourd, il ne s'occupa que de son plaisir, avec cet acharnement d'un homme qui trouve dans son lit une fille de vingt ans folle d'amour, à l'appétit insatiable, qui le mordait en l'insultant et en le bénissant.

La plupart des hommes m'auraient trouvée hystérique, Fabre me disait avec amusement que j'avais du tempérament. Quand j'y repense maintenant, je me dis qu'il a dû parfois, dans ces moments-là, se sentir un dieu. Il devait en même temps être inquiet à l'idée qu'il vieillirait alors que je m'épanouirais de manière encore plus insolente.

J'ai la particularité de lire tout ce qui me tombe sous la main, sans distinction de genre, ne suivant que mon humeur. Je disposais de la bibliothèque héritée de la famille Bars, des nouveautés envoyées de Paris par le sergent Hilaire et des livres que me prêtaient famille, voisins et amis. Pêle-mêle, je me souviens d'avoir lu à cette époque – en plus des classiques auxquels je revenais régulièrement – *Tristram Shandy* et *Le Voyage sentimental* de Laurence Sterne, le *Gil Blas* de Lesage, les *Voyages de Samuel Gulliver* de Jonathan Swift, Crébillon fils, Restif de la Bretonne, les *Contes moraux* de Marmontel, *Le Diable amoureux* de Cazotte, *Les Amours du chevalier de Faublas* de M. Louvet de Couvray, les *Mémoires de la vie du comte de Gramont*. Je garde encore aujourd'hui un faible tout particulier pour le XVIIIe siècle.

Beaucoup de romans à la mode m'ennuyaient. J'avalai d'insipides brouets comme le *Paul et Virginie* de Bernardin de Saint-Pierre. Le *Faust* de Goethe, traduit par M. de Nerval, manquait de soufre et ne me causa aucune émotion. Je relus *René, Atala* et *Werther* sans leur trouver plus de qualités qu'à la première lecture. D'autres ouvrages du même romantisme languissant me lassèrent dès les premières lignes, mais je fis l'effort de les terminer pour ne pas avoir l'air d'une ignorante dans les assemblées du département.

Il fallait attendre au moins cent pages pour que le

héros en vienne à baiser la première phalange des doigts de l'héroïne. Je n'osais espérer qu'ensuite il s'enhardirait jusqu'à atteindre le coude, ni calculer combien de temps il lui faudrait pour parcourir le chemin séparant cette articulation d'une autre plus sensible. Au moment où enfin on croyait qu'un trouble moins céleste triompherait de la religion et de la vertu de l'héroïne, surgissait un vieillard brandissant les preuves de son autorité, crucifix ou parchemin. La demoiselle était foudroyée et le jeune homme se jetait aux pieds du justicier avec toutes les apparences d'un violent repentir, alors qu'à part lui il devait être bien fâché de se retrouver à la première case de ce jeu de l'oie.

Les prêches de ces vénérables ermites sur les joies de l'au-delà et les malheurs de ce bas monde me paraissent insupportables. Si vous avez, révérend père, le goût de l'éternité, pourquoi je vous prie ne pas laisser aux autres celui de l'amour terrestre et de ses turpitudes? Si en se souvenant des trahisons d'un amant ou d'une maîtresse on se souvient en même temps de sa fougue, où irez-vous démêler le plaisir du déplaisir? Si j'ai à me plaindre de mon sort, laissez-moi le faire moi-même à qui m'interroge, et ne vous mêlez pas de répondre à ma place que les bonheurs imparfaits sont méprisables. Je vous dis, moi, qu'ils sont très désirables.

A ce propos, je me souviens qu'un jour le curé de Rouffignac, grand moralisateur, déjeunait à Fumerolles, où Fabre m'avait déposée en allant à Thenon et devait me prendre le soir. Le menton ruisselant de jus, suçant les os, il avait repris son antienne, insistant sur les mille maux auxquels mènent les passions. Je ne pus m'empêcher de lui dire :

« Hé! monsieur le curé, vous voilà vidant une deuxième bouteille de vin de Cahors et vous servant pour la troisième fois de cette gibelotte sans penser que les lourdeurs d'estomac et la goutte vous menacent. Pourquoi ne renoncez-vous pas à ces plaisirs imparfaits? L'amour divin devrait vous les rendre répugnants et suffire à vous combler. »

Louise fut choquée, Pierre rit à gorge déployée, les enfants pour ne déplaire ni à leur père ni à leur mère dissimulèrent des gloussements discrets.

Un grand nombre de romans ont une marque distinctive : la quantité de larmes qu'on y verse. La vocation principale des femmes, à en croire ces auteurs, est de se désoler, qu'elles aient résisté vaillamment aux assauts de galanterie dont elles étaient l'objet ou qu'elles y aient succombé. On se lamente des deux côtés : la cruelle et le séducteur déconfit, ou la victime et l'amant comblé. Les hommes, par contagion, cèdent à l'attendrissement général : berger, prince, général, sultan, laboureur, jeune homme, vieillard, tous sont frappés. On pleure sur un lit de plumes ou dans son écuelle, dans du satin ou dans de la paille, on pleure au logis et en voyage. Le vilain de la farce se reconnaît à ce qu'il ne pleure pas. Dans les contes, on sait que personne ne peut pleurer pendant plus d'une demi-page et qu'un accident tirera bientôt l'affligé(e) de son tourment, puisqu'un dénouement doit intervenir promptement.

Je me lassais aussi de l'immanquable élégance des personnages : pas de rhume, de bouton de fièvre, de démangeaison, d'estomac dérangé, dans les châteaux comme dans les chaumières. On ne vibre que devant les harmonies de la harpe, du clair de lune ou du zéphyr.

Que choisir, le vice ou la vertu ? L'un est condamné par les foudres célestes, l'autre par l'insurmontable ennui qu'elle exsude. Je m'impatientais des descriptions de bergères innocentes, de cabanes romantiques, où n'entraient ni le vent ni la pluie, quand on parlait de « pauvreté riante », de « fille céleste », de « pieds modestes », de « désert avec toutes ses fleurs et toutes ses brises », d'un gentilhomme devenu pâtre par amour et qui jouait de la flûte avec grâce derrière ses moutons. Les forêts n'abritaient que des oiseaux et des écureuils qui venaient de faire toilette, jamais pelés ou boiteux. Renards, putois, belettes sentent trop mauvais et sont bannis de ces œuvres.

J'ai horreur de ce parti pris qui ne fait voir ici-bas chez les uns que du sublime, chez les autres que du sordide. Les gens de bon sens sont forcés de reconnaître l'existence simultanée des deux. Je soupçonne certains auteurs d'avoir dans leur jeunesse découvert un style ou une attitude qui paraissait nouvelle à leurs contemporains et de s'y cramponner, la minceur de leur talent ne leur permettant de trouver aucune autre formule à mettre en place de la première. J'ai également remarqué le manège de certaines femmes mûrissantes, dont on devine l'âge à ce qu'elles restent vêtues et coiffées comme au temps de leur splendeur. Elles n'ont rien qui puisse remplacer la fraîcheur de leurs vingt ans ou la coquetterie de leurs trente ans. Et voilà nos auteurs et nos mondaines figés comme un caneton dans sa sauce, à la fin d'un repas où les moins bons morceaux restent au bord du plat.

Pour en revenir à mes lectures, je renonçai tout net à lire Rousseau le jour où le docteur Manet m'apprit qu'il avait abandonné ses cinq enfants à l'hospice. Comment peut-on accorder le moindre crédit aux conseils d'un éducateur qui n'a même pas le courage d'élever ses propres enfants et d'épouser sa concubine?

Je dévorai le *Cinq-Mars* de M. de Vigny, tout en déplorant l'insigne faiblesse de son héros. En matière de roman historique, à mes yeux aujourd'hui encore rien ne vaut Walter Scott.

Pauline lisait ceux de ces livres qui étaient à sa portée. Je ne voulais pas la confiner au *Robinson suisse*, à *L'Ami des enfants* de Berquin, aux *Contes* de Mme d'Aulnoy, à *Adèle et Théodore* et aux *Veillées du Château* de Mme de Genlis. Nous aimions beaucoup *Les Mille et Une Nuits*.

Tout ce qui évoquait l'Orient me fascinait. Je découvris Lord Byron dans la traduction de M. Amédée

Pichot : *La Fiancée d'Abydos, Le Corsaire, Le Siège de Corinthe* me parurent sublimes.

Je n'ai pas assez de sensibilité pour goûter vraiment la poésie. Jusque-là je n'avais aimé que Ronsard et Clément Marot. Je m'ennuyai poliment en lisant M. de Lamartine. M. de Vigny me toucha par son sens de la grandeur. Un peu plus tard, M. de Musset m'ensorcela et aujourd'hui encore je sais beaucoup de ses vers par cœur.

Une de mes vraies passions littéraires naquit à cette époque et ne s'éteignit pas avec le temps, celle que je ressentis pour Victor Hugo, dès que je lus ses premières *Odes et Ballades* et plus tard ses *Orientales*. Il sait me prendre à la gorge, quand les autres me donnent quelques picotements d'émotion vite évanouis.

Je ne craignais pas d'ajouter à ces lectures des ouvrages plus sérieux. Fabre me prêta les *Mémoires* de M. le comte de Ségur, mais s'étonna de me voir plongée dans l'*Histoire de l'Infanterie française*, en cinq volumes.

Je m'intéressai aux œuvres complètes de M. de Brantôme dans la nouvelle édition qu'il venait de recevoir, après avoir remarqué que l'*Histoire des Dames galantes* figurait au septième volume. Je pris goût à la *Vie des hommes illustres et des grands capitaines* avant d'en arriver à ces *Dames galantes*, qui me laissèrent tout ébaubie par leurs extravagances. J'avais eu jusque-là peu d'éclaircissements sur les mœurs qui régnaient à la cour de France au xvie siècle, et mon horizon s'en trouva singulièrement élargi. Fabre, imperturbable, me prêta ces volumes un par un, et nous échangeâmes des considérations sur les grands capitaines, jusqu'au jour où il me surprit par la crudité d'une question qui se référait à d'autres enseignements que ceux concernant la tactique militaire et auxquels il avait lieu de penser que j'avais accordé une vive attention. J'en restai bouche bée et rougis jusqu'aux oreilles, ce qui le divertit beaucoup.

En même temps, je lisais volontiers les petites

feuilles, les contes et les histoires à trois sous, vendus par les colporteurs.

Fabre s'amusait de mes transports et de mes antipathies littéraires. Pour lui comme pour le docteur Manet, lire des romans était divertissement féminin. Cela me convenait. Je ne tenais pas à faire assaut d'érudition avec eux ni à être considérée comme une pédante. Je passe peu de temps à me former des opinions, et encore moins à les défendre. Je n'ai pas besoin que l'on soit de mon avis. Je donne volontiers raison à qui ne mérite pas l'honneur d'une discussion. D'ailleurs, je n'éprouve pas le besoin de parler de mes lectures. J'y faisais rarement référence et en général sur un ton de plaisanterie. On continua donc à me trouver la langue vive mais sans me croire instruite, et je m'en trouvais bien.

D'ailleurs, comment donner trop d'importance à ce que je lisais : on accourait pour me prévenir qu'un des chiens avait mangé trois poussins d'une jeune couvée, qu'une chouette était morte dans la cheminée de la chambre du haut, que la métayère avait échappé ses dindons dans les plates-bandes, que quelqu'un du voisinage était mort et que la famille demandait du buis et de l'eau bénite, que monsieur le curé m'apportait des pêches de vigne, que le bordier avait une mauvaise fièvre, que la chandelle manquait chez l'épicier, qu'une branche haute du hêtre pourpre était cassée, que les moutons avaient mangé un des hortensias.

La tante Ponse tenait ses habituels dialogues avec Malvina, dont la santé était médiocre. Elle se faisait fréquemment saigner, mais se plaignait d'avoir des étourdissements, des papillottements et autres malaises mal définis. Le docteur Manet lui faisait la leçon :

« Eh bien, Malvina, faites-vous attention à ce que je vous ai dit? Il faut éviter les nourritures riches. Sinon, tout ce mauvais sang vicié vous montera au cerveau, et vous pourriez tomber d'un coup, à n'importe quel moment, tenez, un jour où vous serez tout bonnement dans le potager à cueillir de l'oseille.

– Hé! je le sais bien, monsieur le docteur. Je fais ce que vous m'avez dit. »

Quelques jours plus tard, en la questionnant, je m'aperçus qu'elle avait retenu une seule prescription des conseils de Manet : elle ne devait pas aller cueillir de l'oseille dans le potager. Le reste n'était que bonnes paroles à ne pas prendre au pied de la lettre.

Pendant ce temps, Joseph était dans les terres, chez les fournisseurs, aux marchés et aux foires des environs, surveillant une livraison de barriques au port de Limeuil, une coupe de bois à Curboursil, négociant un achat de fourrage ou de grains.

A l'instar du colonel Bugeaud, Fabre introduisait inlassablement de nouvelles améliorations dans ses propriétés. L'adoption du trèfle avait permis de tripler la quantité des bêtes et d'augmenter les ventes d'autant. Il planta des noyers, des arbres fruitiers, des espaliers, des vignes, poursuivit ses recherches sur les meilleurs engrais. Il fit employer le rouleau de pierre pour dépiquer, alors que les ouvriers préféraient le fléau, plus fatigant, mais auquel ils étaient habitués. Il veillait au prix de chaque denrée, refusait d'acheter à Périgueux du maïs qu'il pouvait obtenir à Bergerac dix centimes moins cher, s'assurait que ses rouliers ne faisaient pas de voyage à vide, et s'ils partaient avec un chargement revenaient avec un autre.

En 1826, l'armée lui demanda des livraisons de grains : il en expédia 1000 kilos. L'année suivante, il pouvait en offrir le double.

Il remettait à ses métayers la chaux et le plâtre qu'il fallait pour amender les terres, ne leur en faisant payer que la moitié. Il prêtait des engrais, faisait des avances à ses métayers ou à ses voisins pour leur permettre d'acheter semences et outils. Il ne ménageait ni ses avis ni son aide là où on les lui demandait, tant il espérait que le bien-fondé de ses méthodes finirait par être reconnu. Son origine modeste et son passé glorieux lui avaient toujours valu le respect de la population. Sa réputation grandissait maintenant que le pays commençait à bénéficier de sa prospérité.

Sa disgrâce auprès des autorités avait pris fin, non pas sur sa bonne mine, mais du jour où il fut notable que ses terres produisaient deux à trois fois plus que celles des environs. Il devint un homme considéré. Il était sollicité, consulté, respectueusement invité à donner son opinion, de tous côtés, non seulement par les gens de connaissance mais par les services officiels, des ponts et chaussées, de la navigation, les fonctionnaires en mission venus de Paris, la préfecture.

Après l'orage de grêle qui ravagea le Sarladais en 1828, il lança une souscription destinée aux communes touchées et qui réunit une somme importante. Le conseil municipal du Bugue le consulta avant le procès qui l'opposa, la même année, à la famille Cosnac. A son retour d'émigration, celle-ci réclama le prix de la halle qu'elle avait fait construire et dont elle avait été dépossédée. L'affaire ne fut réglée que quelques années plus tard et le conseil municipal finit par verser 7 000 francs à la famille Cosnac en 1833. Fabre fut également un des premiers à apporter sa contribution lors de l'érection au Bugue de la fontaine qui orne la grand-place.

Il était un membre actif de la Société d'agriculture, l'un des correspondants des *Annales agricoles de la Dordogne.* Il aurait pu être conseiller général, conseiller auprès de la préfecture. Il était si nettement opposé à la politique des ministères Villèle, puis Polignac, qu'il ne voulut briguer aucun poste. Je lui fis valoir que ses connaissances rendraient service au département. Mais ses convictions étaient aussi fermes que son épine dorsale.

On le poussa à être candidat aux élections législatives de 1827. Il avait toutes les chances d'être élu. Mais le général Gérard se présentait dans l'arrondissement de Bergerac et Fabre refusa de se poser en rival d'un camarade qu'il respectait et estimait digne de la victoire. En fait, il n'avait pas envie d'être arraché à Puynègre et d'assumer des fonctions qui auraient demandé de fréquents séjours à Paris. Je n'y tenais pas non plus. Sans doute était-il également conscient que la rudesse de sa franchise n'avait pas été déplacée dans la vie militaire mais ne convenait pas aux mœurs politiques.

A Sarlat, un ancien haut fonctionnaire impérial fut élu : Jules Bessières, cousin du maréchal.

Pauline avait maintenant un maître de dessin et un maître de musique et de chant plus avancés que Mme de La Pautardie. Je ne prétendais pas m'instruire dans ces domaines où mon ignorance était grande, mais je glanais quelques notions de ces arts en assistant à ses leçons. Le maître de musique, M. Petit, était un bel homme un peu fat, qui ne laissait pas ignorer qu'il enseignait dans les meilleurs châteaux du voisinage. Il avait une belle voix et chantait l'opéra italien avec ampleur et générosité, ainsi que tous les airs à la mode. Il était souvent invité dans les soirées où on lui demandait de se produire et où il croyait plaire autant pour son élégance que pour sa voix. Nous n'ignorions rien à Puynègre de *La Dame blanche* de Boïeldieu, *du Robin des Bois*, de *La Vestale* de Spontini, des airs d'Hérold, et surtout de Rossini : *L'Italienne à Alger, Moïse, Le Comte Ory*, et *Le Siège de Corinthe.* Mme de Carbonnières chantait des mélodies italiennes de Bononcini, de Paisiello ou de Piccinni avec une grâce inimitable. M. Petit l'accompagnait au piano ou chantait des duos avec elle, après que le jeune Burette eut quitté Le Bugue et se fut marié avec une demoiselle de Sarlat.

La vie que nous menions n'était ni sotte ni oisive, et autour de moi je ne voyais guère d'inactifs. Je m'étonne que dans les romans on dépeigne la province comme respirant la mesquinerie et l'ennui. Pour être désœuvré, il faut être sot. Je ne croirai pas qu'il y ait un coin au monde où l'on ne trouve rien à faire. Si je devais tirer la charrue, je le ferais sans plaisir, mais enfin je le ferais. Si j'avais vécu dans une époque troublée et que j'avais été dépouillée de mes biens, j'aurais tout fait pour les reconquérir ou pour en acquérir d'autres. J'aurais rusé, fait semblant de me soumettre à l'autorité, œuvré en secret en attendant le moment de m'échapper ou de me rebeller. Il aurait fallu que je sois accablée par l'âge, les infirmités, la maladie pour me soumettre. Aujourd'hui, à soixante-treize ans, je me trouve encore assez vive pour résister à la tyrannie si elle me menaçait. Je me nourris de peu, je bois de l'eau claire. Je ne vois pas pourquoi j'aurais peur d'une troupe d'ivrognes en bonnet rouge. Au pire, ils me tueront. Mon testament est fait, si je n'ai pas le temps d'y ajouter mes prières, le Ciel s'en arrangera.

En janvier 1827, on apprit la mort à Paris du général Fournier-Sarlovèze. Fabre l'avait volontairement ignoré, n'allait pas le voir quand il se rendait à Sarlat, et n'en parlait pas. J'avais appris par Manet qu'il tenait son compatriote pour un pillard et ne voulait pas mettre les pieds dans son riche hôtel de Sarlat orné des dépouilles et des œuvres d'art rapportées d'Espagne.

Fournier avait été un des grands bretteurs de l'Empire, duelliste effréné, d'une bravoure admirable au combat. Forte tête, il s'était opposé violemment à l'Empereur.

Après la défaite de Leipzig, au cours d'une réunion d'officiers généraux, il osa critiquer l'Empereur. Celui-ci brandit sa cravache. Fournier dégaina à demi son sabre. On se jeta sur lui, parvint à le maîtriser. Sous bonne escorte, il fut conduit en voiture jusqu'à Mayence. En route, une fusillade éclate. Un gendarme est tué. Affolement des chevaux et des hommes. Fournier saute sur le cheval du gendarme tué, se met à la tête du petit détachement, se jette avec furie sur les cosaques. Les uns sont tués, les autres s'enfuient. Fournier remet pied à terre, monte en voiture et ordonne froidement de continuer la route.

Jeune officier, il avait tué en duel un garçon qui venait d'arriver dans sa compagnie et savait à peine manier les armes. Il se battait pour tout et pour rien. Pendant près de vingt ans, il fut lié à son camarade Dupont par un contrat où ils s'engageaient à se battre chaque fois qu'ils se rencontraient et que l'égalité de leurs grades le leur permettait. Lieutenants quand vint Thermidor, ils devinrent tous deux généraux.

Rallié aux Bourbons, comme un certain nombre de militaires de l'Empire, las de l'épopée napoléonienne, il devint sous la Restauration rapporteur de la commisssion chargée de réviser le code judiciaire de l'armée. Peu de temps avant sa mort, alors qu'il était en tournée d'inspection du côté de Bordeaux, sur la route, à un relais, les gendarmes lui demandèrent son passeport. Il refusa. Sur la plainte d'un gendarme, le maire intervint. Fournier alors grimpa sur la berline, ouvrit la bâche qui la couvrait, quitta sa redingote bourgeoise, mit son grand uniforme, se coiffa de son chapeau brodé, s'arma d'un pistolet et donna l'ordre au postillon de fouetter ses chevaux.

Il était un superbe exemple de ce que furent les années de l'Empire. Elles abritèrent plus grands brigands que lui. Mais l'avidité de Fournier, ses incartades, ses excès, les extorsions qu'il avait exercées sur les populations qu'il gouvernait, n'étaient pas du goût de Fabre.

Il n'était pas question cependant qu'il manque d'assister aux splendides funérailles que la ville de Sarlat fit à son enfant chéri, où se retrouva tout ce qui comptait dans le département et tout ce qu'il abritait d'anciens militaires.

5

A LA belle saison, j'allais volontiers passer une journée à Fontbrune avec Pauline. L'animation bon enfant qui y régnait, les poules, les moutons, les charrettes de foin, les visiteurs de mon oncle Elie, les métayers, les enfants, le curé, le tailleur, la lingère se croisaient dans la cour, chacun vaquant à ses occupations, allant à la grange, à la cuisine, à l'écurie, à l'étude, à la métairie. Ma tante Charlotte était bonne personne et avait le sens de l'économie, ce qui suffisait pour mener la maison.

Mon oncle de La Gélie avait fini par perdre son procès contre M. Pagès, un gros négociant de Ladouze, qui s'était enrichi sous la Révolution, avait acheté des biens d'Eglise et trois métairies à Saint-Félix, d'où sa femme était originaire. C'est là qu'il comptait établir un de ses fils, puisqu'il avait commis l'imprudence d'en avoir deux, et donc de se condamner à partager son héritage. Mon oncle avait survécu à la tourmente révolutionnaire, mais, simple gentil-homme campagnard attaché à sa terre et à ses traditions, il n'était pas préparé à se battre pour les conserver. Il se contentait de vendre quelques cartonnées de terre ou de bois quand il fallait faire dans la maison ou dans les métairies des travaux qu'il n'avait pas de quoi payer.

Il avait contesté le rachat par M. Pagès d'une de ses métairies qui était hypothéquée et que l'autre avait su obtenir à bas prix un jour où mon oncle, pressé par des échéances, avait besoin d'argent frais. N'étant pas fait pour les tracas, mon oncle mourut quelques jours après avoir appris le résultat du procès, laissant à ma tante une maigre succession, les frais de justice à régler et deux filles qu'elle n'avait plus les moyens de doter. Par chance, les deux aînées étaient mariées.

Un jour où j'arrivais à Fontbrune, ma tante de La Gélie s'y trouvait avec mes deux jeunes cousines, Emeline et Ysoline. Emeline, pâle et triste, déjà résignée, ne disait mot. Elle manquait de vie, on ne pouvait rien en attendre. Elle me paraissait toute destinée à entrer dans un couvent. Par contre, Ysoline à vingt ans était vive et gracieuse, avec un côté enfantin qui plaisait. Elle était naïve, de manière incurable, mais cela enchantait et attendrissait les adultes. Au milieu d'un silence, alors que nous prenions le café, je dis :

« Pourquoi Ysoline n'épouserait-elle pas M. Pagès ? »

Il y eut un silence atterré, comme si je montrais des signes du haut mal. Je poursuivis :

« Il est veuf, il serait sans doute flatté de s'allier à une honorable famille, cela lui donnerait du poids dans le canton. Il accepterait Ysoline sans dot, à mon avis. »

Ma tante de La Gélie éclata en sanglots, comme si mes paroles lui avaient fait toucher le fond de la déchéance. Elle hoquetait.

« Adeline, tu me fais une peine affreuse ! Nous crois-tu descendues si bas ?

– Nullement, vous n'avez pas perdu l'honneur. Nous parlons d'argent. Il vous en faut et le seul remède quand on ne sait pas en gagner est de le prendre là où il se trouve. »

Mon oncle Elie, généreux à son ordinaire, intervint doucement :

« Adeline, ta brutalité a choqué ta pauvre tante. Elle doit vendre des terres auxquelles sa famille est attachée, elle doit veiller à l'avenir de ses filles, et tu l'insultes avec une telle proposition. »

Ma tante Charlotte, effarée, me regardait comme le diable. J'insistai :

« Au contraire, je respecte assez les raisons que vous donnez pour vouloir chercher à tout prix une solution.

– M. Pagès est un homme grossier, dont le père était aubergiste.

– Le père du général Fabre était garçon d'écurie. Où est la différence?

– Ma chère enfant, essaya de me raisonner mon oncle Elie, le général a d'éminentes qualités et il a reçu une éducation bien différente de celle de Pagès. Il a été élevé dans un séminaire et il a fréquenté ce que l'Europe compte de plus distingué.

– Pagès est peut-être mal dégrossi. Mais s'il continue à mener ses affaires comme il l'a fait jusqu'ici, ses fils achèteront de beaux chevaux, iront chez un bon tailleur, épouseront des demoiselles de bonne famille et l'un ou l'autre se présentera un jour aux élections. »

Devant les sanglots de leur mère, les demoiselles de La Gélie se mirent à froncer le nez sans savoir pourquoi et à larmoyer elles aussi. Les pauvres colombes ne savaient ni de près ni de loin ce qu'était le mariage. Elles devaient pour l'essentiel y voir un changement d'état civil et de domicile.

« Si le docteur Manet était là, il me donnerait raison, dis-je.

– Il a plus l'expérience que toi de ces choses et en parlerait avec plus de modération », dit ma tante Charlotte, outrée.

Je me tournai vers mes cousines.

« Ysoline, voyons, dis-nous ce que tu en penses? »

Elle renifla, se couvrit le visage de son mouchoir, épouvantée d'avoir à répondre à une question sérieuse. Je réussis à garder une voix calme.

« Je conçois que M. Pagès soit un peu rustique. Mais enfin on n'est jamais tout à fait laid quand on a de l'argent. Un homme, cela se coiffe, s'habille, s'arrange. S'il épousait une jeune fille d'un milieu bien supérieur au sien, elle en ferait ce qu'elle voudrait. Qu'il mène ses affaires comme il l'entend, on lui apprendra à ne pas cracher, se moucher dans ses doigts, se curer les dents en public. Cela suffit, les terres resteraient dans la famille. Et puis enfin, s'il déplaît vraiment à ma tante, le fils pourrait être un gendre plus présentable que le père. Quel âge a l'aîné?

— C'est un enfant de quinze ans! dit mon oncle Elie.

— Eh bien, est-il difforme, idiot, malade? Non? Il conviendrait alors aussi bien que le père, si on sait attendre un peu. Si vous en parlez à Pagès, croyez-moi, il se gardera de chercher un autre parti pour son fils et ne laissera pas passer une telle aubaine. Quant à vous, ma tante, vous seriez sortie d'affaire.

— Adeline, c'est pousser trop loin le mauvais goût! s'écria ma tante Charlotte.

— N'en parlons plus », conclut mon oncle pour éviter un éclat.

Après le déjeuner, Pauline monta dans la charrette conduite par Henri, qui allait au Brungidou chercher les paniers de linge, car c'était jour de lessive. J'allai aux Nouëlles voir notre ami Manet et mon filleul, Sicaire, qui avait près de deux ans. Le docteur avait épousé Mariette pour que l'enfant soit légitime. Le petit était bien planté sur ses jambes, mais tout effrayé par les étrangers car il ne quittait pas sa mère. Celle-ci n'avait pas rêvé de plus grand bonheur que d'être l'épouse du docteur. A Mauzens, on la considérait toujours comme sa servante. Elle ne s'asseyait pas à table avec lui, et je n'ai jamais entendu son mari l'y convier. Elle n'était pas invitée à Fontbrune avec lui. Quand elle y venait avec l'enfant, on lui témoignait la même bienveillance qu'aux visiteurs familiers, mais on la faisait entrer dans la cuisine et pas dans les autres pièces.

Manet était aussi affectueux avec Mariette qu'il l'avait été avec Marie, mais il raffolait de son fils. Il lui taillait des toupies, des sifflets, lui avait acheté un tambour, des soldats de plomb, ne voulait pas qu'il aille en sabots et lui avait fait faire des chaussures dès qu'il avait su marcher. Mariette regardait le père et le fils avec la même extase.

Je racontai à Manet le triste état dans lequel se trouvait ma tante de La Gélie, et la solution que j'avais proposée. Il hocha la tête :

« Vous auriez épousé Pagès, dites-vous... Mais il est facile de conseiller et moins facile d'exécuter.

– Il suffirait qu'Ysoline soit moins naïve et moins enfant. Un homme, cela se flatte, se cajole, s'attendrit. Quoi de plus amollissant pour l'amour-propre d'un parvenu que d'être recherché en mariage par une ancienne et honorable famille? Ah! donnez-moi une semaine, trois jours, même pas : une heure, tenez, et je vous l'entortille autour de mon petit doigt. »

Le docteur sourit.

« Il est malin, ma chère. Il vous verrait venir avec vos bottes de sept lieues.

– Qu'importe! Cela ne l'empêche pas, je suppose, d'être vaniteux, d'avoir de l'ambition, de la gourmandise. Un homme, cela se conquiert et se dirige comme une province!

– Machiavel n'a pas prévu ce cas particulier. Pourtant, si vous épousiez Pagès, il faudrait vous accommoder de certaine petite formalité.

– On me dit qu'il n'est pas si vieux. Est-il vraiment laid?

– Gros, la face rouge, de larges oreilles, et encore assez jeune pour vouloir goûter pleinement de ses droits de mari.

– Pour deux métairies, on peut se résigner le temps que cela dure. En le traitant bien, en lui faisant de la bonne cuisine, en lui disposant gentiment ses pantoufles et ses oreillers, je vous dis qu'une femme en ferait ce qu'elle voudrait!

– On se donne tout ce mal pour un marquis mais pas pour un Pagès.

– Voilà pourquoi nos familles périront! Les petits nobliaux de province n'ont rien compris aux temps modernes. Ils ne veulent pas déchoir! Croyez-vous que les aristocrates aient jamais eu des scrupules à épouser des filles de bourgeois enrichis, de banquiers, de marchands, de fermiers généraux? Cherchez parmi ceux qui se maintiennent aux premiers rangs de la fortune et du pouvoir. Voyez d'où vient leur argent! »

C'est seulement en rentrant à Puynègre, en passant au bas du coteau de Journiac, que je me souvins : quelques années auparavant, un fabricant du Bugue avait voulu demander ma main. Je l'avais repoussé avec horreur. Mais alors comme aujourd'hui je n'étais occupée que de Fabre. Il avait plaisanté, disant que j'aurais été une très bonne commerçante. Il ne se trompait pas. Seulement, je suis faite pour empoigner la chance et la reconnaître au premier coup d'œil. Ma tante La Gélie et ses filles n'avaient pas ce qu'il faut pour avoir de la chance. Elles n'avaient pas lu Caton : *Fronte capillata, post est occasio calva.* L'occasion, chevelue par-devant, est chauve par-derrière.

L'hiver de 1829-1830 fut terrible. Les loups sortaient des bois même en plein jour et rôdaient à proximité des maisons isolées. Les réserves épuisées, les gens eurent faim. Le curé de Limeuil demanda des secours à Fabre, qui fit distribuer des pommes de terre.

Le ministère Polignac était détesté. Au printemps de 1830, la Chambre fut dissoute. Aux élections du 23 juin et du 3 juillet, la Dordogne envoya siéger des représentants dont cinq étaient de l'opposition et deux seulement fidèles au ministère.

Jules Bessières fit partie des cinq constitutionnels. Fontbrune, ennemi des bouleversements, était sombre. Manet et Fabre attendaient qu'une commotion mît fin au régime. Il ne s'appuyait plus que sur des hommes coupés depuis 1789 des réalités de la France et qui joignaient l'obstination à l'aveuglement.

La prise d'Alger, survenue le 5 juillet, fut célébrée par des *Te Deum* chantés dans les églises en présence des autorités civiles et religieuses. Des banquets suivirent.

« Tu vois, disait Fabre au docteur, que ferais-je si j'étais membre du conseil général ou député? Je devrais lever mon verre à la santé du roi et du régime?

– Bah! Je gage qu'ils ont du meilleur vin que les libéraux!

– Je ne crois pas à cette guerre d'Afrique. Si nous n'avons pas su garder des territoires situés à nos frontières, comment conserverions-nous ces énormes espaces au-delà des mers?

– Les populations y sont très clairsemées.

– Elles seront donc insaisissables. La troupe s'épuisera à galoper d'un bout du territoire à l'autre, pacifiera ici, occupera ailleurs, et le travail sera à recommencer la semaine suivante. On ne peut coloniser qu'en exterminant une population.

– Comme tu y vas! J'aimerais mieux imaginer les demoiselles sauvagesses pactisant avec les soldats vainqueurs.

– Un soldat n'est pas vainqueur le soir d'une bataille, il est hébété de fatigue ou ivre de violence. Il l'est peut-être le lendemain et la semaine suivante. Au-delà, il est déjà l'occupant et on le hait. Crois-moi, j'ai vu la guerre d'Espagne et du Portugal. Jamais nous ne nous concilierons ces populations. Elles ont du fanatisme dans l'âme.

– Il est plaisant de t'entendre dire que tu étais haï! Tu ne semblais pas rencontrer que des dames au front sévère et au patriotisme intraitable. C'est moi qui pourrais me plaindre. Sans plumet, sans sabre, sans dorures, sans cheval fougueux, comment faire savoir que l'on est vainqueur! »

Une fois ou deux, j'avais entendu ce genre de conversation revenir entre les deux hommes. Je tendais l'oreille, mais Fabre levait les épaules et revenait à des choses sérieuses.

C'est seulement le soir du 30 juillet, alors qu'il dînait à Périgueux chez le colonel Calon, chef d'état-major de la 20ᵉ division, que furent connues les Ordonnances du 26. La liberté de la presse était supprimée, la nouvelle Chambre dissoute, le régime électoral modifié au profit des plus riches propriétaires.

Dès le lendemain matin, craignant des troubles, Fabre revint à Puynègre. Il tint conseil avec Joseph, arrêta un plan de défense, au cas où la situation prendrait un tour menaçant. Joseph, assisté de Faye et Jantou – en leur qualité d'anciens militaires – fit faire l'exercice aux ouvriers de la réserve et aux métayers, puis indiqua les consignes à observer au moindre signe d'agitation.

Le préfet, M. de Saint-Blanquat, et l'évêque, Mgr de Lostanges, avaient été si mécontents du résultat des élections qu'ils multipliaient les exhortations à soutenir la couronne et l'autel. *L'Echo de Vésone* du 31 juillet informa ses lecteurs de sa décision de continuer à paraître. Les percepteurs cessèrent de recevoir la visite des contribuables, sur un mot d'ordre mystérieux qui traduisait l'inquiétude générale. De la région de Libourne vint une prière d'un nouveau genre :

« Mon père, qui êtes aux Tuileries, que votre nom soit effacé, que votre règne cesse, que votre volonté soit sans effet sur la terre comme au ciel; laissez-nous aujourd'hui notre pain quotidien; pardonnez-nous nos victoires comme nous les pardonnons à ceux qui se sont illustrés; ne nous affaissez pas sous le poids de votre domination, mais délivrez-nous de votre présence. Ainsi soit-il. »

Dans les marchés, les affaires stagnent. Le bruit d'une révolution qui aurait eu lieu à Paris circule sans que personne puisse le confirmer. A la foire de Limeuil, le 1ᵉʳ août, le maire de Belvès, M. Lafon de Fongaufier, doit user de toute son influence pour redonner confiance et faire diriger sur Paris un convoi de bœufs destinés à ravitailler la capitale et qu'il a payés 10000 francs. Fabre jugea ce geste généreux mais demeura sceptique sur son utilité :

« Qu'on ne s'y trompe pas, je soutiens la population parisienne, mais je ne ferais pas faire 120 lieues de route à un troupeau. Il aura perdu la moitié de son poids à l'arrivée. »

Et il envoya des secours en argent par l'intermédiaire du député Bessières.

Puynègre était en effervescence. Les voisins, les métayers, les militaires en demi-solde, les libéraux y défilaient. Pendant ces journées fiévreuses d'un été brûlant, Mme de La Pautardie souffrit inexplicablement d'un rhume des foins. Malvina montait et descendait l'escalier à longueur de journée, allant préparer des tisanes de racine de guimauve. Elle me demanda de lui prêter certains des grands mouchoirs du général pour éponger le ruissellement nasal de la bonne dame. Je montais la voir plusieurs fois par jour, pendant que dans la cuisine on se consultait pour savoir s'il convenait de faire des provisions par mesure de précaution. Comment une maison pourrait-elle faire encore des provisions, pensais-je, alors qu'elle en regorge dans sa cave, son cellier, son fruitier? On s'assura auprès de moi que le premier mercredi du mois serait comme d'habitude jour de lessive.

On apprit que Jean-Hippolyte, le fils de nos amis Linarès, s'était distingué au cours des journées de Juillet. Etudiant en médecine, il avait soigné des blessés avec tant de dévouement que plus tard, à titre de récompense, il fut dispensé d'acquitter ses droits universitaires et on lui accorda gratuitement le titre de docteur en médecine, quatre ans plus tard.

D'autres jeunes périgourdins se distinguèrent également lors des combats. Le chef de bataillon Valleton de Garraube, du 15e régiment d'infanterie légère, accompagnait alors à Paris son ami Prévot-Leygonie, député de Bergerac. Courageusement, il rejoignit les rangs de la garde nationale, et ne regagna son poste dans l'armée régulière qu'après la chute de la royauté, début août. Si les Bourbons avaient triomphé, il aurait vu sa carrière brisée pour fait de guerre civile. Les Orléans montant sur le trône, Garraube eut de l'avancement.

« Ainsi vont les choses de ce monde », conclut Manet, en agrémentant sa conclusion de commentaires philosophiques empruntés à Rome et à la Grèce.

Tout comme Fabre, il avait une assez bonne connaissance de ces auteurs pour les citer à l'appui de n'importe laquelle de ses réflexions, ces messieurs ayant eu le bon goût de dire chaque chose et son contraire.

Le 3 août, à Périgueux, les mêmes autorités qui avaient célébré un mois plus tôt la prise d'Alger et le triomphe des Bourbons se pressaient dans les mêmes églises pour entendre les mêmes hymnes en l'honneur de leur chute.

Fabre avait demandé à son ami Lansade de retirer Jérôme, qui avait alors quinze ans, du collège, au cas où des troubles y surviendraient.

Bientôt, on apprit par une lettre enthousiaste de Jérôme que les élèves du collège avaient défilé dans les rues de la ville, encadrés de la Société philharmonique et d'un détachement de la garde nationale, drapeau tricolore en tête. Et quelle fut la récompense réclamée par ces jeunes gens pour leur patriotisme? La suppression des compositions de fin d'année.

Je crois que Jérôme le regretta, car il avait l'habitude de briller en dissertation française et latine et ses compositions avaient chaque année figuré dans le recueil publié par le collège et qui réunissait les meilleurs textes de ses élèves. L'art oratoire et la gloire fugitive des rues remplacèrent pour lui la renommée littéraire. De ce jour, il déclara vouloir mêler les deux et devenir avocat et homme politique.

Malvina descendit me chercher dans le verger pour me demander de la part de la tante Ponse un petit verre de liqueur de cassis, car toutes ces tisanes lui avaient tourné l'estomac. Les révolutions ne suffisant pas à justifier à Puynègre l'abandon des tâches ordinaires, Jantou était occupé à cueillir des abricots. Il descendit de son échelle et, par jeu, sortit de sa poche une cocarde tricolore qu'il offrit à Malvina, qui hurla comme si un serpent lui était sorti du sein.

« Espèce de mécréant! s'indigna-t-elle – républicain, libéral, révolutionnaire et païen étant synonymes à ses yeux.

– Il faut la mettre sur votre mouchoir de tête, sinon vous passerez pour une mauvaise citoyenne et on ne se gênera pas pour vous prendre une autre fleur, croyez-en un vieux soldat! insista Jantou d'une voix terrible.

– Ah! Sont-ils en route pour nous égorger? Il faut d'abord que je monte à Madame sa liqueur de cassis, si vous le voulez bien, Madame. Mais ne laissez surtout pas monter ces messieurs, Faye, Madame est en cheveux et sans poudre et ne veut voir personne. »

Je rentrai pour prendre la clef de la cave à liqueurs.

Bientôt, on parla de troubles à Sarlat et à Domme. D'anciens militaires étaient appelés à la tête de la garde nationale et chargés de rétablir l'ordre. Les autorités, sous prétexte qu'elles n'avaient pas reçu d'instructions officielles, refusaient de hisser le drapeau tricolore.

Cependant, on finit par recevoir avis du départ du roi et de la nomination du duc d'Orléans comme lieutenant-général du royaume. Le premier mot du préfet fut un appel à l'ordre et... invita les citoyens à acquitter leurs impôts sans plus de retard.

Le Justin de la métairie revint du Bugue où il avait reçu un horion dans l'œil pour cause de patriotisme. Il se tenait en arrière et trop près du glorieux qui portait haut les trois couleurs : dans un moment houleux, ce héros ayant perdu pied, la hampe du drapeau avait attrapé Justin en-dessous de l'œil. Il avait préféré rentrer chez lui plutôt que de participer au reste de la marche triomphale.

Le 9 août, le duc d'Orléans reçut la couronne et prêta serment de fidélité à la Charte devant les Chambres assemblées. Malvina ne comprenait pas pourquoi on s'était débarrassé d'un roi pour en reprendre un autre. Fabre suivait les événements de près. Daumesnil venait d'être à nouveau nommé gouverneur de Vincennes. Bugeaud était parti pour Paris le 12 août, afin d'offrir son épée au roi. Le 15e de ligne fut envoyé à Angoulême où des troubles avaient éclaté. Dauriac, officier de la Légion d'honneur, chef de bataillon en retraite, ancien aide de camp du général Lamarque – qui commandait du quartier général de Bordeaux – fut nommé commandant de la garde nationale de Périgueux.

« Bah! dit placidement Manet, il paraît qu'ils défilent sur le cours Tourny, qu'ils assurent le service de la place, des prisons, des caisses publiques et qu'ils vérifient les passeports. Il n'y a pas là de quoi faire battre le cœur d'un homme d'action. »

Dauriac reçut l'ordre du général Lamarque d'organiser la garde nationale en Dordogne. A la demande des maires de Limeuil et du Bugue, bientôt imités par ceux de Campagne et de Saint-Chamassy, Fabre se chargea de le faire dans ces communes.

La première, une délégation du conseil municipal de Limeuil se présenta. Dans la cour, il faisait en ce début d'après-midi une chaleur étouffante. Fabre conduisit ses visiteurs dans la salle à manger, où on leur servit à boire. De guindée, l'atmosphère devint amicale. Fabre avait surpris des coups d'œil furtifs à la recherche de sa célèbre collection d'armes, que M. Jarlan, le maire, avait eu l'occasion de voir à plusieurs reprises. Il prit sans retard le parti d'en plaisanter :

« Vous ne voudriez pas, monsieur le maire, donner à vos troupes les vieilles hallebardes et les haches d'armes qui ornent mes murs? J'ai déjà songé qu'il

358

vous faudrait de bons fusils, et je compte les fournir à notre garde nationale, si vous m'y autorisez. »

Ce qu'il ne dit pas c'est qu'il disposait déjà de ces armes. Il les avait fait acheter par Joseph dès qu'il était revenu à Puynègre, ayant appris la promulgation des Ordonnances. On ne parla plus de ses panoplies.

La question de l'uniforme fut gravement discutée parmi ces bourgeois soucieux de montrer leur dévouement au nouveau régime. Fabre y coupa court en déclarant que les plus riches s'équiperaient entièrement à leurs frais, les municipalités offrant un uniforme sommaire à ceux qui n'avaient pas les moyens de se le procurer. Il contribua également à ces souscriptions, ainsi que les familles suffisamment prospères.

Il organisa rapidement ces troupes en compagnies et leur fit faire l'exercice, sous la direction de Joseph pour la garde nationale de Limeuil, du brigadier Pichon au Bugue, et d'anciens soldats dans les autres communes. La rigueur de cette discipline surprit et fit maugréer. Mais quelques défilés derrière une clique allègre mirent du baume dans le cœur de ces candidats à la bravoure, dès qu'ils se virent applaudis par les femmes et les enfants.

Quand je vis mon oncle Elie, le mardi suivant, au Bugue, il me raconta qu'à Mauzens les choses s'étaient passées de manière moins guerrière. On avait décidé de planter un arbre de la liberté. Un ormeau avait été transporté à côté de l'église et mis en terre, avec quelques bouteilles de vin blanc à son pied. Tous les tambours et les clairons du bourg et des environs jouèrent avec un entrain admirable, même si le rythme et la cadence laissaient à désirer et si certaines notes traînaient ici et se précipitaient là. *La Marseillaise*, nouvellement autorisée, retentit, puis *La Parisienne*. Mon oncle Elie, homme sage, conscient que les révolutions ne sont bien vues que si elles améliorent l'ordinaire, ne serait-ce que pour quelques heures et qu'aux élans musicaux devait succéder la gaieté du vin, fit apporter une barrique de Fontbrune. Un repas fut servi le soir, sur la place de l'église, le curé vint bénir l'arbre de la liberté, le drapeau, les buveurs, le maire. Mgr de Lostanges aurait bien voulu recommander au clergé de maudire cette révolution, mais l'abbé Marre jugea que quelques coups de goupillon sur la population de la paroisse, la verdure environnante, et discrètement en direction du drapeau, laisseraient le Seigneur indifférent. Tout se termina donc fort gaiement. On tira des coups de mousquet à ébranler le clocher de l'église et à rendre sourd mon oncle Elie. Il crut que plus d'un fusil allait éclater dans les mains de son propriétaire au cours de cette pétarade, mais il n'en fut rien.

On quêta beaucoup pendant ces journées : pour les victimes de Juillet, pour leurs familles, pour l'équipement des gardes nationaux.

Fabre apprit avec satisfaction la nomination le 19 août d'un nouveau préfet, ancien officier de cavalerie de la garde impériale. M. Marquet de Norvins. Il ne se gêna pas pour déclarer : « En voilà un qui n'a pas gagné sa Légion d'honneur en jouant les laquais. » Arrivé le 1er septembre, M. de Norvins fut reçu aux accents hardis de la musique de la garde nationale. Mais lors de la réception officielle des corps constitués, la garde fut écartée au profit des notables et des gens en place, ceux-ci estimant que la garde s'était mise en avant de façon exagérée jusque dans les affaires politiques, depuis les journées de Juillet.

M. de Norvins accorda dès le lendemain une audience spéciale à la garde nationale menée par Dauriac, son commandant, qui exprima ouvertement le mécontentement de ses troupes qui s'étaient vu dédaignées la veille. Le nouveau préfet trouva les mots qu'il fallait pour remercier la garde nationale de sa fidélité à la nouvelle charte et au roi et l'assurer de sa confiance.

Enfin, le 7 septembre, M. de Norvins envoya aux maires du département une circulaire annonçant officiellement l'avènement du nouveau régime. Elle était ferme et bienveillante, incitant les citoyens tout comme les responsables et le clergé à remplir sans les outrepasser les devoirs de leur rang et de leur fonction.

Une délégation du conseil municipal et de la garde nationale du Bugue demanda à Fabre de l'accompagner à Périgueux pour présenter ses devoirs au préfet. Limeuil ne voulut pas être en reste : M. Corentin Jarlan, le maire, le brave curé Faure, notre ami Linarès et quelques autres officiels se joignirent aux Bugois.

Quand Fabre revint à Puynègre, il était plongé dans une profonde réflexion. Devait-il reprendre du service ou pas? Cette question le tourmentait plus qu'il ne voulait me le dire. Il exprimait les raisons qui le faisaient hésiter, non l'élan qui le portait à vouloir partager à nouveau la vie militaire. A cinquante-deux ans, il était assez jeune pour y songer.

Mais il ne croyait pas au succès de la guerre d'Afrique et il n'avait pas envie de se morfondre au ministère ou dans un service administratif.

Les nouvelles du département nous arrivaient par Manet, par les multiples visiteurs, par les habitants de Puynègre et des métairies, par ma famille, des voisins, parents ou connaissances venant d'autres villages. Le mardi n'était plus seulement jour de marché mais d'ébullition. On raconte qu'à Condat-sur-Vezère, la population se croyant investie des pleins pouvoirs, avait publiquement déchu son maire et l'avait remplacé par un autre. L'ancien maire se terrait chez lui, craignant à chaque instant d'être attaqué par une bande qui prétendrait venir chercher les registres d'état civil. Heureusement pour lui, l'administration fit savoir que le seul maire officiellement reconnu était celui qui avait été régulièrement élu, même s'il était impopulaire, jusqu'à ce que de nouvelles élections aient lieu.

Au cours du mois, une ordonnance royale désigna

les nouveaux conseillers généraux et d'arrondissement. Bien qu'ayant été pressenti au moment de sa visite au préfet avec les délégations de Limeuil et du Bugue, Fabre ne se souciait pas à ce moment-là d'une carrière politique. Sa nomination au conseil général, en même temps que Bugeaud, Valleton de Garraube, lieutenant-colonel d'infanterie, Jules Bessières, lui rendit pourtant sa sérénité. Il devait siéger auprès d'hommes que pour la plupart il connaissait, dont Festugières, le riche maître de forges des Eyzies, Durand de Corbiac, le vieil ami de mon oncle Maine de Biran et d'autres.

« Voilà qui est entendu, je resterai paysan, déclara-t-il.

— Je t'ai toujours dit que tu étais un Romain : soldat, paysan, juriste et bâtisseur, commenta Manet. Il ne t'a manqué que l'occasion pour pousser plus loin ces deux derniers talents.

— Ceci confirme seulement, comme je l'ai toujours pensé, que le plus mauvais moyen d'obtenir quelque chose est de solliciter. Là où on le peut il faut se servir soi-même, et ailleurs faire son devoir et mépriser la faveur. »

Fabre et Manet avaient à peu près la même opinion du genre humain et n'en attendaient pas de bienfaits.

Fabre regretta que le marquis de Fayolle ait été écarté : maire de Sainte-Apre, grand chasseur de loups, il était un des bienfaiteurs du département grâce aux progrès qu'il avait amenés, le premier dans le domaine de l'agriculture.

Mon oncle Bardi de Fourtou, président du tribunal de première instance à Ribérac, devint membre du conseil d'arrondissement de cette ville, et Lafon de Fongaufier, maire de Belvès, fut récompensé de sa conduite après les journées de Juillet, en étant nommé au conseil d'arrondissement de Sarlat.

Les nouveaux fonctionnaires furent convoqués à Périgueux pour y prêter serment au nouveau régime. Fabre déclara :

« Pour moi, quoi qu'il arrive, ce sera la dernière fois. Espérons que la nouvelle administration ne sera pas prise de cette rage de renouvellement qui consiste à semer un épouvantable désordre, pour retomber ensuite dans la même routine que précédemment. Hélas! tous les régimes y succombent tant ils craignent de ne laisser leur marque d'aucune autre manière. »

Ses appréhensions furent rapidement justifiées. Puisqu'on ne pouvait rien à l'inamovibilité de la magistrature assise, on se tourna vers la magistrature debout. Les juges de paix du Bugue – notre brave Burette –, de Sainte-Alvère, de Saint-Cyprien et bien d'autres, furent révoqués.

Cependant, tout au long du mois d'août, des troubles persistèrent. Le commandant Dauriac fut réclamé à Sarlat pour ramener le calme. Certains châteaux s'efforçaient de maintenir leur emprise, encourageant à ne pas payer les impôts. Le préfet, tout en restant ferme, chercha l'apaisement. Il écrivit au ministre de l'Intérieur, lui exposant le 25 août que les récoltes étaient à peine finies, que les gens n'avaient pas encore vendu leur grain. Les grands froids de l'hiver précédent, les terribles orages survenus en juin et juillet avaient anéanti une partie des récoltes. L'impôt sur les boissons, très impopulaire, était difficilement perçu. On brûlait les registres. Les foires, les marchés, les frairies étaient des occasions de rassemblement et donc d'agitation que redoutaient les autorités. Les maires devaient protéger les archives, calmer la population, exhorter la gendarmerie au calme et à la fermeté.

Le cours du blé avait baissé, on commença à chansonner contre le nouveau régime et à réclamer la république.

A Pazayac, les choses tournèrent mal. On a souvent raconté l'histoire en la déformant. En réalité, le maire avait été lent, début août, à hisser le drapeau tricolore, ce qui avait échauffé la population. Le 8 août, jour de la frairie, il n'y a plus de motif ouvert de mécontentement, le drapeau est en place. Mais la foule porte sa vindicte sur M. de Manssac, homme hautain et violent, qui a traîné devant le tribunal de Sarlat plusieurs paysans. Il habite le château de La Rue, qu'il n'a d'ailleurs acquis qu'à la fin de l'Empire.

Comme souvent dans ce cas, les plus virulents ne sont pas de l'endroit. On dit qu'il en est venu de la Corrèze. Les Manssac sont absents. Les domestiques, le régisseur, les gens du bourg, les notables, l'adjoint, le maire, en début d'après-midi tentent de s'opposer à trois ou quatre cents forcenés, qui les bousculent, saccagent le verger, tentent de forcer les portes. Le régisseur, pour endiguer la marée, leur abandonne des provisions, des barriques de vin. Mais l'ivresse se joint alors à la fureur. Quatre gendarmes arrivent de Terrasson, appelés par le maire. Ils ne connaissent aucun des assaillants. Personne ne peut résister à cette horde. La maréchaussée finit par se retirer. Il est neuf heures, la porte de la cuisine est forcée. Le régisseur monnaie avec les meneurs la sécurité du salon, qu'il achète en argent comptant. Le reste du château est dévasté. On n'a pas les moyens d'emporter les meubles, et les coupables seraient trop faciles à identifier ensuite. A la lumière des chandelles de résine, on choisit tout ce qu'il est facile de dissimuler ou de vendre : linge, pots de graisse, de confits, lard, eau-de-vie. On dit que les gens de Pazayac se tinrent à l'écart et refusèrent même d'acheter les objets volés.

Le château est saccagé, mais moins que l'affolement ne l'a ensuite fait croire. Dès le lendemain, tout le Sarladais est en émoi. Les châtelains se barricadent, la garde nationale des environs est appelée en renfort dans les lieux menacés. Le préfet ne peut envoyer un détachement du 15e de ligne, le dépôt du régiment ayant quitté Périgueux avant les événements, envoyé en renfort à Angoulême le 9 août.

On apprit l'histoire car la brigade de gendarmerie du Bugue dut envoyer quatre hommes pour faire partie du détachement de vingt gendarmes mis par le préfet à la disposition du sous-préfet de Sarlat, M. de Cerval.

Ce détachement partit sans allégresse sous la direction du brigadier Laurière. Celui-ci, en plus d'un mal de dents, avait une affaire en cours dont l'interruption ne l'enchantait pas. Il courtisait la fille du receveur de la poste, M. Lastouillat. Or, il avait un rival dans le clerc de M. Charrière, le notaire, et s'il est habile de faire croire à l'adversaire qu'on abandonne le terrain, au moment où on élabore une foudroyante tactique, il est piteux de se replier en plein combat, même si on y est contraint par la raison d'Etat et pour la défense des libertés. Le brigadier Laurière doutait que cette expédition lui rapportât la gloire ou la richesse, atouts qui généralement charment les demoiselles.

La sous-préfecture de Sarlat lança un appel au civisme et demanda d'urgence des fusils pour armer les gardes nationaux de plusieurs villes du canton, dont Le Bugue. Mon oncle Labatut, après délibérations avec mon oncle Elie, jugea prudent d'apporter sa contribution à cette œuvre de salut public. Il ne put s'empêcher de soupirer et eut la sagesse de mettre ses soupirs sur le compte de l'âge qui venait et de sa goutte.

Les années passèrent. La vie à Puynègre était protégée et sereine. Quand j'allais à Fontbrune, je retrouvais les coteaux pelés, les genévriers, les ajoncs, les genêts, les bois avec leurs charbonniers, les araires traînés par un attelage de bœufs – pour qui pouvait s'en acheter – et pour les autres par une vache et un âne, ou une mule et un veau, les gens et leurs maux, les jambes boiteuses, les blessures mal soignées, les métairies enfumées, les fins d'hiver où les châtaignes venaient à manquer. Sur son coteau, Fontbrune était en plein soleil, alors que souvent Le Bugue restait dans la brume jusqu'à midi.

Je venais régulièrement à Mauzens car, encouragée par Fabre, je surveillais de près ce qui se faisait à *La Meyrolie*.

Un après-midi, on vint en courant me prévenir que la Mélie, des Peyrières, s'était noyée dans la Vézère alors qu'elle faisait la lessive. Je descendis au bord de l'eau, un peu en aval de Puynègre, là où on avait ramené le corps. La Mélie était orpheline et avait été amenée de l'hospice par les métayers des Peyrières comme une servante à bon marché, au moment où leur fille, la Janou, s'était mariée avec un maréchal-ferrant du Buisson et avait quitté la maison paternelle. On se souvient que cette Janou avait un peu galopé les coteaux avec Joseph, mais cela n'avait pas nui à sa réputation.

Je veillai à ce que Mélie soit correctement traitée, mais la mère Bouyssou était dure au travail et âpre au gain, sans indulgence pour les autres comme pour elle, et personne ne blâmait ces rudes qualités qui avaient aidé son mari à améliorer son sort. Le fils travaillait la terre avec son père.

C'est seulement le soir, à la cuisine, auprès d'Antonia qui préparait la pâtée des chiens, que je sus la vérité. La petite avait échappé un torchon. Elle n'aurait pas osé remonter aux Peyrières et l'avouer. Elle s'était avancée dans la rivière pour essayer de rattraper le torchon. Le courant était vif, elle s'était affolée, avait perdu pied. Pour la mère Bouyssou, tout se comptait, tout s'épargnait, on ne jetait ni un bout de toile, ni un morceau de fer, ni un vieux clou. Tout trouvait place dans un pot, dans un creux de mur, sur un rebord de fenêtre, en attendant d'être utilisé. Ce qui était usé se réparait, ce qui était cassé se raccommodait. Pour acheter une paire de sabots ou un mouchoir de tête, il fallait que ceux utilisés jusqu'alors soient hors d'usage, ou plus exactement soient incapables de remplir leur office, car à coup sûr ils trouveraient une autre destination. On se servait du vieux sabot pour transporter de la braise, et du mouchoir pour faire des pièces à un tablier.

La Bouyssou se plaignit amèrement de la perte du torchon et de l'orpheline. La petite lui avait coûté cher en nourriture et en entretien et il fallait faire les frais d'en élever une autre.

A *La Meyrolie*, un jour où on débarrassait le cellier pour y mettre les deux barriques de vendange qu'on pensait récolter, on fit une étrange découverte. Février, le domestique, vint me trouver, embarrassé.

Il faut peut-être expliquer pourquoi ce garçon s'appelait Février de son prénom. Son nom de famille était Jourde, mais on ne l'utilisait pas. Il était né à Mortemart au début du siècle. Son père était allé chez le maire pour déclarer la naissance. Celui-ci avait déclaré tout net : « Février, ce n'est pas un nom. » Le père Jourde avait grondé : « Si c'est dans le calendrier, c'est un nom. » « Ce n'est pas un nom pour un chrétien », avait insisté le maire. « Cherche autre chose. Tiens, c'est aujourd'hui la Saint-Fulcran, tu peux l'appeler Fulcran ». « Fulcran? C'est pas un nom pour un homme, ça. J'en voudrais même pas pour mon chien. » « Eh bien, cherche autre chose », proposa le maire, bonhomme. « C'est cela, je m'en vais chercher autre chose », grommela Jourde, remettant son bonnet sur sa tête et partant l'air sombre.

Il revint un peu plus tard, son fusil sous le bras. Le maire fit semblant de ne rien voir et posa à nouveau la question : « Alors, comment allons-nous le nommer, ce petit? » « Ce sera Février », dit le père Jourde, relevant le chien du fusil et redressant le canon de l'arme en direction du maire. Le gamin s'appela donc Février.

J'étais à *La Meyrolie*, quand il vint m'annoncer : « Notre dame, on a trouvé quelque chose dans le cellier.
— Quel genre de chose?
— Eh bien, ça ressemble à un homme.
— Tu ne sais pas reconnaître si c'est un homme?

– Venez plutôt voir. Il est enfoncé dans le mur. »

La nouvelle était macabre. Je le suivis. Je trouvais devant le mur du fond, une lanterne à la main, le vieil Henri, de Fontbrune, qui était venu aider. On distinguait un squelette à moitié encastré dans le mur, tout du long, étendu à sa base. On n'avait pu dégager qu'une partie des os : le crâne et toute la moitié droite étaient enfoncés dans les pierres.

« D'où vient cet homme? » demandai-je assez sottement.

Les deux hommes hochèrent la tête.

« Il n'est pas là d'aujourd'hui, dit enfin Henri.

– Ce sera quelque pauvre bougre à qui il est arrivé malheur, dit Février.

– Qu'est-ce que tu en penses? demandai-je à Henri. Faut-il prévenir le curé ou mon oncle Elie?

– Ils ne vont pas le ressusciter, dit Février.

– Ne faudrait-il pas l'enterrer?

– On ne peut pas le sortir de là, il est tout empierré.

– Vous avez entendu parler d'une histoire qui serait arrivée à *La Meyrolie*? »

Hochements de tête, grattements de crâne, raclements de sabots indiquèrent la perplexité devant une aussi considérable question. Un mort, on s'en débarrasse, mais une question...

« Ça peut bien remonter loin, hasarda Henri.

– Je vais en parler à mon oncle Elie, décidai-je. Laissez tout en place. Nous verrons plus tard ce qu'il convient de faire. Février, je te le ferai savoir. »

Avec Henri, je revins à pied à Fontbrune où j'avais laissé le cabriolet. En silence, nous traversâmes le champ de foire, le cimetière des Anglais, le petit bois de chênes. Quand je parlai de ce mort à mon oncle Elie, il chercha longuement dans sa mémoire. A sa connaissance, personne n'avait disparu, de son temps ou de celui de son père. Il fit prévenir le curé, qui vint aussitôt. Il était à Mauzens depuis trop peu de temps pour avoir entendu parler d'une histoire qui avait dû survenir des années plus tôt. Ses deux prédécesseurs étaient morts, mais il promit de s'enquérir auprès de l'Évêché pour savoir si les autorités religieuses avaient cru bon de taire une histoire qui avait pu survenir à l'époque de la Révolution ou avant. Puis la nouvelle se répandit. Personne ne put dire d'où venait l'homme enterré dans le cellier. On finit par lui faire sur place une sorte de tombe, avec des pierres de Miremont sur lesquelles on traça une croix.

A quelque temps de là, je me trouvai seule dans la cuisine de Fontbrune avec Pichille, qui boitait plus bas que jamais, l'œil noir, les rides profondes, les dents rares. Elle épluchait des fèves.

« Tu n'as jamais entendu parler d'un accident qui serait arrivé à quelqu'un de *La Meyrolie*? demandai-je, après avoir à nouveau évoqué cette histoire.

– Il n'y a pas eu d'accident.

– Tu le sais?

– Si je le dis, c'est que je le sais. Cet homme, on l'appelait Rigal.

– Quand on t'a interrogée, tu n'as pas dit que tu le connaissais.

– A quoi ça aurait servi? C'est pourtant moi qui l'ai porté là où il est.

– Qu'avait-il fait?

– Je le fréquentais. Mon frère nous a découverts, ça ne lui a pas plu. »

Je me taisais. Pichille, les doigts agiles malgré leurs articulations déformées, épluchait ses fèves.

« Comme vous l'a dit M. Elie, mes parents étaient métayers à *La Meyrolie* en ce temps-là. Ce Rigal était journalier. Il avait été embauché à Fontbrune pour les foins. Il n'avait pas le sou et on le disait coureur.

– C'est ton frère qui l'a...?

– C'était pas de chance. Mon frère était parti au marché de Ladouze et devait y rester deux jours. Il a dû soupçonner quelque chose, il est revenu plus tôt. Je ne l'ai pas entendu venir. Il nous a épiés, ils se sont

369

battus, et voilà. Mon frère a fait ça avec le manche de la houe.

– Personne ne l'a appris? Tes parents ne savaient pas que tu fréquentais ce Rigal?

– Ils n'en ont pas parlé. Les foins venaient de se terminer, on a cru que ce Rigal était parti se louer ailleurs. C'était en 1793, il avait parlé de s'engager comme soldat, il en mourait du monde en ce temps-là. Personne ne l'a réclamé. C'est peu de chose, un journalier.

– Vous l'avez enterré là, ton frère et toi?

– C'était plus vite fait comme ça. Le lendemain, mon frère a dit qu'il devait réparer le mur du cellier, mon père n'y a pas regardé de plus près. Avec quelques pierres et un peu de mortier, ça ne se voyait pas. C'est ce bêta de Février qui a gratté le mur sans qu'on le lui demande et qui a tout découvert.

– Personne ne connaît cette histoire?

– Depuis que mon frère est mort, je suis la seule à pouvoir la dire. Et personne n'a besoin de savoir à qui j'ai parlé quand j'étais jeune. »

Machinalement, je me mis à éplucher une cosse de fèves.

« Arrêtez, madame Adeline, vous allez vous abîmer les mains », me dit sévèrement Pichille.

Je n'ai jamais parlé de cette histoire jusqu'à ce jour.

Je lisais beaucoup et souvent n'importe quoi. Les livres de piété étaient nombreux à Puynègre comme à Fontbrune : les vies de saints et les œuvres édifiantes sous toutes les formes. Je me souviens des *Aspirations amoureuses vers Dieu* par le R.P.F.G.R.M., dont les transports me paraissaient plus près de l'humain que du divin, mais on sait que je n'entends goutte aux choses célestes. Je trouvai également les œuvres de M. de Voiture, *L'Histoire de Maurice, comte de Saxe, duc de Courlande et de Sémigalle, maréchal général des Camps et des Armées de S.M. Très Chrétienne*, les *Philippiques* de Démosthène et les *Catilinaires* de Cicéron, des *Sermons pour les dimanches*, le *Discours sur l'histoire universelle* de Bossuet, le *Cours de littérature* de M. de la Harpe, *L'Histoire des guerres civiles de France sous François II, Charles IX, Henri II et Henri IV, Le Spectacle de la nature*. Presque tous ces ouvrages étaient écrits, traduits ou présentés par des religieux.

Je recevais *La Revue de Paris*, fondée en 1829 par le docteur Véron, et ma cousine Honorine Denoix-Campsegret m'envoyait fréquemment des numéros de *La Mode* où paraissaient également des œuvres littéraires intéressantes. Je lus *Armance* et *Le Rouge et le Noir, Les Promenades dans Rome* de M. Beyle, *Indiana* et *Valentine* de Mme George Sand, je lus avec passion ce que l'on disait de la bataille d'*Hernani*, je découvris la *Chronique du règne de Charles IX* et de nombreuses nouvelles de Mérimée, dont le ton bref et la vivacité me plurent aussitôt. *Notre-Dame de Paris* me fit veiller jusqu'à des heures indues et me donna des palpitations insensées.

Je lisais aussi des livres qui faisaient froncer le sourcil à Fabre. Il préférait en plaisanter plutôt que de s'engager avec moi dans une polémique au résultat incertain. J'étais passionnée entre autres par les *Souvenirs d'une contemporaine*, qui avait mené une vie fort agitée sous la Révolution et l'Empire. Il jugeait la dame légère et il est vrai que si elle avait connu les personnages célèbres de son époque, elle décrivait antichambre, boudoir, chambre à coucher ou fumoir plutôt que cabinet de travail. Mais je n'aurais pour rien au monde abandonné une lecture aussi friande.

Alors que la dame glissait insensiblement d'une liaison avec le général Moreau à sa passion pour le maréchal Ney, suivant bravement l'un puis l'autre sur le champ de bataille, Fabre m'interrompit en me tendant un volume :

« Voilà ce que vous liriez si la bonne littérature vous intéressait. »

C'est ainsi que je découvris Balzac et les *Scènes de la vie privée*. Je sus d'emblée qu'il était un géant. J'ai si souvent relu certaines de ces nouvelles, d'où est venue ma première impression, que je les connais presque par cœur : « El Verdugo », « La Paix du ménage », « Le Bal de Sceaux », « Un épisode sous la Terreur », « La Vendetta »... Dès lors, je lus tout ce qui paraissait de lui.

Un jour, entre deux pages d'un ouvrage je trouvai une mince feuille de papier étroitement pliée. Il s'agissait d'une lettre qui n'avait pas été envoyée. La signature me renseigna aussitôt : « Votre fidèle Henriette » : c'était la première femme du général. J'étais seule dans le salon. J'ouvris largement le livre au creux de mon bras pour abriter la lettre des regards indiscrets si quelqu'un entrait brusquement. Elle disait :

« Ma chère Adèle, ma tendre amie,

Je ne saurais vous dire combien je regrette le long silence auquel m'a contrainte la fatigue de ces dernières semaines. La chaleur a été accablante dès le mois de juin et mon état me rend encore plus sensible aux ardeurs de la saison. Comme vous l'avez deviné, les bouleversements de ces derniers mois et mon angoisse quant au sort de mon époux n'ont pas peu contribué à cette grande fatigue. Mais tout est résolu. Je n'ose me réjouir, le voyant si sombre et d'humeur si farouche. Vous savez pourtant combien son cœur est généreux. Il me charge d'ailleurs de vous envoyer toutes ses bonnes et amicales pensées. Il est pour moi d'une inlassable bonté, s'enquiert de tous mes vœux et s'empresse de les satisfaire. Récemment, il a envoyé Joseph à Périgueux spécialement pour quérir une dentelle dont j'avais eu envie.

Je ne me sens pas le cœur de me plaindre du peu de temps qu'il me consacre. Comme je vous l'ai déjà dit,

Puynègre est en travaux depuis notre mariage. Nous vivons dans la poussière, la chaux, les charrois de pierre, les tas de sable, et pour éviter de trébucher sur les outils et instruments de toutes sortes, je ne peux me réfugier que dans ma chambre, d'où je vous écris présentement. Je suis un peu lasse, je ne vous le cache pas, de voir notre demeure ouverte à tous les vents et à tous les corps de métier pour encore de longs mois, à ce que l'on me dit. Le général court d'un marchand de bois à un horticulteur, à un homme de loi. S'il reste à Puynègre, les fournisseurs convoqués défilent dans son bureau. Ce bureau, tout comme sa chambre, constituent des sanctuaires où je n'ai jamais été invitée à pénétrer. Les livres, les papiers, les plans, les souvenirs de ses campagnes, y sont rigoureusement rangés et le moindre désordre, je le sens, exciterait son impatience. De plus, il a l'habitude que ses ordres soient exécutés avec une promptitude que ne connaissent guère nos Périgourdins, dont la lenteur lui cause une irritation fréquente. Hélas! je suis d'une nature trop craintive pour oser intervenir et le questionner. Je redoute que cela ne soit une erreur, et que son tempérament ne le porte à négliger ou à mépriser ce qui plie devant lui avec trop de facilité. Il aime à être obéi mais avec fierté. Le seul être dont il semble proche est son fidèle Joseph. C'est à lui et non à moi qu'il choisit de confier ses pensées quand il s'y laisse aller, ce qui est rare.

Vous voyez, ma bonne amie, combien j'ai besoin de penser à mon cher petit enfant pour me consoler de cette rude atmosphère de maçonnerie, d'agriculture et d'étude, où les femmes sont tolérées mais doivent se faire oublier par leur silence et leur docilité. »

Suivaient des regrets et de la mélancolie au souvenir des beaux jours passés avec cette amie d'enfance, d'un bon curé, de la douceur des framboises, de la légèreté du printemps et autres rêveries. La lettre se terminait par mille protestations de tendresse et une invitation à venir à Puynègre à l'automne, après la naissance de l'enfant.

Jérôme était né en septembre 1815. La lettre avait été écrite l'été de cette même année. Fin juin, après Waterloo et la deuxième abdication de l'Empereur, Fabre était revenu à Puynègre. Il avait trente-six ans.

Je repliai la lettre, songeuse. Cette jeune femme, qui ne l'aimait pas vraiment, avait porté ses enfants. Moi, qui aimais chaque parcelle de cet homme, qui avais connu par lui la plénitude, qui avais souhaité à en perdre l'esprit être emplie d'un enfant de lui, moi dont les membres, et les os et la chair revivaient quand il me touchait, je ne lui donnerais pas d'enfant. Et cette jeune femme, à peine mariée à un homme qu'elle ne connaissait pas, enceinte, l'avait vu partir au premier signe de son Empereur. Epouse, elle l'avait été à peine. Aussitôt devenue mère, elle avait reporté sur ses enfants toute la tendresse qu'elle ne savait pas offrir à leur père.

Ainsi va la vie. Je remis la lettre à sa place.

Pauline avait seize ans. Elle était délicieuse et, sous son apparente fragilité, pleine de mesure et de sagesse. L'implacable bon sens qui régnait à Puynègre avait pu lui peser, elle n'en avait rien laissé voir et ne semblait pas en souffrir.

A la fin de l'été, en 1833, Fabre décida de donner un bal en son honneur. Jérôme n'avait pas encore rejoint Bordeaux où il poursuivait depuis deux ans ses études de droit.

Puynègre fut en émoi deux semaines à l'avance, mais dès le lendemain l'ordre était revenu.

Il y eut de la musique, des guirlandes de fleurs, des lumières dans les bosquets, des montagnes de nourriture et de boisson, puisque la meilleure manière d'être considéré est de rassasier ses invités à les faire mourir d'indigestion.

J'étais très fière de Jérôme et de Pauline. On les trouvait beaux et radieux. Si l'on s'empressait avec respect autour de Pauline, il me sembla remarquer une certaine familiarité de la part des dames qui s'adressaient à Jérôme, et parfois une note de complicité dans des mots chuchotés et des rires cachés derrière des éventails. On eut des confidences à lui faire, on l'emmena en promenade dans les profondeurs obscures des allées, on voulut rendre visite à la volière au bout de l'allée de Monseigneur.

La nuit était superbe. On sait que j'aime cette saison. Avec une certaine douceur, je décidai que j'appartenais au clan des parents et des gens raisonnables. Je n'avais pourtant que vingt-six ans. Fabre était égal à lui-même. Je n'étais pas tentée de séduire ou de me laisser faire la cour. J'éludai quelques tentatives par des plaisanteries. J'étais paisible et me consacrai aux vieilles dames, aux hommes graves. Je veillai à ce que rien ne manque et à ce que personne ne s'ennuie. J'aime cette sorte d'endormissement qu'apporte le bonheur.

Mme de La Pautardie, qui ne sortait plus guère de sa chambre, était descendue pour l'occasion. Depuis le matin, Malvina s'était occupée de sa toilette, frisant ses maigres cheveux, faisant bouffer la dentelle sur ses omoplates, fouillant dans sa boîte à gants, cherchant un camée que la vieille dame ne se souvenait pas d'avoir donné à Pauline quelques années plus tôt. Elle fut la première au salon, s'assit dans une pose gracieuse au bord d'une chaise en tapisserie, et ne bougea plus de la soirée, couronnée d'un turban de mousseline semblable à ceux que portait Mme Récamier dans ses beaux jours.

Bertille s'occupa de Pauline, et selon mon habitude, je m'occupai de moi-même. Fabre avait exigé que je me fasse faire pour la circonstance une robe très élégante. Mme la marquise de Campagne avait fait venir sa couturière de Paris pour l'été et voulut à tout prix que j'utilise ses talents.

« A vous voir vêtue comme une goton de village, on finira par me prendre pour un grippe-sou qui vous refuse le moindre ornement, avait déclaré Fabre, en me donnant des instructions précises.

– La vie que je mène et la pauvreté des gens qui nous entourent rendent embarrassant tout étalage de luxe.

– Vous n'avez pas à craindre de chagriner nos invités. Ils ne viendront ni nu-pieds ni en chemise.

– Je vous déclare, moi, que je peux avoir l'air d'une abbesse de l'Ancien Régime ou de la reine Sémiramis, si je le décide.

– Contentez-vous de paraître une honorable baronne. »

Il daigna se déclarer satisfait de ma toilette. Je savais prendre noble tournure quand il le fallait.

Toute ma famille était venue, mes oncles, mes tantes, mes cousins et cousines, les Cossac, les Roger, les Cahaut, les Labatut, les La Gélie, les La Clergerie, et Fontbrune bien sûr. Eléonore ne sortait plus le soir depuis longtemps, craignant les vents coulis et la fraîcheur nocturne dont toutefois elle ne ressentait pas les effets dans sa propre demeure. Je trouvai charmant mon cousin Antoine Gontier, et je ne fus pas la seule de cet avis. Curieusement, alors que nous avions été élevés ensemble, je ne me souvenais d'avoir eu aucune conversation avec lui. Il était revenu à Fontbrune et assistait son père dans la gestion de l'étude.

Louise de Cahaut avait maigri. Trop fine, trop pâle, elle était de ces femmes qui, faute de plaisir, se fripent, la trentaine venue. Pierre changeait à peine, avec un peu plus d'embonpoint, le visage plus rouge, la démarche plus lourde. Il avait alors quarante-trois ans. Rusé, chaque fois que nous nous rencontrions il trouvait moyen de me glisser quelque compliment osé ou à double sens. Je me sentais encore la perdrix qu'il guettait avant de la tirer et de la jeter dans son carnier. J'en riais, trouvant cela plus commode que de prendre des airs furtifs et gênés ou de montrer du mécontentement. Il avait tenu à moi mais il avait le goût du changement, des nourritures épicées, des servantes d'auberge. Je fus seulement assez fine mouche pour le quitter avant qu'il ne s'ennuie de moi.

A Puynègre, la société était plus mélangée que dans les autres châteaux. Les hobereaux du voisinage s'étaient peu à peu ralliés et l'aristocratie ne dédaignait plus les invitations de Fabre. Il venait d'être décoré de la croix de Saint-Louis, son rôle bénéfique dans le département était reconnu et on le savait bien en cour auprès des nouvelles autorités. Les notables, les anciens militaires, les gens de passage étaient depuis longtemps les hôtes de Puynègre. Je me serais ennuyée maintenant si je n'avais vu que l'un ou l'autre de ces groupes et leur mélange me paraissait naturel. D'ailleurs, je constatais qu'ils s'observaient avec curiosité et s'amusaient souvent de cette rencontre en terrain neutre qui ne les engageait pas pour l'avenir.

Fabre avait ouvert le bal au bras de Pauline. Il la regardait avec tendresse et fierté, avec elle il se dépouillait de toute réserve. Les coquetteries des élégantes autour de lui m'amusaient et me paraissaient inoffensives. Mais la candeur, la gravité, le cœur généreux de Pauline réussissaient à m'émouvoir tout spécialement.

Plus tard, je remarquai que le jeune Léon de Vieillemard était très assidu auprès d'elle. Volubile et adroit, il l'amusait, et elle riait souvent quand elle dansait avec lui.

Je ne me lasse pas du spectacle des efforts que font les humains pour impressionner, conquérir, séduire. On poudre les taches qu'on a sur le visage, on force un jarret rebelle à se plier avec grâce, on sourit sans montrer ses dents gâtées, on rappelle les fonctions que remplissait son aïeul à la cour de Louis XV, en oubliant qu'après avoir abondamment triché au jeu il n'avait évité la prison pour dettes qu'en épousant opportunément une veuve garnie d'écus. On fait valoir les appuis qu'on a en haut lieu; d'une fille malingre et acide, on fait à force de rembourrages une personne présentable pour qui ne se penche pas de trop près sur son décolleté. Aux chandelles, qui distingue un toupet flatteusement fourni là où règne habituellement un début de calvitie, qui cherche si un personnage trop exubérant est en famille un incurable ivrogne ou si les palpitations d'une dame mûrissante cachent l'angoisse et le désir féroce de retenir un jeune amant?

Vivent les fêtes, j'aime y voir le spectacle de l'humanité dans son ampleur. J'écoute même volontiers les imbéciles; comme ils forment une vaste corporation, ils expriment souvent l'avis général, que l'on aurait tort de négliger. En somme, j'aime le spectacle de la bêtise humaine et de la vanité, quand elles se déploient sans entraves. Je me renfrogne seulement quand je suis obligée d'y prendre part. Fabre et Manet se moquaient de moi sur ce point. Un jour où je disais d'une dame qu'elle était bête à manger du foin, le docteur me répondit allégrement :

« Vous m'en voyez ravi. Quand on a d'aussi beaux contours, je veux qu'on se laisse admirer sans me rebattre les oreilles de conversations élevées. »

Je le laissai dire.

Je danse plus volontiers dans les réjouissances paysannes où je tape des pieds sans hésitation, que dans les salons. Je dansai pourtant. Avec Jérôme, que je renvoyai promptement aux dames qui se languissaient dès qu'il s'éloignait. Fabre me fit valser. J'alléguai ensuite mes obligations de maîtresse de maison pour parler à tous et danser le moins possible.

Les lumières échauffaient le salon, le soir était doux, des mains gantées effleuraient le cou au lieu de rester sur l'épaule, à la fin d'une danse on serrait une taille ou on tenait un bras nu quelques instants de trop. Ce qui était aimable badinage à neuf heures devenait du trouble à minuit, les femmes dont le métier est de se défendre le faisaient plus faiblement, ce qui n'était pas gagné ce soir-là le serait peut-être le lendemain, car enfin elles n'aiment rien tant que d'être attaquées, et attaquées avec audace elles ne tardent pas à défaillir, les plus opiniâtres ne demandant que quelques chuchotements, quelques promesses, quelques frôlements de plus; là où l'habileté a échoué, la patience réussira; là où la timidité n'a rien permis, l'émoi laissera faire.

C'est à cela, n'est-ce pas, qu'on juge le succès d'une soirée? C'est à cet air de triomphe des hommes et à cet air défait des femmes, dont les cheveux, les fleurs, les épaules sont moins fièrement dressés, dont le cou ploie, dont la bouche frémit, dont les yeux s'alanguissent. Elles se trouveront dans la voiture du retour à côté d'un père ou d'un mari somnolent et se demanderont avec effroi si elles n'ont pas trop découragé le charmeur, s'il a bien compris la faiblesse de leur résistance, si elles le verront le lendemain à la promenade et le dimanche à la messe, si le lundi il causera d'un air intime à côté de leur fauteuil pendant que le père ou le mari vaquera à ses affaires, et si le mardi – mon Dieu, elles n'osent y penser, le mardi, serait-ce possible! Que c'est loin, Non, que vont-elles imaginer, si vite, faudrait-il dire. Si vite pour oser imaginer tant de choses... Cela paraît si loin à cette heure où seules les convenances ont sauvé leur vertu.

Je vous choque en voyant l'affaire menée en quatre jours? Comptez quatre semaines ou quatre mois, cela n'y change rien. Tout à l'heure on relevait son gant, on avait des frémissements de tourterelle, on s'effarouchait d'un regard, et maintenant on songeait à l'amour, à son odeur, à la brûlure des cheveux, de la peau, à la morsure des dents, des ongles.

Car enfin, tant qu'une conquête est incertaine, combien elle est désirable! Un homme qu'on retrouve le soir avec son tabac, ses pantoufles en tapisserie, ses gazettes et ses livres de comptes, cela est bien utile pour payer les factures. Mais celui dont on ne sait encore s'il viendra vous met l'émoi au cœur. Le jour où il s'introduit comme un voleur, jure n'importe quoi, prend sans demander et part sans s'être expliqué, il est sûr de laisser une marque indélébile, aussi vain, égoïste et futile qu'il ait pu être.

Je pris Fabre par le bras. Il était tard. Nous étions un peu à l'écart. J'avais sommeil et j'étais d'humeur romantique.

« Pourquoi en dansant me tenez-vous avec autant de raideur que si j'étais une paire de pincettes? me plaignis-je.

– Ma chère, nous ne sommes pas à un bal de barrières.

– Allons nous promener. Parlez-moi du cours du blé. »

Au fil des années, cette proposition en était venue entre nous à se référer à des entretiens d'une tout autre nature.

« Ma chère amie, nous nous devons à nos invités. Ce n'est pas à nous de disparaître dans les charmilles. Cela ne se fait pas quand on reçoit.

– Vous ne vous embarrassez pas toujours de savoir ce qui se fait!

– Aujourd'hui, je m'en soucierai. »

Je m'appuyais contre lui.

« Embrassez-moi, Fabre. »

Courtois, il me baisa la main.

« Vous y mettez bien de la réserve!

– Madame, j'ai obéi à votre ordre avec exactitude. Les règlements ne prévoient pas qu'on y mette de l'empressement.

– Dieu que vous êtes peu galant!

– Vous devriez vous en féliciter. Cela décourage les dames de me vouloir du bien.

– C'est entendu. Je vais demander à quelqu'un d'autre de se promener avec moi.

– Vous ferez ce que vous jugerez bon », me dit-il d'un ton paterne.

Et il s'en fut. Quelques instants plus tard, Manet sortit du salon.

« Docteur, vous tombez bien. Accompagnez-moi, je voudrais faire quelques pas. Vous aurez peut-être un duel sur les bras pour prix de votre galanterie, mais vous n'êtes pas homme à reculer devant le risque ?

– Que me racontez-vous là ? Je voulais fumer tranquillement ma pipe sur un banc sans incommoder ces dames. »

Je pris son bras en riant. Nous restâmes un long moment à bavarder. Je me flattais que Fabre s'inquiéterait de mon absence. En revenant sur la terrasse, je le vis à travers les fenêtres ouvertes, nous tournant le dos.

« J'espère que vous avez eu plaisir à fumer votre pipe », dis-je à Manet.

Il répliqua d'un ton de voix résigné :

« Je n'en avais pas la moindre envie, c'était un ordre.

– Pauvre docteur, et de qui ?

– Fabre m'a attrapé par le revers de mon habit alors que je savourais doucement une cerise confite, il m'a dit que je vous trouverais au pied des escaliers et que je devais vous tenir compagnie pendant une demi-heure, sous n'importe quel prétexte. Il a ajouté que si vous vous promeniez avec tout autre que moi, il me tiendrait pour responsable. Il ne serait pas fâché de cette occasion d'en découdre avec moi, car à force d'être son ami je me croyais toutes les négligences permises, même de venir avec un habit taché un jour de bal. C'est lui, en me surprenant, qui m'avait fait répandre du sirop sur ma manche. Il était d'humeur badine, mais il m'a poussé dehors avec autorité sans me laisser le temps de répliquer.

– Je lui dirai plus tard ce que je pense de ses procédés.

– Dieu me garde d'intervenir dans les affaires domestiques d'une honnête famille », déclara hypocritement Manet.

En somme, ce fut un bal comme tous les bals. On y dansa et chacun se déclara content. Sous les ordres de Fabre, tout avait été orchestré avec une précision militaire. Joseph avait eu la haute main sur l'organi-

sation. Les soirs de réception, d'une dignité souve-
raine, veillant à tout sans se départir de sa discrétion, il
avait plus d'élégance que bien des invités.

Pauline, sollicitée de tous côtés, jouit de son succès
avec une charmante simplicité. Ce qui aurait semblé
ingénuité chez une autre ne l'était pas chez elle car à
l'indulgence et à la générosité elle joignait le bon
sens.

On se coucha très tard, laissant les discours pour le
lendemain, les fleurs fanées qui jonchaient le sol, la
cire des chandelles qui collait au marbre des cheminées, les débris de moka écrasés sur le plancher, le
sucre des liqueurs poissant les poignées de porte, les
coussins flétris au fond des sièges.

Pour la première fois, Fabre laissa passer cinq
heures du matin, et même six, sans se lever. Quand
j'ouvris les yeux en sentant ses bras autour de moi, il
faisait grand jour.

« Vous aviez des comptes à régler avec moi, avez-
vous laissé entendre hier soir à Manet. »

J'avais la tête brumeuse, je ne songeais qu'à dormir.
Quatre heures de sommeil lui suffisaient, il m'en fallait
sept ou huit.

« Quelle heure est-il? marmonnai-je.

— Bientôt sept heures. Eh bien, de quoi vous plai-
gniez-vous?

— Manet aura mal entendu, soupirai-je, ramenant
sur ma tête l'oreiller qui fut écarté derechef.

— Il a peut-être la vue basse, mais il n'est pas
sourd », murmura-t-on dans mon oreille.

Je gémis, me défendant mal et trop tard :

« Au nom du Ciel, n'en parlons pas maintenant.

— Inutile d'invoquer le Ciel. C'est moi qui tiens ces
comptes-là et pas les puissances célestes.

— Je suis morte de fatigue », plaidai-je.

Je tentai sans succès d'atteindre l'autre bord du lit.
On me rejoignit en chemin. Je me fis un rempart de
l'oreiller que je serrais dans mes bras sans songer que
je laissais à découvert des voies plus menacées. Le seul

résultat de ma tentative fut d'amener promptement l'ennemi au cœur de la place. Je geignis à fendre les rochers.

« Que faites-vous? dis-je d'une voix pitoyable, devant l'évidence.

– Je paie mes dettes », me répondit-on cavalièrement.

Il finit de me réveiller tout à fait en faisant les comptes à sa manière. Il aurait pu ajouter, diviser, retrancher, calculer la distance des planètes, la vitesse des vents et la profondeur des abîmes, je lui en laissai le loisir, tout en m'en voulant de ma faiblesse.

« Fabre, vous me tuez, dis-je enfin, comme il m'embrassait les yeux, prêt à se lever.

– Remercie-moi. On dit que toutes les femmes rêvent de mourir d'amour.

– Quelle suffisance! Plaignez-moi plutôt d'avoir à subir vos brutalités.

– Si vous avez quelque mémoire à me soumettre à ce sujet, venez me le présenter dans mon bureau, j'y serai tout à l'heure. »

Il était hors du lit et allait prendre à sa porte l'eau chaude que Joseph y avait laissée.

« N'avez-vous jamais de doutes?

– Quand bien même j'en aurais, vous ne le sauriez pas, ce qui revient au même.

– Vous devriez en avoir, je vous assure, insistai-je. De nos jours, on considère comme un sot celui qui ne connaît ni les tourments ni le désespoir.

– Qu'on me traite d'abord de sot, j'aviserai ensuite. »

Je ne pus me rendormir. Peu après, je me levai à mon tour, et j'allai saluer Mme de La Pautardie. Elle s'était couchée à deux heures du matin, mais était plus alerte que jamais et prête à se répandre en commentaires. Je les remis à plus tard, lui faisant valoir le travail que demandait la remise en ordre de la maison.

En bas, chacun était occupé à frotter, récurer,

secouer. Seuls Pauline et Jérôme ne descendirent que pour le déjeuner.

Ce jour-là, on vécut au ralenti. Le docteur Manet vint déjeuner et partager notre humeur nonchalante. Pauline, heureuse et lasse, était tout émue de ses premiers succès de jeune fille. Elle en parlait avec une simplicité qui m'étonnait, moi qui étais si attentive à ne rien dire. Les attentions de M. de Vieillemard l'avaient touchée, mais elle eut la modestie de dire qu'elle devait paraître bien ignorante et bien provinciale au jeune homme.

Fabre ne participait pas à ce qu'il appelait nos contes de nourrice, et parlait un peu plus loin avec Manet. Tout d'un coup, il se tourna vers nous, montrant qu'il avait fort bien suivi notre conversation.

« M. de Vieillemard a trouvé Pauline séduisante, et sa dot – qu'il n'aura pas – plus séduisante encore. Il en aurait grand besoin pour relever le domaine de sa famille, tombé à force de négligence et d'impéritie. Mais il n'y a rien à attendre de lui : travailler, gérer, épargner lui sont également étrangers. Qu'il danse et qu'il soit charmant, j'en suis ravi, il n'est bon qu'à cela. Console-toi, ma chérie, je te trouverai un meilleur mari que ce danseur de corde. »

Interdite, Pauline rougit. Comme d'habitude, la tâche me revenait d'adoucir ou de détourner les paroles du général quand elles risquaient d'atteindre trop vivement leur but.

« Ce que vous dites là, mon ami, va désoler notre tante Ponse, que M. de Vieillemard a charmée en lui faisant la cour.

– Ma tante se consolera avec M. Peyroulet, qui s'est montré encore plus assidu », dit gracieusement Jérôme.

Elégamment enfoncé dans un fauteuil, une jambe repliée sur l'autre, il avait taquiné sa sœur et s'en prenait maintenant à sa tante, que ces attentions ravissaient.

« Mon cher, lui dit son père, si tu n'y fais attention tu seras bientôt assis sur le dos. »

Malvina, qui apportait la tisane de sa maîtresse, vola à son secours croyant son honneur atteint.

« Mais enfin, Malvina protesta Jérôme, enchanté d'empirer les choses, je n'ai pas dit que M. Peyroulet avait été autorisé à reconduire ma tante jusqu'à sa chambre!

– Cela suffit, Jérôme, interrompit Fabre. N'oublie pas le respect que tu dois à ta tante, je te prie. »

Mais les piaillements des deux vieilles femmes redoublèrent notre gaieté.

M. Peyroulet avait été préfet sous l'Empire et assez adroit pour le demeurer sous la Restauration. Mais il avait été écarté par la monarchie de Juillet. En disponibilité depuis 1830, il s'était retiré près de Lalinde dans le village d'où sa famille était originaire. L'âge venant, il prétendait se contenter de la présidence de quelques sociétés locales de mince importance dont il s'efforçait d'enfler le rôle. Dure leçon pour un homme qui tenait avant tout à paraître.

« Ne me parlez pas de ce Peyroulet, lança le docteur entre deux bouffées de fumée. Il est de ces personnages médiocres à qui l'habileté tient lieu de tout talent et dont tout le monde semble dupe.

– En quoi cela est-il nouveau? » fit remarquer Fabre.

Manet poursuivit :

« Voilà un homme qui, dans sa jeunesse, a su rendre des services, non par sagesse ou par compétence, mais en flairant la bonne affaire là où elle se présentait. On lui en a été reconnaissant. Ses rivaux ayant été assez malchanceux ou maladroits pour être écartés, il a su faire croire qu'il était capable de régler des situations délicates. Enfin, n'ayant pu atteindre lui-même aux plus hautes sphères de l'Etat, il a eu la consolation de fréquenter les gens en place. Il s'est cru grand lui-même, alors que je ne lui ai connu de grand que l'appétit. Aujourd'hui, il se ronge de voir son champ d'action réduit à un si modeste territoire et aux comices agricoles. Il répète à des notables cramoisis, à la fin des banquets, trois ou quatre citations d'Homère et quelques anecdotes piquantes destinées à illustrer ses relations intimes avec les puissants. Enfin, conclut rageusement le docteur, se tournant vers Fabre, libre à toi de l'inviter à ton bal.

– Un bal n'est pas un ouvroir. Si on se pique d'éviter la crapule, il faut rester enfermé chez soi, répondit celui-ci philosophiquement.

– Mon cher docteur, plaisantai-je, vous voilà un ton bien moralisateur.

– Qu'en dites-vous? Mort à qui? dit Mme de La Pautardie, sursautant après s'être brièvement assoupie.

– Rassurez-vous, ma tante, dit Jérôme, le coupable a été gracié.

– La mort n'est pas une assez grande punition pour tant de péchés! »

Malvina qui était restée debout près de la tisane, les mains croisées sur son tablier, intervenait avec flamme, estimant qu'on parlait d'un bien méchant homme.

« Peste! que voulez-vous de mieux, la torture et le chevalet? demanda le général.

– Je ne comprends rien à vos histoires, dit Mme de la Pautardie.

– Rassurez-vous, ma tante, c'est une conversation sans queue ni tête.

– En ce cas, il faut me prévenir, que je ne perde pas mon temps à vous écouter. Adeline, avez-vous entendu comme M. Caillavet récitait joliment les vers de M. de Lamartine?

– Tous ces poètes me désolent, ils ne savent que souffrir, sauf M. de Vigny et Victor Hugo. »

Je pensais à part moi que M. Caillavet avait l'air bien affligé de la profondeur des nuées et de la pâleur des étoiles – si je me souvenais à peu près de sa déclamation – et que sa femme devait mourir d'ennui au logis avec un tel mélancolique. La veille, je l'avais vue suivre Jérôme dans la serre pour une conversation qui avait trait sans nul doute à la botanique, mais je ne jugeai pas utile de préciser ce point.

Fabre était assez bon tacticien pour cacher – sauf à moi – que, de tous ces jeunes gens, le seul qu'il aurait souhaité pour gendre était Emilien Daugier, le fils du général Daugier. Celui-ci avait fait une partie de sa carrière sous l'Empire et commandait actuellement la 6e division militaire. Le jeune homme se trouvait en visite chez une sœur de son père, aux environs du Buisson. Il était ingénieur des mines, en poste à Bordeaux où il s'était lié avec Jérôme. Fabre songeait qu'il aurait pu développer Forge-Neuve, qui ferait partie de la dot de Pauline et, qui sait, racheter plus tard une partie des forges de la famille Festugière, aux Eyzies. Il voyait également plus d'avenir dans les sciences et dans les techniques que dans l'administration ou la magistrature. Déçu de la voie suivie par son fils, il espérait mieux de son gendre.

« Bientôt, il n'y aura plus dans cette province que des paysans et des robins. On préfère se chamailler sur un point de droit plutôt que d'entreprendre. Race de bavards! » grognait-il.

Pour éviter des espérances et des déboires inutiles, je m'informai auprès de Jérôme du caractère du jeune Daugier. Amusé, il me répondit :

« Il est intelligent, volontaire et... passionné.

– Pourquoi cette ironie? Serait-ce un défaut?

– Nullement. Mais il s'est attaché à la femme de l'inspecteur de la poste, à Bordeaux, Mme de Trémis, et on le dit fou d'elle.

– Est-ce aux fonctions du mari qu'on doit d'avoir si vite appris la nouvelle jusqu'en Périgord?

– Ces choses-là se savent!

– Ma foi, cette passion est peut-être sincère et partagée. Elle dure depuis longtemps?

– Quelques mois », dit-on.

Je prolongeai un peu l'interrogatoire, curieuse de

savoir qui était Mme de Trémis. Elle ne semblait avoir aucun trait original, mais cela ne permet pas d'augurer qu'une passion sera durable ou pas. Comme elle n'était plus très jeune, on pouvait supposer qu'elle déploierait des trésors d'imagination pour retenir Emilien.

Pendant le bal, je l'avais remarqué. Il avait quelque chose d'intense dans la physionomie, de cet air qui attire le malheur plutôt que la sérénité. Le Ciel nous préserve des amateurs d'absolu, qui ne se contentent pas de se précipiter seuls dans le désastre mais ne manquent jamais d'y entraîner les autres. Il était inutile de brusquer les amours d'un jeune homme, pensai-je, occupons-nous d'un autre prétendant pour Pauline.

« Buvons à M. et Mme de Trémis et à Emilien Daugier puisque leur sort est lié », dis-je en levant mon dé à coudre en guise de hanap.

Le soir, quand j'en parlai à Fabre, il fut très mécontent.

« Quel âge a ce jeune homme? me demanda-t-il brusquement.

— Vingt-cinq ans, je crois.

— L'imbécile! On est follement amoureux à dix-sept ou dix-huit ans, mais à vingt-cinq!

— Eh! j'ai vu un certain général qui avait l'air passablement épris alors qu'il avait passé la quarantaine...

— Qui vous a raconté ces balivernes?

— Bon, admettons que vous faisiez semblant.

— Ah! de mieux en mieux! vous vous moquez de moi maintenant!

— Ma foi, j'ai dû confondre...

— Tonnerre! ne vous amusez pas à me mettre en colère, je le suis déjà suffisamment.

— Revenons alors à notre conversation. Si cette passion touchait à sa fin, vous pourriez espérer voir Emilien s'attacher à Pauline et chercher la douceur d'un mariage paisible. Mais s'il est dans la fureur d'amour qui débute, autant vouloir arrêter l'ouragan.

– Voilà encore un père qui ne sait pas diriger sa famille. Autrefois, croyez-moi, les hommes ne se laissaient pas gouverner par les femmes et les enfants. Aujourd'hui, on croit qu'il faut avoir du sentiment et le montrer. Cette époque me dégoûte!

– J'avais entendu dire que vous vous étiez engagé à quinze ans sans demander l'avis de personne et je gage que vous n'avez pas consulté vos parents ou votre confesseur dans le choix de vos premières amours. »

Il se redressa, furieux.

« C'est Manet qui vous a raconté ces sottises? »

J'étais au chaud dans son lit qui venait d'être bassiné, pendant qu'il arpentait la pièce à grands pas. J'avais garde de l'en décourager. Rien de mieux que le mouvement pour faire écouler le trop-plein de bile. Je ne sais ce qu'en pensent les médecins; là-dessus comme sur d'autres points, j'évite de leur demander leur avis et me satisfais de mes propres conclusions. Ce jour-là, Fabre parcourut bien une lieue de plancher en allées et venues d'un bout à l'autre de sa chambre. Je résistai au tournis et au sommeil et le laissa exhaler sa rancœur.

« Je ne veux plus entendre parler de ce jeune idiot, m'entendez-vous, me dit-il enfin, pour clore le débat.

– Pauline est jeune. Qui sait si dans un an ou deux, il ne sera pas lassé de Mme de Trémis? Il sera temps alors d'en reparler.

– Ma fille, un des plus beaux partis du département, attendrait le bon vouloir de ce petit foutriquet? Qu'il n'en soit plus question, je vous en avertis.

– Comme vous voudrez », dis-je docilement.

Pauline n'avait pas paru s'intéresser au jeune Daugier. De toutes façons, elle était trop jeune et désarmée pour décider de conquérir un homme qu'on lui disputait. Ce n'était pas dans son caractère, sa délicatesse en aurait été heurtée. Si l'on n'est pas né conquérant, on ne le devient pas.

Dans les semaines qui suivirent, les invitations plurent à Puynègre. On alla de goûters en pique-niques et parties de campagne. On joua de la musique, on chanta – domaines où Pauline était supérieure aux jeunes filles de notre entourage –, on représenta des charades, de courtes pièces de théâtre. J'évitais de me mettre en avant, consciente qu'à près de trente ans il convenait de prendre un air plus réservé en société.

Dans le courant de l'hiver, il apparut que le fils aîné de nos amis et voisins, les Maraval, récemment revenu de Paris pour assister son père, notaire et homme d'affaires au Bugue, dans la gestion de sa charge, faisait à Puynègre des visites plus fréquentes que ne le justifiaient les relations de bon voisinage qui existaient entre nos deux familles. C'était un jeune homme réservé et sérieux, qui avait étudié le droit à Paris et y avait débuté sa carrière dans l'étude d'un de ses oncles. Il paraissait plus que son âge. Fabre l'avait consulté plusieurs fois et le jeune homme avait fait preuve de perspicacité dans ses avis. Il avait un maintien et une tenue sans fantaisie, mais c'était le genre d'homme sur qui l'on pouvait compter. Les émotions ne se montraient guère sur son visage encadré de courts favoris et de cheveux très noirs. Quand Pauline était sortie pour quelque visite ou course au Bugue ou à Limeuil, il n'exprimait aucune déception et me faisait une visite tout aussi attentive et aimable que s'il fût venu pour moi.

Le général resta longtemps sans faire de remarques sur ces visites, et j'en conclus qu'il ne les désapprouvait pas. Il me le confirma un jour en soupirant :

« Décidément, il est écrit que nous n'échapperons pas aux hommes de loi. »

Pauline acceptait la présence de Julien Maraval comme si elle la trouvait naturelle. Elle vaquait à ses occupations même quand il était là et l'invitait à la suivre à la métairie, au jardin ou au verger. Il devait alors se départir un peu de sa dignité, poser son chapeau et ses gants et tenir une corbeille de feuillages destinés à garnir les bouquets ou un panier de noix.

Nous le connaissions depuis qu'il était enfant et ses visites n'auraient pas tiré à conséquence si les attentions que l'on témoignait à Pauline de toutes parts depuis ce bal ne nous avaient rendu conscients qu'elle était un parti recherché.

Le jeune Maraval ne donnait pas l'impression de se défendre contre ses rivaux. Il venait maintenant plusieurs fois par semaine. Il savait écouter Pauline, ne se permettait ni une parole ni un geste trop familier. Il aurait pu se montrer un peu plus audacieux dans les moments où je ne les accompagnais pas, mais je voyais à la sérénité limpide de Pauline que rien n'avait troublé ces instants. Elle était incapable de mentir, et si elle savait taire ses émotions, son attitude les laissait deviner.

Un jour, je me trouvais seule quand Julien me rejoignit sur le chemin de Curboursil. Il tourmentait son chapeau entre ses doigts et sans doute une pensée dans sa tête. Il finit par parler :

« Madame, vous êtes si bonne... »

Je faillis tomber à la renverse. J'ai des qualités mais je ne suis pas bonne. J'évitai pourtant de le troubler en l'interrompant.

« ... je ne saurais vous cacher plus longtemps l'attachement que j'ai pour Pauline.

— Ce sentiment vous honore. Vous savez combien nous avons d'amitié et d'estime pour votre famille.

— Voulez-vous dire, madame, que le général Fabre et vous-même n'accueillerez pas avec hostilité l'affection que je nourris à l'égard de Pauline ? »

Mon silence l'encouragea à continuer.

« Pourtant je ne voudrais pas devoir à votre seule approbation la bienveillance qu'elle veut bien me manifester. »

Voilà un jeune homme diablement scrupuleux, pensai-je.

« Hé ! qu'allez-vous chercher là ? Si elle accueille

vos visites sans déplaisir, pourquoi ne pas vous en satisfaire? Songez cependant qu'elle est bien jeune pour envisager toute autre forme d'engagement.

– Si mon amour devait l'effaroucher ou lui peser, je ne saurais continuer à lui imposer ma présence.

– Ne soyez pas si chatouilleux. Elle vous reçoit avec plaisir et s'inquiète de vous si vous restez plusieurs jours sans nous rendre visite.

– Elle s'inquiète de moi? » demanda-t-il, le souffle court. Son visage était pâle, je me souvenais qu'enfant déjà il était grave, mais enfin pas pétrifié comme je le voyais maintenant. Il devait être sérieusement épris.

« J'attendrais votre permission avant de lui parler de mes sentiments, dit-il enfin.

– Vous comprenez que cela dépend entièrement de l'autorisation du général.

– Bien entendu. Et... quand puis-je espérer connaître sa réponse?

– Dans deux ou trois jours, je pense. »

Je ne sais s'il était heureux ou torturé. Il me quitta avec toutes les marques d'un destin fatal pesant sur son front. Mais je suis méchante langue, il était seulement anxieux.

Je trouvai Fabre résigné.

« Dans cette maison désormais, il semble qu'on doive tenir la plume et non l'épée...

– Rien n'est fait. Reste à savoir ce qu'en dira Pauline.

– Pauline répondra en rougissant : « Je ferai ce que « souhaite mon père. » Et elle sait très bien que son père décidera ce qu'elle souhaite.

– Vous voilà satisfait. Vous seul pouvez faire le bonheur de tout le monde.

– Toute cette intrigue a été menée sans qu'on me demande mon avis. Il s'agit en somme d'un complot entre Pauline, vous et le jeune Maraval. La conclusion est maintenant inévitable. Jolie décision qu'il me reste à prendre! Il y faut un grand capitaine et de savantes combinaisons.

– Fabre, vous êtes un homme heureux. Etre mené dans les questions domestiques est le vœu de tous les hommes, et c'est un grand honneur que je vous fais de vous guider sagement.

– Bravo! Je suis la mule à qui l'on bande les yeux pour lui faire franchir un ravin. »

Je lui mis les mains sur les yeux.

« Franchissez, général. »

Il faisait semblant d'avoir été pris au dépourvu, mais il n'y avait aucune surprise dans tout cela. Il savait parfaitement à quoi s'en tenir sur la solide fortune des Maraval et ce qui reviendrait à Julien.

Pauline fit la réponse prévue par son père. Fabre et le vieux M. Maraval – il me paraissait antique car il marchait avec difficulté et était entièrement chauve – se rencontrèrent et mirent au point le détail de la dot et des biens qui reviendraient au jeune couple. La main de Pauline fut officiellement demandée, et Julien fut admis à lui faire la cour.

On croira qu'à partir de là tout devint simple. Mais c'est alors que la douce obstination de Pauline se révéla de manière inattendue, quand on voulut fixer la date du mariage.

« Je voudrais qu'aucune date ne soit encore retenue, demanda-t-elle. Je ne saurais épouser un homme dont je ne connais pas entièrement le caractère. »

Nous voilà tout surpris de cette candide exigence. Qui n'est résigné à une part d'inconnu dans le mariage? Et cette douce enfant refusait de se plier au sort commun. Julien demanda que son vœu soit respecté. Il eut la patience et la fermeté nécessaires pour ne pas se décourager ou s'irriter de cet examen qui lui était imposé et qui dura des semaines. Le printemps était venu. S'il faisait beau, leurs promenades quotidiennes les menaient dans les allées de Puynègre, parfois ils allaient à cheval dans les environs. Par mauvais temps, ils restaient dans le salon, parlant à voix basse. Je préférais m'occuper, aller et venir, plutôt que de rester à les surveiller, comme cela était mon devoir. J'eus l'idée de confier ce rôle à la tante Ponse. Elle s'endormait fréquemment, était à peu près sourde et ne suivait aucune conversation plus de trois minutes, c'était le chaperon idéal pour des jeunes gens. Parfois, j'envoyais Malvina les accompagner dans leurs promenades. Elle se laissait aisément distancer car elle s'arrêtait pour couper des boutons de rose fanés, arracher une mauvaise herbe dans le sable de l'allée, ramasser des brins de thym pour la tisane de sa maîtresse.

Les jours passaient et ces conciliabules chuchotés s'étiraient en longueur. Les Maraval étaient trop discrets pour vouloir bousculer la décision. Fabre, attendri au début, devenait franchement impatient.

« Que diable peuvent-ils donc se dire! A ce rythme, dans six mois il n'osera pas encore lui tenir la taille! Et elle n'aura pas fini de l'interroger sur sa connaissance des Evangiles. Nous n'en sortirons jamais!

— Voilà bien le comble, un père qui se plaint de voir son futur gendre trop respectueux de l'honneur de sa fille, répliquai-je.

— Enfin, cela suffit! Jamais ils ne se disputent, ils n'ont donc même pas le plaisir de se raccommoder. Il a parfois des airs oppressés, et elle semble frémir, mais cela n'avance pas nos affaires. Je me demande s'il sait même quels sont les devoirs d'un mari. Je ne veux pas brusquer Pauline, mais j'en ai assez! »

Le lendemain, après le dîner, où les parents Maraval avaient été invités, Fabre annonça que le mariage aurait lieu après les vendanges. Pauline avait dix-sept ans, Julien vingt-sept.

Et nous voilà retombés dans les invitations, les préparatifs, le trousseau, les fantaisies culinaires. Il y eut un grand dîner la veille du mariage et un déjeuner de cent vingt couverts le jour même. J'ai gardé le menu dans le tiroir de mon bureau, je l'ai sous les yeux, décoré par Pauline. Les gens, de nos jours, ayant l'estomac délicat et la crainte de mourir surveillent ce qu'ils avalent autant que ce qu'ils évacuent. Sans doute suis-je d'un autre temps. J'ai cette capacité de broyer, digérer, assimiler ou rejeter ce qu'il m'arrive de bien ou de mal avec autant de facilité qu'un bon ou mauvais ragoût.

A l'usage des gourmands, je transcris ce menu :

Potage :
Potage aux perles de Nizan
Relevé :
Bouchées à la Reine
Turbot sauce mayonnaise
Hors-d'œuvre :
Pieds truffés
Entrées :
Filet de bœuf sauce Périgord
Suprême aux truffes
Salmis de bécasses
Cuissot de chevreuil
Rôt :
Poule dinde sarladaise
Bombe glacée
Légumes :
Cèpes à la bordelaise
Salade russe
Pièces froides :
Galantines aux truffes
Pâtés de bécasses
Ecrevisses de la Meuse
Entremets :
Plum-pudding
Parfait à la vanille
Pièces montées :
Cornets à l'italienne
Pyramides de petits choux
Meringue Chantilly
Dessert
Vins :
Pouilly
Bourgogne

Château-Lardy
Saint-Emilion
Champagne-Frontignan

Pendant une semaine la maison abrita une dizaine de personnes de plus que d'habitude : les Lansade venus de Périgueux, le colonel de La Bardèche, célibataire endurci, et quelques jeunes gens amis de Jérôme.

Enfin, tout le monde parti on se retrouva comme un an plus tôt, après le bal, au fond de nos fauteuils, jouissant du calme retrouvé. Ce jour-là, pourtant, j'étais seule en face de Fabre. Jérôme avait regagné Bordeaux, Pauline était partie en Italie avec son mari pour un voyage de quelques semaines. Nous étions mélancoliques. Elle n'avait jamais quitté Puynègre, et sa présence – comme autrefois celle de ma grand-mère à Fontbrune – pour être paisible n'en était pas moins irremplaçable. Une des raisons qui avaient convaincu le général de lui laisser épouser le jeune Maraval était la certitude que ce mariage n'éloignerait pas sa fille chérie de Puynègre. Elle habiterait la demeure de ses beaux-parents au Bugue, dans le quartier du Couvent, avec son jardin en terrasse dominant la Vézère. La maison de campagne des Maraval, les Brujoux, se trouvait sur la route de Limeuil à Paunat, à une lieue de Puynègre.

Nous bavardions paisiblement. Après avoir traversé trop de journées agitées, j'ai besoin d'un certain temps pour pouvoir à nouveau lire ou me concentrer sur une occupation sérieuse. Je travaillais donc à une tapisserie au petit point.

« Je crois que Pauline se souviendra de ces dernières semaines comme les plus heureuses de sa vie, dis-je. Ces heures de conversation sereine avec Julien ne reviendront sans doute plus. Les peines et les soucis se mêlent si vite à la vie conjugale. Quand je pense que vous ne m'avez même pas fait la cour, et à peine adressé la parole avant notre mariage!

396

– Faites semblant de vous en étonner! N'était-ce pas d'un commun accord que nous nous ignorions?

– Je n'ai certainement pas été consultée là-dessus.

– A quoi bon? J'ai décidé de vous posséder à l'instant où je vous ai rencontrée. Il est vrai que je n'avais pas encore réfléchi au choix des moyens. (Je ne bronchai pas à cette remarque, avancée dans le seul but de me faire bondir.) Mais il était clair que vous ne vous opposeriez pas à mon entreprise.

– Je n'ai eu droit qu'à des paroles sévères et plus tard à quelques regards brûlants.

– C'est ce qui vous amenait à vous retourner sur mon passage? Vous craigniez que votre robe ne prenne feu et vous vous assuriez qu'elle ne sentait pas le roussi? Savez-vous ce que disait ce dandy à une dame qui s'offusquait des regards intenses dont il l'enveloppait depuis quelque temps : « Hé! quoi, madame, j'ai « déjà couché trois fois avec vous et vous me chicanez la quatrième! » La dame poussa un cri d'horreur, car elle était restée d'une irréprochable vertu. Cela n'avait pas empêché notre dandy de se permettre en pensée toutes les privautés. »

Nous nous amusions à mener en zigzag cette conversation nonchalante. Je regardai Fabre : à cinquante-sept ans, il portait droit sa large carrure et sa grande taille. Il montait et descendait de cheval plus lourdement, ses crises de rhumatisme et ses douleurs revenaient plus fréquemment, mais ses fortes mains tenaient sans faiblir ce qu'elles empoignaient. Les hommes de son âge étaient depuis longtemps ventrus, goutteux, enflés, podagres. Lui parcourait à cheval sans sourciller ses dix lieues d'une traite, allait à Périgueux et en revenait dans la même journée, il n'avait pas besoin de bain de pieds, de sinapisme ou de saignée pour se remettre d'avoir passé une journée entière dans les champs au soleil du mois d'août, avec les moissonneurs.

« J'aurais bien aimé avoir l'occasion de vous tromper, dis-je rêveusement. Mais vous êtes le seul adversaire qui ait jamais su me garder en haleine.

– Egrenez vos sottises, ma charmante, je suis las et ne vous donnerai pas la réplique. »

J'aimais jusqu'à ses silences. Seul il me réduisait à merci. Il ne s'essoufflait pas à me répondre et à rivaliser de verve avec moi. Il m'arrivait de trépigner, d'exiger qu'il parle. Il se taisait et m'observait, goguenard, par-dessus son cigare. Je n'aime pas les hommes qui parlent trop, comme je n'aime pas ceux dont l'élégance ne souffre aucun désordre. Si l'on est gentilhomme, inutile de le dire ou de vouloir le prouver, cela se voit.

Fabre savait écouter, même s'il ne répondait que quand cela lui convenait. J'aimais l'idée de vieillir doucement à ses côtés.

Quatre ans passèrent.

Le général se félicitait de n'avoir pas repris du service. « Regardez Bugeaud, disait-il, le voilà réduit à des tâches de police! » En effet, son ami avait dû remplir en 1832 le rôle de geôlier auprès de la duchesse de Berry après sa malheureuse équipée vendéenne et en 1834 il avait réprimé dans le sang l'émeute de la rue Transnonnain. C'est plus tard seulement qu'il devait s'illustrer en Algérie.

A la fin de ses études, Jérôme était entré dans l'étude de maître Fontalirant, l'avocat le plus réputé et le plus riche de Périgueux. Venant d'être élu député, celui-ci n'avait plus le temps de consacrer à ses affaires tous les soins qu'elles exigeaient et avait très vite manifesté l'intention de confier à Jérôme des responsabilités qu'il aurait difficilement pu espérer à son âge.

Deux ans après son mariage, Pauline avait donné naissance à une petite fille qui était morte au bout de quelques mois, au grand désespoir de ses parents. En ce printemps de 1838, elle était à nouveau enceinte.

Un après-midi que j'étais au bord de la Vézère,

surveillant la lessive, je vis Joseph arriver au galop. Je m'en étonnai, la raideur de la pente incitant générale-ment à la prudence. Il sauta à terre :

« Madame... le général... »

Je me redressai comme une folle.

« Que lui est-il arrivé?

– Une chute de cheval, sur le chemin de Curboursil. Il est tombé, son pied est resté pris dans l'étrier.

– Est-ce grave? »

Je haletais.

« Il a donné de la tête contre une pierre. »

Joseph avait les yeux pleins de larmes.

« Madame, je le suivais, mais je n'ai rien pu empê-cher. »

Je crus que le souffle allait me manquer.

« Où est-il?

– On est en train de le ramener au château. »

Je ne vis pas l'atterrement des lavandières, je n'en-tendis pas s'interrompre les battoirs, je ne suivis pas le chemin. Je dégageai et levai le bâton qui fermait la clôture, je montai droit à travers le pré au plus raide de la pente, entre les moutons effarés fuyant le cheval que Joseph menait par la bride.

« J'ai envoyé Pierrillou prévenir le docteur Ma-net.

– Il faudrait aussi aller chercher M. le curé.

– J'ai demandé qu'on envoie quelqu'un de la métai-rie. »

Joseph pleurait. Je savais qu'il n'y avait plus rien à faire. Il me tenait le bras, m'aidant à monter. Je glissais dans l'herbe, mes cheveux me tombaient dans les yeux, tout en moi était figé.

« Comment le ramène-t-on?

– Dans la voiture des Lalot. Ils étaient près du chemin à couper de la fougère. »

Quand nous arrivâmes dans la cour, la charrette remontait lentement l'allée. Un homme tenait le che-val de Fabre, Lalot menait les bœufs, la tête basse, le bonnet à la main. Lui aussi avait les larmes aux yeux.

Il marmonnait sans me regarder, d'un ton monotone : « C'est un grand malheur, notre dame, un grand malheur pour tout le monde. » Au milieu de la charrette, Fabre était étendu sur les fougères. Il était inutile de rien expliquer, il était mort. Il avait une blessure à la tête et du sang dans les cheveux. Je posai la main sur son front.

Joseph, Lalot et Faye portèrent le corps. Toute la maison était regroupée sur le seuil. Je tenais la main inerte de Fabre. J'étais incapable de rien dire, de donner des ordres, de prévoir. Antonia nous précéda, ouvrit la porte de la chambre, on mit le corps sur le lit. Pierrillou n'était toujours pas revenu avec le docteur Manet, qu'il n'avait peut-être pas trouvé chez lui au Bugue.

« Ma vie est finie », me dis-je sans révolte, debout contre le lit.

Antonia sortit d'un tiroir de la commode, un des grands mouchoirs du général et me le tendit. Sans m'en apercevoir, je ruisselais de larmes qui trempaient mes cheveux, mon cou, ma robe, que j'essuyais à pleines mains. Je n'avais jamais vraiment prié. Je me répétais intérieurement :

« Fabre, je t'aime tellement. Je n'aime que toi. Tout le reste m'est égal. Tu sais combien je t'aime, n'est-ce pas ? »

Le curé de Limeuil arriva le premier. Près du lit, il se signa. Il était trop tard pour les derniers sacrements. Le général aurait-il voulu les recevoir ? Je ne savais pas. Avec le curé, toute la maison se mit à prier. Je prononçais les paroles sans penser à rien, bercée par la routine.

Enfin, le docteur Manet arriva. On l'avait trouvé à Journiac, chez un malade. Il était livide, aussi défiguré que Joseph. Il posa sa trousse près du lit, examina brièvement le corps, abaissa les paupières, fit un signe de croix. Il prit le bras de Joseph, le réconfortant :

« Il n'y avait rien à faire. Il est mort sur le coup. »

Pauline fut là peu après avec son mari. Son chagrin fut déchirant. Elle adorait son père et il l'adorait.

Plus tard, le docteur Manet, embarrassé, me prit à part avec le curé.

« Ma chère Adeline, il faudrait prévoir le genre d'enterrement que vous souhaitez.

– Attendons Jérôme. Nous verrons avec lui ce qu'il convient de faire.

– C'est que, madame, reprit le curé, si vous voulez un enterrement religieux il faudrait l'autorisation de Mgr l'évêque. Le général ne pratiquait guère et se contentait tout juste de faire ses pâques.

– Il aura un enterrement religieux, dis-je d'une voix ferme. Ce n'est pas à nous de juger de ce qui s'est passé entre cet homme et Dieu. »

Le curé s'inclina.

« Si vous le permettez, madame, je vais faire prévenir Mgr Gousset.

– Peut-il y avoir quelque difficulté à obtenir une telle autorisation ?

– Etant donné la réputation du général, son respect des choses de l'Eglise, le bien qu'il a fait autour de lui, sa générosité à l'égard de la paroisse, le fait que votre propre famille est très croyante, il est certain, madame, que cette autorisation sera accordée. »

Je le remerciai. Une demi-heure plus tard, Faye partait à cheval à Périgueux, chargé d'une lettre du curé pour l'évêque et d'une lettre que j'adressai à Jérôme. Je lui demandais de prévenir les autorités militaires et de les presser de soutenir, si besoin était, la demande du curé auprès de Mgr Gousset.

Les Maraval étaient arrivés. Avant de s'occuper de tout, Julien se soucia de la santé de Pauline, et la conjura de rester allongée dans une bergère qu'on fit apporter, comme elle refusait obstinément de quitter le chevet du lit où était étendu son père. Mme de La Pautardie vint, trembla, s'agita, se répandit en lamentations jusqu'au moment où on la raccompagna dans sa chambre, la laissant aux soins de Malvina, qui par contre fit preuve dans ces circonstances de sa solidité paysanne.

Julien se chargea avec Joseph des premières démarches. Bientôt, les gens arrivèrent à Puynègre : les métayers, les gens de Limeuil et du Bugue, ma famille, nos voisins. Je les reçus avec Julien, Pauline ayant accepté d'aller enfin se reposer dans son ancienne chambre, Bertille restant à ses côtés. Antonia, en plus du déjeuner de la maisonnée et des lavandières, organisa d'elle-même les rafraîchissements à offrir, le souper, les lits de ceux qui arriveraient plus tard et resteraient à Puynègre.

C'est dans ces circonstances que l'on sent si une maison est unie. On l'était à Fontbrune comme à Puynègre. C'est au bras de Manet, puis à la main d'Antonia que je restai accrochée. Les vieilles femmes de ce pays ont tout vu, elles comprennent tout, la maladie, la souffrance, la mort. Pichille et Antonia sont de cette race, ma grand-mère aussi en était. Elles ont de la dignité et si j'en ai, c'est grâce à elles autant qu'à mon éducation que je le dois. On ne me fera pas de plus grand compliment que de me dire un jour – si on me le dit – que je suis des leurs.

Tout au long de la journée, il y eut la montée et la descente des escaliers. Le soir, j'étais moulue. Je demandai à rester seule auprès du corps pour un moment. Je semblais calme, on ne s'inquiéta pas. J'annonçai que je redescendrais au salon un peu plus tard.

Ce corps n'était déjà plus Fabre, mais il ne me faisait pas peur. Je l'avais trop aimé vivant, pourquoi le craindrais-je mort ? Je m'agenouillai près du lit, sur un prie-Dieu, et pleurai, la tête dans les mains et dans un autre de ses vastes mouchoirs. Je lui récitai la plus délirante des litanies amoureuses, ce n'était pas une prière de mort, c'était un hymne à la vie, au bonheur qu'il m'avait donné. Je ne sais combien de temps je restai ainsi, presque assoupie à force de larmes.

La porte s'entrouvrit, je ne relevai pas la tête.

« J'ai frappé, tu n'as pas répondu », dit la voix de Pierre de Cahaut.

Je le regardai.

« Ah! c'est toi, dis-je machinalement.

– Je viens d'arriver au Bugue, les Labatut nous ont prévenus. »

Il prit le brin de buis au chevet du lit, le trempa dans la coupe d'eau bénite et fit le signe de croix au-dessus du corps. Puis il resta silencieux, les bras croisés, pour une brève prière. Soudain, sans le prévoir moi-même, je l'empoignai par le bras, sauvagement :

« Je ne veux pas! Je ne veux pas qu'il meure! »

Je tenais Pierre à deux mains et le secouais de toute ma force. Il attrapa mes poignets. Je lui hurlais dans la figure comme s'il avait tué Fabre :

« Je l'aime, tu comprends, je n'aime que lui. Je refuse qu'il meure. Que les autres meurent, mais pas lui, pas maintenant. »

Pierre me connaissait trop pour s'étonner de ma violence. Il se contenta de résister à ma fureur hystérique. Epuisée, je finis par me calmer et par sangloter lourdement, appuyée contre lui. Il me fit asseoir dans le fauteuil Voltaire et resta debout, près de moi, jusqu'à ce que je sois apaisée. Je n'en pouvais plus de désespoir et d'épuisement.

« J'ai besoin de dormir, dis-je enfin. Peux-tu descendre et demander à quelqu'un de venir prendre ma place? Que ce ne soit pas Antonia, elle doit se reposer. Ensuite, je descendrai voir si tout est en ordre. »

Malvina arriva quelques instants après. Elle fut inébranlable : elle avait décidé de veiller seule toute cette première nuit.

« Allez prendre du repos, Madame, il le faut. Il y aura de la besogne pour tous, demain. J'y vois mal, j'entends mal, je ne peux plus marcher, c'est moi qu'il faut laisser veiller et prier. »

Dans le salon, la famille était réunie, ainsi que monsieur le curé, le docteur Manet, mon oncle et ma tante Labatut, mon oncle Elie, les parents de Julien

Maraval, Pierre de Cahaut. Je regardai ces visages et j'admirai : depuis mon mariage, j'avais tout négligé en dehors de Puynègre, occupée de mon bonheur et de ce Fabre que j'aimais si absolument, de ses enfants et de son domaine qui faisaient partie de lui. Ces gens ne m'en voulaient pas.

Après le dîner, Antonia servit de la tisane à la fleur d'oranger. J'insistai pour que l'on se couche sans retard. On n'attendait Jérôme que le lendemain. Je ne dormais dans ma chambre que pendant les absences de Fabre qui, dans les dernières années, étaient devenues rares. Je me préparai à y coucher désormais chaque soir. Hébétée de larmes, je fus longue à m'endormir. Mais, le croira-t-on, assommée de fatigue, je me réveillai le lendemain plus tard que d'habitude.

« Ne vous inquiétez pas, Madame, c'est la fleur d'oranger, vous n'en avez pas l'habitude », me dit Antonia.

L'enterrement, qui eut lieu le surlendemain, fut simple, malgré la présence d'une foule considérable et des autorités. C'est sur une prolonge d'artillerie que le cercueil parcourut lentement la route de Puynègre à la chapelle de Saint-Martin-de-Limeuil, que nous aimions tant. De l'entrée du cimetière jusqu'à l'église, il fut porté sur les épaules des gens de Puynègre, Joseph et Faye marchant en tête. Un détachement du 1er de ligne était venu de Périgueux, M. le lieutenant-général baron Janin, commandant la 2e division militaire, était présent, ainsi que de nombreux officiers. Tous les militaires de l'Empire qui avaient connu Fabre et souvent fait appel à lui étaient là – ceux qui se trouvaient en retraite, en disponibilité ou en demi-solde, dans le besoin ou ayant bâti avec succès une nouvelle carrière civile.

Quand on descendit le cercueil dans la fosse, que roulèrent les tambours, je m'appuyai à la fois sur Jérôme et sur mon oncle Elie.

On revint à Puynègre. Il fallut à nouveau servir à déjeuner à tout ce monde. Joseph, Antonia, Julien avaient veillé à tout. La tante Ponse, agitée d'une crise nerveuse, n'avait pas été en état de se lever depuis qu'elle avait appris la mort du général. Elle parlait seule à voix basse et saccadée, récitait son chapelet et entremêlait des histoires confuses.

Dans les quelques jours qui suivent un décès, le mouvement, les obligations maintiennent une animation constante, on n'est jamais seul, on n'est guère libre de se livrer à son chagrin. Ensuite, brusquement, tout retombe dans le silence.

Jérôme resta jusqu'à l'ouverture du testament de son père, qui fut suivie d'entretiens avec son notaire et homme d'affaires, M. Linarès. Fabre avait laissé ses affaires dans le même ordre où il les avait tenues de son vivant. Les arrangements qu'il avait pris depuis longtemps prévoyaient que Pauline conserverait tous les biens venant de sa mère – Forge-Neuve, alors en plein essor, et les métairies situées autour de Saint-Cernin –, l'ensemble de Puynègre, dont me revenait une part d'usufruit, allant à Jérôme.

Joseph et moi avions estimé utile que Jérôme rende visite à tous les métayers et bordiers de Puynègre. Il le fit de bonne grâce mais, entièrement occupé de sa carrière, me demanda de gérer pour lui l'ensemble de la propriété avec l'aide de Joseph, en attendant qu'il en prenne la responsabilité. Fabre était rigoureux dans sa gestion, minutieux dans ses habitudes et veillait soigneusement à chaque dépense, tout en s'assurant que chaque chose était bien entretenue. Il me suffisait de poursuivre son œuvre. Je n'ai pas de talent pour innover, mais je sais maintenir et agrandir un bien. « Vous et moi sommes des paysans enrichis », disait-il en riant.

Dans son testament, il avait été généreux avec ses serviteurs. La somme qu'il avait laissée à Joseph devait lui permettre d'acheter un petit bien et de s'établir.

J'estimais que le bureau du général devait maintenant être réservé à Jérôme. Je me fis installer une table de travail munie de nombreux tiroirs dans le salon, près de la fenêtre de la cour. Ce serait un endroit commode pour ranger des papiers, faire des comptes, être au calme, et où l'on saurait facilement me trouver. Comme Fabre, je pourrais recevoir si nécessaire les fournisseurs ou les gens à qui j'aurais affaire sur le petit bureau de l'entrée.

Je songeai à questionner Joseph sur ses projets d'avenir. Jérôme eut des doutes sur l'utilité d'une telle conversation, mais autant je sais taire les choses quand je le juge bon autant j'aime qu'elles soient éclaircies sans retard là où cela me semble préférable. Je craignais que Joseph n'erre comme une âme en peine sans Fabre. Je comptais bien qu'il resterait régisseur à Puynègre, mais il disposerait de plus de liberté, ne devant plus remplir les fonctions de valet de chambre. S'il créait une famille en même temps, cela lui permettrait de reporter ailleurs des affections qui s'étaient entièrement concentrées sur le général et sur nous.

Le docteur Manet, consulté, se gratta le menton, qu'il rasait toujours soigneusement quand il venait à Puynègre tant il connaissait l'aversion de son ami pour le manque de soin.

« Peut-être Joseph voudrait-il épouser la petite Lalot, qui est belle fille ? dis-je.

— Ma chère Adeline, il a plus d'ambition que cela, je pense. »

Je fus un peu vexée de voir ma proposition rejetée comme invraisemblable.

« Que voulez-vous dire ?

— Depuis quelque temps, il a une liaison qui paraît sérieuse avec Etiennette Louprou, qui tient le commerce de mercerie dans le quartier du Temple. »

Je compris. Elle était une solide jeune veuve, avec une fillette de cinq ou six ans, et son mari lui avait laissé ce fonds de commerce qui marchait bien. C'était une meilleure affaire que d'épouser une fille de métayers, même fraîche.

« Voilà donc Joseph moins abandonné que je ne le craignais. Je vais lui suggérer de se marier. »

Jérôme et le docteur Manet se liguèrent pour me dire qu'il était d'âge à se passer de mes conseils. Je les laissai dire et n'en pensai pas moins. Je parlerais à Joseph à la première occasion.

Un matin, Jérôme repartit pour Périgueux. Je me retrouvai seule à la grande table de la salle à manger. Je ne voulais pas que Pauline se déplace trop fréquemment, sa grossesse avançait et elle était fatiguée. J'allais la voir presque tous les jours, mais je devais m'habituer à prendre mes repas seule.

C'est de cette époque que date une de mes habitudes que personne, je crois, ne connaît. Intérieurement, je parlais à Fabre comme s'il avait été en face de moi. Dans le salon, je m'adressais à son portrait. Ces monologues, qui n'avaient rien de geignard, m'auraient fait passer pour folle si on les avait entendus. Je ne lui faisais grâce de rien, mes commentaires les plus véhéments, mes indignations, l'ivresse de mon chagrin étaient pour lui. Assise à ma table, je levais soudain la tête vers lui, la plume en l'air, pour fulminer contre la grêle qui avait ravagé les vignes ou la mort des jeunes dindons au moment où ils avaient mis le rouge. Je ne suis pas imaginative. Les vagues menaces contre l'ordre social et familial qui reviennent sans cesse dans les conversations et troublent tant de gens ne m'agitent pas particulièrement, mais si on me dit que la Vézère en débordant a enlevé un mouton, je bondis.

Je n'ai pas non plus cette habitude des femmes de s'associer, de se consulter sur la plus minuscule démarche, sur la couleur d'un ruban, la longueur d'une cordelière, le motif d'une broderie. Ah! cette rage de parler, de se confier, comme si ce qu'elles vivent n'avait de prix que s'il y a des témoins! Des femmes de trente ans, et même de cinquante, se font part, avec des chuchotements de fillettes, du moindre mouvement de leurs ascendants et de leurs descendants. On répète, on déforme, on suppute, on invente. Il faut bien passer les après-midi.

Si je ne faisais pas de confidences, je me surprenais à

scruter chacun des objets familiers dont se servait Fabre ou qui l'entouraient : ses brosses, son chausse-pied, ses bottes, ses fusils, ses cannes, ses livres. Au mur de son bureau, pour la première fois, j'examinai attentivement les tableaux et les gravures qu'il aimait : chevaux, scènes de chasse ou de combat. Je me souvenais de ses réflexions : Géricault ne sait pas peindre le cheval arabe, il représente des chevaux robustes, vigoureux, mais seul Delacroix a saisi la finesse, la nervosité, la robe ondoyante du cheval arabe. Je regardai *La Charge des grenadiers à cheval de la Garde à Austerlitz, Une rencontre entre chasseurs à cheval français et cosaques, Le Champ de bataille de la Moskowa, Le Passage du Niémen par l'artillerie.* Sur son bureau, la tabatière que lui avait donnée l'Empereur après Dantzig.

Mon seul souci à cette époque fut de ne pas devenir folle. Je n'étais pas certaine d'y réussir.

Je finis par parler à Joseph, lui faisant remarquer qu'il serait temps pour lui de songer à avoir des enfants à qui il pourrait transmettre ce qui lui appartenait. Je lui offris mon aide pour toute démarche où je pourrais être utile. D'autre part, je jugeais sage de marier le seul homme que j'allais côtoyer quotidiennement, dont on m'avait vanté les talents de séducteur – que je devinais, malgré sa mine rude et sa réserve. Je ne tenais pas à me sentir des pâmoisons devant mon régisseur.

Le hasard fit bien les choses. Joseph me répondit qu'il souhaitait précisément me parler de ses projets de mariage avec la jeune Mme Louprou. J'approuvai. Il me semblait bon qu'une femme plus jeune et active s'installe à Puynègre. Elle pourrait se charger du travail de lingère, ce qui éviterait de faire venir du Bugue des lingères à la journée. Si elle avait la tête solide et une nature aimable, elle pourrait également m'aider dans la gestion de la maison.

Jérôme n'avait pas pris mes plans au sérieux, mais il m'avait donné son accord, si Joseph manifestait l'intention de se marier, pour lui faire aménager un appartement dans la partie des communs située au-dessus du fruitier et du pressoir. Pauline jugea l'idée bonne. Joseph en parut satisfait.

L'affaire ne traîna pas. Le lendemain, il me présentait sa future femme et l'on visita l'étage où serait situé leur logement. On convint qu'à la prochaine visite de Jérôme, qui ne devait pas tarder, on convoquerait les maçons pour décider des travaux à faire.

Mon prompt succès étonna le docteur Manet.

« Vous avez mené rondement les choses! me dit-il d'un air de doute.

– Et à la satisfaction de tous », ajoutai-je.

Tiennette Louprou, dont je fréquentais la boutique, me plaisait. Elle était une solide personne, attachée aux réalités, qui ne se hâtait pas mais ne perdait pas de temps en vaines considérations. Joseph avait bien choisi.

Jérôme voulut à peine entendre parler des travaux et de leur coût. Il était alors entièrement absorbé par sa carrière, la vie mondaine qu'il menait à travers le département – il était de toutes les soirées – et sans doute par quelque maîtresse.

Peu après, Pauline donna naissance à une petite fille. Elle la nourrit et s'occupa d'elle entièrement, tant elle craignait de la perdre. Julien participa à nos consultations et donna des avis utiles. Je pris l'habitude de lui faire part de mes projets, car il était de bon conseil.

Je passai l'été à surveiller les travaux des champs, comme l'avait fait Fabre. Je me reposais de tout sur Joseph mais voulais juger des choses par moi-même et éviter qu'on ne croie Puynègre à l'abandon. A l'époque des foins, puis des orges, du seigle, et de la moisson, j'étais debout dans la chaleur et la poussière du lever au coucher du soleil. J'avais pris sur moi toutes ces besognes diverses pour me retrouver harassée le soir. Mes activités et celles de Fabre nous avaient habitués à ne guère nous voir dans la journée, mais nos soirées étaient à nous et étaient le meilleur de notre vie. J'apprenais à être seule. La porte-fenêtre largement ouverte sur la terrasse, sur l'odeur des foins, sur le crissement déchaîné des cigales, sur les ciels d'août, me suffoquaient. Dans la journée, je semblais énergique, le soir la détresse me submergeait. Le docteur Manet venait souvent dîner avec moi, Pierre et mon oncle Elie passaient me voir chaque fois qu'ils allaient au Bugue. Je faisais parler Manet de Fabre, de ses années de séminaire, de ses campagnes. J'évitais prudemment le sujet de ses amours.

« Je ne me remarierai pas, dis-je un soir.

– Il est trop tôt pour le dire. Ne décidez rien maintenant.

– Je ne veux porter aucun autre nom que le sien, je ne veux pas vivre ailleurs qu'à Puynègre, à moins que les circonstances ne m'y forcent. Je ne veux être sous l'autorité de personne d'autre que lui.

– Vous êtes trop jeune pour vivre dans la solitude.

– Vous me connaissez, docteur, j'ai seulement dit que je ne me remarierai pas. »

Il hocha la tête, préférant ne pas poser d'autres questions.

Les travaux du futur appartement de Joseph progressaient. J'allais régulièrement à *La Meyrolie*, où je voulais également surveiller la moisson. Je songeai qu'il serait sage de m'y faire installer deux pièces, une chambre et un salon, pour m'y retirer si à un moment donné cela devenait nécessaire. Je remis à plus tard, cela ne pressait pas.

Un matin, je demandai à Joseph :

« Pourriez-vous m'apprendre à tirer au pistolet ? »

Il resta interdit.

« Je ne veux tuer ni moi ni personne. Mais je serais appelée à être souvent sur les chemins, parfois à la nuit tombée. Il faut que je puisse me défendre en cas de mauvaise surprise.

– Les pistolets du général seraient trop lourds pour vous. Je pourrais vous en acheter de plus légers.

– Faites ce qui vous paraît le mieux. »

Il m'apprit à tirer. Je voulus aussi démonter et remonter les pistolets qu'il m'avait achetés. Rapidement, je sus m'en servir de manière suffisante, pourvu que la cible consente à être immobile et relativement proche... Je ne poursuivrais donc pas de brigand à travers bois, mais si on m'attaquait sous le nez, je me défendrais.

Je montais à cheval sans élégance mais je n'avais pas peur. Après Souris, j'avais eu une autre jument solide et paisible, qui ne s'effarouchait pas. Quand j'allais au-delà de Limeuil ou du Bugue, je préférais d'ailleurs prendre le cabriolet, que je conduisais moi-même.

Les mois passaient. Mon deuil me faisait mener une vie strictement familiale qui me convenait. Les exigences de la campagne me forçaient à m'occuper chaque jour de mille détails et j'en étais soulagée. J'hésitais à vendre César, l'anglo-arabe que montait Fabre le jour où il s'était tué. Mais Jérôme pas plus que moi ne souhaitait le garder.

Faye suggéra de faire saillir la jument limousine que le général utilisait pour ses courses dans les champs. Elle était large et robuste et ferait une bonne poulinière. On convint de faire venir un maquignon de Bigarroque, qui avait un bon étalon.

Un après-midi que j'allais à la métairie, je vis un petit groupe au bord du pré, derrière la grange. Je m'approchai, ce que je n'aurais peut-être pas fait si j'avais compris ce qui les occupait. Il y avait là Faye, le petit palefrenier, le maquignon et son aide. Celui-ci tenait l'étalon avec une longue lanière enroulée en partie autour de son bras. La jument s'ébrouait, le garçon maintenait l'étalon à quelque distance pour lui éviter de recevoir des coups de pied. Je ne voulais pas avoir un air embarrassé ou rebrousser chemin. Les hommes me saluèrent. La jument paraissait réticente, elle secouait nerveusement une sorte de tablier de cuir qu'on avait lié autour de son encolure. On décida de l'entraver. L'étalon semblait furieux, il ruait. Le maquignon prit la longe des mains de son employé. Enfin, jugeant le moment venu, il laissa le cheval s'approcher de la jument. Une saccade le lança sur le dos de la jument, sabots en l'air, il glissa et retomba. Il dut s'y reprendre trois fois, puis se mit à l'œuvre avec des hennissements de frénétique. Il mordait, et je compris pourquoi on avait protégé la jument de ce tablier de cuir. Enfin l'étalon retomba, le maquignon l'éloigna rapidement, pendant que Faye désentravait la jument, et reculait précipitamment. En effet, elle rua plusieurs fois, avant de repartir au petit trot dans le pré.

Les hommes étaient contents, leur besogne accomplie. Il fallait payer le maquignon, puis Faye l'emmènerait boire à la cuisine avec le palefrenier et le jeune aide. Je n'avais pas besoin d'y être. Je me retournai pour rentrer à Puynègre. Pierre était à quelques pas de moi.

« Que fais-tu là?

– Je passais. On m'a dit que tu étais à la métairie.

– Je ne t'ai pas vu arriver. Tu étais là depuis longtemps?

– Oh! un petit moment. »

On rentra. Je payai et remerciai le maquignon, qui suivit Faye à la cuisine. Pierre entra avec moi dans le salon. Pour avoir une contenance, j'allai à ma table et sortis mon livre de comptes où j'inscrivis la dépense. Je relevai la tête. Pierre ne m'avait pas quittée des yeux.

« Que regardes-tu?

– Il y a longtemps que je ne t'ai vu le visage aussi défait.

– Plutôt que d'avoir le visage trop pâle, je crois l'avoir trop coloré à force de vivre au grand air.

– Tu me comprends très bien.

– Pas du tout.

– Ce n'est pas très glorieux, n'est-ce pas, pour une baronne de se sentir tout échauffée en voyant une jument se faire saillir par un étalon un peu brutal. »

Je posai les coudes sur la table et enfonçai les mains dans mes cheveux. Pierre avait raison, bien entendu.

« Une riche veuve avec un joli tempérament trouve facilement un chevalier servant. Tu es un morceau de roi, ma jolie.

– Je ne veux pas ridiculiser la mémoire de Fabre.

– Si je peux te rendre service, fais appel à moi. »

Il était de l'autre côté de la table. Un long moment, je restai silencieuse, la tête baissée, le visage à moitié dissimulé dans mes mains. Brusquement, je me levai et marchai à grands pas dans le salon.

« Je suis en train de devenir folle. Folle, tu m'entends? Je parle argent, récolte, vente, et je contiens à peine la folie qui me monte à la gorge. Ce maudit été n'en finit pas! A la tombée du jour, quand vient la fraîcheur, tout revit, et moi je n'ai qu'à m'enterrer! Je ne suis pas une femme raisonnable, ni une veuve modèle! Je n'ai pas une âme résignée et la vertu me laisse froide. Il y a des jours où je tuerais tous ces témoins devant qui je dois rester digne. J'étranglerais le premier qui entre!

« Personne ne remplacera Fabre. J'ai trente-deux ans et ma vie est finie. Je ne veux pas d'un amant que je doive dissimuler, qui arrive à trois heures et reparte à cinq, qui doive sur commande m'inspirer de la passion à l'heure où sa femme consent à lui laisser faire sa partie de cartes chez le voisin. Belle émotion que d'avoir un amant! Deux semaines de frémissements pour deux heures de lit! Au siècle dernier, on avait du temps, mais en ce siècle d'argent, chacun doit courir défendre un procès, placer ses rentes, surveiller ses revenus, on doit dire où l'on va, avec qui l'on est, on a à rendre des comptes d'épicier. Un homme se croit séduisant parce qu'il assassine une femme de regards discrets et estime l'avoir conquise quand il arrive à lui presser la main derrière le dos d'un fauteuil, sans que les douairières s'en aperçoivent. »

Ma voix s'étranglait. J'étouffais dans cette insupportable chaleur qui pénétrait derrière les volets clos et où je ne pouvais même pas défaire le col de ma robe. Je saisis violemment le bras de Pierre :

« Tu comprends? Je n'ai pas envie de pleurer, j'ai envie de hurler! »

A peine avais-je prononcé ces paroles que je me mis à pleurer, accrochée à son épaule. L'instant d'après, il m'embrassait, d'un baiser qui sentait le vin et l'oignon et me pénétrait jusqu'au fond de la gorge. Il en aurait fallu plus pour me rebuter. Hoquetant un dernier sanglot, je répondis à son étreinte.

On frappa à la porte. Je me redressai, hagarde. Malvina parut.

« Madame demande si vous voulez bien venir prendre son pouls, elle se sent fiévreuse. »

Elle restait à la porte, les bras ballants. J'aurais pu saisir une pendule et la lui écraser sur la tête.

« Je viens, dis-je simplement. Attends-moi, Pierre, je reviens de suite. »

Je pris le pouls de la tante Ponse, qui était seulement un peu rapide. Je n'entendis rien au babil des deux vieilles, et elles ne s'en soucièrent pas, ma présence leur suffisant.

Je redescendis dégrisée. Je fis asseoir Pierre. Il me laissa parler de n'importe quoi sans m'interrompre et cela me fit du bien.

« Tu vois, conclus-je tristement, je n'ai plus qu'à devenir une matrone autoritaire et à gérer Puynègre avec la dévotion que je ne peux maintenant consacrer à personne.

– Ce n'est pas un mari ou un amant qu'il te faut, mais un croisé qui veuille te conquérir avec la même foi qu'il mettrait à délivrer le tombeau du Christ en Terre sainte. C'est une lourde tâche, et le Périgord n'offre pas cette sorte d'hommes en abondance. »

C'est seulement quand il se leva pour partir que je pensai à lui demander des nouvelles de Louise et des enfants. M. de La Gardelle était mort peu avant, laissant des lambeaux de ce qui avait été une assez belle fortune. Il avait peu à peu vendu ses bois, ses terres, ses métairies, et il ne lui restait que des biens hypothéqués, insuffisants pour lui permettre de soutenir longtemps son train de vie à Périgueux tout en se montrant généreux avec Louise. Elle croyait encore son père assez riche alors qu'il était ruiné. Elle se voyait contrainte à mener la vie modeste des hobereaux. Humiliée, incapable de se résigner ou de réagir, détestant passer toute l'année à la campagne, elle aurait souhaité la mort si cette pensée n'avait été condamnée par l'Eglise. Elle remplissait ses devoirs avec un morne désespoir.

Les revenus de Fumerolles servaient à payer les études des garçons au collège de Périgueux et de la petite Elise qui venait d'entrer chez les Visitandines, et à vivre petitement.

« Qui diable a décidé de votre mariage? ne pus-je m'empêcher de demander à Pierre.

– Ma mère et Mme de La Gardelle étaient amies d'enfance. Elles se sont fait la promesse de marier leurs enfants, si l'une avait un fils et l'autre une fille d'un âge approprié. Hélas! elles furent exaucées, les saintes créatures! Elles ont cru touchant de tenir leur serment de jeunes filles et leurs époux ne s'y sont pas opposés. Ma mère avait encore une assez jolie fortune, que mon père a fini de dissiper. Tout le monde a applaudi à notre mariage. »

Il eut un rire amer.

« Personne ne s'est soucié de savoir si nos caractères pourraient s'accorder. C'est si joli un vœu d'enfant qu'on réalise à l'âge adulte. »

J'avais temporairement retrouvé mon calme.

« Je viendrai déjeuner mardi, après le marché du Bugue », me dit Pierre en partant.

J'étais résignée à l'inévitable. Ce qui ne s'est pas fait

à midi, se fera le soir, disait César Borgia. Pierre était assez rusé pour n'être pas pressé. Ce mardi-là ou un autre, il me trouverait seule, nous semblions en avoir l'un et l'autre accepté la fatalité.

Le soir, avant de me coucher, en retirant le médaillon que je portais toujours au cou, je contemplai longuement la miniature qu'il contenait. C'était le portrait de Fabre, copié sur le tableau du salon. Il avait été peint à son retour de la Campagne de Russie, alors qu'il était à trente-six ans général et commandeur de la Légion d'honneur. Je m'endormis en serrant le médaillon, désespérée.

Qui de nous est fait pour ce qui lui arrive?

Deux jours plus tard, je devais aller à Sors, un peu après Limeuil, voir une femme que m'avait recommandée M. le curé. Elle avait été servante à l'auberge du Chêne Vert, à Périgueux, et à la suite d'une mauvaise chute, ayant eu la hanche démise, elle s'était mise à marcher avec difficulté. Elle avait fini par être renvoyée. Rentrée dans son village natal, elle était à la fois affaiblie, quasi infirme et démunie de ressources. Le curé espérait que je lui trouverais un peu de travail.

Il faisait une chaleur accablante. Au retour, en attendant le bac qui devait me ramener sur l'autre rive de la Vézère, je vis un beau monsieur assez arrogant, suivi de son domestique. Il frappait impatiemment sa botte de sa cravache. Il avait un joli cheval qui se secouait, poursuivi par les taons. Le maître paraissait aussi énervé que l'animal.

J'étais un peu plus loin, à l'ombre d'un arbre. Ma tournure et ma toilette ne se remarquent pas, et il ne fit pas attention à moi. Une jeune fille attendait à côté d'un panier de poires. Il s'approcha d'elle et d'un ton cavalier dit à la ronde :

« Ce bac met des heures à venir. Le passeur doit

être à l'auberge. Petite, combien me vends-tu l'une de tes poires pour me rafraîchir?

– Pardonnez-moi, monsieur, elles ne sont pas à vendre. Je dois les porter à l'aubergiste, qui les a déjà payées à ma mère.

– Tiens donc? Et l'aubergiste va les compter et s'apercevoir qu'il en manque une? »

Il ne voulait sans doute pas vraiment de cette poire, mais il se piqua au jeu devant la timide résistance de la fillette; en insistant, il la mit presque en larmes. J'allais intervenir quand une vieille femme s'interposa et prit la petite sous sa protection.

Le monsieur porta plus loin ses élégances, au milieu des canards qui becquetaient la vase à la recherche de vers. Le bac arriva. On y fit monter hommes, bêtes et paquets. De l'autre côté, le monsieur jugea bon de faire encore une réflexion ironique sur les manières de ce pays où les gens allaient au pas des bœufs. Je l'ignorai et rentrai à Puynègre.

On venait d'apporter une lettre du colonel de La Bardèche.

Il avait appris que je souhaitais vendre le cheval anglo-arabe de Fabre et se permettait de me recommander son neveu, M. de Céré, qui se présenterait à Puynègre pour le voir.

Dans l'après-midi, Faye m'annonça que M. de Céré venait d'arriver et souhaitait me saluer. Bertille le fit entrer : c'était mon élégant du bac de Sors, soigné de la pointe des bottes au nœud de la cravate, et qui montrait cette fois toutes les marques de la plus exquise courtoisie. Je trouvai la rencontre amusante.

Je répondis très aimablement à ses salutations. Soudain, je ne sais quelle mouche me piqua, je lui dis :

« Mais je vous connais, monsieur, nous nous sommes déjà rencontrés. »

Il était trop homme du monde pour montrer sa surprise.

« Madame, je sais que vous êtes une des femmes

d'esprit de cette province, et vous voulez sans doute me mystifier.

– Fort bien, voyez si je me trompe. Vous êtes désinvolte, élégant, ironique, arrogant avec les inférieurs, séduisant avec les femmes, rarement sincère, jamais fidèle, traversant à grand train les rues des villages, en effrayant les dames pieuses et la volaille... »

Il s'inclina, sans perdre son sang-froid.

« Vous oubliez, madame, mangeur de petits enfants et pilleur de tombes.

– J'étais indulgente, en somme. (Décidément, il m'amusait.)

– Quelqu'un vous aura fait de moi ce portrait flatteur ?

– Je vous ai vu tout à l'heure au bac de Sors, monsieur. »

Il rit.

« C'est donc cela ! Vous voyez que j'ai raison d'être insolent ! Si j'avais été courtois et discret, vous ne m'auriez pas fait l'honneur de vous souvenir de moi. Mais savez-vous, madame, que si vous étiez un homme, je vous aurais déjà demandé raison des belles épithètes dont vous m'avez couvert ?

– N'hésitez pas, monsieur. Mais il faudra vous battre au pistolet, car je ne sais pas manier l'épée. »

Il eut un grand rire de beau garçon qui se sent en terrain connu avec une femme simplement un peu plus audacieuse que d'autres.

« Madame, nous pourrions également nous rencontrer ailleurs que sur le pré, sans armes et sans témoins, à l'heure et à l'endroit que vous me ferez la grâce de choisir.

– Pardonnez-moi : je plaisantais. Je dois pourtant vous dire que vous avez tout à fait manqué de délicatesse à l'égard de cette petite fille, que vos familiarités épouvantaient.

– Quand je paie, je ne demande pas à être aimé, je veux être servi.

– Au train où vont les choses, monsieur, une révolution de plus et vous ne serez ni l'un ni l'autre », dis-je gracieusement.

Il rit à gorge déployée.

« Madame, il y a longtemps que je n'ai eu autant de plaisir à converser avec une femme. Vous êtes charmante et je gage que vous savez aussi être redoutable.

– Je pourrais l'être, en effet.

– Je vous en supplie, faites-le-moi savoir le jour où vous déciderez de l'être. En attendant, me permettez-vous de venir vous saluer un autre jour?

– Cela est inutile. Je n'ai qu'un cheval à vendre.

– Il faudra donc que je me passe de votre permission, au risque de me faire jeter dehors par vos domestiques, c'est bien cela?

– Je n'aurai aucun embarras à vous dire moi-même que je ne puis vous recevoir.

– Je me présenterai pourtant, même si je ne dois pas être reçu.

– Ne prenez pas cette peine, ce serait en pure perte.

– Si vous le permettez, madame, c'est à moi d'en juger. »

Je le menai dans la cour où Faye attendait pour lui montrer César. Pour lui indiquer que la plaisanterie était terminée, je précisai que j'en voulais trois mille francs. C'était une bête superbe et elle les valait. Je lui fis mes adieux en annonçant que je devais sortir. Il me répondit avec une parfaite urbanité.

De la fenêtre du salon, je le regardai. Il examina longuement César, le flatta, lui parla. Il savait sans doute que je l'observais. Il surveilla tous les mouvements de Faye pendant que celui-ci sellait le cheval. Il vérifia les sangles, la longueur des étriers, puis il enleva César au grand trot dans l'allée. Comme on aurait pu le prédire, il montait hardiment.

Je pris un panier et suivis la route du Bugue par le cingle. Il faisait moins chaud le long de la rivière. J'eus une bouffée d'inquiétude en pensant qu'il pourrait faire part en plaisantant à son oncle de notre conversation. Je l'avais traité comme un dandy dont le mépris évident pour la province m'irritait. Ne devant pas le revoir, je ne m'étais pas embarrassée de délicatesse inutile. On verrait bien s'il savait être discret.

Lorsque je revins deux heures plus tard, après m'être arrêtée chez ma tante Labatut et avoir rendu visite au rempailleur de chaises, Faye était dans la cour et César à l'écurie.

« Alors, Faye, qu'a décidé M. de Céré?

– Madame, il aimerait acheter César, si vous le voulez bien. Il reviendra demain chercher votre réponse.

– Je ne le lui vendrai pas s'il est brutal ou s'il risque de le maltraiter.

– Je ne le pense pas, madame. Il est un peu bouillant mais bon cavalier et il aime les chevaux.

– Qu'a-t-il dit du prix?

– Il n'en a rien dit. Il voudrait vous payer demain et emmener César.

– C'est bien. Vous arrangerez tout avec M. de Céré, car je dois aller demain à Fontbrune, je ne pourrai donc le voir. Vous lui présenterez mes regrets. »

En effet, le lendemain matin, je pris le cabriolet et partis pour Mauzens. L'air était immobile dans cette chaleur de fin août, tout était tassé à l'ombre, même les cigales se taisaient. Dans l'après-midi, on sentait qu'un orage se préparait, et ma tante Charlotte, craintive, m'encouragea à rentrer sans retard. Quand j'arrivai à Puynègre, le ciel était déjà couvert et on me reçut avec soulagement, car on était inquiet de me savoir en route par ce temps.

Dans la cour, je vis M. de Céré parlant avec Faye. Son domestique était près de là, à côté des deux chevaux attachés à l'anneau voisin du puits. Il fallait bien m'approcher. Je ne savais s'il avait calculé d'arriver ainsi en fin d'après-midi. Il expliqua qu'il avait été retardé, son cheval ayant perdu un fer qu'il avait dû faire remettre à Cadouin. Il me remercia d'avoir consenti à lui vendre César. Il précisa que, tout étant réglé, il avait seulement souhaité me saluer avant de repartir. Faye me remit l'argent. Je lui donnerais sa part plus tard.

Une grande brassée de vent s'engouffra dans l'allée et fit voler la poussière autour de nous.

« Voilà l'orage qui arrive », dit Faye.

D'un seul coup, le vent secoua les arbres, fit claquer les portes, les volets. Les chevaux, nerveux, hennirent.

« Monsieur, vous ne pouvez reprendre la route sous l'orage, fus-je obligée de dire. Faye, prenez soin du domestique et des chevaux de M. de Céré. »

La maison et la cour s'emplirent d'activité. On accrochait les volets, on fermait les portes, on faisait rentrer les bêtes. Le ciel s'était assombri, alors qu'il était à peine six heures. Aux premiers éclairs, chacun se terra. J'avais prévenu Antonia que M. de Céré dînerait et passerait la nuit à Puynègre. Je ne pouvais pas le mettre à la porte, la nuit tombée.

Le dîner fut un peu animé. L'orage tournait autour de Puynègre sans éclater. L'air s'était rafraîchi, mais la nervosité de tous croissait au fur et à mesure que la soirée avançait. Dans la cuisine, des cierges étaient allumés.

Après le dîner, je demandai à Bertille de montrer sa chambre à M. de Céré pendant que je montais dire bonsoir à la tante Ponse. Sourde comme elle était maintenant, elle entendait pourtant le plus lointain coup de tonnerre.

Quand je redescendis, M. de Céré était debout à la fenêtre donnant sur la vallée, fumant tranquillement. Les peupliers se tordaient sous le vent, au bas du coteau. Le tonnerre craquait au loin. Soudain, sans que rien l'ait annoncé, un coup de tonnerre claqua sur nos têtes, à réveiller les morts. Je ne suis pas peureuse, mais je tressautai. Bertille vint précipitamment me demander si je ne voulais pas qu'on ferme les volets. Je refusai, n'aimant pas me claquemurer avant que la nuit tombe.

« On voit que vous n'êtes pas d'ici, vous ne prenez pas l'orage au sérieux, dis-je à M. de Céré.

— Je préfère mourir de la foudre plutôt que de vieillesse.

— Vous ne songez pas aux dégâts que fait l'orage dans les campagnes. Encore heureux que les moissons soient rentrées. Décidément, on ne sait pas grand-chose des réalités quand on habite Paris.

— Fort bien. Parlez-moi de ces réalités que j'ignore. »

Il était planté devant moi, un peu ironique.

Je parlai pour oublier que l'orage cette fois était déchaîné au-dessus de Puynègre. La pluie battait en rafales, il semblait que le tonnerre résonnait contre les rochers qui bordent la Vézère. J'avais toujours peur que l'un des arbres ne s'abatte sur la maison, les éclairs tombaient en grands zigzags désordonnés. C'était peut-être beau, mais je ne retrouverais mon calme qu'une fois l'orage passé et le risque évanoui.

Je parlai pourtant, et curieusement de Fontbrune et pas de Puynègre. C'est que Puynègre est trop riche, trop bien entretenu pour représenter ce pays. Je racontai les pierres que l'on doit enlever une à une et que l'on entasse en murettes le long des champs, les charbonniers, les maladies, les hivers où l'on a faim, les châtaignes dont se nourrissent les gens et pas les cochons.

Je m'arrêtais quand un coup de tonnerre claquait plus fort. M. de Céré m'écoutait. Et j'allais toujours. Je lui racontai tout ce que la vie des campagnes peut avoir de secret et d'intense, dont les citadins n'ont aucune idée.

« Excusez-moi, dis-je enfin, je me suis laissée entraîner en vous parlant du seul sujet qui me soit familier. »

L'orage se terminait, la pluie dégouttait le long des arbres, les grondements s'éloignaient. Bertille cette fois vint fermer les volets et voir si je n'avais besoin de rien, comme elle le faisait chaque soir depuis que j'étais seule. Apprenant qu'à la cuisine tout le monde était rassuré et prêt à aller se coucher, je lui dis bonsoir.

« Vous êtes belle quand vous parlez de vos pierres et de vos bruyères », me dit M. de Céré. Il souriait.

« Mon enthousiasme vous amuse?

– Ce n'est pas de l'amusement que je ressens quand je vois de la passion chez une femme.

– Vous vous trompez, je ne suis pas une passionnée.

– Nierez-vous que vous aimez la terre avec passion? Et il me semble que vous aimez le reste avec hardiesse. »

Ce qu'il dit importe peu et ce que je répondis moins encore. Nous nous opposions en ce rituel, cette sorte de danse du sabre dont j'ai lu la description quelque part, lente d'abord avant de devenir intense, et sans qu'on sache quel mouvement déclenchera la frénésie. Il était assis dans un fauteuil proche du mien. Les cercles décrits par cette manœuvre de guerre et de séduction se resserraient sans hâte. Je le laissais mener les choses à sa guise, je savourais cette heure apaisée où la chaleur était tombée, où rien ne s'était passé entre lui et moi, avant le moment où tout deviendrait inévitable. Le coude posé sur le bras de son fauteuil, il me regardait à travers la fumée de son cigare. J'avais la tête appuyée contre le dos de la bergère. Il attendait un signe, un geste d'abandon de ma part, puisque c'est ainsi qu'on a éduqué les femmes et qu'elles doivent respecter un délai convenable avant de se livrer. A ce jeu, elles ont souvent appris à préférer les plaisirs de l'imagination à ceux des sens. J'en connais qui attendront jusqu'au Jugement dernier plutôt que d'oser, alors qu'à mon avis trop de hors-d'œuvre gâtent le repas.

Je ne savais rien de M. de Céré, mais je n'avais pas besoin de connaître sa généalogie pour ce que nous avions à nous dire. Je voyais son profil. C'était un bel homme insolent à qui l'on n'en conte pas. Il prenait son temps et à chaque tour serrait la borne de plus près. Depuis longtemps déjà, il m'avait regardée de haut en bas, de bas en haut, en général et en détail, et il me semblait qu'il n'avait pour l'instant rien à ajouter à cet inventaire. Enfin, je ne pus résister et me penchai vers lui.

« Puis-je vous poser une question indiscrète? »

Un homme qui digère depuis une bonne heure en attendant l'instant propice ne refuse pas une pareille aubaine. Il pressent là le début d'un aveu.

« Ne croyez-vous pas que cela suffit? » dis-je en souriant.

Mon expression le renseigna sur le sens de ma remarque.

« Si vous parlez de l'après-dîner, je ne saurais m'en plaindre. Pour la suite, il faudrait me dire ce que vous attendez de moi », répondit-il d'un ton badin.

Je me penchai vers lui.

« Je veux me soûler de vous », dis-je simplement.

Sa vanité se cabra comme sous un coup de cravache. C'est lui qui disait cela d'habitude, et il n'aimait pas se l'entendre dire. Il lui prit une colère froide de beau garçon vexé, qui lui allait bien. L'animal n'était pas loin sous le drap fin de la redingote. Il se tourna vers moi, serra fortement le bras de mon fauteuil et murmura entre ses dents :

« Eh bien, madame, vous serez satisfaite. On vous en donnera jusqu'à plus soif. »

Je n'avais pas pensé le déchaîner à ce point. Je compris alors ce que pouvaient être les rapports avec un homme qui n'a pour vous ni respect ni ménagement. Il me suivit dans ma chambre et en ferma la porte comme on le fait dans une auberge où l'on a payé et où l'on ne doit de politesses à personne. Il était furieux et voulait m'humilier. C'était en espérer trop. J'admets qu'on me rudoie, mais pas qu'on me brutalise. Sa main se referma sur mon cou et il me prit contre lui plus rudement sans doute qu'il n'en avait l'intention. Croyant que ma franchise et ma liberté d'allure trahissaient une grande licence, il ne se gênait plus. M'attrapant à pleines mains, il me tenait si solidement que je ne pouvais bouger. Il me dit des grossièretés que je ne comprenais même pas. Soudain, je me rebellai :

« Vous perdez l'esprit, criai-je, vous me faites mal. »

Il me regarda, comme se réveillant d'un emportement qu'il ne contrôlait plus.

« Faites ce que vous voulez, mais, grands dieux, laissez-moi le temps d'y prendre goût ! »

Mais il était écrit qu'il ne se calmerait qu'une fois son honneur vengé et il n'en était pas là. L'affaire m'entraînait peut-être plus loin que je ne l'avais pensé. Ma foi, décidai-je, il est inutile de me plaindre s'il me sert le potage que j'ai demandé. Vous aviez le loisir de penser en cette extrémité ? objectera-t-on. Pendant que mon jupon rebelle refusait de descendre en dessous de mes hanches et qu'à grands gestes emportés, il éparpillait dans ma chambre son élégante garde-robe, je laissai cette pensée me traverser l'esprit.

Comme il se tenait devant moi, je découvris avec stupéfaction, déployé dans toute son ampleur, l'instrument avec lequel il comptait me présenter ses hommages. Ciel ! pensai-je, il y a là de quoi enfoncer la muraille de Chine ! J'étais une proie bien chétive pour une arme de pareilles dimensions. J'en restai stupide et il s'en aperçut avec satisfaction.

Il s'empara de moi avec plus de douceur, satisfait de m'avoir prouvé la fermeté de ses intentions et des moyens dont il disposait.

« Eh bien, madame, seriez-vous intimidée ?

– On le serait à moins. Que comptez-vous faire de cette arme redoutable ?

– L'usage dont vous parliez tout à l'heure.

– Alors, laissez-moi recommander mon âme à Dieu, car je ne sortirai pas vivante de cette expédition-là. »

Mais il n'était pas de ces sots qui se jugent vainqueurs au moindre triomphe de leur amour-propre ou aux premières marques de déroute de l'adversaire. Contrairement à ce que j'avais cru, il déploya du génie, prit son temps, celui d'agir et d'observer, m'apprivoisa, ne me fit grâce de rien, ne renonça à aucun de ses avantages, les poussa jusqu'au bout, contemplant à loisir le supplice et le délice qu'il m'infligeait, avant de succomber lui-même.

Moi qui n'ai pas le pied marin, moi qui n'avais jamais vu remous plus farouches que ceux de Grandfont et du confluent de la Vézère et de la Dordogne, je savais que je ne m'étais pas embarquée sur un de ces galions chargés de marchandises mais sur un brigantin qui marchait droit au vent, ivre de rapines. C'était un vrai flibustier que cet homme-là. Si les paquets d'embruns et les bouffées d'écume lui arrachaient le souffle des dents, il le retrouvait l'instant d'après. Je le suivis en pleine mer et crus périr dix fois dans cette houle, mais ne m'en plaignis pas. Il me tira des flots alors que je ne croyais plus en émerger, pour m'y replonger l'instant d'après. Il avait le goût du large et la folie des conquêtes. Je renonçai à me protéger et reçus de plein fouet le choc de ces lames furieuses, j'en vibrai jusqu'aux tympans. Quand enfin une vague plus forte nous rejeta sur la grève, pendant qu'il grondait comme un sauvage, ancré au fond de moi, me retenant contre lui avec frénésie, je m'échouai rivée à son flanc, gorgée d'un bonheur inouï, interminable, qui me laissa anéantie.

Longtemps, nous restâmes inertes, n'en pouvant plus d'épuisement, grisés par cette odeur marine des amours assouvies. La bouche contre sa peau, j'en savourais le parfum d'algue et le goût de sel. Enfin, il se redressa, me baisa doucement la main.

« Est-ce là ce que vous vouliez, jolie dame ? » murmura-t-il.

Je songeai paresseusement que je ne savais pas son

prénom, mais je n'en avais pas besoin. Pour une nuit, « Monsieur » suffirait. Je n'aime pas les familiarités.

« Si vous pouviez me guérir à jamais de l'amour, vous me rendriez service », soupirai-je.

Il rit, relevant mes cheveux sur mon front.

« Mmmm... le traitement serait long et le résultat hasardeux, mais je sollicite l'honneur de l'entreprendre.

– En vous voyant si impitoyable, j'ai failli promettre un pèlerinage à la Vierge de Fonpeyrine si j'avais la vie sauve.

– Ne promettez pas trop vite et ne dites pas encore votre action de grâces, je n'en ai pas fini. »

Il me caressa la joue et m'embrassa légèrement.

« On veillera à vous rassasier, jolie dame. »

Heureusement, en effet, que je n'avais pas promis de pèlerinage, il aurait fallu en promettre plusieurs. Quand M. de Céré consentit enfin à s'endormir, il me sembla que je ne pourrais me tenir debout de huit jours. De plus, il me fallut le réveiller bientôt, car Bertille allait m'apporter mon déjeuner à sept heures. Même en chemise, ses vêtements sur le bras, ses bottes à la main, ses cheveux dans les yeux, il était beau garçon. Il finit de s'ajuster hâtivement.

« Allez dormir un peu, lui dis-je, je ne veux pas qu'on trouve votre lit intact.

– Et vous voudrez sans doute rendre un peu de dignité au vôtre? » railla-t-il, les pieds dans les draps répandus.

Il était convenu qu'il partirait dans la matinée. Nous aurions encore le temps de nous dire adieu.

Allons, l'aristocratie avait encore de beaux jours devant elle s'il lui restait encore quelques animaux de cette espèce. Le coup de reins ne suffit pas à maintenir une fortune, mais si on sait en user il peut y contribuer.

Quand il parut dans la cour, arrangé et vêtu de frais, il avait encore son air de carnassier, mais il avait regagné ses apparences de bonne éducation. Il me fit devant Faye et son domestique les adieux et les remerciements qui convenaient. Le domestique montait une vieille jument et menait par la bride la monture avec laquelle était venu son maître la veille. M. de Céré montait César et j'en fus troublée. Il se pencha vers moi, charmeur :

« Nous nous reverrons, madame.

– Je ne crois pas, monsieur.

– Ce n'est pas une question que je vous pose, c'est un avertissement que je vous donne.

– Ne savez-vous pas qu'un homme se doit de mépriser une femme qui lui a cédé trop facilement ? plaisantai-je.

– Laissons là les lieux communs, ils ne nous concernent ni l'un ni l'autre. Au revoir, madame. »

Il me salua à peine plus longuement qu'il n'était nécessaire et partit. Il passait l'été dans le domaine de sa famille, non loin de la propriété du colonel de La Bardèche, et l'hiver à Paris, avais-je compris. Je n'avais pas besoin d'en savoir plus. J'étais sereine à force d'épuisement. Demain, nous verrions.

Je rentrai vers mes livres de comptes et Joseph qui voulait m'entretenir de la vente d'une paire de bœufs.

Le lendemain, je reçus de M. de Céré une lettre plus délicate que je ne l'aurais cru. Je la mis dans le tiroir de ma table.

L'hiver approchait. Joseph était marié et installé avec sa femme Tiennette et Léa, la petite fille de celle-ci, dans la partie des communs qui avait été aménagée à leur intention, et fort bien, je dois dire. L'automne avait été pluvieux. La Vézère avait débordé. Heureusement, on avait eu le temps de le prévoir et de retirer les bêtes des prés du bas, nous n'avions donc pas eu de bétail emporté par les eaux.

La récolte de noix avait été bonne. On presserait assez d'huile pour en vendre, en plus de la provision conservée pour la maison et les métairies. On séchait les châtaignes. On curait les fossés, on faisait les diverses réparations que demandaient les bâtiments, on coupait du feuillard et de la carrassonne.

Julien Maraval n'était pas vraiment chasseur. Seul Joseph partait maintenant le fusil sous le bras, le chien sur les talons. Pauline venait ou j'allais la voir à peu près chaque jour. Emilie, sa petite fille, était son plus cher souci, et Julien les protégeait toutes deux avec un soin touchant.

Bientôt, le soir on veillerait à la cuisine pour énoiser, avec l'aide des métayers. J'y allais volontiers. On y racontait des légendes, toujours les mêmes et un peu monotones sur la chasse volante, les lébérous ou les fontaines miraculeuses. Je préférais les histoires du pays, en particulier celles du temps de la Révolution. J'y apprenais d'étranges choses sur les uns et les autres, le vrai se mélangeait au faux, la vengeance y avait sa part, ces époques de confusion engendrant tous les excès. Je raconterai ces histoires à mon tour un jour où j'aurai le temps, car certaines sont bien curieuses.

Un jour, le docteur Manet arriva après le déjeuner. Il semblait d'humeur taciturne. La conversation languissait, je lui proposai de venir avec moi au moulin de Cantegrel, où je devais voir la fille du meunier, dont les parents souhaitaient qu'elle soit engagée à la journée à Puynègre. Je ne pouvais la prendre dans l'immédiat, la vie à Puynègre étant considérablement ralentie depuis la mort du général et devant le demeurer encore, en raison de mon deuil, pendant plus d'un an. Mais je pouvais la recommander auprès de Mme Tibeyrand, dont le mari était huissier au Bugue, qui cherchait une servante.

« C'est que, me dit le docteur, embarrassé, je voulais vous remettre quelque chose. »

Il sortit de sa poche un étui recouvert de velours, simple mais joliment travaillé, et le tint comme s'il craignait de me le donner.

« De quoi s'agit-il?

– On m'a remis cela pour vous, de la part de Mme Bonis, la modiste de la rue Eguillerie, à Périgueux. »

J'attendais qu'il s'explique et il n'avait aucune envie de le faire. Il me tendit l'étui. Il contenait une fine chaîne d'or et un camée.

« C'est un charmant bijou. Que dois-je en faire?

– Il appartenait à Mme Bonis, qui est morte récemment, comme vous le savez. Elle avait laissé une enveloppe à mon nom, chargeant un neveu, son seul héritier, de me la remettre sans l'ouvrir. Elle contenait une lettre et cet étui.

– Voilà assez de mystère. Racontez-moi plutôt l'histoire. »

Je n'avais jamais vu Manet aussi malheureux.

« Il y a bien des années, avant de vous connaître, Fabre avait eu l'occasion de faire des achats chez Mme Bonis pour sa première épouse. Et il avait... enfin elle était... »

Notre pauvre docteur écartait les bras, croisait et décroisait les jambes, se frottait le nez, cherchait désespérément une fin de phrase. Moi, si prompte, je ne disais rien. Enfin, péniblement, il reprit son discours.

« Fabre, quand il était devenu veuf, avait aidé et protégé Mme Bonis, qui à l'époque avait bien du mal à élever son fils unique. Ensuite, il avait aidé le jeune homme à entrer dans l'armée. Il a été tué près de Constantine, il y a trois ans. La pauvre femme ne s'en est pas remise. Fabre lui avait fait cadeau de ce médaillon, et elle a voulu qu'il vous revienne. Elle ne pouvait se résigner à le remettre à son neveu et à lui expliquer tout ce qu'il signifiait pour elle.

– Je comprends », dis-je.

A part moi, je me demandai quelle rage poussait les gens à raconter et à justifier leur misérable vie. Cette pauvre femme n'aurait-elle pu se taire et donner le médaillon à son neveu? Manet poursuivait. Il était trop agité pour mentir, et en devenait encore plus maladroit.

« Elle savait que Fabre vous aimait avec passion, il ne le lui cachait pas.

— Et c'est dans sa boutique, en faisant quelques achats, qu'il lui tenait ce genre de conversation ?

— Je crois qu'il lui apportait des secours, des conseils dans la gestion de ses affaires.

— Vous croyez ou vous essayez de vous tirer le mieux possible de cette désagréable commission ? »

Pauvre Manet, qu'y pouvait-il ? Je me rendis compte que je n'avais pas le droit de l'accabler.

« Allons, docteur, je vous demande pardon, dis-je en me reprenant. C'est touchant de cette femme d'avoir voulu me rendre ce médaillon. Son neveu ne sait rien ? »

Me voyant calme, il voulut me donner quelques précisions qu'il jugeait rassurantes, alors qu'il se serait mieux acquitté de sa mission en abrégeant l'histoire et en la faisant finir au moment de mon mariage avec Fabre.

« Comme vous savez, le général ne faisait que de brefs séjours à Périgueux. Il allait faire chez Mme Bonis les achats que vous lui aviez confiés. C'était un homme de devoir, il n'aurait pas abandonné quelqu'un qu'il avait pris sous sa protection. Il ne la voyait plus que par charité. Il avait pour vous un amour exclusif.

— Quel âge avait-elle ?

— Oh ! plus de trente ans, s'empressa-t-il de préciser.

— Vous voulez dire trente-trois ou trente-quatre ans, le seuil de la vieillesse, en somme ? » ne pus-je m'empêcher d'ironiser.

Je préférai clore l'incident. Je pris le médaillon en souriant.

« N'en parlons plus », dis-je apaisante.

Si j'étais affectée de cette découverte, je n'eus pas le mauvais goût de le laisser paraître. La chose en resta là. En ouvrant le camée, après le départ de Manet, je vis qu'il contenait des cheveux de Fabre.

Manet m'avait quelquefois laissé entendre que le général avait eu des maîtresses auxquelles il avait tenu. Fabre lui-même avait avoué en plaisantant qu'il avait appris à danser avec une comtesse italienne du temps où il était lieutenant et avait été envoyé en mission à la cour du roi Eugène; à aimer la musique avec une baronne autrichienne alors qu'il était capitaine; et à aimer tout court avec une dame polonaise dont il ne disait rien. Mais il s'était battu pour elle, m'avait raconté Manet, et avait tué un colonel de hussards qui avait la parole étourdie et s'était permis une remarque familière sur la dame en question.

Et j'allais me ronger les sangs pour Mme Bonis! Ma foi, qu'il lui ait donné de l'argent, et de l'affection en plus, qu'est-ce que cela changeait? Rien ni personne ne remplacerait ce qui avait été entre Fabre et moi. Le reste importait peu. Il faut d'ailleurs être bien persuadé de sa médiocrité pour croire qu'on puisse être remplacé. Et toi, Fabre, dans l'au-delà, je te défie de me dire que quiconque aurait pu me remplacer dans ta vie!

Je tins ce discours devant son portrait, dans le salon, le soir même. Un grand silence suivit ma question, d'où je conclus que j'avais raison.

Pierre était venu à Puynègre assez fréquemment. Je m'étais arrangée pour trouver des occupations ou ne pas être seule en sa présence.

Cet hiver-là, je ne rêvai pas : je délirai. Le souvenir du bref passage de M. de Céré m'embrasait, alors que le récit de Manet m'accablait. L'exaltation et le désespoir se disputaient mon esprit.

Les femmes discourent volontiers sur l'ingratitude des hommes. C'est qu'elles ont la rage de vouloir faire durer les sentiments à leur manière, en attendant que soir et matin ils se manifestent, aussi frais que l'automate sortant de sa pendule. Elles s'obstinent à confondre bien-être et amour, plaisir et passion, entente et fidélité. Quant à moi, je trouve les hommes étrangement fidèles : où les retient le plaisir ou l'intérêt, on est sûr qu'ils reviennent. Quoi de plus simple et qu'importent les détours du chemin ? Pourquoi bâtir là-dessus des romans entiers nourris de griefs et d'explications vengeresses ? Tant qu'à faire, je les préfère quand ils se prêtent avec fougue à une fantaisie un peu chaude que quand ils jurent fidélité avec des mines contraintes.

On le voit, j'eus des sujets de méditation. Je lus beaucoup et aucune lecture ne parvint à me distraire. Plus tard seulement je devais découvrir que la littérature française est incomparable quand elle décrit les mouvements du cœur. Les livres et la philosophie étaient impuissants à m'apaiser. Je crus devenir folle. Ce qui me sauva, c'est que la folie ne m'effraie pas, tout comme je n'ai pas besoin de recours contre l'absurde. J'accepte l'un et l'autre comme inévitables et je considère que chacun de nous en est la proie au moins une fois dans sa vie. Aucun de mes maux ne s'en trouva guéri, je parvins seulement à les dissimuler et je me contentai de cette maigre victoire. Si ma déraison était apparue dans toute son ampleur, mon entourage en aurait été saisi d'épouvante. Je lui épargnai le spectacle de ces sentiments extrêmes auquel il n'était pas préparé.

Au mois de février, Jérôme devait venir à Puynègre pendant les jours gras. La régularisation de certaines formalités dans les partages intervenus entre sa sœur et lui demandait sa présence chez maître Linarès. Il avait prévu de rester une semaine.

La fille des Lalot, les métayers, devait se marier. Elle avait été une des élèves de Pauline et savait lire et écrire. Pauline et Julien assistèrent au mariage, et je fus étonnée quand Jérôme annonça qu'il y serait également. Il préférait en général les réjouissances plus élégantes.

Une grande table avait été installée dans la grange de la métairie. Deux violoneux et un chabretaïre[1] firent danser après le repas. Je m'amusais toujours à ces danses sans apprêt, où je rivalisais volontiers d'entrain avec les filles et les femmes des environs. Je n'avais pas à changer de costume, et j'aimais mieux sauter et taper des pieds que de valser. De plus, les hommes pouvaient montrer là force et agilité au lieu de jouer les freluquets et d'avoir des grâces de petits maîtres dans les bals de bonne compagnie où ils servent de faire-valoir aux jeunes filles. Je préfère qu'ils n'aient pas peur d'effectuer quelques bonds et de faire pousser des cris d'effroi à leur cavalière en l'envoyant au plafond.

Jérôme dansa avec toutes les filles, jolies ou pas. Il vint alors à moi et me tendit la main :

« Notre Adeline me fera-t-elle l'honneur de danser avec moi?

– Cela est bien pour vous qui êtes jeune. Une femme ne danse pas quand elle est en deuil de son mari.

– Vous battez la mesure sous votre banc, je le vois.

– En dessus également, si cela vous fait plaisir, et je peux aussi battre des mains, cependant, je ne danserai pas.

– J'ai pourtant parié que je réussirais à vous convaincre.

– Eh bien, vous avez perdu, dis-je en riant.

– C'est que j'ai parié gros.

– Seriez-vous joueur? demandai-je, soupçonneuse.

– Comment aller dans le monde sans jouer?

– Si j'apprends que vous avez des dettes de jeu et que vous y dépensez une fortune, je ne vous adresserai plus la parole. Il n'y a rien de plus méprisable que de

1. Joueur de musette.

dépenser ainsi l'argent que d'autres ont gagné. Avec qui avez-vous fait cet absurde pari?

– Avec moi-même et j'y ai risqué une somme considérable. »

J'étais soulagée. Il avait l'œil brillant et me regardait attentivement.

« Vous êtes très belle, malgré vos robes noires. Ne me dites pas que cet éclat vous vient de la contemplation des sacs de blé, des balles de fourrage ou des tas de betteraves.

– Vous auriez tort. Le blé s'est bien vendu, les betteraves aussi, et j'en suis très contente. Au lieu de danser, je veille à votre fortune. »

Il se pencha.

« Je vous dis, moi, que quelqu'un vous fait la cour et que vous n'en êtes pas mécontente. »

C'était l'appétit et pas la satiété qui aurait pu me rendre les yeux brillants, mais je ne jugeai pas utile de le lui expliquer.

« Demandez à qui vous voudrez. Je ne reçois personne, et je ne sors que dans ma famille ou chez nos voisins.

– Avez-vous reçu M. Peyroulet, qui raconte partout que vous êtes la femme la plus séduisante de la province?

– M. Peyroulet? Vous perdez l'esprit! Je lui ai à peine parlé quand je l'ai rencontré dans le monde et depuis la mort de votre père, il y a près d'un an, je ne l'ai même pas vu. Et croyez-vous que je souffrirais à mes pieds un vieillard qui a trop de goutte pour se relever seul?

– Ah! vous préférez un jeune homme? C'est donc un amant que vous cherchez et pas un mari. D'ailleurs, l'un n'exclut pas l'autre.

– Jamais vous n'auriez osé être aussi insolent quand votre père était là. »

Je n'avais pas tout à fait raison. J'avais toujours plaisanté avec lui au mépris des convenances. Il riait.

« C'est moi qui dois veiller sur votre réputation, vous en conviendrez?

— Veillez d'abord sur la vôtre, qui en a grand besoin, et laissez-moi mener mes affaires comme je l'entends. Je ne veux de personne pour me protéger.

— C'est ce qui m'enrage. Vous me considérez comme un enfant. Souvenez-vous que M. de Ségur était embastillé à quinze ans, le Grand Condé et M. de La Fayette chefs d'armée à dix-huit ans, et mon père capitaine à dix-neuf ans. »

Les danseurs tournaient autour de nous, leurs pieds soulevaient des nuages de poussière. Les sabots, les basques des vestes, les pans de blouses, les jupes et les tabliers tourbillonnaient. Un chien dormait sous le banc où nous étions, repu des reliefs du repas. On passait des cruches de vin à bout de bras.

Jérôme poursuivit :

« Il y a bon nombre d'années, savez-vous, que j'ai cessé de regarder les femmes comme si j'étais un enfant.

— Je ne vous le demande pas. Mais vous avez vingt-trois ans, et je suppose que vous n'avez pas encore eu le temps d'acquérir l'expérience d'un roué. »

Il leva le doigt d'un air docte.

« J'avais quinze ans quand on m'a ravi mon innocence. »

Je pris la confidence en plaisantant.

« Je ne vous ai jamais connu innocent.

— Hélas! je parle de cette innocence dont on doit rendre compte au confessionnal. »

Cette fois, il piquait ma curiosité.

« De quoi parlez-vous?

— Eh bien, une demoiselle plus légère que d'autres m'a détourné du droit chemin alors que j'avais quinze ans.

— Quinze ans! Vous exagérez!

— Appelez cela comme vous voudrez, je n'avais pas seize ans. »

J'étais intriguée. Il le vit et continua :

« Vous ne vous souviendrez pas de Jasmin, ce journalier qui était venu de Charente et a travaillé à Curboursil un été. Il avait une fille un peu plus âgée que moi. Un après-midi, je pêchais près de l'île, et je ne prenais rien, il faisait trop chaud. Enfin, je ramenai une gardèche. On éclata de rire dans les buissons qui venaient jusqu'à la grève, au bord de l'île. Agacé, je demandai qui était là. On ne répondit pas, mais une voix moqueuse dit enfin : « Petit garçon prend petit « poisson! » Je posai ma ligne et passai le ruisseau pour aller dans l'île. C'était cette Lisa, assise au pied d'un buisson, à l'ombre, les jupes relevées sur les genoux, pieds nus, ses sabots près d'elle. Il me semblait qu'elle aurait dû avoir peur. J'étais le maître et j'étais déjà solide à cet âge : depuis mon enfance, je nageais, je tirais l'épée, je montais à cheval, et grâce à vous je marchais pendant des lieues. Je m'apprêtais à lui donner une bonne correction. J'étais cependant perplexe devant son insouciance. « Sais-tu qu'il y a une « meilleure manière de tenir les femmes que de leur « taper dessus? » me dit-elle. Je me souviens qu'elle observait son pied avec une grande attention et remuait ses orteils encore humides, car elle était restée au frais, les pieds au bord de l'eau. Elle se moqua de moi, voyant mon embarras, répéta que j'étais un enfant, j'en devins furieux. Elle rit aux éclats quand je déclarai que j'étais un homme et me dit qu'elle aimerait bien voir cela. Et... il fallut bien m'exécuter. »

Jérôme conclut en riant :

« Vous vous souvenez peut-être que je suis allé souvent à la pêche cet été-là. Et quand je suis rentré au collège, la mère d'un de mes camarades, chez qui j'allais quelquefois le dimanche, s'aperçut peut-être d'un changement dans ma physionomie. Elle voulut s'en assurer. Je ne m'y opposai pas, ayant été habitué, par vos soins, à répondre courtoisement aux requêtes des dames. Celle-ci ne parut pas mécontente de sa découverte, et proposa de me donner des leçons d'italien pendant que mon camarade poursuivait ses leçons de violon. »

Je restai bouche bée. Cela l'enchanta.

« Vous pensiez que je vous regardais d'un air doux et naïf ?

– Certainement pas. Mais je me méfierai de vous plus que je ne l'ai fait. »

Son histoire m'avait troublée. Et puis enfin, il m'enveloppait de regards intenses depuis que je le connaissais. Il était temps de prendre quelque distance.

« Je crois que je vais rentrer, il fait un bruit et une poussière insupportables à la longue dans cette grange. »

Il n'était pas six heures, mais la nuit d'hiver tombe tôt et il faisait déjà noir. Jérôme prit mon bras pour m'aider à marcher dans le chemin inégal qui revenait de la métairie à Puynègre. Cela était normal et à tout autre moment je n'y aurais guère pensé. Mais ce soir-là j'avais conscience de son coude serrant le mien, de sa hanche qui s'appuyait par instants contre la mienne. Je faillis glisser sur une plaque de boue gelée, et il me retint fermement, sans relâcher son étreinte, l'obstacle franchi. J'en avais la gorge sèche, les oreilles qui tintaient. Il n'était que trop facile de me tirer de la torpeur où je réussissais parfois à tomber depuis la mort de Fabre. Jérôme l'avait senti.

Le chemin aboutissait à la porte de la cuisine. J'y entrai pour prévenir que nous étions de retour et qu'on pourrait servir le dîner à l'heure habituelle. J'avais hâte de mettre du mouvement, du bruit, de la lumière, des gens entre Jérôme et moi. Le dîner et la soirée nous retrouvèrent en tête-à-tête. Je parlai abondamment. Il ne s'y trompa point. Je montai me coucher aussitôt que je pus raisonnablement le faire.

Le lendemain et le jour suivant, heureusement, Jérôme était invité chez les Carbonnières à Saint-Chamassy et à Limeuil, chez les Linarès.

Puis vint le mardi gras. Puynègre accueillit Pauline, Julien, leur petite Emilie, les parents et un jeune cousin de Julien, les Labatut accompagnés d'une sœur de mon oncle et de sa fille venues de Sarlat. Le docteur Manet était toujours à Mauzens pour le mardi gras.

Jérôme devait repartir pour Périgueux le jeudi et j'en étais soulagée. Je passai encore seule avec lui la soirée du mardi gras. Il était étalé de tout son long au fond d'une bergère devant la cheminée. Je me tenais dans l'autre, avec un ouvrage. Délibérément ou par goût, il ne se mettait jamais dans le fauteuil Louis XIII, haut et droit, qu'affectionnait son père.

« Avez-vous vu cet air ému avec lequel le petit cousin des Maraval vous contemplait? plaisanta Jérôme.

– Ce jeune homme fluet aux beaux yeux suppliants? Il est mince comme une caille, je n'en ferais qu'une bouchée, sans même laisser de petits os!

– Eh, l'adoration peut finir par vous toucher!

– Il est né avec ce visage de fille, il n'en a pas de rechange, voilà tout. »

Jérôme me lança un regard malicieux. Il voulait seulement m'impatienter.

« Et serez-vous aussi sévère avec moi? Ne vous ai-je pas obéi? J'ai fait la cour à Mme Maraval, j'ai cité quelques vers d'Ovide à votre oncle Labatut, qui a fait semblant de ne pas les entendre, car ils étaient un peu lestes, j'ai fait rougir sa jeune nièce.

– Vous avez été charmant, c'est vrai.

– Gai et charmant, n'est-ce pas? Il le faut bien, puisque vous m'y condamnez.

– Allez-vous dire que cela est contraire à votre nature?

– Cela ne s'accorde pas toujours avec mon sentiment.

– Pourtant, vous y mettez la meilleure grâce.

– Pour vous plaire, que n'y mettrais-je pas! »

Il y eut un silence.

« Partez-vous jeudi pour Périgueux?

– Si vous me chassez, je m'en irai.

– Jérôme, au nom du Ciel, ne me faites pas dire ce que je ne dis pas.

– C'est pourtant ce que vous souhaitez, je pense?

– En quoi vous ai-je maltraité? Vous ai-je dit quelque chose de blessant?

– Non, bien sûr. Vous me traitez avec la joyeuse énergie que vous avez à l'égard de tout le monde.

– Hé! que voulez-vous d'autre?

– Vous le demandez?

– Expliquez-vous enfin! Je vous ai toujours aimés de toute mon âme, Pauline et vous. Vous le savez. Si vous voulez me corriger de mon excès de vivacité, il vous faudra attendre ma mort. »

Il tourna vers moi sa tête appuyée sur les coussins.

« Je sais que vous aimez Pauline et moi de toute votre âme. Je suis sûr que Pauline en est très heureuse. Mais je sais comment vous pouvez aimer, je vous ai vue en face de mon père, j'ai vu certains emmêlements de jambes et certains cols dégrafés où d'autres émotions que celles de l'âme semblaient avoir leur part. Et vous m'offrez votre âme...

– Mais..., dis-je, interdite.

– Il m'est arrivé de redescendre dans le salon, un soir, pour demander la permission d'aller le lendemain à la foire de Montignac avec Joseph. Mon père et vous étiez si absorbés dans une partie de cartes que vous n'avez pas entendu la porte s'ouvrir. Je me suis caché derrière un fauteuil, j'ai regardé longuement et je suis ressorti. Et je suis revenu plus bruyamment. Vous avez tressailli, mon père eut un instant l'air impatient d'un homme qu'on dérange, puis il a repris son expression attentive en me voyant. La chère tante Ponse était déjà sourde et somnolait. Vous nous aimiez tous, mais lui seul vous importait. »

Je me taisais.

« Et puis, l'étalage des sentiments était de mise partout sauf à Puynègre, qui dédaignait la mode.

– Vous en avez souffert? » demandai-je enfin.

Il rit.

« J'ai beaucoup aimé souffrir à cause de vous. »

Il était renversé contre le dos de la bergère. Il avait un air rêveur. Il était désarmé, le visage à nu, insoucieux des apparences.

Je ne m'étais pas attendue à le voir sans défense, déterminé à dire ce qu'il avait à dire sans se soucier de mes réactions.

Ses cheveux châtains et bouclés, ses yeux clairs, ses traits réguliers, ses mains soignées, ses vêtements à la nonchalance étudiée ne réussissaient pas à le rendre fade. La sobriété que son père avait fait régner à Puynègre l'empêchait de montrer le désordre de ses sentiments, bien que je puisse le deviner.

Il finit par se lever, alla vers le feu, remuant du pied les débris d'une bûche, et resta là, me tournant le dos, les pouces dans son gilet. Je ne voulais pas lui répondre. Mais le silence qui se prolongeait était lourd de malaise.

« Jérôme... », commençai-je.

Il m'interrompit :

« Si vous voulez prononcer un discours apaisant ou me demander d'être raisonnable, je vous en prie, ne dites rien. »

Je me tus. La seule chose qui restait à faire était de quitter la pièce. Je me levai.

« Je vais monter me coucher. Bonsoir, Jérôme. »

Il pivota sur ses talons et me regarda.

« Vous faites face, d'habitude. Cette fois, vous choisissez la fuite. »

J'étais à deux pas de lui. Il ne faisait pas un geste vers moi. J'ouvris les mains dans un geste d'impuissance.

« Ne cherchez pas à être charitable, dit-il simplement.

– Je ne saurais pas l'être. »

Il sourit.

« En effet, vous seriez plus habile à torturer un

cœur qu'à le panser. Vous allez sans doute me dire posément que je suis ridicule. »

Il était émouvant, avec son visage défait.

« Non, rassurez-vous, je vous trouve très beau.

— Ce n'est pas cela que je veux entendre, murmura-t-il.

— Vous connaissez, j'en suis sûre, assez de femmes qui vous disent tout ce qu'un jeune homme peut souhaiter entendre.

— Ce n'est pas de leur bouche que je veux l'entendre. »

Je sentis le danger, cherchai mon châle que je pourchassai de meuble en meuble sans le trouver. Jérôme le ramassa sur le tapis où il avait glissé et me le tendit en silence. Je le pris, remerciai d'une voix étranglée, prétextai pour me retirer la fatigue et le sommeil, avec assez de confusion pour que cela fût vraisemblable. Je n'écoutai pas ce qu'il me répondit.

Je montai l'escalier comme on fuit le souffle d'un incendie, me réfugiai dans ma chambre, me laissai tomber dans un fauteuil devant la cheminée, flageolante.

La diane me sonnait aux oreilles, une charge de cavalerie me dévalait dans les côtes. Je ne sais combien de temps s'écoula. Les joues cuites à la chaleur de la braise, les pieds gourds, la tête vide, je finis par me calmer.

Je ranimai le feu, en réunissant les derniers tronçons de bûche écroulés de part et d'autre des chenets. Je me laissai bercer par l'odeur, le craquement du bois qui flambait.

Je songeai vaguement à maudire les dieux de l'Olympe qui se jouent des humains, mais une sorte de bien-être m'envahit, le sommeil me gagnait. Il serait temps de réfléchir demain.

DU MÊME AUTEUR

Aux Éditions Albin Michel :

PUYNEGRE, *roman.*

IMPRIMÉ EN FRANCE PAR BRODARD ET TAUPIN
Usine de La Flèche (Sarthe).
LIBRAIRIE GÉNÉRALE FRANÇAISE - 6, rue Pierre-Sarrazin - 75006 Paris.
ISBN : 2 - 253 - 03932 - 2

Nouvelles éditions des «classiques»

La critique évolue, les connaissances s'accroissent. Le Livre de Poche Classique renouvelle, sous des couvertures prestigieuses, la présentation et l'étude des grands auteurs français et étrangers. Les préfaces sont rédigées par les plus grands écrivains ; l'appareil critique, les notes tiennent compte des plus récents travaux des spécialistes.

Texte intégral

Extrait du catalogue*

ALAIN-FOURNIER
Le Grand Meaulnes 1000
Préface et commentaires de Daniel Leuwers.

BALZAC
La Rabouilleuse 543
Préface, commentaires et notes de Roger Pierrot.

Les Chouans 705
Préface, commentaires et notes de René Guise.

Le Père Goriot 757
Préface de F. van Rossum-Guyon et Michel Butor. Commentaires et notes de Nicole Mozet.

Illusions perdues 862
Préface, commentaires et notes de Maurice Ménard.

La Cousine Bette 952
Préface, commentaires et notes de Roger Pierrot.

Le Cousin Pons 989
Préface, commentaires et notes de Maurice Ménard.

Eugénie Grandet 1414
Préface et commentaires de Maurice Bardèche. Notes de Jean-Jacques Robrieux.

La Peau de chagrin 1701
Préface, commentaires et notes de Pierre Barbéris.

---

* Disponible chez votre libraire.

*Le sigle ✒ , placé au dos du
volume, indique une nouvelle
présentation.*